A HISTÓRIA DO CAMINHAR

REBECCA SOLNIT

A HISTÓRIA DO CAMINHAR

Tradução
Maria do Carmo Zanini

martins fontes

© 2016 Martins Editora Livraria Ltda., São Paulo, para a presente edição.
© 2001, 2002 Rebecca Solnit.
Esta obra foi originalmente publicada em inglês sob o título
Wanderlust: A History of Walking por Granta Publications.

Publisher *Evandro Mendonça Martins Fontes*
Coordenação editorial *Vanessa Faleck*
Produção editorial *Susana Leal*
Capa *Douglas Yoshida*
Preparação *Julio de Mattos*
Revisão *Renata Sangeon*

Dados Internacionais de Catalogação na Publicação (CIP)
(Câmara Brasileira do Livro, SP, Brasil)

Solnit, Rebecca

A história do caminhar / Rebecca Solnit ; tradução Maria do Carmo Zanini. – São Paulo: Martins Fontes - selo Martins, 2016.

Título original: Wanderlust: A History of Walking
ISBN 978-85-8063-289-7

1. Caminhada - Filosofia 2. Viagens - Aspectos sociais 3. Viagens - Relato de viagens 4. Viagens - História I. Título.

16-05461   CDD-613.7

Índice para catálogo sistemático:
1. Caminhadas : Relatos pessoais   613.7

Todos os direitos desta edição reservados à
Martins Editora Livraria Ltda.
Av. Dr. Arnaldo, 2076
01255-000 São Paulo SP Brasil
Tel.: (11) 3116 0000
info@emartinsfontes.com.br
www.emartinsfontes.com.br

SUMÁRIO

Agradecimentos 7

Ainda na trilha 9

I. A MARCHA DOS PENSAMENTOS

1. Na trilha do promontório: uma introdução 19
2. A mente a cinco quilômetros por hora 35
3. Elevação e queda: os estudiosos do bipedalismo 61
4. A ladeira da graça alcançada: peregrinações 85
5. Labirintos e Cadillacs: andanças pelo reino do simbolismo 113

II. DO JARDIM À NATUREZA

6. O caminho que deixa o jardim 137
7. As pernas de William Wordsworth 175
8. Mil milhas de sentimentalismo convencional: a literatura do caminhar 197
9. O monte Obscuridade e o monte Chegada 221
10. A propósito de clubes de caminhada e disputas de terras 247

III. VIDAS DAS RUAS

11. O pedestre solitário e a cidade grande	283
12. Paris, ou a botânica do asfalto	325
13. Cidadãos das ruas: festas, procissões e revoluções	357
14. Caminhadas depois da meia-noite: mulheres, sexo e espaço público	385

IV. ALÉM DO FIM DA ESTRADA

15. O Sísifo aeróbico e a psique suburbanizada	411
16. A forma de uma caminhada	439
17. Las Vegas, ou a maior distância entre dois pontos	455
Citações sobre o caminhar	477
Referências das citações	497
Índice remissivo	503

AGRADECIMENTOS

Devo a semente deste livro a amigos que chamaram minha atenção para o fato de que eu escrevia sobre o caminhar enquanto escrevia a respeito de outras coisas e, logo, deveria desenvolver o tema: destaco Bruce Ferguson, que me incumbiu de escrever a respeito do caminhar para o catálogo que acompanhava a exposição da qual foi curador em 1996, a *Walking and Thinking and Walking* [Caminhar, Pensar, Caminhar], no Louisiana Museum da Dinamarca; o editor William Murphy, que leu meu texto e recomendou que eu pensasse na possibilidade de escrever um livro a respeito do caminhar; e Lucy Lippard, que, enquanto passeávamos em propriedade alheia perto de sua casa, decidiu por mim o projeto do livro ao dizer: "queria ter tempo para escrevê--lo, mas não tenho, então cabe a você" (apesar de eu ter escrito algo bem diferente do livro que Lucy escreveria). Um dos grandes prazeres de escrever sobre o assunto é que, em vez de alguns especialistas, o caminhar tem uma infinidade de amadores – todo mundo caminha, uma quantidade surpreendente de pessoas pensa a respeito do caminhar e a história da atividade está disseminada por várias áreas de estudo –, e, por isso, praticamente todos que conheço contribuíram com um caso, uma referência ou um ponto de vista para minhas pesquisas. A história do caminhar é a história de toda a gente, mas minha versão dessa crônica lucrou particularmente com as contribuições dos amigos que relaciono agora, os quais têm minha sincera gratidão: Mike Davis e Michael

Sprinker, que me deram ideias excelentes e muito incentivo logo no começo; meu irmão David, por me induzir, tempos atrás, a participar de marchas nas ruas e peregrinações de protesto no Campo de Provas de Nevada; meu irmão e ciclista militante Stephen; John e Tim O'Toole, Maya Gallus, Linda Connor, Jane Handel, Meridel Rubenstein, Jerry West, Greg Powell, Malin Wilson-Powell, David Hayes, Harmony Hammond, May Stevens, Edie Katz, Tom Joyce e Thomas Evans; Jessica, Gavin e Daisy em Dunkeld, Escócia; Eck Finlay, de Edimburgo, e o pai dele, no jardim Little Sparta; Valerie e Michael Cohen em June Lake, Califórnia; Scott Slovic em Reno, Nevada; Carolyn do coletivo *Reclaim the Streets* [Retome as ruas] de Brixton, Londres; Iain Boal; minha agente literária Bonnie Nadell; meu editor na Viking Penguin, Paul Slovak, que adorou na mesma hora a ideia de uma história geral do caminhar e possibilitou que esta aqui existisse; e, em particular, Pat Dennis, que me ouviu ler capítulo por capítulo, contou-me muita coisa sobre a história do montanhismo e do misticismo asiático e caminhou ao meu lado enquanto eu escrevia este livro.

AINDA NA TRILHA

Em 1º de janeiro de 1999, aos 89 anos, Doris Haddock, mais conhecida como Granny D, pôs-se a atravessar os Estados Unidos a pé para pedir a reforma do sistema de financiamento de campanhas políticas. Ela chegou à capital do país catorze meses e 5 mil quilômetros depois. Não foi coincidência ela ter escolhido uma atividade que exigia transparência, dedicação e pouco dinheiro para protestar contra a corrupção clandestina do poder econômico. Os britânicos venceram outra batalha com a aprovação da lei que regulamentava o direito à livre deambulação no ano 2000, só agora compreendida com a publicação dos novos mapas oficiais e outros guias que mostram as áreas rurais antes interditadas. As disputas com os proprietários de terras continuam, mas boa parte da ilha hoje está mais acessível do que nunca. Outras vitórias foram alcançadas: "pedestrianizar" as cidades e repensar o planejamento urbano, deixar mais uma vez as crianças andarem até a escola e mesmo proibir automóveis no centro da cidade aos domingos, uma vez por ano ou o tempo todo. O novo milênio chegou como dialética entre o sigilo e a transparência; entre a consolidação e a dispersão do poder; entre a privatização e o domínio, a força e a vida públicas; e é desses elementos que o caminhar toma o partido, como sempre fez.

Em 15 de fevereiro de 2003, 750 mil pessoas, segundo as estimativas da polícia, saíram às ruas de Londres, mas os organizadores acreditam que 2 milhões seja um número mais preciso. Cinquenta mil pessoas ou mais caminharam em Glasgow, uns 100 mil em Dublin, 300 mil em Berlim, 3 milhões em Roma, 100 mil em Paris, 1,5 milhão em Barcelona e 2 milhões em Madri. Manifestações sul-americanas no Rio de Janeiro, em Buenos Aires, Santiago e outras cidades ocorreram naquele dia; pessoas a pé se reuniram em Seul, Tóquio, Tel Aviv, Bagdá, Carachi, Detroit, Cidade do Cabo, Calcutá, Istambul, Montreal, Cidade do México, Nova York, São Francisco, Sydney, Vancouver, Moscou, Teerã, Copenhague... Mas enumerar apenas as cidades grandes seria ignorar o fervor em Toulouse; na ilha de Malta; nos vilarejos do Novo México; na Bolívia; na terra natal dos inuítes no norte do Canadá; em Montevidéu; Mostar, na Bósnia e Herzegovina; em Sfax, Tunísia, onde os participantes da marcha apanharam da polícia; em Chicoutimi, na província canadense de Quebec, onde a sensação térmica era de quarenta graus negativos; em Juneau, Alasca; e na ilha de Ross, Antártida, onde os cientistas não foram muito longe, mas posaram para fotos antibélicas como prova de que até mesmo o sétimo continente embarcara na empreitada.

A caminhada global de mais de 30 milhões de pessoas levou o *New York Times* a afirmar que a sociedade civil era "a outra superpotência mundial". Aquele dia, 15 de fevereiro de 2003, não interrompeu a guerra no Iraque, mas talvez tenha mudado seus parâmetros: a Turquia, por exemplo, sob forte pressão popular, não permitiu que suas bases aéreas fossem usadas nos ataques. O século XXI despontava como uma era de poder popular e protestos públicos. Particularmente na América Latina, essa força vem se mostrando bem concreta, derrubando regimes, revertendo golpes de estado, protegendo seus recursos dos rentistas estrangeiros e enfraquecendo o programa neoliberal da Área de Livre Comércio das Américas, mas, desde estudantes em Belgrado a agricultores na Coreia, atos coletivos e públicos fizeram a diferença. Caminhar não mudou o mundo, mas caminhar com outras pessoas tem se revelado rito, instrumento e armadura da sociedade civil que é capaz de resistir à violência, ao medo e à repressão. De fato, é difícil imaginar uma sociedade civil viável sem a livre associação e o conhecimento do terreno que acompanham o caminhar. Uma população isolada ou passiva não é exatamente o coletivo de cidadãos.

A marcha dos 50 mil em Seattle, que acabou interrompendo a reunião da Organização Mundial do Comércio em 30 de novembro de 1999, foi um dos marcos de uma nova era em que um movimento global se opôs à versão empresarial da globalização e ao perigo que esta oferecia a tudo que fosse local, democrático, não pasteurizado e independente. O Onze de Setembro de 2001, com o desmoronamento das torres do World Trade Center, é outra data geralmente escolhida como o turbulento raiar do novo milênio, e, talvez, a reação mais extrema àquele ato terrorista tenha sido a primeira: as dezenas de milhares de nova-iorquinos que se afastaram juntos do perigo, a pé, cidadãos que conheciam bem suas ruas e seres humanos dispostos a socorrer desconhecidos, tomando as avenidas num desfile soturno, transformando a ponte do Brooklyn numa passarela de pedestres e, por fim, convertendo a Union Square numa ágora para o luto e os debates públicos. Aquelas dezenas ou centenas de milhares vivendo em público, desarmadas, comprometidas e iguais eram o oposto da clandestinidade e violência que caracterizaram tanto os ataques quanto a vingança de Bush (e a guerra não relacionada no Iraque). Que uma boa parte do movimento antibélico também fosse formada por imensos grupos de pessoas a pé talvez não seja uma coincidência.

A maior prova da força de pessoas desarmadas caminhando juntas pelas ruas está nas medidas agressivas tomadas nos Estados Unidos e no Reino Unido para controlar ou deter completamente a multidão: na Convenção Nacional do Partido Republicano em

Nova York, em agosto de 2004; em Gleneagles, Escócia, durante a reunião de cúpula do G8 um ano depois; bem como em qualquer conferência pró-globalização empresarial desde 1999, seja da OMC, do FMI, Banco Mundial, Fórum Econômico Mundial ou G8. Essas reuniões de cúpula, nas quais o poder de poucos compete de maneira franca e pública com o poder de muitos, têm exigido corriqueiramente que estados policiais temporários sejam erigidos ao seu redor, com o investimento de milhões de libras, dólares, euros e iuanes em forças de segurança, armas, equipamento de vigilância, cercas e barreiras, enfim, um mundo brutalizado para defender uma política brutal.

No entanto, forças mais insidiosas se dispõem contra o tempo, o espaço e a vontade de caminhar, contra a versão de humanidade que o ato personifica. Uma dessas forças é a ocupação do que imagino como "o entretempo", o tempo de caminhar entre um lugar e outro, de vaguear e bater pernas. As pessoas se queixam de que esse tempo é um desperdício e o reduzem, e o que resta dele é preenchido com a música dos fones de ouvido e as conversas transmitidas pelos telefones celulares. A própria capacidade de apreciar esse tempo livre, a serventia daquilo que não tem serventia, parece estar desaparecendo, assim como a valorização da exterioridade, o ato de sair até mesmo daquilo que é familiar: as conversas ao celular parecem servir de anteparo contra a solidão, o silêncio e os encontros com o desconhecido. É difícil culpar esse tipo de tecnologia, pois a marcha global de 15 de fevereiro de 2003 foi coordenada pela internet, mas a implantação comercial da tecnologia costuma se opor às coisas que são gratuitas ou livres, no sentido monetário ou político. Outras mudanças são fáceis de apontar, fatores que geralmente se intensificaram desde que escrevi este livro, anos atrás.

A obesidade e os problemas de saúde relacionados a ela parecem estar se tornando uma pandemia transnacional, já que as pessoas em novas partes do mundo estão se deixando imobilizar e superalimentar desde a infância, uma deterioração constante em que o corpo inativo perde progressivamente a capacidade de agir. Essa obesidade não é circunstancial – graças a um mundo de entretenimentos digitais e estacionamentos, de conurbações e subúrbios –, mas conceitual em sua origem, pois as pessoas esquecem que seus corpos estariam à altura dos desafios apresentados e que usá-los seria prazeroso. Entendem e imaginam seus corpos essencialmente passivos, um tesouro ou um fardo, jamais um instrumento de trabalho ou locomoção. Por exemplo, o material promocional dos patinetes motorizados Segway afirma que percorrer curtas distâncias nas cidades e até mesmo dentro de grandes estabelecimentos comerciais é uma dificuldade que só as máquinas conseguem resolver; a suficiência dos pés para cumprir a tarefa foi apagada, juntamente com os milênios que passamos andando por aí antes do advento das máquinas. A luta contra essa falência da ação e da imaginação pode ser tão importante quanto as batalhas pela liberdade política, porque é só quando voltarmos a ter consciência de nossa força inerente que poderemos passar a resistir tanto à opressão quanto à corrupção do corpo vivo e em atividade.

Com o aquecimento climático e a escassez de petróleo, essa recuperação será importantíssima, mais até, quem sabe, do que os "combustíveis alternativos" e outras maneiras de continuar seguindo pela via motorizada, em vez de retomar as outras opções. Costumo discordar dos defensores do pedestrianismo e do ciclismo que acreditam que a infraestrutura é tudo, que é só construir e as pessoas virão. Creio que a maioria dos seres humanos nos países industrializados precisa repensar o tempo, o espaço e seus próprios corpos antes de estar preparada para ser tão urbana e pedestre (ou, ao menos, não motorizada) quanto seus antepassados. Somente em lugares como Manhattan e Londres é que as pessoas – algumas

— parecem de fato se lembrar de como é integrar o transporte público e suas próprias pernas de uma maneira eficaz, ética e, por vezes, profundamente agradável de percorrer a topografia de suas vidas cotidianas.

Escrevi *A história do caminhar* no fim da década de 1990, num mundo que já se encontrava polarizado, e fiquei bestificada com os leitores e críticos que tanto se afeiçoaram ao livro. Talvez tenha sido o prazer de ler sobre peregrinações e pontos de prostituição que não os deixou se arrepiar com as maneiras como este livro também polemizava contra a industrialização, a privatização dos espaços públicos, a opressão e o confinamento das mulheres, os subúrbios, a desincorporação da vida cotidiana e algumas outras coisas. O livro me revelou um vasto território que eu continuo explorando; de certo modo, meu livro de 2003 a respeito de Eadweard Muybridge* deu continuidade à investigação da industrialização do tempo e do espaço e da aceleração da vida cotidiana que eu começara com *A história do caminhar*. *Hope in the Dark* [Esperança nas trevas] examinou mais a fundo o poder de mudar o mundo dos cidadãos que tomam as ruas, e *A Field Guide to Getting Lost* [*Um guia para se perder*, Martins Fontes – selo Martins] se estendeu a respeito da utilidade de andar sem rumo e da incerteza. Ainda estou percorrendo a topografia de *A história do caminhar*, que para mim foi um mapa-múndi, seletivo como todos os mapas são, mas igualmente vasto.

Um dos grandes prazeres de pesquisar para este livro e escrevê-lo foi chegar a uma série de conclusões e descrições nas quais várias dicotomias bem conhecidas se reconciliaram. Caminhando, corpo e mente podem trabalhar em conjunto, tanto que o raciocínio se torna quase um ato físico e cadenciado. Termina

---

* *River of Shadows: Eadweard Muybridge and the Technological Wild West* [Rio de sombras: Eadweard Muybridge e o velho-oeste tecnológico]. Penguin Books, 2004. 320 p. (N.T.)

aí a separação cartesiana de mente e corpo. Tanto a espiritualidade quanto a sexualidade tomam parte; os grandes andarilhos costumam percorrer a paisagem urbana e rural da mesmíssima maneira, e até mesmo passado e presente se encontram quando caminhamos como faziam os antigos ou revivemos um fato histórico ou um acontecimento de nossas próprias vidas refazendo seu itinerário. E cada passeio cruza o espaço como a linha atravessa o tecido, costurando-o numa experiência contínua, tão diferente da maneira como aviões, carros e trens truncam o tempo e o espaço. Essa continuidade é uma das coisas que, a meu ver, nós perdemos na era industrial, mas podemos optar em recuperá-la, repetidas vezes, e há quem o faça. Os campos e as ruas estão à espera.

PARTE I

A MARCHA DOS PENSAMENTOS

CAPÍTULO 1

NA TRILHA DO PROMONTÓRIO: UMA INTRODUÇÃO

Onde começa? Os músculos se flexionam. A perna, um pilar, sustentando o corpo ereto entre o céu e a terra. A outra, um pêndulo, vindo de trás. O calcanhar toca o chão. Todo o peso do corpo oscila e passa para a planta dianteira do pé. O dedão toma impulso e o peso, em delicado equilíbrio do corpo, é transferido mais uma vez. As pernas trocam de posição. Começa com um passo, e outro, e outro ainda, que vão se somando como toques de tambor e criando uma cadência, o ritmo do caminhar. É a coisa mais óbvia e obscura do mundo, esse caminhar que se perde tão prontamente na religião, filosofia, paisagem, política urbana, anatomia, alegoria e mágoa.

A história do caminhar é secreta e jamais foi escrita; seus fragmentos podem ser encontrados em milhares de trechos inexpressivos de livros, canções, ruas e nas aventuras de quase todas as pessoas. A história física do caminhar é a da evolução do bipedalismo e da anatomia humana. Na maioria das vezes, caminhar é mera questão prática, o meio de locomoção inconsciente entre dois lugares. Fazer do caminhar uma investigação, um ritual, uma meditação é um subconjunto especial da atividade, fisiologicamente semelhante e filosoficamente dessemelhante à maneira como o carteiro traz a correspondência e o escriturário chega ao trem. Ou seja, o objeto do caminhar é, em certo sentido, a maneira como investimos atos universais de significados particulares. Da mesma maneira que o comer ou o respirar, o caminhar pode ser investido de significados culturais absurdamente diferentes, do erótico ao espiritual, do revolucionário ao artístico. É aí que essa história começa a fazer parte da história da imaginação e da cultura, da espécie de prazer, liberdade e significado que tipos diferentes de andanças e andarilhos procuram em momentos diversos. Essa imaginação é criadora e criatura dos espaços que ela mesma atravessa a pé. O caminhar deu forma a sendas, estradas, rotas comerciais; gerou identidades de lugar localizadas e transcontinentais; modelou cidades e parques; produziu mapas, guias, equipamento e, em outras paragens, uma vasta biblioteca de contos e poemas sobre o caminhar, de peregrinações, expedições nas montanhas, caminhos sinuosos e piqueniques de verão. As paisagens urbana e rural criam os contos, e os contos nos conduzem de volta às estações dessa história.

Essa história do caminhar é amadora, exatamente como o caminhar é uma atividade amadora. Para usar uma metáfora condizente com o tema, ela invade o campo de todas as outras pessoas – a anatomia, antropologia, arquitetura, jardinagem, geografia, história política e cultural, literatura, sexualidade, os estudos religiosos – e não se detém em nenhum deles em seu longo itinerário. Pois, se é possível imaginar um campo de especialização como um campo de verdade – um retângulo bem delimitado, cuidadosamente lavrado e que produz uma cultura específica –, então o objeto do caminhar lembra o caminhar propriamente dito em sua ausência de limites. E embora *a* história do caminhar, por fazer parte de todos esses campos e da experiência de todo mundo, seja praticamente infinita, *esta* história do caminhar que estou escrevendo só pode ser parcial, uma senda idiossincrática aberta nesses campos por uma andarilha, muitas vezes retrocedendo e olhando ao redor. A seguir, tentei trilhar os caminhos que levaram a maioria de nós, no meu país – os Estados Unidos –, ao momento atual, uma história composta em grande parte de referências europeias, moduladas e subvertidas pela magnitude vastamente distinta do espaço americano – os séculos de adaptação e mutação que se deram aqui – e pelas outras tradições que recentemente toparam com esses caminhos, com destaque para as asiáticas. A história do caminhar é a história de todo mundo, e só resta a toda e qualquer versão escrita dessa crônica torcer para que possa indicar as trilhas mais batidas nos arredores da autora... Ou seja, os caminhos que eu trilho não são os únicos.

Era primavera e me sentei um dia para escrever a respeito do caminhar, mas logo me levantei de novo, porque a escrivaninha não é lugar para se pensar em grandes proporções. Num promontório um pouco mais ao norte da ponte Golden Gate, crivado de fortificações militares abandonadas, saí andando por um vale, morro acima, ao longo de uma serra, e desci até o Pacífico. A primavera se sucedera a um inverno particularmente úmido e os morros haviam assumido aquele tom desenfreado e exuberante de verde que eu costumo esquecer e redescobrir todos os anos. No meio da nova vegetação entrevia-se a relva do ano anterior que, descorada pela chuva, deixara de ter a cor dourada do verão e passara a um cinzento cendrado, parte da palheta mais discreta do resto do ano. Henry David Thoreau, que caminhava com mais vigor do que eu do outro lado do continente, escreveu a respeito do que é local:

> Uma paisagem absolutamente nova é uma grande alegria, algo que ainda posso experimentar todas as tardes. Uma caminhada de duas ou três horas me transporta para a terra mais estranha que se poderia esperar. Uma simples casa de fazenda que eu nunca

tenha visto antes por vezes é tão satisfatória quanto os domínios do rei de Daomé. Há, na verdade, uma espécie de harmonia passível de descoberta entre as potencialidades da paisagem num raio de quinze quilômetros – ou dentro dos limites de uma caminhada de uma tarde – e os setenta e tantos anos da vida humana. Nunca será totalmente familiar[1].

Essas trilhas e estradas conectadas formam um circuito de aproximadamente dez quilômetros que comecei a percorrer a pé há uma década para me livrar da ansiedade durante um ano difícil. Continuei voltando a esse trajeto para descansar do trabalho e também para trabalhar, porque geralmente se imagina que pensar é não fazer nada numa cultura voltada para a produtividade, e não fazer nada é difícil. A melhor maneira de conseguir isso é fingir que se está fazendo alguma coisa, e a coisa mais próxima de fazer nada é caminhar. O próprio caminhar é o ato intencional que mais se aproxima dos ritmos involuntários do corpo, da respiração e da pulsação. Estabelece um equilíbrio delicado entre o trabalho e o ócio, o ser e o fazer. É um esforço físico que nada produz além de pensamentos, experiências, chegadas. Depois de tantos anos caminhando para resolver outras coisas, fazia sentido voltar ali para trabalhar perto de casa, no sentido de Thoreau, e pensar a respeito do caminhar.

Idealmente, caminhar é um estado no qual a mente, o corpo e o mundo se alinham, como se fossem três personagens que finalmente se põem a conversar, três notas que, de repente, formam um acorde. Caminhar nos permite estar em nosso corpo e no mundo sem nos ocuparmos de um e outro. Deixa-nos livres para pensar sem nos perdermos em nossos pensamentos. Não sabia ao

---

1. Henry David Thoreau, "Walking", in *The Natural History Essays*. Salt Lake City, Peregrine Smith Books, 1980, p. 99.

certo se era cedo ou tarde para ver as flores roxas dos tremoceiros, que podem se mostrar tão espetaculares nesses promontórios, mas, no caminho até a trilha, as cardaminas cresciam do lado sombreado da estrada e me trouxeram à lembrança as encostas de minha infância que primeiro vicejavam, todos os anos, com a exorbitância dessas flores brancas. Borboletas pretas adejavam em meu redor, ao sabor do vento e das asas, e traziam à tona uma outra época de meu passado. A travessia a pé parece facilitar a travessia do tempo: a mente vagueia de planos para lembranças, e daí para observações.

O ritmo da caminhada produz uma espécie de raciocínio ritmado, e a travessia de uma paisagem ecoa ou estimula a travessia de uma série de pensamentos, o que produz uma estranha harmonia entre as travessias interna e externa, sugerindo que a mente também é uma espécie de paisagem e que caminhar é uma maneira de percorrê-la. Um pensamento novo muitas vezes parece ser uma característica da paisagem que estava lá o tempo todo, como se pensar fosse viagem, e não confecção. E, assim, um aspecto da história do caminhar é a história da concretização do pensamento: não é possível traçar os movimentos da mente, mas os dos pés, sim. O caminhar também pode ser imaginado como uma atividade visual; toda caminhada, um passeio suficientemente sossegado para a gente ver e pensar as paisagens, para o conhecido assimilar o novo. Talvez seja daí que venha a peculiar utilidade da caminhada para os pensadores. As viagens proporcionam surpresas, libertações e esclarecimentos que podem ser coletados dando-se uma volta ao quarteirão ou ao mundo, e o caminhar percorre pequenas e grandes distâncias. Ou talvez fosse melhor dizer que caminhar é movimento, e não viagem, pois é possível andar em círculos ou dar a volta ao globo imobilizado numa poltrona, e há um certo tipo de sede de correr o mundo que só pode ser aplacada pelos atos do próprio corpo em movimento, e não pelo movimento do carro, barco ou avião. É o movimento – e também as paisagens em sucessão – que, pelo jeito, faz as coisas acontecerem na mente, e é isso que torna o caminhar ambíguo e infinitamente fértil: é tanto um meio quanto um fim, trajeto e destino.

A velha estrada de terra vermelha aberta pelo exército começara seu trajeto sinuoso através do vale e ladeira acima. Volta e meia, eu me concentrava no ato de caminhar, mas era algo em grande parte inconsciente, os pés prosseguiam com sua própria noção de equilíbrio, de como evitar pedras e gretas, regular a marcha, liberando-me para observar o mar de morros ao longe e a profusão de flores ali tão perto: as *Brodiaea*; os botões rosados e papiráceos cujo nome nunca descobri; uma fartura de azedinhas enfeitadas de amarelo; e então, a meio caminho da última curva, narcisos--de-inverno. Depois de vinte minutos subindo penosamente a ladeira, detive-me para cheirá-los. Costumava haver uma granja leiteira nesse vale, e os alicerces de uma casa de fazenda e algumas árvores frutíferas esporádicas ainda sobrevivem em algum lugar lá embaixo, do outro lado do fundo úmido e abarrotado de salgueiros do vale. Foi uma paisagem utilitária durante mais tempo do que hoje é recreativa: primeiro chegaram os índios miwok, depois os agricultores, erradicados um século mais tarde pela base militar, que fechou na década de 1970, quando as costas tornaram-se irrelevantes para uma categoria de guerra aérea e cada vez mais abstrata. Desde então, foi entregue ao Serviço de Parques Nacionais dos Estados Unidos e a pessoas como eu, herdeiras da tradição cultural de percorrer a paisagem a pé e por prazer. As plataformas de artilharia, as casamatas e os túneis de concreto, todos enormes, nunca irão desaparecer, como aconteceu com as construções da granja leiteira, mas devem ter sido as famílias granjeiras que nos deixaram o legado vivo das flores ornamentais que aparecem em meio às plantas nativas.

Caminhar é vaguear, e eu vagueei, partindo do meu montinho de narcisos na curva da estrada vermelha, primeiro em pensamento, em seguida a pé. A estrada do exército chegava ao cimo e cruzava a trilha que me levaria ao outro lado da elevação, interceptando o vento e seguindo ladeira abaixo antes de subir gradualmente até a encosta oeste do cume. No topo do morro logo acima dessa vereda, com vista para o próximo vale ao norte, ficava uma velha estação de radar rodeada por uma cerca octogonal. A estranha coleção de objetos e casamatas de concreto sobre uma superfície asfaltada era parte de um sistema de direcionamento que apontava os mísseis nucleares Nike da base lá no vale para outros continentes, apesar de nenhum deles ter sido lançado dali em tempos de guerra. Imagine essa ruína como um suvenir do cancelamento do fim do mundo.

Foram as armas nucleares que me trouxeram para a história do caminhar, uma trajetória tão surpreendente quanto qualquer trilha ou linha de raciocínio[2]. Nos anos 1980, tornei-me uma ativista antinuclear e participei das manifestações de primavera no Campo de Provas de Nevada, uma instalação do ministério de Energia dos Estados Unidos no sul do estado e do tamanho de Rhode Island, onde o governo federal vinha detonando bombas nucleares – mais de mil até o momento – desde 1951. Por vezes, as armas nucleares pareciam apenas cifras em orçamentos, planilhas de descarte de resíduos e possíveis vítimas, todas intangíveis e às quais devíamos resistir com campanhas, publicidade e *lobby*. O caráter abstrato e burocrático da corrida armamentista e da resistência a ela dificultava a compreensão de que o verdadeiro motivo era e é a devastação de corpos e lugares reais. No campo de provas era diferente. As armas de destruição em massa eram detonadas numa paisagem de rude

---

[2]. Meus primeiros textos a respeito do caminhar e da política nuclear aparecem no meu livro de 1994 *Savage Dreams: A Journey into the Landscape Wars of American West*, São Francisco, Sierra Club Books, 1994; Berkeley, University of California Press, 1999.

beleza perto da qual acampávamos durante os sete ou quinze dias de cada manifestação (as explosões passaram a ser subterrâneas após 1963, mas, mesmo assim, muitas vezes ocorriam vazamentos de radiação para a atmosfera e a terra sempre tremia). Nós – e por nós entenda-se os norte-americanos desleixados da contracultura, mas também sobreviventes de Hiroshima e Nagasaki, monges budistas, frades e freiras franciscanos, veteranos de guerra que se tornaram pacifistas, físicos renegados, ativistas do Cazaquistão, da Alemanha e da Polinésia que viviam ameaçados pela bomba e os shoshone ocidentais, os donos da terra – havíamos transposto as abstrações. Do outro lado, havia lugares, cenas, ações e sensações verdadeiras – algemas, espinhos, poeira, calor, sede, risco de contaminação radioativa, o testemunho das vítimas da radiação –, mas também a realidade da espetacular luz do deserto, a liberdade do espaço aberto e a visão arrebatadora dos milhares que, como nós, tinham a mesma convicção de que as armas nucleares eram o utensílio errado para escrever a história do mundo. Prestávamos uma espécie de testemunho físico de nossas crenças, da beleza bravia do deserto e dos apocalipses que eram preparados ali ao lado. A forma adotada por nossas manifestações foi a caminhada: o que, do lado público da cerca, era uma procissão cerimoniosa tornou-se, do lado interditado, uma violação de propriedade que acabou em prisão. Éramos partícipes, numa magnitude até então sem precedentes, da desobediência ou resistência civil, uma tradição norte-americana enunciada primeiramente por Thoreau.

O próprio Thoreau era um poeta da natureza e um crítico da sociedade. Seu famoso ato de desobediência civil foi passivo – recusou-se a pagar impostos para financiar a guerra e a escravidão, e aceitou passar uma noite na cadeia por causa disso – e não coincidia diretamente com seu afã de explorar e interpretar a paisagem circunvizinha, apesar de ele ter liderado uma expedição para coletar mirtilos no dia em que foi libertado. Em nossas ações no campo de provas, a poesia da natureza e a crítica da sociedade se uniram no acampar, caminhar e invadir, como se tivéssemos decifrado a maneira com que uma expedição para coletar frutinhas podia ser uma célula revolucionária. Foi uma revelação para mim a maneira como o ato de cruzar um deserto, um mata-burro e entrar na zona proibida poderia expressar um propósito político. E no percurso até aquela paisagem comecei a descobrir outras paisagens do oeste além da minha região costeira e explorar aquelas paisagens e as histórias que haviam me levado até elas – a história não só do desenvolvimento do oeste norte-americano, mas também a do gosto romântico pela caminhada e pela paisagem, a tradição democrática de resistência e revolução, a história mais antiga de peregrinar e caminhar para alcançar objetivos espirituais. Encontrei meu estilo de escritora ao descrever todas as demãos de história que deram forma às minhas experiências no campo de provas. E comecei a pensar e escrever a respeito do caminhar enquanto escrevia a respeito de lugares e suas histórias.

Claro que caminhar, como bem sabe qualquer leitor do ensaio de Thoreau, "*Walking*" ["*Caminhando*"][3], leva inevitavelmente a outros assuntos. O caminhar é um tema que sempre se extravia. É possível se perder, por exemplo, nas giroselas abaixo da estação de direcionamento de mísseis nos promontórios setentrionais da Golden Gate. São minhas flores silvestres preferidas, esses conezinhos de cor magenta com pronunciadas pontas pretas que parecem ter sido aerodinamicamente projetados para um voo que nunca chega, como se tivessem evoluído alheios ao fato de as flores terem pedúnculos, e os pedúnculos, raízes. O chaparral dos dois lados da trilha, regado pela condensação da névoa oceânica nos meses secos e sombreado pela orientação setentrional do talude,

---

3. In idem, *A desobediência civil*. Trad. de José Geraldo Couto. São Paulo, Penguin & Companhia das Letras, 2012. 152 p. (N.T.)

estava luxuriante. A estação de direcionamento lá no alto sempre me faz pensar no deserto e na guerra, mas os barrancos lá embaixo sempre me remetem às sebes inglesas que delimitam os campos, com sua profusão de plantas e pássaros, e a idílica paisagem rural da Inglaterra. Ali havia samambaias, morangos silvestres e, enfiado sob um arbusto de *Baccharis pilularis*, uma porção de íris brancas em flor.

Apesar de estar ali para pensar a respeito do caminhar, eu não conseguia parar de pensar no resto, nas cartas que deveria estar escrevendo, nas conversas que andara encetando. Quando minha mente divagou para a conversa telefônica com minha amiga Sono na manhã daquele dia, pelo menos não fugi do assunto. Roubaram a picape de Sono na frente de seu estúdio em West Oakland, São Francisco, e ela me contou que, apesar de todo mundo reagir à notícia como se fosse uma catástrofe, ela não estava lá muito chateada e não tinha a menor pressa de repor o veículo. Disse que era uma alegria descobrir que seu corpo era adequado para levá-la aonde ela tinha de ir, e era uma dádiva desenvolver uma relação mais concreta e palpável com a vizinhança e seus moradores. Falamos da noção mais solene de tempo que se tem a pé ou no transporte público, porque é preciso planejar e agendar as coisas com antecedência, e não deixá-las para a última hora, e falamos da noção de espaço que só se obtém a pé. Muitas pessoas hoje em dia vivem numa série de ambientes internos – o lar, o carro, a academia, o escritório, lojas – e divorciados uns dos outros. A pé, tudo permanece conectado, pois, andando-se, os espaços entre esses ambientes internos são ocupados da mesma maneira que eles mesmos. Vive-se no mundo inteiro, e não nos ambientes internos erigidos para deixá-lo de fora.

A trilha estreita que eu vinha seguindo chegou ao fim ao se elevar para encontrar a velha estrada de asfalto cinzento que acaba na estação de direcionamento de mísseis. Passar da trilha para a estrada é subir e ver toda a vastidão do oceano, que se estende ininterrupto até o Japão. O mesmo sobressalto de prazer me acomete toda vez que atravesso esse limiar para redescobrir o oceano, que fulgura feito prata forjada nos dias mais claros, fica verde com o céu encoberto, castanho com o escoamento barrento dos rios e córregos que avança mar adentro nas cheias de inverno, ganha um matiz opalescente de tons de azul nos dias pouco nublados, invisível somente quando a névoa é densa, quando apenas a maresia anuncia a mudança. Naquele dia, o mar era de um azul uniforme que seguia na direção de um horizonte indistinto onde uma bruma branca embaçava a transição para o céu claro. Dali em diante, meu caminho era só descida. Eu havia comentado com Sono a respeito de um anúncio que vira no *Los Angeles Times* meses antes e que não me saía da cabeça. Era de uma enciclopédia em CD-ROM, e o texto, que ocupava uma página inteira, dizia: "Você atravessava a cidade a pé e debaixo de chuva para consultar nossas enciclopédias. Temos certeza de que conseguiremos fazer seus filhos clicar e arrastar". Penso que a criança caminhando na chuva era a verdadeira educação, pelo menos a dos sentidos e da imaginação. Pode ser que a criança com a enciclopédia em CD-ROM venha a se desviar do que tem a fazer, mas divagar num livro ou computador é algo que se dá dentro de parâmetros mais circunscritos e menos sensoriais. São os incidentes imprevisíveis entre os acontecimentos oficiais que constituem uma vida, é o incalculável que lhe dá valor. Caminhar no campo ou na cidade foi, durante dois séculos, a principal maneira de explorar o imprevisível e o incalculável, mas hoje é uma atividade sob ataque em várias frentes.

A multiplicação de tecnologias em nome da eficiência está, na verdade, erradicando o tempo livre ao possibilitar a maximização do tempo e do espaço para a produção e a minimização do desestruturado entretempo de percurso. As novas tecnologias que economizam tempo tornam muitos trabalhadores mais produtivos, e não mais livres, num mundo que parece acelerar ao redor deles. Além disso, a retórica de eficiência que envolve essas tecnologias sugere que não há como valorizar aquilo que não se pode quantificar, que aquela vasta coleção de prazeres que entram na categoria de não fazer nada em particular – devanear, contemplar nuvens, divagar, namorar as vitrines – não passa de vazios a serem preenchidos com algo mais definido, mais produtivo ou acelerado. Mesmo nesta via do promontório que não vai dar em nenhum lugar que preste, esta via que só pode ser trilhada por prazer, as pessoas abrirão atalhos entre os zigue-zagues da estrada, como se a eficiência fosse um hábito do qual não conseguiram se livrar. A indefinição de uma caminhada ao léu, na qual muito se pode descobrir, está sendo substituída pela distância definida mais curta a ser percorrida a toda velocidade, bem como pelas transmissões eletrônicas que tornam a verdadeira jornada menos necessária. Como trabalhadora autônoma e capaz de esbanjar o tempo poupado pela tecnologia em devaneios e divagações, sei que essas coisas têm lá sua serventia e as utilizo – uma picape, um computador, um modem –, mas tenho medo de sua falsa urgência, sua invocação da velocidade, sua insistência em afirmar que o percurso não é tão importante quanto a chegada. Gosto do caminhar porque ele é lento e desconfio que a mente, à semelhança dos pés, funciona a uns cinco quilômetros por hora. Se assim for, então a vida contemporânea segue a uma velocidade superior à do pensamento. Ou da consideração.

Caminhar tem a ver com estar do lado de fora, em espaço público, e o espaço público também vem sendo abandonado e carcomido nas cidades mais antigas, ofuscado por tecnologias e serviços que não exigem que saiamos de casa, toldados pelo medo em muitos lugares (e lugares estranhos são sempre mais assustadores do que os conhecidos, então, quanto menos se anda pela cidade, mais alarmante ela parece, e quanto mais raros os andarilhos, mais solitária e perigosa ela realmente se torna). Entretanto, em vários lugares novos, o espaço público sequer entra no projeto: o que um dia foi espaço público hoje é projetado para dar privacidade aos automóveis; shopping centers substituem as ruas comerciais; as ruas não têm calçadas; entra-se nos edifícios pelas garagens; as prefeituras não têm mais praças; e tudo tem muros, grades, portões. O medo criou todo um estilo de arquitetura e design urbano, principalmente no sul da Califórnia, onde andar a pé é despertar suspeitas em muitos loteamentos e "comunidades" que vivem em condomínios fechados. Ao mesmo tempo, a zona rural e as periferias das cidadezinhas, antes tão convidativas, estão sendo engolidas por loteamentos voltados para pessoas que viajam de carro entre o lar e o trabalho, confiscadas de outras maneiras. Em alguns lugares, já não é mais possível estar em público, uma crise tanto para as epifanias particulares do deambulante solitário quanto para as funções democráticas do espaço público. Era a essa fragmentação de vidas e paisagens que estávamos resistindo tempos atrás nos vastos espaços do deserto que se tornou temporariamente público como uma praça.

E quando o espaço público desaparece, com ele some também a ideia de que o corpo, como Sono bem disse, é um meio de locomoção adequado. Sono e eu falamos como foi descobrir que nossos bairros – que estão entre os lugares mais temidos da Bay Area, a baía de São Francisco – não eram tão hostis (apesar de não serem seguros o bastante para não levarmos mais a segurança em consideração). Já fui ameaçada e assaltada na rua, tempos atrás, mas é mil vezes mais frequente eu encontrar amigos de passagem, um livro muito procurado numa vitrine, congratulações e saudações de meus vizinhos loquazes, delícias arquitetônicas, cartazes anunciando música e observações políticas irônicas coladas aos muros e postes de telefonia, adivinhos, a Lua surgindo entre os prédios, vislumbres de outras vidas e outros lares, e o canto dos pássaros canoros nas árvores da rua. Tudo que é aleatório, sem filtros, nos permite encontrar aquilo que não sabíamos estar procurando, e não há como conhecer de fato um lugar até ele nos surpreender. Caminhar é uma maneira de garantir um baluarte contra essa erosão da mente, do corpo, da paisagem e da cidade, e todo andarilho é um guarda fazendo a ronda para proteger o inefável.

Passado, talvez, um terço da estrada que serpeava até a praia, havia uma rede alaranjada estendida. Parecia uma rede de tênis, mas, quando me aproximei, vi que ela tapava um novo e imenso hiato na estrada. Essa estrada está se desfazendo desde que comecei a andar por ela há uma década. Costumava correr ininterruptamente do mar até o alto do morro. Na parte costeira da estrada, apareceu em 1989 um naco que era possível contornar pela beirada; em seguida formou-se uma trilhazinha em volta do buraco que só fazia crescer. A cada chuva de inverno, um pouco mais de terra vermelha e asfalto desmoronava, deslizando até formar um monte na base arruinada do talude íngreme que a estrada um dia cortara. A princípio, era uma vista assombrosa, essa estrada que desaparecia no ar, pois se espera que as estradas e os caminhos sejam contínuos. A cada ano, caía mais um pedaço. E já fiz esse trajeto tantas vezes que cada trecho dele faz brotar associações dentro de mim. Lembro-me de todas as etapas do desmoronamento e de como eu era uma pessoa diferente quando a estrada ainda estava inteira. Lembro-me de explicar a uma pessoa amiga naquele mesmo itinerário, quase três anos antes, por que eu gostava de refazer várias vezes o mesmo caminho. Brinquei, adaptando mal e porcamente a famosa máxima de Heráclito a respeito dos rios, que nunca se põem os pés duas vezes na mesma trilha; e logo depois topamos com a nova escadaria que corta e desce a vertente íngreme, construída bem longe da costa, para que a erosão não a alcance tão cedo. Se o caminhar tiver uma história, então esta também chegou a um ponto onde a estrada despenca, um ponto onde não há espaço público algum e a paisagem vem sendo asfaltada, onde o lazer se encolhe e é esmagado pela ansiedade de produzir, onde os corpos não se encontram mais no mundo, tão somente confinados em carros e edifícios, e uma apoteose da velocidade faz esses corpos parecerem anacrônicos ou fracos. Nesse contexto, caminhar é um desvio subversivo, uma rota panorâmica que cruza uma paisagem semiabandonada de ideias e experiências.

Tive de contornar esse novo naco abocanhado da paisagem real e segui por um novo desvio à direita. Há sempre um momento nesse circuito em que o calor da subida e o abrigo que os morros propiciam contra o vento cedem lugar ao mergulho na brisa oceânica, e dessa vez isso aconteceu na escadaria logo depois da cascalheira de um talho recente no serpentinito verde do morro. Dali não faltava muito para o caminho em zigue-zague que levava à outra metade da estrada, que, por sua vez, vai coleando cada vez mais próxima dos penhascos que sobranceiam o oceano, onde as ondas vão arrebentar como espuma branca sobre as pedras escuras com um rugido audível. Não demorei muito para me ver na praia, onde surfistas lustrosos feito focas em seus trajes negros e molhados pegavam onda no pico de pedras que fica na extremidade setentrional da angra, cães corriam atrás de gravetos, pessoas se refestelavam nas esteiras e as ondas arrebentavam, esparramando-se numa torrente rasa aclive acima para lamber os pés daqueles que, como eu, caminhavam sobre a areia dura da maré alta. Faltava apenas o último trecho, que passava por cima de uma coxilha arenosa e seguia por toda a extensão da laguna escura e repleta de aves aquáticas.

A serpente foi a surpresa, uma cobra-lisa, que leva esse nome por causa das listas amareladas que percorrem todo o comprimento de seu corpo escuro, uma serpente diminuta e encantadora contorcendo-se feito ondas na água, cruzando a trilha e entrando no mato de uma das beiradas. Não me deixou sobressaltada, mas alerta. E, de repente, saí de meus pensamentos para voltar a reparar em tudo a meu redor: os amentilhos nos salgueiros, o marulho da água, os desenhos frondosos que as sombras traçavam pelo caminho. E eu mesma, andando com o aprumo que só vem depois de vários quilômetros, o ritmo relaxado e diagonal dos braços em movimento, em sincronia com as pernas, num corpo que parecia comprido e esticado, quase sinuoso como o da serpente. Meu circuito estava quase terminado e, no fim dele, eu saberia qual seria meu tema e como abordá-lo, algo que eu não tinha dez quilômetros antes. Não seria uma epifania repentina, mas uma convicção gradual, uma noção de propósito semelhante a uma noção de lugar. Quando nos entregamos aos lugares, eles nos devolvem a nós mesmos; quanto melhor os conhecemos, mais os semeamos com a cultura invisível de lembranças e associações que estará à nossa espera quando voltarmos, ao passo que os lugares novos oferecem novos pensamentos, novas possibilidades. Explorar o mundo é uma das melhores maneiras de explorar a mente, e o caminhar percorre as duas topografias.

CAPÍTULO 2

A MENTE A CINCO QUILÔMETROS POR HORA

I. Arquitetura pedestriana

Jean-Jacques Rousseau observou em suas *Confissões*: "Só consigo meditar quando caminho. Parado, deixo de pensar; minha mente só funciona acompanhando minhas pernas"[1]. A história do caminhar é mais antiga do que a história dos seres humanos, mas a história do caminhar como um ato consciente e cultural, e não um meio para chegar a um fim, só tem alguns séculos de idade na Europa e se inicia com Rousseau. Essa história começou com as caminhadas de várias personalidades do século XVIII, mas aquelas de inclinação mais literária se empenharam em consagrar o caminhar remontando-o à Grécia e suas práticas, oportunamente reverenciadas e deturpadas mesmo então. O excêntrico escritor e revolucionário inglês John Thelwall escreveu um livro enorme e empolado, *The Peripatetic* [O peripatético], unindo o romantismo rousseauniano a essa espúria tradição clássica. "Em um pormenor, ao menos, posso me gabar de que me assemelho à simplicidade dos sábios antigos: dedico-me às minhas meditações a pé", ele comentou[2]. E após a publicação do livro de Thelwall em 1793,

---

[1]. Jean-Jacques Rousseau, *The Confessions*, Harmondsworth, Inglaterra, Penguin Books, 1953, p. 382.
[2]. John Thelwall, *The Peripathetic: or, Sketches of the Heart of Nature and Society*, 1793, reimpressão fac-similar, Nova York, Garland Publishing, 1978, p. 1, 8-9.

muitos outros fariam a mesma alegação, até se fixar a ideia de que os antigos caminhavam para pensar, tanto é que essa mesma imagem parece fazer parte da história cultural: homens de túnicas austeras, conversando circunspectos enquanto cruzam a pé uma ressequida paisagem mediterrânea entremeada por esparsas colunas de mármore.

Essa crença surgiu de uma coincidência entre a arquitetura e a linguagem. Quando Aristóteles se viu pronto para abrir uma escola em Atenas, a cidade designou-lhe um terreno. Felix Grayeff explica, na história que traçou da escola:

> Ali havia santuários dedicados a Apolo e às Musas e talvez outras construções menores [...]. Uma colunata coberta levava ao templo de Apolo ou, talvez, ligasse o templo ao santuário das Musas: se já existia antes ou foi construída só na época, não se sabe. Essa colunata ou passeio (*perípatos*) deu nome à escola. Parece que era ali, pelo menos no começo, que os alunos se reuniam e os professores ministravam suas aulas. Ali passeavam para lá e para cá, e, por esse motivo, diriam posteriormente que o próprio Aristóteles lecionava e ensinava andando de um lado para outro.[3]

Os filósofos que ali se formaram eram chamados de peripatéticos ou de escola peripatética, e, no meu idioma, *peripatético* significa "aquele que caminha habitual e largamente". E, portanto, o nome une o pensar ao caminhar. Há por trás disso mais do que a simples coincidência de uma escola de filosofia ter se estabelecido num templo dedicado a Apolo com uma colunata extensa... ligeiramente mais.

---

3. *Aristotle and His School: An Inquiry into the History of the Peripatos*, Londres, Gerald Duckworth, 1974, 38-9.

Os sofistas – filósofos que regiam a vida ateniense antes de Sócrates, Platão e Aristóteles – eram andarilhos famosos que, muitas vezes, ensinavam no bosque onde a escola de Aristóteles viria a ficar. A investida de Platão contra os sofistas foi tão raivosa que as palavras *sofista* e *sofisma* ainda são sinônimos de engodo e astúcia, apesar de o radical *sophía* estar ligado à sabedoria. Os sofistas, no entanto, funcionavam quase como as escolas de verão e os preletores nos Estados Unidos do século XIX, que iam de um lugar a outro e palestravam para plateias ávidas por ideias e informações. Apesar de ensinarem a retórica como instrumento de poder político – e a capacidade de persuadir e argumentar era crucial na democracia grega –, os sofistas também ensinavam outras coisas. Platão, que tem em seu Sócrates – uma personagem semi-inventada – um dos debatedores mais ardilosos e persuasivos de todos os tempos, mostra-se um tanto dissimulado ao atacar os sofistas.

Fossem ou não virtuosos, os sofistas geralmente eram itinerantes, como o são muitos que devem sua lealdade às ideias em primeiro lugar. Pode ser que a lealdade a algo tão imaterial quanto as ideias distinga os pensadores daqueles que devem lealdade a pessoas e lugares, pois a lealdade que tolhe a liberdade dos últimos muitas vezes impele os primeiros a vagar de um lugar para outro. É um apego que exige desapego. Além disso, as ideias não são uma cultura tão confiável e popular como, digamos, o milho, e quem as cultiva costuma ver-se obrigado a continuar em movimento, em busca de sustento e, também, da verdade. Em muitas culturas, várias profissões – desde os músicos até os médicos – são nômades, dotadas de uma espécie de imunidade diplomática ao antagonismo entre as comunidades que mantém outras pessoas no mesmo lugar. O próprio Aristóteles, a princípio, tinha a intenção de se tornar médico, como seu pai havia sido, e os médicos daquela época eram membros de uma corporação reservada de viajantes que alegavam descender do deus da cura. Se tivesse se tornado um filósofo na era dos sofistas, provavelmente teria sido itinerante de um jeito ou de outro, pois as escolas de filosofia fixas foram instituídas pela primeira vez em Atenas já em sua época.

Hoje é impossível dizer se Aristóteles e seus peripatéticos tinham ou não o hábito de caminhar enquanto discutiam filosofia, mas o vínculo entre o pensar e o caminhar é recorrente na Grécia antiga, e a arquitetura grega acolhia o caminhar como uma atividade social e coloquial. Exatamente como os peripatéticos deviam seu nome ao *perípatos* da escola, os estoicos foram chamados assim por causa da *stoá* (colunata) em Atenas, uma calçada pintada da maneira menos estoica possível onde eles andavam e conversavam[4]. Muito tempo depois, a associação entre o caminhar e o filosofar estaria disseminada de tal maneira que a toponímia da Europa central faria homenagem a ela: o célebre Philosophenweg em Heidelberg, onde dizem que Hegel caminhava; a Philosophen-damm em Königsberg, por onde Kant passava a pé todos os dias (hoje substituída por uma estação ferroviária), e o Caminho do Filósofo, que Kierkegaard menciona em Copenhague.

E os filósofos que caminhavam... Bem, caminhar é uma atividade humana universal. Jeremy Bentham, John Stuart Mill e muitos outros andavam bastante, e Thomas Hobbes chegava mesmo a ter uma bengala com um tinteiro de chifre embutido, para que pudesse botar as ideias no papel pelo caminho. O frágil Immanuel Kant dava uma volta por Königsberg todos os dias após o jantar, mas era só como exercício, pois ele pensava sentado ao lado do fogão e fitando a torre da igreja pela janela. O jovem Friedrich Nietzsche declara com extraordinária formalidade: "Como recreação, volto-me para três coisas, e que recreação maravilhosa

---

4. Christopher Thacker, *The History of Gardens* (Berkeley, University of California Press, 1985, p. 21) é minha fonte de informação no caso da *stoá* e dos estoicos. *Streets for People: A Primer for Americans*, de Bernard Rudofsky (Nova York, Van Nostrand Reinhold, 1982), também oferece um resumo dessas informações.

elas propiciam! Meu Schopenhauer, a música de Schumann e, por último, passeios solitários"[5]. No século XX, Bertrand Russell, falando de seu amigo Ludwig Wittgenstein, contaria:

> Ele costumava vir a meus aposentos à meia-noite e, durante horas, andava para lá e para cá, feito um tigre enjaulado. Ao chegar, anunciava que, quando deixasse meus aposentos, cometeria suicídio. Por isso, apesar de sonolento, eu não me animava a mandá-lo embora. Certa noite, depois de uma ou duas horas de silêncio sepulcral, eu lhe disse: "Wittgenstein, está pensando na lógica ou em seus pecados?". "Nos dois", ele disse, e voltou a se calar[6].

Os filósofos caminhavam. Mas os filósofos que refletiam a respeito do caminhar são mais raros.

II. A consagração do caminhar

Foi Rousseau quem lançou as fundações do edifício ideológico dentro do qual o caminhar propriamente dito seria venerado, não o caminhar que fazia Wittgenstein ir de lá para cá nos aposentos de Russell, mas o caminhar que fazia Nietzsche sair de casa e entrar na paisagem. Em 1749, o escritor e enciclopedista Denis Diderot foi jogado na prisão por ter redigido um ensaio que questionava a bondade de Deus. Rousseau, amigo íntimo de Diderot na época, passou a visitá-lo no cárcere, percorrendo a pé os dez quilômetros entre sua casa em Paris e o calabouço

---

[5]. Oscar Levy (org.), *Selected Letters of Friedrich Nietzsche*, Nova York, Doubleday, 1921, p. 23.

[6]. Bertrand Russell, *Portraits from Memory*, apud A. J. Ayer, *Wittgenstein*, Nova York, Random House, 1985, p. 16.

do Castelo de Vincennes. Apesar do verão extremamente quente, conta Rousseau em suas *Confissões* (1781-8), não totalmente confiáveis, ele caminhava por ser pobre demais para se locomover por qualquer outro meio. Escreve ele:

> Para moderar o passo, pensei em levar um livro comigo. Certo dia, levei a *Mercure de France* e, folheando-a enquanto andava, encontrei por acaso a pergunta proposta pela Academia de Dijon para o prêmio do ano seguinte. O progresso das artes e das ciências seria responsável por corromper a moral ou aprimorá-la? No instante em que li isso, contemplei outro universo e me tornei outro homem[7].

Nesse outro universo, esse outro homem ganhou o prêmio, e o ensaio publicado tornou-se famoso por condenar furiosamente o tal progresso.

Rousseau, como pensador, era mais ousado do que original: enunciou com a maior das audácias as tensões de sua época e com o mais fervoroso louvor as suscetibilidades emergentes. A alegação de que Deus, a monarquia e a natureza estavam alinhados e em harmonia começava a ficar insustentável. Rousseau, com seus ressentimentos de classe média baixa, a desconfiança que nutria pelos reis e pelo catolicismo, típica dos suíços calvinistas, a vontade de escandalizar e a inabalável autoconfiança, era a pessoa certa para transformar grunhidos longínquos de discordância em algo específico e político. No *Discurso sobre as ciências e as artes*, ele declarou que o ensino e até mesmo a imprensa corrompiam e enfraqueciam o indivíduo e a cultura. "Eis como a luxúria, a licenciosidade e a escravidão foram, em todas as épocas, o castigo

---

7. Rousseau, *Confessions*, op. cit., p. 327.

para as tentativas arrogantes que fizemos de sair da feliz ignorância em que a sabedoria eterna nos colocou.[8]" As ciências e as artes, ele asseverava, não levavam à felicidade nem ao autoconhecimento, mas à distração e à corrupção.

Hoje, o pressuposto de que todas as coisas boas, naturais e simples são paralelas parece ser, na melhor das hipóteses, um lugar-comum; na época, foi incendiário. Na teologia cristã, a natureza e a humanidade haviam caído em desgraça depois do Éden; foi a civilização cristã que as redimiu, de modo que a bondade era uma condição cultural, e não natural. Essa inversão rousseauniana que insiste em que os homens e a natureza são melhores em seu estado original é, entre outras coisas, um ataque às cidades, aos aristocratas, à tecnologia, à sofisticação e, por vezes, à teologia, e continua até hoje (curiosamente, porém, os franceses, que eram seu principal público-alvo e cuja revolução ele ajudou, mostraram-se, com o passar do tempo, bem menos suscetíveis a essas ideias do que os britânicos, os alemães e os norte-americanos). Rousseau desenvolveu melhor essas ideias em seu *Discurso sobre a origem e os fundamentos da desigualdade* (1754) e em seus romances *Júlia* (1761) e *Emílio* (1762). Os dois romances retratam de várias maneiras uma vida mais simples e campesina, embora nenhum deles reconheça o trabalho árduo e braçal da maioria dos camponeses. Suas personagens ficcionais viviam, como ele próprio no auge de sua felicidade, em modesto conforto, sustentadas por trabalhadores invisíveis. Não importam as inconsistências da obra de Rousseau, pois esta é mais uma expressão de uma nova sensibilidade e seus novos entusiasmos do que uma análise irrefutável. O fato de Rousseau escrever com

---

8. Jean-Jacques Rousseau, "First Discourse (Discourse on the Arts and Letters)", in *The First and Second Discourses*, Nova York, St. Martin's Press, 1964, p. 46.

grande elegância é uma dessas inconsistências e uma das razões pelas quais ele era tão lido.

No *Discurso sobre a desigualdade*, Rousseau retrata o homem em sua condição natural, "vagando pelas florestas, sem indústria, sem linguagem, sem domicílio, sem guerra nem vínculos, sem necessidade alguma de seus semelhantes e, do mesmo modo, desejo algum de lhes fazer mal"[9], muito embora admita que não há como sabermos que condição seria essa. O tratado ignora de imediato as narrativas cristãs da origem humana e visa a uma antropologia comparativa e presciente da evolução social (e, apesar de reiterar o tema cristão do cair em desgraça, inverte o sentido da queda: não mais rumo à natureza, mas à cultura). Nessa ideologia, o caminhar é o emblema do homem simples e, quando a caminhada é solitária e campesina, também um meio de estar na natureza e fora da sociedade. O andarilho tem o desapego do viajante, mas viaja sem adornos nem acréscimos, depende da força de seu próprio corpo, e não de conveniências que podem ser fabricadas e compradas, como cavalos, barcos, carruagens. Afinal, o caminhar é uma atividade essencialmente não aperfeiçoada desde o início dos tempos.

Descrevendo-se tantas vezes como pedestre, Rousseau reivindicava parentesco com esse andarilho pré-histórico ideal e, de fato, caminhou bastante durante toda a sua vida. Sua existência errante começou quando, ao voltar a Genebra de um passeio dominical pelo campo, descobriu que era tarde demais: os portões da cidade estavam fechados. Rousseau, então com quinze anos, impulsivamente decidiu abandonar sua terra natal, o ofício que estava aprendendo e, por fim, sua religião; deu as costas aos portões e, andando, deixou a Suíça. Na Itália e na França, encontrou e

---

9. Rousseau, "Second Discourse", ibid., p. 137.

abandonou vários empregos, patrões e amigos no decorrer de uma vida que parecia sem rumo até o dia em que ele leu a *Mercure de France* e encontrou sua vocação. Daí em diante, parece que ele sempre tentava voltar às perambulações despreocupadas de sua juventude. A respeito de um desses episódios, ele escreve:

> Não me lembro de ter experimentado em toda a minha vida um período tão completamente livre de cuidados e ansiedades como aqueles sete ou oito dias passados na estrada [...]. Essa lembrança dotou-me de um paladar dos mais fortes por tudo que se associa a ela, especialmente pelas montanhas e por viajar a pé. Nunca mais andei tanto quanto na flor da idade, e para mim [andar] sempre foi uma delícia [...]. Durante um bom tempo, vasculhei Paris em busca de dois homens que tivessem os mesmos gostos que eu, dispostos a contribuir com cinquenta luíses de sua bolsa e um ano de seu tempo para um passeio conjunto pela Itália, a pé e acompanhados somente por um rapaz que nos carregasse a mochila[10].

Rousseau nunca encontrou sérios candidatos para essa primeira versão de uma excursão pedestre (e nunca explicou por que haveria a necessidade de arranjar companheiros para empreendê-la, a menos que fosse para pagar as contas), mas ele não perdia a oportunidade de caminhar. Em outra passagem, ele afirmou:

> Nunca pensei tanto, vivi tão intensamente e provei tantas coisas, nunca fui tanto eu mesmo — se é que posso usar essa expressão — como nas jornadas que empreendi sozinho e a pé. Há no caminhar algo que estimula e aviva meus pensamentos. Se fico num só lugar, mal consigo pensar;

---

10. Rousseau, *Confessions*, p. 64.

meu corpo precisa estar em movimento para acionar minha mente. A paisagem do campo, a sucessão de panoramas agradáveis, o ar livre, o bom apetite e a boa saúde que adquiro ao andar, a atmosfera sossegada de uma estalagem, a ausência de tudo que me faz ciente de minha dependência, de tudo que me faz recordar minha situação: todas essas coisas servem para libertar meu espírito, emprestar uma audácia ainda maior a meu raciocínio, para que eu possa combiná-las, selecioná-las e torná-las minhas como bem entender, sem receios nem restrições[11].

Era, naturalmente, a caminhada ideal o que ele descrevia – escolhida de livre e espontânea vontade por uma pessoa saudável em circunstâncias seguras e agradáveis –, e é esse o tipo que seria adotado por seus incontáveis herdeiros como expressão de bem-estar, harmonia com a natureza, liberdade e virtude.

Rousseau pinta o caminhar como um exercício de simplicidade e um método de contemplação. No período em que escreveu os *Discursos*, ele costumava andar sozinho pelo Bosque da Bolonha após o almoço, "pensando e repensando a matéria de obras ainda por escrever e só retornando à noite"[12]. As *Confissões*, de onde esse trecho saiu, só foram publicadas após a morte de Rousseau (em 1762, seus livros tinham sido queimados em Paris e Genebra, e sua vida de exilado errante começara). Contudo, mesmo antes de completadas as *Confissões*, seus leitores já o associavam a excursões peripatéticas. Ao visitar Rousseau, seu ídolo, nos arredores de Neuchâtel, Suíça, em 1764, James Boswell escreveu: "Com o intuito de me preparar para a grande Entrevista, saí andando sozinho. Pensativo, fui andar pela margem do rio Ruse, num belo vale agreste cercado por montanhas imensas, algumas das

---

11. Ibid., p. 158.
12. Ibid., p. 363.

quais cobertas de pedras carrancudas, outras, de neve cintilante"[13]. Boswell, que aos 24 anos se preocupava com as aparências tanto quanto Rousseau e era ainda mais janota, já sabia que a caminhada, a solidão e a natureza eram rousseaunianas, e com suas propriedades revestiu sua mente, como talvez tivesse adornado seu corpo para um encontro mais convencional.

A solidão é um estado ambíguo nos textos de Rousseau. No *Discurso sobre a origem e os fundamentos da desigualdade*, ele retrata os seres humanos em sua condição natural como habitantes isolados de uma floresta hospitaleira. Mas, em sua obra de cunho mais pessoal, ele costuma pintar a solidão não como um estado ideal, mas como consolo e refúgio para um homem que sofreu a traição e a decepção. Na verdade, boa parte de seus textos gira em torno da questão de se e como a pessoa deve se relacionar com o próximo. Hipersensível quase a ponto de ser paranoico e convicto de sua probidade nas circunstâncias mais dúbias, Rousseau reagia desproporcionalmente aos juízos de outras pessoas, mas não conseguia nem queria moderar suas ideias e atitudes nada ortodoxas e muitas vezes ácidas. Hoje é mais ou menos aceito que seus textos universalizam sua experiência e que a maneira como descreve a derrocada do homem – da simplicidade para a corrupção e a desgraça – não passa de uma descrição da derrocada do próprio Rousseau – da simplicidade e segurança suíças ou da mera ingenuidade da infância para sua vida incerta no estrangeiro, entre aristocratas e intelectuais. Seja como for, sua versão se mostrou tão influente que, hoje em dia, poucos nunca ouviram falar dela.

Por último, no fim da vida, ele escreveu *Os devaneios do caminhante solitário** (no original, *Les rêveries du promeneur solitaire*, 1782), um livro que trata do caminhar sem realmente tratar dele.

---

13. Boswell, "Dialogue with Rousseau", in Louis Kronenberger (org.), *The Portable Johnson and Boswell*, Nova York, Viking, 1947, p. 417.

* Trad. de Julia da Rosa Simões. Porto Alegre, L&PM, 2008, 144 p. (N.T.)

Cada capítulo é chamado de caminhada e, na segunda caminhada, ele deixa clara sua premissa:

> Tendo, portanto, decidido descrever minha habitual disposição de ânimo quanto a isso – a situação mais estranha que qualquer mortal virá a conhecer –, não me ocorreu maneira mais simples ou segura de executar meu plano do que manter um registro fiel de minhas andanças solitárias e os devaneios que as preenchem[14].

Cada um desses ensaios breves e pessoais lembra uma sequência de pensamentos ou preocupações que se podem nutrir durante uma caminhada, apesar de não haver indícios de que sejam frutos de passeios específicos. Vários são meditações a respeito de uma frase, alguns são recordações, outros são pouco mais do que a vocalização de ressentimentos. Juntos, os dez ensaios (o oitavo e o nono ainda eram rascunhos e o décimo ficou incompleto com a morte de Rousseau, em 1778) retratam um homem que se refugiou nos pensamentos e nas atividades botânicas de suas caminhadas e que, através deles, busca e recorda um porto mais seguro.

Um andarilho solitário se encontra no mundo, mas separado dele, com o desapego do viajante, e não os laços do operário, do morador, do integrante de um grupo. Caminhar parece ter se tornado a modalidade de existência preferida de Rousseau porque, no âmbito de uma caminhada, ele é capaz de viver em pensamentos e devaneios, ser autossuficiente e, portanto, sobreviver ao mundo que, em sua percepção, o traiu. Oferece-lhe uma posição literal de onde ele pode falar. Como estrutura literária, o passeio relatado estimula a digressão e a associação, em contraste com a forma mais rigorosa de um discurso ou a progressão cronológica de uma

---

14. Jean-Jacques Rousseau, "Second Walk", in *Reveries of the Solitary Walker*, Harmondsworth, Inglaterra, Penguin Books, 1979, p. 35.

narrativa biográfica ou histórica. Um século e meio mais tarde, James Joyce e Virginia Woolf, tentando descrever o funcionamento da mente, desenvolveriam a técnica chamada de fluxo de consciência. Em seus respectivos romances, *Ulisses* e *Mrs. Dalloway*, a confusão de pensamentos e recordações de seus protagonistas se desenvolve melhor durante as caminhadas. Esse tipo de raciocínio desestruturado e associativo é o tipo mais comumente relacionado ao caminhar e sugere que o ato nada tem de analítico: é improviso. Os *Devaneios* de Rousseau são uma das primeiras descrições dessa relação entre o pensar e o caminhar.

Rousseau caminha sozinho, e as plantas que recolhe e os desconhecidos que encontra são os únicos seres para os quais ele demonstra ternura. Na nona caminhada, ele rememora passeios anteriores, que parecem brotar uns dos outros como as partes de um telescópio para focalizar o passado distante de Rousseau. Ele começa com uma caminhada dois dias antes até a Escola Militar, daí passa para outra nos arredores de Paris dois anos antes, depois para um passeio por um jardim com sua esposa quatro ou cinco anos antes, e por fim relata um incidente que antecedia até mesmo esta última recordação em muitos anos, no qual ele teria comprado todas as maçãs que uma menina pobre vendia e as distribuído entre moleques famintos que matavam o tempo ali por perto. Todas essas lembranças foram incitadas pela leitura do obituário de uma conhecida que mencionara sua adoração por crianças, o que precipitou a culpa que Rousseau sentia por ter abandonado os próprios filhos (embora os acadêmicos de hoje por vezes duvidem que ele tenha tido filhos, suas *Confissões* contam que ele teve cinco com sua companheira Thérèse e os mandou todos para orfanatos). Essas recordações contestam uma acusação que só ele mesmo levantava e o fazem declarando a afeição dele pelas crianças, como demonstram esses encontros fortuitos. O ensaio é uma defesa meditativa para um julgamento imaginário. A conclusão desvia o assunto para as tribulações que a fama lhe trouxera e sua incapacidade de andar em paz e sem ser reconhecido no meio do povo. A implicação é que, mesmo nessa interação social das mais fortuitas, ele se via contrariado, e, portanto, somente o terreno do devaneio lhe proporciona a liberdade para andar a esmo. Boa parte do livro foi escrita enquanto ele morava em Paris, isolado por sua fama e desconfiança.

Se a literatura do caminhar filosófico começa com Rousseau, é porque ele foi um dos primeiros a julgar valer a pena registrar minuciosamente as circunstâncias de suas ruminações. Se ele era um radical, seu ato de mais profundo radicalismo foi reavaliar o pessoal e o privado, para os quais a caminhada, a solidão e a natureza ofereciam condições favoráveis. Se ele inspirou revoluções – da imaginação e da cultura, bem como da organização política –, elas foram, para ele, simplesmente necessárias para derrubar os obstáculos a essa experiência. A força total de seu intelecto e seus argumentos mais convincentes foram investidos na causa de recuperar e perpetuar essas disposições de ânimo e condições de existência que ele descreve em *Devaneios do caminhante solitário*.

Em duas caminhadas, ele rememora os interlúdios de paz campesina que ele mais estimava. Na famosa quinta caminhada, ele descreve a felicidade que encontrou na ilha de Saint-Pierre no lago Bienne, para a qual fugiu depois de ser apedrejado e expulso de Môtiers, nos arredores de Neuchâtel, onde Boswell fora visitá-lo. "No que jaz tão grande contentamento?"[15], ele pergunta retoricamente e prossegue, descrevendo uma vida na qual ele pouco tinha e fazia, a não ser colecionar plantas e passear de barco. É o pacato reino rousseauniano, privilegiado a ponto de não precisar fazer trabalho braçal, mas sem a sofisticação e a socialização de um retiro aristocrático. A décima caminhada é um

---

15. "Fifth Walk", ibid., p. 83.

hino de louvor à similar felicidade campesina de que ele desfrutara, ainda adolescente, com sua benfeitora e amante, Louise de Warens. Foi escrita quando ele havia encontrado, enfim, um substituto para Saint-Pierre, a quinta de Ermenonville. Ele morreu aos 75 anos, deixando a décima caminhada por terminar. O marquês de Girardin, proprietário de Ermenonville, enterrou Rousseau lá mesmo, numa ilhota coberta de choupos, e instituiu uma peregrinação para os devotos sentimentais que vinham prestar homenagem. Incluía um itinerário que instruía o visitante não só a cruzar o jardim para chegar à tumba, mas também a sentir. A revolta particular de Rousseau começava a se tornar cultura pública.

III. Caminhar, pensar, caminhar

Søren Kierkegaard é outro filósofo que tem muito a dizer a respeito do caminhar associado ao pensar. Ele escolheu as cidades – ou uma cidade, Copenhague – como local onde caminhar e estudar seus objetos humanos, apesar de ter comparado esses passeios urbanos à coleta de plantas no campo: os seres humanos eram os espécimes que ele recolhia. Nascido cem anos mais tarde e numa outra cidade protestante, levou uma vida absolutamente distinta da de Rousseau em alguns aspectos: os severos padrões ascéticos que estabeleceu para si mesmo não poderiam diferir mais do comodismo de Rousseau, e ele nunca abandonou sua terra natal, a família e a religião, apesar de ter contestado todas elas. Em outros aspectos – o isolamento social, a redação prolífica de obras tanto literárias quanto filosóficas, a preocupação incômoda com as aparências –, a semelhança é grande. Filho de um mercador endinheirado, religioso fervoroso e inflexível, Kierkegaard viveu de sua herança e sob a autoridade do pai a maior parte de sua vida.

Numa recordação que atribui a um de seus pseudônimos, mas que quase certamente é sua, ele conta como o pai, em vez de deixá-lo sair de casa, costumava andar com ele por uma sala, descrevendo o mundo de maneira tão viva que o menino tinha a impressão de enxergar toda a diversidade evocada. O menino foi amadurecendo e o pai deixou que ele participasse:

> O que antes era um épico passou a ser um drama: alternavam-se falando. Se andassem por caminhos bem conhecidos, vigiavam um ao outro para garantir que nada passasse despercebido; se o caminho fosse novidade para Johannes, ele inventava alguma coisa, ao passo que a imaginação todo-poderosa do pai era capaz de dar forma a tudo, de usar cada capricho infantil como ingrediente do drama. Para Johannes, era como se o mundo passasse a existir durante a conversa, como se o pai fosse o Senhor Deus e este, seu favorito[16].

O triângulo entre Kierkegaard, o pai e Deus consumiria a vida do filósofo, e por vezes parece que ele criava seu Deus à imagem do pai. Com essas caminhadas pela sala, o pai parecia estar formando conscientemente a personagem estranha que Kierkegaard viria a se tornar. Ele se descrevia como um velho ainda na infância, como um fantasma, um andarilho, e esse andar enjaulado parece ter sido sua educação sobre como viver num reino mágico e incorpóreo da imaginação que só tinha um único habitante de verdade: ele mesmo. Até mesmo os inumeráveis pseudônimos sob os quais publicou muitas de suas obras mais conhecidas parecem artifícios para se perder e, ao mesmo tempo, revelar-se, além de transformar sua solidão em multidão. Durante

---

16. Walter Lowrie, *A Short Life of Kierkegaard*, Princeton, Nova Jersey, Princeton University Press, 1942, p. 45-6.

toda a sua vida adulta, Kierkegaard quase nunca recebia convidados em casa e, de fato, durante toda a sua vida, quase nunca teve alguém que pudesse chamar de amigo, apesar de conhecer muita gente. Uma de suas sobrinhas conta que as ruas de Copenhague eram sua "sala de visitas", e o grande prazer cotidiano de Kierkegaard parece ter sido percorrer a pé as ruas de sua cidade. Era uma maneira de estar cercado de pessoas para um homem que não era capaz de conviver com elas, uma maneira de se aquecer no lânguido calor humano de encontros breves, saudações de conhecidos e conversas ouvidas por acaso. O andarilho solitário está presente e desligado do mundo que o cerca, mais do que uma plateia, menos do que um partícipe. Caminhar mitiga ou legitima essa alienação: o leve desapego se dá porque se está caminhando, e não porque se é incapaz de criar laços. Caminhar propiciava a Kierkegaard, assim como a Rousseau, uma profusão de contatos fortuitos com outros seres humanos e facilitava a contemplação.

Em 1837, justamente quando começava sua obra literária, Kierkegaard escreveu:

> É tão estranho minha imaginação funcionar melhor quando estou sentado e sozinho em meio a uma grande quantidade de gente, quando o tumulto e o ruído exigem um substrato de vontade para que a imaginação possa se agarrar a seu objeto; sem esse ambiente, ela sangra até a morte no abraço extenuante de uma ideia indefinida[17].

Ele encontrava esse mesmo tumulto na rua. Passada mais de uma década, ele declararia em outro diário: "Para suportar uma tensão mental como a minha, preciso de distração, a distração de contatos ao acaso nas ruas e vielas, porque a associação com alguns

---

17. Howard V. Hong e Edna H. Hong (org.), *Søren Kierkegaard's Journals and Papers*, Bloomington, Indiana University Press, 1978, vol. 6, p. 113.

indivíduos restritos não é, de fato, distração"[18]. Nessas e em outras declarações, ele propõe que a mente funciona melhor quando cercada por distrações, que ela se concentra no ato de se afastar do alvoroço circundante, e não no fato de estar isolada. Ele se deleitava com a variedade turbulenta da vida citadina, afirmando em outra passagem: "Neste exato momento há um homem mais adiante na rua, tocando realejo e cantando: é maravilhoso, as coisas insignificantes e acidentais da vida é que são significativas"[19].

Em seus diários, ele insiste na afirmação de que compôs todas as suas obras a pé. "A maior parte de *Ou-ou** foi redigida apenas duas vezes (além, obviamente, do que cogitei enquanto caminhava, mas é sempre esse o caso); hoje em dia gosto de redigir três vezes[20]", conta um trecho, e há muitos como esse asseverando que, embora fossem percebidas como sinais de ócio, suas caminhadas extensas eram na verdade os alicerces de sua obra prolífica. As memórias de outras pessoas mostram-no nesses encontros pedestrianos, mas devem ter havido intervalos longos e solitários nos quais ele podia compor seus pensamentos e esboçar os textos do dia. Pode ser que os passeios a pé pela cidade o distraíssem e ele conseguisse esquecer que existia tempo suficiente para pensar de maneira mais produtiva, pois seus pensamentos particulares costumam ser circunvoluções de desespero e preocupação com as aparências. Num trecho de diário de 1848, Kierkegaard descreveu como, a caminho de casa, "avassalado por ideias prontas para serem colocadas no papel e, em certo sentido, tão fraco que mal conseguia andar[21]", costumava encontrar um

---

18. Ibid., vol. 5, p. 271 (1849-51).
19. Ibid., vol. 5, p. 177 (1841).
* Kierkegaard, S. *Ou-ou: um fragmento de vida*. Lisboa, Relógio d'Água, 2013. 475 p. (N.T.)
20. Ibid., vol. 5, p. 341 (1846).
21. Ibid., vol. 6, p. 62-3 (1848).

pobre coitado e, caso se recusasse a falar com ele, suas ideias lhe escapavam: "Eu caía na mais terrível aflição espiritual diante da ideia de que Deus pudesse fazer comigo o que eu fizera àquele homem. Mas se eu parasse e conversasse com o pobre coitado, isso nunca acontecia".

Estar fora de casa, em público, conferia-lhe praticamente seu único papel social, e ele se martirizava imaginando como seria interpretado seu desempenho no palco de Copenhague. De certo modo, suas aparições na rua eram como suas aparições na página impressa: tentativas de manter contato, mas não com demasiada intimidade e de acordo com suas próprias condições. À semelhança de Rousseau, ele tinha um relacionamento difícil com o público. Decidiu publicar muitas de suas obras sob pseudônimos, depois se queixava de ser considerado um preguiçoso, já que ninguém sabia que ele voltava de suas perambulações para escrever em casa. Depois de romper o noivado com Regine Olsen no que seria a tragédia determinante de sua vida, ele continuou a vê-la na rua, e somente na rua. Anos mais tarde e em várias ocasiões, os dois apareceriam à mesma hora numa rua de frente para o porto, e ele remoeria o significado disso tudo. A rua, que é a arena mais fortuita para as pessoas com vidas particulares plenas, era personalíssima para ele.

A outra grande crise de sua sossegada vida surgiu quando ele escreveu uma pequena crítica contra a indecente revista satírica dinamarquesa *Corsaren*. Apesar de o editor admirá-lo, a revista começou a publicar ilustrações e parágrafos zombeteiros a respeito de Kierkegaard, e o público de Copenhague adotou a piada. Eram chistes inofensivos em sua maioria: achavam graça de seu estilo e pseudônimos elaborados, ilustravam-no usando calças com pernas de comprimento desigual ou como uma figura inquieta e de sobrecasaca, que se abria feito sino em volta de suas pernas franzinas. Mas as paródias o fizeram mais famoso do que ele gostaria de ser e o deixaram doloridamente aflito com a possibilidade de ser alvo de caçoada e ver zombaria em toda parte. Kierkegaard parece ter exagerado os efeitos das provocações da *Corsaren* e sofreu tremendamente, sobretudo porque não se sentia mais à vontade para andar pela cidade. "Conspurcaram minha atmosfera. Graças à minha melancolia e ao meu trabalho atroz, eu precisava me ver só em meio à multidão para descansar. Por isso, desespero. Não encontro mais essa solidão. A curiosidade me cerca em toda parte.[22]" Um de seus biógrafos conta que foi essa última crise em sua vida, seguida à do pai e à da noiva, que o lançou em sua fase derradeira como escritor teólogo, e não mais filósofo ou esteta. Não obstante, ele continuou a andar pelas ruas de Copenhague, e foi numa dessas caminhadas que ele desmaiou e foi levado ao hospital, onde morreria algumas semanas depois.

À semelhança de Rousseau, Kierkegaard é um híbrido, um escritor filosófico, e não um filósofo propriamente dito. Sua obra é muitas vezes descritiva, evocativa, pessoal e potencialmente ambígua, em nítido contraste com a comprovação rigorosa do argumento que é fundamental na tradição filosófica do Ocidente. Abre espaço para o deleite, a personalidade e algo tão específico quanto o som de um realejo na rua ou coelhos numa ilha. Rousseau diversificou-se com o romance, a autobiografia e o devaneio, e brincar com as formas fixas era fundamental na obra de Kierkegaard: criar um pós-escrito enorme para um ensaio relativamente breve, sobrepor em seus textos os autores pseudônimos como caixinhas chinesas. Seus herdeiros parecem ser os experimentalistas literários como Ítalo Calvino e Jorge Luís Borges, que brincam com a maneira como a forma fixa, o foco narrativo, as citações e outros artifícios modelam o significado.

O caminhar de Rousseau e Kierkegaard só nos é acessível porque eles escreveram a respeito disso em obras mais pessoais,

---

22. Ibid., vol. 5, p. 386 (1847).

descritivas e específicas – as *Confissões* e os *Devaneios* de Rousseau, os diários de Kierkegaard –, em vez de permanecer nos domínios impessoais e universais da mais pura filosofia. Talvez porque o caminhar seja, por si só, uma maneira de fundamentar o pensamento numa experiência pessoal e incorporada do mundo é que ele se presta a esse tipo de escritura. É por isso que o significado do caminhar é discutido principalmente fora da filosofia: na poesia, nos romances, em cartas, diários, relatos de viagem e ensaios em primeira pessoa. Além disso, esses excêntricos focam o caminhar como meio de modular sua própria alienação, e esse tipo de alienação foi um fenômeno novo na história intelectual. Não estavam nem imersos na sociedade circundante – com a exceção dos últimos anos de Kierkegaard, depois do caso *Corsaren* –, nem dela removidos na tradição do pensador religioso. Estavam no mundo, mas a ele não pertenciam. O andarilho solitário, por mais breve que seja seu itinerário, foi desarraigado, está entre um lugar e outro, é levado a agir pelo desejo e pela necessidade, dotado do desapego do viajante, e não dos laços do operário, do morador, do integrante de um grupo.

IV. A discussão perdida

No começo do século XX, um filósofo chegou de fato a tratar diretamente do caminhar como algo fundamental em seu projeto intelectual. É claro que o caminhar já tinha servido de exemplo antes disso. Kierkegaard gostava de citar Diógenes: "Quando os eleatas negaram o movimento, Diógenes, como todos sabem, se opôs apresentando-se. Literalmente se apresentou, pois não disse uma palavra, simplesmente deu alguns passos para frente e para trás, supondo assim que os refutara suficientemente". O fenomenologista Edmund Husserl descreveu em seu ensaio de 1931, "O mundo do presente vivo e a constituição do mundo circundante externo ao organismo"[23], o caminhar como a experiência pela qual entendemos nosso corpo em relação ao mundo. O corpo, ele dizia, é a maneira como experimentamos o que sempre se encontra aqui, e o corpo em movimento experimenta a unidade de todas as suas partes como o "aqui" contínuo que segue na direção e através de vários "acolás". Ou seja, o corpo se move, mas é o mundo que muda, e é assim que se distinguem um do outro: viajar pode ser uma maneira de experimentar essa continuidade do ser em meio à vicissitude do mundo e, portanto, começar a entender cada um deles e sua relação mútua. A proposta de Husserl difere de especulações anteriores sobre como uma pessoa experimenta o mundo ao enfatizar o ato de caminhar, e não os sentidos e a mente.

Ainda assim, é muito pouco. Seria de se esperar que a teoria pós-moderna tivesse muito a dizer a respeito do caminhar, dado que a mobilidade e a corporalidade estão entre suas discussões mais importantes... E quando passa a ser móvel, a corporalidade caminha. Boa parte da teoria contemporânea nasceu do protesto feminista diante da maneira como a teoria anterior universalizava a experiência para lá de específica de ser homem e, por vezes, branco e privilegiado. O feminismo e o pós-modernismo destacam que as especificidades da experiência e localização físicas de alguém dão forma à sua perspectiva intelectual. A velha ideia de objetividade não localizada – que transcende as particularidades de corpo e lugar – foi aposentada; tudo provinha de uma determinada posição, e toda posição era política (e, como bem observou George Orwell muito antes disso, "a opinião de que a arte não deve ser política é, por si

---

23. "The World of the Living Present and the Constitution of the Surrounding World External to the Organism", in Peter McCormick e Frederick A. Elliston (org.), *Edmund Husserl: Shorter Works*, Notre Dame, Indiana: University of Notre Dame Press, Harvester Press, 1981. Aproveitei bastante a interpretação de Edward S. Casey desse ensaio denso em seu *The Fate of Place: A Philosophical History* (Berkeley, University of California Press, 1997, p. 238-50).

só, uma opinião política"). Mas, ao desmantelar esse falso princípio universal enfatizando o papel que a etnia e o gênero do corpo desempenham na consciência, esses pensadores aparentemente generalizaram o que significa ser corpóreo e humano a partir de sua própria e específica experiência – ou inexperiência – como corpos que, pelo jeito, levam uma vida em grande parte passiva e em circunstâncias extremamente isoladas.

O corpo descrito repetidas vezes na teoria pós-moderna não suporta intempéries, não encontra outras espécies, não prova o medo primitivo nem algo remotamente parecido com a alegria, não leva seus músculos ao limite. Em suma, não se dedica a exercícios físicos nem sai de casa. A própria palavra "corpo", tantas vezes usada pelos pós-modernos, parece se referir a um objeto passivo, e esse corpo aparece muito comumente estirado na cama ou na mesa de exames. Um fenômeno sexual e médico, trata-se de um local onde se dão sensações, processos e desejos, e não uma fonte de ação e produção. A esse corpo, liberado do trabalho braçal e localizado nas câmaras de privação sensorial que são os apartamentos e escritórios, nada resta além do aspecto erótico como resíduo daquilo que significa estar incorporado. O que não equivale a menosprezar o sexo e o aspecto erótico como fascinantes e profundos (e relevantes para a história do caminhar, como veremos), mas simplesmente propor que foram tão enfatizados porque outros aspectos do estar incorporado sofreram atrofia para muitas pessoas. O corpo que nos é apresentado nessas centenas de volumes e ensaios, esse corpo passivo que tem como únicos sinais de vida a sexualidade e a função biológica, não é, na verdade, o corpo humano universal, mas o corpo urbano de quem não realiza trabalho braçal, ou melhor, um corpo teórico que nem mesmo pode lhes pertencer, pois não há menção ao menor esforço físico: esse corpo descrito em teoria nem sequer dói depois de arrastar as obras completas de Kierkegaard de uma ponta à outra da universidade. "Se o corpo é uma metáfora para nossa condição de entes localizados no espaço e no tempo e, por conseguinte, para a finitude da percepção e do conhecimento humanos, então o corpo pós-moderno não é, de fato, um corpo", escreve Susan Bordo, uma filósofa feminista que discorda dessa versão da incorporação[24].

Viajar, o outro grande tema da recente teoria pós-moderna, discute o estar absolutamente imóvel; um não conseguiu modificar o outro, e parece que estamos lendo a respeito do corpo pós-moderno transportado por aviões e carros velozes, ou até mesmo deslocando-se sem meio aparente de locomoção, seja muscular, mecânico, econômico ou ecológico. O corpo nada mais é do que uma quantidade em trânsito, uma peça de xadrez largada num outro quadrado: não se move, mas é movido. Em certo sentido, são problemas derivados do nível de abstração da teoria contemporânea. Boa parte da terminologia de localização e mobilidade – palavras como *nômade, descentralizado, marginalizado, desterritorializado, fronteira, migrante* e *exílio* – não se encontra ligada a lugares e indivíduos específicos, mas representa ideias de desarraigamento e vicissitude que parecem ser tanto o resultado da teoria infundada quanto seu suposto objeto de estudo. Mesmo nessas tentativas de conciliar o mundo tangível de corpos e movimentos, a abstração volta a desmaterializá-los. As próprias palavras parecem se mover com liberdade e criatividade, sem o peso da responsabilidade da descrição específica.

É só nos textos dissidentes que o corpo se torna ativo. No livro magistral de Elaine Scarry, *The Body in Pain: The Unmaking and Making of the World* [O corpo em agonia: a destruição e a construção do mundo], ela primeiro considera como a tortura destrói o mundo consciente de suas vítimas, em seguida teoriza como os esforços

---

24. Susan Bordo, "Feminism, Postmodernism, and Gender Scepticism", in Linda J. Nicholson (org.), *Feminism/Postmodernism*, Nova York: Routledge, 1990, p. 145.

criativos – que produzem histórias e objetos – constroem esse mundo. Ela descreve as ferramentas e os objetos manufaturados como extensões do corpo no mundo e, portanto, como maneiras de conhecê-lo. Scarry documenta como as ferramentas vão se desligando cada vez mais do corpo propriamente dito, até que a pá primitiva que prolonga o braço se torna uma escavadeira que substitui o corpo. Apesar de nunca discutir diretamente o caminhar, sua obra sugere abordagens filosóficas do assunto. O caminhar devolve o corpo a seus limites originais, a algo dúctil, sensível e vulnerável, mas o próprio caminhar se prolonga no mundo assim como as ferramentas que incrementam o corpo. A senda é uma extensão do caminhar, os lugares destinados ao caminhar são monumentos a essa atividade, e caminhar é uma maneira de criar o mundo e também de estar nele. Portanto, é possível rastrear o corpo que caminha nos lugares criados por ele: trilhas, parques e calçadas são rastros da ação da imaginação e do desejo; cajados, sapatos, mapas, cantis e mochilas são outros resultados materiais desse desejo. O caminhar divide com o criar e o trabalhar esse elemento crucial de entrosamento do corpo e da mente com o mundo, de conhecer o mundo por meio do corpo e o corpo por meio do mundo.

CAPÍTULO 3

ELEVAÇÃO E QUEDA:
OS ESTUDIOSOS DO BIPEDALISMO

O lugar era uma folha de papel em branco. Era o lugar que eu sempre havia procurado. Pelas janelas de trens e carros, na imaginação e em minhas travessias de relevos mais complicados, as imensidões planas me convocavam, prometendo a caminhada que eu imaginava. E naquele instante eu havia chegado à planura absoluta do leito seco de um lago onde eu poderia andar ininterrupta e absolutamente livre. O deserto encerra vários desses leitos secos ou *playas*, erodidos pela água tempos atrás ou ano após ano até formar uma superfície que, uma vez seca, era plana e convidativa como a de uma pista de dança. É nesses lugares que o deserto é mais autêntico: duro, aberto, grátis, um convite para andar ao léu, um laboratório de percepção, escala, luz, um lugar onde a solidão tem um sabor voluptuoso, como no *blues*. Aquele em particular, perto do parque nacional de Joshua Tree, no sudeste da parte californiana do deserto do Mojave, era por vezes o leito de um lago, mas era, sobretudo, uma planície absoluta de terra gretada onde nada crescia. Para mim, grandes espaços como aquele implicam liberdade – liberdade para a atividade inconsciente do corpo e a atividade consciente da mente, lugares onde o caminhar chega a uma cadência constante que parece ser a pulsação do próprio tempo. Pat, meu companheiro nessa travessia do leito lacustre, prefere escalar paredões de rocha, atividade na qual cada gesto é um ato isolado que absorve toda a atenção dele e raras vezes desenvolve um ritmo. É uma diferença de estilo que marca profundamente nossas vidas: ele é meio budista e entende a espiritualidade como o estado consciente de momento a momento, ao passo que eu sou fanática por simbolismos, interpretações, histórias e um tipo ocidental de espiritualidade que se encontra mais no futuro do que no presente. Mas nós dois temos a mesma ideia de que sair e estar em contato com a terra é a maneira ideal de existir.

Caminhar, eu percebi tempos atrás em outro deserto, é como o corpo compara suas dimensões às da terra. Naquele leito lacustre, a cada passo nos aproximávamos mais de uma das serras – azuis à luz do fim da tarde – que contornavam nosso horizonte feito arquibancadas elevando-se acima de um campo esportivo. Imagine o leito lacustre como um plano geométrico absoluto que nossos passos medeiam como as pernas de um compasso oscilando para frente e para trás. As mensurações registravam que a terra era grande e nós não, a mesma novidade boa e apavorante trazida pela maioria das caminhadas pelo deserto. Naquela tarde, até mesmo as gretas no chão lançavam sombras nítidas e compridas, e o furgão de Pat projetava a sombra de um arranha-céu. Nossas próprias sombras nos acompanhavam à direita e iam se alongando cada vez mais, longas como eu nunca as tinha visto. Perguntei-lhe de que tamanho achava que seriam, e ele me disse para ficar imóvel, para que ele medisse a minha em passadas. Voltei-me para o leste e para minha própria sombra, na direção das montanhas mais próximas, que era para onde todas as sombras se estendiam, e ele começou a andar.

Fiquei sozinha; minha sombra, uma estrada comprida que Pat percorria. Ele parecia, naquele ar pelúcido, não se afastar, mas diminuir em tamanho. Foi quando consegui enquadrá-lo no pequeno espaço entre o polegar e o indicador quase unidos, foi quando sua própria sombra quase atingiu as montanhas que ele chegou à sombra da minha cabeça, mas, assim que o fez, o sol escapuliu sob o horizonte. E, com isso, o mundo mudou: a planície perdeu a cor dourada, as montanhas assumiram um tom mais intenso de azul e nossas sombras nítidas perderam a definição. Gritei para que ele parasse ali, sobre a já não tão distinta sombra da minha cabeça, e, quando cobri a distância que nos separava, ele me contou que havia percorrido cem passos – 75 ou noventa metros –, mas que distinguir aquilo que constituía minha sombra ficara cada vez mais difícil durante a caminhada. Voltamos para o furgão com o cair da noite, concluído o experimento. Mas onde foi que este havia começado?

Rousseau pensava ser possível encontrar a verdadeira natureza da humanidade em suas origens e que entender essas origens era compreender quem fomos e quem deveríamos ser. A própria discussão sobre a origem humana evoluiu bastante desde que ele emendou descrições imprecisas de costumes não europeus a uma certa especulação infundada a respeito do "bom selvagem". Mas o argumento de que somos ou deveríamos ser quem éramos originalmente – quer *originalmente* signifique 1940 ou 3 milhões de anos atrás – só ganhou força com o passar do tempo. Livros de grande popularidade e artigos científicos vivem debatendo se somos uma espécie comunitária ou sanguinária e violenta, vivem discutindo as diferenças de gênero que estariam codificadas em nossos genes. Nos dois casos, costumam ser historinhas bonitas a respeito de quem somos, poderíamos ou deveríamos ser, contadas por qualquer um, desde os conservadores que defendem a suficiência da tradição aos entusiastas da vida saudável que argumentam que deveríamos seguir uma dieta primitiva recém-descoberta. É óbvio que isso faz de quem fomos um tema intensamente politizado. Os cientistas que pesquisam a origem do ser humano discutem acirradamente essas questões da natureza humana, e, nos últimos anos, o caminhar se tornou uma parte central desse debate.

Os filósofos pouco tinham a dizer a respeito do significado do caminhar, mas nesse quesito não tem faltado assunto aos cientistas. Paleontólogos, antropólogos e anatomistas deram início a uma discussão calorosa e muitas vezes partidarizada sobre quando e por que nossos ancestrais hominoides se ergueram sobre as patas traseiras e caminharam assim durante tanto tempo que seus corpos se transformaram em nossos corpos eretos, bípede e de passos largos. Eram os filósofos do caminhar que eu procurava, com suas intermináveis especulações sobre o que cada forma física diz a respeito da função e como essas formas e funções acabaram contribuindo para nossa condição humana, apesar de ser igualmente discutível o que seria exatamente essa condição. A única coisa certa é que o caminhar ereto é o primeiro marco daquilo que viria a se tornar a humanidade. Sejam quais forem as causas, as consequências são muito mais numerosas: o bipedalismo abriu novos e vastos horizontes de possibilidades e, entre outras coisas, criou os dois membros excedentes que pendem do corpo ereto, à procura de algo para segurar, fabricar ou destruir, os braços que se libertaram para evoluir e se transformar em manipuladores ainda mais sofisticados do mundo material. Alguns estudiosos veem o caminhar sobre duas pernas como o mecanismo que provocou a expansão de nossos cérebros; outros, como a infraestrutura de nossa sexualidade. Sendo assim, embora o debate a respeito da origem do bipedalismo esteja repleto de descrições minuciosas de articulações coxofemorais, ossos dos pés e métodos geológicos de datação, em última instância trata-se de sexo, paisagem e raciocínio.

Geralmente, a singularidade dos seres humanos é representada como uma questão de consciência. Mas o corpo humano também é diferente de tudo o mais na face da Terra e, de certo modo, deu forma a essa consciência. O reino animal não tem nada que se assemelhe a essa coluna de ossos e carne que sempre corre o risco de tombar, essa torre insegura e altiva. As outras raras espécies verdadeiramente bípedes – as aves e os cangurus – têm caudas e outras características que ajudam a manter o equilíbrio, e a maioria desses bípedes não anda, mas salta. Os passos largos e alternados que nos impelem são únicos, talvez por ser uma combinação tão precária. Os animais quadrúpedes são estáveis feito mesas quando têm as quatro patas no chão, mas os seres humanos já se encontram precariamente equilibrados sobre dois membros antes mesmo de começarem a se mover. Até mesmo ficar parado é uma façanha, como bem sabe qualquer pessoa que já tenha se embriagado ou visto alguém bêbado.

Lendo as narrativas do caminhar humano, é fácil começar a pensar na Queda – o Pecado Original – como quedas de verdade, os inúmeros tombos possíveis em se tratando de uma criatura que de repente se vê ereta e precisa, ao se mover, transferir todo o peso para um único pé e se equilibrar dessa maneira. John Napier, num ensaio que tratava da origem antiquíssima do caminhar, escreveu:

> O caminhar humano é uma atividade única durante a qual o corpo, passo a passo, vacila à beira do desastre [...]. A modalidade bípede de locomoção do homem parece potencialmente catastrófica porque somente o movimento ritmado e avante, primeiro de uma perna, depois da outra, o impede de cair de cara no chão[1].

É algo mais fácil de enxergar nas crianças pequenas, nas quais os vários aspectos que mais tarde irão se combinar

---

[1]. John Napier, "The Antiquity of Human Walking", *Scientific American*, abr. 1967. Napier foi um dos primeiros a empurrar a história do caminhar para a pré-história humana e insistir em sua importância fundamental já naquela época.

perfeitamente no caminhar ainda são distintos e desajeitados. Elas aprendem a andar flertando com a queda: inclinam o corpo para frente e depois se apressam em manter as pernas sob seu corpo. Arqueadas e rechonchudas, sempre parecem estar atrasadas ou tentando não ficar para trás. As crianças costumam cair e provar a frustração antes de dominar a arte. Elas começam a andar para satisfazer desejos que ninguém pode realizar por elas: o desejo por aquilo que está fora do alcance, o desejo de se libertar e de se ver independente dos confins seguros do Éden maternal. E, assim, o caminhar começa como uma queda adiada, e o tombo se encontra com a Queda, o Pecado Original.

O Gênesis pode parecer fora de lugar numa discussão científica, mas são geralmente os cientistas que o arrastam consigo, inconscientemente ou não. As narrativas científicas são tentativas de responder quem somos tanto quanto qualquer mito da criação, e algumas delas parecem voltar ao mito criador fundamental da cultura ocidental, a história de Adão e Eva no Paraíso. Muitas hipóteses são absurdamente especulativas e, pelo jeito, baseiam-se mais em desejos contemporâneos ou antigos costumes do que em evidências, particularmente com relação aos papéis dos dois sexos. Durante a década de 1960, a história do Homem Caçador foi largamente aceita e popularizada por livros como o de Robert Ardrey, *African Genesis* [Gênese africana], com sua famosa frase introdutória: "Não foi nem na inocência, nem na Ásia que o homem nasceu". Sugeria que a violência e a agressão eram componentes inerradicáveis da índole humana, mas as redimia ao propor que constituíam o meio pelo qual nós evoluímos (ou o sexo masculino evoluiu; a maioria das teorias em voga tinha a tendência de relegar as mulheres ao papel de simplesmente passar adiante os genes de seus parceiros em transformação). Escreve a antropóloga feminista Adrienne Zihlman que os primeiros a contestar a narrativa do Homem Caçador:

[...] apontam paralelos entre, de um lado, a interpretação de que a caça induziu a raça humana a se tornar o que é e, de outro, o mito bíblico da expulsão do Éden, depois de Eva comer o fruto da árvore do conhecimento. Os autores argumentam que as duas sinas – a da caça e a da expulsão – foram acarretadas pelo ato de se comer alguma coisa – a carne, no primeiro caso, e o fruto proibido no segundo[2].

E argumentam que a divisão de trabalho – os homens como caçadores, as mulheres como coletoras – reflete a divisão distinta dos papéis que foram atribuídos a Adão e Eva no Gênesis. Da mesma maneira, durante as décadas de 1960 e 1970, havia a teoria de que o caminhar humano evoluiu numa época de alterações climáticas extremas, quando a espécie passou de criaturas arborícolas florestais a habitantes da savana – uma outra expulsão do Éden. Hoje em dia, tanto a predominância da caça quanto o domicílio na savana estão desacreditados como explicações evolutivas. Mas o jargão continua: os cientistas que hoje buscam a origem humana não em fósseis, mas nos genes, descrevem nossa hipotética ancestral comum como a "Eva africana" ou "Eva mitocondrial".

Esses cientistas por vezes procuraram o que queriam encontrar ou encontraram o que estavam procurando. Acreditou-se na fraude do homem de Piltdown de 1908 até esta ser desmascarada em 1950, porque os cientistas britânicos queriam avidamente crer nos indícios de uma criatura de cérebro grande e mandíbula animalesca. Os ossos sugeriam que nossa inteligência

---

2. Adrienne Zihlman, "The Paleolithic Glass Ceiling", in Lori D. Hager (org.), *Women in Human Evolution*, Londres e Nova York, Routledge, 1997, p. 99. A leitura que Zihlman e Dean Falk fazem de Lovejoy e da influência do sexismo no estudo da evolução humana neste livro e na obra de Falk, *Braindance* (Nova York, Henry Holt, 1992), colaborou imensamente para minha própria interpretação.

era muito antiga e deixaram esses cientistas satisfeitos por terem aparecido justamente na Inglaterra. Muito barulho se fez pelo fato de o inteligente homem de Piltdown ser inglês, até novas tecnologias demonstrarem que se tratava de uma mentira forjada pela combinação da mandíbula de um orangotango moderno e de um crânio humano. Em 1924, quando Raymond Dart encontrou na África do Sul o crânio de uma criança que, ao contrário do homem de Piltdown, se revelaria genuíno, o achado foi descartado como possível ancestral humano pelos mestres britânicos, tão satisfeitos com Piltdown. E foi descartado porque os cientistas da época preferiam não ter vindo da África e porque a criança de Taung, como foi chamada, apresentava um crânio pequeno, mas evidentemente caminhava ereta, sugerindo que nossa inteligência havia evoluído tardiamente. Na base do crânio há um orifício chamado forame magno, através do qual a coluna espinhal se liga ao cérebro. O forame magno da criança de Taung ficava no centro do crânio, como ocorre no nosso, e não na parte de trás, como nos demais primatas hominoides, e, portanto, era evidente que a criatura caminhara ereta, com a cabeça equilibrada no alto da espinha, e não pendurada nela. Da mesma maneira que a maioria dos hominídeos australopitecinos que viriam a evoluir e se transformar em seres humanos, o crânio de Taung parece, aos olhos de hoje, uma casa de estranhas proporções: o pórtico da testa e a mandíbula saliente são enormes, e o sótão de onde surge o cérebro moderno inexiste. Muitos dos primeiros evolucionistas propuseram que nossas características humanas – andar, pensar, fabricar – haviam surgido juntas, talvez porque achassem difícil ou desagradável imaginar uma criatura que apresentava apenas uma parte de nossa humanidade. A hipótese contrária de Dart foi respaldada pelas descobertas espetaculares de Louis e Mary Leakey no Quênia, nas décadas de 1950, 1960 e 1970, e praticamente confirmada pelo célebre achado de Donald Johanson na Etiópia, na década de 1970: o esqueleto de "Lucy" e os fósseis relacionados. O caminhar veio primeiro.

    Hoje em dia, considera-se o andar ereto o obstáculo que a espécie em evolução atravessou para ser tornar hominídea, distinta de todos os outros primatas e ancestral dos seres humanos. A lista do que acabamos obtendo com o bipedalismo é longa e fascinante, repleta de abóbadas e alongamentos góticos do corpo. Comece com a fileira reta de dedos e a abóbada alta do pé. Suba pelas pernas compridas de bípede até as nádegas, arredondadas e protuberantes graças ao superdesenvolvido glúteo máximo dos andarilhos, um músculo insignificante nos hominoides, mas o maior músculo do corpo humano. Passe, então, para o abdome liso, a cintura flexível, a espinha reta, os ombros baixos, a cabeça ereta no alto de um pescoço comprido. As diversas seções do corpo ereto se equilibram umas sobre as outras como as seções de uma coluna, ao passo que o peso da cabeça e do torso dos quadrúpedes pende de suas espinhas feito a pista de uma ponte pênsil, sendo as pernas os pilares em cada extremidade. Os hominoides superiores caminham sobre os nós dos dedos: são criaturas adaptadas à vida nas florestas tropicais que, em sua maioria, percorrem apenas pequenas distâncias no chão, entre uma árvore e outra, apoiados em membros anteriores compridos que lhes conferiam uma espécie de postura diagonal. Os hominoides apresentam – em comparação aos seres humanos – costas arqueadas, nenhuma cintura, pescoço curto, peito em forma de funil invertido, abdome protuberante, quadris e nádegas magérrimos, pernas tortas e pés chatos com polegares opositores.

    Quando penso nessa história evolutiva do caminhar, vejo um pequeno vulto, como meu companheiro lá no leito do lago, só que desta vez o dia está amanhecendo e o vulto anda na minha direção, um ponto indecifrável ao longe que, por alguma razão, parece desconhecido assim que é possível distingui-lo como uma figura ereta e, por fim, ao se aproximar, é só mais um andarilho como eu. Mas o que era aquilo projetando uma sombra comprida à meia distância? Lucy — como foi batizado o esqueleto miúdo de 3,2 milhões de anos do *Australopithecus afarensis* encontrado na Etiópia em 1974, supondo-se que fosse uma fêmea em virtude de alguns pormenores — era semelhante aos hominoides em vários aspectos: pouco tinha de cintura ou pescoço, as pernas eram curtas, os braços, longos e a caixa torácica, afunilada. Sua pelve, porém, era larga e pouco profunda e, portanto, seu andar era estável, com articulações coxofemorais afastadas e o afilamento das pernas que prosseguia até os joelhos bem próximos, exatamente como nos seres humanos e diferentemente dos chimpanzés (que, com seus quadris estreitos e joelhos afastados, gingam para lá e para cá quando andam eretos). Há quem diga que ela corria muito mal e não andava lá muito bem. Mas andava. Isso é fato, mas aí começa a discussão.

    Dezenas de cientistas já interpretaram seus ossos, reconstruíram sua aparência, seu andar e sua vida sexual de dezenas de maneiras diferentes e discutiram se ela andava bem ou mal. O privilégio da interpretação cabe, de certo modo, a quem faz a descoberta, e, portanto, Johanson, que trabalhava no Cleveland Museum, levou os ossos que encontrou em Hadar, Etiópia, para seu amigo Owen Lovejoy, um anatomista da universidade estadual de Cleveland e especialista em locomoção humana. Lovejoy emitiu o veredito ortodoxo. Em seu livro *Lucy*, Johanson conta o que Lovejoy disse a respeito do joelho do *Australopithecus afarensis* que ele havia apresentado no ano anterior:

    — É igual a um joelho moderno. O nanico aí era totalmente bípede.
    — Mas ele andava ereto? — insisti.
    — Meu amigo, ele andava ereto. Se você lhe explicasse o

que era um hambúrguer, ele chegaria ao McDonald's mais próximo antes de você noventa por cento das vezes[3].

O joelho de Johanson acabou sendo o primeiro respaldo material para a ousada teoria de Lovejoy de que o bipedalismo surgira e fora aperfeiçoado muito mais cedo do que se supunha. No ano seguinte, o esqueleto de Lucy – ou os quarenta por cento que foram recuperados – confirmou mais ainda a hipótese dele sobre a antiguidade do caminhar humano, como fizeram as pegadas de 3,7 milhões de anos de dois andarilhos que a equipe de Mary Leakey encontrou em Laetoli, Tanzânia, em 1977. Mas por que essas criaturas se tornaram bípedes?

Por volta de 1981, Lovejoy desenvolvera uma explicação complicada para o fato de termos ficado de pé e passado a caminhar. Seu artigo na *Science* de 1981, "The Origin of Man" ["A origem do homem"], tornou-se o foco das discussões na área a respeito dos motivos para o caminhar ter surgido há 4 milhões de anos ou mais. Lovejoy desenvolveu uma tese elaborada de que a redução do intervalo entre os partos aumentaria a taxa de sobrevivência da espécie. "Na maioria das espécies de primatas", ele escreveu, "a eficiência adaptativa do macho é determinada, em grande parte, por outro tipo de êxito da consorte"[4] – ou seja, pela habilidade ou oportunidade de se acasalar e, portanto, passar seus genes adiante. Ele propôs que, no período miocênico, há mais de 5 milhões de anos, o ancestral humano – ou, melhor dizendo, o ancestral macho humano – mudou seu comportamento. Os machos, ele propôs, começaram a trazer provisões para as fêmeas; as fêmeas providas dessa maneira eram capazes de ter mais filhos, pois já não era mais

---

3. Donald Johanson e Maitland Edey, *Lucy: The Beginnings of Humankind*, Nova York, Simon and Schuster, 1981, p. 163. Cf. também C. Owen Lovejoy, Kingsbury G. Heiple e Albert H. Burstein, "The Gait of *Australopithecus*", *American Journal of Physical Anthropology*, *38*, 1973, p. 757-80.

4. C. Owen Lovejoy, "The Origin of Man", *Science*, *211*, 1981, p. 341-50.

tão difícil alimentar a si mesmas e seus rebentos, e assim surgiu a família nuclear liderada pelo macho. Em outras palavras, a eficiência adaptativa dos machos passou a incluir o provisionamento, que permitiria a eles passar adiante os tais genes com mais frequência e maior segurança. "O bipedalismo", ele escreveu num resumo de 1988, "entrava nessa nova estratégia reprodutiva porque, ao liberar as mãos, possibilitava ao macho carregar o alimento coletado longe de sua parceira[5]". Mas, ele acrescentou, essa separação diária dos sexos só favoreceria geneticamente os machos se eles pudessem voltar para casa e propagar seus próprios genes e os de ninguém mais – portanto, o comportamento teria selecionado fêmeas monogâmicas e machos responsáveis. Lovejoy explicou: "O comportamento sexual extremamente incomum do homem agora fica claro. As fêmeas humanas apresentam receptividade sexual constante e [...] as tentativas de aproximação dos machos podem ser consideradas igualmente estáveis". E como, diferente das fêmeas da maioria das espécies, as humanas não mais sinalizavam seu período fértil, os dois faziam muito sexo para procriar e formar laços. Se enxergarmos a hipótese como um mito da criação, trata-se de uma história na qual a família constituída por dois genitores é muito mais antiga do que a espécie humana, os hominídeos machos são pais e parceiros móveis e responsáveis, e as fêmeas são consortes carentes, fiéis e caseiras que *não* foram instrumentais na evolução do bipedalismo.

O mito da década de 1960 do Homem Caçador dera lugar a duas teorias na década de 1970. Uma delas, chamada de a Mulher Coletora, propunha que a dieta primitiva provavelmente era em grande parte vegetariana e, portanto, era basicamente coletada pelas fêmeas, como acontece nas sociedades de caçadores--coletores de hoje. A outra enfatizava a partilha do alimento como algo instrumental para garantir a sobrevivência e gerar uma base

---

5. "Evolution of Human Walking", *Scientific American*, nov. 1988.

doméstica em que a comida chegava e era dividida, levando a uma consciência social mais complexa. Nessa teoria, uma Primeira Ceia comunitária toma o lugar do esporte sangrento de Ardrey como o acontecimento que nos fez humanos. Lovejoy combinou aspectos das duas teorias novas para criar seu Homem Coletor, que levava o alimento para casa e o dividia, mas somente com sua parceira e prole. A teoria dele sugeria não só que caminhar era uma coisa dos homens, e que os tais homens eram adeptos das virtudes familiares, mas que as virtudes em questão haviam nos transformado em bípedes. De fato, ele disse, Lucy e sua gente andavam melhor do que nós, e, além disso, a espécie perdera a habilidade de escalar.

Eu estava hospedada no chalé de Pat perto da entrada do parque nacional de Joshua Tree enquanto escrevia este capítulo. Preocupada e tentando entender todo o material diante de mim, eu vivia contando para ele as teorias sobre os motivos que nos levaram ao bipedalismo, as minúcias da anatomia e funcionalidade, e ele gargalhou incrédulo ao ouvir as mais grotescas. "Essa gente consegue o título de professor doutor e financiamento para *isso*?", ele dizia. A preferida foi a proposta de R. D. Guthries, em 1974, de que quando os hominídeos se tornaram bípedes, os machos usaram o pênis agora exposto como "órgão agonístico" para intimidar os oponentes, e nós dois passamos a especular sobre as origens do riso humano. No dia seguinte, quando ele chegou em casa depois de servir de guia para clientes que subiram e desceram paredões de rocha o dia todo e se acomodou para tomar um drinque, li para ele a crítica da antropóloga Dean Falk contra Lovejoy[6]. A expressão cunhada por Lovejoy, "vigília copulatória", chamou sua

---

6. "Brain Evolution in Females: An Answer to Mr. Lovejoy", in Lori Hager (org.), *Women in Human Evolution*, Nova York, Routledge, 1997, p. 115.

atenção, e ele voltou a rir das coisas estranhas nas quais eu estava metida. Não que o mundo dele fosse exatamente um bastião da seriedade. Enquanto ele escalava rochas por prazer no dia anterior, eu ficara deitada na sombra folheando à toa seu guia turístico e me divertindo com os nomes de algumas vias de escalada que subiam e desciam os milhares de matacães gigantescos do parque: "Fio Dental Presbiteriano" aparecia bem ao lado de "Palito de Dente Episcopal", ao passo que "Cacas de Nariz num Abajur" ridicularizava a via batizada educadamente de "Figuras numa Paisagem", e inúmeras brincadeiras com poodles, políticos e partes anatômicas descreviam outras vias verticais nas pedras. Naquele começo de noite, enquanto eu lia a teoria do bipedalismo para ele, a codorniz passeava pelo quintal e o sol poente empurrava as sombras das colinas lá para o outro lado do vale, ele jurou reunir os amigos que abriram e batizaram muitas das vias de escalada do parque para dar à próxima o nome de "Vigília Copulatória", um monumento obscuro a uma teoria que propunha que havíamos perdido nossa habilidade de escalar e à opinião dele a respeito de teorias mais exageradas sobre a origem da humanidade. A teoria de Lovejoy ficou famosa no mínimo porque é irresistível atacá-la.

Entre os primeiros críticos estavam os anatomistas Jack Stern e Randall Sussman do campus de Stonybrook da universidade estadual de Nova York, e eu fui visitá-los[7]. Dois homens nada atléticos de bigodes grisalhos e aparados de maneira idêntica, eles lembravam a Morsa e o Carpinteiro, sendo Stern o diminuto Carpinteiro e Sussman, a corpulenta Morsa. Falaram comigo durante horas num gabinete cheio de ossos e livros e, de tempos em tempos, um deles apanhava a pelve de um chimpanzé

---

[7]. Jack Stern e Randall Sussman: entrevista com a autora, Stonybrook, Nova York, 4 fev. 1998. Cf. também os comentários dos dois em *Origine(s) de la bipédie chez les hominidés* (Paris, Editions du CNRS/ Cahiers de Paléoanthropologie, 1991) e artigos como "The Locomotor Anatomy of *Australopithecus afarensis*" (*American Journal of Physical Anthropology*, 60, 1983). As representações de hominídeos na floresta densa apareceram na *National Geographic* em 1997.

ou a réplica de um fêmur fossilizado para ilustrar um argumento. Obviamente entusiasmados com seu trabalho, eles tinham o hábito de sair por tangentes que eu não conseguia acompanhar e também se deliciavam em castigar os colegas naquele campo polêmico. Argumentaram que os fósseis de *Australopithecus afarensis* da época de Lucy pertenciam a aprendizes de bípedes que, de acordo com os indícios – braços grandes e pernas relativamente pequenas, dedos das mãos e dos pés recurvos –, continuaram subindo muito bem em árvores e com relativa frequência durante um bom tempo. Outro traço dos fósseis de *Australopithecus afarensis* que eles perceberam foi o dimorfismo sexual de tamanho: se os esqueletos grandes e pequenos que Johanson e sua equipe encontraram na Etiópia fossem da mesma espécie (algo contestado por Richard Leakey e outros), então as diferenças em tamanho representariam fêmeas pequenas e machos grandes, o que torna improvável a prática da monogamia de Lovejoy. As espécies primatas de hoje nas quais os machos são muito maiores – babuínos e gorilas – costumam ser poligâmicas; somente as espécies sem diferenças sexuais de tamanho – como os gibões – são monogâmicas. Portanto, a versão dos dois para Lucy era de que ela andaria muito mal, com seus pés grandes e desengonçados, subiria muito bem em árvores, com seus braços compridos e fortes, e provavelmente fazia parte de um grupo poligâmico no qual fêmeas pequenas passavam mais tempo nas árvores do que os machos grandes.

Sussman disse:

> Lá atrás, quando começamos a trabalhar com isso, e não creio que seja falta de modéstia dizê-lo, a maioria das pessoas na área diria que evoluímos na savana, nos descampados da estepe sul-africana ou na savana do leste da África. Eu acho que é tudo besteira. Acho que o *Australopithecus afarensis* vivia era em mosaicos de floresta e descampado, como os que vemos hoje no Congo francês,

ou ao longo de rios com muitas árvores. Ou seja, é algo que provavelmente continuou assim durante 1 milhão de anos, quando tínhamos um animal que subia em árvores e, ao mesmo tempo, estava aprendendo a ser bípede.

Ele acrescentou que, nas antigas ilustrações que recriavam essa fase da evolução, as criaturas caminhavam por campinas; as mais recentes mostravam-nas num hábitat muito mais heterogêneo, e os recentíssimos artigos da *National Geographic* apresentavam pinturas que colocavam as tais criaturas nas florestas, e algumas delas nas árvores. Ficou tão óbvio que as criaturas eram florestais e subiam em árvores, Stern disse, que ninguém mais se dava ao trabalho de dar a Stern e Sussman o crédito por terem apresentado a ideia lá no começo.

O argumento anterior era tautológico: os hominídeos haviam aprendido a andar para poderem explorar a savana e, se sobreviviam na savana, era porque tinham de ser bípedes competentes. E a savana parecia ser a imagem da liberdade, do espaço ilimitado no qual as possibilidades eram igualmente ilimitadas, um espaço mais nobre do que a floresta primitiva que não era tão parecida com a floresta desimpedida dos nômades solitários de Rousseau e mais semelhante às selvas de onde Jane Goodall e Dian Fossey mandavam informações sobre os primatas. Stern diria um pouco mais à frente: "Eu me preocupo mais com a modalidade de bipedalismo dessas criaturas. Escrevi um artigo científico dizendo que não havia como andarem da mesma maneira que nós andamos. Não eram velozes nem eficientes do ponto de vista energético [...]. Estamos errados? Será que seu bipedalismo era de fato muito bom?". Sussman interveio: "Ou será que combinavam uma boa capacidade de subir em árvores com uma porcaria de bipedalismo e, aos poucos, as proporções se inverteram [...]?". Stern continuou: "O argumento que às vezes me tranquiliza é que os próprios chimpanzés são uns quadrúpedes de merda, para animais de quatro patas. Portanto, se eles podem ser quadrúpedes de merda há 7 milhões de anos, então poderíamos ter sido bípedes de merda durante 1 ou 2 milhões de anos".

Na Conferência sobre as Origens do Bipedalismo de 1991 em Paris[8], três antropólogos recapitularam todas as teorias contemporâneas sobre o caminhar como uma espécie de número acadêmico de comédia. Descreveram a "hipótese da mala sem alça", que explicava o bipedalismo como uma adaptação para carregar comida, bebês e várias outras coisas; a "hipótese cadê o bebê", que implicava ficar de pé para dar uma olhada por cima do capim da savana; a "hipótese do tarado", que, à semelhança da teoria de Guthrie que tanto havia divertido Pat, relacionava o bipedalismo à exibição do pênis, só que dessa vez para impressionar as fêmeas, e não para intimidar outros machos; a "hipótese dos aqualoucos", que implicava andar dentro d'água e nadar durante uma suposta fase aquática da evolução; a "hipótese do carrapicho", que implicava seguir rebanhos migratórios através da sempre popular savana; a "hipótese do pode vir quente que eu estou fervendo", que era uma das teorias discutidas com mais seriedade, pois alegava que o bipedalismo limitava a exposição ao sol, que nos trópicos fica a pino e, portanto, liberava a espécie para entrar em hábitats quentes e abertos; e a hipótese "melhor que quatro disso, só dois disso", que propõe que o bipedalismo, em termos energéticos, era mais eficiente do que o quadrupedalismo, pelo menos para os primatas que viriam a se tornar humanos.

Era uma coleção e tanto de teorias, mas, desde minha conversa com Stern e Sussman, eu já havia me acostumado com as interpretações variáveis daquilo que, para um leigo que tem

---

8. Os três antropólogos na conferência em Paris eram Nicole I. Tuttle, Russell H. Tuttle e David M. Webb; seu artigo "Laetoli Footprint Trails and the Evolution of Hominid Bipedalism" aparece em *Origine(s) de la bipédie*; os trechos citados estão nas p. 189-90.

contato apenas com uma fonte, poderia soar como um fato bem estabelecido. Os ossos desenterrados na África em quantidades cada vez maiores continuam enigmáticos nos pontos mais importantes, e a atividade de interpretá-los lembra os gregos antigos lendo as entranhas de animais para adivinhar o futuro ou os chineses jogando as varetas do I Ching para entender o mundo. Vivem sendo rearranjados para corresponder a uma nova árvore filogenética, a uma nova série de medidas. Por exemplo, dois antropólogos de Zurique declararam, recentemente, que o famoso esqueleto de Lucy pertence, na verdade, a um macho, ao passo que Falk argumenta que ela não é uma das ancestrais da humanidade. A paleontologia, por vezes, parece um tribunal repleto de advogados, e todos eles acenam com provas que confirmam suas hipóteses e ignoram aquelas que as contradizem (embora eu tenha ficado com a impressão de que Stern e Sussman eram excepcionalmente fiéis aos indícios, e não à ideologia). Parece que todas essas narrativas rivais dos esqueletos concordam em apenas uma coisa, a mesma coisa que Mary Leakey declarou ao escrever a respeito das pegadas que sua equipe encontrara em Laetoli:

> Não há como exagerar o papel que o bipedalismo desempenhou na evolução dos hominídeos. Talvez seja o ponto notável que diferencia os antepassados do homem de outros primatas. Essa habilidade singular liberou as mãos para milhares de possibilidades: carregar objetos, fabricar ferramentas e a manipulação complexa. A partir desse único desenvolvimento, na verdade, tem origem toda a tecnologia moderna. Um tanto simplificada demais, a fórmula sustenta que essa nova liberdade dos membros anteriores impôs uma dificuldade. O cérebro se expandiu em resposta a isso. E a raça humana se formou[9].

---

9. Mary Leakey, *National Geographic*, abr. 1979, p. 453.

Falk redigiu a resposta mais devastadora à hipótese de Lovejoy num ensaio de 1997 intitulado "Brain Evolution in Human Females: An Answer to Mr. Lovejoy" ["Evolução do cérebro nas fêmeas humanas: uma resposta a Lovejoy"]. Ela declarou: "De acordo com essa interpretação, as primeiras fêmeas hominídeas foram deixadas não apenas quadrúpedes, grávidas, famintas e receosas do excesso de exercício numa área nuclear central, como também 'à espera de seus homens'"[10]. E ela prosseguiria, depois de rever certos pormenores, como a improbabilidade da monogamia entre machos e fêmeas de tamanhos tão diferentes, comentando: "A hipótese de Lovejoy também pode ser entendida num nível totalmente diferente, isto é, como uma preocupação com questões/ansiedades relativas à sexualidade masculina. Em seu nível mais fundamental, a hipótese se concentra na evolução da maneira como os homens obtinham/obtêm sexo". Ela passa a apontar que o comportamento das fêmeas de primatas terrestres sugere que as antigas fêmeas de hominídeos escolhiam vários parceiros sexuais com intenções reprodutivas ou recreativas, e "boa parte do mundo parece recear que esse ainda possa ser o caso, como indicam a vigilância cerrada e o controle da conduta sexual que são universais nas comunidades humanas, para não mencionar todas as inseguranças masculinas que mal se escondem sob a hipótese de Lovejoy".

Depois de descartar a ideia de que um macho provedor levava a comida para uma parceira monogâmica e imóvel, Falk adotou a teoria alternativa e muito mais simples de que o caminhar ereto minimizava a incidência solar direta sobre os primeiros hominídeos quando estes se deslocavam pelos descampados entre grupos de árvores, liberando-os, assim, para se afastar cada vez mais da sombra da floresta. Falk explica que Peter Wheeler, o

---

10. Falk, "Brain Evolution", p. 115.

formulador da hipótese, propôs que "essas características levaram a um 'resfriamento do corpo como um todo', o que regulava a temperatura do sangue que irrigava (entre outras regiões) o cérebro, ajudava a prevenir a insolação e, portanto, livrava o gênero *Homo* de uma limitação fisiológica ao tamanho cerebral'"*. Portanto, as mudanças liberaram a espécie para desenvolver cérebros cada vez maiores, bem como para perambular cada vez mais longe. Ela reforça a teoria de Wheeler com informações extraídas de sua própria pesquisa sobre a evolução e a estrutura do cérebro e conclui, como fizera Mary Leakey, mas por razões diferentes, que a transição para o bipedalismo não criou a inteligência, mas tornou possível seu surgimento.

A inteligência pode estar localizada no cérebro, mas afeta outras partes da anatomia. Imagine a pelve como um palco secreto onde o pensar e o caminhar se encontram e, de acordo com alguns anatomistas, entram em conflito. Uma das partes mais elegantes e complicadas do esqueleto, também é uma das mais difíceis de perceber, mascarada como está pela pele, pelos orifícios e pelas preocupações. A pelve de todos os outros primatas é uma estrutura longa e vertical que se eleva praticamente até a caixa torácica e é achatada dorsoventralmente. As articulações coxofemorais ficam próximas uma da outra, o canal do parto se abre para trás e a placa óssea inteira se volta para baixo quando o hominoide adota sua postura usual, como fazem as pelves de muitos quadrúpedes. A pelve humana virou-se para cima para acomodar as vísceras e sustentar o peso do corpo ereto, tornando-se uma bacia rasa de onde brota o talo da cintura. É comparativamente curta e larga, com articulações coxofemorais bem separadas. Essa largura e os músculos abdutores que partem das cristas do ilíaco – o osso à

---

* Falk, "Brain Evolution", p. 128; detalhado em Falk, *Braindance*. Cf. também E. Wheeler, "The Influence of Bipedalism on the Energy and Water Budgets of Early Hominids", *Journal of Human Evolution*, 21, 1991, p. 117-36.

esquerda e à direita que faz a volta toda até a frente do tronco logo abaixo do umbigo – firmam o corpo durante o caminhar. O canal do parto aponta para baixo, e a pelve inteira é, do ponto de vista do obstetra, uma espécie de funil por onde caem os bebês, apesar de ser uma das quedas mais difíceis da humanidade. Se há uma parte da evolução anatômica que se assemelha ao Gênesis, é a pelve e a maldição "com dor darás à luz filhos".

    Para os hominoides, como para a maioria dos animais, dar à luz é um processo relativamente simples, mas, para os seres humanos, é algo difícil e, por vezes, fatal para a mãe e a criança. Com a evolução dos hominídeos, o canal do parto foi diminuindo, mas, com a evolução dos seres humanos, seus cérebros foram se tornando cada vez maiores. No parto, a cabeça do bebê humano, que já encerra um cérebro tão grande quanto o de um chimpanzé adulto, abusa da capacidade desse palco ósseo. Para sair, é preciso se contorcer canal abaixo, voltando-se ora para frente, ora para o lado, ora para trás. O corpo da mulher grávida já ampliou o volume pélvico produzindo hormônios que afrouxam os ligamentos que unem as duas metades da pelve, e, mais para o fim da gravidez, a cartilagem do osso púbico se divide. Geralmente, essas transformações dificultam o caminhar durante e após o parto. Já se argumentou que a limitação à nossa inteligência é a capacidade da pelve de permitir a passagem da cabeça do bebê, ou, ao contrário, que a limitação à nossa mobilidade é a necessidade da pelve de permitir o parto. Há quem vá além e diga que a adaptação da pelve feminina a bebês de cabeça grande faz que as mulheres não andem tão bem quanto os homens ou faz que todos nós andemos pior do que nossos ancestrais de cérebros pequenos. A crença de que as mulheres não andam tão bem está disseminada por toda a bibliografia da evolução humana. A ideia de que as mulheres portam uma maldição fatal que afetou a espécie inteira, ou de que foram meras coadjuvantes na estrada evolutiva, ou de que, se o caminhar está relacionado tanto ao raciocínio quanto à liberdade, a elas cabe um quinhão menor de um e outro parece ser mais um resquício do Gênesis. Se aprender a andar libertou a espécie – para ir a lugares novos, adotar novas práticas e pensar –, então a liberdade das mulheres se viu muitas vezes associada à sexualidade, uma sexualidade que precisa ser controlada e contida. Mas isso é uma questão moral, e não fisiológica.

Fiquei tão irritada com a história duvidosa do caminhar em relação ao gênero que, bem cedinho numa bela manhã em Joshua Tree, enquanto as lebres saltitavam no quintal, telefonei para Owen Lovejoy[12]. Ele apontou algumas diferenças anatômicas entre homens e mulheres que, segundo ele, *deviam* tornar a pelve feminina menos adaptada para andar. "Mecanicamente", ele disse, "as mulheres estão em desvantagem." Bem, pressionei, essas distinções faziam de fato alguma diferença em termos práticos? Não, ele admitiu, "não surtia o menor efeito sobre a capacidade [feminina] de andar", e eu voltei a sair ao sol para admirar um enorme jabuti-do-deserto mastigar a figueira-da-índia na entrada de carros. Quando perguntei se as mulheres realmente não andavam tão bem, Stern e Sussman deram risada e disseram que, até onde sabiam, ninguém tinha feito experiências científicas que respaldassem essa afirmação. Ponderaram que os grandes corredores apresentam a tendência de convergir para certos tipos físicos, independentemente de gênero, mas caminhar não é correr, e o significado de "grande" nesse caso é ainda mais duvidoso. "O que significa 'melhor'?", eles perguntaram. Mais rápido? Mais eficiente? Os seres humanos são animais lentos, disseram, e somos realmente bons em percorrer longas distâncias, mantendo o ritmo durante horas ou dias.

As pessoas de outras disciplinas que especulam a respeito do caminhar consideram outros significados que é possível dar à

---

12. C. Owen Lovejoy, entrevista concedida à autora, 23 de junho de 1998.

atividade: como se pode transformá-la em um instrumento de meditação, oração e competição. Apesar das brigas, o que torna esses cientistas importantes é sua tentativa de discutir quais significados são intrínsecos ao caminhar, não a maneira como o moldamos, mas como ele nos moldou. O caminhar é um estranho fulcro na teoria evolutiva humana. É a transformação anatômica que nos arrancou do reino animal para acabar ocupando nossa posição de solitária dominância sobre a Terra. Hoje é uma limitação, não nos leva mais a um futuro fantástico, mas nos une a um passado remoto por ser o mesmo modo de andar de cem mil, 1 milhão ou, para quem concorda com Lovejoy, 3 milhões de anos atrás. Pode ter possibilitado a atividade das mãos e a expansão da mente, mas continua não sendo algo particularmente eficiente ou veloz. Se um dia nos distinguiu do resto dos animais, hoje – assim como o sexo e o parto, respirar e comer – nos prende aos limites da biologia.

De manhã, um dia antes de ir embora, fui caminhar no parque nacional, partindo das pedras onde Pat ensinava escalada, controlando o ritmo para continuar fresca e hidratada. O pai dele lhe dissera, e ele a mim, que a paisagem nunca é igual na ida e na volta, por isso é bom olhar para trás de vez em quando e observar o que você verá ao retornar. É um bom conselho no caso daquela paisagem confusa. Comecei no meio de um grande agrupamento de rochas, um arquipélago ou um bairro de pedras empilhadas, cada montinho do tamanho de um edifício enorme; e exatamente como os prédios, elas bloqueavam a vista, e era preciso conhecer o terreno e os pontos de referência, e não contar com guias visuais distantes como em outros desertos. Com o sol da manhã à minha esquerda, segui rumo ao sul por uma trilha que atravessava uma estrada para se transformar num caminho ainda mais indistinto, com moitas de capim no centro; fazia uma curva a sudoeste e terminava em uma outra estrada bem batida. Lagartinhos corriam para se esconder nos arbustos quando eu passava, e uma tímida explosão de capim tenro e verde se apresentava sempre que havia sombra, com hastes de três a cinco centímetros de altura por causa da chuvarada de semanas antes. Vagando pelo espaço vasto e silencioso, a não ser pelo vento e pelo som de meus passos, senti-me despojada e sem pressa pela primeira vez por um tempo, já adaptada ao ritmo do deserto. Minha estrada chegou ao beco sem saída dos limites de uma propriedade particular, por isso fiz a volta, imaginando que encontraria uma outra trilha para retornar ao agrupamento de rochas, flertando com a ideia de me perder. As serras apareceram e desapareceram no horizonte enquanto eu contornava a planície e voltava às pedras. Por fim, cheguei ao ponto onde minha trilha cruzava a estrada em desuso, encontrei minhas próprias pegadas seguindo na direção oposta, gravadas vivamente sobre as pegadas mais tênues de pessoas que haviam passado por ali nos dias anteriores, e segui o vestígio de minha própria passagem uma hora ou mais até voltar para onde havia começado.

CAPÍTULO 4

A LADEIRA DA GRAÇA ALCANÇADA: PEREGRINAÇÕES

O caminhar veio da África, da evolução e da necessidade, e se espalhou por toda parte, geralmente em busca de alguma coisa. A peregrinação é uma das modalidades fundamentais do caminhar, é andar à procura de algo intangível, e nós estávamos em peregrinação. A terra vermelha entre os pinheiros e zimbros cobria-se de um misto reluzente de seixos de quartzo, lascas de mica e as cascas das cigarras que haviam voltado a se enterrar por mais dezessete anos. Era um estranho calçamento sobre o qual andar, ao mesmo tempo pródigo e depauperado, como boa parte do Novo México. Caminhávamos rumo a Chimayó e era Sexta-Feira Santa. Eu era a mais jovem das seis pessoas de partida para Chimayó naquele dia e a única que não era da região. O grupo havia se formado dias antes, quando pessoas muito diferentes, entre elas eu mesma, perguntaram a Greg se ele queria companhia. Havia dois membros do grupo de Greg de apoio aos sobreviventes do câncer, um agrimensor e uma enfermeira, e minha amiga Meridel havia trazido o vizinho David, um carpinteiro.

Apesar de seguirmos nossa própria rota – ou melhor, a rota de Greg –, havíamos nos unido a uma grande peregrinação anual até o Santuário de Chimayó e, por isso, caminhávamos como peregrinos. A peregrinação é uma das possíveis estruturas fundamentais da jornada – a demanda por alguma coisa, mesmo que seja apenas a transformação pessoal, a jornada rumo a um objetivo –, e, para os peregrinos, caminhar é trabalhar. No universo secular, imagina-se a caminhada como diversão, por mais competitiva e rigorosa que seja a brincadeira, e recorre-se a equipamentos e técnicas para aumentar o conforto e a eficiência do corpo. Os peregrinos, por sua vez, muitas vezes tentam dificultar a jornada, o que me traz à lembrança a origem da palavra inglesa *travel*, viagem, que vem do francês *travail*, que também significa trabalho, sofrimento e as dores do parto. Desde a Idade Média, há peregrinos que viajam descalços ou com pedras dentro dos sapatos, em jejum ou vestindo trajes de penitência especiais. Os peregrinos irlandeses em Croagh Patrick ainda sobem descalços a montanha pedregosa no último domingo de julho, e em outros lugares há peregrinos que terminam a jornada de joelhos. Um dos primeiros alpinistas a subir o Everest observou uma modalidade ainda mais árdua de peregrinação no Tibete. "Essa gente simples e devota viaja, por vezes, 3 mil quilômetros, vem da China e da Mongólia e cobre cada centímetro do caminho medindo o chão e usando a própria estatura como régua", escreveu o capitão John Noel[1]. "Prostram-se de rosto no chão, marcando o solo com seus dedos pouco adiante da cabeça, levantam-se e posicionam os dedos dos pés na marca que fizeram e voltam a se atirar no chão, totalmente esticados e de braços estendidos, murmurando uma prece pela milionésima vez."

Todos os anos, em Chimayó, alguns peregrinos chegam carregando cruzes, desde as mais leves e portáteis até os modelos enormes que precisam ser arrastados a cada passo cansado. Dentro da capela à qual se destinam, uma dessas cruzes foi preservada à direita do altar, e uma plaquinha de metal deixada ali pelo portador declara:

---

1. John Noel, *The Story of Everest*, Nova York, Blue Ribbon Books, 1927, p. 108.

Esta cruz é símbolo de minha gratidão por Deus ter trazido meu filho Ronald E. Cabrera de volta, são e salvo, de seu destacamento no Vietnã. Eu, Ralph A. Cabrera, prometi fazer uma peregrinação, que consistia em caminhar 240 quilômetros desde Grants, Novo México, até Chimayó. Essa peregrinação foi completada no dia 28 de novembro de 1986[2].

A placa e o crucifixo de madeira empolada de Cabrera, com aproximadamente 1,80 m de altura e uma escultura primitivista de Cristo nele pregado, deixam claro que a peregrinação é trabalho – ou melhor, faina – numa economia espiritual em que o esforço e a privação são recompensados. Ninguém chegou de fato a enunciar se é uma economia na qual os benefícios se devem ao investimento de esforço ou se o eu é aprimorado e transformado em algo mais digno de tal benefício – e nem é necessário, pois a peregrinação está quase universalmente incrustada na cultura humana como um meio literal de jornada espiritual, e o asceticismo e o esforço físico são quase universalmente entendidos como um meio de desenvolvimento espiritual.

Algumas peregrinações, como a de Santiago de Compostela no noroeste da Espanha, são realizadas totalmente a pé, do começo ao fim. A peregrinação começa com o primeiro passo, e a jornada em si é a parte mais importante. Outras, como o *hadj* islâmico em Meca ou a visita de vários grupos religiosos a Jerusalém, hoje muito provavelmente começam nos aviões, e a caminhada só se inicia quando já se está lá (mas os muçulmanos da África ocidental podem passar a vida toda ou gerações andando lentamente até a Arábia Saudita, e desenvolveu-se uma cultura inteira de nômades que têm

---

2. Boa parte das informações a respeito de Chimayó vem de Elizabeth Kay, *Chimayó Valley Traditions* (Santa Fé, Ancient City Press, 1987) e Don J. Usner, *Sabino's Map: Life in Chimayó's Old Plaza* (Santa Fé, Museum of New Mexico Press, 1995).

Meca como destino final). Chimayó ainda é uma peregrinação a pé, apesar de muitos peregrinos arranjarem alguém de carro para deixá-los e apanhá-los mais tarde. Trata-se de uma peregrinação numa cultura fortemente automotiva que acompanha a estrada rumo norte a partir de Santa Fé e, depois, segue pelo acostamento de uma estrada menor, para nordeste, até Chimayó. A margem da estrada nos últimos quilômetros é crivada pelos carros das pessoas que acompanham o progresso de amigos ou familiares, e, na cidadezinha, o ar pode ficar insalubre com o monóxido de carbono do congestionamento. De Santa Fé em diante, a via também é crivada de placas sinalizadoras instruindo os motoristas a ir devagar e tomar cuidado com os peregrinos.

O roteiro de Greg começava uns vinte quilômetros ao norte de Santa Fé e cortava os campos para se unir ao resto dos peregrinos somente a poucos quilômetros de Chimayó. Chegáramos às oito da manhã à propriedade que Greg e a esposa, MaLin, haviam comprado tempos atrás, e para ele, a caminhada ligava sua terra à terra santa que ficava uns 25 quilômetros ao norte. Fazia sentido também para o resto de nós: ninguém mais era católico ou mesmo cristão, e atravessar os campos nos permitia estar no paraíso do descrente, a natureza, antes de chegarmos àquele tradicionalíssimo destino religioso. Eu era obrigada, o tempo todo, a lembrar a mim mesma que não se tratava de um passeio e a superar a vontade de andar no meu próprio ritmo e fazer o tempo render. E, incidentalmente, a lentidão acabaria tornando árdua aquela caminhada.

Como boa parte do norte do Novo México, a cidadezinha de Chimayó exala a sensação de antiguidade que a diferencia do resto dos desmemoriados Estados Unidos. Os índios ali encheram a paisagem de construções de pedra, cacos de cerâmica e petróglifos, e as nações *pueblo*, navajo e hopi continuaram a ser uma parte muito evidente da população. Os hispânicos também formam uma população grande e antiga, e seus ancestrais fundaram Santa Fé, a primeira cidade habitada por europeus naquilo que viria a se tornar os Estados Unidos. Nenhum desses povos foi esquecido nem erradicado, como aconteceu em outras partes do país; ninguém imagina que essa paisagem seja um ermo desabitado antes da chegada dos ianques. E, na verdade, os ianques que chegam têm a tendência a tomar emprestados elementos dessas culturas e a se deliciar com elas, tornando-se especialistas em arquitetura de adobe, prataria indígena, danças *pueblos*, artesanato hispânico e também nos costumes de todos esses povos, entre os quais temos a peregrinação.

    Antes dos conquistadores espanhóis, Chimayó era habitada pelos ancestrais da atual nação *tewa pueblo*, e foram eles que deram ao morro acima do Santuário o nome de Tsi Mayo, "o lugar que tem pedra boa para lascar". Os registros da colonização espanhola no vale de Chimayó remontam a 1714, e dizem que a *plaza* na extremidade setentrional desse vale agrícola, estreito e bem irrigado, é um dos melhores exemplos remanescentes da arquitetura colonial na região. É insular, assim como boa parte do Novo México: um de seus filhos, Don Usner, conta, na crônica que fez do lugar, que as pessoas da *plaza* não se casavam com as do Potrero na extremidade meridional do vale. Os colonos espanhóis, naquela época, só podiam viajar com permissão especial, e desenvolveu-se uma identidade extremamente local e ligada à terra. Numa outra vila do norte do Novo México na qual morei no ano anterior àquela peregrinação, alguém certa vez comentara com azedume, a respeito de um vizinho: "Eles não são daqui. A gente ainda lembra quando seu bisavô se mudou para cá". O espanhol que se fala ali é antiquado, e é costume destacar que a cultura tem origem na Espanha pré-iluminista. Com seus laços e tradições fortemente locais e agrícolas, com a pobreza disseminada, as opiniões sociais conservadoras e o catolicismo devoto e mágico, essa cultura muitas vezes lembra um último baluarte da Idade Média.

O Santuário fica no extremo sul de Chimayó, em sua própria *plaza* de terra batida logo depois de uma rua de casas e lojas de adobe caindo aos pedaços, com letreiros escritos à mão e *ristras* de pimenta chili. Os túmulos tomam todo o pátio dessa robusta igrejinha de adobe. Lá dentro, as paredes estão cobertas de murais desbotados com representações dos santos e um Cristo pregado a uma cruz verde, naquele estilo que tem, ao mesmo tempo, algo de bizantino e da pintura holandesa da Pensilvânia. Mas são as capelas ao norte que tornam a igreja excepcional. A primeira é tomada por retratos de Jesus, Maria e os santos, trazidos pelos devotos, e imagens pintadas à mão se misturam a ícones tridimensionais ou criados pela técnica de *découpage*, a uma Virgem de Guadalupe de purpurina prata e uma Última Ceia gravada, envernizada e craquelada. A parede externa dessa capela está coberta de crucifixos, diante dos quais há uma fileira compacta de muletas penduradas, e seu alumínio prateado forma uma superfície tão regular quanto as barras de uma cela, através das quais vários Cristos nos observam. Cruzando-se uma passagem baixa a oeste fica a parte mais importante da igreja, uma capelinha onde um buraco no chão produz a terra que os peregrinos levam para casa. Naquele ano, havia dentro dele uma conchinha plástica verde retirada de uma embalagem de sabão em pó, com a qual era possível apanhar a terra arenosa, ligeiramente úmida e farelenta. As pessoas costumavam beber aquela terra dissolvida em água, ainda a coletam para aplicá-la a partes do corpo enfermas ou feridas e relatam à igreja as curas milagrosas por escrito. As muletas ali são ex-votos da cura de aleijões, como acontece em muitos outros locais de peregrinação.

Quando visitei o lugar pela primeira vez anos antes, eu já tinha ouvido falar de muitas fontes sagradas de água, mas fiquei atônita ao encontrar uma fonte sagrada de terra. A Igreja Católica geralmente não considera a terra um veículo adequado para o poder divino, mas a fonte de terra em Chimayó é uma exceção. Os antropólogos Victor e Edith Turner usam a expressão "batismo dos costumes" para descrever como a Igreja católica assimilou práticas locais ao se espalhar pela Europa e as Américas, e é por isso que tantas fontes sagradas da Irlanda, por exemplo, já eram santas antes de se tornarem cristãs. Hoje se imagina que os *tewa* já consideravam aquela terra sagrada ou, pelo menos, que tivesse virtudes medicinais antes da chegada dos espanhóis e que, na epidemia de varíola da década de 1780, as mulheres espanholas assimilaram parte desses costumes. Considerar a terra sagrada é relacionar o que há de mais material e humilde ao que há de mais elevado e etéreo, é fechar a lacuna entre a matéria e o espírito. Sugere, subversivamente, que o mundo todo poderia ser santo e que o sagrado pode estar aos nossos pés, e não lá no alto. Em visitas anteriores, deram-me a entender que a fonte era supostamente reabastecida por magia, e essa inesgotabilidade tem sido a essência dos milagres desde as cornucópias sem fundo da literatura celta e da própria multiplicação de pães e peixes proporcionada por Jesus. É fato que o buraco no chão de terra da capela ainda tem o tamanho aproximado de um balde depois de quase dois séculos de remoção do solo pelos devotos que o levam para casa. Mas os livros religiosos que comprei na lojinha ao lado deixavam claro que os padres acrescentavam terra abençoada trazida de outro lugar, e, na Sexta-Feira Santa, uma caixa grande com essa terra fica sobre o altar.

    Conta a história que, durante a Semana Santa no começo do século XIX, um proprietário de terras local, *don* Bernardo Abeyta, estava nas colinas cumprindo as penitências habituais de sua sociedade religiosa. Ele viu uma luz sair de um buraco no chão e encontrou dentro dele um crucifixo prateado que, quando levado a outras igrejas, voltava a aparecer no buraco em Chimayó. Depois de o crucifixo retornar ao buraco três vezes, *don* Bernardo entendeu que o milagre estava relacionado ao lugar e ali construiu uma capela particular em 1814-16. As propriedades curativas da terra já eram conhecidas em 1813: diziam que uma pitada da terra atirada no fogo aplacava as tempestades. A narrativa do milagre se enquadra no padrão de muitos locais de peregrinação, principalmente no "ciclo dos pastores" medieval, no qual um vaqueiro, pastor de ovelhas ou lavrador descobre uma imagem sagrada na terra ou em algum outro lugar humilde, cercada de luz milagrosa, música ou animais reverentes, uma imagem que não há como transferir, pois o milagre e o lugar são uma coisa só. Os Turner escreveram, a respeito da peregrinação cristã: "Todos os locais de peregrinação têm em comum uma coisa: acredita-se que sejam lugares onde milagres aconteceram um dia, ainda acontecem e podem voltar a acontecer"[3].

A peregrinação tem como premissa a ideia de que o sagrado não é totalmente imaterial e que há uma geografia do poder espiritual. A peregrinação passa a ser o limite tênue entre o espiritual e o material ao enfatizar a narrativa e seu cenário. Apesar de ser uma busca pela espiritualidade, ela se dá em termos dos pormenores mais materiais possíveis: onde o Buda nasceu ou onde Cristo morreu, onde as relíquias estão ou onde a água sagrada brota. Ou talvez concilie o espiritual e o material, pois sair em peregrinação é fazer o corpo e suas ações manifestarem os desejos e as convicções da alma. A peregrinação une crença e ação, pensar e fazer, e faz sentido que essa harmonia seja alcançada quando o sagrado tem presença e localização materiais. Os protestantes, bem como o ocasional budista ou judeu, fazem objeções às

---

3. Victor Turner e Edith Turner, *Image and Pilgrimage in Christian Culture: Anthropological Perspectives*, Nova York, Columbia University Press, 1978, p. 41.

peregrinações por considerá-las uma espécie de idolatria e afirmam que o espiritual deve ser buscado dentro de nós mesmos, como algo completamente imaterial, e não no mundo lá fora.

Na peregrinação cristã, há uma simbiose entre a jornada e a chegada, como ocorre no montanhismo. Viajar sem chegar seria tão incompleto quanto chegar sem ter viajado. Andar até lá é fazer por merecer, por meio da diligência e da transformação que ocorre durante a jornada. As peregrinações possibilitam a locomoção física, por meio do esforço do corpo, passo a passo, rumo aos objetivos espirituais que, não fosse isso, seriam tão difíceis de compreender. Como alcançar o perdão, a cura ou a verdade é algo que nos deixa eternamente perplexos, mas sabemos como ir daqui para ali, por mais árdua que seja a jornada. Além disso, tendemos a imaginar a vida como jornada, e a ideia de partir numa expedição de verdade apodera-se dessa imagem e a torna concreta, representa-a com o corpo e a imaginação num mundo que teve sua geografia espiritualizada. O andarilho que percorre penosamente uma estrada rumo a um lugar distante é uma das imagens mais comoventes e universais daquilo que significa ser humano, representando o indivíduo pequeno e solitário num mundo vasto, confiante na força do corpo e da vontade. Na peregrinação, a jornada fulgura com a esperança de que chegar ao destino concreto trará consigo benefícios espirituais. O peregrino alcançou uma narrativa própria e, dessa maneira, tornou-se parte da religião composta de relatos de viagem e transformação.

Tolstói apreende isso no desejo que acomete a princesa Maria em *Guerra e paz*, ao alimentar a miríade de peregrinos russos que passam por sua casa:

> Era comum que, ao escutar as histórias dos peregrinos, ela se inflamasse de tal maneira com seu discurso simples, tão natural para eles, mas, para ela, repleto de profundo

significado, que várias vezes ela chegava perto de abandonar tudo e fugir de casa. Na imaginação, ela já se via vestindo trapos rudes e, com sua sacola e cajado, percorrendo a pé uma estrada poeirenta[4].

Ela imagina sua vida de requintada reclusão se tornar clara, esparsa e intensa, com um propósito em direção ao qual ela poderia avançar. O caminhar expressa tanto a simplicidade quanto a determinação do peregrino. Como escreve Nancy Frey a respeito da longa peregrinação até Santiago de Compostela, na Espanha:

> Quando os peregrinos se põem a andar, várias coisas geralmente começam a acontecer com suas percepções do mundo e continuam durante toda a jornada: desenvolvem uma noção inconstante de tempo, um aguçar dos sentidos e uma nova consciência de seus próprios corpos e da paisagem [...]. Um rapaz alemão colocou a coisa da seguinte maneira: "Na experiência de caminhar, cada passo é um pensamento. Não há como escapar de si mesmo"[5].

Quando alguém parte em peregrinação, ficam para trás as complicações decorrentes do lugar que essa pessoa ocupa no mundo – família, apegos, posição, obrigações –, e ela se torna um andarilho entre tantos outros, pois não há uma aristocracia entre os peregrinos, a não ser a da conquista e dedicação. Os Turner falam da peregrinação como um estado liminar, um estado de existência entre as identidades passada e futura da pessoa e, portanto, alheio à ordem estabelecida, num estado de possibilidade. Liminaridade vem do latim, *limin*, ou limiar, e o peregrino cruzou simbólica e fisicamente essa linha:

---

4. Leon Tolstói, *War and Peace*, Nova York, Signet Classics, 1965, livro 2, parte 3, capítulo 26, p. 589.
5. Nancy Louise Frey, *Pilgrim Stories: On and Off the Road to Santiago*, Berkeley, University of California Press, 1998, p. 72.

Os estados liminares são despojados de status e autoridade, apartados de uma estrutura social mantida e sancionada pelo poder e pela força e equiparados numa condição social homogênea por meio da disciplina e da provação. Essa impotência secular, contudo, tem como ser compensada por um poder sagrado: o poder dos fracos, decorrente, de um lado, do ressurgimento da natureza quando o poder estrutural é removido e, de outro, do recebimento do conhecimento sagrado. Boa parte do que foi refreado pela estrutura social é liberada, com destaque para a sensação de camaradagem e comunhão, ou *communitas*[6].

Para nós, o começo foi bem fácil, sobre uma ponte de madeira horizontal acima de um riacho que irrigava e dava a suas margens uma rara exuberância, e daí ladeira acima através do milharal em L de Greg e MaLin, delimitado por carvalhos. Depois dali, saltamos uma vala de irrigação e atravessamos a cerca que separava a terra deles da reserva nambé, a primeira de muitas cercas sob as quais rastejaríamos ou viríamos a pular ou cruzar depois de abrir uma porteira amarrada com arame. No interior da reserva, passamos pelas Cachoeiras de Nambé, que escutamos rugir em sua garganta, sem vê-las. Gostei dessa invisibilidade, pois não me deixava esquecer que não se tratava de um passeio turístico e que tampouco estávamos no território de pessoas imbuídas da tradição europeia predominante nesses passeios. Ao nos aproximarmos, ouvimos as cachoeiras e, caso seguíssemos até a ponta de um promontório e esticássemos o pescoço, enxergaríamos parte da garganta, mas, sem abandonar nossa rota, a única linha desimpedida de visão se limitava a um vislumbre da queda vertiginosa da água do alto do paredão até o profundo canal lá embaixo. Assim, vimos de relance a espuma branca das margens e o leito do córrego mais abaixo e

---

[6]. Turner e Turner, *Image and Pilgrimage*, p. 37.

seguimos em frente. Andamos todos no mesmo ritmo na primeira metade da expedição e, embora o caminho em nada lembrasse a rota que parecera tão coerente quando Greg a mostrara para nós nos mapas topográficos, as estradas, as valas de irrigação e os pontos de referência eram suficientemente claros para ele.

"Estamos exatamente onde chegamos"[7], ele dizia toda vez que alguém lhe perguntava se já havíamos nos perdido. Foi uma manhã animada. Sue comentou que havia esperado que prosseguíssemos em silêncio lúgubre, mas todo mundo contava histórias e fazia observações. Fizemos um primeiro lanchinho sob um choupo na beira da estrada logo depois da represa de San Juan dentro da reserva nambé, que se avizinha às terras de Greg, daí cruzamos os arrabaldes da vila da reserva, com seus cavalos, árvores frutíferas, a tenda sagrada do suor, pastos para os búfalos e muitas casas dispersas. Por toda a extensão daquela estrada que entrava em Nambé, Meridel falou de sua primeira experiência esotérica em Santa Fé, quando teve o equilíbrio de sua aura restaurado em 1970, e nós fizemos várias perguntas ou gracejos em torno dessa ideia. Sue nos ensinou o acrônimo AFGO, *another fucking growth opportunity* [mais uma puta oportunidade de crescimento], para a pletora de oportunidades (e oportunistas) espirituais de Santa Fé. Em nosso grupo, três haviam sido criados como cristãos, e eu estava ali em parte para ajudar Meridel a celebrar seu aniversário de cinquenta anos com um jantar de *Pessach* revisionista um dia depois de nossa caminhada (ela foi criada como judia nada ortodoxa, e eu fui criada como nada em particular por uma católica apóstata e um judeu não praticante). Já que a Última Ceia foi um *Sêder* de *Pessach*, até mesmo a Sexta-Feira Santa e a Páscoa se sobrepõem ao feriado judaico que comemora a fuga do Egito, e aquela peregrinação

---

7. "*Wherever you go, there you are*": Segundo Greg, Carl Franz foi o primeiro a usar a frase em *People's Guide to Mexico*.

se ergueu sobre todos esses estratos de confluência, sofrimento, movimentação e morte.

Começamos a nos separar ao norte do povoado nambé quando chegamos ao trecho acidentado de arenito das terras áridas, com suas colunas de rocha vermelha esculpidas pelo vento a pontilhar uma vastidão quente e abafada de areia, cascalho e terra rubra que se estendia até os paredões vermelhos ao longe. As outras duas mulheres começaram a ficar para trás, e os dois homens que eu não conhecia seguiram em frente. Voltamos a nos reunir no moinho de vento, que marcava uma mudança na topografia e na direção, e matamos um pouco o tempo à sombra de seu tanque sem água. Mais tarde, Greg e Sue decidiram contornar um morro que o resto de nós ia subir e descer, porque ela já estava ficando cansada. As terras áridas haviam dado lugar a mais daquele terreno intricado de pequenas elevações, tão difícil de percorrer sem sair da rota, e, em vez de subir o único morro que eu havia esperado, nós nos vimos galgando e descendo inúmeros outeiros de solo vermelho e pontilhados de árvores. Gritamos, mas não conseguimos encontrá-los, por isso continuamos andando. Um dos outros homens havia seguido adiante; o outro andava mais rápido do que Meridel conseguiria acompanhar. Ela é uma mulher vigorosa, mas pequena, havia estirado algum músculo do joelho e seus passos haviam se amiudado.

Essa separação foi desanimadora. Pensando no que estávamos fazendo, parece-me que deveria ter sido como a experiência de chegar ao paraíso: amigos queridos e pessoas cordiais que haviam acabado de se conhecer atravessando uma paisagem diversificada rumo a um objetivo extraordinário sob um céu azul anil. É uma pena que tivéssemos biótipos e estilos tão diferentes. Fazia algumas horas que o ritmo da caminhada me frustrava. Era só alguém se deter para pegar os binóculos ou trocar ideias que todo mundo parava, e a coisa se alongava. Ficar parada ou andar devagar me machuca os pés: é por isso que museus e galerias são mais dolorosos do que as montanhas. E, se o problema está nos detalhes, o meu estava nas botas resistentes que eu achava ter laceado, mas que recomeçaram a maltratar meus pés. E por isso eu fui me alternando entre o homem lá na frente e a mulher lá atrás até finalmente chegarmos ao descampado. Três de nós chegamos juntos à estrada do outro lado da campina. Passava um fluxo constante de pedestres e carros – os primeiros, todos subindo o morro; os últimos, nas duas direções –, e Meridel e eu nos juntamos a essa corrente. Éramos agora parte da comunidade muito maior que se espalhava por dezenas de quilômetros ao largo da autoestrada que serve de via principal para a peregrinação. A trilha de garrafas de água vazias e cascas de laranja era a prova de que havia voluntários em algum ponto da estrada, pessoas que vinham todos os anos e montavam mesas para oferecer fatias de laranja, água, refrigerantes, biscoitos e, ocasionalmente, docinhos de Páscoa que qualquer um podia pegar. Essa foi, para mim, uma das partes mais comoventes da peregrinação: as pessoas que não estavam ali para conseguir sua própria salvação, mas para ajudar o próximo a obtê-la.

 Na Sexta-Feira Santa do ano anterior, eu ficara abismada com a aparente pouca preparação dos peregrinos para uma caminhada tão longa. Suas roupas corriqueiras me pareceram uma reprimenda, lembrando-me de que não se tratava de um passeio, e várias pessoas corpulentas que davam a impressão de nunca ter caminhado muito perseveravam mesmo assim. Mas, naquele ano, o dia estava muito mais quente e tudo parecia diferente: com as mochilas nas costas e os pés doloridos, *nós* parecíamos mais sérios, mais atormentados do que os peregrinos jovens e vistosos de shorts coloridos, calças jeans e camisetas (apesar de o marido de Meridel, Jerry, ter nos contado, ao nos encontrar em Chimayó, que tinha visto uma mulher de uma cidadezinha bem pequena passar metida num elegante vestido branco, "o tipo de vestido com o qual a gente se casa ou é enterrada", e dois dias antes e cinquenta quilômetros a oeste, eu tinha visto dois homens de uniforme militar caminhando para o leste, e um deles carregava uma grande cruz). Nas duas vezes em que me juntei a essa peregrinação, tive a estranha sensação de que caminhava lado a lado com pessoas de outro mundo, o mundo dos crentes, pessoas para quem o Santuário lá adiante continha um poder decisivo num cosmos organizado em torno da Trindade, da mãe de Deus, dos santos e da geografia de igrejas, templos, altares e sacramentos. Mas eu havia sofrido como uma peregrina: meus pés estavam me matando.

As peregrinações não são acontecimentos esportivos, não só porque geralmente castigam o corpo, mas porque são, muitas vezes, empreendidas por aqueles que buscam a restauração da saúde, seja a sua própria ou a de um ente querido. São para os menos preparados, e não o contrário. Greg me contou, quando lhe telefonei para perguntar se poderia participar, que quando tivera leucemia, fizera um pacto com os deuses. Formulados com o mesmo humor complacente que ele imprimia a outros assuntos, os termos do acordo eram flexíveis: se sobrevivesse, ele tentaria partir em peregrinação sempre que possível. Era o terceiro ano que ele a percorria, e ficava mais fácil a cada vez. Quatro anos antes, quando Greg estivera muito doente, Jerry e Meridel caminharam no lugar dele e trouxeram-lhe um pouco da terra do Santuário.

Naquela semana da Páscoa em que andamos até Chimayó, uma peregrinação semelhante entre Paris e Chartres voltaria a acontecer, e multidões bem maiores de cristãos iriam se reunir em Roma e Jerusalém. No último meio século, mais ou menos, desenvolveu-se uma grande variedade de peregrinações seculares e não tradicionais, estendendo a ideia da peregrinação às esferas política e econômica. Não muito antes de minha partida, uma marcha em São Francisco celebrara o aniversário do lavrador e sindicalista César Chávez com uma "Caminhada pela Justiça" que atravessou a cidade; e em Memphis, Tennessee, os militantes dos direitos civis relembraram os trinta anos do assassinato de Martin Luther King com outra marcha. No sudoeste dos Estados Unidos, em abril, eu poderia ter participado da Vivência do Deserto de Nevada organizada pelos franciscanos em sua caminhada anual pela paz, de Las Vegas até o Campo de Provas de Nevada (semelhante a uma outra via de peregrinação que ia de Chimayó a Los Alamos, cidade natal da bomba atômica, cinquenta quilômetros a oeste). E havia a caminhada anual da Associação de Distrofia Muscular na primeira semana de abril e a WalkAmerica da fundação Marcha dos Tostões no último fim de semana do mês. Eu havia achado por acaso um folheto em Gallup, Novo México, anunciando a "15ª Corrida de Oração Anual dos 10 km e Corrida/Caminhada de Lazer Anual dos 2 km da Montanha Sagrada promovida pela Native Americans for Community Action, Inc. [Indígenas Norte--Americanos em Prol da Ação Comunitária]", que seria realizada em Flagstaff em junho e, pelo jeito, era parecida com as Corridas dos Espíritos organizadas pelas cinco tribos que lutavam contra a proposta de criação de um lixão nuclear em Ward Valley no sudeste da Califórnia, e eu sabia que estavam próximas as caminhadas anuais contra o câncer de mama e a AIDS no parque Golden Gate, São Francisco, e em outras localidades de todo o país. E sem dúvida havia alguém em algum lugar atravessando o continente a pé em nome de alguma outra boa causa. Todas eram rebentos da peregrinação ou adaptações de seus componentes.

Imagine todas essas versões revisionistas da peregrinação como um rio caudaloso de andarilhos alimentado por várias fontes. O primeiro fiozinho d'água vem, como o degelo de primavera originário de uma geleira alta, de uma única mulher há quase meio século. Em 1º de janeiro de 1953, uma mulher conhecida apenas como Peregrina da Paz se pôs a andar, fazendo o voto de "continuar vagando até a humanidade aprender o que é a paz"[8]. Ela descobrira sua vocação anos antes ao caminhar a noite toda por uma floresta e sentir, como ela mesma diria, "uma disposição total, sem reservas, de dedicar minha vida a Deus e ao ofício divino"[9], e ela havia se preparado para sua vocação andando 3 mil quilômetros pela Trilha dos Apalaches. Criada numa fazenda e militante da paz antes de abandonar o próprio nome e começar sua peregrinação, ela foi uma figura singularmente norte-americana, franca e confiante de que a simplicidade de vida e pensamento que funcionava para ela poderia funcionar para todo mundo. Seus relatos alegres dos longos anos que passou andando pelas estradas e conversando com as pessoas que encontrava são isentos de complexidade, dogma ou dúvida e cheios de pontos de exclamação.

Ela começou sua peregrinação juntando-se ao Desfile da Taça das Rosas em Pasadena, e há algo no fato de ela ter escolhido essa festa cafona como ponto de partida de sua longa odisseia que lembra Dorothy em *O mágico de Oz*, com sua determinação positiva de menina de fazenda, tomando a Estrada de Tijolos Amarelos cercada por *munchkins* saltitantes. A Peregrina da Paz continuou andando durante 28 anos, enfrentando todo tipo de intempérie e atravessando todos os estados norte-americanos, todas as províncias canadenses e partes do México. Já com alguma idade quando começou, ela usava calças, camisa, tênis e túnica azul-marinho, e nesta se liam, na frente, as palavras "Peregrina da Paz", pintadas com estêncil; nas costas, o texto foi mudando ao longo dos anos, desde "de uma costa à outra a pé pela paz", passando por "caminhando 16 mil quilômetros pelo desarmamento mundial", até "40 mil quilômetros a pé pela paz". Um quê de sua devoção prática e alegre

---

8. Introdução ao livro *Peace Pilgrim: Her Life and Work in Her Own Words* (Santa Fé, Ocean Tree Books, 1991, p. XIII).

9. Ibid., p. 7.

transparece na explicação que ela dava à sua opção pelo azul-escuro: "a sujeira não aparece", ela escreveu, "e representa de fato a paz e a espiritualidade"[10]. Apesar de ela atribuir sua saúde e resistência extraordinárias à espiritualidade, é difícil não imaginar se não seria justamente o contrário. Ela continuou peregrinando com suas vestes simples através de nevascas, chuvas, uma severa tempestade de areia, calor, dormindo em cemitérios, na estação Grand Central de Nova York, no chão e numa sucessão interminável de sofás de pessoas que acabara de conhecer.

Boa parte do que ela escreveu tem caráter apartidário, mas ela assumiu uma posição vigorosa em relação à política nacional e global, colocando-se contra a Guerra da Coreia, a Guerra Fria, a corrida armamentista e a guerra em geral. A guerra na Coreia e, também, a intimidação anticomunista promovida pelo senador Joe McCarthy ainda estavam em andamento quando ela partiu de Pasadena. Foi um dos períodos mais tristes da história dos Estados Unidos, quando o medo de uma guerra nuclear e do comunismo levava a maioria dos norte-americanos a se entrincheirar no conformismo e na repressão. Até mesmo pedir a paz era um ato de coragem heroica. Sair andando, como fez a Peregrina da Paz no primeiro dia de 1953, apenas com a roupa do corpo, em cujos bolsos ela levava "uma escova de cabelo, uma escova de dente dobrável, uma caneta esferográfica, exemplares de sua mensagem e sua correspondência"[11], era algo espantoso. A economia crescia rapidamente e o capitalismo começava a ser endeusado como um sacramento da liberdade, e ela abandonava a economia financeira: nunca mais portaria nem usaria dinheiro pelo resto de sua vida. Ela comenta, a respeito do fato de não possuir bens materiais: "Vejam só como sou livre! Se quero viajar, basta eu me levantar

---

10. Ibid., p. 56.
11. Ibid., p. xiii.

e sair andando. Não há nada que me prenda". Seus modelos eram em grande parte cristãos, mas sua peregrinação parece ter surgido da mesma crise de cultura e espiritualidade da década de 1950 que motivou John Cage, Gary Snyder e muitos outros artistas e poetas a pesquisar o zen-budismo e outras tradições não ocidentais e levou Martin Luther King à Índia para estudar os ensinamentos de Gandhi sobre a não violência e a *satyagraha*, ou força da alma.

Muitas pessoas que divergem da tendência dominante se afastam dos espaços que são próprios dela, mas a Peregrina da Paz se afastou da primeira para entrar nestes últimos, onde ela seria mais solicitada para mediar a lacuna entre suas crenças e a ideologia nacional: ela foi tanto evangelista quanto peregrina. Ela se dispôs a percorrer 40 mil quilômetros pela paz e levou nove anos fazendo isso. Em seguida, continuou a caminhar pela paz, mas parou de contar os quilômetros. Nas palavras dela:

> Ando até receber abrigo, jejuo até receber comida. Não peço: me é oferecido sem que eu peça. As pessoas são tão boas! [...] Ando geralmente uma média de quarenta quilômetros por dia, dependendo da quantidade de gente que me para e conversa comigo pelo caminho. Já cheguei a fazer cinquenta quilômetros num único dia para cumprir um compromisso ou porque não havia abrigo disponível. As noites muito frias, eu as passo andando para me manter aquecida. À semelhança das aves, migro para o norte no verão e para o sul no inverno[12].

Posteriormente, ela viria a se tornar uma conferencista largamente reconhecida e, de vez em quando, aceitava uma carona para chegar a seus compromissos como palestrante. Ironicamente, ela morreria num acidente automobilístico em julho de 1981.

---

12. Ibid., p. 25.

Como peregrina, ela havia entrado no estado liminar que os Turner posteriormente descreveriam, deixando para trás uma identidade comum, os bens e as circunstâncias que reforçam essas identidades para atingir aquele estado de simplicidade anônima e propósito claro pelo qual a princesa Maria de Tolstói ansiava. Seu caminhar tornou-se testemunho da força de suas convicções e sugere várias coisas. Uma delas é o fato de o mundo estar tão aflito que ela mesma teve de abandonar seu nome comum e sua vida comum para tentar fechar-lhe as feridas. Uma outra seria que, se ela era capaz de romper com o comum e seguir adiante sem a proteção do dinheiro, das construções e de um lugar no mundo, então talvez uma mudança e confiança profundas fossem possíveis numa escala maior. A terceira é a da portadora: à semelhança de Cristo, que tomou os pecados de todos os seus seguidores, ou do bode expiatório dos hebreus, banido para o ermo, sobrecarregado pelos pecados da comunidade, ela assumira pessoalmente a responsabilidade pela condição do mundo, e sua vida foi testemunho, expiação e também exemplo. Mas sua heterodoxia está no fato de ter adaptado uma forma religiosa, a peregrinação, para portar conteúdo político. A peregrinação tradicionalmente lidava com a enfermidade e a cura da própria pessoa ou de seus entes queridos, mas a Peregrina da Paz entendia a guerra, a violência e o ódio como pragas que devastavam o mundo. O conteúdo político que a motivava e a maneira como ela se empenhou em mudar as coisas influenciando outros seres humanos, em vez de pedir a intervenção divina, fazem dela a primeira de uma horda de peregrinos políticos contemporâneos.

 Ela prenunciou essa transição do caráter da peregrinação, da súplica por uma intervenção divina ou um santo milagre à reivindicação da mudança política, fazendo que a plateia deixasse de ser Deus ou os deuses e passasse a ser o público. Talvez o pós-

-guerra tenha marcado o fim da crença na intervenção divina como única possibilidade adequada: Deus não conseguira impedir o Holocausto dos judeus, e os judeus haviam se apoderado de sua terra prometida por meios políticos e militares. Os afro-americanos, que havia tempos usavam metáforas da Terra Prometida, também se cansaram de esperar. No auge do movimento pelos direitos civis, Martin Luther King disse que iria a Birmingham liderar as manifestações até "o faraó libertar o povo de Deus". A caminhada coletiva reúne a iconografia da peregrinação, a marcha militar, a greve e a manifestação trabalhista: é uma demonstração de força e convicção, uma súplica ao poder temporal, e não espiritual... Ou, talvez, no caso do movimento pelos direitos civis, às duas coisas.

Graças ao envolvimento de tantos sacerdotes, à prática da não violência e à linguagem da redenção religiosa, quando não do martírio, o movimento pelos direitos civis nos Estados Unidos deixou-se impregnar mais do que outras batalhas pelo temperamento e as imagens da peregrinação. Tratava em grande parte dos direitos de acesso dos negros e foi travada primeiro nos territórios disputados: sentar-se nos ônibus, depois boicotá-los, levar as crianças à escola, sentar-se nos balcões das lanchonetes. Mas ganhou ímpeto nos eventos que uniam o protesto ou a greve e a peregrinação: a marcha de Selma a Montgomery para reivindicar o direito de votar, as várias marchas em Birmingham e por todos os Estados Unidos, a culminante Marcha em Washington. Na verdade, o primeiro grande evento organizado pela recém-fundada Southern Christian Leadership Conference (SCLC) [Conferência de Líderes Cristãos Sulistas] foi a "peregrinação de oração" no Monumento a Lincoln em Washington em 17 de março de 1956, o terceiro aniversário da decisão do Supremo Tribunal a favor de desfazer a segregação nas escolas. Foi batizada assim para que não soasse tão ameaçadora: uma peregrinação suplica, já uma marcha exige. King foi muito influenciado pelos textos e ações de Mahatma

Gandhi, e ele adaptou de Gandhi tanto o princípio geral da não violência quanto os aspectos específicos de marchas e boicotes que aceleraram a libertação da Índia das mãos dos britânicos. Talvez Gandhi tenha sido o fundador da peregrinação política com sua famosa Marcha do Sal de trezentos quilômetros em 1930, na qual ele e muitas pessoas que moravam no interior caminharam até o mar para produzir seu próprio sal, infringindo a lei britânica e sonegando os impostos aos colonizadores. A não violência implica que os militantes peçam aos opressores para mudar, em vez de obrigá-los a isso, e pode ser uma ferramenta extraordinária para os menos poderosos promoverem mudanças, arrancando-as dos mais poderosos.

Seis anos após a fundação da SCLC, Martin Luther King decidiu que a resistência sem violência, por si só, era inadequada e que era necessário tornar a violência que os segregacionistas do sul do país infligiam aos negros o mais pública possível. A plateia não seria mais apenas os opressores, mas o mundo. Foi essa a estratégia do conflito de Birmingham, que talvez seja o episódio central do movimento pelos direitos civis, começando na Sexta-Feira Santa de 1963 com a primeira de muitas marchas ou procissões. É desses protestos que vêm as imagens mais famosas, pessoas atingidas pela água das mangueiras de alta pressão e atacadas pelos cães da polícia, imagens que provocaram a indignação do mundo todo. King e centenas de outros foram presos por entrar marchando em Birmingham e, quando não havia mais adultos voluntários, foram recrutados os alunos do ensino médio, e seus irmãos mais jovens se apresentaram de livre e espontânea vontade. Marcharam pela liberdade com júbilo audaz e, em 2 de maio daquele ano, novecentos desses garotos foram presos. Sair às ruas sabendo que corriam o risco de sofrer ataques, de se ferir, acabar na cadeia ou mortos exigiu uma determinação extraordinária, e o fervor religioso dos batistas do sul e a iconografia cristã do martírio parecem tê-los fortalecido.

Um mês após a campanha de Birmingham ter começado, escreve um dos biógrafos de King, o "reverendo Charles Billups e outros sacerdotes de Birmingham conduziram mais de 3 mil jovens numa peregrinação de oração até a cadeia de Birmingham, cantando '*I want Jesus to walk with me*' [Quero Jesus andando ao meu lado] pelo caminho"[13].

Faz meses que tenho uma fotografia da marcha de Selma a Montgomery em 1965 fixada no meu refrigerador, e ela fala dessa inspirada caminhada. Tirada por Matt Heron, mostra uma torrente constante de pessoas em marcha, três ou quatro lado a lado, cruzando a foto da direita para a esquerda. Ele deve ter se abaixado para ter fotografado, pois os indivíduos estão em posição elevada contra um céu pálido e nublado. Parece até que sabiam que estavam caminhando rumo à transformação e à posteridade, e seus passos largos, as mãos erguidas, a confiança em sua postura exprimem a vontade que tinham de chegar lá. Descobriram naquela marcha uma maneira de fazer sua história, em vez de suportá-la, de medir sua força e colocar sua liberdade à prova, e seu movimento expressa a mesma ideia de predestinação e propósito que ecoa na oratória grave e indômita de King.

Em 1970, o formato da peregrinação afastou-se ainda mais de suas origens quando a primeira Walkathon foi organizada pela Marcha dos Tostões. Tony Choppa, que trabalha nessas caminhadas desde 1975 e é seu cronista extraoficial, conta que o evento foi temerário à época, já que andar pelas ruas em grandes números estava associado a manifestações mais radicais[14]. Os primeiros participantes foram alunos do ensino médio de San Antonio, Texas, e Columbus, Ohio, e essa primeira "walkathon", ou caminhada

---

13. Stephen B. Oates, *Let the Trumpet Sound: A Life of Martin Luther King Jr.*, Nova York, Harper and Row, 1982, p. 236.

14. Informações obtidas em conversa por telefone com Tony Choppa, abril de 1998.

beneficente, baseou-se num evento que arrecadava fundos para um hospital do Canadá. Choveu nas duas caminhadas, ele conta, e "não havia dinheiro algum, só um grande potencial; as pessoas realmente foram para a rua caminhar". Com o passar dos anos, o itinerário foi reduzido, dos quarenta quilômetros originais para os dez de hoje, e a participação aumentou rapidamente. No ano em que caminhamos entre a propriedade de Greg e Chimayó, esperava-se que quase 1 milhão de pessoas se juntasse ao que a Marcha dos Tostões hoje chama de WalkAmerica, as quais acabariam levantando aproximadamente 74 milhões de dólares para a saúde infantil e pré-natal e a necessária pesquisa na área. A caminhada foi copatrocinada pelo K-Mart e a Kellogg's, entre outros. Essa estrutura de *walkathon*, com empresas patrocinando o evento em troca da oportunidade de fazer promoção e participantes que se dispõem a andar para levantar dinheiro para a caridade, tem sido adotada por centenas de organizações que lidam, em sua maioria, com doenças ou saúde.

No verão anterior, eu havia topado por acaso com a 11ª Caminhada da AIDS de São Francisco no parque Golden Gate. Uma imensa turba de pessoas vestindo shorts e de boné na cabeça circulava perto do ponto de partida naquele dia ensolarado, levando nas mãos diversas bebidas grátis, anúncios e amostras de produtos. A brochura de cem páginas da caminhada era quase toda formada por anúncios das dezenas de empresas patrocinadoras – confecções, corretoras de valores –, que também tinham mesas espalhadas por todo o gramado. Era uma atmosfera estranha, um cruzamento de academia de ginástica e convenção, fervilhando de logomarcas e anúncios. Mas deve ter sido intensa para alguns dos participantes. No dia seguinte, o jornal informava que 25 mil pessoas a pé levantaram 3,5 milhões de dólares para as organizações de combate à AIDS da cidade e descrevia um participante que vestia uma camiseta estampada com as fotos dos dois filhos, ambos vítimas da AIDS, que teria dito: "É impossível esquecer e superar. A caminhada é uma maneira de lidar com isso".

Essas caminhadas para angariar fundos tornaram-se a versão norte-americana e atualmente em voga da peregrinação. Em vários aspectos, elas se distanciaram um bocado de seu caráter original, principalmente na passagem do suplicar piamente a intervenção divina para pedir pragmaticamente a amigos e familiares que doassem dinheiro. E, mesmo assim, por mais banais que sejam, essas caminhadas preservam uma parte substancial do conteúdo da peregrinação: o tema da saúde e da cura, a comunidade dos peregrinos e o fazer por merecer através do sofrimento ou, no mínimo, do esforço físico. Caminhar é algo crucial nesses eventos... ou, pelo menos, era. Surgiram as *bikeathons*, ou bicicletadas beneficentes, e a última ofensa desferida a essa forma extremamente alterada de peregrinação veio com as caminhadas virtuais, entre elas a "não caminhada" do Instituto de Arte de São Francisco, na qual as pessoas foram convidadas a contribuir financeiramente e ganharam uma camiseta, mas não eram obrigadas a comparecer, e a "Marcha Eletrônica até o Fim" da AIDS Action, que propunha aos participantes assinar eletronicamente uma carta na internet em lugar de marchar ou caminhar.

Felizmente, as *walkathons* não são o fim dessa história. Apesar de formas mutantes da peregrinação continuarem a surgir, as mais antigas ainda vicejam, desde as peregrinações religiosas às longas caminhadas políticas. Um mês após 25 mil pessoas caminharem dez quilômetros para levantar fundos para organizações de combate à AIDS em São Francisco, o orientador social Jim Hernandez e a militante antiviolência Heather Taekman completaram uma caminhada de oitocentos quilômetros de East Los Angeles até Richmond, Califórnia, carregando mais de 150 fotografias de jovens vítimas de homicídio e reunindo-se com adolescentes pelo caminho. Em 1986, centenas de pessoas se juntaram para formar a Grande Marcha pela Paz. Atravessaram os Estados Unidos a pé para pedir o desarmamento numa peregrinação em massa que criou sua própria cultura e estrutura de apoio e teve grande impacto sobre algumas das cidadezinhas por onde passou. A caminhada começou como uma espécie de evento publicitário, mas, em algum ponto do trajeto, o caminhar assumiu o controle, e os participantes deixaram de se preocupar tanto com a mídia e a mensagem e mais com o que estava acontecendo a si mesmos. Em 1992, outras duas caminhadas transcontinentais pela paz fizeram basicamente a mesma coisa e, à semelhança dos participantes da Grande Marcha pela Paz, inspiraram-se na Peregrina da Paz. Caminhadas similares atravessaram a União Soviética e a Europa no começo da década de 1990, e em 1993 os apanhadores de morangos e outros apoiadores do United Farm Workers (UFW) [Sindicato dos Lavradores] refizeram a grande marcha de quinhentos quilômetros de Delano a Sacramento que César Chavez havia organizado em 1966 e chamado de peregrinação.

Até mesmo os mais sofisticados cedem ao impulso do peregrino e, mesmo sem a superestrutura da religião, a provação do caminhar faz sentido. O cineasta Werner Herzog escreveu:

> No fim de novembro de 1974, uma pessoa amiga em Paris ligou e me disse que Lotte Eisner [uma historiadora do cinema] estava muito doente e provavelmente morreria. Eu disse que não podia ser, não naquele momento, o cinema alemão não ficaria sem ela, não permitiríamos que ela morresse. Apanhei um paletó, uma bússola e uma mochila com os artigos de primeira necessidade. Minhas botas eram tão firmes e novas que me fiei nelas. Tomei o caminho mais direto até Paris, com toda a boa-fé, acreditando que ela continuaria viva se eu fosse andando. Além disso, eu queria ficar sozinho comigo mesmo[15].

---

15. Werner Herzog, *On Walking in Ice*, Nova York, Tanam Press, 1980, p. 3.

Ele percorreu a pé as várias centenas de quilômetros de Munique a Paris no meio do inverno e se viu muitas vezes molhado, fedido, sedento, geralmente sentindo muita dor em alguma parte dos pés ou das pernas.

Herzog, como bem sabe quem já assistiu a seus filmes, é afeito a paixões intensas e atitudes extremadas, por mais obtusas que sejam, e nos diários de sua longa caminhada até Paris ele assumiu o caráter de uma das personagens obsessivas de seus filmes. Caminhava em qualquer condição atmosférica, mas às vezes aceitava carona, e dormiu em celeiros e numa casa móvel em exposição que ele invadiu, bem como em pousadas e casas de desconhecidos. A prosa esparsa descreve a caminhada, o sofrimento, encontros insignificantes e fragmentos de paisagem. Fantasias elaboradas que parecem até argumentos para os filmes de Herzog são entretecidas na descrição de seu ordálio. No quarto dia, ele escreve: "Eu estava fazendo cocô e uma lebre chegou ao alcance do meu braço sem ter me notado. Conhaque envelhecido na minha coxa esquerda que dói da virilha para baixo a cada passo. Por que caminhar é tão penoso?"[16]. No 21º dia, ele pôs os pés no quarto de Eisner, e ela sorriu. "Por um segundo esplêndido e fugaz, uma certa alegria percorreu meu corpo mortalmente cansado. E eu lhe disse para abrir a janela, pois desde os últimos dias e dali em diante eu era capaz de voar.[17]"

Nós também havíamos chegado, contornando a curva da estrada e entrando em Chimayó. Sal e eu nos sentamos e esperamos Meridel na calçada. Carros, policiais e crianças com seus cones

---

16. Ibid., p. 27.
17. Ibid., p. 57.

de raspadinha passavam diante de nós; atrás da gente vicejava um pequeno pomar de árvores enfezadas num pasto todo acidentado. Mais tarde, Sal entrou na fila comprida diante do Santuário e eu fui comprar limonada para nós numa barraquinha de comida que ficava virando a esquina, perto da capela do Santo Niño, onde as pessoas costumavam deixar sapatos de criança como oferendas porque, segundo diziam, o Santo Niño – uma versão do Menino Jesus – havia perdido os seus de tanto caminhar à noite pela zona rural em missões de caridade. Era bom estar de volta em terreno conhecido. Eu sabia o que havia dentro do Santuário e pensei nas cruzes entretecidas aos milhares no alambrado atrás da capela externa lá embaixo, cruzes feitas de ramos de parreira e choupo e gravetos maiores; aí pensei na vala de irrigação que passava logo depois da cerca, no rio raso e veloz que atravessava a cidadezinha, na barraca de burritos que vendia opções sem carne para a Quaresma, nas antigas casas de adobe e nos trailers que começam a parecer velhos, e nos vários avisos nada acolhedores: "Atenção: favor não descuidar dos pertences", "Não nos responsabilizamos por objetos furtados", "Cuidado com o cão". Chimayó é uma cidadezinha excessivamente pobre, famosa tanto pelas drogas, pela violência e pelo crime quanto por sua santidade. Jerry West estava esperando sua esposa, Meridel, na frente dessa capela, e eu fiz minha última jornada a pé ao voltar com a limonada, me despedi de Sal e parti rumo ao meu próprio destino final. Aproximadamente 10 mil peregrinos chegariam à cidade e esperariam na fila para entrar na capela naquele dia, e Jerry encontrou Greg e Sue de pé na fila para entrar também. Quando partimos, com a Lua já no céu, ainda havia vultos caminhando pelo acostamento estreito da estrada e noite adentro, grupos fantasmagóricos que não pareciam mais alegres, e sim dedicados e frágeis na escuridão.

CAPÍTULO 5

LABIRINTOS E CADILLACS: ANDANÇAS PELO REINO DO SIMBOLISMO

Não me importei de não entrar na igreja de Chimayó junto com toda a longa e paciente fila de peregrinos porque meu destino era outro. No ano anterior, eu havia percorrido a pé os últimos pouco mais de dez quilômetros da peregrinação e, mais tarde, tentando encontrar uma pessoa amiga que viera de carro, passei por um Cadillac que tinha a via-crúcis pintada na lataria. Segui adiante após uma inspeção superficial, aí dei aquela segunda olhadela, a mais vagarosa do mundo. Um Cadillac com as catorze estações da Via-Sacra começara, no ínterim compreendido entre aquelas duas Sextas-Feiras Santas, a parecer cada vez mais extraordinário, a condensação deslumbrante de tantas vontades e linguagens simbólicas num único carro de estranheza divina. Jerry disse, na frente da capela do Santo Niño, que o automóvel estava a uns cem metros mais adiante e fui mancando até lá para vê-lo.

Comprido, azul-claro e, de certo modo, difuso, como se o chassi de metal se desfizesse em véus ou veludo, aquele Cadillac 1976 era uma contradição. A via-crúcis abraçava todo o seu chassi esbelto e comprido, abaixo da linha cromada que o dividia horizontalmente. Jesus era condenado no canto traseiro do lado do motorista e carregava a cruz, tropeçava e abria caminho, contornando o carro para ser crucificado lá pelo meio do lado do passageiro, perto da maçaneta da porta, e era enterrado no canto traseiro daquele mesmo lado. Por toda a extensão da pintura, o céu era cinza-escuro, tomado por relâmpagos, situando a paixão de Cristo no Novo México, com suas nuvens carregadas e voláteis. E lá estava Jesus outra vez, no porta-malas, uma cabeça grande, retratada com foco suave e coroada de espinhos, ladeada por anjos, rosas espinhentas e faixas ondulantes, como aquelas que trazem inscrições na arte sacra medieval ou mexicana antiga. Os espinhos por toda parte pareciam nos relembrar que Chimayó e Jerusalém são paisagens áridas, e as mesmas rosas espinhentas adornavam o capô, onde estavam Maria, o Sagrado Coração, um anjo e um centurião.

O carro foi projetado para ser admirado sem sair do lugar, mas preservava a possibilidade de movimento. Não importava que nunca fosse longe, o importante era que poderia fazê-lo, que aquelas imagens poderiam disparar pela autoestrada, açoitadas pelo vento e por rastos horizontais de chuva. Imagine-o a 110 quilômetros por hora na rodovia interestadual, passando por planaltos escarpados, construções de adobe em ruínas, cabeças de gado e talvez *outdoors* de falsos entrepostos comerciais indígenas, restaurantes da rede Dairy Queen e motéis baratos... Uma Capela Sistina às avessas de oito cilindradas seguindo em alta velocidade rumo a um horizonte nítido sob o céu inconstante. O artista, Arthur Medina, um homem esbelto e agitado, de cabelos pretos e ondulados, apareceu enquanto eu admirava o carro e recostou-se ao barraco de madeira adjacente para ouvir elogios e indagações. "Por que um Cadillac?", perguntei, e ele, pelo jeito, não entendeu meu pressuposto de que um carro de luxo não seria a coisa mais natural e neutra para servir de tela a imagens sacras. Indaguei, então, por que ele pintara o carro com aquele tema, e ele disse: "Para dar às pessoas alguma coisa para a Quaresma", e de fato, ele exibia o carro todos os anos.

Contou que havia pintado outros carros e que tinha um do Elvis, aí segredou soturnamente que outros artistas da região o imitavam. Era fato que um outro carrão da década de 1970 estava estacionado mais próximo ao Santuário, em frente a uma loja de adobe caiada de branco, e a própria loja estava pintada com perfeita exatidão na lateral do carro que dava para a rua, ao passo que uma imagem radiante do próprio Santuário cobria-lhe o capô. A pintura praticamente fazia dele um veículo de significados tão vertiginoso quanto o carro de Medina, a transformação de um lugar imóvel numa representação em alta velocidade. Mas a tradição dos *low riders*, os carros rebaixados e personalizados, remonta a mais de um quarto de século no norte do Novo México, e aquele outro carro apresentava uma pintura muito mais profissional, o que não quer dizer que Medina fosse inferior como artista, só que a maioria desses carros adota uma estética ortodoxa derivada da maneira peculiar de manejar o aerógrafo, e Medina fizera suas figuras mais simples e rasas, criando uma atmosfera muito mais nebulosa e luxuriante. Pode-se dizer que a maioria dos *low riders* é barroca, com um hiper-realismo formal ligeiramente cético, ao passo que o de Medina tinha algo da força religiosa e da falta de perspectiva da arte medieval.

Era um objeto extraordinariamente quixotesco, um carro que tratava do caminhar, um artigo de luxo que falava de sofrimento, sacrifício e humilhação. E o carro unia duas tradições radicalmente diferentes do caminhar: uma delas era erótica; a outra, religiosa. Os carros personalizados são objetos de arte e também veículos de uma versão atualizada de um antigo costume espanhol e, agora, latino-americano, o *paseo* ou corso. Há centenas de anos, passear na *plaza* no centro da cidade é um costume social nesses lugares, um hábito que permite aos jovens se encontrar, flertar, caminhar juntos, decretando que vilas e cidades, desde Antigua na Guatemala a Sonoma na Califórnia, tenham uma praça central dedicada à atividade (os passeios sociais e mais informais do norte da Europa se dão em parques, molhes e bulevares). Em algumas partes do

México e em outros locais, o costume chegou a ser tão formal, que os homens andavam numa direção e as mulheres, em outra, feito os passos de uma coreografia *country* prolongados indefinidamente, mas hoje em dia a *plaza* é, em grande parte, o palco de um passeio não tão estruturado. Passear em público é um subconjunto especial do caminhar com ênfase no movimento lento e majestoso, na socialização e na ostentação. Não é uma maneira de chegar a algum lugar, mas de estar lá, e sua movimentação é basicamente circular, seja a pé ou de carro.

Enquanto escrevia este capítulo, encontrei José, um amigo de meu irmão Steve, no parque Dolores depois do Desfile de Cinco de Maio de São Francisco, e perguntei-lhe a respeito do costume. No começo, ele disse que não fazia ideia, mas à medida que íamos conversando, ele foi se lembrando de cada vez mais coisas e seus olhos brilhavam com as recordações antigas que voltavam aos borbotões e sob uma nova luz. Em sua cidade natal em El Salvador, o costume se chamava "dar a volta no parque", e por *parque* entenda-se a *plaza* central. Adolescentes, em sua maioria, usavam o parque para essa socialização, em parte porque as casas pequenas e o calor faziam da socialização no ambiente doméstico algo desconfortável, ao menos para as pessoas daquela idade. As moças não iam ao parque sozinhas, e, por isso, ele era muito requisitado como uma espécie de aia em miniatura para atender à irmã mais velha e às três primas muito bonitas. Ele passara várias noites de sábado e domingo de sua infância tomando um sorvete de casquinha e ignorando as conversas das meninas com os garotos. O *paseo*, à semelhança dos rituais pedestres de corte não tão estruturados de outros lugares, permite às pessoas permanecer visualmente em público, mas oralmente em particular, dando-lhes ensejo para conversar e supervisão suficiente para não fazerem mais do que isso. Ninguém podia se dar o luxo de continuar morando na vila, ele disse, e por isso os romances que brotavam durante as caminhadas pelos parques raramente acabavam em casamento. Mas, quando voltavam para suas cidades natais, as pessoas mais uma vez iam dar uma volta no parque, não para conhecer alguém, mas para rememorar aquela parte de suas vidas. Toda e qualquer vila ou cidadezinha em El Salvador e, ele arriscou, também na Guatemala, tinha uma variante desse costume e "quanto menor a cidade, mais importante era o hábito, para a gente não perder a sanidade". Outras versões do *paseo* pedestre existem na Espanha, no sul da Itália e em boa parte da América Latina. O costume transforma o mundo numa espécie de salão de baile e o caminhar numa valsa lenta.

    É difícil dizer como o carro personalizado e o *cruise* se juntaram, mas o *cruise* é o sucessor do *paseo* ou corso, com os carros se movendo em velocidade de desfile e os jovens dentro deles flertando e desafiando uns aos outros. Meridel, minha companheira na peregrinação a Chimayó, fizera, em 1980, uma de suas primeiras séries fotográficas sobre o Novo México, um projeto documentarista a respeito dos *low riders*. Naquela época, essa subcultura estava crescendo rapidamente, e os carros contornavam devagar a antiga *plaza* no centro de Santa Fé. À semelhança dos *low riders* de muitos lugares, aqueles enfrentavam a hostilidade das autoridades municipais, que transformaram as quatro ruas em volta da *plaza* num carrossel de mão única e tomaram outras medidas para banir a prática. Mas ao terminar a série, Meridel organizou uma mostra na *plaza*, para a qual os *low riders* foram convidados e onde muitos de seus carros foram exibidos. Recolocando-os no contexto das belas-artes, ela reabrira o espaço para eles e apresentara o trabalho e o mundo dessa gente para outras pessoas da região. Foi o maior *vernissage* da história de Santa Fé, com toda a sorte de pessoas circulando pela *plaza* para ver os carros, as fotografias e umas às outras, enfim, um *paseo* artístico.

Apesar de o *cruise* ter origem no *paseo*, a iconografia dos carros por vezes falava de uma tradição muito diferente. No estado beato do Novo México, eles exibem uma iconografia muito mais religiosa do que, por exemplo, os *low riders* da Califórnia, e Meridel passou a enxergar muitos deles como capelas, relicários e, por causa do revestimento de veludo, até mesmo como ataúdes. Exprimem a cultura de jovens que são ao mesmo tempo devotos e farristas como um todo indivisível, e não uma série de contradições. E exprimem como o carro ocupa uma posição central no Novo México, onde muitas vezes é difícil encontrar calçadas e trilhas à beira da estrada, e onde a vida rural e urbana se erige em torno do carro (mesmo na peregrinação, os *low riders* passavam devagar pela estrada e, volta e meia, executavam um cavalo de pau para nós, os pedestres). Mesmo assim, acho estranho que o *paseo* tenha deixado de ser um acontecimento pedestre para se tornar veicular. Os carros funcionam melhor como engenhos excludentes, como um espaço pessoal e móvel. Mesmo que sejam conduzidos da maneira mais lenta possível, eles ainda não permitem o encontro direto e o contato fluido que o caminhar possibilita. O carro de Medina, no entanto, não era mais um veículo, e sim um objeto. Ele se colocava ao lado do automóvel para receber elogios, e nós o contornávamos a pé, não como os devotos que percorrem a via-crúcis, e sim como especialistas a passear numa galeria.

A via-crúcis é, por si só, uma dessas coisas culturais formadas pela sobreposição de vários estratos. A primeira camada é o suposto desenrolar dos fatos desde a condenação de Jesus até o momento em que seu corpo é depositado no túmulo cavernoso, uma caminhada desde a casa de Pilatos até o Gólgota, o percurso imitado pelos peregrinos que carregam crucifixos até Chimayó. Durante as Cruzadas, os peregrinos iam a Jerusalém visitar os locais onde se deram esses acontecimentos, andavam e rezavam, assentando uma segunda camada, a do caminho refeito pelos devotos que aproximou a peregrinação do turismo. Nos séculos XIV e XV, os frades franciscanos criaram a terceira camada ao formalizar o itinerário como uma série de eventos fixos – as catorze estações – e abstraindo-os de seus respectivos locais. É dessa tradição que partem as obras de arte da via-crúcis – geralmente catorze pinturas ou gravuras pequenas a percorrer toda a nave – que adornam praticamente todas as igrejas católicas, e trata-se de uma abstração impressionante. Não é mais necessário estar em Jerusalém para acompanhar esses acontecimentos dois milênios atrás. O tempo passou, o lugar é outro, mas caminhar e imaginar são meios adequados para entrar no espírito do que aconteceu lá. (Muitas recomendações para rezar a Via-Sacra destacam que é preciso reviver os momentos da crucificação, sendo, portanto, um ato não só de simples oração, mas de identificação e imaginação.) O cristianismo é uma religião portátil, e até mesmo esse itinerário antes tão específico de Jerusalém foi exportado para o mundo todo.

Um caminho é uma interpretação prévia da melhor maneira de percorrer a paisagem, e seguir um itinerário é aceitar uma das interpretações ou acompanhar os passos daqueles que nos precederam, como fazem os estudiosos, rastreadores e peregrinos. Trilhar o mesmo caminho é reiterar algo profundo; atravessar o mesmo espaço da mesma maneira é um meio de se tornar aquela mesma pessoa, de ter os mesmos pensamentos. É uma forma de dramatização tanto espacial quanto espiritual, pois a pessoa imita santos e deuses esperando se aproximar deles, e não simplesmente se fazer passar por eles diante de uma plateia. É isso que distingue a peregrinação, com sua ênfase na repetição e imitação, de outros modos de caminhar. Não havendo outra maneira de se assemelhar a um deus, ao menos é possível caminhar como um. E de fato, na via-crúcis, Jesus aparece no auge de sua humanidade, tropeçando, transpirando, sofrendo, caindo três vezes e morrendo para redimir o Pecado Original. Mas, quando a via-crúcis se tornou uma sequência de imagens presente em toda igreja e em toda parte, os devotos passaram a seguir um caminho que não cruzava mais um lugar, e sim uma história. As estações são instaladas por toda a nave da igreja para que os adoradores possam entrar pessoalmente em Jerusalém e na história fundamental do cristianismo.

Além da via-crúcis, existem muitos outros artifícios que permitem às pessoas entrar fisicamente numa história. Descobri um deles no verão passado. Eu havia combinado de encontrar uns amigos para tomar alguma coisa no Tonga Room, um antigo bar pseudopolinésio e famoso por ser *kitsch* que fica no hotel Fairmont no alto de Nob Hill, São Francisco. Depois de subir Nob Hill a pé, de passar por uma mercearia que anunciava ter caviar para vender, por um menino chinês que pulava alegremente e pelos adultos não tão alegres daquele bairro fino, depois de contornar a catedral da Graça, atravessei um pátio onde um chafariz tocava música e um rapaz acenava com uma Bíblia nas mãos, murmurando alguma coisa. Do outro lado desse espaço, vi ali, para meu deleite, algo novo, um labirinto circular. Feito de cimento claro e escuro, repetia o mesmo desenho que na catedral de Chartres aparecia em pedra: onze círculos concêntricos divididos em quadrantes através dos quais o caminho serpeia até terminar na flor de seis pétalas no centro. Ainda era cedo para o meu encontro e, por isso, entrei no labirinto. O circuito era tão cativante que perdi de vista as pessoas próximas e mal ouvi o barulho do trânsito e os sinos que batiam dezoito horas.

Dentro do labirinto, a superfície bidimensional deixava de ser um espaço aberto que se pode atravessar. Manter-se no caminho sinuoso passava a ser importante e, com meus olhos fixos nele, o espaço do labirinto tornava-se grande e irresistível. O primeiro trecho do caminho, passada a entrada, quase chega ao centro dos onze anéis, virando em seguida para serpear volta após volta, mais perto e mais distante, nunca tão próximo quanto aquela promessa inicial, não até muito mais tarde, quando o pedestre já diminuiu o passo e foi absorvido pela jornada que, mesmo num labirinto de doze metros de diâmetro como aquele, pode levar quinze minutos ou mais. Aquele círculo tornou-se um mundo cujas regras regiam minha vida e eu entendi a moral dos labirintos: algumas vezes, é preciso dar as costas ao objetivo para chegar lá; outras vezes nos vemos mais distantes quando estamos mais próximos; em outras, ainda, o caminho mais longo é o único a seguir. Depois daquela caminhada atenta e cabisbaixa, a tranquilidade da chegada foi comovente ao extremo. Ergui os olhos, por fim, e vi que nuvens brancas feito garras e penas saracoteavam pelo céu azul, dirigindo-se para o leste. Foi de tirar o fôlego perceber que, no labirinto, era possível transmitir espacialmente metáforas e significados. Que descobrir que chegamos subitamente quando nos vemos mais distantes de nosso destino é uma verdade muito batida se colocada em palavras, mas algo profundo quando feito com os pés.

A poetisa Marianne Moore é famosa por ter escrito a respeito de "sapos reais em jardins imaginários", e o labirinto nos oferece a possibilidade de sermos criaturas reais em espaços simbólicos. Eu pensava numa história infantil durante o percurso, e os livros infantis de que mais gosto estão cheios de personagens que caem dentro de livros e quadros que se tornam reais, que vagam por jardins onde estátuas ganham vida e, num dos mais famosos, passam para o outro lado do espelho, onde peças de xadrez, flores e animais são todos animados e temperamentais. Esses livros sugeriam que as fronteiras entre o real e a representação não eram particularmente fixas e, quando alguém passava para o outro lado, a mágica acontecia. Em lugares como o labirinto, nós fazemos a travessia: estamos de fato viajando, mesmo que o destino seja apenas simbólico, e trata-se de um registro totalmente diferente do que é pensar na viagem ou admirar a imagem de um lugar para onde gostaríamos de ir.

Nesse contexto, pois, o real não é mais nem menos do que aquilo que habitamos fisicamente. O labirinto é uma jornada simbólica ou um mapa do caminho para a salvação, mas trata-se de um mapa sobre o qual podemos de fato caminhar, tornando indistinta a diferença entre o mapa e o mundo. Se o corpo é o registro do real, então ler com os pés é real de uma maneira que ler somente com os olhos não é. E, às vezes, o mapa é o território.

Nas igrejas medievais, esses labirintos – outrora comuns, mas hoje presentes apenas em alguns templos – eram chamados por vezes de *chemins à Jerusalem,* "estradas para Jerusalém", e o centro era a cidade santa ou o paraíso propriamente dito. O historiador dos labirintos W. H. Matthews adverte que não há documentos escritos de sua serventia, mas se imagina, em geral, que ofereciam a possibilidade de comprimir uma peregrinação no espaço exíguo do piso de uma igreja, sendo que as curvas e voltas representavam as dificuldades do desenvolvimento espiritual[1]. Na catedral da Graça em São Francisco, o labirinto foi encomendado pela cônega catedralícia Lauren Artress em 1991. "Os labirintos", escreve ela, "geralmente têm forma de círculo com um caminho sinuoso mas determinado, desde a borda até o centro e vice-versa. Todos têm um só caminho e, assim que tomamos a decisão de entrar, a senda se torna uma metáfora para nossa jornada pela vida"[2]. Desde então, Artress fundou uma espécie de seita labiríntica que já treinou aproximadamente 130 pessoas para apresentar oficinas e programas sobre labirintos, chamados de "o teatro da iluminação", chegando a publicar um boletim trimestral a respeito do projeto (que inclui algumas páginas apregoando bolsas de mão, joias e outros artigos labirínticos). Os labirintos como artifícios espirituais estão proliferando nos Estados Unidos e também vem acontecendo uma

---

1. W. H. Matthews, *Mazes and Labyrinths: Their History and Development,* Nova York, Dover, 1970; reimpressão de 1992, p. 66, 69.

2. Lauren Artress, folheto disponível na Catedral da Graça de São Francisco, s. d.

revitalização dos labirintos de jardim. Nas décadas de 1960 e 1970, ocorreu um tipo bem diferente de proliferação de labirintos, na obra de artistas como Terry Fox, e, no fim dos anos 1980, Adrian Fisher tornou-se um projetista de labirintos absurdamente bem-sucedido na Grã-Bretanha, desenhando e construindo labirintos de jardim em Blenheim Palace e dezenas de outros lugares.

Os labirintos não são meros artifícios cristãos, mas sempre representam uma espécie de jornada, algumas vezes de iniciação, morte e renascimento ou salvação, outras vezes de ritual de corte. Alguns parecem simplesmente indicar a complexidade de qualquer jornada, a dificuldade de encontrar ou conhecer o próprio caminho. Foram muito mencionados pelos gregos antigos e, apesar de o lendário labirinto de Creta onde o minotauro foi aprisionado nunca ter sido encontrado e provavelmente nunca ter existido, a forma hoje chamada de labirinto de Creta aparecia em suas moedas. Outros labirintos foram descobertos: entalhados em rocha na Sardenha; abertos na superfície pedregosa do deserto do sul do Arizona e da Califórnia; feitos de mosaicos pelos romanos. Na Escandinávia, há quase quinhentos labirintos conhecidos e feitos de pedras dispostas sobre a terra; até o século XII, os pescadores os percorriam antes de zarpar para garantir uma boa safra de peixes ou ventos favoráveis. Na Inglaterra, os *turf mazes* – labirintos escavados na terra – eram usados pelos jovens em brincadeiras eróticas, nas quais geralmente um rapaz corria até uma moça no centro, e as curvas e voltas do labirinto pareciam simbolizar as complexidades do ritual de corte. Os bem mais famosos labirintos de sebes do país são uma inovação posterior e mais aristocrática do jardim renascentista. Muitos autores de língua inglesa que escreveram a respeito de labirintos distinguem os *mazes* dos *labyrinths*. Os *mazes*, entre eles a maioria dos labirintos de jardim, têm inúmeras ramificações e são construídos para deixar perplexo quem neles entra, ao passo que o *labyrinth* só tem um caminho, e quem continuar a segui-lo encontrará o paraíso no centro, para depois voltar por onde veio e sair. Uma outra moral metafórica parece embutida nessas duas estruturas, pois o *maze* oferece a confusão do livre-arbítrio sem um destino claro; já o *labyrinth*, um caminho inexorável para a salvação.

Assim como a via-crúcis, os labirintos oferecem histórias nas quais podemos entrar e habitar fisicamente, histórias que traçamos com nossos pés e nossos olhos. Há uma semelhança não só entre essas estruturas revestidas simbolicamente, mas entre cada caminho e cada história. Parte daquilo que faz estradas, trilhas e caminhos tão ímpares como construções é que elas não podem ser percebidas em sua totalidade e de uma vez só por um observador sedentário. Elas se desdobram no tempo quando são percorridas, exatamente como uma história que se lê ou escuta, e uma curva fechada é como uma reviravolta no enredo; um aclive íngreme, o aumento gradual da tensão até a vista que se tem lá do cume; uma bifurcação na estrada, a apresentação de uma nova trama; a chegada, o fim da história. Da mesma maneira que a escrita permite que se leiam as palavras de alguém ausente, as estradas possibilitam que o itinerário do ausente seja traçado. As estradas são o registro daqueles que passaram por ali antes, e segui-las é seguir as pessoas que não estão mais lá – não mais santos e deuses, e sim pastores, caçadores, engenheiros, emigrantes, camponeses a caminho do mercado ou simplesmente pessoas indo e vindo entre a casa e o trabalho. As estruturas simbólicas como os labirintos chamam atenção para a natureza de todos os caminhos, todas as jornadas.

É isso que está por trás da relação especial entre conto e viagem, e, talvez, da razão para que a escrita narrativa se veja tão intimamente ligada ao caminhar. Escrever é abrir um caminho novo no terreno da imaginação ou apontar novas atrações num itinerário familiar. Ler é percorrer esse terreno tendo o autor como guia – um guia com o qual nem sempre concordamos ou em quem nem sempre confiamos, mas com quem ao menos podemos contar para nos levar a algum lugar. Tantas vezes desejei que minhas frases pudessem ser redigidas numa única linha que se estendesse a perder de vista, para que ficasse claro que uma oração é como uma estrada e que ler é viajar (fiz os cálculos certa vez e descobri que o texto de um dos meus livros teria seis quilômetros de extensão se fosse destrinchado numa única linha de palavras, e não diagramado em fileiras nas páginas, todo enovelado feito linha no carretel). Pode ser que os rolos de papel chineses que vamos desenrolando ao ler preservem parte dessa sensação. As vias-cantigas dos povos aborígenes da Austrália são os exemplos mais famosos a unir paisagem e narrativa. As vias-cantigas são instrumentos de navegação para percorrer as profundezas do deserto, ao passo que a paisagem é um artifício mnemônico para lembrar as histórias: em outras palavras, a história é um mapa; a paisagem, uma narrativa.

     Portanto, histórias são viagens e viagens são histórias. É porque imaginamos a própria vida como uma jornada que essas caminhadas simbólicas e, de fato, todas as caminhadas têm essa ressonância. O funcionamento da mente e do espírito é difícil de imaginar, assim como a natureza do tempo, então nossa tendência é comparar metaforicamente todos esses elementos intangíveis a objetos físicos localizados no espaço. Assim, nossa relação com eles torna-se física e espacial: nós nos afastamos ou nos aproximamos deles. E se o tempo se tornou espaço, então o desenrolar do tempo que constitui a vida também se torna uma jornada, por mais ou menos que viajemos espacialmente. Caminhar e viajar tornaram-se metáforas fundamentais no pensamento e no discurso, tão fundamentais que mal reparamos nelas. Arraigadas no idioma estão inúmeras metáforas de movimento: tomar rumo na vida, avançar rumo a um objetivo, ir até o fim, progredir. As coisas se colocam em nosso caminho, são retrocessos, nos ajudam a encontrar o rumo, nos dão uma vantagem na largada ou nos autorizam a avançar quando atingimos um marco. Nós subimos na vida, nos vemos em encruzilhadas, acertamos o passo, subimos degraus. Uma pessoa com problemas é uma alma perdida, está em descompasso, perdeu o rumo, tem de escalar uma montanha ou está descendo a ladeira, passando por uma fase difícil, andando em círculos ou não está chegando a lugar algum. E temos ainda as frases mais floreadas de ditados e canções: a linda passarela, a longa estrada da vida, a rua da amargura, a infinita *highway*, a estrada da saudade, o caminho que ninguém caminha*. O caminhar surge em frases feitas muito mais comuns: ditar o passo, avançar a passos largos, um grande passo à frente, acompanhar o passo, acertar o passo, seguir uma ordem à risca, seguir os passos de alguém. Fatos psíquicos e políticos são imaginados como espaciais: assim, em seu último discurso, Martin Luther King disse "estive no topo da montanha" para descrever um estado espiritual, um eco do estado que Jesus atingiu depois de subir literalmente a montanha. O primeiro livro de King chamava-se *Stride Toward Freedom* [A caminho da liberdade], um título reproduzido mais de três décadas depois pela autobiografia de Nelson Mandela, *Long Walk to Freedom* [*Longa caminhada até a liberdade*] (Doris Lessing, ex-compatriota de Mandela, deu a seu segundo volume memorialista o título de *Walking in the Shade* [*Andando na sombra*]; e temos também *Stadier På Livets Vej* [*Etapas no caminho da vida*], de Kierkegaard, ou *Sei passeggiate nei boschi narrativi* [*Seis passeios pelos bosques da ficção*], do teórico literário Umberto Eco, no qual ele descreve a leitura de um livro como um passeio pela floresta).

Se a própria vida, a passagem do tempo que nos cabe, é descrita como jornada, ela é mais comumente imaginada como

---

* No original, estas são, respectivamente, as expressões originais e suas fontes: "The primrose path" (*Hamlet*, de William Shakespeare, ato I, cena 3); "The Road to Ruin" (título de um álbum dos Ramones); "The High Road and the Low Road" (canção tradicional escocesa); "Easy Street" (do musical *Annie*); "Lonely Street" (canção da banda Kansas); "The Boulevard of Broken Dreams" (canção da banda Green Day). (N.T.)

uma jornada a pé, o avanço de um peregrino pela paisagem da história pessoal. E muitas vezes, ao imaginar nós mesmos, nos imaginamos caminhando: quando tal pessoa caminhava sobre a terra é uma maneira de descrever a existência de alguém; a ocupação dessa pessoa, em inglês, pode ser descrita como *her walk of life*, o caminho que seguiu na vida; o especialista é uma "enciclopédia ambulante", e "ele andou com Deus" é a maneira de o Velho Testamento descrever um estado de graça. A imagem do andarilho, solitário, ativo e de passagem pelo mundo, sem jamais se estabelecer, é uma representação forte daquilo que significa ser humano, seja um hominídeo atravessando a savana ou uma personagem de Samuel Beckett arrastando-se por uma estrada vicinal. A metáfora do caminhar volta a ser literal quando realmente caminhamos. Se a vida é uma jornada, então, quando estamos de fato viajando, nossas vidas se tornam tangíveis, com objetivos para onde podemos nos dirigir, um progresso que podemos ver e uma conquista que podemos compreender, metáforas unidas a ações. Os labirintos, as peregrinações, as escaladas e os passeios que têm destinos claros e desejáveis nos permitem entender o tempo que nos cabe como uma jornada literal com dimensões espirituais que podemos compreender por meio dos sentidos. Se viajar e caminhar são metáforas fundamentais, então todas as jornadas, todas as andanças nos deixam entrar no mesmo espaço simbólico ao qual os labirintos e rituais nos dão acesso, mesmo que não com a mesma força.

Existem muitas outras arenas nas quais a caminhada e a leitura se fundem. Assim como o labirinto da igreja teve seu irmão secular no labirinto de jardim, a leitura da via-crúcis teve seu equivalente secular no jardim de esculturas. Esperava-se que os europeus pré-modernos reconhecessem um grande elenco de personagens na pintura, na escultura e nos vitrais, desde os santos – São Pedro com sua chave, Santa Luzia com os olhos sobre um prato

– até as graças, as virtudes cardinais e os pecados mortais. Muitas igrejas tinham algum trecho da Bíblia traduzido em arte; uma catedral particularmente elaborada como a de Chartres costumava incluir atrações como as Sete Artes Liberais e as Virgens Prudentes e Loucas, além de cenas extraídas da vida de Cristo e dispostas simbolicamente. A capacidade de ler um livro era muito menor, mas a de ler imagens era incomparavelmente maior, e os mais instruídos reconheciam os deuses e mortais da mitologia clássica além da iconografia cristã. E como as fontes eram geralmente literárias, cada figura representava uma história, e essas histórias podiam ser dispostas em diversas sequências e muitas vezes eram mesmo – sequências que podiam ser "lidas" ao se passar andando por elas (personificações como a Liberdade ou a Primavera não eram histórias, mas podiam ser dispostas numa sequência narrativa, ao passo que deuses e heróis muitas vezes apareciam representados no clímax de um conto conhecido, tornando a escultura equivalente à fotografia de uma cena de filme). Muitos jardins eram jardins de esculturas, não no sentido contemporâneo do verde como uma espécie de moldura para vários objetos individuais, e sim como espaços inteiros que podiam ser lidos, fazendo do jardim um espaço tão intelectual quanto uma biblioteca. As esculturas e, por vezes, os elementos arquitetônicos eram dispostos em sequências que o pedestre-espectador interpretava ao passar, e parte do encanto desses jardins está na união harmoniosa de caminhada e leitura, corpo e mente.

Os claustros presentes em todos os monastérios e conventos às vezes comportavam histórias cristãs elaboradas. O claustro, geralmente uma arcada quadrangular que contornava um jardim com um poço, tanque ou chafariz no centro, era onde os monges ou as freiras podiam andar sem sair do espaço contemplativo da ordem. Os jardins renascentistas dispunham estátuas de figuras históricas e mitológicas de maneira elaborada. Como o pedestre já conhecia a história, as palavras não eram necessárias, mas, no espaço e no tempo da caminhada e nos encontros com as estátuas, a história era, em certo sentido, recontada pelo simples fato de ser rememorada. Isso faz do jardim um espaço poético, literário, mitológico e mágico. Os grandes jardins de Villa d'Este em Tivoli tinham uma série de baixos-relevos que contavam as histórias das *Metamorfoses* de Ovídio. Uma narrativa que se perdeu quase inteiramente foi o labirinto de Versalhes, destruído em 1775. Nele foram colocados, juntamente com uma estátua de Esopo, grupos de imagens extraídas de suas fábulas, e "cada uma das personagens falantes representadas nos grupos fabulosos", escreve W. H. Matthews, "emitia um jorro de água, representando a fala, e cada grupo era acompanhado por uma placa gravada com os versos mais ou menos apropriados escritos pelo poeta De Benserade"[3].

O labirinto era, portanto, uma antologia tridimensional na qual o caminhar, a leitura e a observação se uniam numa jornada pelos ensinamentos morais e significados das fábulas. Versalhes, o maior de todos os jardins formalistas da Europa, tinha o programa escultural mais complexo, no qual o labirinto de Esopo era apenas uma digressão secundária. Organizava quase todas as suas esculturas ao redor da imagem central de Luís XIV como o Rei Sol (acréscimos e subtrações subsequentes hoje dificultam a interpretação). Setenta escultores trabalharam para que as esculturas, as fontes e as próprias plantas comunicassem aos pedestres o poder do rei, um poder naturalizado e endossado pelas imagens do sol e do deus-sol clássico, Apolo, numa proporção que fazia do símbolo não um modelo em escala, e sim uma vasta extensão do mundo. Um século mais tarde, o célebre jardim formalista de Stowe em Buckingham, Inglaterra, foi transformado numa paisagem mais naturalista, mas o terreno cheio de bosques, elevações e depressões suaves era pontilhado por

---

3. Matthews, *Mazes and Labyrinths*, p. 117.

motivos arquitetônicos bem mais políticos. O Templo da Virtude Antiga situava-se perto das ruínas do Templo da Virtude Moderna e também do Templo das Sumidades Britânicas, que ficava do outro lado do lago e tinha como atração principal os poetas e estadistas mais interessantes aos olhos do proprietário *whig* do jardim. Essa configuração lamentava o estado do mundo setecentista e, ao mesmo tempo, estabelecia os *whigs* como herdeiros de nobres patriarcas. Outros elementos em Stowe eram mais jocosos para quem sabia ler o espaço e o simbolismo: o eremitério situado perto do Templo de Vênus, por exemplo, contrapondo o ascetismo à sensualidade. Se a narrativa é uma sequência de fatos relacionados, então esses jardins de esculturas transformaram o mundo num livro ao situar esses acontecimentos no espaço real, suficientemente afastados para serem "lidos" pelo caminhar (e transformando Versalhes e Stowe em livros de propaganda política). Por vezes, o que há para se ler no jardim não é tão literal. Escrevem os arquitetos paisagistas Charles W. Moore, William J. Mitchell e William Turnbull:

> Uma trilha de jardim pode se tornar o fio de uma trama, costurando momentos e incidentes numa narrativa. A estrutura da narrativa pode ser um simples encadeamento de fatos com um começo, meio e fim. Pode ser enfeitada com distrações, digressões e reviravoltas picarescas, acompanhada por caminhos paralelos (subtramas), ou pode se bifurcar enganosamente em becos sem saída, como os enredos alternativos explorados num romance policial[4].

A contribuição de Los Angeles para esse gênero é a Calçada da Fama no Hollywood Boulevard, onde os turistas vão lendo os nomes das celebridades aos seus pés.

---

4. Charles W. Moore, William J. Matchell e William Turnbull, *The Poetics of Gardens*, Cambridge, Massachusetts: MIT Press, 1988, p. 35.

Por vezes, quem anda reveste o mundo circundante com sua imaginação e caminha realmente em terreno inventado. O sacerdote norte-americano e andarilho entusiasta John Finlay escreveu a uma pessoa amiga:

> Talvez seja de seu interesse saber que tenho por hábito fazer uma brincadeirinha cá comigo mesmo, a saber, andar por alguma parte do mundo a mesma distância em quilômetros que caminho de fato todos os dias, e o resultado é que já andei quase 30 mil quilômetros nos últimos seis anos, ou seja, percorrendo o país já dei praticamente a volta ao mundo. Completei na noite passada 3 mil quilômetros desde 1º de janeiro de 1934 e, com isso, cheguei a Vancouver pelo norte[5].

O arquiteto nazista Albert Speer percorria o mundo em sua imaginação andando para lá e para cá no pátio da prisão, à semelhança de Kierkegaard e seu pai. A crítica de arte Lucy Lippard descobriu que, depois de voltar a Manhattan, ela podia continuar a fazer as caminhadas diárias, que tinham sido uma parte tão importante de sua temporada de um ano na zona rural da Inglaterra, "numa espécie de forma extracorpórea, a cada passo, condição atmosférica, textura, vista, estação e animal silvestre encontrado pelo caminho"[6].

Num sentido muito prático, seguir mesmo que uma rota imaginária é seguir o espírito ou o pensamento do que passou por ali anteriormente. Da maneira mais fortuita possível, o percurso refeito permite a volta de lembranças não solicitadas

---

5. John Finlay (org.), *The Pleasures of Walking*, 1934; reimpressão, Nova York, Vanguard Press, 1976, p. 8.
6. Lucy Lippard, *The Lure of the Local: Senses of Place in a Multicentered Society*, Nova York, New Press, 1996, p. 4.

ao encontrarmos os lugares onde os fatos aconteceram. Da maneira mais formal, trata-se de um método de memorização. Essa é a técnica do palácio da memória, mais uma herança da Grécia clássica amplamente utilizada até a Renascença. Era uma maneira de decorar uma grande quantidade de informações, uma habilidade importante antes de o papel e a imprensa substituírem a memória pela palavra escrita como repositório de informações. Frances Yates, autora do magnífico *Art of Memory* [Arte da memória], que recuperou a história dessa estranha técnica, descreve minuciosamente como funciona o sistema. Ela escreve:

> Não é difícil dominar os princípios gerais da mnemônica. [...] O primeiro passo era gravar na memória uma série de *loci* ou lugares. O tipo de sistema espacial mnemônico mais comum, mas não o único, era o arquitetônico. A descrição mais clara do processo foi fornecida por Quintiliano. Conta ele que, para dar forma a uma série de lugares na memória, deve-se rememorar um edifício, o mais espaçoso e diversificado possível, o átrio, a sala de estar, os quartos e salões, sem omitir as estátuas e outros ornamentos que adornam os cômodos. As imagens que serão usadas para relembrar o discurso [...] são então colocadas imaginariamente nos espaços memorizados do edifício. Feito isso, tão logo seja necessário reviver as lembranças, todos esses lugares são visitados um a um e os vários depósitos são reclamados a seus guardiões. Pensem no orador antigo movendo-se imaginariamente pelo edifício de sua memória enquanto faz seu discurso, extraindo dos lugares memorizados as imagens que colocou lá. O método garante que os pontos principais serão lembrados na ordem correta, pois a ordem é estabelecida pela sequência de espaços dentro do edifício[7].

---

7. Frances Yates, *The Art of Memory*, Londres, Pimlico, 1992, p. 18.

A memória, à semelhança da mente e do tempo, é inimaginável sem dimensões físicas: imaginá-la como um lugar físico é transformá-la numa paisagem na qual seus conteúdos estão localizados, e podemos nos aproximar daquilo que tem localização. Ou seja, se a memória é imaginada como um espaço real – um lugar, teatro, biblioteca –, então o ato de relembrar é imaginado como um ato real, isto é, como ato físico, como caminhar. A estudiosa enfatiza sempre o artifício do palácio imaginário, onde a informação era situada de cômodo em cômodo, objeto a objeto, mas o meio de recuperar a informação armazenada era caminhar pelas salas como um visitante num museu, devolvendo os objetos à consciência. Refazer o mesmo itinerário pode ser refazer os mesmos pensamentos, como se pensamentos e ideias fossem de fato objetos fixos numa paisagem que só precisamos saber como percorrer. Dessa maneira, caminhar é ler, mesmo quando tanto a caminhada quanto a leitura são imaginárias, e a paisagem da memória torna-se um texto tão estável quanto aquele que se pode encontrar no jardim, no labirinto ou na via-crúcis.

Mas, se ofuscou o palácio da memória como repositório de informações, o livro preservou parte de seu padrão. Em outras palavras, se existem caminhadas que lembram livros, também existem livros que lembram caminhadas e usam a atividade de "leitura" do caminhar para descrever um mundo. O maior exemplo é *A divina comédia* de Dante Alighieri, na qual os três reinos espirituais da vida após a morte são explorados por Dante, tendo Virgílio como guia. É uma espécie de diário de viagem sobrenatural que passa constantemente por visões e personagens, sempre mantendo o ritmo de uma excursão. O livro é tão específico em sua geografia que muitas edições contêm mapas, e Yates sugere que, na verdade, essa obra-prima foi uma espécie de palácio da memória. À semelhança de um vasto número de histórias pregressas e posteriores, trata-se de um relato de viagem no qual o movimento da narrativa é reproduzido pelo movimento das personagens através de uma paisagem imaginária.

PARTE II
DO JARDIM À NATUREZA

CAPÍTULO 6

O CAMINHO QUE DEIXA O JARDIM

I. Dois andarilhos e três cachoeiras

Duas semanas antes do fim do século, irmão e irmã saíram andando pela neve. Os dois tinham pele morena, e seus amigos comentaram que era visível a má postura de ambos ao caminhar, mas a semelhança terminava aí. Ele era alto, de nariz aquilino, calmo, ao passo que ela era pequena e tinha olhos acesos que ninguém deixava de notar. No primeiro dia de sua jornada, 17 de dezembro, haviam percorrido 35 quilômetros a cavalo antes de se despedirem de seu amigo, o proprietário dos animais, e andaram outros dezenove quilômetros até chegar a suas acomodações:

> [...] tendo percorrido os últimos cinco quilômetros no escuro e três deles sobre a estrada congelada, para grande incômodo de nossos pés e tornozelos. Na manhã seguinte, a terra se cobria com uma camada fina de neve, suficiente para deixar a estrada macia e nada escorregadia[1].

Como no dia anterior, os viajantes fizeram um desvio para ver uma cachoeira naquela paisagem montanhosa. E o irmão prosseguiria em sua carta de véspera de Natal:

---

[1]. Essas descrições de Dorothy Wordsworth ocorrem nas páginas 132 e 188 de *Recollections of the Lakes and the Lake Poets*, de Thomas de Quincey (Harmondsworth, Inglaterra, Penguin Books, 1970).

A manhã era de uma frieza penetrante, saraivadas de neve a nos ameaçar, mas sol radiante e vivo; tínhamos a tarefa de percorrer 34 quilômetros num dia curto de inverno [...]. Chegando-se mais perto, a água parecia cair por um arco alto ou nicho que se tivesse formado por desmoronamentos imperceptíveis da muralha de um antigo castelo. Deixamos o lugar com relutância, mas extremamente animados².

À tarde, chegaram a outra cachoeira, cuja água parecia virar neve ao cair no gelo. Ele prosseguiu:

> O riacho brotava por entre as fileiras de sincelos em espasmos irregulares de força e o volume d'água variava de um instante para outro. Algumas vezes, atirava-se na bacia descrevendo uma curva contínua; em outras, era interrompido quase na metade da queda; e, soprada em nossa direção, parte da água caía não muito longe de nossos pés feito pesadíssima chuva de verão. Numa situação como aquela, tem-se a todo instante a sensação de que o céu está presente. Acima do ponto mais alto da cachoeira, nuvens grandes e felpudas passavam sobre nossas cabeças, e o céu parecia de um azul mais vivo do que o normal.

Depois do desvio até a cachoeira, caminharam os dezesseis quilômetros seguintes em duas horas e quinze minutos "graças ao vento que [os] impelia e à boa estrada", e ele aparentemente se deliciava com o talento dos dois para caminhar quase tanto

---

2. William Wordsworth, carta para Samuel Taylor Coleridge, 24 de dezembro de 1799, in Ernest de Selincourt (org.), *Letters of William and Dorothy Wordsworth: The Early Years 1787-1805* (Oxford, Clarendon Press, 1967, p. 273-80). É digno de nota que nessa carta Wordsworth se refira tanto à "excursão de Taylor", um relato por escrito que descrevia a primeira cachoeira que eles visitaram, quanto à cachoeira propriamente dita como "a execução que se poderia esperar de um jardineiro gigantesco a serviço de um dos cortesãos da rainha Elizabeth, caso esse mesmo jardineiro gigantesco tivesse consultado Spenser", o que equivale a dizer que sua visão era enquadrada pelas tradições da literatura e jardinagem inglesas.

quanto saboreava a vista. Mais onze quilômetros e eles chegaram ao próximo local de descanso; de manhã, entraram andando em Kendal, o portal para o Distrito dos Lagos, onde passariam a morar.

O século do qual se aproximavam tão rápido quanto de seu novo lar era o XIX, e a casa era um chalé nos arrabaldes de uma pequena vila à beira do lago, Grasmere; os dois andarilhos vigorosos, como muitos já devem ter adivinhado, eram William e Dorothy Wordsworth. O que fizeram naqueles quatro dias de travessia dos montes Peninos no norte da Inglaterra, o que já haviam feito e ainda fariam caminhando foi extraordinário. É difícil identificar o que exatamente faz desse ato algo tão fora do comum. As pessoas já haviam percorrido distâncias muito maiores a pé e em condições piores. As pessoas já haviam começado, quase trinta anos antes, à época do nascimento do poeta e de sua irmã, a admirar alguns dos aspectos mais agrestes da zona rural britânica: montanhas, penhascos, charnecas, tempestades, o mar e também as cachoeiras. Na França e na Suíça, algumas pessoas haviam começado a escalar montanhas: o topo do monte Branco, o pico mais alto da Europa, fora alcançado pela primeira vez catorze anos antes. Dizem que Wordsworth e seus companheiros transformaram o caminhar em outra coisa, em algo novo, e, desse modo, fundaram a linhagem inteira daqueles que caminham por caminhar e pelo prazer de se ver na paisagem, de onde tanta coisa derivou[3]. Muitos autores que já escreveram a respeito dessa primeira geração de românticos propõem que coube a ela apresentar o caminhar como ato cultural, como parte da experiência estética.

---

3. Cf., por exemplo, Marion Shoard, *This Land is Our Land: The Struggle for Britain's Countryside*, 2. ed. (Londres, Gaia Books, 1997, p. 79). "Deve-se a Wordsworth, mais do que a qualquer outro, a ideia de que a maneira adequada de comungar com a natureza é atravessar os campos a pé."

Christopher Morley escreveu em 1917:

> Sempre imaginei que caminhar fosse uma das belas-artes não muito praticadas antes do século XVIII. Sabemos, a partir do livro famoso do embaixador Jussurand, quantos viandantes circulavam pelas estradas no século XIV, mas nenhum deles caminhava por amor à paisagem e à meditação em movimento [...]. De maneira geral, é verdade que caminhar pelos campos pelo puro deleite de colocar cadenciadamente um pé diante do outro era algo raro antes de Wordsworth. Sempre penso nele como um dos primeiros a empregar as pernas como instrumento da filosofia[4].

Morley quase acertou na mosca em sua primeira frase, apesar de boa parte do século XVIII já ter passado quando Wordsworth nasceu, em 1770. Mas aí ele combina o caminhar como belas-artes ao caminhar pelos campos, que é onde a confusão se insinua. Desde Morley, o tema do caminhar e da cultura inglesa foi retomado em três livros, e todos eles vão além e propõem que foi no fim do século XVIII, quando Wordsworth e seus pares se puseram a andar, que essa maneira de caminhar começou.

O delicioso *Shank's Pony: A Study of Walking* [Viajar a pé: um estudo do caminhar], de Morris Marples (1959), *Walking, Literature and English Culture* [A caminhada, a literatura e a cultura inglesa], de Anne D. Wallace (1993), e *Romantic Poetry and Pedestrian Travel* [Poesia romântica e viagem a pé], de Robin Jarvis (1998), usam como estudo de caso o sacerdote alemão Carl

---

[4]. Christopher Morley, "The Art of Walking", 1917, apud Aaron Sussman e Ruth Goode, *The Magic of Walking*, Nova York, Simon and Schuster, 1967. Trata-se de um tomo animado e evangelizador que defende o caminhar por questões de saúde, fornecendo dicas práticas e incluindo uma antologia e ensaios a respeito do assunto.

Moritz[5]. Durante sua caminhada pela Inglaterra em 1782, Moritz geralmente se viu desprezado e despejado pelos estalajadeiros e seus funcionários, ao passo que cocheiros e carroceiros viviam lhe perguntando se ele queria carona. Ele concluiu que era sua maneira de viajar que o fazia parecer deslocado aos olhos de quem o encontrava: "Quem viaja a pé neste país parece ser considerado uma espécie de selvagem ou um ser incomum que atrai os olhares, a pena, a desconfiança e a aversão de todos que o encontram"[6]. Lendo seu livro, somos levados a especular se eram suas roupas, maneiras ou o sotaque que desconcertavam as pessoas que ele encontrava, e não o fato de estar a pé. Mas sua explicação é amplamente aceita pelos três autores que o citam.

Viajar era algo formidavelmente difícil até o fim do século XVIII na Inglaterra. As estradas eram atrozes e infestadas de salteadores montados e seus equivalentes pedestres, os *footpads*. Quem podia se dar o luxo ia a cavalo, de diligência ou carruagem – ou, na pior das hipóteses, carroça – e, por vezes, portando armas; quem andava nas estradas públicas só podia ser um pedinte ou um *footpad*, pelo menos até a década de 1770, quando vários intelectuais e excêntricos começaram a percorrê-las a pé e por prazer. Por volta do fim do século XVIII, as estradas tinham melhorado tanto

---

5. "E, contudo, menos de dez anos após a viagem de Moritz, uma mudança impressionante ocorrera, e a moda da excursão pedestre (assim chamada desde então) entrara em vigor. Foi o começo de um movimento [...]." (Morris Marples, *Shank's Pony: A Study of Walking*, Londres, J. M. Dent and Sons, 1959, p. 31); "ao novo fenômeno da excursão pedestre e a outras formas menos ambiciosas de caminhar por prazer [...] estabelecidas nos últimos dez ou quinze anos do século XVIII" (Robin Jarvis, *Romantic Writing and Pedestrian Travel*, Houndmills, Basingstoke, Hampshire, Macmillan Press, 1997, p. 4); "desassociando o caminhar da implicação de longa data de necessidade e, portanto, de pobreza e vadiagem" (Anne Wallace, *Walking, Literature and English Culture*, Oxford, Oxford University Press, 1993, p. 10); "mudanças na maneira de encarar a prática e na prática propriamente dita de viajar, em geral, e de caminhar, em particular, que acompanham a revolução dos transportes que começou em meados do século XVIII" (ibid., p. 18). Todos eles afirmam que caminhar é viajar; não é necessariamente o meu argumento.

6. Carl Moritz, *Travels of Carl Philipp Moritz in England in 1782: A Reprint of the English Translation of 1795*, com apresentação de E. Matheson, 1795; reimpressão (Londres, Humphrey Milford, 1924, p. 37).

em qualidade quanto em segurança, e caminhar começava a ser uma maneira mais respeitável de viajar. Às vésperas do século seguinte, os Wordsworth se divertiam soberbamente percorrendo a pé não só as estradas, como também as charnecas elevadas e os caminhos pouco frequentados; o medo da criminalidade e a difamação pareciam ser as últimas coisas a lhes passar pela cabeça enquanto admiravam a vista e desfrutavam de sua própria faculdade de caminhar ao relento, algo que manteria a maioria das pessoas aconchegada dentro de casa.

Eles haviam visitado o Distrito dos Lagos seis anos antes dessa caminhada em pleno inverno. "Caminhei tendo meu irmão ao meu lado, desde Kendal até Grasmere, 29 quilômetros, e depois de Grasmere a Keswick, 24 quilômetros, atravessando o país mais encantador que já se viu"[7], escreveu Dorothy no assomo inicial de prazer depois daquela excursão de 1794; em seguida, defendeu-se por escrito perante a tia:

> Não deixei de notar em tua carta a parte em que comentas minhas "divagações a pé pelos campos". Longe de considerar tal coisa motivo de censura, pensei que agradaria às minhas amigas saber que tive a coragem de fazer uso da força com a qual a natureza me dotou, ainda mais tendo ela me proporcionado um prazer infinitamente maior do que teria sido possível viesse eu sentada dentro de uma diligência postal. Mas também foi uma maneira de poupar pelo menos trinta xelins[8].

Se tomarmos como testemunha Dorothy Wordsworth em 1794, e não Carl Moritz em 1782, chegaremos à conclusão de que

---

7. Dorothy Wordsworth, apud Hunter Davies, *William Wordsworth: A Biography*, Nova York, Antheneum, 1980, p. 70.

8. Dorothy Wordsworth à sua orgulhosa tia Carackanthorp, 21 de abril de 1794, apud Selincourt, *Letters*, p. 117.

caminhar pelos campos era meramente algo nada convencional e impróprio para uma mulher distinta.

Apesar de Wordsworth ser, em certo sentido, o pai (o que faz de Dorothy a tia) de uma predileção moderna que muito contribuiu para dar forma às áreas agradáveis de nosso mundo e à imaginação de quem nele vive, ele próprio era herdeiro de uma longa tradição e, portanto, é mais correto vê-lo como um transformador, um fulcro, um catalisador da história do caminhar pela paisagem. Seus precursores, é verdade, não andaram muito pelas estradas públicas (e, em sua maioria, nem seus descendentes modernos, pois os carros voltaram a tornar as estradas perigosas e desagradáveis). Antes dele, muitos viajaram a pé e por necessidade, mas poucos o fizeram por prazer, e os historiadores, por conseguinte, concluíram que caminhar por prazer era um fenômeno novo. Na verdade, caminhar já havia se tornado uma atividade importante, mas não como viagem. Poucos pedestres que antecederam Wordsworth seriam encontrados nas estradas públicas, mas muitos deles passeavam em parques e jardins.

II. A trilha do jardim

Em meados do século XIX, Thoreau escreveu: "Quando caminhamos, vamos naturalmente aos campos e bosques: o que seria de nós se andássemos somente num jardim ou passeio arborizado?"[9]. Para Thoreau, o desejo de caminhar pela paisagem intacta não parecia mais ter uma história, era natural, desde que por natureza se entenda a verdade atemporal que descobrimos, e não a especificidade histórica que criamos. Apesar de muitos hoje

---

9. Thoreau, "Walking", p. 98-9.

irem aos campos e bosques para caminhar, o desejo de fazê-lo é, em grande parte, resultado de três séculos de cultivo de certas crenças, gostos e valores. Antes disso, os privilegiados em busca de prazer e experiência estética andavam de fato somente no jardim ou passeio arborizado. O gosto pela natureza, já arraigado na época de Thoreau e ampliado na Idade Contemporânea, tem uma história peculiar que transformou a própria natureza em cultura. Para entender por que as pessoas escolheram caminhar em certas paisagens e com determinados propósitos, é preciso primeiro entender como esse gosto se formou nos jardins ingleses e se espalhou a partir dali.

Nossa tendência é considerar que os alicerces de nossa cultura são naturais, mas todo alicerce foi construído por alguém e tem uma origem, o que equivale a dizer que foi uma construção criativa, e não uma inevitabilidade biológica. Da mesma maneira que a revolução cultural do século XII introduziu o amor romântico primeiro como tema literário, depois como uma maneira de vivenciar o mundo, o século XVIII criou um gosto pela natureza sem o qual William e Dorothy Wordsworth não teriam escolhido percorrer a pé longas distâncias no meio do inverno e se desviar de seu percurso já tão árduo para admirar cachoeiras[10]. Não quer dizer que ninguém nutria uma paixão terna nem admirava um corpo d'água antes dessa sequência de revoluções, e sim que surgiu uma estrutura cultural que inculcaria essas tendências no grande

---

10. Cf. Christopher Thacker, *The Wildness Pleases: The Origins of Romanticism* (Nova York, St. Martin's Press, 1983, p. 1-2). Ele escreve: "Aristóteles afirmou que toda a poesia 'imita as ações dos homens'. E, por poesia, ele queria dizer todas as formas de arte, desde a escultura ao teatro, da poesia épica à história, da pintura até mesmo à música [...]. A definição de Aristóteles para o âmbito da poesia exclui muitas matérias que talvez considerássemos inteiramente apropriadas e de fato desejáveis como tema de uma obra de arte. Sobretudo, a representação da 'natureza' é um tema que nós, vivendo dois séculos após a explosão romântica no fim do século XVIII, passamos a aceitar quase sem pensar". Enumerando várias pinturas paisagísticas, Thacker não para por aí e afirma que tal matéria temática teria parecido incompreensível ou, no mínimo, irrelevante para Aristóteles e, de fato, para qualquer observador culto antes da transformação perceptiva que "ocorreu na Europa ocidental no século XVIII".

público, conferindo-lhes certas vias convencionais de expressão, atribuindo-lhes determinados valores redentores e alterando o mundo circundante para que fossem acentuadas. Não há como exagerar o impacto que essa revolução teve sobre o gosto pela natureza e a prática de caminhar. Ela reformulou os mundos físico e intelectual, dirigiu milhares de viajantes para destinos até então obscuros, criou inúmeros parques, áreas de preservação, trilhas, guias turísticos, clubes, organizações e um vasto *corpus* de arte e literatura quase sem precedentes antes do século XVIII.

Algumas influências se destacam como um marco divisório e deixam um legado reconhecível com herdeiros evidentes. Mas as influências mais profundas se infiltram na paisagem cultural como chuva e alimentam a consciência cotidiana. Uma influência como essa provavelmente passa despercebida, pois começa a parecer que as coisas sempre foram assim, que é a maneira natural ou mesmo a única maneira de ver o mundo. Era essa influência que Shelley tinha em mente ao escrever: "os poetas são os legisladores desconhecidos do mundo". Essa influência é o gosto romântico pela paisagem, por lugares agrestes, pela simplicidade, pela natureza como um ideal, por caminhar pela paisagem como a consumação de um relacionamento com esses lugares e uma expressão do desejo por simplicidade, pureza e solidão. Ou seja, caminhar é natural, ou melhor, é parte da história natural, mas optar por caminhar pela paisagem como uma experiência contemplativa, espiritual ou estética tem uma origem cultural específica. É essa a história que já havia se tornado natural para Thoreau e foi levando os andarilhos cada vez mais longe de casa, pois a volubilidade histórica do caminhar é inseparável da volubilidade do gosto nos lugares onde se caminha.

O verdadeiro motivo para Wordsworth e seus pares serem, aparentemente, fundadores, e não transformadores da tradição de caminhar por razões estéticas, está no fato de as caminhadas que precederam seus passeios terem sido tão pouco dignas de nota. De fato, essas caminhadas curtas em lugares seguros são meramente incidentais em relação à história da arquitetura e dos jardins: não têm uma literatura própria, são apenas menções em romances, diários e cartas. O cerne de sua história fica escondido dentro de outra história, a da construção de lugares onde caminhar, lugares que se tornaram maiores e mais importantes culturalmente com o passar do século XVIII. Também é a história de uma transformação radical do gosto, a passagem da formalidade e estruturação extrema para a informalidade e a naturalidade. Parece, na origem, uma história trivial da aristocracia ociosa e sua arquitetura, mas, como resultado, vemos que ela criou alguns dos lugares e algumas das práticas mais subversivas e deleitosas do mundo contemporâneo. O gosto por caminhar e pela paisagem tornou-se uma espécie de cavalo de Troia que acabaria democratizando muitas áreas e, no século XX, derrubaria literalmente as barreiras que isolavam as propriedades aristocráticas.

É possível acompanhar a prática de caminhar através dos lugares. Por volta do século XVI, quando os castelos começavam a se transformar em palácios e mansões, as galerias – salas compridas e estreitas, semelhantes a corredores, mas que muitas vezes não levavam a lugar algum – passaram a fazer parte do projeto. Serviam para as pessoas se exercitarem dentro de casa. "Os médicos do século XVI salientavam a importância das caminhadas diárias para a manutenção da saúde, e as galerias possibilitavam o exercício quando as condições meteorológicas normalmente não o permitiam", escreve Mark Girouard em sua história das casas de campo[11]. (A galeria acabaria se tornando um lugar onde exibir pinturas e, apesar de as galerias dos museus ainda serem lugares

---

11. Mark Girouard, *Life in the English Country House: A Social and Architectural History*, New Haven, Yale University Press, 1978, p. 100.

onde as pessoas caminham, o andar não é mais o foco.) A rainha Elizabeth acrescentou um passeio elevado a um dos terraços do castelo de Windsor e caminhava ali diariamente durante uma hora antes do almoço, desde que não ventasse muito[12]. Ainda se andava mais por questões de saúde do que por prazer, mas os jardins também eram usados nas caminhadas, e algum tipo de prazer as pessoas deviam extrair disso. Mas o gosto pela paisagem ainda era razoavelmente limitado. Em 11 de outubro de 1660, Samuel Pepys foi caminhar no parque St. James após o almoço, mas ele só destaca as bombas d'água que ali funcionavam. Dois anos depois, em 21 de maio de 1662, ele escreve que foi com sua esposa caminhar no jardim de White Hall, mas parecia muito mais interessado na roupa de baixo da concubina do rei que encontrou no jardim particular, evidentemente pendurada ali para secar. Era a sociedade que o interessava, não a natureza, e a paisagem ainda não era, como viria a ser, um tema relevante para a pintura e a poesia britânicas. Antes de o meio ambiente ganhar importância, caminhar era mero movimento, e não experiência.

    Contudo, uma revolução estava em andamento nos jardins. O jardim medieval vivera cercado por muros altos, em parte por questões de segurança em uma época tão instável. Nas representações desses jardins, os ocupantes geralmente estão sentados ou reclinados, escutando música ou conversando (o jardim murado era, desde o Cântico dos Cânticos, uma metáfora para o corpo feminino, e, pelo menos desde o surgimento da tradição do amor cortês, palco de muito flerte e namoro). As flores, ervas, árvores frutíferas, fontes e os instrumentos musicais faziam deles locais que apelavam a todos os sentidos, e o mundo fora desse santuário voluptuoso parecia proporcionar mais do que exercício suficiente, já que os nobres medievais ainda se envolviam fisi-

---

12. Susan Lasdun, *The English Park: Royal, Private & Public*, Nova York, Vendome Press, 1992, p. 35.

camente nas questões militares e domésticas. À medida que o mundo foi se tornando mais seguro e a residência aristocrática passou a ser mais palácio do que fortaleza, os jardins da Europa começaram a se expandir. As flores e frutas começaram a desaparecer dos jardins: era ao olhar que esses domínios expandidos apelavam. O jardim renascentista era um lugar onde as pessoas podiam caminhar e se sentar, e o jardim barroco se tornou enorme. Assim como caminhar era exercício para quem não precisava mais trabalhar, os jardins imensos eram paisagens cultivadas que não precisavam mais produzir nada além de estímulos mentais, físicos e sociais para os pedestres.

Não fosse o jardim barroco uma exibição tão ostentosa de riqueza e poder, diríamos até que sua abstração era austera. Árvores e sebes eram modeladas em quadrados e cones; os caminhos, as avenidas e os passeios eram dispostos em linhas retas; a água era bombeada para as fontes ou despejada nos lagos de formas geométricas. Foi o triunfo de uma ordem platônica, uma superimposição do ideal à matéria suja da realidade. Esses jardins estenderam a geometria e a simetria da arquitetura ao mundo orgânico, mas ainda ofereciam oportunidades para o comportamento informal e reservado: por toda a sua história, uma das grandes funções dos jardins aristocráticos era oferecer às pessoas um refúgio para a contemplação ou conversas particulares longe do ambiente doméstico. Na Inglaterra, Guilherme III e Maria II acrescentaram novos jardins a Hampton Court em 1699, jardins nos quais era possível andar quase dois quilômetros antes de chegar ao muro. Os passeios ou caminhos começavam a se tornar partes importantes dos jardins e são prova indireta da popularidade cada vez maior do caminhar (nesse contexto, "o passeio" era uma senda larga o bastante para duas pessoas andarem lado a lado; era o que se podia chamar de uma via coloquial). A viajante e cronista inglesa Celia Fiennes escreveu a respeito de um jardim que ela visitou perto do começo do século XVIII:

> Há passeios de seixos, passeios de grama e passeios fechados, há um passeio que em extensão toma todo o jardim, chamado de "Passeio Tortuoso", de grama bem aparada e cilindrada, ele é recortado por dentro e por fora nas curvas, assim como o muro, o que nos leva a pensar que chegamos ao fim do passeio várias vezes antes de chegarmos lá de fato[13].

Mas os muros do jardim estavam desaparecendo, e a distinção entre ele e a paisagem do lado de fora foi ficando cada vez mais difícil de ser encontrada. Os jardins renascentistas italianos eram construídos preferencialmente nas encostas para proporcionar uma boa visão da zona rural, unindo o jardim ao mundo, mas os jardins franceses e ingleses raramente tinham essa configuração. A linha de visão só se estendia até o muro do jardim, e mais tarde através de uma variedade de aberturas nesse mesmo muro.

Quando surgiu o *ha-ha*, nas primeiras décadas do século XVIII, os muros caíram na Grã-Bretanha. Uma vala relativamente invisível de perto ou de longe, o *ha-ha* – que tinha esse nome porque, segundo diziam, os pedestres exclamavam "ha, ha!", surpresos, ao topar com um deles – fornecia uma barreira invisível que permitia aos habitantes do jardim contemplar, desimpedidos, o horizonte. E o pedestre não demorava a seguir o olhar. A maioria das quintas inglesas era formada por uma sequência de espaços cada vez mais controlados: o parque, o jardim e a casa. Originalmente reservas florestais de caça, os parques ainda eram uma espécie de zona tampão entre as classes desocupadas e a terra

---

13. Celia Fiennes, a respeito dos jardins em Agnes Burton, in Christopher Morris (org.), *The Journeys of Celia Fiennes* (Londres, Cresset Press, 1949, p. 90-1).

agrícola e os trabalhadores que as cercavam, e muitas vezes forneciam lenha e pastagem. O jardim costumava ser um espaço muito menor em volta da casa. Susan Lasdun, na história que traçou desses parques, escreve a respeito das avenidas retas e arborizadas dos parques e jardins do século XVII:

> Essas avenidas proporcionavam sombra e abrigo para os passeios que, popularizados por Carlos II, agora estavam se tornando *de rigueur* nos parques [...]. Certamente o apreço pelo ar livre e pelo exercício já era considerado um gosto "inglês". Os proprietários particulares agora dispunham passeios em seus parques campestres, e caminhar tornou--se parte do prazer proporcionado pelo parque, tanto quanto caçar, andar de coche ou a cavalo. Os próprios passeios foram ficando cada vez mais interessantes, e as considerações estéticas evoluíram da simples vista estática de uma janela ou terraço para algo que levava em conta um ponto de vista mais fluido [...]. O pedestre, na verdade, percorria um circuito e, no século XVIII, este viria a se tornar a maneira padronizada de contemplar jardins e parques. Aquele tempo em que só era seguro caminhar pelo terraço do castelo – o adarve – havia muito ficara para trás[14].

O jardim formalista, com seus desenhos compostos de sebes podadas, lagos de formato geométrico e árvores dispostas em fileiras regulares, sugeria que a natureza era o caos sobre o qual os homens impunham a ordem (mas, começando na Itália renascentista, as pinturas de paisagens intocadas, quando não o próprio terreno inculto, passaram a ser apreciadas). Na Inglaterra, o jardim viria a se tornar cada vez menos formalista com o avanço

---

14. Lasdun, *English Park*, p. 66.

do século XVIII, e essa ideia de paisagismo naturalista que seria chamada de *jardin anglais*, o jardim inglês ou paisagístico, é uma das grandes contribuições inglesas à cultura ocidental. Quando a barreira visual que o separava dos arredores desapareceu, o projeto do jardim também passou a se preocupar menos com essa distinção. Em 1709, Anthony Ashley Cooper, conde de Shaftesbury, já havia dito verborragicamente:

> Ó, Natureza gloriosa! Supremamente Bela e soberanamente Boa! [...] Não mais hei de resistir à Paixão que dentro de mim cresce pelas Coisas naturais que ainda não tiveram sua Ordem genuína arruinada pela Arte, a Presunção ou o Capricho do Homem, perturbando esse Estado primitivo. Até mesmo as Pedras rudes, as Cavernas cobertas de musgo, as Grutas irregulares e brutas e as Cascatas acidentadas, com todas as horrendas Graças do próprio Ermo, na medida em que representam mais a Natureza, mais cativantes são e aparecem com uma Magnificência que ultrapassa a Chacota formalista de Jardins Suntuosos[15].

A retórica se adiantou à prática. Ainda se passariam muitas décadas até os jardins suntuosos cederem lugar ao ermo. Mas a opinião otimista de Shaftesbury a respeito da natureza como algo inerentemente bom uniu-se ao otimismo de que os homens poderiam se apropriar da natureza, aprimorá-la ou inventá-la em seus jardins.

"Poesia, Pintura e Jardinagem, ou a ciência da Paisagem, serão para todo o sempre consideradas pelos homens as Três Irmãs,

---

15. Shaftesbury, in John Dixon Hunt e Peter Willis, *The Genius of the Place: The English Landscape Garden, 1620-1840*, Nova York, Harper, 1975, p. 122; e também um texto-chave em Thacker, *The Wildness Pleases*, cujo título provém dessa efusão.

ou as Três Novas Graças que vestem e adornam a natureza" foi a declaração famosa de Horace Walpole, o esteta endinheirado que tanto fez para inculcar em seus pares os gostos românticos [16]. Uma das premissas dessa declaração é que a jardinagem é uma arte tanto quanto as práticas mais tradicionalmente respeitadas de poetas e pintores, e o período foi uma espécie de idade de ouro da atenção dedicada aos jardins – ou uma espécie de idade de incubação durante a qual o gosto pela natureza nasceu desses jardins, poemas e pinturas. Uma outra premissa é que a natureza precisa ser vestida e adornada, pelo menos no jardim, e as pinturas sugeriam algumas maneiras de fazer isso. Entre as influências do emergente jardim paisagístico inglês estavam as paisagens italianas do século XVII pintadas por Claude Lorrain, Nicolas Poussin e Salvator Rosa, com elevações e depressões suaves do terreno estendendo-se até os horizontes longínquos, os arvoredos felpudos emoldurando o horizonte, os corpos d'água serenos e as construções e ruínas clássicas (e, no caso de Rosa, os penhascos, os córregos e os bandoleiros que fizeram dele o mais gótico dos três). Templos com colunatas e pontes palladianas foram acrescentados para fazer os jardins ingleses se assemelharem à *campagna* italiana dessas pinturas e sugerir que a Inglaterra era herdeira das virtudes e belezas de Roma. "A jardinagem é a pintura da paisagem", disse Alexander Pope, e as pessoas estavam aprendendo a olhar para a paisagem nos jardins da mesma maneira que haviam aprendido a olhar para a paisagem nas pinturas.

Os elementos arquitetônicos – ruínas, templos, pontes e obeliscos – ainda seriam espalhados pelos jardins durante muitas décadas, mas o tema dos jardins passou a ser a própria natureza, embora uma versão muito específica da natureza, a natureza como espetáculo visual de plantas, água e espaço, uma coisa serena a ser

---

16. Walpole, apud Hunt e Willis, *Genius of the Place*, p. 11.

contemplada serenamente. Diferente do jardim formalista e da pintura, que só podiam ser observados a partir de um ponto de vista ideal, o jardim paisagístico inglês "pedia para ser explorado, guardando surpresas e cantinhos inesperados para serem descobertos a pé", escreve o historiador dos jardins John Dixon Hunt[17]. Carolyn Bermingham acrescenta, em sua história das relações entre classe e paisagem: "Se o jardim formalista francês se baseava numa única visão axial a partir da casa, o jardim inglês era uma série de visões oblíquas e múltiplas criadas com a intenção de ser vivenciada enquanto era percorrida a pé"[18]. Se me perdoarem o anacronismo, o jardim estava se tornando mais cinemático do que pictórico: era projetado para ser vivenciado em movimento como uma série de composições que se dissolviam umas nas outras, e não mais como imagem estática. Agora era projetado em termos estéticos e práticos para os pedestres, e caminhar e observar começavam a se tornar prazeres associados.

Houve outros fatores na naturalização cada vez maior do jardim. Talvez o mais importante tenha sido a sinonimização do jardim paisagístico à liberdade inglesa. Os aristocratas ingleses que cultivavam o gosto pela natureza estavam, em certo sentido, adotando a posição política de que eles mesmos e sua ordem social eram naturais, em contraste com o artifício francês. Daí a dedicação aos passatempos campestres, o pendor por se retratarem ao ar livre, a criação de jardins naturalistas, o gosto culto pela paisagem: tudo isso tinha um subtexto político, como Bermingham apontou com tamanho brilhantismo. Mas, entre outras influências, temos os jardins chineses, nos quais os caminhos e cursos d'água eram sinuosos e meandrantes, onde o efeito global era celebrar, e não

---

17. John Dixon Hunt, *The Figure in the Landscape: Poetry, Painting and Gardening During the Eighteenth Century*, Baltimore, Johns Hopkins University Press, 1976, p. 143.

18. Carolyn Bermingham, *Landscape and Ideology: The English Rustic Tradition, 1740-1860*, Berkeley, University of California Press, 1986, p. 12.

subjugar a complexidade natural. Nem as primeiras *chinoiseries*, nem as imitações da natureza guardavam muita semelhança com os originais, mas a intenção estava lá e em transformação. Por último, esse gosto volúvel manifesta uma confiança extraordinária. O jardim formalista e fechado e o castelo são corolários de um mundo perigoso do qual é necessário se proteger literal e esteticamente. Quando os muros vêm abaixo, o jardim propõe que já existe na natureza uma ordem em harmonia com a sociedade "natural" que o desfruta. A predileção crescente por ruínas, montanhas, córregos, por situações que provocam medo e melancolia e por obras de arte a respeito de todas essas coisas sugere que a vida havia se tornado tão plácida e agradável para os privilegiados ingleses que eles podiam trazer de volta, como entretenimento, os pavores que as pessoas outrora haviam se esforçado tanto para banir. Além disso, a experiência particular e a arte informal estavam vicejando em outras áreas, principalmente no romance em ascensão.

    O jardim que exemplifica essa evolução é Stowe, em Buckingham, Inglaterra. Stowe passou pela maioria das fases do jardim inglês no século XVIII e hoje é uma espécie de glossário da jardinagem setecentista, desde os templos, grutas, eremitério e pontes ao lago e ao paisagismo. Chegou a ter alguns dos primeiros exemplos de *chinoiserie* e arquitetura neogótica da Inglaterra. Seu proprietário, o visconde de Cobham, havia substituído o "jardim social" formalista de 1680 por um jardim formalista bem maior, que ele foi aos poucos revisando e apagando com o avanço do novo século. Primeiro os Campos Elísios, com seus Templos – o das Sumidades Britânicas e os das Virtudes Antiga e Moderna, mencionados no capítulo anterior –, foram transformados em algo de linhas mais suaves e onduladas, e o resto do jardim acabou seguindo o mesmo exemplo. Os passeios retos tornaram--se serpentinos, e quem os percorria não mais desfilava: andava a esmo. Christopher Hussey descreve Stowe, a capital política dos *whigs*, como a transformação da política em arquitetura de jardim, relaxando o projeto paisagístico formalista para dar lugar à "harmonia com o humanismo da época, sua fé na liberdade disciplinada, seu respeito pelas qualidades naturais, sua crença no indivíduo, fosse homem ou árvore, e seu ódio pela tirania, fosse na política ou nas plantações"[19]. A maioria dos grandes arquitetos paisagistas da época trabalhou para Cobham, e muitos dos grandes poetas e escritores estavam entre seus hóspedes. E os jardins continuaram se expandindo, anexando dezenas de acres de uma só vez em determinada ocasião. "No decorrer de trinta anos", resume um dos historiadores do jardim, "o gosto [de Cobham] passou de uma preocupação com a disposição regular de gramados em terraços, estátuas e caminhos retos [...] para um ensaio sobre a pintura paisagística em três dimensões, a criação de uma paisagem ideal.[20]"

Celebrado em muitos poemas, quadros e diários, Stowe era o centro da política cultural da época, fosse como tema ou refúgio. "Ó, leva-me para os passeios largos/ Ao majestoso paraíso Stowe/ [...] E ali contigo o encanto percorro/ A ordenada natureza [...]", escreveu James Thomson, hóspede durante boa parte de 1734 e 1735, na seção "Autumn" [Outono] de seu poema *The Seasons* [As estações][21]. Esse poema imensamente bem-sucedido, com seus versos brancos que descrevem a inconstância do ano e os pequenos dramas do cenário natural, provavelmente ajudou mais do que qualquer outra obra literária a inculcar nas pessoas o gosto

---

19. Christopher Hussey, *English Gardens and Landscapes, 1700-1730*, Londres, Country Life, 1967, p. 101.

20. *Stowe Landscape Gardens*, Grã-Bretanha, National Trust, 1997, p. 45.

21. James Thomson, *The Seasons*, Edinburgh/Nova York, T. Nelson and Sons, 1860, p. 139. Kenneth Johnston, em *The Hidden Wordsworth: Poet, Lover, Rebel, Spy* (Nova York, Norton, 1988), diz que *The Seasons* é o poema mais bem-sucedido do século, e Andrew Wilton, em *Turner and the Sublime* (Chicago, University of Chicago Press, 1981), documenta seu impacto.

pela paisagem; no século XIX, J. M. W. Turner ainda usava trechos grandes do poema para acompanhar suas pinturas. Pope também decantou minuciosamente o esplendor de Stowe e, numa carta, descreveu um dia típico no jardim na década de 1730: "Todos tomamos um caminho diferente e andamos a esmo até nos encontrarmos ao meio-dia"[22]. Walpole visitou o herdeiro de Cobham em Stowe em 1770. Após o desjejum, o grupo passou o dia caminhando nos jardins "ou [passeando] em cabriolés, até chegar a hora de [se vestir]" para a principal refeição do dia[23]. Tornara-se enorme, um lugar que a gente levava o dia inteiro para explorar a pé, e nenhuma outra fronteira inequívoca, fora o *ha-ha*, o separava da zona rural.

Naquele ano, o arquiteto gótico Sanderson Miller foi passear em Stowe com várias pessoas, entre elas Lancelot "Capability" Brown, o arquiteto paisagista que completaria a revolução na jardinagem com suas vastidões despretensiosas de água, árvores e relva. Brown criou o Vale Grego em Stowe, o trecho mais extenso e plano do jardim (e, apesar de parecer inteiramente natural, o vale propriamente dito foi escavado a mão por muitos trabalhadores que não registraram para a posteridade o que achavam da jardinagem paisagística). O jardim browniano, depois de basicamente banir a escultura e a arquitetura, não celebrava mais a história e a política humanas. A natureza não era mais um cenário, e sim o assunto. E quem andava por um jardim como aquele não era mais conduzido em direção a reflexões triviais sobre a virtude ou Virgílio: tinha liberdade para pensar seus próprios pensamentos ao seguir pelos caminhos meandrantes (mas bem que esses pensamentos poderiam ser a respeito da natureza, ou melhor, Natureza, como ensinavam milhares de textos). De

---

22. Pope, carta de 1739, apud *Stowe Landscape Gardens*, p. 66.

23. Walpole, carta para George Montagu, 7 de julho de 1770, in *Selected Letters of Horace Walpole*, Londres, J. M. Dent and Sons, 1926, p. 93.

espaço autoritário, público e essencialmente arquitetônico, o jardim passava a ser um ermo particular e solitário.

Nem todos estavam preparados para aceitar o jardim paisagístico da maneira como foi concebido por Brown. Sir Joshua Reynolds, presidente da Academia Real Inglesa, escreveu:

> A Jardinagem, na medida em que a Jardinagem é uma Arte, ou faz jus ao próprio nome, é um desvio da natureza, pois, se o gosto verdadeiro consiste, como muitos sustentam, em banir toda aparência de Arte ou qualquer vestígio dos passos do homem, não seria mais, portanto, um jardim[24].

Reynolds sabia do que estava falando. O jardim, à medida que se tornava cada vez mais indistinguível da paisagem circundante, havia se tornado desnecessário — Walpole dissera a respeito do arquiteto paisagista William Kent que ele havia "saltado a cerca e visto toda a natureza como um jardim"[25]. Se o jardim não passava de um espaço agradável à vista no qual andar a esmo, então era possível encontrar jardins, e não criá-los, e a tradição do passeio no jardim poderia se expandir e se tornar a excursão do turista. Em vez de admirar a obra de um homem, o excursionista panorâmico poderia admirar as obras da natureza, e admirar a natureza como obra de arte completava uma revolução significativa. Para usar as palavras de Shaftesbury, os jardins suntuosos haviam finalmente cedido lugar ao ermo; o mundo não humano havia se tornado um tema digno da contemplação estética.

O jardim aristocrático começara como parte do castelo fortificado e, vagarosamente, seus limites desapareceram; a fusão do jardim com o mundo é um sinal de como a Inglaterra havia se tornado mais segura (e, em menor grau, boa parte da Europa

---

24. Sir Joshua Reynolds, apud Hunt e Willis, *Genius of the Place*, p. 32.
25. Walpole, apud Hunt e Willis, *Genius of the Place*, p. 13.

ocidental, onde a moda do jardim inglês logo vingou). Desde aproximadamente 1770, a Inglaterra passara por uma "revolução do transporte", com estradas melhores, redução da criminalidade de beira de estrada e passagens mais baratas. A própria natureza da viagem mudou. Antes de meados do século XVIII, os relatos de viagem pouco têm a dizer a respeito do país entre um e outro ponto de referência cultural ou religioso. Depois disso, surgiu uma maneira inteiramente nova de viajar. Quando se viajava em peregrinação ou por razões práticas, o espaço entre o lar e o destino era uma inconveniência ou uma provação. Quando esse espaço se tornou paisagem, a viagem passou a ser um fim em si mesmo, uma expansão do passeio no jardim. Ou seja, as experiências vividas pelo caminho poderiam substituir os destinos como o propósito da viagem. E se a paisagem inteira era o destino, as pessoas chegavam lá no exato momento em que saíam pelo mundo, que podia ser visto como um jardim ou uma pintura. Havia tempos que o caminhar era recreação, mas viajar agora se unira a essa atividade, e era só uma questão de tempo até a viagem a pé se tornar um componente comum dos prazeres da excursão panorâmica, e sua lentidão, finalmente uma virtude. O momento em que um pobre poeta e sua irmã atravessariam os campos cobertos de neve pelo prazer de observar e caminhar se aproximava.

Posteriormente, o próprio Wordsworth sentiu-se estimulado a escrever um guia para o Distrito dos Lagos no qual resumia a história traçada aqui. Em 1810, ele escreveu:

> Nos últimos sessenta anos, uma prática denominada Jardinagem Ornamental passou a predominar na Inglaterra. Unindo-se à admiração por essa arte e, em alguns casos, contrariando-a, produziu-se um paladar por trechos seletos da paisagem natural: e os Viajantes, em vez de limitar suas observações a Vilas, Manufaturas ou Minas,

começaram (coisa até então inaudita) a vagar por toda a ilha em busca de locais reclusos, distintos [...], em busca da sublimidade ou beleza das formas da Natureza que lá havia para ver[26].

III. A invenção do turismo panorâmico

O desafortunado viajante alemão Carl Moritz, que se sentiu tantas vezes rejeitado em sua jornada a pé, na verdade encontrou uma pletora de pedestres, apesar de nem ele, nem seus leitores modernos terem essa gente em alta conta. Ele mal reparara nas inúmeras pessoas que viu caminhando entre Greenwich e Londres, mas chegou de fato a dizer, a respeito do parque St. James de Londres, que aquilo "que compensava imensamente a mediocridade do tal parque" era:

> [...] a quantidade impressionante de pessoas que, mais para o fim da tarde, com tempo bom, para ali afluem; nossos melhores passeios não ficam tão cheios, mesmo em pleno verão. O prazer refinado de se misturar livremente com tal concurso de pessoas, que em sua maioria é formada por gente bonita e bem vestida, provei-o eu esta tardinha pela primeira vez[27].

Moritz, na verdade, está sugerindo que caminhar é, na Inglaterra, um passatempo *mais* sofisticado ou um passatempo sofisticado mais público do que na Alemanha, mesmo que viajar a pé não o seja (também se revela um esnobe, o que pode explicar por que ele se ressentia da condição plebeia atribuída a quem andava

---

26. Wordsworth, in Ernest de Selincourt (org.), *Guide to the Lakes*, Oxford, Oxford University Press, 1977, p. 69.

27. *Travels of Carl Philipp Moritz*, p. 44.

pelas estradas). Durante sua temporada em Londres, ele também visitou Ranelagh e os jardins de Vauxhall. Aparentados à feira agropecuária e ao parque de diversões moderno, esses locais muito procurados ofereciam música, espetáculos, passeios e comes e bebes num ambiente ajardinado, e tanto a baixa nobreza quanto a classe média se juntavam ali para se entreter à noite. À semelhança das pessoas que hoje passeiam nas *plazas* e parques latino-americanos ou em qualquer parque de diversões ou shopping center atual, estavam ali para ver e ser vistos tanto quanto a paisagem, que era muitas vezes incrementada com orquestras, pantomimas, comes e bebes e outras diversões. O passeio social era outro aspecto de uma cultura próspera do caminhar, cujos momentos mais solitários se desenvolveram no parque e no jardim particulares. "As Pessoas de Londres gostam tanto de caminhar quanto nossos amigos em Pequim de passear de riquixá", escreveu Oliver Goldsmith na pele de um visitante chinês a descrever Vauxhall. "Um dos principais entretenimentos dos cidadãos daqui, no verão, é se dirigir ao cair da noite para um jardim não muito longe da cidade, onde andam para lá e para cá, apresentam-se em suas melhores roupas e à luz mais favorável, ao som de um concerto preparado especialmente para a ocasião.[28]"

    Outro aspecto significativo das viagens de Moritz foi sua visita à famosa caverna do Distrito de Peak em Derbyshire no norte da Inglaterra, não muito longe dos Lagos. Sugestivamente, já havia ali um guia para lhe mostrar as maravilhas do lugar em troca de remuneração. O turismo panorâmico estava nascendo no Distrito de Peak, no Distrito dos Lagos, no País de Gales e na Escócia. E, assim como o desenvolvimento do jardim paisagístico inglês se vira cercado por um furor de poemas descritivos e epístolas, o crescimento do turismo foi encorajado e instruído por guias. À semelhança dos

---

28. Oliver Goldsmith, *The Citizen of the World*, vol. 2 de Arthur Friedman (org.), *Collected Works*, Oxford: Clarendon Press, 1966, p. 293.

guias e relatos de viagem modernos, esses livros contavam o que havia para ver e onde encontrá-lo. Alguns deles – principalmente a obra do clérigo William Gilpin – também explicavam *como* ver. O gosto pela paisagem era um sinal de refinamento, e quem queria adquirir refinamento estudava para se tornar especialista na paisagem. Desconfia-se de que os contemporâneos que fizeram de Gilpin um autor tão influente o consultavam da mesma maneira que as gerações subsequentes consultariam os guias para saber qual garfo usar ou como agradecer a uma anfitriã, pois Gilpin escreveu seus livros quando a classe média estava adquirindo o gosto até então aristocrático pela paisagem. O jardim paisagístico era um luxo que poucos podiam criar ou usufruir, mas a paisagem intocada estava disponível a praticamente todas as pessoas, e cada vez mais gente da classe média podia viajar e desfrutá-la agora que as estradas eram mais seguras e menos acidentadas e os meios de transportes, mais baratos. O gosto pela paisagem era algo a se aprender, e Gilpin foi o guia de muitas pessoas.

"Ela queria ter todo e qualquer livro que lhe ensinasse como admirar uma árvore velha e raquítica", observa Edward a respeito da romântica Marianne em *Sense and Sensibility* [*Razão e sensibilidade*], de Jane Austen[29]. O crítico John Barrell escreve:

> Em certo sentido, pode-se dizer que, na Inglaterra do final do século XVIII, a mera contemplação da paisagem, bem distinta de sua expressão na pintura, na escrita ou em coisas do gênero, veio a ser entendida como uma atividade importante para a gente culta e, quase por si só, como prática de uma arte. Exibir o gosto paisagístico correto era uma conquista social valiosa, quase tanto quanto cantar bem ou saber redigir uma carta educada. As heroínas de vários romances do fim do século XVIII

---

29. Jane Austen, *Sense and Sensibility*, Nova York, Washington Square Press, 1961, p. 80.

foram criadas para exibir esse gosto com um virtuosismo praticamente ostentoso, e não só o mero fato de ter ou não o gosto pela paisagem, mas também as variações de gosto dentro da predileção genérica são consideradas por alguns romancistas indícios genuínos de diferenças de caráter[30].

Marianne Dashwood confirma seu romantismo por gostar de árvores velhas e raquíticas, apesar de se desculpar pelo modismo do gosto: "É bem verdade [...] que a admiração da paisagem hoje não passa de um jargão. Todos fingem sentir e tentam descrever com o mesmo bom gosto e elegância daquele que definiu pela primeira vez o que era a beleza pitoresca"[31]. Ela também está falando de Gilpin, que disseminou na Grã-Bretanha o uso da palavra *pitoresco*, que originalmente significava qualquer paisagem que lembrasse ou pudesse ser percebida como uma pintura e, por fim, passou a significar um tipo de paisagem agreste, áspero, acidentado e intricado.

Gilpin estava ensinando as pessoas a observar a paisagem como se fosse uma pintura. Hoje em dia, seus livros dão uma ideia de como a observação da paisagem era um passatempo novo e intelectual e de como as pessoas precisavam de ajuda com isso. Gilpin diz a seus leitores o que procurar e como compor na imaginação o que encontraram. A respeito da Escócia, por exemplo, ele declara: "Não fosse essa escassez geral de objetos – particularmente de madeira – nas atrações escocesas, não tenho dúvida de que rivalizariam com as da Itália. Os grandes contornos foram todos traçados; só falta um pouco de acabamento"[32]. Ou

---

30. John Barrell, *The Idea of Landscape and the Sense of Place*, Nova York, Cambridge University Press, 1972, p. 4-5.

31. Austen, *Sense and Sensibility*, p. 83-4.

32. William Gilpin, *Observations on Several Parts of Great Britain, Particularly the Highlands of Scotland, Relative Chiefly to Picturesque Beauty, Made in the Year 1776*, vol. 2, Londres, T. Cadell and W. Davies, 1808, p. 119.

seja, o novo tema da topografia escocesa pode ser compreendido se comparado tanto à arte quanto às paisagens já consagradas da Itália. Ele escreveu os guias de muitas regiões da Inglaterra, com destaque para o Distrito dos Lagos, e também País de Gales e Escócia, enumerando os locais adequados à visitação. Outros fizeram coro. Richard Payne Knight escreveu, em sua abominável mas influente obra de 1794, *The Landscape: A Didactic Poem in Three Books* [A paisagem: um poema didático em três volumes]: "Em cenas reais, aprendemos a transpor/ Os veros compostos do encanto do pintor"[33].

Assim como o gosto paisagístico, a ênfase no pictórico e a existência do turismo panorâmico parecem coisas indignas de nota aos leitores da atualidade, mas ambas são invenções do século XVIII. A célebre excursão do poeta Thomas Gray pelo Distrito dos Lagos em 1769 se deu dois anos depois de o primeiro turista ter aparecido ali para admirar especificamente a paisagem e escrever a respeito do lugar, assim como Gray também escreveria[34]. Por volta do fim do século, os Lagos eram um ponto turístico bem estabelecido e ainda o são, graças a Gilpin, Wordsworth... e Napoleão: os viajantes ingleses, se antes iam ao exterior, começaram a passear por sua própria ilha durante os tempos turbulentos da Revolução Francesa e das guerras napoleônicas. Os turistas viajavam em diligências, mais tarde de trem (e, por fim, de carro e avião). Liam seus guias. Observavam as paisagens. Compravam suvenires. E, ao chegar, caminhavam. Originalmente, o caminhar parece ter sido incidental, parte do processo de ir e vir à procura do melhor panorama. No entanto, perto da virada do século, caminhar era uma parte fundamental de alguns empreendimentos turísticos, e começavam a surgir as excursões pedestres e o montanhismo.

---

33. Richard Payne Knight, "The Landscape: A Didactic Poem", in *Genius of the Place*, p. 344.
34. Gray escreveu a respeito em seu "Journal in the Lakes", in Edmund Gosse (org.), *The Works of Thomas Gray in Prose and Verse*, vol. 1 (Nova York, Macmillan, 1902).

IV. Barro na anágua da jovem

Apesar de ter sabidamente ignorado as guerras napoleônicas em seus romances, Jane Austen abordou incisivamente outros temas da época. Em *Northanger Abbey*, ela ridicularizou a predileção da época pelo romance gótico, com suas emoções macabras e improváveis, e, em *Sense and Sensibility*, foi quase igualmente sarcástica em relação às opiniões românticas de Marianne Dashwood sobre o amor e a paisagem. Posteriormente, ela pareceria aceitar bem melhor o culto à paisagem e, em seu último romance, *Mansfield Park*, sinonimiza mais de uma vez as virtudes morais da heroína com a sensibilidade da moça à beleza natural. Seus romances, com mulheres jovens e refinadas em um contexto rural, também resumem maravilhosamente os usos do caminhar no fim do século XVIII e começo do século XIX, mas nenhum deles tanto quanto *Orgulho e preconceito*. Um passeio pelas caminhadas de Elizabeth Bennet será a conclusão de nossa investigação das circunstâncias nas quais William e Dorothy Wordsworth partiram rumo a Grasmere em dezembro de 1799 (e aqui é preciso destacar que, apesar de *Orgulho e preconceito* ter sido publicado em 1813, a primeira versão foi redigida em 1799). Em relação aos dois, Austen era uma igual, e ela nos deixa vislumbrar o mundo sóbrio que eles desertaram.

As caminhadas estão por toda parte em *Orgulho e preconceito*. A heroína caminha sempre que possível e em todos os lugares, e muitos dos encontros e conversas cruciais do livro se dão enquanto duas personagens andam lado a lado. O papel bastante incidental das caminhadas indica como andar estava entretecido na vida cotidiana de pessoas como as personagens refinadas de Austen. Durante todo o século XVIII e século XIX adentro, caminhar foi uma atividade particularmente feminina – "eram mulheres do campo e, obviamente, afeitas ao passatempo das mulheres do campo, caminhar", escreveu Dorothy Wordsworth numa carta em 1792[35]. Era algo para se fazer. Nos textos dos homens, encontramos muita coisa a respeito da criação e admiração de jardins, mas é nas cartas e nos romances das mulheres que geralmente encontramos pessoas andando de fato nesses lugares, talvez porque abordem a vida cotidiana com mais precisão ou, talvez, porque às mulheres inglesas – ou melhor, às damas – eram franqueadas pouquíssimas outras atividades. Entre uma festa social e outra, Elizabeth Bennet, a heroína de *Orgulho e preconceito*, lia copiosamente, escrevia cartas, costurava um pouco, tocava razoavelmente o piano e caminhava.

Não muito depois da abertura do romance, Jane Bennet apanha um resfriado ao cavalgar até Netherfields, a morada de seu pretendente, Mr. Bingley, e sua irmã Elizabeth vai andando até lá para cuidar dela. Ir a pé é, em parte, uma questão de necessidade, já que ela não é "nenhuma amazona" e só há um cavalo disponível para puxar a carruagem, e não dois. Mas a verve audaz que faz dela uma heroína tão encantadora também a torna uma andarilha ávida – "Não desejo me furtar à caminhada. A distância não é nada quando se tem um motivo: apenas cinco quilômetros" – e a caminhada é a primeira grande demonstração de que ela não é convencional. Apesar de não ter ido tão longe quanto Dorothy Wordsworth na ocasião em que foi repreendida pela tia, Elizabeth também ultrapassa os limites da decência para mulheres de sua categoria, e as personagens na casa de Mr. Bingley têm um bocado a dizer a respeito disso. A transgressão parece ser o fato de ela ter saído sozinha pelo mundo e de ter transformado o idílio da caminhada aristocrática em algo utilitário. "Que ela tivesse caminhado cinco quilômetros logo cedo, com tamanho mau

---

35. Dorothy Wordsworth, 16 de outubro de 1972, in De Selincourt, *Letters*, p. 84.

tempo e sozinha era quase inacreditável para Mrs. Hurst e Miss Bingley; e Elizabeth estava convicta de que a desprezavam por isso.³⁶" Quando ela já não pode mais ouvi-las, pois está cuidando da irmã que acabou gravemente doente, as duas discorrem sobre o barro na anágua da jovem e seu "quê abominável de independência presunçosa, uma indiferença das mais campesinas à decência". Mr. Bingley, por sua vez, comenta que a excursão nada ortodoxa "mostra [que ela tem] pela irmã uma afeição das mais cordiais", e Mr. Darcy observa que a caminhada "avivou-lhe" os olhos.

Logo depois, com Jane e Elizabeth ilhadas naquela casa secular, seus habitantes demonstram a maneira correta de caminhar: confinados às fronteiras do jardim e da sociedade. Miss Bingley ainda critica Elizabeth junto a Mr. Darcy. "Naquele instante encontraram Mrs. Hurst e a própria Elizabeth, que vinham por um outro passeio." Mrs. Hurst toma o braço livre de Mr. Darcy e deixa Elizabeth a andar sozinha.

> Mr. Darcy percebeu a grosseria e imediatamente falou:
> – Este passeio não tem largura suficiente para comportar nosso grupo. É melhor irmos para a avenida.
> Mas Elizabeth, sem a menor disposição para continuar com eles, respondeu risonha:
> – Não, não, fiquem onde estão. Formam um grupo encantador e de figura incomum. Uma quarta pessoa estragaria o caráter pitoresco. Até logo.

Haviam criticado o fato de ela ter andado pelos campos e ultrapassado os limites da decência; ela zomba da etiqueta de

---

36. Jane Austen, *Pride and Prejudice*, Oxford, Oxford University Press/Avenal Books, 1985, p. 30; "Naquele instante encontraram", p. 49; "Ela tinha um talhe elegante", p. 52; "Miss Bennet, tenho a impressão de ter visto um trechinho bonito de mato", p. 340; "caminhada preferida", p. 164; "Mais de uma vez, ao perambular", p. 176; "nunca vira um lugar pelo qual a natureza fizera tanto": p. 234; "enlevada exclamou: "Que delícia! Que felicidade!", p. 150; "não é o objetivo desta obra", p. 232; "Minha querida Lizzy, por onde andaste?", p. 360.

jardim dos demais ao sugerir que se tornaram parte da coleção de objetos estéticos do jardim, objetos que ela é capaz de contemplar com a mesma impessoalidade que dedicaria às árvores e à água. No fim daquela mesma tarde, Miss Bingley passeia no espaço mais exíguo da sala de estar, onde todas as personagens de Netherfields estão reunidas, com a exceção de Jane. "Ela tinha um talhe elegante e caminhava bem", conta Austen. A vigilância das pessoas desocupadas sobre a conduta de seus iguais se estendia à apreciação crítica do movimento e da postura, e o modo de andar de uma pessoa era considerado parte importante de sua aparência. Quando Miss Bingley convida Elizabeth a acompanhá-la, Mr. Darcy comenta que elas caminham para discutir coisas particulares ou porque "sabem que, andando, fazem mais bela figura". Caminhar era uma maneira de se exibir, de se recolher ou de fazer as duas coisas.

    Esse e outros romances do período sugerem que caminhar proporcionava um retiro compartilhado para conversas importantes. A etiqueta da época exigia que moradores e hóspedes da casa de campo passassem o dia juntos nos cômodos principais, e o passeio no jardim proporcionava ao grupo algum alívio, seja no isolamento ou nos *tête-à-tête* (numa variação dessa prática, os políticos atuais, mais de uma vez, mantiveram conversas enquanto caminhavam para que ninguém os ouvisse por meio de grampos e escutas). Logo depois da recuperação de Jane, ela e Elizabeth trocaram mexericos enquanto caminhavam entre os arbustos do jardim de sua própria família. Pois *Orgulho e preconceito* também é um inventário incidental dos tipos de paisagem disponíveis para a caminhada. Mais para o fim do livro, surgem novas atrações dos jardins dos Bennet quando lady Catherine entra intempestivamente para questionar e reprovar as intenções de Elizabeth em relação a Mr. Darcy: "Miss Bennet, tenho a impressão de ter visto um trechinho bonito de mato num dos cantos do seu gramado. Eu adoraria dar uma volta por lá, se me desse a graça de sua companhia", ela disfarça, interessada numa conversa particular. "Vai, minha querida", exclama a mãe, "e mostra a sua senhoria os vários passeios. Creio que ela aprovará o eremitério." E, com isso, ficamos sabendo que se trata de um jardim de bom tamanho de meados do século XVIII, com pelo menos um adorno arquitetônico.

O que havia exatamente no parque de lady Catherine é algo que nunca descobriremos, somente que, durante a estada de Elizabeth ali por perto, sua "caminhada preferida [...] era ao largo do arvoredo ralo que orlava aquele lado do parque, onde havia um caminho coberto e agradável, que ninguém mais a não ser ela parecia apreciar e onde ela se sentia fora do alcance da curiosidade de lady Catherine". Mas não da curiosidade de Mr. Darcy: "Mais de uma vez, ao perambular dentro do Parque, Elizabeth encontrou Mr. Darcy inesperadamente. Ela percebeu que havia obstinação por trás de tamanha má sorte". Ela diz ao rapaz que aquele é seu "antro preferido", pois ainda deseja evitá-lo. Ele, naturalmente, está apaixonado pela jovem e a procura repetidas vezes no parque, interessado em manter uma conversa particular: "Ocorreu-lhe no decurso do terceiro encontro dos dois que ele lhe fazia perguntas estranhas e desconexas: se lhe agradava estar em Hunsford, se gostava de caminhar sozinha [...]".

Para a autora e seus leitores, assim como para Mr. Darcy, essas caminhadas solitárias exprimem a independência que tira literalmente a heroína da esfera social das casas e seus habitantes e a insere num mundo maior e mais solitário onde ela é livre para pensar: caminhar vincula as liberdades física e mental. Apesar de Austen não ter tanto a falar do panorama nesse romance quanto teria em *Mansfield Park*, a sensibilidade de Elizabeth à paisagem é mais uma das características que indicam sua inteligência refinada. Não é Mr. Darcy, mas Pemberley, a propriedade dele, que começa a mudar a opinião que Elizabeth tem do jovem, e caminhar no parque do rapaz torna-se um ato peculiarmente íntimo. Ela "nunca vira um lugar pelo qual a natureza fizera tanto ou onde a beleza natural tivesse sido tão pouco contrariada por um gosto canhestro [...]. Naquele momento, ela percebeu que ser a senhora de Pemberley seria uma coisa e tanto!". Evidentemente uma estudiosa de Gilpin, ela inspeciona a vista que tem a partir de cada janela da casa e, depois de terem saído para caminhar na direção do rio, o proprietário tanto da casa quanto do rio aparece. O tio de Elizabeth "manifestou o desejo de contornar todo o Parque, mas receava que talvez não fosse um passeio breve. Com um sorriso triunfante, foram informados de que o circuito tinha dezesseis quilômetros". Assim como a predileção de Elizabeth por andar sozinha, o fato de Mr. Darcy possuir uma paisagem naturalista e magnífica, evidentemente no estilo moderno de Capability Brown, é também um sinal de caráter. Quando os dois se encontram inesperadamente nessa paisagem, começa uma relação mais respeitosa e deliberada, à medida que:

> [...] seguiam o circuito habitual; o que voltava a trazê-los, após algum tempo, num declive em meio a um bosque inclinado, para a beira d'água, num dos trechos onde o riacho era mais estreito. Cruzaram-no por uma ponte simples, condizente com a atmosfera da cena [...] e o vale, ali condensado numa ravina, abria espaço apenas para o riacho e um passeio estreito em meio à capoeira bravia que o margeava. Elizabeth ansiava por explorar seus meandros [...].

É esse gosto partilhado pela paisagem que acaba unindo os dois no denominador comum do terreno, onde resolverão suas diferenças. Claro que o herói e a heroína do romance foram reunidos no esplendor de Pemberley porque a tia e o tio dela se ofereceram para levá-la ao Distrito dos Lagos (ao que Elizabeth "enlevada exclamou: "Que delícia! Que felicidade! Vocês me dão vida nova e vigor. Adeus à decepção e à melancolia. O que é o homem em comparação com as pedras e as montanhas?"). Apesar de Miss Bingley desprezar o casal de tios por serem comerciantes e residirem numa parte humilde de Londres, eles demonstraram *seu* refinamento ao adotar aquela forma moderadamente *avant-garde* de turismo panorâmico. A viagem é abreviada, o que os leva a Derbyshire e Pemberley, não muito ao sul dos Lagos, e reúne todas as personagens mais admiravelmente perspicazes do livro. Austen interrompe o plano sublime e abstrato de sua narração, no qual apenas os pormenores mais necessários do mundo material se intrometem brevemente, para nos oferecer descrições exuberantes de Pemberley. A respeito da região na qual está localizada, no entanto, ela comenta: "não é o objetivo desta obra fornecer uma descrição de Derbyshire". Mesmo assim, ela relaciona a magnífica quinta de Chatsworth e os prodígios naturais de Dove Dale, Matlock e Peak entre as atrações visitadas por aqueles turistas.

A multiplicidade dos usos do caminhar é notável nesse romance. Elizabeth caminha para escapar da sociedade e conversar em particular com sua irmã e, no fim de *Orgulho e preconceito*, com seu pretendente. Entre as paisagens que ela aprecia estão jardins novos e antiquados, paisagens agrestes e interioranas do norte e de Kent. Ela anda para se exercitar, como fazia a rainha Elizabeth, para conversar, como fazia Samuel Pepys, e caminha em jardins, como faziam Walpole e Pope. Ela anda por pontos turísticos, como faziam Gray e Gilpin, e também como meio de transporte, como Moritz e os Wordsworth, e exatamente como eles encontra desaprovação por causa disso. Uma ou duas vezes ela passeia socialmente, como todos eles faziam. Novos propósitos continuam a ser somados ao repertório dos pedestres, mas nenhum deles é abandonado, de modo que o caminhar cresce constantemente em significado e utilidade. Tornou-se um meio de expressão. Também é social e espacialmente a maior latitude disponível às mulheres confinadas nessas estruturas sociais, a atividade na qual elas encontram uma oportunidade de empenhar o corpo e a imaginação. Numa caminhada em que deram um jeito de se livrar de todos os companheiros e "ela seguiu audaciosamente sozinha com ele", Elizabeth e Darcy finalmente se entendem, e seus diálogos e a felicidade recém-descoberta tomam tanto tempo que:

> "Minha querida Lizzy, por onde andaste?" foi a pergunta com a qual Jane recebeu Elizabeth tão logo esta entrou na sala, repetida por todos os demais ao se sentarem à mesa. Ela só tinha a dizer, em resposta, que haviam andado a esmo até ela já não se dar mais conta.

A consciência e a paisagem se fundiram, de modo que Elizabeth havia seguido "além de sua conta" e entrado num universo de novas possibilidades. É o último serviço que a caminhada presta à agitada heroína desse romance.

Também é digna de nota a quantidade de vezes que o ato de caminhar aparece como substantivo, e não verbo, nesse livro e nessa época: "À distância de uma breve caminhada de Longbourn vivia uma família"; "uma caminhada até Meryton era necessária para que se entretivessem pela manhã"; "fizeram uma caminhada agradável, atravessando uns oitocentos metros do parque"; "sua caminhada preferida [...] era ao largo do arvoredo ralo" e assim por diante. Esses usos da palavra dão a entender que a caminhada faz parte do repertório e tem atributos conhecidos, à semelhança de uma canção ou de um jantar, e que ao partir numa caminhada dessas a pessoa não alterna meramente as pernas, mas o faz durante certo tempo, que não é muito longo nem muito breve, sem qualquer outra intenção produtiva além de manter a saúde e sentir prazer, e o faz em ambientes agradáveis. A paisagem implica uma atenção consciente ao refinamento de atos corriqueiros. As pessoas sempre caminharam, mas nem sempre revestiram a atividade com esses significados formais, significados que estavam prestes a se expandir ainda mais.

V. Portão afora

Os poetas românticos costumam ser retratados como revolucionários que romperam com tudo que veio antes. O jovem Wordsworth era um radical na política tanto quanto no estilo e nos temas de sua poesia, mas ajudou a propagar boa parte das convenções sociais setecentistas. Ainda no ventre da mãe quando Gray chegou ao Distrito dos Lagos, ele ajudou a popularizar ainda mais a beleza da região e, apesar de ter nascido ao pé de suas vastidões pedregosas e íngremes, foram a estética convencional e as relações pessoais que o fizeram voltar para viver ali os últimos cinquenta anos de sua vida. Do País de Gales à Escócia e aos Alpes, Wordsworth escolheu paisagens já célebres para caminhar e sobre as quais escrever. Ele era, em certos sentidos, o turista ideal, um turista com um dom peculiar para relembrar e descrever o que via, e sua relação com o Distrito dos Lagos é um estranho ato de compensar com o entusiasmo do turista a intimidade perspicaz do morador. Ele e a irmã estavam mergulhando conscientemente na literatura existente a respeito da paisagem, educando o olhar da mesma maneira que Marianne Dashwood ou Elizabeth Bennet poderiam ter feito e introduzindo essa percepção em suas excursões diárias. Em 1794, Wordsworth pediu ao irmão em Londres que lhe mandasse os livros e destacou como itens importantes a incluir os volumes sobre as viagens de Gilpin pela Escócia e pelo norte da

Inglaterra. E em 1800, sete meses após aquela longa caminhada pela neve, Dorothy escreveu em seu diário:

> Pela manhã, li *Landscape* [o já mencionado *The Landscape: A Didactic Poem*] de Mr. Knight. Após o chá, fomos de barco ao Loughrigg Fell, visitamos a dedaleira branca, colhemos morangos silvestres e subimos a pé para ver Rydale. Ficamos um bom tempo olhando para o lago, as margens acastanhadas pelo sol escaldante. Os fetos estavam amarelando, isto é, aqui e ali havia um já bem descorado. Voltamos a pé e passamos pela casa de madeira de Benson. O lago estava agora muito sereno e refletia o amarelo, o azul, o roxo e os tons cinzentos do céu, todos belíssimos[37].

O trecho dá a entender que ela tomou aulas de paisagismo pela manhã e as colocou em prática à tarde. Também ilustra o tipo mais comum de caminhada dos Wordsworth: não eram viagens, mas excursões diárias pela região, semelhantes em alguns aspectos aos passeios diários pelos jardins de damas e cavalheiros cujas tradições os dois estavam expandindo, mas radicalmente diferentes em outros pontos.

---

37. 27 de julho de 1800, reimpressa em Colette Clark (org.), *Home at Grasmere: Extracts from the Journal of Dorothy Wordsworth and from the Poems of William Wordsworth*, Harmondsworth, Inglaterra, Penguin Books, 1978, p. 53-4.

CAPÍTULO 7

AS PERNAS DE WILLIAM WORDSWORTH

"As pernas dele eram condenadas veementemente por todas as mulheres especialistas em pernas que eu já ouvi discorrer sobre o tema", escreveu Thomas de Quincey a respeito de William Wordsworth, com o misto de admiração e animosidade que tantos poetas da geração seguinte dedicariam àquela sombra gigantesca.

> Não havia nelas deformidade alguma e, indubitavelmente, foram pernas prestativas e muito mais requeridas do que a média humana; pois calculo, e tenho bons elementos para tanto, que com essas mesmas pernas Wordsworth deve ter percorrido uma distância de 175 a 180 mil milhas inglesas [282 a 290 mil quilômetros] – um exercício que, no caso dele, tomava o lugar do vinho, da aguardente e de qualquer outra coisa que estimulasse os impulsos animais, e ao qual ele devia gratidão por uma vida de serena felicidade, e nós, por boa parte do que há de mais excelente no que ele escreveu[1].

Outras pessoas andaram antes e depois dele, e muitos outros poetas românticos partiram em excursões pedestres, mas Wordsworth tornou o caminhar fundamental em sua vida e sua arte, e numa magnitude praticamente sem igual antes dele ou desde

---

1. Thomas de Quincey, in David Wright (org.), *Recollections of the Lakes and the Lake Poets*, Harmondsworth, Inglaterra, Penguin Books, 1970, p. 53-4.

então. Parece ter saído para caminhar quase todos os dias de sua vida longuíssima, e era andando que ele entrava em contato com o mundo e compunha sua poesia.

Para compreender o caminhar de Wordsworth, é importante romper com a ideia de que por "caminhada" se entende um passeio breve por um lugar agradável e romper também com aquela outra definição de autores recentes que trataram do caminhar romântico, a da caminhada como viagem de longa distância. Pois o caminhar de Wordsworth não era um meio de viajar, mas de existir. Aos 21 anos, ele partiu a pé numa jornada de 3 mil quilômetros, mas nos últimos cinquenta anos de sua vida ele andava para lá e para cá num pequeno terraço ajardinado para compor sua poesia, e as duas maneiras de caminhar eram importantes para ele, como eram percorrer as ruas de Paris e Londres, escalar montanhas e andar com a irmã e os amigos. Todas essas andanças foram parar em sua poesia. Eu poderia ter escrito a respeito das caminhadas de Wordsworth mais cedo, ao tratar dos escritores filósofos que incorporaram o caminhar ao seu raciocínio, ou mais tarde, quando me dedico às histórias do caminhar pela cidade. Mas ele próprio relacionou o caminhar à natureza, poesia, pobreza e vida errante de uma maneira inteiramente nova e fascinante. E, obviamente, o próprio Wordsworth era enfático ao dar mais valor ao rural do que ao urbano:

> Feliz por eu andar co'a natureza
> Sem ter provado muito cedo o trato
> Co'as mil deformações da vida em grupo[2].

---

[2]. William Wordsworth, *The Prelude, the Four Texts (1798, 1799, 1805, 1850)*, Jonathan Wordsworth (org.), Harmondsworth, Inglaterra: Penguin Books, 1995, p. 322. Todas as citações são da versão de 1805.

Além disso, ele é a personalidade para a qual a posteridade se volta ao traçar a história do caminhar pela paisagem: ele se tornou uma divindade de beira de estrada.

Nascido em 1770 em Cockermouth, um pouco mais ao norte do cenário agreste e íngreme do Distrito dos Lagos, Wordsworth gostava, em seus derradeiros anos, de se apresentar como um homem simples nascido numa espécie de república pastoril formada por senhores de feudos francos, lacustres e guardadores de rebanhos. Na verdade, seu pai foi o representante legal de lorde Lowther, um déspota imensamente rico e dono de boa parte da região. O futuro poeta não tinha sequer oito anos quando a mãe morreu; Dorothy foi mandada para a casa de parentes, onde seria criada, e ele próprio foi enviado à escola em Hawkshead, no centro dos Lagos. A morte do pai quando Wordsworth tinha apenas treze anos deixou as crianças na dependência da boa vontade de parentes nada entusiasmados com a ideia, pois lorde Lowther privaria os cinco irmãos Wordsworth da herança deixada pelo pai bem-sucedido durante quase vinte anos. Mas os anos passados na excelente escola em Hawkshead foram idílicos, apesar de toda a confusão familiar ou talvez por causa disso. Lá ele armava arapucas, patinava no gelo, escalava os penhascos em busca de ovos, passeava de barco e caminhava incessantemente, à noite e muitas vezes de manhã, antes da escola, quando ele e um amigo contornavam o lago ali perto, um percurso de oito quilômetros. Pelo menos é o que nos informa *The Prelude* [O prelúdio], seu grande poema autobiográfico com vários milhares de versos, que, mesmo com as cronologias misturadas e os fatos omitidos, pintam um retrato espetacular da juventude do poeta. Denominado pela família de "O poema para Coleridge", a quem era dedicado, também recebeu o subtítulo "O desenvolvimento da mente de um poeta", denotando com exatidão o tipo de autobiografia de que se trata, e era para ser o prelúdio de um poema filosófico monumental, *The Recluse* [O recluso], do qual apenas as seções "The Prelude" e "The Excursion" [A divagação] foram terminadas.

The Prelude quase pode ser lido como uma única e longa caminhada que, apesar de interrompida, nunca cessa completamente, e essa imagem recorrente do andarilho é o que lhe confere continuidade em meio a todas as suas digressões e desvios. Numa delas, Wordsworth se apresenta como Cristão em *O peregrino* ou Dante em *A divina comédia*, uma pequena figura que passeia pelo mundo inteiro, só que dessa vez trata-se de um mundo de lagos, bailes, sonhos, livros, amizades e muitos, muitos lugares. O poema também é uma espécie de atlas da formação de um poeta, mostrando-nos o papel desta ou daquela cidade e montanha, pois os lugares fazem vulto muito maior do que as pessoas. Com o mesmo misto de respeito e animosidade do comentário de De Quincey dirigido às pernas de Wordsworth, o ensaísta William Hazlitt certa vez gracejou: "Ele nada enxerga além de si mesmo e do universo"[3]. Na história da literatura inglesa, o surgimento do romance geralmente é relacionado à conscientização de que existia uma vida pessoal – a vida pessoal enquanto pensamentos íntimos, emoções e laços entre pessoas – e ao interesse que ela passa a despertar. Wordsworth ultrapassou em muito os romances de sua época ao identificar seus próprios pensamentos, emoções, lembranças e laços com lugares, mas sua vida parece curiosamente impessoal, já que ele se mantém reticente quanto a seus relacionamentos pessoais, daí o gracejo de Hazlitt.

Sua paixão por caminhar e pela paisagem parece ter começado na infância ou pode ter sido aquela curiosidade que tantas crianças apresentam, recuperada e refinada até se transformar em arte posteriormente, mas a paixão tem início muito cedo e

---

3. Hazlitt, "The Lake School", in *William Hazlitt: Selected Writings*, Harmondsworth, Inglaterra: Penguin Books, 1970, p. 218.

chega muito longe para ser o mero gosto elegante por admirar e descrever paisagens. No quarto dos treze livros de *The Prelude*, Wordsworth descreve a volta a pé para casa depois de um baile que havia durado a noite toda em algum lugar ali nos Lagos, por volta do fim da adolescência, quando presenciou o romper da alba, "tão gloriosa outra [ele] não tinha visto"[4]. No comecinho daquele dia, enquanto "o mar ao longe gargalhava; os/ Montes [eram] firmes e claros como nuvens", ele se comprometeu com sua vocação poética – "juras não fiz, mas juras/ A mim foram feitas" – e se tornou um "espírito dedicado; andando,/ segui[u], e a beatitude perdura". Aos vinte e poucos anos, ele parece ter começado a fracassar sistematicamente em toda e qualquer alternativa à vida de poeta e escolhido as andanças e a meditação como preliminares à sua vocação. "Se escolhido, meu guia/ Não passar de uma nuvem desgarrada,/ Perder-me não há como"[5], atesta ele nos versos de abertura de seu imenso poema, terminado em 1805, revisado repetidas vezes durante sua vida e publicado apenas após sua morte em 1850.

O momento decisivo tanto em sua vida quanto em *The Prelude* é sua impressionante caminhada de 1790 com o colega estudante Robert Jones, atravessando a França e entrando nos Alpes, quando deviam estar se preparando para os exames da universidade de Cambridge. O biógrafo mais recente de Wordsworth, Kenneth Johnston, declara dramaticamente: "Com esse ato de desobediência, pode-se dizer que começou sua carreira de poeta romântico"[6]. Viajar tem um quê de desgarramento e rebeldia – extraviar-se, passar dos limites, escapar –, mas aquela jornada foi tanto uma demanda por uma identidade alternativa quanto uma

---

4. Wordsworth, *The Prelude*, p. 158.
5. Ibid., p. 36.
6. Johnston, *Hidden Wordsworth*, p. 188.

fuga. O Grand Tour era característico da educação dos cavalheiros ingleses; geralmente seguiam de coche para conhecer pessoas de sua própria classe e ver as obras de arte e os monumentos da França e da Itália. Os especialistas em jardins e paisagens Horace Walpole e Thomas Gray partiram numa excursão dessas em 1739, e ambos escreveram com entusiasmo a respeito dos Alpes, quando os atravessaram a caminho da Itália. Ir andando e fazer da Suíça, e não da Itália, o destino final da viagem exprimia uma mudança radical nas prioridades, afastando-se da arte e aristocracia para se aproximar da natureza e democracia. Fazê-lo em 1790 era unir-se à enxurrada de radicais que convergiam em Paris para respirar a atmosfera inebriante dos primeiros dias da Revolução Francesa, antes que o sangue começasse a jorrar. Os próprios Alpes, que já eram objetos fundamentais no culto à paisagem sublime, eram parte da atração, mas também o eram o governo republicano da Suíça e a associação do país a Rousseau. O destino final, antes de voltarem de barco pelo Reno, foi a ilha de Saint-Pierre, que Rousseau havia descrito nas *Confissões* e nos *Devaneios do caminhante solitário* como uma versão do paraíso natural. Rousseau é um precursor óbvio de Wordsworth, para quem o caminhar era tanto fim quanto meio, composição e existência.

    Aportaram em Calais em 13 de julho e acordaram no dia seguinte ao som das jubilosas celebrações do primeiro aniversário da queda da Bastilha, quando a França estava "em tempos áureos encimada/ E renascida a humana natureza"[7]. Caminharam por

> aldeias, burgos,
> Vistosos com relíquias dessa festa,
> Flores murchas nos arcos triunfais
> E janelas. [...]

---

7. Wordsworth, *The Prelude*, p. 226.

> A descoberto, sob a estrela vésper,
> Vimos tantos bailes de liberdade,
> E em horas negras, bailes ao relento.

Wordsworth e Jones, entretanto, haviam planejado sua jornada com cuidado e caminhavam aproximadamente cinquenta quilômetros por dia para levar a cabo seus planos ambiciosos:

> Era, a marcha, de militar compasso
> E a Terra ante nossos olhos mudou,
> Qual nuvem no céu, em forma e imagem.
> Dia após dia, cedo acordar, tarde
> Dormir, de vale em vale, monte a monte,
> De uma província a outra, nós seguimos,
> Caçada mordaz, catorze semanas.

Tamanho era seu vigor que sequer perceberam que haviam cruzado os Alpes, para grande decepção de ambos. Já no último desfiladeiro e pensando que ainda tinham mais a subir, seguiram por uma trilha montanha acima até um camponês os colocar no rumo certo e foram terminar a descida na Itália, onde contornaram rapidamente o lago de Como antes de entrar mais uma vez na Suíça. Wordsworth interrompe sua narrativa no lago de Como, mas *The Prelude* relata seu retorno à França em 1791, onde seu posicionamento político continuou a se desenvolver.

É uma atitude totalmente wordsworthiana ele ter tentado compreender a revolução andando pelas ruas de Paris e visitando "sítios de nova e antiga fama"[8], desde o "pó da Bastilha" ao Campo de Marte e o Montmartre. Entre os bretões que poderia ter encontrado estavam o coronel John Oswald e "Walking Stewart" [Stewart, o Andarilho], dois exemplos de um novo tipo de pedestres. Johnston

---
8. Ibid., p. 348.

escreve: "Oswald tinha ido à Índia, tornado-se vegetariano e místico naturalista, voltado a pé para a Europa, se atirado de cabeça na Revolução Francesa com o intuito inequívoco de levá-la consigo ao voltar para a Inglaterra"[9]. Mais tarde, ele seria mencionado pelo sobrenome num dos primeiros trabalhos de Wordsworth, a tragédia em verso *The Borderers* [Os habitantes da fronteira]. Stewart tinha temperamento semelhante, e o apelido era uma homenagem a suas extraordinárias caminhadas – ele também voltara a pé da Índia e também percorrera andando toda a Europa e a América do Norte –, mas seus livros eram diatribes que tratavam de outros assuntos. De Quincey escreveu a respeito de Walking Stewart: "Não há região acessível aos pés humanos, exceto, penso eu, a China e o Japão, que não tenha sido visitada por Mr. Stewart nesse estilo filosófico; um estilo que impele um homem a atravessar sem pressa um país e a viver em contato com seus habitantes"[10]. Um terceiro excêntrico, John Thelwall (mencionado no capítulo 2), indica uma espécie de padrão: autodidatas que levaram ao extremo a trindade formada por radicalismo político, amor pela natureza e pedestrianismo. Thelwall passou a conhecer bem Wordsworth e Coleridge no começo dos anos 1790 e, mais tarde, ainda nessa década, depois de ter escapado da forca por um triz por causa de suas opiniões políticas, foi se refugiar junto aos dois. Wordsworth possuía um exemplar da obra *The Peripatetic* de Thelwall, que, em meio a suas digressões filosóficas, faz um inventário das condições de vida e trabalho dos operários que começavam a ser tragados pela Revolução Industrial. Essas personagens sugerem que viajar a pé, fosse qual fosse a distância, era o ato de um radical político na Inglaterra, exprimindo uma inconvencionalidade e uma disposição

---

9. Johnston, *Hidden Wordsworth*, p. 286.
10. Thomas de Quincey, "Walking Stewart – Edward Irving – William Wordsworth", in *Literary Reminiscences*, vol. 3 de *The Collected Works of Thomas de Quincey*, Boston, Houghton, Osgood and Co., 1880, p. 597.

a se identificar com e como os pobres. O próprio Wordsworth escreveu, numa carta de 1795, "entretenho a ideia de explorar o país que fica a oeste daqui no decorrer do próximo verão, mas de maneira humilde e evangelista; isto é, *à pied*", e, em *The Prelude*, "feito o camponês sigo meu caminho"[11].

Caminhar dessa maneira era uma citação à complexa equivalência que Rousseau traçara entre virtude, simplicidade, infância e natureza. No começo do século XVIII, os aristocratas ingleses haviam relacionado a natureza à razão e à ordem social da época, sugerindo que as coisas eram como deviam ser. Mas a natureza era uma deusa perigosa para entronizar. No outro extremo desse mesmo século, Rousseau e o romantismo equipararam natureza, sentimento e democracia, pintando a ordem social como algo artificial ao extremo e transformando a revolta contra os privilégios de classe em algo "simplesmente natural". Na história que traça das ideias de natureza do século XVIII, Basil Willey comenta que "durante toda aquela época turbulenta, a 'Natureza' foi o conceito dominante", mas seu significado era multiforme. "A Revolução foi feita em nome da Natureza, Burke a atacou em nome da Natureza e em *eodem nomine* Tom Paine, Mary Wollstonecraft e [o filósofo radical William] Godwin responderam a Burke.[12]" Andar nos confins graciosos e caros do jardim era associar a caminhada, a natureza, as classes ociosas e a ordem estabelecida que garantia o ócio. Andar no mundo era ligar a caminhada a uma natureza que, ao contrário, se aliava aos pobres e a todo e qualquer radicalismo que defendesse seus direitos e interesses. Além disso, se a sociedade deformava a natureza, então as crianças e os incultos eram, numa inversão radical, os mais puros e os melhores. Wordsworth, sensível ao espírito de sua época, absorve esses valores e os expele

---

11. De Selincourt, *Letters*, p. 153; e "feito o camponês", Wordsworth, *The Prelude*, p. 42.
12. Basil Wiley, *The Eighteenth-Century Background*, Boston, Beacon Press, 1961, p. 205.

em sua extraordinária poesia da infância — tanto a sua quanto a de inúmeras personagens fictícias — e dos pobres. Ele tomou para si a tarefa de Rousseau e a aprimorou, descrevendo, em vez de discutir, uma relação entre infância, natureza e democracia. Somente as duas primeiras integrantes dessa trindade são lembradas pelos adoradores da divindade de beira de estrada, mas a terceira é fundamental, pelo menos em suas primeiras obras. "Talvez já saibas que pertenço àquela categoria detestável de homens que se chamam democratas", ele escreveu a uma pessoa amiga em 1794, continuando com uma confiança que se mostraria injustificada, "e nessa classe hei de continuar para todo o sempre.[13]"

Em algum ponto dessas estradas, em meio a essas pessoas e indagações, Wordsworth encontrou seu estilo. Seus primeiros poemas são sublimes, vagos e crivados de imagens convencionais, à maneira de *The Seasons* de [James] Thomson, mas seu fervor revolucionário e a identificação solidária com os pobres aparentemente o salvaram da sina de ser um poeta menor da paisagem (durante a mesma década de 1790, a escrita de Dorothy passa por uma transformação semelhante, desde a obscuridade aforística de um dr. Johnson ou de uma Jane Austen para algo vividamente descritivo e realista). Mudaram tanto seu tema quanto seu estilo. Em seu prefácio retroativo a *Lyrical Ballads* [Baladas líricas], o memorável livro de poemas de Wordsworth e Coleridge publicado em 1798, ele escreveu:

> Portanto, o objetivo principal proposto nestes poemas foi escolher incidentes e situações da vida comum e relatá-los ou descrevê-los inteiramente, tanto quanto possível, numa coletânea do linguajar empregado de fato pelos homens, e, ao mesmo tempo, lançar sobre eles certo colorido imaginativo [...]. A vida humilde e rústica foi escolhida,

---

13. Wordsworth, carta a uma pessoa amiga, 23 de maio de 1794, in De Selincourt, *Letters*, p. 119.

em geral, porque nessa condição as paixões essenciais do coração encontram solo mais fértil [...] e falam uma língua mais simples e enfática[14].

Ele escreveu a respeito dos pobres como pessoas, e não como personagens de fábulas de virtude e pena, da mesma maneira que escreveu a respeito de paisagens em pormenores específicos, e não em generalizações exageradas e alusões clássicas. Escolher um linguajar mais simples foi uma atitude política, com resultados artísticos espetaculares.

O que é maravilhoso na poesia inicial de Wordsworth é a união do radicalismo de caminhar com o intuito de conhecer pessoas ao passeio panorâmico dos estetas. Em retrospecto, talvez devesse haver alguma tensão entre a paisagem e a pobreza escolhidas como temas, mas não para o jovem Wordsworth naquele momento exuberante. As paisagens são mais incandescentes por serem povoadas por vagabundos, e não ninfas, e essa incandescência se faz mais necessária como o direito de nascença e o pano de fundo dos desesperados. A estrutura recorrente desses primeiros poemas é a da caminhada interrompida pelo contato com essa gente desalojada pela turbulência econômica da época e, assim como o poeta, transformada em andarilhos. Os poetas e artistas anteriores olharam para as choupanas e os corpos dos pobres e os acharam pitorescos ou dignos de pena, mas ninguém que tivesse a voz de um Wordsworth julgara que valia a pena falar deles. "Quando caminhamos, vamos naturalmente aos campos e bosques", observou Thoreau, mas Wordsworth se dirigia com a mesma ânsia para as estradas públicas, as montanhas e os lagos. As pessoas andam pelas ruas com o intuito de estabelecer contatos e andam pelas trilhas em busca de solidão e panoramas; na estrada, Wordsworth parece

---

14. Wordsworth, prefácio à segunda edição de *Lyrical Ballads*, in Ernest Bernbaum (org.), *Anthology of Romanticism*, Nova York, Ronald Press, 1948, p. 300-1.

ter encontrado um ideal intermediário, um espaço que propiciava longos intervalos de tranquilidade interrompidos por uma ou outra entrevista. Ele afirmou:

> Adoro a estrada: vistas mais caras
> a esta minh'alma, poucas há; objeto
> que me prende a imaginação desde
> a alba da infância, quando sua linha
> remota, fugaz e cotidiana,
> a um mero passo além do que trilharam
> meus pés, era um guia para o eterno,
> ou o que não tem ciência nem limites[15].

O que equivale a dizer que a estrada tinha uma espécie de magia perspectiva, o fascínio do desconhecido. Mas também continha uma população:

> No princípio, ao indagar,
> Ao ver e questionar quem encontrava
> E co'a gente em conversas me fiar,
> Só, a estrada se fez escola, onde
> Eu lia em deleite as paixões humanas,
> Enxergava as profundezas da alma,
> Dessa alma humana que parece rasa
> Ao olho vulgar [...]

Essa educação havia começado em seus tempos de escola, quando ele foi hóspede de um carpinteiro aposentado e da esposa deste e conheceu mascates, pastores e personagens semelhantes. Essas primeiras experiências parecem tê-lo deixado à vontade com pessoas de outra classe e, ao menos em parte, livrou-o da barreira

---

15. Wordsworth, *The Prelude*, p. 496.

mental que separa as classes inglesas. Ele comentou certa vez: "Tivesse eu nascido numa classe que não me permitisse estudar o que chamam de humanidades, não seria improvável que, por ter um corpo forte, eu me afeiçoasse a uma ocupação como aquela que tomava a maior parte dos dias do meu Mascate"[16]. A incerteza terrível de sua própria infância – órfãos de pai e mãe, ele e os irmãos, além de hóspedes itinerantes de vários parentes – parece ter produzido uma simpatia pelos desalojados, ao passo que a paixão dele por viajar tornava essas personagens ambulantes, para usar só uma palavra, românticas aos olhos do poeta. A própria época era de incertezas: a antiga ordem fora abalada por revoluções e insurreições na França, na América e na Irlanda, e os pobres eram desalojados pelas mudanças na paisagem rural e pelo começo da Revolução Industrial. Já havia raiado o mundo moderno de pessoas desgarradas, sem a segurança proporcionada por lugar, trabalho e família.

A personagem ambulante também é recorrente na obra dos contemporâneos de Wordsworth, e caminhar parece ter propiciado um denominador comum entre aqueles que viajavam em busca de aventura e prazer e aqueles que se viam na estrada em busca da sobrevivência. Os ingleses ainda reiteram que o caminhar desempenha um papel tão arraigado em sua cultura em parte porque se trata de uma das raras arenas independentes de classe na qual todos são aproximadamente iguais e bem-vindos. O jovem Wordsworth escreveu, a respeito de soldados dispensados, funileiros ambulantes, mascates, pastores, crianças perdidas, esposas abandonadas, *The Female Vagrant* [A mulher errante], *The Leech Gatherer* [O apanhador de sanguessugas], *The Old Cumberland Beggar* [O velho mendigo de Cumberland] e outros com a mesma tendência ao nomadismo ou ao desalojamento; até mesmo o Judeu Errante apareceu na poesia

---

16. Johnston, *Hidden Wordsworth*, p. 57.

de Wordsworth e de muitos outros românticos. Ou, como coloca Hazlitt ao descrever a transformação revolucionária da poesia inglesa pelas mãos de Coleridge, Wordsworth e Robert Southey: "Estavam cercados, em companhia das Musas, por uma ralé bem sortida de aprendizes indolentes e condenados [da colônia penal] de Botany Bay, andarilhas, ciganos, filhas submissas da família de Cristo, de meninos idiotas e mães insanas, e atrás deles voavam 'corujas e garças da noite'"[17].

O mascate que Wordsworth poderia ter sido é o narrador principal de seu primeiro longo poema narrativo, "The Ruined Cottage" [A choupana em ruínas]. É típico de sua poesia inicial no sentido de que, no poema, um rapaz de sorte encontra, enquanto caminha, alguém que lhe conta a história que constitui a matéria do poema, de modo que o jovem e suas perambulações formam uma espécie de moldura a circundar a imagem triste, servindo, como fazem as molduras, ao mesmo tempo para sublinhar o valor e isolar a obra que encerra. Mas, dessa vez, a personagem de Wordsworth chega a uma choupana em ruínas onde o Mascate lhe conta a história patética dos últimos moradores do lugar: uma família dividida pela penúria entre os que partiram e os que ficaram. Nessa história, todos estão andando de alguma maneira: o narrador passeia, o mascate é um ambulante, o marido foi recrutado e partiu para uma terra distante, a esposa inconsolável abre uma trilha na relva de tanto andar de um lado para outro, de olho na estrada para ver se o marido volta.

As pessoas que caminhavam nos jardins preocupavam-se em distinguir seu hábito de caminhar por prazer daquela gente que andava por necessidade, e por isso era importante permanecer dentro dos limites do jardim e não viajar a pé, mas Wordsworth procurava o contato com aqueles que representavam esse outro

---

17. Hazlitt, "The Lake School", p. 217.

tipo de caminhar (ou, muitas vezes, tomava emprestadas as personagens encontradas e vividamente descritas por Dorothy em seus diários, de onde ele aproveitou muita coisa). Apesar de todo o seu substancial radicalismo político, *The Prelude* é um sanduíche de treze livros no qual o pão é a paisagem. O poema termina com uma experiência visionária no topo do monte Snowdon, no País de Gales, que leva a mais um longo solilóquio, sem novos pormenores geográficos. Um pastor – os pastores estão entre os primeiros guias monteses na Europa – leva Wordsworth e um amigo que fica por nomear até o pico, durante a noite, para que de lá possam ver o sol nascer. Por estarem em excelente forma, os rapazes chegam cedo a seu destino. A narrativa deixa Wordsworth no topo da montanha em meio a um dilúvio de luar, paisagem e revelação. Escalar uma montanha tornou-se uma maneira de entender a si mesmo, o mundo e a arte. Não é mais uma surtida do cerco da cultura: é um ato de cultura.

Mas caminhar não era apenas um tema para Wordsworth. Era sua maneira de compor. A maioria de seus poemas parece ter sido composta enquanto ele caminhava e falava em voz alta para alguém que lhe fizesse companhia ou para si mesmo. Os resultados costumavam provocar o riso; os moradores de Grasmere julgavam-no esquisito e um deles comentaria que o poeta "num era muito de conversar c'o povo, mas falava um bocado sozim" e que "sempre via ele mexeno a boca"[18], ao passo que outro rememora que "ele ia c'a cabeça um pouco assim pra frente, e as mão, atrás das costa. Aí ele começava a gungunar, e era gum, gum, gum, parava; daí gum, gum, gum até a outra ponta; aí ele sentava, pegava um papelinho e escrevia um 'cadim'"[19]. Em *The Prelude*, ele descreve

---

18. Morador da região citado em *Wordsworth Among the Peasantry of Westmorland*, apud Davis, *Wordsworth*, p. 322.

19. Andrew J. Bennett, "'Devious Feet': Wordsworth and the Scandal of Narrative Form", LELH, 59, 1992, p. 147.

um cão com o qual costumava passear e que, ao se aproximar um estranho, lhe avisava para calar a boca para não ser tomado por louco. Ele tinha uma memória notável que lhe permitia relembrar com pormenores visuais e vividez emocional cenas distantes no passado, citar trechos extensos de poemas que ele admirava, compor em movimento e escrever mais tarde o resultado. A maioria dos autores modernos é formada por criaturas que compõem dentro de casa e presas a uma escrivaninha, e nada além de esboços e ideias podem ser obtidos fora dali; o método de Wordsworth parecia um atavismo das tradições orais e explica por que suas melhores obras têm a musicalidade das cantigas e a casualidade da conversação. Parece que seus passos estabeleciam a cadência constante para a poesia, como o metrônomo de um compositor.

Um de seus poemas mais bem conhecidos – "Lines Composed a Few Miles Above Tintern Abbey, on Revisiting the Banks of the Wye During a Tour" ["Versos compostos algumas milhas acima de Tintern Abbey, por ocasião de uma nova visita às ribanceiras do Wye durante um passeio"], para fornecer o título completo – foi composto a pé durante uma excursão pelo País de Gales com Dorothy em 1798. De volta a Bristol, assim que chegou, ele colocou a coisa toda no papel e o anexou sem revisão a *Lyrical Ballads*, onde aparece como o último e um dos melhores poemas do livro, de sua obra e talvez da língua inglesa. O perfeito poema a respeito do caminhar, "Tintern Abbey" apreende esse estado de contemplação, de deslocamento pelo tempo, da recordação para a experiência e daí para a esperança, durante a exploração de um lugar. E, como boa parte dos versos brancos de Wordsworth, o poema foi composto numa linguagem tão próxima da fala real que pode ser lido com a naturalidade da conversação, mas recitá-lo em voz alta revive o ritmo forte daquelas caminhadas de duzentos anos atrás.

Em 1804, Dorothy escreveu a uma amiga:

> No momento, ele está caminhando e já está fora de casa há duas horas, apesar de ter chovido forte a manhã inteira. Com o tempo úmido, ele leva um guarda-chuva, escolhe o local mais abrigado e ali anda para lá e para cá e, embora a extensão de sua caminhada por vezes chegue a quatrocentos ou oitocentos metros, ele se mantém dentro dos limites escolhidos como se fossem os muros de uma prisão. Geralmente compõe seus versos ao ar livre e, enquanto se encontra empenhado nisso, ele raramente percebe o passar das horas ou dificilmente nota se faz bom ou mau tempo[20].

Há uma trilha no alto de um pequeno jardim em Dove Cottage, de onde ele podia observar, por cima da casa, o lago e boa parte das serras que se erguiam ao redor dela, e era ali que ele geralmente andava, compondo. Uma boa parte das "175 a 180 mil milhas inglesas" que, na estimativa de De Quincey, Wordsworth deve ter caminhado foi percorrida ali, naquele terraço de aproximadamente doze passos de extensão e no terraço semelhante da casa maior para onde ele se mudaria em 1813. Seamus Heaney, ao escrever a respeito da "relação quase fisiológica de um poeta a compor com a musicalidade do poema", diz que o andar para lá e para cá de Wordsworth "não apressa a jornada, mas habitua o corpo a uma espécie de ritmo onírico"[21]. Também transforma a composição de poesia em trabalho físico, feito um lavrador a abrir sulcos na terra com o arado ou o pastor a percorrer as terras altas em busca de uma ovelha. Talvez porque estivesse produzindo

---

20. Dorothy, numa carta a lady Beaumont, maio de 1804, in Davies, *Wordsworth*, p. 166.
21. Seamus Heaney, "The Makings of a Music", in *Preoccupations*, Nova York, Farrar, Straus and Groux, 1980, p. 66, 68.

beleza com árduo trabalho físico, ele se identificasse sem um pingo de vergonha com os pobres que trabalhavam e caminhavam. Apesar de ser essencialmente um homem forte e vigoroso, a tensão de compor lhe provocava enxaquecas e uma dor recorrente na ilharga, tamanha a veemência com que se atirava nesse ato de poesia como trabalho braçal. Heaney conclui: "Wordsworth em sua melhor ou pior forma é um poeta pedestre".

Se fosse um perfeito poeta romântico, Wordsworth teria morrido no fim da casa dos trinta anos, ainda andando para lá e para cá no humilde Dove Cottage, deixando-nos a primeira e melhor versão de *The Prelude*, todas as suas primeiras baladas e narrativas a respeito dos pobres, suas odes e versos líricos da infância e, intacta, sua imagem de radical. Infelizmente para sua reputação, mas para felicidade sua e a da família, ele permaneceu em Grasmere – e, posteriormente, na casa grande da vizinha Rydal – até os oitenta anos, tornando-se cada vez mais conservador e cada vez menos inspirado. Pode-se dizer que ele deixou de ser um grande romântico e passou a ser um grande vitoriano, e a transição exigiu que renunciasse a muitas coisas. Não se manteve fiel ao posicionamento político da juventude, mas foi sempre fiel ao caminhar. E, estranhamente, é seu legado não como escritor, mas como pedestre, que leva adiante a insurreição jubilosa de seus primeiros tempos.

Um de seus últimos pruridos democráticos se deu em 1836, aos 66 anos. Ele levara o sobrinho de Coleridge para caminhar numa propriedade particular quando, segundo conta um de seus biógrafos, "o lorde e dono do terreno apareceu e disse a eles que estavam invadindo a propriedade. Para constrangimento de seu companheiro, William argumentou que o povo sempre andara por aquele caminho e que era errado o lorde barrá-lo"[22]. O sobrinho

---

22. Davies, *Wordsworth*, p. 324. Cf. também Wallace, *Walking, Literature and English Culture*, p. 117.

de Coleridge rememora: "Wordsworth expôs seu argumento mais acaloradamente do que eu gostaria ou poderia lhe dar razão. Era patente que ele se deliciava em vindicar tais direitos e parecia julgar que fosse um dever". Uma outra versão situa o confronto em Lowther Castle, onde Wordsworth, o sobrinho de Coleridge e o tal lorde faziam uma refeição. Este último declarou que seu muro fora derrubado e ele queria mandar açoitar o homem que o fizera.

> O bardo idoso e circunspecto na outra ponta da mesa ouviu as palavras, seu rosto se incendiou e ele se ergueu, respondendo: "Eu derrubei seu muro, sir John, pois obstruía uma antiga via de passagem, e o farei novamente. Sou um *tory*, mas, se me arranhar um pouco mais fundo a pele das costas, encontrará ainda um *whig*"[23].

Dentre todos os outros românticos, somente De Quincey parece ter tido uma paixão vitalícia pelas caminhadas comparável à de Wordsworth, e, se o prazer não é mensurável, ainda se pode dizer alguma coisa sobre os efeitos: caminhar não era um tema nem um método de composição para o autor mais jovem como havia sido para o mais velho. Suas inovações se deram em outras áreas: Morris Marples lhe dá o crédito de ter sido o primeiro a levar uma barraca para uma excursão pedestre, dentro da qual dormiu durante uma primeira estada no País de Gales para economizar dinheiro (os primórdios da indústria do equipamento excursionista aparecem

---

23. Carta publicada no *Manchester Guardian* em 7 de outubro de 1887, apud Howard Hill, *Freedom to Roam: The Struggle for Access to Britain's Moors and Mountains*, Ashbourne, Inglaterra, Moorland Publishing, 1980, p. 40. A presença de um respeitoso "magistrado Coleridge" na caminhada e a de sir John Wallace no confronto faz parecer que se trata de outra versão do mesmo fato. No fim da vida, Wordsworth infelizmente também se opôs à construção de uma estrada de ferro que levaria os turistas a Windermere, comentando grosseiramente que os trabalhadores poderiam passar os feriados mais perto de casa. Apesar de indelicado, o comentário não está totalmente errado ao avaliar o impacto do turismo: um século mais tarde, o Sierra Club removeria a frase "tornar acessível" de sua missão declarada, percebendo que a adoração das pessoas pela paisagem por vezes as levava a destruí-la, graças à infraestrutura turística e ao pisoteamento em geral.

neste ponto, nos casacos especiais que Wordsworth e Robert Jones encomendaram a um alfaiate quando de sua excursão pelo continente, nas bengalas de Coleridge, na barraca de De Quincey, no estranho traje de viagem de Keats). Os melhores textos de De Quincey a respeito do caminhar têm a ver com rondar as ruas de Londres em sua juventude miserável, um tipo muito diferente de caminhada... e escrita. Seu colega ensaísta William Hazlitt escreveu o primeiro ensaio sobre o caminhar – mas este foi o ponto de partida de um outro gênero da literatura do caminhar, e não uma extensão da tradição à qual Wordsworth deu continuidade – e descreve o caminhar como um passatempo, não como ocupação regular. Shelley era um anarquista aristocrático demais e Byron, um aristocrata coxo demais, para que os dois se dedicassem ao caminhar: eles velejavam e andavam a cavalo.

Coleridge, por sua vez, viveu uma década de ávidas caminhadas – 1794-1804 –, que se reflete em sua poesia do período. Mesmo antes de conhecer Wordsworth, ele foi passear a pé pelo País de Gales com um amigo de nome Joseph Hucks e, em seguida, em mais uma excursão por Somerset, no sul da Inglaterra, com seu colega, e futuro cunhado, o poeta Robert Southey. Em 1797, Coleridge e Wordsworth deram início à sua extraordinária parceria de anos, com caminhadas pelas mesmas partes do sul da Inglaterra; em um desses passeios, quando Dorothy juntou-se aos dois, Coleridge compôs seu poema mais famoso, "A balada do velho marinheiro" (que é, como a obra de seu amigo nessa época, um poema sobre divagação e exílio). Ele e os Wordsworth caminharam juntos muitas outras vezes: houve aquele passeio memorável pelo Distrito dos Lagos com William Wordsworth e seu irmão caçula, John, durante o qual Wordsworth decidiu voltar a uma paisagem de sua infância, e houve muitas caminhadas mais curtas depois que Coleridge e Southey se mudaram para Keswick no norte do distrito, bem como uma última e malograda excursão pela Escócia com William, Dorothy e uma carroça.

Os dois homens se irritaram um com o outro, separaram-se e nunca mais retomaram sua grande amizade. No decorrer de um passeio solitário e vigoroso pelos Lagos, Coleridge também se tornou a primeira pessoa conhecida a alcançar o topo do pico Scafell, mas ele perdeu um pouco da glória que poderia ter conquistado com essa escalada difícil ao empacar na descida e acabar rolando montanha abaixo. Depois de 1804, Coleridge não empreendeu mais longas caminhadas. Os vínculos entre o caminhar e o escrever não são tão explícitos nem tão profusos em sua obra como na do amigo, mas o crítico Robin Jarvis aponta que Coleridge deixou de compor em versos brancos quando parou de caminhar.

Essas excursões pedestres de poetas que, mais tarde, não andariam muito sugere que viajar a pé começava de fato a se tornar um modismo. Sem dúvida alguma, a nada poética literatura dos guias turísticos começava, àquela altura, a se voltar para quem andava, e a própria noção de uma excursão pedestre sugere que os parâmetros de como caminhar e o que isso significava estavam começando a se estabelecer. Como o passeio pelo jardim, a caminhada longa estava adquirindo convenções de significado e execução. É algo que se vê facilmente na grande experiência pedestre de John Keats. Em 1818, o jovem Keats partiu numa excursão a pé por amor à poesia, sugerindo que um passeio como esse era um rito de passagem já conhecido e também um refinamento da sensibilidade. "Proponho-me no prazo de um mês levar a mochila às costas e excursionar a pé pelo norte da Inglaterra e parte da Escócia, para criar uma espécie de prólogo à vida que pretendo seguir: ou seja, escrever, estudar e ver toda a Europa gastando o mínimo possível. Subindo, vou atravessar as nuvens e existir"[24], ele afirmou; pouco depois, escreveria a uma pessoa amiga:

---

24. Earle Vonard Weller (org.), *Autobiography of John Keats, Compiled from His Letters and Essays*, Stanford, Stanford University Press, 1933, p. 105.

Eu não teria me consentido estes quatro meses perambulando pelas Highlands [região montanhosa da Escócia] se não julgasse que tal coisa iria trazer-me mais experiência, dissipar mais preconceito, acostumar[-me] a mais agruras, identificar panoramas mais primorosos, munir-me de montanhas mais grandiosas e reforçar ainda mais meu domínio da poesia do que se ficasse em casa, rodeado por livros, muito embora eu devesse ler Homero[25].

Em outras palavras, viver sem conforto e conhecer bem as montanhas era adestramento poético. Assim como os andarilhos que o sucederam, porém, ele desejava apenas um tanto de agruras e experiências. Voltou da Irlanda estarrecido com a pobreza escabrosa daquela ilha oprimida, e, quando se lê a respeito dessa rejeição à experiência, é inevitável pensar num momento-chave em *The Prelude* e, evidentemente, na vida de Wordsworth: ele andava pela França com o soldado revolucionário Michel Beaupuy quando encontrou uma "famélica menina/ Que se arrastava" por uma vereda[26], e Beaupuy explicou que era por ela que lutavam. Wordsworth havia relacionado o caminhar ao prazer e ao sofrimento, à política e à paisagem. Removera o caminhar do âmbito do jardim, com suas possibilidades restritas e refinadas, mas a maioria de seus sucessores queria que o mundo no qual caminhavam fosse apenas um jardim maior.

---

25. Keats in Marples, *Shank's Pony*, p. 68.
26. Wordsworth, *The Prelude*, p. 374.

CAPÍTULO 8

MIL MILHAS DE SENTIMENTALISMO CONVENCIONAL: A LITERATURA DO CAMINHAR

I. A pureza

Outras formas de caminhar sobreviveram e, logo no começo do romance *Tess of the D'Ubervilles* [Tess dos D'Ubervilles], de Thomas Hardy, uma delas vai de encontro às tradições herdadas do romantismo. Tess e outras camponesas vão celebrar o Primeiro de Maio com a "caminhada social", uma cerimônia de primavera pré-cristã que as leva a cruzar os campos a pé, em procissão. Vestidas de branco, as moças e algumas mulheres mais velhas saem "em procissão, marchando duas a duas por toda a freguesia"[1] e, em determinada campina, começam a dançar. Assistindo a tudo "estavam três rapazes de classe superior, levando pequenas mochilas nos ombros e cajados resistentes nas mãos. Os três irmãos diziam às pessoas que encontravam que iam passar o feriado de Pentecostes excursionando a pé por todo o vale [...]". Dois dentre esses três filhos de um clérigo devoto são também sacerdotes; o terceiro, que já não tem tanta certeza de qual seria o ordenamento do mundo nem do lugar que nele lhe cabia, decide abandonar a estrada e dançar

---

1. Thomas Hardy, *Tess of the d'Ubervilles*, Nova York, Bantam Books, 1971, p. 10.

com as celebrantes. Tanto as camponesas em procissão quanto os jovens cavalheiros em excursão participam de ritos naturais, cada grupo à sua maneira. Os homens, paramentados com mochilas e cajados, são artificialmente naturais, pois sua versão de como se relacionar com a natureza envolve lazer, informalidade e viagem. As mulheres, com seu rito estruturado ao extremo, herança de um passado esquecido, são naturalmente artificiais. Seus atos remetem às duas coisas que foram especificamente excluídas da excursão pedestre, o trabalho e o sexo, pois se trata de uma espécie de rito da fertilidade das colheitas esse que estão celebrando, e os rapazes da região virão dançar com elas findo o dia de trabalho. A natureza, afinal, não é onde elas passam as férias, mas onde levam a vida, e o trabalho, o sexo e a fertilidade da terra são parte dessa existência. Mas o culto à natureza predominante não é formado por esses resquícios pagãos e ritos campesinos.

    A natureza, que havia sido um culto estético no século XVIII e tornara-se um culto radical no fim desse mesmo século, era, em meados do século seguinte, uma religião estabelecida para as classes médias, e na Inglaterra, mais do que nos Estados Unidos, também para boa parte das classes operárias. Infelizmente, havia se tornado uma religião tão pia, assexuada e moralista quanto o cristianismo que ela respaldava ou suplantava. Passear pela "natureza" era um ato de devoção para os herdeiros ingleses, norte-americanos e centro-europeus do romantismo e transcendentalismo. Num ensaio maldoso e folgazão intitulado "Wordsworth in the Tropics" ["Wordsworth nos trópicos"], Aldous Huxley declarou:

> Nas vizinhanças dos cinquenta graus de latitude norte e nos últimos cento e poucos anos, tornou-se axiomático o caráter divino e edificante da Natureza. Para os bons wordsworthianos – e a maioria das pessoas sisudas hoje é wordsworthiana, seja por inspiração direta ou de segunda

mão –, caminhar pelos campos equivale a ir à igreja, um passeio por Westmoreland vale tanto quanto uma peregrinação a Jerusalém².

O primeiro ensaio a tratar especificamente do caminhar é "On Going a Journey" ["Sobre partir em jornada"], de William Hazlitt, publicado em 1821, que estabelece os parâmetros para se caminhar "na natureza" e para a literatura do caminhar que ainda viria. "Uma das coisas mais agradáveis do mundo é partir em jornada; mas gosto de ir sozinho", começa. Hazlitt declara que a solidão é preferível numa caminhada porque "não se pode ler o livro da natureza sem se ver perpetuamente incumbido de traduzi-lo para outras pessoas" e porque ele queria ver suas "ideias imprecisas flutuar feito a lanugem do cardo sem que [ficassem] enroscadas nas urzes e nos espinheiros da controvérsia"³. Boa parte de seu ensaio trata da relação entre caminhar e pensar. Mas sua solidão com o livro da natureza é bastante questionável, já que no decorrer do breve artigo ele acaba citando passagens de outros livros, de autores como Virgílio, [William] Shakespeare, [John] Milton, [John] Dryden, [Thomas] Gray, [William] Cowper, [Laurence] Sterne, [Samuel Taylor] Coleridge e [William] Wordsworth, bem como do Apocalipse. Ele descreve um dia de caminhada pelo País de Gales desencadeado pela leitura da *Nova Heloísa* de Rousseau na noite anterior e cita a poesia paisagística de Coleridge ao fazê-lo. Claramente, os livros narram a experiência de caminhar na natureza que era recomendável ter – agradável, mesclando pensamentos, citações e panoramas – e que Hazlitt de fato tinha. Se a natureza é uma religião e caminhar, seu principal

---

2. Aldous Huxley, "Wordsworth in the tropics", in *Collected Essays*, Nova York, Bantam Books, 1960, p. 1.

3. William Hazlitt, "On Going a Journey", in Geoffrey Goodchild (org.), *The Lore of the Wanderer*, Nova York, E. P. Dutton, 1920, p. 65.

rito, então o ensaio representa a organização de suas escrituras num cânone.

O ensaio de Hazlitt acabaria criando um gênero. Aparece em todas as três antologias de ensaios sobre o caminhar que possuo — a inglesa, de 1920, e duas norte-americanas, de 1934 e 1967 —, e muitos ensaístas posteriores o citam. O ensaio sobre o caminhar e o tipo de caminhar nele descrito têm muito em comum: por mais que divaguem, no final acabam obrigatoriamente voltando para casa inalterados em sua essência. Tanto a caminhada quanto o ensaio devem ser agradáveis ou até mesmo encantadores e, portanto, ninguém se perde nem passa a viver de larvas e água de chuva numa floresta ínvia, ninguém faz sexo com uma pessoa desconhecida num cemitério, depara com uma batalha ou vislumbra outro mundo. A excursão pedestre estava muito associada aos párocos e outros clérigos protestantes, e o ensaio sobre o caminhar tem um pouco do pedantismo dessas pessoas. A maioria dos ensaios clássicos não resiste à tentação de nos dizer como caminhar. Individualmente, alguns deles são excelentes obras literárias. Leslie Stephen, autor que, em seu *In Praise of Walking* [O elogio do caminhar], retoma o tema das divagações da mente de Hazlitt, escreve:

> As caminhadas são os discretos fios de ligação de outras lembranças, e, mesmo assim, cada caminhada é um pequenino drama, com uma trama definida, episódios e catástrofes, como pedia Aristóteles; e está naturalmente entretecida em todos os pensamentos, amizades e interesses que formam a matéria-prima da vida comum[4].

Isso é muito interessante à sua maneira, e o próprio Stephen, que se distinguiu como acadêmico, um dos primeiros alpinistas

---

[4]. Leslie Stephen, "In Praise of Walking", in Finlay, *Pleasures of Walking*, p. 20.

e andarilho vigoroso, é interessante até começar a nos dizer que Shakespeare caminhava, assim como Ben Johnson e muitos outros, chegando, inevitavelmente, a Wordsworth. É aí que a moralização se insinua. A respeito de Byron, ele diz que seu

> aleijão era grave demais para permitir a caminhada e, portanto, todos os humores insalubres que teriam sido eliminados em boas marchas pelos campos acumularam--se em seu cérebro e provocaram os defeitos, a afetação mórbida e a misantropia perversa, que praticamente arruinaram a façanha do intelecto mais masculino de sua época[5].

Stephen prossegue e anuncia, depois de mencionar gratuitamente mais algumas dezenas de autores ingleses, que "caminhar é a melhor das panaceias para as tendências mórbidas dos escritores". Aí vêm as recomendações educativas às quais nenhum desses ensaístas parece resistir. Ele escreve que os monumentos e pontos de referência "não devem ser o objetivo declarado, mas um acréscimo acidental ao interesse de uma caminhada".

Robert Louis Stevenson não leva tanto tempo para chegar à fatídica recomendação. Duas ou três páginas depois de começar seu célebre ensaio de 1876, "Walking Tours" ["Excursões pedestres"], ele declara:

> Deve-se partir sozinho numa excursão pedestre, porque a liberdade é essencial; porque você deve ser capaz de parar e prosseguir, de ir por este ou aquele caminho, como lhe der na telha; e como é forçoso que siga no seu próprio ritmo, que não trote feito um campeão da marcha nem ande com os passos miúdos de uma menininha[6].

---

5. Stephen, "In Praise", p. 24.
6. Robert Louis Stevenson, "Walking Tours", in Goodchild, *The Lore of the Wanderer*, p. 10-1.

Ele passa a elogiar e criticar Hazlitt: "Reparem como ele conhece a fundo a teoria das excursões pedestres [...]. Contudo, há em suas palavras uma coisa à qual faço objeção, há na prática do grande mestre uma coisa que a mim não parece ser totalmente ajuizada. Desaprovo todos aqueles saltos e corridas". Em sua longa excursão pedestre pelas Cevenas francesas, descrita em *Travels with a Donkey* [Viagens com um burro], Stevenson portava uma pistola, mas narrou apenas situações pitorescas e ligeiramente engraçadas. São poucos os ensaístas do cânone que resistem à tentação de nos dizer que devemos caminhar porque isso faz bem ou à de nos ensinar como caminhar. Em 1913, o historiador G. M. Trevelyan começa assim seu ensaio:

> Tenho dois médicos, minhas pernas esquerda e direita. Quando o corpo e a mente se desarranjam (e essas duas partes gêmeas de mim mesmo convivem tão de perto que uma sempre é contaminada pela melancolia da outra), sei que só preciso chamar meus médicos para voltar à saúde [...]. Meus pensamentos partem comigo feito amotinados cobertos de sangue que se entregam à orgia a bordo da nau capturada, mas, ao anoitecer, volto à casa com eles, pregando peças e tropeçando uns nos outros feito alegres escoteiros mirins a brincar[7].

Não lhe ocorre a possibilidade de que alguns de nós talvez prefiram guardar distância dos alegres escoteiros mirins, mas isso deve ter ocorrido a um autor que blasfemou contra o culto em 1918. Em seu "Going Out on a Walk" [Saindo para caminhar], o satirista anglo-germânico Max Beerbohm desabafou:

---

7. G. M. Trevelyan, "Walking", in Finlay, *Pleasures of Walking*, p. 57.

> Sempre que me via no campo com os amigos, sabia que a qualquer instante, a não ser que estivesse de fato chovendo, um homem diria num rompante "Vamos caminhar lá fora!", com aquele tom agressivo e impetuoso que ele não se atreveria a usar em nenhum outro círculo. As pessoas parecem pensar que há algo inerentemente nobre e virtuoso na vontade de sair para caminhar[8].

Beerbohm vai além em sua heresia: ele afirma que caminhar não ajuda em nada o raciocínio, porque apesar de "o corpo sair de casa pelo simples fato de tal coisa ser uma indicação segura de nobreza, probidade e rude imponência", a mente se recusa a acompanhá-lo. Contudo, ele era uma voz clamando num deserto densamente povoado, mas convencido do contrário.

Do outro lado do Atlântico, um ensaio sobre o caminhar havia se aproximado tropegamente da excelência, mas nem mesmo Henry David Thoreau conseguiu resistir à tentação de preconizar. "Gostaria de falar brevemente a respeito da Natureza, da liberdade absoluta e do estado silvestre", assim ele começa seu famoso ensaio de 1851, "*Walking*", pois, como todos os outros autores, associa o caminhar no mundo orgânico à liberdade, mas, também como todos os outros, nos ensina como ser livres. "Encontrei apenas uma ou duas pessoas no decorrer de minha vida que compreendiam a arte de Caminhar, isto é, de sair para caminhar, e que tinham um dom, por assim dizer, para perambular." E, na página seguinte:

> Quiçá devamos partir na mais breve das caminhadas com o espírito da aventura infinita, para jamais retornar [...]. Se estiver pronto para abandonar pai e mãe, irmão e irmã, esposa, filho e amigos, e nunca mais revê-los; se já tiver saldado suas dívidas, feito seu testamento, resolvido todos

---

[8]. Max Beerbohm, "Going Out on a Walk", in Finlay, *Pleasures of Walking*, p. 39.

os seus negócios e for um homem livre, então estará pronto para a caminhada[9].

Suas instruções são as mais audazes e desvairadas, mas não deixam de ser instruções. Logo em seguida, temos mais uma expressão, a de *obrigatoriedade*: "Você precisa nascer na família dos Andarilhos". E então: "Precisa andar como um camelo, o único animal, segundo dizem, que rumina ao caminhar. Quando um viajante pediu à criada de Wordsworth que lhe mostrasse o gabinete do mestre, ela respondeu: 'Eis sua biblioteca, mas seu gabinete fica lá fora'".

Embora fosse, oficialmente, uma celebração da liberdade do corpo e da mente, o ensaio sobre o caminhar não estava de fato franqueando-lhe o mundo: essa revolução já havia ocorrido. Estava, isso sim, domesticando a revolução ao descrever o alcance admissível dessa liberdade. E a pregação nunca cessou. Em 1970, um século e meio depois de Hazlitt, Bruce Chatwin escreveu um ensaio que, a princípio, era para tratar de nomadismo, mas se desviou do assunto para incluir *Travels with a Donkey* de Stevenson. Chatwin escrevia divinamente, mas sempre se recusou a distinguir o nomadismo – uma viagem constante que pode adotar qualquer meio de locomoção e raras vezes se dá principalmente a pé – do caminhar, que pode ou não ser viagem. Obscurecendo essas distinções ao misturar o nomadismo com a excursão pedestre que herdara por ser britânico, ele transformou os nômades em românticos ou, no mínimo, os romantizou, e isso lhe permitiu se imaginar como uma espécie de nômade. Logo depois de citar Stevenson, Chatwin segue a tradição:

> A melhor coisa que existe é caminhar. Devíamos acompanhar o poeta chinês Li Po nas "agruras da viagem

---

9. Thoreau, "Walking", p. 93-8.

e [n]as diversas bifurcações do caminho". Pois a vida é uma jornada pelo ermo. Esse conceito, tão universal que beira a banalidade, não teria sobrevivido se não fosse biologicamente verdadeiro. Nossos heróis revolucionários só passam a valer alguma coisa depois de uma bela caminhada. Che Guevara falava da "fase nômade" da Revolução Cubana.Vejam o que fez a Longa Marcha por Mao Tsé-Tung ou o Êxodo por Moisés. Movimentar-se é o melhor remédio para a melancolia, no entendimento de Robert Burton (autor de *The Anatomy of Melancholy* [*A anatomia da melancolia*])[10].

Cento e cinquenta anos de moralização! Um século e meio de exortação cavalheiresca! No decorrer dos séculos, os médicos defenderam muitas vezes que caminhar fazia bem à saúde, mas o aconselhamento médico nunca foi uma das principais atrações da literatura. Além disso, saudável é só a caminhada que nos garante a exclusão de certas coisas – assaltantes, avalanches –, e somente essa caminhada é defendida nos sermões dos tais cavalheiros, que parecem não enxergar os limites que ergueram ao redor do ato (uma das delícias de caminhar na paisagem urbana é sua insalubridade). Digo cavalheiros porque todos os autores que escreveram a respeito do caminhar parecem ser sócios do mesmo clube – não um dos verdadeiros clubes excursionistas, mas uma espécie de clube tácito em que todos têm a mesma origem. Geralmente são privilegiados – a maioria dos autores ingleses escreve como se todo mundo também tivesse frequentado Oxford ou Cambridge, e até mesmo Thoreau cursara Harvard –, de inclinação vagamente clerical e sempre homens – nenhuma jovem camponesa saltitante nem menininha de passos miúdos; gente que tem esposas a abandonar, e não maridos,

---

10. Bruce Chatwin, "It's a Nomad Nomad World", in *Anatomy of Restlessness: Selected Writings, 1969-1989*, Nova York, 1996, p. 103.

como os trechos citados deixam bem claro. Thoreau acrescenta, com toda a consideração: "Como é que as mulheres, confinadas à casa ainda mais do que os homens, conseguem aguentar, não sei dizer"[11]. Muitas mulheres após Dorothy Wordsworth fizeram caminhadas longas e solitárias, e a esposa afastada de Hazlitt, Sarah, chegou a excursionar a pé e sozinha e escreveu um diário de viagem que, como a maioria desses documentos que descrevem mulheres caminhando, não foi publicado em sua época. O relato que Flora Thompson faz de suas viagens a pé pela zona rural de Oxfordshire para entregar a correspondência em toda e qualquer estação ou condição atmosférica é uma das mais encantadoras descrições de caminhadas pelo campo, mas não faz parte do cânone porque sua autora era uma mulher pobre, porque tratava de trabalho (e sexo, já que ela costumava atravessar um parque e era cortejada, em vão, pelo couteiro) e porque estava escondido no meio de um livro que tratava de muitas outras coisas. Assim como as grandes mulheres viajantes do século XIX – Alexandra David-Neel no Tibete, Isabelle Eberhardt no norte da África, Isabella Bird nas montanhas Rochosas –, essas mulheres que caminhavam são anomalias (e os motivos para tanto serão abordados minuciosamente mais adiante, no capítulo 14).

Lá pelo fim do século XIX, a palavra inglesa para andarilho e andarilhar, *tramp*, era muito usada pelos escritores que caminhavam, assim como os equivalentes de *vagabundo*, *cigano* e, mais adiante e num mundo diferente, *nômade*, mas brincar de andarilho ou cigano é uma maneira de demonstrar que não se é, de fato, um. Só quem é complexo quer a simplicidade, só quem já criou raízes deseja esse tipo de mobilidade. Ao contrário do que afirma Bruce Chatwin, os beduínos não partem em excursões pedestres. Stephen Graham, um inglês que no começo do século XX fez

---

11. Thoreau, "Walking", p. 97.

caminhadas longas e impressionantes pela Europa Oriental, Ásia e Montanhas Rochosas, escreveu, além de livros que tratavam de viagens específicas, um volume híbrido intitulado *The Gentle Art of Tramping* [A arte cavalheiresca do andarilho]. São 271 páginas de instruções anedóticas e joviais, em capítulos que tratam de botas, "cantigas de marcha", "como se secar depois da chuva" e "caminhar em propriedade alheia". Parece que somente Thoreau se perde em seus próprios pensamentos e vai parar em lugares surpreendentes, defendendo o abandono, o destino manifesto, a amnésia e, no caso de sua obra, um raro nacionalismo; mas quando passa a defender este último, seus protagonistas são os desbravadores da fronteira munidos de machados, e não os pedestres desarmados. Talvez os limites estejam implícitos no formato do ensaio, que é largamente considerado uma espécie de gaiola literária capaz de conter apenas personagens pequenas e de voz miúda, diferente da cova dos leões que é o romance e das vastidões do poema. Escrever e caminhar se reduziram para que coubessem um no outro, ao menos nessa tradição importante dos falantes da língua inglesa.

II. A simplicidade

Ainda persiste a crença na virtude do caminhar – ou, ao menos, na virtude de caminhar pelo campo. Não faltam exemplos. Não faz muito tempo, li um ensaio particularmente irritante numa revista budista, afirmando que todos os problemas do mundo seriam resolvidos se os líderes mundiais caminhassem.

> Andar talvez seja o caminho para a paz mundial. Que os líderes mundiais caminhem até o local da conferência, em vez de seguir em limusines que os infectam de poder.

Que sejam removidas as mesas de conferência, de todos os tamanhos e formatos, e as mentes se reúnam às margens do lago de Genebra[12].

Outro exemplo, fornecido por um líder mundial, sugere como essa ideia é suspeita. Ronald Reagan queria começar suas memórias com o momento mais importante de seu mandato presidencial, escreve o editor Michael Korda, que tentou transformá-las em livro. O tal momento se deu em sua primeira reunião com Mikhail Gorbatchev, nos arredores de Genebra. Foi nessa cidade que Rousseau nasceu, e foi um cenário rousseauniano que Reagan descreveu.

Reagan percebera [...] que a conferência de cúpula não chegaria a lugar algum. Os dois líderes viviam cercados de consultores e especialistas enquanto discutiam o desarmamento e não conseguiam estabelecer o menor contato humano, por isso Reagan bateu de leve no ombro de Gorbatchev e o convidou para dar uma volta. Os dois foram lá para fora e Reagan desceu com Gorbatchev até a margem do lago de Genebra[13].

Reagan chegou a dizer que, naquela ocasião, durante uma "conversa longa e sincera", eles concordaram com a inspeção e verificação mútuas e também com os primeiros passos para o desarmamento nuclear. Korda comentou com um assistente sua objeção: o caso, da maneira que Reagan o contava, apesar de comovente, era problemático. Gorbatchev e Reagan não falavam a mesma língua. Se a tal caminhada de fato ocorrera, os dois provavelmente foram acompanhados por um séquito de intérpretes

---

12. Mort Malkin, "Walk for Peace", *Fellowship* (revista da Buddhist Peace Fellowship), jul./ago. 1997, p. 12. Malkin é autor de *Walk—The Pleasure Exercise* and *Walking—The Weight Loss Exercise*.
13. Michael Korda, "Prompting the President", *New Yorker*, 6 de outubro de 1997, p. 92.

e seguranças, fazendo o incidente parecer mais um cortejo formal do que um passeio amistoso.

Propor que os problemas do mundo seriam resolvidos por dois homens idosos caminhando às margens de um lago suíço (pior ainda, na cidade natal de Rousseau) era propor que a simplicidade, a bondade e a natureza ainda andavam juntas e que esses líderes mundiais que detinham o poder de destruir a Terra eram também homens simples (e sugerir que fossem simples era implicar que eram bons e, portanto, que seus regimes eram justos e suas realizações, louváveis, uma série de dominós enfileirados atrás do primeiro pressuposto romântico). A estética das virtudes simples continuara a triunfar sobre a estética do cortejo régio, com seus signos de complexidade e sofisticação e o grande número de pessoas a indicar a sociedade. Jimmy Carter realmente percorreu a pé a avenida Pensilvânia para tomar posse como presidente, mas Reagan elevou o nível de pompa e cerimônia da Casa Branca, e nenhum outro presidente dos Estados Unidos chegou, como ele, tão perto de ser um Rei Sol. Ele o fez contando a nós, norte-americanos, histórias simples sobre a perda de nossa inocência, nossa corrupção pela educação e pelas artes, nossa capacidade de voltar às virtudes da cabana rústica* e, assim, prescindir das interdependências complexas da sociedade, fossem ou não econômicas. Retratar-se como um andarilho rousseauniano foi uma dessas narrativas. A história do caminhar pelo campo está repleta de pessoas que desejam se apresentar saudáveis, naturais, irmanadas com todos os homens e a natureza, e que, por desejarem isso, muitas vezes se revelam poderosas e complicadas... Mas outros andarilhos são radicais de verdade, determinados a destruir aos poucos as leis e autoridades que sufocam as pessoas e também os reprimem.

---

* A "cabana rústica" é uma imagem forte na cultura política norte-americana, relacionada à ética do trabalho protestante. É a ideia de que o político virtuoso deve ter nascido e crescido numa cabana feita de troncos, na pobreza, e subido na vida por mérito próprio. (N.T.)

III. A distância

Da mesma maneira que o ensaio sobre o caminhar parece ter sido a forma predominante de escrever a respeito do caminhar no século XIX, a narrativa extensa de uma caminhada muito longa pertence ao século XX. Talvez o século XXI nos traga algo totalmente novo. No século XVIII, a literatura de viagem era lugar-comum, mas os andarilhos de longas distâncias deixaram poucos registros escritos de suas façanhas. A excursão pedestre de Wordsworth pelos Alpes, descrita em *The Prelude*, só foi publicada em 1850, e esse poema não é exatamente um texto de viagem. Thoreau escreveu relatos de caminhadas nos quais sua própria experiência é cartografada com a mesma precisão científica que ele dedica ao mundo natural circundante, mas trata-se mais de ensaios sobre a natureza do que de uma literatura a respeito do caminhar. Até onde sei, o primeiro relato significativo de uma caminhada de longa distância pelo prazer de caminhar é *A Thousand Mile Walk to the Gulf* [Caminhada de mil milhas até o Golfo], de John Muir, que descreve uma jornada partindo de Indianápolis até as ilhas Flórida em 1867 (publicado postumamente em 1914). O sul dos Estados Unidos por onde ele andou era uma chaga aberta que supurava desde a Guerra Civil Norte-Americana, e os historiadores dessa guerra devem ter ficado frustrados com o fato de Muir negligenciar a observação social para dar atenção à botânica, apesar de ainda ser esse o mais popular de seus inúmeros livros. Os textos sobre a natureza fazem dele uma espécie de João Batista recém-chegado de um deserto repentinamente sedutor para pregar as maravilhas do lugar ao resto de nós (e era um deserto porque seus habitantes indígenas foram removidos à força e dizimados antes de Muir ali chegar, mas essa já é outra história). Pois Muir é o evangelista da natureza dos Estados Unidos, adaptando o linguajar da religião para descrever as plantas, as montanhas, a luz e os processos que ele tanto amava. Observador tão meticuloso quanto Thoreau, ele é muito mais propenso a extrair daquilo que vê um sentido religioso. Também foi um dos grandes montanhistas do século XIX, tendo realizado, com seus trajes de lã e as botas ferradas, façanhas que muitos, com o equipamento de hoje, sofreriam bastante para repetir. Não tinha o talento poético de Wordsworth nem a crítica radical de Thoreau, mas, mesmo assim, caminhava da maneira como os outros dois somente imaginavam: semanas a fio, sozinho no ermo, passando a tratar uma cadeia inteira de montanhas como amiga e transformando sua paixão pelo lugar em engajamento político. Mas isso só aconteceria décadas após sua caminhada pelo sul dos Estados Unidos.

A Thousand Mile Walk to the Gulf é episódico, como a maioria dos livros que tratam do caminhar. Nessa literatura de viagem não há uma trama global, a não ser o enredo óbvio de ir do ponto A ao ponto B (e, para os mais introspectivos, a autotransformação que se dá pelo caminho). Em certo sentido, esses livros sobre o caminhar por caminhar são a literatura do paraíso, a história do que pode acontecer quando nada está profundamente errado, e, portanto, os protagonistas – saudáveis, sem dívidas nem compromissos – podem partir em busca de pequenas aventuras. No paraíso, as únicas coisas interessantes são nossos próprios pensamentos, o caráter de nossos companheiros e os incidentes e a aparência dos arredores. Pena que muitos desses escritores de longa distância não sejam pensadores fascinantes, e é duvidosa a premissa de que alguém com quem acharíamos maçante ir até a esquina seria necessariamente fascinante numa caminhada de seis meses. Ouvir pessoas que só merecem nossa atenção por terem percorrido a pé longas distâncias discorrerem a respeito do caminhar é como aceitar dicas alimentares de gente que tem, como única referência, a vitória num torneio de devorar tortas. Quantidade não é documento. Muir, porém, tem muito mais a oferecer do que quantidade. Observador arguto do mundo natural e que muitas vezes se deixa extasiar pelo que vê, ele não nos informa por que caminha em *A Thousand Mile Walk to the Gulf*, mas parece bem claro que é porque ele é robusto, pobre e tem paixões botânicas que, a pé, podem ser saciadas mais a contento. Mas, apesar de ser um dos grandes andarilhos da história, o caminhar propriamente dito raras vezes é seu assunto. Não há um limite bem definido entre a literatura do caminhar e o texto sobre a natureza, mas os autores naturalistas têm a tendência de, na melhor das hipóteses, deixar o caminhar apenas implícito, apresentá-lo como uma maneira de propiciar o contato com a natureza que eles descrevem, mas raras vezes como tema. Corpo e alma parecem desaparecer no ambiente, mas o corpo de Muir ressurge quando sua sorte paradisíaca termina e ele passa fome enquanto espera o dinheiro chegar, e mais tarde fica gravemente enfermo.

Dezessete anos depois de Muir, um outro rapaz de vinte e poucos anos se dispôs a andar mais de mil milhas (1.600 quilômetros), de Cincinnati a Los Angeles. Charles F. Lummis conta no início de seu *A Tramp Across the Continent* [Travessia do continente a pé]:

> Mas por que a pé? Não há ferrovias nem vagões-leitos suficientes para você não precisar andar? Foi o que muitos de meus amigos indagaram ao saber que eu estava determinado a caminhar de Ohio até a Califórnia, e, muito provavelmente, será a primeira pergunta que lhe ocorrerá ao ler a respeito da mais longa caminhada por puro prazer de que se tem registro[14].

---

14. Charles F. Lummis, *A Tramp Across the Continent*, Omaha, University of Nebraska Press, 1982, p. 3.

Ou seja, ele começa pensando nos amigos, nos leitores e na posteridade, mas também no prazer. No entanto, afirma mais adiante:

> Eu não procurava tempo nem dinheiro, e sim a vida, não a vida no sentido patético do coitado que busca a saúde, pois eu era perfeitamente saudável e um atleta treinado, mas a vida no sentido mais verdadeiro, amplo e delicioso, a alegria estimulante de viver fora das cercas tristonhas da sociedade, de ter um corpo perfeito e a mente desperta [...]. Sou norte-americano e senti vergonha por conhecer tão pouco meu país, como muitos norte-americanos pouco o conhecem.

Setenta e nove páginas adiante, ele fala de alguém que o acompanhou brevemente: "Ele foi o único andarilho vivo e verdadeiro que encontrei em toda a longa jornada, e foi um imenso prazer percorrer milhas e milhas geladas em tal companhia". Lummis é vaidoso; em alguns dos casos que conta, ele é melhor atirador e mais durão do que os habitantes do Oeste, as cascavéis e as nevascas, e suas tentativas solenes de fazer piada, ao estilo de [Mark] Twain, geralmente ficam a desejar. Mas ele se redime mostrando sua afeição enorme (e incomum para a época) pela gente e pela terra do sudoeste dos Estados Unidos e contando um ou outro caso engraçado em que ele mesmo é alvo do ridículo. Trata-se de uma história impressionante de resistência, capacidade de não perder o rumo e adaptabilidade. As caminhadas de longa distância na América do Norte nunca tiveram a distinção social da excursão pedestre. Na Inglaterra, pode-se andar de uma taverna a outra ou de estalagem em estalagem (ou, nos dias de hoje, de uma pousada a outra); nos Estados Unidos, percorrer longas distâncias a pé geralmente é mergulhar nas imensidões selvagens ou, no mínimo, em espaços de dimensões nada inglesas e pouco convidativos, como estradas e cidadezinhas hostis.

Há, pelo jeito, três motivos para essas viagens de longa distância: compreender a constituição natural ou social de um lugar; compreender a si mesmo; estabelecer um recorde. Muitas jornadas combinam essas três razões. Costuma-se empreender uma caminhada extremamente longa como uma espécie de peregrinação, como um testemunho de algum tipo de fé ou vontade e, também, como um meio de fazer descobertas espirituais ou práticas. Além disso, já que as viagens tornaram-se mais comuns, os escritores viajantes passaram a procurar experiências mais drásticas e lugares remotos. Uma das premissas implícitas nesta última maneira de escrever é que a jornada, e não o viajante, precisa ser excepcional para se mostrar digna de ser lida (apesar de Virginia Woolf ter escrito um ensaio brilhante sobre um passeio de fim de tarde por Londres para comprar um lápis e James Joyce ter realizado a façanha de escrever o maior romance de língua inglesa do século XX a respeito de um publicitário gorducho que percorre as ruas de Dublin). Para os escritores, a caminhada de longa distância é uma maneira fácil de chegar à continuidade narrativa. Se a trilha é uma história, como propus alguns capítulos atrás, então uma caminhada contínua deve dar uma história coerente, e uma caminhada muito longa, um livro inteiro. Ou pelo menos essa é a lógica de livros recentes, até certo ponto verdadeira: o andarilho não deixa passar muita coisa, vê tudo bem de perto e se torna vulnerável e acessível a pessoas e lugares da região. No entanto, pode ser que o andarilho se deixe consumir de tal maneira pelo esforço físico que não consiga participar do que acontece ao seu redor, particularmente quando tem prazos a cumprir ou está numa competição. Alguns deles aceitam de bom grado essas limitações, como Colin Fletcher, um dos inevitáveis ingleses que, em sua primeira caminhada extensa, percorreu a borda oriental da Califórnia no sentido sul-norte em 1958. O livro resultante, intitulado *The Thousand-Mile Summer*

[O verão das mil milhas], é uma espécie de ração de viagem feita de bocados de epifanias, lições morais, bolhas d'água, encontros sociais e referências a detalhes práticos. Ele empreenderia outras caminhadas posteriormente e, assim como Graham, escreveria um guia turístico, *The Complete Walker* [O andarilho completo], ainda usado por mochileiros. Outro inglês, John Hillaby, percorreu toda a Grã-Bretanha — mil milhas — em 1968 e escreveu um *best-seller* a respeito, bem como vários outros livros sobre outras caminhadas.

Quando Peter Jenkins se pôs a caminhar mais de 3 mil milhas (5 mil quilômetros) pelos Estados Unidos em 1973 (com patrocínio da *National Geographic*), a expedição de uma ponta a outra do país havia se tornado uma espécie de rito de passagem dos homens norte-americanos, embora, àquela altura, o meio de locomoção geralmente fosse veicular. A travessia do continente parecia uma maneira de abraçá-lo ou cingi-lo, ao menos simbolicamente, e o itinerário o amarrava como a fita, o embrulho. O filme *Sem destino*, então recém-lançado, tinha uma sensibilidade que aparentemente se inspirava nas histórias de estrada de Jack Kerouac, as quais, por sua vez, geralmente se desenrolavam mais como livros de viagem do que como romances (*Os vagabundos iluminados* relata como o poeta e ecologista Gary Snyder tirou Kerouac do carro e o colocou nas montanhas). Jenkins partiu em busca de contato social; ao contrário do país de Muir, os Estados Unidos que ele procurava eram feitos de pessoas, e não de lugares. À semelhança de Wordsworth e seus encontros incessantes com personagens ávidas por contar sua história, ele para e escuta todos que conhece e fala dessas pessoas em seus *Walk Across America* e *Walk Across America II* [Travessia a pé dos Estados Unidos], livros de uma ingênua sinceridade. Reação, em parte, ao antiamericanismo dos jovens radicais da época, a jornada de Jenkins o leva a criar laços de proximidade e, muitas vezes, de amizade com os sulistas brancos tão injuriados pelos nortistas que lutavam pelos direitos civis. Em suas viagens, ele passa algum tempo com um apalachiano que vive da terra e várias semanas com uma família negra e pobre; na Louisiana, apaixona-se por uma seminarista da igreja batista do sul, converte-se e casa-se com ela e, após vários meses, retoma a caminhada ao lado dela, chegando ao litoral do Oregon uma pessoa muito diferente do que era ao começar. Trata-se realmente da jornada de uma vida, pois Jenkins segue na velocidade que a experiência exige.

A literatura da caminhada de longa distância é como descer uma ladeira. Mais para baixo aparecem livros escritos por andarilhos vigorosos, mas não necessariamente escritores, pois a combinação indispensável de eloquência e pernas fortes parece ser rara. O mais impressionante dos andarilhos de longa distância contemporâneos que já li – são muitos hoje em dia – é a autora Robyn Davidson, que, no começo, não tinha intenção alguma de escrever a respeito do caminhar, mas o fez com brilhantismo em seu livro *Tracks* [*Trilhas*]*, que narra sua caminhada de 1,7 mil milhas (2,7 mil quilômetros) pelo sertão australiano até o mar, acompanhada por três camelos (e patrocinada, assim como a odisseia de Jenkins, pela *National Geographic Society*). Lá pelo meio do caminho, ela explica como a jornada afetava sua mente:

> Mas coisas estranhas de fato acontecem quando se percorre penosamente trinta quilômetros por dia, dias e meses a fio. Coisas que só percebemos totalmente em retrospecto. Para citar um exemplo, eu me lembrei, minuciosamente e em cores vivas, de tudo que me acontecera no passado e de todas as pessoas que pertenciam àquela época. Lembrei--me de cada palavra que já havia trocado com alguém ou escutado por acaso, remontando até a infância, e, desse modo, fui capaz de rever esses acontecimentos com uma

---

* Trad. de Celina C. Falck-Cook. Seoman, 2015. (N. T.)

espécie de distanciamento emocional, como se tivessem ocorrido com uma outra pessoa. Eu estava redescobrindo e passando a conhecer pessoas mortas e esquecidas havia tempos [...]. E me senti feliz, simplesmente não há outra palavra para isso[15].

Robyn Davidson nos leva de volta ao território dos filósofos e ensaístas que trataram do caminhar, à relação entre o caminhar e a mente, e ela o faz do ponto de vista de uma experiência extrema que poucos já tiveram.

Os anos 1970 parecem ter sido a idade de ouro das caminhadas de longa distância: Jenkins, Davidson e Alan Booth começaram todos em meados da década. O encantador *Roads to Sata: A Two-Thousand-Mile Walk Through Japan* [Estradas para Sata: uma caminhada de 2 mil milhas pelo Japão] de Booth é um marco que demonstra a que ponto chegou a literatura do caminhar. Inglês que morou sete anos no Japão e passou a conhecer bem o idioma e a cultura, Alan Booth é de um senso de humor e de uma modéstia infalíveis, sabe evocar os lugares e narrar conversas engraçadas, respeita a cultura, mas não a venera. Descreve com inspiração sua viagem: meias sujas, termas, saquê, mais saquê, personagens trágicas e cômicas, mormaço, devassos de ambos os sexos. Comenta sarcasticamente que "em países bem desenvolvidos, os habitantes veem os andarilhos com séria desconfiança e ensinam seus cães a fazer a mesma coisa", mas não deixa de se divertir[16]. No entanto, como a maioria dos livros de viagem, o dele não é realmente um livro a respeito do caminhar. Ou seja, não aborda os atos, mas os contatos, da mesma maneira que *Thousand Mile Walk to the Gulf* trata, na verdade, de botânica e epifanias naturais – e *Na estrada* e

---

15. Robyn Davidson, *Tracks*, Nova York, Viking, 1986, p. 27.
16. Alan Booth, *The Roads to Sata: A Two-Thousand-Mile Walk Through Japan*, Nova York, Viking, 1986, p. 27.

Sem destino tratam apenas tacitamente do motor de combustão interna e suas implicações. Caminhar é só uma maneira de maximizar esses contatos e, talvez, de colocar o corpo e a alma à prova. A prova é algo fundamental nas caminhadas prolíficas de Ffyona Campbell, como ela narra em seu livro *The Whole Story: A Walk Around the World* [A história completa: uma caminhada ao redor do mundo]. Filha de um militar severo, ela parece partir em demanda para provar ao pai e a si mesma que é capaz, sendo seu caminhar uma atividade obsessiva não muito diferente da anorexia da irmã (que é mencionada no livro). Em 1983, aos dezesseis anos, Campbell percorreu toda a extensão da Grã-Bretanha – mil milhas –, patrocinada pelo jornal *Evening Standard* de Londres e com o intuito de levantar dinheiro para um hospital. Partiu, em seguida, para dar a volta ao mundo a pé, mas não no sentido estrito da expressão, pois o itinerário contínuo que encadeia as narrativas de muitos andarilhos não é para ela: "O Livro Guinness dos Recordes define que a caminhada ao redor do mundo começa e termina no mesmo lugar, atravessando quatro continentes e cobrindo um total de 25 mil quilômetros", informa o prefácio de seu livro[17]. Ela começaria a cruzar os Estados Unidos dois anos depois, a Austrália cinco anos mais tarde e a África em toda a sua extensão oito anos depois, terminando, onze anos após o passeio pela Inglaterra, com uma caminhada da Espanha ao Canal da Mancha. A jornada não poderia ter sido mais intermitente – ela toma um avião de volta à África e aos Estados Unidos para completar trechos que deixara por terminar anteriormente –, e a contabilidade é a cola que consolida tudo num único ato.

Talvez seja um erro incluir Campbell na literatura do caminhar, muito embora tenha produzido livros, mas ela é, sem

---

17. Ffyona Campbell, *The Whole Story: A Walk Around the World*, Londres, Orion Books, 1996, prefácio (sem referência à página).

dúvida, parte da cultura do caminhar. Ela tem ancestrais diferentes nos atletas marchadores do fim do século XVIII e começo do século XIX, que aparentemente não se importavam com o fato de percorrerem suas mil milhas nas pistas ou estradas e eram objeto de pesadas apostas. Afinal, praticamente não há paisagens em suas narrativas de vários continentes; não há como identificar ali a herança de Wordsworth. Mas a ideia de que caminhar é uma espécie de redenção e percorrer grandes distâncias a pé seria mais redentor ainda parece ter adquirido espantosa vida própria e trata-se, certamente, de uma herança vitoriana, e os vitorianos, por sua vez, eram herdeiros de Wordsworth. Essa é a estrada sinuosa que a história percorre, ora com uma série de desejos em perspectiva, ora com outra. À semelhança de Davidson, Campbell parece obstinada, mas Davidson representa uma versão mais intelectual e inspirada do eu ferido em busca de redenção por meio do ordálio e tem uma sensibilidade literária e paisagística muito mais vasta. A alienação feroz é praticamente a mesma: a ideia de uma mulher jovem se aferrar à sua teimosia e à sua meta dificílima porque isso é tudo que lhe resta. Jenkins é mais terno, menos fechado, talvez porque seja mais fácil para um homem, talvez porque seja mais evidentemente um demandante: ele sabe qual é sua peregrinação.

  Até certo ponto, Campbell lembra os participantes da Walkathon, no sentido de que ela costuma caminhar para levantar dinheiro em prol de uma causa (ou melhor, procura uma causa que ela possa representar, para também levantar dinheiro para suas expedições, que costumam ser caras, pois exigem equipes de apoio, publicidade e coisas do gênero). Mesmo assim, andar oitenta quilômetros em um dia é algo notável, acordar e repetir o feito no dia seguinte é desconcertante, e fazê-lo dias a fio, atravessando o sertão australiano, à beira de uma estradinha e com mau tempo é desumano. Campbell o fez, percorrendo 5 mil quilômetros de um lado a outro do continente em 95 dias, um recorde mundial.

Suas pernas são fortes, incansáveis e implacáveis em sua busca, mas, de suas caminhadas, resta somente a conquista: nenhuma paisagem, nenhum prazer, poucos contatos. Ela luta no decorrer de 30 mil quilômetros para entender a si mesma e superar o sofrimento, mas é assustador ver como ela não sabe ao certo quais são seus valores, pois procura o patrocínio de empresas e a atenção da mídia em determinados momentos e, em outros, condena os jornalistas e capitalistas, ofende as pessoas que dirigem carros em sua segunda caminhada pelos Estados Unidos, sendo que, da primeira vez, atravessara o país com o trailer da equipe de apoio em seu encalço. Ela termina o livro contando um caso que desacredita todo o seu esforço, num dos vários trechos de incerta veneração aos povos nativos. É a história dos militares que desafiaram alguns aborígenes australianos para uma corrida a pé pelo deserto, que estes acabam abandonando para apanhar favos de mel. Ao contá-la, Campbell sugere que está do lado dos aborígenes e que também despreza as metas rígidas, a experiência quantificável, a competição, até mesmo a coleção ou o estabelecimento de recordes, considerando-as maneiras imperfeitas de existir no mundo. A tragédia é que ela esteve o tempo todo do lado dos militares.

Talvez Campbell nos mostre o caminhar em estado puro. O que lhe dá valor é a impureza, os panoramas, pensamentos, contatos: todas essas coisas que ligam a mente e o mundo por meio do corpo em movimento, que aliviam o ensimesmamento da mente. Esses livros sugerem que o caminhar é um tema ardiloso, que é difícil se concentrar nele. O caminhar costuma tratar de outra coisa: o caráter ou os contatos do andarilho, a natureza, a realização, tanto que por vezes deixa de se relacionar com o caminhar. Contudo, todas essas coisas, juntas – os cânones dos ensaios sobre o caminhar e da literatura de viagem –, constituem uma história de duzentos anos, coerente, embora cheia de divagações, a respeito dos motivos que temos para percorrer a terra a pé.

CAPÍTULO 9

O MONTE OBSCURIDADE E O MONTE CHEGADA

A historinha de Ffyona Campbell sobre os militares que atravessaram correndo o sertão australiano até a linha de chegada e seus rivais aborígenes que abandonaram a disputa para apanhar favos de mel sugere algumas das diversas maneiras e razões de caminhar e viver, ou, pelo menos, algumas das indagações. É possível contrapor a distinção pública ao prazer pessoal e seriam essas coisas mutuamente excludentes? Quais partes de um ato podem ser medidas e comparadas? O que significa chegar? E vagar a esmo e sem destino? A competição é um motivo ignóbil? É possível imaginar os soldados como adeptos da disciplina e os aborígenes como adeptos do desapego? Afinal, para alguns peregrinos, chegar ao fim da jornada é a realização espiritual, mas existem outros peregrinos e místicos que vagam sem cessar e sem destino, desde os sábios chineses da antiguidade ao anônimo camponês russo do século XIX que escreveu *The Way of a Pilgrim* [O caminho de um peregrino]. Essas indagações sobre como e por que se viaja tornam-se mais prementes ou, ao menos, mais evidentes, com o montanhismo.

O montanhismo é a arte de escalar montanhas com os pés e, ocasionalmente, com as mãos, e apesar da ênfase costumeira na subida, a maioria das ascensões é, muitas vezes, uma questão de caminhar (e já que os bons escaladores usam as pernas na medida do possível, a escalada pode ser considerada a arte de empreender uma caminhada vertical). Nos lugares mais íngremes, o ritmo constante e semiconsciente do caminhar diminui, cada passo pode se tornar uma decisão isolada quanto à direção e à segurança, e o simples ato de caminhar se transforma numa habilidade especializada que geralmente exige equipamento elaborado. Quero tratar do montanhismo, que abrange a escalada, mas deixar de lado a disciplina distinta da escalada sem o montanhismo, uma divisão um tanto artificial, mas não sem motivo. Este é um ramo secundário e recém-explorado na história do montanhismo, no qual a técnica foi imensamente refinada para que se pudesse subir por superfícies cada vez mais desafiadoras. Uma escalada extremamente difícil pode ter menos de trinta metros de extensão, e um único movimento pode se tornar um "problema" célebre a ser resolvido com aplicação e treinamento intensos. E, se o montanhismo tradicionalmente é instigado pelo gosto por paisagens montanhosas, a escalada técnica parece envolver outros prazeres. Desde o século XVIII, imagina-se a natureza como panorama, e panorama é aquilo que se enxerga a uma certa distância, mas a escalada nos coloca cara a cara com a rocha, com um tipo inteiramente diferente de envolvimento. Pode ser que o contato tátil, a sensação de gravidade (e, às vezes, de mortalidade) e os prazeres cinestéticos do corpo que se movimenta no limite da capacidade sejam uma maneira igualmente válida, embora não tão consagrada culturalmente, de vivenciar a natureza. Na escalada, por vezes a paisagem desaparece completamente, ao menos nas academias de escalada em rápida proliferação. Além disso, caminhar favorece um tipo de consciência em que a mente pode se afastar da experiência imediata de percorrer um determinado espaço e para ela voltar; a escalada em rocha, no entanto, é tão exigente que um guia certa vez me disse: "O único momento em que minha mente não divaga é durante a escalada". A escalada tem a ver com o ato de escalar. O montanhismo, por sua vez, ainda tem a ver com as montanhas.

Muitas crônicas clássicas do montanhismo e da estética da paisagem começam com o poeta Petrarca, "o primeiro homem a escalar uma montanha por prazer e desfrutar a vista lá do alto", como disse o historiador da arte Kenneth Clark[1]. Muito antes de Petrarca subir o monte Ventoux da Itália em 1335, já havia gente escalando montanhas em outras partes do mundo. Petrarca prenuncia a prática instaurada pelos românticos de percorrer as montanhas pelo prazer estético e chegar aos cumes por motivos seculares. A história do montanhismo realmente começa na Europa no fim do século XVIII, quando a curiosidade e uma nova sensibilidade estimularam alguns indivíduos audazes não só a atravessar os Alpes, como também a tentar alcançar seus picos. A prática foi se consolidando aos poucos no montanhismo, uma série de habilidades e pressupostos – por exemplo, o pressuposto de que chegar ao topo de uma montanha é um ato de significado singular, distinto do ato de caminhar por desfiladeiros ou contrafortes. Na Europa, o montanhismo se desenvolveu principalmente como passatempo de cavalheiros e profissão de guias, já que os primeiros tantas vezes dependiam dos últimos; na América do Norte, as primeiras escaladas registradas foram empreendidas por exploradores e agrimensores em lugares muito mais remotos (algumas escaladas nos Alpes podiam ser acompanhadas por telescópio a partir das aldeias lá embaixo; na América do Norte, em alguns casos era preciso caminhar durante semanas pelo ermo para chegar às montanhas). Claro que, como narra o grande geólogo e montanhista Clarence King ao chegar ao topo de um dos picos mais altos da Sierra Nevada em 1871, esperando ser o primeiro a escalá-lo, ele descobriu que "havia um montinho de pedras no pico, compacto e em forma de uma

---

1. Kenneth Clark, *Landscape into Art*, Boston, Beacon Press, 1961, p. 7.

haste de flecha índia, a apontar o oeste"[2]. As montanhas chamavam atenção, e andarilhos muito anteriores ao romantismo criaram o montanhismo.

Um pico isolado ou uma elevação é um ponto focal natural na paisagem, algo que viajantes e moradores utilizam para se orientar. No *continuum* da paisagem, as montanhas são hiatos: elevações culminantes, barreiras naturais, um mundo que não é deste mundo. Nas montanhas, mudanças latitudinais imperceptíveis podem se tornar alterações altitudinais surpreendentes. As características climáticas e ecológicas mudam rapidamente desde os contrafortes refrescantes às alturas glaciais: ali está o limite superior das árvores e, mais acima, o que se pode chamar de limite superior da vida, além do qual nada sobrevive ou cresce, e, acima dos 5,5 mil metros, o que os montanhistas chamam de zona da morte, o domínio gélido e escasso em oxigênio onde o corpo começa a morrer, o raciocínio fica prejudicado e até mesmo os alpinistas mais aclimatados perdem neurônios. Lá no alto, a biologia desaparece para revelar um mundo modelado pelas forças mais tenazes da geologia e meteorologia, os ossos expostos da terra envoltos pelo céu. Em toda parte, as montanhas são vistas como limiares entre este mundo e o além, lugares onde o mundo espiritual está bem próximo. Em muitas regiões do globo, significados sagrados são atribuídos às montanhas, e, embora possa ser aterrador, o mundo espiritual raramente é maligno. A Europa cristã parece ter sido a única a ver as montanhas como domínios horrendos e quase infernais[3]. Na Suíça, supunha-se que as alturas eram infestadas por

---

2. Clarence King, *Mountaineering in the Sierra Nevada*, Nova York, W. W. Norton, 1961, p. 287.

3. Tanto a breve bibliografia da literatura do montanhismo feita por Francis Farquhar quanto *Sacred Mountains of the World* de Edwin Bernbaum (Berkeley, University of California Press, 1997) estão de acordo em relação à peculiar atitude europeia para com as montanhas antes do século XVIII. Edward Whymier também comenta a lenda do Judeu Errante, in Ronald W. Clark, *Six Great Mountaineers* (London, Hamish Hamilton, 1956), p. 14. Os termos utilizados pelos escritores ingleses para descrever as montanhas são citados em Keith Thomas, *Man and the Natural World: Changing Attitudes in England* (Harmondsworth, Inglaterra, Penguin Books, 1984), p. 258-9.

dragões, pelas almas dos mortos insatisfeitos e pelo Judeu Errante (condenado, na lenda, a vagar pela Terra até a segunda vinda de Cristo por tê-lo ofendido, o Judeu Errante sugere que os cristãos europeus costumavam ter uma visão limitada do caminhar a esmo e dos judeus). Muitos autores ingleses do século XVII exprimem sua aversão às montanhas, que eram "altas e hediondas", "o refugo da Terra", "deformações" e, até mesmo, um estrago causado pelo Dilúvio a um planeta outrora plano. Portanto, apesar de os europeus terem liderado o desenvolvimento mundial do montanhismo contemporâneo, esse montanhismo surgiu da recuperação, por parte do romantismo, de uma predileção pela natureza que boa parte do mundo nunca havia perdido.

Um dos primeiros indivíduos a ter registrada sua conquista de uma montanha foi o "Primeiro Imperador" da China, que, no século III a.C., subiu o Tái Shān em seu carro de guerra, contrariando o conselho de seus sábios, que recomendaram que ele fosse a pé[4]. Mais conhecido por começar a Grande Muralha e queimar todos os livros para que a história chinesa tivesse início com ele, o Primeiro Imperador pode ter erradicado o registro de escaladas anteriores à sua. Desde então, muitas pessoas subiram andando o cume do Tái Shān durante muitos séculos, pela escadaria de 7 mil degraus que leva da Cidade da Paz no sopé da montanha, passando pelos três Portões Celestiais, ao Templo do Imperador de Jade no topo. A autora norte-americana e budista Gretel Ehrlich subiu a pé o Tái Shān e outros locais de peregrinação monteses na China e escreveu: "A frase em chinês para 'partir em peregrinação', *ch'ao-shan chin-hsiang*, na verdade significa 'prestar homenagem à montanha', como se a montanha fosse uma imperatriz ou uma ancestral diante da qual era forçoso

---

[4]. A escalada do Primeiro Imperador é descrita em Bernbaum, *Sacred Mountains*, p. 31.

se ajoelhar"[5]. No século V d.C., um tipo muito diferente de peregrino escalaria montanhas no outro lado da Eurásia: a peregrina cristã Egéria. Quase nenhum vestígio dela sobreviveu, fora o diário de peregrinação, mas o manuscrito sugere que ela foi uma abadessa ou outra autoridade religiosa de certa importância e que o monte Sinai nas profundezas do deserto egípcio estava entre os pontos de peregrinação cristã já naquela época. Teve como guia os santos da região, atravessando "o vale vasto e muito plano onde os filhos de Israel se demoraram naqueles tempos em que o santo Moisés subiu a montanha de Deus" durante a fuga do cativeiro no Egito[6]. Ela e seus companheiros não identificados escalaram a pé o pico de quase 2.800 metros do monte Sinai, "direto até o topo, como se escalássemos uma muralha". Egéria comentou que "parecia uma só montanha ao nosso redor; contudo, depois de entrar na área, vemos que são muitas, mas a cordilheira toda é chamada de montanha de Deus". Para ela, o Sinai era o monte ao qual Deus havia descido e que Moisés subira para receber as Tábuas da Lei: escalá-lo era uma profissão de fé nas Escrituras e um retorno ao local de seus momentos mais grandiosos. Desde a época de Egéria, também foram construídos degraus na encosta do Sinai, e um místico do século XIV subia por eles todos os dias para exprimir sua religiosidade.

As montanhas, assim como os labirintos e outras construções, funcionam como espaços metafóricos e simbólicos. Não há equivalente geográfico mais nítido para a ideia de chegada e triunfo do que o pico mais elevado, depois do qual não há mais para onde ir (apesar de que, no Himalaia, muitos peregrinos contornam as montanhas a pé, pois creem que seria um sacrilégio pisar no cume). O montanhista vitoriano Edward Whymper,

---

5. Gretel Ehrlich, *Questions of Heaven: The Chinese Journeys of an American Buddhist*, Boston, Beacon Press, 1997, p. 15.

6. *Egeria: Diary of a Pilgrimage*, Nova York, Newman Press, 1970, p. 49-51.

fisicamente bem dotado e tremendamente ambicioso, disse, ao alcançar o topo do Matterhorn, que "não há o que admirar mais acima, pois tudo está lá embaixo", num misto revelador de linguagem literal e figurativa[7]. "O homem que está lá se encontra, de certo modo, na posição de alguém que já satisfez a todas as suas vontades: não lhe resta nenhuma outra aspiração." O fascínio de chegar ao topo das montanhas também pode ser inferido a partir de metáforas presentes na linguagem. O inglês e muitos outros idiomas associam a altitude, a escalada e as alturas ao poder, à virtude e ao status. E, assim, temos *"on top of the world"*, *"at the top of one's field"*, *"peak of a career"*, *"peak experiences"*, *"at the height of one's ability"*, expressões que mencionam o cume, o pico ou ponto culminante e significam o auge ou ápice da condição social, da profissão ou carreira, das próprias experiências e capacidades; dizemos estar em ascensão, subindo ou descendo na vida, sem contar os arrivistas, a mobilidade vertical, os santos de altos princípios e a baixeza dos malandros, e, naturalmente, as classes altas e baixas. Na cosmologia cristã, o paraíso fica acima de nós, o inferno, abaixo, e Dante descreve o Purgatório como uma montanha cônica que ele escala com dificuldade, fundindo a viagem espiritual e geográfica (e começando com o que os escaladores de hoje denominam chaminé: "Subíamos por entre a penedia/ premidos entre os dois muros extremos,/ e pés e mãos embaixo o chão pedia"*).

No Japão, imaginam-se as montanhas como os centros de mandalas enormes que se desdobram por toda a paisagem feito, nas palavras de um erudito, "flores sobrepostas", e aproximar-se

---

7. Citado por Dervla Murphy em sua apresentação a *My Ascent of Mont Blanc*, de Henriette d'Angeville, Londres, Harper Collins, 1991, p. xv. Stacy Allison, a primeira mulher norte-americana a chegar ao topo do Everest (a primeira mulher de todas era japonesa), também declarou: "Não havia mais onde subir. Eu estava no topo do mundo" (<www.everest.mountainzone.com>).

* Dante, *A Divina Comédia*. Passagem do canto IV do "Purgatório", na tradução de Italo Eugenio Mauro para a edição bilíngue da obra, São Paulo, Editora 34, 2009. (N.T.)

do centro da mandala significa aproximar-se da fonte de poder espiritual, mas essa aproximação pode ser indireta. No labirinto, por vezes estamos mais longe de nosso destino quando nos encontramos mais próximos dele; na montanha, como Egéria descobriu, o próprio monte muda de forma repetidas vezes durante a escalada. A famosa parábola zen a respeito do mestre para quem, antes de estudar, as montanhas eram apenas montanhas, mas durante seus estudos as montanhas já não eram mais montanhas e, mais tarde, voltaram a ser montanhas, poderia ser interpretada como alegoria desse paradoxo da percepção. Thoreau reparou nisso e escreveu que "para o viajante, os contornos de uma montanha mudam a cada passo e têm uma infinidade de perfis, mas sua forma é absolutamente única", e apreende-se melhor essa forma de longe[8]. Em todas as gravuras dos famosos *Trinta e seis vistas do monte Fuji* do artista japonês Hokusai, exceto uma, o cone perfeito do monte Fuji parece grande de perto ou pequeno de longe, propiciando orientação e continuidade para a cidade, a estrada, o campo e o mar. Somente na gravura em que os peregrinos sobem de fato a montanha é que desaparece a forma conhecida que integra as outras gravuras. Quando nos deixamos seduzir, nos aproximamos; quando nos aproximamos, aquilo que nos seduziu se dissolve: o rosto da pessoa amada vira um borrão ou se desintegra quando nos aproximamos para beijá-la, o cone acetinado do monte Fuji transforma-se na rocha rude que brota do chão e oblitera o céu na gravura de Hokusai com os peregrinos. A forma objetiva da montanha parece se dissolver na experiência subjetiva, e o significado de subir a montanha a pé se fragmenta.

Venho afirmando que a caminhada é uma vida em miniatura, e escalar uma montanha é uma caminhada mais

---

8. Henry David Thoreau, *Walden*, Princeton, Princeton University Press, 1973, p. 290.

dramática: o perigo e a consciência de que somos mortais são maiores, o resultado é mais incerto, é maior o triunfo diante da chegada tão mais inequívoca. "Escalar a rocha é exatamente como o resto da vida, só que mais simples e mais seguro", escreveu o montanhista britânico Charles Montague em 1924[9]. "Ao galgar um trecho difícil, obtemos êxito na vida." O que me fascina no montanhismo é como uma atividade pode ter tantos significados díspares. A ideia de peregrinação parece quase sempre presente, mas muitas escaladas retiram seu significado também do esporte e do militarismo. A peregrinação ganha significado por seguir itinerários consagrados até destinos estabelecidos, ao passo que os montanhistas mais venerados costumam ser os primeiros a subir uma via ou chegar ao cume e, como os atletas, estabelecem um recorde. O montanhismo já foi visto muitas vezes como uma forma pura da missão imperialista, recorrendo a todas as suas habilidades e virtudes heroicas, sem os ganhos materiais nem a violência antagônica (e é por isso que o soberbo alpinista francês Lionel Terray deu o título de *Conquistadors of the Useless* [Conquistadores da futilidade] às suas memórias). Em 17 de março de 1923, numa turnê de palestras para levantar fundos para uma expedição ao Everest, o grande montanhista George Mallory parece ter se exasperado com a constante indagação de por que ele queria escalá-lo e disse a frase mais famosa da história da atividade, que por vezes é citada como um *koan* zen: "Porque está lá". Sua resposta costumeira era: "Esperamos demonstrar que o espírito que erigiu o Império Britânico ainda não morreu"[10]. Mallory e seu companheiro Andrew Irvine acabariam morrendo naquela expedição, e os historiadores do montanhismo ainda discutem se

---

9. Charles Edward Montague, "In Hanging Garden Gully" (excerto de seu livro *Fiery Particles*, 1924), incluído in William Robert Irwin (org.), *Challenge: An Anthology of the Literature of Mountaineering*, Nova York, Columbia University Press, 1950, p. 333.

10. Murray Sayle, "The Vulgarity of Success", *London Review of Books*, 7 de maio de 1988, p. 8.

eles teriam ou não chegado ao cume antes de desaparecerem (o corpo congelado e mutilado de Mallory seria encontrado 75 anos depois, em 1º de maio de 1999).

A parte mensurável de uma experiência é mais fácil de traduzir, e, portanto, os picos mais altos e os piores desastres são os aspectos mais bem conhecidos do montanhismo, além de todos os recordes: o primeiro a subir, o primeiro a subir pela face norte, o primeiro norte-americano ou japonês, a primeira mulher, o mais rápido, o primeiro a fazê-lo sem este ou aquele item no equipamento. O monte Everest sempre teve a ver com essas quantidades para os ocidentais, que passaram a se interessar por ele em razão da trigonometria. Em 1852, um funcionário do escritório indiano do serviço britânico de Topografia Trigonométrica calculou que aquilo que eles chamavam de "Pico XV" e os tibetanos, de "Chomalungma" era mais alto do que todos os picos do Himalaia que se concentravam ao seu redor. O homem que acabara de medi-lo o batizou em homenagem a um homem que nunca o notara, o ex-topógrafo geral da Índia sir George Everest (e, portanto, mudando o "sexo" da montanha, pois *chomalungma* significa "deusa do lugar"). Os habitantes da região consideravam Chomalungma[11] uma das montanhas sagradas menos relevantes, mas os autores que tratam do montanhismo por vezes se referem ao Everest (que se encontra à mesma latitude do sul da Flórida) como o topo ou o teto do mundo, como se nosso planeta esférico fosse uma espécie de pirâmide. O montanhista viajado e erudito religioso Edwin Bernbaum escreve sarcasticamente: "Tudo o que a sociedade ocidental toma como número um tem a tendência de assumir uma aura de supremacia que o faz parecer mais real e valer mais a pena do que qualquer outra coisa; em uma só palavra: sagrado"[12]. E geralmente é pela medição que se determina se algo

---

11. Cf. Bernbaum, *Sacred Mountains*, p. 7.
12. Ibid., p. 236.

é o número um. O triunfo no montanhismo, assim como no esporte, mede-se em recordes: quem foi o primeiro, o mais rápido ou qual é o maior.

Da mesma maneira que o esporte, o montanhismo é esforço com resultados meramente simbólicos, mas a natureza desse simbolismo prescreve tudo – por que, por exemplo, o montanhista francês Maurice Herzog consideraria sua expedição de 1950 ao Annapurna, a sétima montanha mais alta do mundo, uma grande vitória por ter chegado ao topo, e não um fracasso por ter perdido todos os dedos das mãos e dos pés graças às lacerações provocadas pelo frio, tendo de ser carregado pelos sherpas na descida. Talvez Herzog tenha trilhado o terreno da história com a mesma abnegação com que Egéria trilhou o das Escrituras. Em meados da década de 1960, David Roberts liderou a segunda escalada da história ao cume do monte Huntington no Alasca. Como ele narrou em seu livro *The Mountain of My Fear* [A montanha do meu temor], a expedição parece ter começado em Massachusetts, onde ele estudou fotografias da montanha, inferiu a existência de uma nova rota até o cume e foi tomado pela vontade de fazer algo que nunca tinha sido feito antes. Ou seja, a expedição começou com a representação visual e o desejo de ocupar um lugar no registro histórico, com meses de planejamento, levantamento de fundos, recrutamento, reunião do equipamento e preparação de listas; só viria a se tornar um envolvimento físico com a montanha muito mais tarde. Essa tensão entre a história e a experiência, entre aspiração, memória e momento me fascina e, apesar de permear toda atividade humana, parece ficar, por assim dizer, mais transparente em altitudes elevadas. A história, é bom esclarecer, implica um ato imaginado dentro do contexto de outros atos semelhantes e como será percebido por outras pessoas; surge da imaginação social de como os atos particulares de alguém se inserem na vida pública. A história é transportada mentalmente para os lugares mais remotos com o intuito de determinar o que significam os atos de uma pessoa até mesmo ali, e quem poderá dizer o peso que isso tem para aqueles que a carregam? Já que as montanhas altas costumam ficar muito longe de terras habitadas, já que místicos e fora da lei tantas vezes procuraram as alturas para sumir de vista, já que a escalada é "o único momento em que a mente não divaga", fazer história nas montanhas parece ser uma ideia particularmente paradoxal, e o montanhismo, um esporte particularmente paradoxal, isso quando é considerado um esporte. Ser o primeiro a subir uma montanha é entrar no desconhecido, mas com o intuito de inserir o lugar na história humana, torná-lo conhecido. Há quem se recuse a registrar a escalada ou batizar as montanhas conquistadas, há quem veja sua dedicação ao montanhismo como uma maneira de se refugiar da história. Gwen Moffat, a primeira mulher britânica a se tornar uma guia de escalada registrada em 1953, escreveu a respeito das satisfações imediatas:

> E antes que começasse a me mexer, tive aquela sensação familiar de que estava prestes a fazer algo difícil. O relaxamento físico e mental, uma descontração tão completa dos músculos que até mesmo o rosto relaxa e os olhos se arregalam; o corpo fica leve e flexível, uma entidade maleável e coordenada que irá se colocar diante da escalada como um cavalo diante do salto. Nesse instante primoroso antes do movimento árduo, quando vemos e entendemos, talvez se encontre a resposta para a questão de por que escalamos. Estamos fazendo uma coisa difícil, tão difícil que o fracasso pode significar a morte, mas, graças ao conhecimento e à experiência, o fazemos com segurança[13].

---

[13]. Gwen Moffat, *The Space Below My Feet*, Cambridge, Riverside Press, 1961, p. 66.

Ela e um companheiro certa vez decidiram estabelecer o recorde da travessia mais vagarosa[14] de uma serra na ilha de Skye e, com a ajuda de uma nevasca repentina, provavelmente conseguiram.

A história do montanhismo europeu começa com uma espécie de competição. Décadas antes da conquista do monte Branco, a geleira que dele descia até o vale de Chamonix e o vale propriamente dito haviam se tornado atrações turísticas (e ainda o são). Os moradores foram, como o norte do País de Gales e o Distrito dos Lagos, os beneficiários do gosto cada vez maior dos viajantes por panoramas agrestes e acidentados. Uma consequência dessa economia turística crescente foi que um cavalheiro de vinte anos e cientista de Genebra, Horace Benedict de Saussure, chegou ali em 1760, ficou tão fascinado com as geleiras que dedicou o resto de sua vida a estudá-las e ofereceu um prêmio generoso a quem se tornasse a primeira pessoa a chegar ao cume de 4.810 metros de altura do monte Branco. O ponto mais alto da Europa foi um ímã nos primeiros tempos do culto às montanhas e um ícone cultural para os românticos paisagistas, tema de um poema importante de Shelley, a primeira régua para a ambição dos montanhistas. Em 1786, um médico da região chegou ao cume com a ajuda de um caçador. Uma tentativa quatro anos antes havia assustado de tal maneira os quatro guias que a fizeram que eles declararam a escalada impossível, e ninguém na Europa naquela época sabia ao certo se os seres humanos conseguiriam sobreviver àquela altitude. Um montanhista renomado posterior, Eric Shipton, escreve que o morador de Chamonix, dr. Michel Gabriel Paccard,

---

14. "Empreendemos uma travessia épica da Cuillin Ridge no fim de junho. A cordilheira principal tem onze ou treze quilômetros de extensão e aproximadamente dezesseis picos com mais de novecentos metros de altura distribuídos pela cadeia. A travessia levava em média dez a treze horas; alguns grupos levaram 24 horas, outros estavam reduzindo o tempo recorde a valores fantásticos, como no caso da travessia de catorze picos em Snowdonia. Detestávamos os recordes; decidimos fazer diferente. Não teríamos pressa, tomaríamos sol, aproveitaríamos a vista, levaríamos comida para dois dias, dormiríamos ao relento, no topo da cordilheira; estabeleceríamos o recorde de maior tempo dispendido na travessia da Cuillen" (ibid., p. 101).

voltou sua inteligência afiada e sua já aguçada experiência como escalador para a questão de como sobreviver nas montanhas [...]. Ele não almejava a fama e pouco falou de suas proezas, muitas das quais demonstravam grande determinação e vigor físico. Parece que seu desejo de escalar o monte Branco foi inspirado mais por sua vontade de ser o primeiro em nome da França – e da ciência – do que pela vontade de ficar famoso. Entre outras coisas, ele esperava ansiosamente poder fazer observações barométricas no cume [...][15].

Após quatro tentativas malsucedidas, o médico contratou Jacques Balmat, um alpinista forte que ganhava a vida como caçador e colecionador de cristais. Partiram numa noite de lua cheia em agosto, sem as cordas e os *piolets* do montanhismo de hoje, usando nada mais do que duas varas compridas para atravessar as profundas fendas no gelo. Quando chegaram ao temido Vale de Neve – a reentrância funda e cercada por paredões de gelo onde os quatro guias haviam desistido –, Balmat pediu para voltar, mas Paccard o convenceu a continuar, e subiram um monte de neve sob vento forte. Chegaram ao cume no começo da noite, catorze horas depois de terem partido; Paccard tomou suas medidas e eles desceram para passar a noite sob um matacão. De manhã, os dois tinham queimaduras e lacerações graves provocadas pelo frio e vento; Paccard também sofria de nifablepsia e teve de ser levado pela mão na descida. "A julgar apenas pelo absoluto esforço físico, a primeira escalada do monte Branco foi uma proeza extraordinária", conclui Shipton. Mas a história não terminou ali. O ardiloso Balmat começou a espalhar que ele é quem havia explorado a rota e liderado a expedição, que Paccard era mero equipamento que ele arrastara por todo o caminho. Foi aumentando sempre

---

15. Eric Shipton, *Mountain Conquest*, Nova York, American Heritage, 1965, p. 17.

um ponto em seus contos até alegar que Paccard havia desmaiado a algumas centenas de metros do cume e ele, Balmat, completara sozinho a escalada. Foi só no século XX que a verdade veio à tona e o valente doutor voltou a ocupar um lugar entre os heróis do montanhismo. Um dos montanhistas mostrara-se desleal com o companheiro e a verdade por amor à história, à publicidade e à recompensa (e, um século mais tarde, o explorador Frederick Cook mentiria e forjaria fotografias para reivindicar o título de primeiro homem a subir o monte Denali no Alasca; para ele, a história era tudo e a experiência, nada).

Tão logo ficou provado que era possível escalar o monte Branco, muitas pessoas começaram a repetir o feito. Em meados do século XIX, 46 grupos, muitos deles de origem inglesa, haviam chegado ao cume[16], e o foco mudou para outros picos e itinerários alpinos. Existem muitos outros grandes montanhistas, mas nenhum deles supera minha afeição por Henriette d'Angeville. Talvez seja a exuberância de seu livro *My Ascent of Mont Blanc* [Minha escalada do monte Branco] o que me encanta, pois a obra prova que não é necessário unir grande resistência física e estoicismo, ou talvez porque a verdadeira literatura sobre o montanhismo volte-se para os montanhistas de verdade, que adoram os trechos cheios de entaladas, balcões, crampons, técnicas de segurança e assim por diante. D'Angeville tinha 44 anos quando subiu a montanha em 1838, mas crescera nos Alpes e já havia caminhado por ali. Ela esclareceu no começo do livro a pergunta inevitável de por que ela escalava, ao escrever: "A alma, assim como o corpo, tem suas necessidades, peculiares a cada indivíduo [...]. Estou entre aqueles que preferem a grandiosidade das paisagens naturais aos panoramas mais delicados e encantadores imagináveis [...] e é por isso que escolhi o monte

---

16. Ronald W. Clark, *A Picture History of Mountaineering*, Londres, Hulton Press, 1956, p. 31.

Branco"[17]. Posteriormente, seria alvo do desdém popular por ter gracejado que subira a montanha para se tornar tão famosa quanto a romancista George Sand, mas ela continuaria a escalar até passar dos sessenta anos, sem que voltasse a chamar atenção, e escreveria: "Não foi a fama insignificante de ser a primeira mulher a se arriscar em tal jornada que me deixou animada, coisa que geralmente acontece com quem empreende tais projetos: foi saber que a consequência seria o bem-estar espiritual". Sua conquista é um drama delicado no qual a escalada árdua abre parênteses para listas extravagantes de equipamento durante a preparação e um jantar de vitória com os dez guias, completada a tarefa. Os guias já estavam se tornando profissionais e as técnicas e ferramentas haviam avançado bastante desde a época de Paccard.

As idades de ouro geralmente terminam com um tombo, e a idade dourada do montanhismo não foi exceção. Geralmente descrita como o período compreendido entre 1854 e 1865, quando várias montanhas dos Alpes foram escaladas pela primeira vez, essa idade de ouro foi em grande parte britânica e viu o montanhismo se tornar um esporte reconhecido, mas de modo algum popular (um número muito maior de pessoas continuou a caminhar pelos Alpes sem tentar alcançar os cumes). Aproximadamente metade das conquistas mais importantes dessa época foi realizada pela primeira vez por abastados amadores britânicos e guias da região. O Clube Alpino, fundado em 1857 como uma espécie de cruzamento entre um clube de cavalheiros e uma sociedade científica, é algo aceito pelo universo do montanhismo há tanto tempo que sua singularidade – um clube britânico que tem como foco montanhas do continente – raras vezes é comentada. Mas, naquela época, os Alpes eram praticamente o único foco desse novo esporte, passatempo ou paixão: montanhas mais remotas e

---

17. D'Angeville, *My Ascent*, p. xx-xxi.

menores, escaladas mais exigentes em termos técnicos em lugares como o Distrito de Peak ou o dos Lagos não haviam recebido ainda muita atenção, e a escalada na América do Norte se dava num contexto radicalmente diferente. O público britânico para essa atividade era muito maior do que a quantidade de praticantes, e, na Europa, montanhistas e escaladores ainda hoje se tornam celebridades de vez em quando. O espetáculo popular de Albert Smith, *Mont Blanc* [Monte Branco], baseado em sua experiência de ter subido a montanha em 1851, ficou em cartaz num teatro londrino durante anos, e livros como *Wanderings Among the Alps* [Vagando pelos Alpes], de Alfred Wills, e a coleção *Peaks, Passes and Glaciers* [Picos, desfiladeiros e geleiras], do Clube Alpino, eram bem recebidos.

Seduzido por essa literatura, o gravurista de vinte anos de idade Edward Whymper arranjou uma encomenda para produzir imagens dos Alpes. Passava seu tempo livre explorando as montanhas e por acaso tinha o talento necessário para escalá-las. Apesar de ter sido o primeiro a subir alguns outros picos, era o Matterhorn que prendia sua imaginação. Entre 1861 e 1865, fez sete tentativas malogradas de subir esse pico espetacular, disputando com outros escaladores a glória de ser o primeiro. Finalmente foi bem-sucedido, e dizem que seu êxito pôs fim à idade de ouro. Não fica claro se esta terminou porque Whymper dera à empreitada um espírito diferente ou no mínimo mais descaradamente ambicioso, ou porque o Matterhorn foi o último grande pico alpino a se submeter, ou, ainda, por causa do desastre que se seguiu. Sua oitava tentativa se deu em colaboração com o maior escalador amador da época, o reverendo Charles Hudson, com dois outros jovens ingleses e três guias da região. Durante a descida, Hudson, os dois rapazes e o ilustre guia Michel Croz, que estavam todos presos à mesma corda, caíram e morreram quando um deles escorregou. Seguiu-se o equivalente vitoriano de um circo midiático, o montanhismo foi muito criticado por ser injustificadamente perigoso e muito se cochichou sobre se Whymper e os guias talvez não tivessem se portado de maneira profissional e ética. O livro *Scrambles in the Alps* [Escaladas nos Alpes] de Whymper tornou-se um clássico mesmo assim, e talvez seja por isso que o Matterhorn tenha virado atração da Disneylândia.

A história do montanhismo é feita de recordes e desastres, mas atrás de dezenas de rostos famosos estão incontáveis montanhistas que escolheram recompensas totalmente particulares e pessoais. O que fica registrado como história raras vezes representa a normalidade, e a normalidade raras vezes entra para a história visível, mas geralmente ganha visibilidade na literatura. Algo dessa dicotomia está presente nos dois grandes gêneros de livros que tratam do montanhismo, os épicos que o grande público costuma ler e as memórias que parecem ter muito menos leitores. Os épicos são relatos heroicos da tentativa de alcançar um cume importante; são livros que tratam de História e, quase sempre, de Tragédia (a literatura do montanhismo de grandes altitudes, com sua ênfase no sofrimento físico, na sobrevivência por pura obra da vontade e nos pormenores medonhos das lacerações pelo frio, hipotermia, mal de altitude e quedas fatais, geralmente me faz lembrar dos livros que tratam de campos de concentração e marchas forçadas, exceto que o montanhismo é uma atividade voluntária e, para algumas pessoas, imensamente satisfatória). No entanto, as memórias alegres deixadas até mesmo por alguns dos maiores escaladores – Joe Brown, Don Whillens, Gwen Moffat, Lionel Terray – geralmente podem ser interpretadas como idílios jocosos que tiram a ênfase da dificuldade. As satisfações nessas narrativas vêm de excursões grandes e pequenas, de amizades, liberdades, do amor pelas montanhas, do refinamento da técnica, ambição nenhuma e moral em alta, com uma ou outra tragédia ocorrida nas pedras. O mérito dos melhores livros vem da vivacidade, e não da importância histórica dos fatos relatados.

Se estamos à procura de uma experiência particular, e não da história pública, até mesmo chegar ao topo torna-se uma narrativa opcional, e não a trama principal, e aqueles que simplesmente vagam por lugares altos tornam-se parte do conto. Ou seja, podemos deixar para trás o esporte e os recordes, e quando o fazemos, a disciplina do propósito volta a entrar em equilíbrio com a disciplina do desapego. Smoke Blanchard, o guia que cresceu escalando os picos do Oregon durante a Grande Depressão, escreveu, no meu exemplo predileto de prosa memorialista do montanhismo, *Walking Up and Down in the World* [Subindo e descendo o mundo a pé]:

> Faz meio século que tento promover a ideia de que a melhor maneira de entender o montanhismo é vê-lo como uma combinação de piquenique e peregrinação. No piquenique-peregrinação montano, a agressão é breve e a satisfação, duradoura. Espero demonstrar que é possível alguém se dedicar de bom grado ao montanhismo moderado durante toda uma longa vida sem estabelecer recordes. É possível catalogar uma aventura amorosa[18]?

O sociável e bem-humorado Blanchard gostava de andar tanto quanto de escalar montanhas, e entre os prazeres que ele relata estão longas caminhadas pelo litoral do Oregon e de uma banda à outra da Califórnia, desde as montanhas Brancas a leste da Sierra Nevada até o mar, além de várias escaladas na Sierra Nevada e na região dos Estados Unidos conhecida como Noroeste do Pacífico. Como muitos outros montanhistas da costa do Pacífico, de John Muir a Gary Snyder, ele entendia o montanhismo de uma maneira que concilia a viagem e a chegada e lembra as tradições montanhistas mais antigas lá do outro lado do oceano, na China e no Japão.

---

18. Smoke Blanchard, *Walking Up and Down in the World: Memories of a Mountain Rambler*, São Francisco, Sierra Club Books, 1985, p. xv.

O que esses poetas, sábios e eremitas celebravam não era tanto a escalada, mas o estar nas montanhas, e as montanhas retratadas com tanta frequência na poesia e pintura chinesas são lugares contemplativos onde se refugiar da política e da sociedade. Na China, celebrava-se a viagem – "'Viajar' é a palavra-código taoista para o estado de êxtase", escreve um estudioso –, mas a chegada por vezes era tratada com ambiguidade. Uma das composições do poeta do século VIII Li Po se intitula "A propósito da visita a um mestre taoista nas montanhas Tai-T'ien sem que fosse possível encontrá--lo"[19], um tema comum na poesia chinesa da época. A geografia das montanhas era tanto física quanto simbólica, de modo que a caminhada literal tem implicações metafóricas:

> As pessoas perguntam o caminho para a montanha Gelada
> Montanha Gelada? Não há estrada que vá até lá [...]
> Como você pode querer chegar lá me imitando?
> Seu coração e o meu não são parecidos[20].

escreve um contemporâneo de Li Po, o ermitão budista, maltrapilho e bem-humorado Han Shan.

No Japão, as montanhas têm importância religiosa desde a pré-história, mas Bernbaum escreve:

> Antes do século VI d.C., os japoneses não subiam suas montanhas sagradas, que eram consideradas um reino à parte do mundo comum, por demais santificadas para admitir a presença humana. As pessoas erigiam santuários nos sopés e as veneravam a uma distância respeitosa. Com a introdução do budismo chinês no século VI veio a prática

---

19. Traduzido para o inglês por Arthur Cooper, *Li Po and Tu Fu*, Harmondsworth, Inglaterra, Penguin Books, 1973, p. 105.

20. *Cold Mountain: 100 Poems by the T'ang Poet Han-Shan*, Nova York, Columbia University Press, 1972, poema 82, p. 100.

de escalar os picos sagrados até o cume, para ali comungar diretamente com os deuses[21].

Depois disso, apesar de monges e ascetas viajarem, a geografia indeterminada da viagem foi ofuscada pela geografia determinada da peregrinação até as montanhas. Subir as montanhas tornou-se uma parte fundamental da prática religiosa, principalmente no shugendō, que é mais ou menos uma seita montanhista do budismo. "Todos os aspectos do shugendō estão relacionados conceitual ou fisicamente ao poder das montanhas sagradas e ao benefício de se portar de maneira reverente no interior das montanhas sagradas", escreve o principal estudioso ocidental dessa seita, H. Byron Earhart[22]. Embora festas, cerimônias nos templos e períodos prolongados de ascetismo montano também fizessem parte do shugendō, escalar as montanhas era fundamental para os sacerdotes e leigos, e surgiu uma espécie de serviço sacerdotal de guias. As próprias montanhas eram percebidas como mandalas budistas e a subida traçava um paralelo com as seis etapas do progresso espiritual rumo à iluminação (uma das etapas consistia em pendurar os iniciados sobre um abismo enquanto confessavam seus pecados). O poeta zen do século XVII Bashō subiu uma das montanhas mais sagradas do shugendō no decorrer de suas andanças, como ele conta em sua obra-prima da prosa haicai de viagem, *O caminho estreito para o longínquo Norte*:

> Eu [...] parti com meu guia numa longa marcha de treze quilômetros até o topo da montanha. A pé, atravessei

---

21. Bernbaum, *Sacred Mountains*, p. 58.

22. H. Byron Earhart, *A Religious Study of the Mount Haguro Sect of Shugendō: An Example of Japanese Mountain Religion*, Tóquio, Sophia University, 1970, p. 31. Cf. também Allan G. Grapard, "Flying Mountains and Walkers of Emptiness: Toward a Definition of Sacred Space in Japanese Religions" (*History of Religion*, 21 (3), 1982).

nevoeiros e nuvens, respirando o ar rarefeito das grandes altitudes e pisando no gelo e na neve escorregadios, até que, por fim, cruzando um portal de nuvens, ao que parecia, [e passando] às próprias sendas do sol e da lua, cheguei ao cume, completamente sem fôlego e às portas da morte de tão congelado[23].

Banido no fim do século XIX, o shugendō deixou de ser uma religião dominante no Japão, mas ainda tem santuários e praticantes, o monte Fuji continua a ser um local de peregrinação importante e os japoneses ainda estão entre os montanhistas mais ávidos do mundo.

Gary Snyder, ótimo montanhista e grande poeta, parece reunir as tradições espiritual e secular. Afinal, ele estudou o budismo na Ásia, mas aprendeu a escalar montanhas muito antes, com os Mazamas do Oregon (um clube de montanhismo fundado no alto do monte Hood, Oregon, na década de 1890). Num posfácio ao seu extenso poema batizado em homenagem a um pergaminho chinês, *Mountains and Rivers Without End* [Montes e rios sem fim], iniciado em 1956 e terminado quase quarenta anos depois, ele escreve: "Fui apresentado aos picos altos e nevados do noroeste do Pacífico quando tinha treze anos e já havia escalado algumas montanhas antes dos vinte. Pinturas paisagísticas da Ásia oriental, que vi no Museu de Arte de Seattle a partir dos dez anos, também apresentavam espaço semelhante"[24]. Durante os anos que passou

---

23. Bashō, *The Narrow Road to the Deep North and Other Travel Sketches*, org. de Nobuyuki Yusa, Harmondsworth, Inglaterra, Penguin Books, 1966, p. 125. Bashō escalava o monte Gassan no norte, logo depois de escalar o adjacente e mais bem conhecido monte Haguro, um importante foco do Shugendō.

24. Gary Snyder, *Mountains and Rivers Without End*, Washington, D.C., Counterpoint Press, 1996, p. 153. Snyder também trata de montanhas, espiritualidade e montanhismo no ensaio "Blue Mountains Constantly Walking", em *The Practice of the Wild* (São Francisco, North Point Press, 1990); em *Earth House Hold* (Nova York, New Directions, 1969); e, mais recentemente, numa entrevista concedida a John O'Grady, em *Western American Literature*, set./nov. de 1998, e em outras tantas fontes.

no Japão, ele praticou a meditação em movimento e entrou em contato com os praticantes do shugendō que ainda restavam, e teve

> a oportunidade de ver como percorrer a paisagem a pé pode se tornar tanto um ritual quanto uma meditação. Empreendi a peregrinação de cinco dias no monte Omine e estabeleci um relacionamento hesitante com a arcaica divindade montana budista, Fudo. Esse exercício antigo leva a pessoa a visualizar a caminhada do pico ao fundo do vale como um encadeamento interno das mandalas dos reinos do útero e do diamante do budismo vajrayana[25].

Em 1956, pouco antes de partir para o Japão, Snyder levou Jack Kerouac numa caminhada de noite e dia e ida e volta até o mar e atravessando o monte Tamalpais, um pico de 784 metros que fica do outro lado da Golden Gate partindo-se de São Francisco. Nesse passeio, Snyder disse ao companheiro de pés doloridos: "Rapaz, quanto mais nos aproximamos da verdadeira matéria – rocha, ar, fogo, madeira –, mais espiritual o mundo se torna"[26]. O estudioso David Robertson comenta:

> Essa frase declara o que talvez seja não só a ideia fundamental da poesia e prosa de Gary Snyder, mas também o ponto fixo em torno do qual giram o pensamento e a prática de muitos que gostam de fazer trilha. Se há um hábito que pulsa no coração ritualístico de suas vidas e literatura, sem dúvida alguma é este: a prática da "materialização", de acessar repetidas vezes a coisa que é ao mesmo tempo espírito e matéria [...]. Para Snyder, caminhar na natureza é uma maneira de incentivar uma revolução

---

25. Snyder, *Mountains and Rivers*, p. 156.

26. Citação atribuída a Kerouac em *Dharma Bums*, apud David Robertson, *Real Matter*, Salt Lake City, University of Utah Press, 1997, p. 100.

política, social e espiritual [...]. A natureza essencial das coisas não é um enredo aristotélico nem uma dialética hegeliana, e não conduz a um objetivo. Portanto, não pode ser o objeto de uma demanda, como a do graal. Não, ela dá voltas e mais voltas e continua, sem parar, muito semelhante à caminhada que Kerouac e Snyder empreenderam e ainda mais parecida com o poema que Snyder planejava escrever e sobre o qual comentou com Kerouac enquanto andavam[27].

Esse poema é *Mountains and Rivers Without End*, e uma das peças contidas nele, "The Circumambulation of Mount Tamalpais" [A circum-ambulação do monte Tamalpais], descreve os lugares e os mantras entoados na excursão de um dia inteiro que Snyder fez por lá com Philip Whalen (hoje um *roshi* zen) e Allen Ginsberg em 1965, "para mostrar respeito e clarear a mente". A circum-ambulação ao estilo do Himalaia foi adotada pelos budistas da região e se transformou numa caminhada de uns 25 quilômetros e dez paradas que ocorre várias vezes por ano, desde as proximidades do sopé até o pico oriental do Tam e de volta (a descida, quando fiz a caminhada, preservava o humor de Snyder com a leitura de seu "Smokey the Bear Sutra" ["O sutra de Smokey, o urso amigo"] na penúltima parada, um estacionamento de beira de estrada convenientemente coalhado de bitucas de cigarro). O pico não é um clímax, mas simplesmente uma das dez paradas no circuito que envolve a montanha numa espiral de interpretações extraídas, em sua maioria, de fontes religiosas asiáticas. As montanhas são um tema recorrente na poesia de Snyder. Certa vez, ele recompôs como poema a descrição que John Muir fez de sua escalada do monte Ritter, escreveu seus próprios *Cold Mountain Poems* [Poemas da montanha Gelada],

---

27. Ibid., p. 100, 108.

inspirando-se em Han Shan, e descreveu não só como era escalar e caminhar nas montanhas, mas também como viver e trabalhar nelas na condição de observador de incêndios florestais e construtor de trilhas. Em *Mountains and Rivers Without End* [Montanhas e rios sem fim], Snyder conta como ele traduz "o espaço de seu sentido físico para o sentido espiritual do espaço como vazio – transparência espiritual – na filosofia do budismo mahayana"[28]. O livro começa com o que, a princípio, parece ser uma longa descrição da paisagem, mas trata-se, na verdade, da descrição de uma pintura chinesa, e Snyder cruza Manhattan, pensando nos primeiros contatos dos índios com os colonizadores europeus, enxergando os arranha-céus como divindades empresariais – "o deus da Equitable" e "o deus da antiga Union Carbide" –, vendo as árvores, falcões peregrinos aninhando-se "no trigésimo quinto andar", os sem-teto vagando pelas ruas-desfiladeiros onde os prédios se tornam "arêtes e arcobotantes sobre suas cabeças". Mas as montanhas de verdade o encantam de um jeito que Manhattan não faz, como sugere um poema breve e de título extenso, "On Climbing the Sierra Matterhorn Again After Thirty-One Years" [A propósito de escalar novamente o Matterhorn da Sierra Nevada após 31 anos]:

> Cadeias e cadeias de montanhas
> Ano após ano após ano
> Ainda estou apaixonado[29].

---

28. Snyder, entrevista a O'Grady, p. 289.
29. *No Nature: New and Selected Poems*, Nova York, Pantheon Books, 1992, p. 362.

CAPÍTULO 10

A PROPÓSITO DE CLUBES DE CAMINHADA E DISPUTAS DE TERRAS

I. A Sierra Nevada

"Mais um dia perfeito na Sierra Nevada", disse Michael Cohen, que tomava café e conseguiu fazer a frase sair cáustica, e o disse para mim, que tomava chá, enquanto observávamos a luz da manhã cintilar no lago. Valerie Cohen ainda não havia se levantado, e eu mesma não estava lá muito acordada logo cedinho ali na cabana dos Cohen no lago June, no lado leste da Sierra Nevada, ligeiramente a sudeste das terras altas do parque nacional de Yosemite. Não recordo o que o fez comentar de repente: "O Sierra Club adora dizer que foi fundado por John Muir. Mas quem o fundou foi a cultura californiana". Nós mesmos éramos produto daquela cultura. Os Cohen haviam crescido na região de Los Angeles e passavam um bocado de tempo na Sierra desde a tenra infância. Eu não era nem de longe uma exploradora da natureza tão dedicada ou vigorosa quanto os dois, mesmo que meus avós paternos tenham se conhecido nos clubes de caminhada dos imigrantes em Los Angeles. A Sierra, decididamente, era o território dos Cohen: era onde esquiavam, escalavam, caminhavam, trabalhavam e até mesmo onde se casaram trinta anos antes, e deixei que escolhessem o destino de nossa excursão naquele dia.

Era um dia deslumbrante de céu azul e meados de agosto, e o inverno chegara tão tarde e fora tão úmido que os prados ainda estavam verdes e as flores do campo se encontravam por toda parte. Assim como outros excursionistas, Valerie ia à frente e a passo rápido pela trilha que começava a sudoeste das campinas do Tuolumne, e, no primeiro quilômetro e meio, cruzando o pinhal, ela se pôs a me a contar suas reminiscências da época em que fora guarda florestal: aquela trilha era sua ronda e ela era responsável por lidar com os dementes e drogados das terras altas. Na campina onde a trilha, de tão pisoteada, transformara-se numa trincheira estreita com vários centímetros de profundidade, ela me contou que, certa vez, os campistas reclamaram que havia um doido no acampamento que passava a noite toda andando em círculos e resmungando, um sujeito que, por acaso, era um matemático ilustre, mas perturbado. Foi no meio de uma dessas histórias – talvez a da babá e os cogumelos amanitas – que Michael comentou que a consequência da teoria de que a natureza deve nos fazer feliz é que as pessoas mais desesperadas para encontrar a felicidade têm a tendência de aparecer por ali. Certamente aparecem, junto com mais alguns milhões de outras pessoas todos os anos no parque nacional de Yosemite, uma das regiões naturais mais famosas e visitadas do mundo.

Yosemite também é um importante sítio histórico, e não menos para a história do caminhar, do montanhismo e do movimento ambientalista. Para minha sorte, Michael havia escrito a história do Sierra Club e uma biografia intelectual de John Muir, daí caminhar pela trilha do desfiladeiro Mono Pass era percorrer o terreno de seus estudos. Dorothy e William Wordsworth andando juntos e atravessando os montes Peninos pouco antes da virada do século XIX parecem figuras solitárias, escolhendo uma atividade nada popular numa paisagem rural pouco povoada, e John Muir cruzando a pé o Yosemite e a Sierra Nevada nas décadas que se seguiram à sua chegada à Califórnia em 1868 parece parte dessa tradição de perambulações solitárias, por razões estéticas, ao passo que todos ao seu redor o faziam por questões utilitárias. Mas Muir, como Michael vinha dizendo, foi um dos fundadores – se não o fundador – do Sierra Club, e o clube transformaria mais ainda a paisagem social com seu empenho em manter a paisagem natural intocada (a não ser pelas trilhas; a abertura de trilhas era uma atividade importante do clube em seus primórdios). Pouco mais de cem anos após os Wordsworth empreenderem sua caminhada solitária no inverno, quase um século antes de os Cohen e eu abandonarmos a movimentada beira da estrada, 96 integrantes do Sierra Club – entre eles, seu presidente, Muir – passaram duas semanas andando, subindo montanhas e acampando nos prados do Tuolumne. Essa primeira Grande Excursão do Sierra Club em julho de 1901 é um marco na história do gosto por caminhar pela paisagem. Não é o único desses marcos, pois o secretário do clube, William Colby, escreveu:

> Uma excursão dessa natureza, se conduzida de maneira apropriada, fará um bem infindável no sentido de despertar o tipo correto de interesse pelas florestas e outras atrações naturais de nossas montanhas e também tenderá a criar um espírito de bom companheirismo entre nossos sócios. Os Mazamas e os Clubes Apalachianos demonstram há muitos anos como esses passeios podem ser exitosos e interessantes[1].

O caminhar havia se entrincheirado de tal maneira na cultura que podia ser, por meio dos clubes de caminhada, o alicerce de novas transformações.

---

1. William Colby, *Sierra Club Bulletin*, 1990.

Desde que montanhistas ingleses fundaram o Clube Alpino em 1857, organizações excursionistas vinham proliferando por toda a Europa e a América do Norte, e muitas, como os clubes Alpino e Apalachiano, combinavam os prazeres de um clube social com as publicações e explorações de uma sociedade científica[2]. Mas o Sierra Club era diferente. "O tipo correto de interesse pelas florestas e outras atrações naturais" era, na ideologia do clube, um interesse político. O montanhismo e as excursões pedestres eram fins em si mesmos para a maioria das associações, mas o Sierra Club, como organização, fora fundado com duplo propósito. Em 1890, Muir e amigos como o pintor William Keith e o advogado Warren Olney haviam começado a se reunir para discutir como defender o parque nacional de Yosemite das empresas que queriam roubar sua madeira e recursos minerais. Uniram-se a docentes do campus de Berkeley da Universidade da Califórnia, que já cogitavam fundar um clube de montanhismo, e o nome da nova organização veio da cordilheira que eles acabariam explorando, da mesma maneira que o nome do Clube Apalachiano viera das montanhas da região natal de seus integrantes. Em 4 de junho de 1892, formou-se o Sierra Club.

Fingir que o mundo é um jardim é, essencialmente, um ato apolítico, é virar as costas para as desgraças que o impedem de ser um. Mas tentar fazer do mundo um jardim é, em geral, uma empreitada política, e foi essa a inclinação que os clubes de caminhada mais engajados do mundo todo adotaram. Caminhar pela paisagem era considerado há tempos um ato vagamente virtuoso,

---

2. "À formação do Clube Alpino [britânico] em 1857 seguira-se a fundação do Clube Alpino suíço – e da Société de Touristes Savoyardes – em 1863. O Clube Alpino italiano surgiu mais tarde, naquele mesmo ano, ao passo que em 1865 foi fundada, com vistas à exploração mais aprofundada dos Pireneus, a Société Ramond. Os clubes austríaco e alemão apareceram em 1869, e o francês, em 1874, ao passo que, do outro lado do Atlântico, o Clube Alpino de Williamstown fora fundado já em 1863, seguido em 1873 e 1776, respectivamente, pelo White Mountain Club e o Appalachian Mountain Club" (Clark, *Picture History of Mountaineering*, p. 12). Um Clube Alpino de senhoras foi fundado em 1907.

mas Muir e o clube tinham finalmente definido essa virtude como defesa da terra, o que fez dela uma virtude autoperpetuadora, garantindo as bases de sua existência, e fez do clube uma organização ideológica. Caminhar – ou excursionar e subir montanhas, como o clube costumava se referir à atividade – tornou-se sua maneira ideal de existir no mundo: ao ar livre, contando apenas com os próprios pés, nada produzindo nem destruindo. A missão declarada do clube dizia que seu propósito era "explorar, desfrutar e tornar acessíveis as regiões montanhosas da costa do Pacífico; publicar informações autênticas a respeito delas; aliciar o apoio e a cooperação das pessoas e do governo para a preservação das florestas e de outras atrações naturais da Sierra Nevada".

Desde o começo, o Sierra Club tinha várias contradições internas. Foi fundado como um misto de sociedade de montanhismo e preservacionismo, porque Muir e alguns dos outros fundadores acreditavam que quem passasse algum tempo nas montanhas viria a amá-las e que esse amor seria ativo, disposto a entrar em batalhas políticas para salvá-las. Apesar de a premissa ter se mostrado razoável, existem muitos montanhistas que não dão dimensões políticas ao seu amor e muitos ambientalistas que, por várias razões, não viajam para lugares remotos. A outra contradição tinha a ver com o fato de a devastação ambiental geralmente ocorrer em nome do crescimento econômico. O clube de classe média viu-se travando inúmeras batalhas numa guerra que não se atrevia a se identificar, uma guerra contra a exploração econômica do meio ambiente em nome do progresso e da livre empresa. John Muir resistia ao antropocentrismo, à ideia de que árvores, animais, minerais, solo e água existem para o usufruto dos seres humanos, quando não para serem destruídos, mas, ao situar a natureza como um lugar separado da sociedade e da economia, ele evitava tratar da política mais abrangente da terra e do dinheiro. Durante a maior parte de sua história, o clube apresentaria o argumento mais moderado e antropocêntrico de que a exploração de lugares bonitos os destruía como locais de recreação. Por fim, ficou claro que a recreação estava destruindo o vale de Yosemite tanto quanto o extrativismo havia destruído o vizinho vale Hetch-Hetchy com a construção de uma represa para abastecer São Francisco durante a Primeira Guerra Mundial. O clube teria de rescindir a cláusula de sua missão que falava em "tornar acessíveis [as regiões montanhosas]" e começaria a defender a sobrevivência de espécies, ecossistemas e, por fim, do planeta, pois a natureza passaria a ser imaginada como uma necessidade, e não prazer.

A maior parte dos problemas e transformações do Sierra Club, porém, ainda estava por vir quando a primeira Grande Excursão partiu em julho de 1901. O mundo era muito maior e menos asfaltado do que é hoje, e eles passaram três dias caminhando desde o relativamente acessível vale de Yosemite até as campinas do Tuolumne, acompanhados por uma vasta caravana de mulas e cavalos que carregavam fogareiros, cobertores, camas de campanha e muita comida (hoje em dia, as campinas ficam a poucas horas de carro do vale). Chegando lá, estabeleceram seu grande acampamento, de onde partiam grupos menores em incursões pelas montanhas e cânions da região. Tratava-se de uma estranha era de tranquilidade entre a colonização violenta da Califórnia por ianques gananciosos e o desenvolvimento desenfreado do Estado que ainda viria. A respeito daquela primeira Grande Excursão, Ella M. Sexton escreveu:

> Também houve momentos solenes, quando os montanhistas olhavam desdenhosamente para nós, os delicados "novatos", ao partirmos com os fiéis bastões de alpinismo, o almoço leve e muita coragem para conquistar os picos pontiagudos, o talude solto e os campos de neve do monte Dana [...]. Os escaladores se atrasaram tanto, depois

dos longos dezesseis quilômetros até o pé da montanha, a subida árdua e os cansados dezesseis quilômetros de volta ao acampamento, que grupos de assistência tiveram de sair para acender fogueiras nos vaus do riacho, e eram nove da noite quando o último retardatário foi transportado pela balsa precária[3].

Sem pontes sobre os rios, sem rotas mapeadas, era um lugar muito mais agreste do que é hoje. Naquela época, pouca gente fora sócia do clube, pescadores e os indígenas sobreviventes se arriscavam por ali, e, em seus primeiros anos, o clube tinha entre seus integrantes muitos montanhistas pioneiros e promoveu várias escaladas pioneiras.

Mas são as experiências ordinárias que nos oferecem um gostinho dessas expedições em massa pelas montanhas. Nelson Hackett era aluno do ensino médio quando foi recrutado por duas de suas professoras, e a experiência fez exatamente o que se esperava que fizesse: integrou-o a uma comunidade ativista de amantes da natureza. Ele se tornaria, posteriormente, redator do *Sierra Club Bulletin* e membro da diretoria. Durante a Grande Excursão de 1908 à região do Kings Canyon da Sierra, ele escreveu aos pais a respeito dos líderes do clube:

> Mr. Colby é rápido feito um corisco e Mr. Parsons é muito gordo e lento, daí não falta gente para andar ao seu lado e no mesmo passo. Claro que, quando meia dúzia de pessoas está à sua frente, não há como perder a trilha, por causa das pegadas que deixam. Eu havia imaginado que as 120 pessoas andariam todas em fila, mas elas se espalham tanto que dificilmente se vê mais do que seis delas por vez[4].

---

3. Ella M. Sexton, *Sierra Club Bulletin*, 4, 1901, p. 17.

4. Nelson Hackett, transcrições da história oral, arquivos do Sierra Club da Bancroft Library, cartas de 5 e 18 de julho de 1908, transcritas logo após a entrevista de Hackett.

E vários dias depois:

> No dia seguinte, saímos da cama às 3h30, à luz fria das estrelas, e partimos às 4h30 para o monte Whitney. A subida é fácil mas tediosa, e as pedras maltratam os pés. Cheguei ao cume às nove horas. Almoçamos e fizemos um pouco de sorvete de chocolate, desfrutamos a vista durante uma ou duas horas e voltamos. Dava para ver o deserto e o lago de Owen 3,3 mil metros abaixo de nós.

E, numa segunda carta redigida naquele dia, 18 de julho de 1908:

> Tive uma longa conversa com Mr. Muir esta tarde – ou melhor, ele falou mais do que eu – a respeito de uma caminhada de mil milhas que ele fez pelo Sul do país, um ano após a Rebelião. E também sobre como ele se interessou por botânica. A fogueira está acesa. Adeus [...].

De poucas tradições e muitas justaposições recentes, há tempos a Califórnia é um manancial de novas possibilidades culturais. Na virada do século, uma cultura regional que abrangia pintores, poetas ruins e arquitetos bons respondia às influências e ao meio ambiente característicos do estado, e o incipiente Sierra Club foi parte dessa resposta. Diferente de organizações como o Clube Alpino, que excluía as mulheres, o Sierra Club as recebia de braços abertos e parece ter propiciado a várias delas oportunidades de praticar o montanhismo que teriam encontrado em poucos lugares. Numa época em que uma mulher dificilmente poderia circular desacompanhada por Londres, o fato de as mulheres aparentemente irem aonde bem entendiam e com quem lhes desse na telha, e nas montanhas, indicava o grau de liberdade que se tinha na Costa Oeste dos Estados Unidos e no clube. Formado por profissionais de ambos os sexos, o Sierra Club dos primeiros tempos era movido por uma certa força intelectual, e as noites ao redor da fogueira se animavam com debates, música e apresentações. Muir era, na época, o sócio mais influente, mas o clube mais tarde acolheria os homens que inventaram a fotografia naturalista norte-americana — Ansel Adams e Eliot Porter — e muitas pessoas que redefiniram a natureza do país tanto no campo do direito quanto na imaginação, como George Marshall e David Brower. Mas a cultura californiana não surgiu do nada. Os campistas daquelas primeiras viagens estavam criando sua própria cultura, mas boa parte da matéria-prima veio do leste. Não é difícil identificar a linhagem. Afinal, o decano do transcendentalismo da Nova Inglaterra, Ralph Waldo Emerson, visitara tanto Wordsworth quanto John Muir, parecendo transmitir — e transmudar — o legado do poeta peripatético que caminhara por toda a Revolução Francesa ao montanhista evangélico que morreria no início da Primeira Guerra Mundial. Os sócios do Sierra Club haviam importado o gosto dessas pessoas pela natureza, mas pode ter sido a própria natureza — o gigantesco ermo do Oeste — que transformou essa predileção em algo novo.

Aquela primeira Grande Excursão em 1901 sugeria o quanto a cultura do caminhar havia se distanciado do passeio aristocrático pelo jardim e da perambulação solitária pela mata ao chegar às montanhas da Califórnia. Tornara-se não só cultura como política vigente, e se a paisagem podia dar forma a seus andarilhos, aqueles andarilhos californianos devolviam o favor modelando a paisagem por meio da legislação e da representação cultural. Nas últimas décadas, o Sierra Club foi repreendido duramente por organizações ambientalistas mais jovens por causa de suas concessões e deslizes e por ter reagido como era esperado em sua época, e não na nossa, a questões como a das represas e da energia nuclear. Mas a consciência ambiental e o Sierra Club cresceram juntos. No pós-guerra, o clube começou a expandir seus objetivos e, por fim, seu quadro societário. Deixou de ser um clube regional com alguns milhares de sócios que participavam principalmente de atividades ao ar livre para se tornar uma organização nacional com meio milhão de integrantes, dentre os quais pessoas que nunca haviam participado de uma excursão do clube. Foi a primeira grande força favorável à proteção do meio ambiente nos Estados Unidos e continua a ser uma das mais influentes, tendo obtido vitórias importantes em se tratando de florestas, ar, água, espécies, parques e contaminantes. E ainda promove milhares de caminhadas locais e excursões pela natureza todos os anos.

Em nossa própria caminhada, saímos da mata e continuamos a atravessar belas campinas cortadas por riachos. Michael e Valerie haviam liderado algumas das últimas Grandes Excursões realizadas pelo clube, em 1968, quando "o velho das montanhas", o lendário escalador e rabugento Norman Clyde, ainda dava as caras, mas o impacto dos acampamentos e expedições de larga escala estava começando a consternar o clube, e logo em seguida a tradição seria extinta. Ao nos aproximarmos do desfiladeiro dos Mono, topamos com as mesmas flores do campo que eu vira nos promontórios de Marin em março, a menos de quinhentos quilômetros dali. Aí chegamos à depressão relativa que uma placa sinalizava ser o desfiladeiro dos Mono, a 3.231 metros de altitude, e nos sentamos no cascalho e nas moitas de tremoceiro. O cimo da Sierra Nevada é uma das poucas fronteiras genuínas do mundo, fora as fronteiras inconstantes que separam a terra da água. As montanhas arranham as nuvens carregadas que vêm singrando do oeste, e a generosidade das nuvens torna-se a neve derretida que volta a correr para o oeste e regar uma das maiores florestas temperadas do mundo, os bosques de sequoias, pinheiros e abetos da Sierra, e dali para os vales e rios da piracema dos salmões até o oceano – fazendas e cidades – lá embaixo. Embora um pouco da água que escoa da montanha desça a encosta oriental da Sierra, tudo que fica a leste dos picos é deserto. No desfiladeiro dos Mono, estávamos sentados de frente para um prado de verde vivo e repleto de tenras flores do campo, e alguns quilômetros atrás de nós começavam mil milhas de aridez. Sentados ali, também víamos os resultados de duas grandes batalhas pela posse da terra. As fronteiras do parque nacional de Yosemite foram estabelecidas na década de 1890, demarcadas por John Muir. O lago dos Mono, a forma oval e azul no leste seco, fora salvo na década de 1990 quando os ambientalistas, depois de muitos anos de luta, finalmente impediram Los Angeles de desviar alguns tributários do lago para o vasto sistema hídrico que abastece a cidade com água.

Voltamos a falar do Sierra Club. Apesar de eu admirar o trabalho sério realizado pelo clube ao longo das décadas, minha preocupação é que sinonimizar o amor pela natureza com certas atividades de lazer e com o prazer visual deixa de fora pessoas com outras predileções e incumbências. Caminhar pela paisagem pode ser uma demonstração de um legado específico e, quando é tomada equivocadamente por uma experiência universal, aqueles que dela não partilham podem ser vistos como menos sensíveis à natureza, em vez de menos aculturados por uma tradição romântica do norte da Europa. Michael me falou de uma excursão do Sierra Club em que ele era o líder e Valerie, a cozinheira, e na qual alguns sócios bem intencionados trouxeram dois garotos afro-americanos dos cortiços urbanos que ficaram completamente desnorteados. Assustaram-se com o ermo e não perceberam que estavam ali para se exercitar na natureza. Somente o homem que os levou para pescar e os hambúrgueres que Valerie preparava para os dois todos os dias salvaram a experiência. Michael escreveu a respeito em *The Pathless Way* [O caminho ínvio], seu livro sobre Muir:

Foi um choque descobrir em primeira mão que o gosto pelo ermo era determinado culturalmente, um privilégio usufruído apenas pelos filhos e filhas de uma certa classe confortável de norte-americanos. Só era possível cultivar a sensação de comunidade utópica nas excursões se começássemos com um grupo de pessoas que já concordavam intimamente com certos valores fundamentais[5].

(Desde então, o Sierra Club e outras organizações vêm realizando os "passeios dos cortiços", mais bem preparados para mediar a experiência.) Depois disso, deixamos a trilha e passamos a atravessar os campos, andando a esmo perto de um lago aninhado num paredão de rocha escuro que parecia torná-lo ainda mais fundo e, em seguida, aventurando-nos em vastidões verdes e palustres de cebolinhas silvestres salpicadas com o carmim das *castillejas* até uma encosta exposta ao vento logo acima do Bloody Canyon.

II. Os Alpes

Um dos monumentos a John Muir – além da Trilha de John Muir que vai do monte Whitney ao vale de Yosemite e dezenas de escolas públicas na Califórnia – é o trecho de sequoias chamado bosque de Muir nos contrafortes do monte Tamalpais, a algumas dezenas de quilômetros ao norte da ponte Golden Gate. O monte Tamalpais é o pequeno pico onde Gary Snyder e amigos instituíram a prática budista da circum-ambulação ritualística, mas existem outras maneiras de interpretar as montanhas

---

5. Michael Cohen, *The Pathless Way: John Muir and the American Wilderness*, Madison, University of Wisconsin, 1984, p. 331.

e o caminhar, e essa teve muitos intérpretes. Acima do bosque de Muir, há uma trilha imperceptível que segue por mais ou menos 1,5 quilômetro, faz uma curva e chega a um monumento muito diferente e desconcertante na encosta íngreme logo acima da mata. Tem a aparência de um perfeito chalé alpino, com o salão de baile ao ar livre, o telhado inclinado e dois pavimentos com sacadas feitas de tábuas de pinho, entalhadas com desenhos folclóricos; é um dos poucos bastiões sobreviventes nos Estados Unidos da organização Die Naturfreunde, cuja sede é na Áustria. A associação Naturfreunde, ou Amigos da Natureza, foi fundada em Viena em 1895 pelo professor Georg Schmiedl, pelo ferreiro Alois Rohrauer e pelo estudante Karl Renner, numa época em que a monarquia dos Habsburgo e outras elites ainda controlavam o acesso à maioria das montanhas austríacas. "Berg frei" – montanhas livres – era seu slogan. Eram socialistas e antimonarquistas e foram imensamente bem-sucedidos. Sessenta pessoas compareceram à primeira assembleia da organização e, em poucas décadas, já eram 200 mil sócios, principalmente na Áustria, Alemanha e Suíça. Cada divisão comprava a terra e construía uma sede social, que era franqueada a todos os membros dos Naturfreunde. Promoviam caminhadas, a consciência ambiental e festas populares, além de defender o acesso dos trabalhadores às montanhas.

O fim do século XIX e o começo do século XX foram a idade dourada das organizações. Algumas delas propiciavam coesão social aos desalojados de um mundo em rápida transformação, outras opunham resistência à avidez desumana da industrialização por tempo, saúde, energia e direitos dos trabalhadores. Muitas se organizaram em torno de utopias, ideais ou da pragmática transformação social, e todas criaram comunidades – sionistas, feministas, trabalhistas, desportivas, beneficentes e intelectuais. Os clubes excursionistas eram parte desse movimento mais amplo, e cada um dos grandes clubes excursionistas políticos foi fundado para fazer alguma espécie de oposição à corrente dominante de sua sociedade. No caso do Sierra Club, essa corrente dominante era a destruição desenfreada de um ecossistema primitivo por um país em rápido desenvolvimento. Em boa parte da Europa, o que ainda restava de espaços abertos encontrava-se numa condição mais estável, embora menos acessível. No caso dos Naturfreunde austríacos e também no de muitos grupos britânicos, o problema era o monopólio aristocrático do espaço aberto. Manfred Pils, o atual secretário geral dos Naturfreunde, me escreveu:

> Os Amigos da Natureza foram criados porque o lazer e o turismo eram privilégios das pessoas da classe alta naquela época. Eles queriam abrir essas oportunidades também para as pessoas comuns [...], foram os Amigos da Natureza que fizeram campanha contra as tentativas de excluir as pessoas das campinas e florestas particulares nos Alpes. A campanha foi chamada de "Der verbotene Weg" ("O caminho proibido"). E, assim, os Amigos da Natureza acabaram conquistando uma legislação que garantia o acesso a pé e irrestrito às florestas e aos prados alpinos. [Como resultado,] os Alpes não são um território nacional, continuam a ser propriedade particular, mas nós (e todos os turistas) temos acesso a todas as trilhas e, geralmente, às florestas e aos prados alpinos[6].

Quando os radicais alemães e austríacos chegaram aos Estados Unidos, trouxeram consigo sua organização. Em São Francisco, os imigrantes que se encontravam no salão do sindicato alemão da Valencia Street saíam em grandes grupos para caminhar no monte Tam. Contou-me o historiador dos Naturfreunde local, Erich Fink, que, após o terremoto de 1906, muitos outros artesãos

---

6. E-mail de Manfred Pils à autora, outubro de 1998.

chegaram à região, o número de excursionistas de fim de semana aumentou rapidamente e eles decidiram comprar propriedades e começar sua própria filial dos Naturfreunde. Cinco jovens compraram toda uma encosta íngreme no monte Tam por duzentos dólares, e os próprios sócios construíram um bastião rural. A esposa de Fink me contou que até a década de 1930 era preciso mostrar a carteirinha de um sindicato para se associar. Esse chalé bávaro encarapitado acima das sequoias era a alternativa operária ao Sierra Club, um lugar próximo para as pessoas que só conseguiam fugir da cidade nos fins de semana.

Os Naturfreunde pagaram por seu sucesso. Seu socialismo levou o regime nazista a reprimi-los na Áustria e na Alemanha, ao passo que o germanismo da organização a tornou suspeita nos Estados Unidos nessa mesma época. Terminada a Segunda Guerra Mundial, o socialismo também se tornou problemático nos Estados Unidos. O macarthismo norte-americano traumatizou de tal maneira a organização que um dos líderes locais ainda se mostrava relutante em discutir comigo a história do clube. "Hoje eles são muito politizados na Europa", disse com um forte sotaque teutônico, "algo que não podemos ser. Nós evitamos a política porque quase nos tomaram o que construímos ao longo dos anos." Na época em que ser ou ter sido socialista ou comunista era uma transgressão perigosa, todas as filiais dos Naturfreunde no leste dos Estados Unidos fecharam, e as sedes compradas, construídas e possuídas pelos sócios foram parar nas mãos de particulares. Somente três bastiões californianos sobreviveram por serem inflexivelmente apolíticos e um quarto foi aberto recentemente no norte do Oregon. Dos 600 mil sócios dos Naturfreunde em 21 países, restam menos de mil nos Estados Unidos, e estes são anômalos por adotarem uma posição apolítica.

O movimento da juventude alemã, o Wandervogel, não sobreviveu à Segunda Guerra Mundial, mas sua história demonstra que nenhuma ideologia tem o monopólio do Caminhar. Reação ao autoritarismo da família e do governo alemães, o movimento começou de maneira nada promissora num subúrbio de Berlim em 1896, onde um grupo de estudantes de estenografia começou a fazer expedições pelas matas próximas e depois mais longe. Por volta de 1899, eles já passavam semanas andando pelas montanhas. O membro mais carismático dessa roda, Karl Fischer, transformou a organização, formalizando seus procedimentos e disseminando suas ideias. Quando o Wandervogel Ausschuss für Schulerfahrten (Comitê Wandervogel para as Excursões dos Meninos Estudantes) foi fundado em 4 de novembro de 1901, tratava-se de uma sociedade excursionista romântica. *Wandervogel* é um pássaro mágico; proveniente de um poema, essa palavra sugere a identidade livre e leve que os sócios buscavam. Os eruditos itinerantes medievais foram os primeiros exemplos de caráter para os milhares de garotos que se associaram, e perambular juntos em excursões longas era sua principal atividade. Havia outras atividades culturais – o legado duradouro do Wandervogel e, de acordo com os historiadores, sua única contribuição cultural de excelência, foi a revitalização das canções populares. A maioria de seus sócios era presa dos estertores do idealismo inebriante da adolescência, e, além da música, debates filosóficos acalorados preenchiam suas noites. O movimento parecia estar sempre se dividindo em grupos dissidentes por causa de um ou outro pormenor desimportante. "Quanto ao principal – excursionar –, concordávamos completamente"[7], concluía um informe do Wandervogel.

---

7. Walter Laqueur, *Young Germany: A History of the German Youth Movement*, New Brunswick/Londres, Transaction Books, 1984, p. 33. E, além disso, minhas principais fontes foram Gerald Masur, *Prophets of Yesterday: Studies in European Culture, 1890-1914* (Nova York, Macmillan, 1961); Werner Heisenberg, *Physics and Beyond: Encounters and Conversations* (Nova York, Harper and Row, 1971); e David C. Cassidy, *Uncertainty: The Life and Science of Werner Heisenberg* (Nova York, W. H. Freeman, 1992).

Seu antiautoritarismo era esquisito, pois o Wandervogel era exclusivo, hierárquico, organizado em pequenos grupos que obedeciam inquestionavelmente a um líder, com uniformes semiformais (geralmente shorts, camisas escuras e lenços de pescoço) e rituais de iniciação com vários graus de dificuldade e perigo. Apesar de o Wandervogel se afastar de práticas políticas, a maioria dos sócios era formada por signatários de um nacionalismo étnico, de modo que a cultura popular, que implicava a cultura da classe trabalhadora para os Naturfreunde, no caso do Wandervogel implicava identidade étnica. Os sócios eram quase todos da classe média; as meninas passaram a ser aceitas em alguns grupos depois de 1911 ou estimuladas a formar seus próprios grupos. Graças à "questão judaica", judeus – e, muitas vezes, católicos – geralmente não eram bem-vindos (mas não há dúvida de que um judeu de renome, Walter Benjamin, se envolveu com um dos grupos dissidentes radicais do movimento juvenil em sua própria juventude). Em seu auge, o Wandervogel chegou a ter aproximadamente 60 mil sócios. O Wandervogel parece ter começado como uma verdadeira rebelião contra o autoritarismo alemão e, até esse ponto, era um clube político, mas não teve a força nem o discernimento necessários para se opor de verdade ao declínio de seu país rumo ao fascismo.

Havia outras organizações às quais os jovens podiam se associar, grupos da igreja, o Movimento da Juventude Protestante e, após 1909, a versão alemã dos Escoteiros, ao passo que os jovens da classe trabalhadora tinham os clubes da juventude socialista e comunista. Os Escoteiros, assim como o Wandervogel e muitas situações na história do caminhar, levantam a questão de quando a caminhada se transforma em marcha. Muitos clubes excursionistas eram grupos que se reuniam para celebrar e proteger a experiência individual e particular, mas alguns deles adotavam o autoritarismo. A marcha subordina até mesmo os ritmos de cada corpo ao grupo e à autoridade, e o grupo que marcha o faz rumo ao militarismo, quando já não chegou lá. O escotismo foi adaptado pelo veterano da Guerra dos Bôeres, sir Baden-Powell, a partir de ideias próprias e outras plagiadas do anglo-canadense Ernest Thompson Seton. O objetivo de Seton tinha sido apresentar a vida ao ar livre aos garotos, concentrando-se nas habilidades e nos valores dos povos indígenas norte-americanos, mas por vezes atribuem-lhe o renascimento do paganismo entre os adultos. Baden-Powell aplicou uma sensibilidade mais militarista e conservadora à ideia de viver no mato. Mesmo hoje, cada grupo escoteiro parece ter seu próprio estilo; alguns ensinam habilidades para sobreviver ao relento, outros treinam os meninos como soldados mirins. Após a Primeira Guerra Mundial, o Wandervogel se desfez, mas os Escoteiros alemães – chamados de Desbravadores – se rebelaram contra os líderes adultos e basicamente tomaram o lugar do movimento original.

Werner Heisenberg, o físico que ficou mais famoso por formular o princípio da incerteza, tornou-se líder de um desses bandos de Novos Desbravadores. Brincar de aventureiro deve ter sido um alívio para ele depois da guerra, durante a qual ele e o irmão haviam corrido riscos reais ao contrabandear comida para dentro de Munique sitiada. Como muitos outros alemães, ele podia contar com uma tradição excursionista e de adoração pelas montanhas: seu avô paterno empreendera o *wanderjahr*, ou "ano itinerante de aprendizado", que era um rito de passagem para os artesãos jovens, e seu avô materno era um excursionista ávido que partia em longas expedições pedestres. Mas o movimento dos Desbravadores, com seu idealismo e companheirismo, tinha outros atrativos. O movimento inculcou nele a adoração por seu país e laços estreitos com seus pares, algo que o deixou profundamente dividido e perturbado durante a Segunda Guerra Mundial, quando se viu responsável pelo programa nazista para o desenvolvimento da bomba atômica. "Depois de 1919, as ditaduras militantes da Rússia, Itália e Alemanha ergueram suas próprias organizações juvenis", escreve um historiador desse período[8]. "A Juventude Hitlerista tomou para si muitos dos símbolos e ritos do Movimento da Juventude original, mas não passava de uma caricatura."

III. O Distrito de Peak e além

Por toda parte, menos na Grã-Bretanha, parece que a caminhada organizada se transforma em excursionismo, depois em campismo e, por fim, em algo tão nebuloso quanto, na terminologia contemporânea, recreação ao ar livre ou aventura na natureza. Os clubes são organizações de "caminhada e alguma coisa": caminhada, escalada e ambientalismo; caminhada, socialismo e canções populares; caminhada, devaneio e nacionalismo adolescentes. Somente na Grã-Bretanha o caminhar continuou a ser sempre o foco, mesmo que a palavra equivalente a perambulação, *rambling*, fosse geralmente usada para descrevê-lo. Ali, o caminhar tem uma ressonância, um peso cultural que não apresenta em nenhum outro lugar. Nos domingos de verão, mais de 18 milhões de britânicos se dirigem ao campo[9], e 10 milhões dizem que caminham como recreação. Na maioria das livrarias britânicas, os guias de caminhada ocupam um bocado de espaço nas prateleiras, e o gênero se encontra tão bem estabelecido que existem os clássicos e os subversivos – entre os primeiros, os guias escritos à mão e ilustrados de Alfred Wainwright para as áreas mais agrestes do país; entre os últimos, o itinerário de caminhadas, todas em propriedade alheia, do ativista pelo direito à livre deambulação de Sheffield, Terry Howard. A revista norte-americana *Walking* não passa de

---

8. Masur, *Prophets of Yesterday*, p. 368.

9. Shoard, *This Land is Our Land*, p. 264; e os 10 milhões de pessoas que caminham, segundo a redatora-chefe da revista *Country Walking*, Lynn Maxwell, em conversa com a autora, maio de 1998.

uma publicação de saúde e condicionamento físico voltada para mulheres – ali, o caminhar só aparece como mais um programa de exercícios –, mas a Grã-Bretanha tem meia dúzia de revistas especializadas em atividades ao ar livre nas quais o caminhar tem a ver com a beleza da paisagem, e não a do corpo. "Quase uma coisa espiritual"[10], disse-me o escritor especializado na vida ao ar livre Roly Smith, "quase uma religião. Várias pessoas caminham pelos aspectos sociais – não há barreiras nas charnecas e todo mundo se cumprimenta –, para superar nossa maldita circunspeção britânica. Caminhar independe de classe, é um dos poucos esportes que não depende de classe."

Mas o acesso à terra foi uma espécie de luta de classes[11]. Há mil anos, os proprietários de terras vêm confiscando um pouco mais da ilha, e, nos últimos 150 anos, os sem-terra vêm resistindo a isso. Quando conquistaram a Inglaterra em 1066, os normandos reservaram imensos parques de cervos para a caça, e, desde então, as penas para quem invade os territórios de caça e neles interfere são violentas: deportação, castração e execução foram alguns dos castigos impostos ao longo dos séculos (após 1723, por exemplo, capturar coelhos ou peixes, para não mencionar os cervos, era um delito para o qual um dos possíveis castigos era a morte). As terras comunais geralmente eram propriedades particulares que os moradores da região ainda tinham o direito de usar para obter lenha e pasto para os animais, ao passo que as tradicionais vias de passagem – trilhas pedestres que cruzavam campos e matas e que o público tinha o direito de percorrer a pé, independentemente de quem fosse o proprietário – eram necessárias para trabalhar e viajar. Na Escócia, a terra comunal foi abolida por um decreto do Parlamento em 1695, e na Inglaterra as leis de cercamento e os confiscos não

---

10. Roly Smith, conversa com a autora, maio de 1998.

11. Informações a respeito de invasões de propriedade, caça ilegal e couteiros estão em várias seções de Shoard, *This Land is Our Land*.

autorizados, mas executados com violência, do que era até então terra comunal começaram a ocorrer com mais frequência no século XVIII.

Corolários dos magníficos jardins abertos da época, os lucrativos cercamentos eram áreas vastas protegidas por cercas e tomadas por ovelhas ou lavradas por um único latifundiário, e geralmente eram criadas com a exclusão dos trabalhadores rurais das terras agrícolas e comunais. No século XIX, a obsessão da classe alta pela caça inspirou muitos proprietários de terras a confiscar a terra pública que antes sustentava muitas pessoas. As Highland Clearances, de 1780 a 1855 na Escócia, foram particularmente cruéis, desalojando muita gente, e muitas dessas pessoas emigraram para a América do Norte, ao passo que outras foram conduzidas para o litoral, onde mal e mal conseguiam sobreviver em pequenas fazendas. Caçar tetrazes, faisões e cervos durante algumas semanas por ano tornou-se a desculpa para negar o acesso a milhares de quilômetros do interior mais agreste da Grã-Bretanha durante o ano todo, e, se nos Estados Unidos a caça por vezes é uma fonte de alimento para comunidades rurais e indígenas pobres, na Grã-Bretanha é um passatempo da elite. Exércitos de couteiros patrulhavam e ainda patrulham essas terras, e alguns deles usaram medidas extremas para manter as pessoas do lado de fora: pega-ladrões mecânicos ou explosivos, cães, armas de fogo e disparos de alerta, agressão com porretes ou com os punhos e, geralmente, o respaldo das autoridades policiais.

Quando a Grã-Bretanha ainda era uma economia rural de trabalhadores agrícolas, a luta pelo acesso era econômica. Mas, em meados do século XIX, metade da população da nação vivia nas cidades grandes e pequenas, e, hoje em dia, esse montante chega a mais de noventa por cento. As cidades para onde se mudaram, particularmente as novas cidades industriais, costumavam ser desoladoras. Densamente edificadas, sem distribuição adequada de água doce, sistemas de esgoto e coleta de lixo e com um manto constante de fuligem no ar por causa das fábricas e casas que queimavam carvão, as cidades inglesas do século XIX eram imundas, e os pobres viviam na maior imundície. Discutir se o que veio primeiro foi o gosto pela paisagem rural ou a monstruosidade das cidades é como discutir se primeiro veio o ovo ou a galinha, mas os britânicos sempre foram fiéis às trilhas, e não aos bulevares. As pessoas queriam deixar as cidades sempre que pudessem, e muitas dessas cidades ainda eram suficientemente compactas para que fosse possível sair de uma delas e entrar diretamente no campo. Durante esse período, o conflito pelas terras comunais e vias de passagem deixou de estar relacionado à sobrevivência econômica e passou a estar ligado à sobrevivência psicológica, a uma folga da cidade.

Quanto mais pessoas decidiam passar seu tempo livre caminhando, mais o tradicional direito de passagem lhes era negado. Em 1815, o Parlamento aprovou um decreto que permitia aos magistrados fechar qualquer caminho que considerassem desnecessário (e durante as disputas pela terra, a administração da Grã-Bretanha rural esteve em grande parte nas mãos de proprietários de terras e seus colegas). Em 1824, a *Association for the Protection of Ancient Footpaths* [Associação para a Proteção das Trilhas Antigas][12] se formou nos arredores de York, e em 1826 formou-se uma associação em Manchester com o mesmo nome. A *Scottish Rights of Way Society* [Sociedade em Prol das Vias de Passagem Escocesas] formou-se em 1845 e é a mais antiga das organizações que ainda restam, mas a *Commons, Open Spaces and Footpath Preservation Society* [Sociedade pela Preservação de Terras Comunais, Espaços Abertos e Trilhas], fundada em 1865, ainda está em atividade, agora com o nome de *Open Space Society*

---

12. Tom Stephenson, Ann Holt (org.), *Forbidden Land: The Struggle for Access to Mountain and Moorland*, Manchester/Nova York, Manchester University Press, 1989, p. 59.

[Sociedade em Prol dos Espaços Abertos]. Travou e venceu a guerra da *Epping Forest* nos arredores de Londres. Em 1793, a floresta era uma área de 3,6 mil hectares usada pelo público; por volta de 1848, estava reduzida a 2,8 mil hectares e, uma década depois, foi toda cercada. Três trabalhadores que dali extraíram madeira receberam sentenças duras e, para protestar contra as sentenças e as cercas – que foram removidas por ordem de um tribunal –, entre 5 e 6 mil pessoas saíram para exercer seu direito de estar ali. Em 1844, o *Forest Ramblers' Club* [Clube dos Excursionistas Florestais][13] foi formado por homens de negócios londrinos para "andar por Epping Forest e relatar as obstruções avistadas". Inúmeros outros clubes excursionistas se formaram nessa época.

Estão em conflito duas maneiras de imaginar a paisagem. Imagine o campo como um corpo vasto. A propriedade o visualiza como se estivesse dividido em unidades econômicas, à semelhança de órgãos internos, ou como um boi dividido em cortes de carne, e certamente essa divisão é uma maneira de organizar uma paisagem produtora de alimento, mas não explica por que as charnecas, montanhas e florestas deveriam ser igualmente divididas e cercadas. O caminhar não se concentra nas linhas demarcatórias da propriedade que dividem a terra em pedaços, e sim nos caminhos que funcionam como uma espécie de sistema circulatório que conecta o organismo inteiro. Caminhar é, desse modo, a antítese da propriedade. Postula uma experiência móvel, de mãos vazias e compartilhável da terra. Os nômades muitas vezes são um transtorno para o nacionalismo porque o fato de vagarem a esmo indistingue e penetra as fronteiras que definem nações; caminhar faz a mesma coisa na escala menor da propriedade privada.

Sem dúvida alguma, um dos prazeres de caminhar na Inglaterra é essa sensação de coabitação criada pelas vias de passagem – de galgar cercas e entrar em pastagens ovinas, de contor-

---

13. Hill, *Freedom to Roam*, p. 21.

nar as lavouras num terreno que é ao mesmo tempo utilitário e estético. Nos Estados Unidos, a terra, sem essas vias de passagem, divide-se rigidamente em zonas de produção e lazer, o que pode ser uma das razões para haver tão pouca valorização ou consciência dos imensos espaços agrícolas do país. As vias de passagem britânicas não são impressionantes em comparação com as de outros países europeus[14] – Dinamarca, Holanda, Suécia, Espanha –, onde os cidadãos conservam direitos muito mais amplos de acesso ao espaço aberto. Mas as vias de passagem preservam de fato uma visão alternativa da terra na qual a propriedade não transmite necessariamente direitos absolutos e os caminhos são princípios tão importantes quanto as fronteiras. Praticamente noventa por cento da Inglaterra é propriedade privada, e, portanto, obter acesso ao campo é obter acesso a terras particulares, ao passo que nos Estados Unidos um bocado de terra continua a ser pública – mesmo que sua localização nem sempre permita os convenientes passeios de domingo. Sendo assim, o Sierra Club lutou pela demarcação, ao passo que os defensores britânicos do caminhar lutam contra os limites, mas as fronteiras demarcadas nos Estados Unidos servem para conservar o caráter público, selvagem e indivisível da terra, para manter a iniciativa privada do lado de fora, ao passo que, na Grã-Bretanha, não permitiam a entrada do público.

Quando fui ver o grandioso jardim de Stowe, encontrei por acaso uma docente que me contou que os jardins foram construídos depois da destruição da vila que cercava a igreja e do reassentamento da "gentinha suja" em outro lugar a uns dois quilômetros dali. Ela acrescentou que aquelas pessoas só tinham permissão para voltar se vestissem aventais que as fizessem parecer pitorescas. Três horas depois, encontrei a tal docente subversiva e encantadora perto da igreja, hoje escondida atrás de árvores e

---

14. Steve Platt, "Land Wars", *New Statesman and Society*, 23, 10 de maio de 1991; Shoard, *This Land is Our Land*, p. 451.

arbustos, e voltamos a conversar. A respeito do direito de acesso, ela disse que, quando menina, morava perto de um fazendeiro que avisava em placas de sinalização: "Os invasores serão processados". Ela acreditava que isso queria dizer que eles seriam executados e costumava se perguntar como um homem disposto a cortar a cabeça das pessoas tinha a audácia de aparecer na igreja. Posteriormente, ela moraria na Rússia com o marido diplomata, e lá e em muitos outros lugares, disse, invasão de propriedade nem sequer era um conceito. A maioria dos britânicos com quem conversei tinha a impressão de que a paisagem era sua herança e que eles tinham o direito de estar ali. A propriedade privada é muito mais absoluta nos Estados Unidos, e a existência de vastas extensões de terras públicas é o que a justifica, bem como uma ideologia na qual os direitos do indivíduo costumam ser mais defendidos do que o bem da comunidade.

    E por isso vibrei ao chegar à Inglaterra e descobrir uma cultura na qual a invasão da propriedade alheia era um movimento de massas e a extensão do direito à propriedade podia ser questionada. Se o caminhar costura a terra que a propriedade fragmenta, então invadir a terra alheia o faz como manifesto político. O parlamentar liberal James Bryce, que apresentou sem êxito um projeto de lei para permitir o acesso às charnecas e montanhas particulares em 1884, declararia anos depois:

> A terra não é propriedade para nosso uso ilimitado e irrestrito. A terra é necessária para que possamos viver em cima dela e a partir dela, e para que as pessoas possam desfrutá-la de várias maneiras; e eu nego, portanto, que exista em nossa legislação ou na justiça natural, ou que por elas seja reconhecida, algo como o poder ilimitado de exclusão[15].

---

15. James Bryce, apud Ann Holt, "Hindsight on Kinder", *Rambling Today*, mar./maio 1995, p. 17.

Essa posição é defendida amplamente por moderados e radicais britânicos. O autor de um delicioso guia do Derbyshire observa, a respeito do Distrito de Peak: "É a única coisa desagradável, essa condução cautelosa do rebanho de pessoas desfrutando as férias, que, num espaço tão amplo, são obrigadas a se ater a um caminho com poucos passos de largura. Pensei: que incentivo a todos aqueles que acreditam na propriedade pública de toda a terra"[16]. Infelizmente, até mesmo as vias de passagem com "poucos passos de largura" são limitadas e, embora a lei permita que as pessoas as percorram, pode ser ilegal sentar-se, fazer piquenique e sair dos caminhos. A maioria das trilhas pedestres foi estabelecida com finalidades práticas e não atravessa algumas das áreas mais agrestes e espetaculares da Grã-Bretanha.

E assim surgiram as grandes invasões de propriedade e caminhadas que mudaram as feições do interior da Inglaterra. Aconteceram no Distrito de Peak, onde os trabalhadores do norte industrializado convergiam, fosse a pé, de bicicleta ou de trem, quando tinham uma folga. No sul da Inglaterra, Leslie Stephen se arranjava bem com "violaçõezinhas discretas da propriedade alheia"[17], e seus cavalheirescos Sunday Tramps [Vagabundos Domingueiros] eram capazes de intimidar os couteiros que encontravam, e intimidavam mesmo, ao passo que, para as expedições sérias, sempre havia os Alpes. Howard Hill escreve:

> Nos últimos 25 anos do século XIX, em todas as regiões da Grã-Bretanha urbana, principalmente nas cidades industriais, surgiu o movimento excursionista do povo e,

---

Cf. também Raphael Samuel, *Theatres of Memory*, Londres, Verso, 1994, p. 294: "A Commons, Open Spaces and Footpath Society, fundada em 1865 – a ancestral remota do National Trust – foi uma espécie de frente liberal que defendia os direitos de aldeões e plebeus das invasões promovidas por proprietários de terras e empreendimentos imobiliários [...]".

16. Crichton Porteous, *Derbyshire*, Londres, Robert Hale Limited, 1950, p. 33.

17. Leslie Stephen, "In Praise", p. 32.

aos poucos, eles começaram a tomar a liderança na luta pelo acesso. A principal razão disso foi a popularidade crescente das montanhas suíças que, por serem completamente franqueadas aos excursionistas e escaladores, atraíam para longe da Grã-Bretanha os cavalheiros dados a excursionar a pé e escalar[18].

A Associação Cristã de Moços (ACM) foi uma das primeiras a incentivar os clubes excursionistas e, na década de 1880, os sócios do *Rambling Club* da ACM de Manchester costumavam andar 110 quilômetros entre a tarde de sábado, quando terminava o expediente, e a noite de domingo. Em 1888, o Clube Politécnico de Londres foi fundado como clube excursionista; em 1892, foi organizada a *West of Scotland Ramblers' Alliance* [Aliança dos Excursionistas do Oeste da Escócia]; em 1894, professoras formaram o *Midlands Institute of Ramblers* [Instituto dos Excursionistas dos Condados Centrais]; em 1900, a *Sheffield Clarion Ramblers*, uma organização socialista, foi fundada por G. B. H. Ward; em 1905, formou-se uma *London Federation of Rambling Clubs* [Federação Londrina de Clubes Excursionistas]; em 1907, surgiu o *Manchester Rambling Club*; em 1928, a *British Workers Sports Federation* – BWSF [Federação Desportiva dos Trabalhadores Britânicos] –, de âmbito nacional; e em 1930, a Associação dos Albergues da Juventude (AAJ) começou a oferecer, à semelhança dos Naturfreunde, alojamento para viajantes jovens e sem dinheiro (a AAJ originou-se na Alemanha em 1907; na Grã-Bretanha, logo no começo, uma das regras era que ninguém poderia chegar de automóvel). Tanta gente se pôs a caminhar nas três ou quatro primeiras décadas do século XX que há quem se refira a isso como um movimento. Nas palavras do historiador Raphael Samuel, "o excursionismo era um componente importante, apesar de extraoficial, do estilo de vida so-

---

18. Hill, *Freedom to Roam*, p. 24.

cialista"[19]. Os trabalhadores haviam desenvolvido – ou herdado de seus pais e avós camponeses – uma paixão pela terra, e surgiu uma cultura inteira de botânicos e naturalistas da classe operária, bem como uma legião de andarilhos. Caminhar em grupo era, em parte, uma questão de segurança – havia os couteiros, e um excursionista de Sheffield descreveu "o verdadeiro ódio que a gente do campo nutria pelos excursionistas, chegando por vezes a 'surrar' aqueles que eram flagrados andando sozinhos"[20].

Antes da Revolução Industrial, o Distrito de Peak era um ponto turístico importante: os Wordsworth foram lá, assim como Carl Moritz, e Jane Austen mandou a heroína de *Orgulho e preconceito* aos pontos panorâmicos da região. Mais tarde, tornou-se uma anomalia, um espaço aberto com setenta quilômetros de largura encurralado entre as grandes cidades manufatureiras de Manchester e Sheffield, muito querido pelos moradores da região. O Distrito de Peak abrange toda uma diversidade topográfica, dos luxuriantes jardins de Chatsworth, criados pelo paisagista Capability Brown, passando pelo ameno Dove Dale, às charnecas acidentadas com suas soberbas áreas de escalada em paredões de arenito (nas quais dois encanadores de Manchester, Joe Brown e Don Whillans, levaram a cabo "a revolução na escalada da classe trabalhadora" na década de 1950, elevando os patamares de dificuldade da arte). Entre os jardins de Chatsworth e os paredões de arenito fica Kinder Scout,

---

19. Raphael Samuel, *Theatres of Memory*, p. 297. O trecho prossegue: "e a 'liberdade de ir e vir' era um tópico de luta da esquerda. Tivera sua base sólida formada na era eduardiana pela Clarion League, organização de 40 mil jovens que combinavam encontros ciclísticos domingueiros com a pregação socialista no prado da aldeia. No período entreguerras, foi incentivado pela Woodcraft Folk – uma espécie de versão antimilitarista e coeducativa dos Escoteiros e das Bandeirantes que combinava a defesa do pacifismo com o misticismo naturalista; pela Associação dos Albergues da Juventude, formada em 1930; e por aquele enorme exército de excursionistas que em dias de festa e feriados iam passear nas montanhas e charnecas. As caminhadas tinham mais apelo para os boêmios da classe trabalhadora, principalmente como alternativa intelectual ao salão de baile, e também por não ter custo algum".

20. Ann Holt, *The Origins and Early Days of the Ramblers' Association*, livreto publicado pela Ramblers' Association a partir de um discurso proferido em abril de 1995.

foco da batalha mais famosa pelo direito de acesso. Ponto mais alto e agreste do Distrito de Peak, era "terra do rei" – ou seja, pública – até 1836, quando uma lei de cercamento dividiu a terra entre os proprietários adjacentes, cabendo a parte do leão ao duque de Devonshire e dono de Chatsworth. Os quarenta quilômetros quadrados de Kinder Scout ficaram completamente inacessíveis ao público, pois nenhuma trilha chegava perto de seu cume. Os andarilhos a chamavam de "montanha proibida". Uma antiga estrada romana que cruzava o sopé era a principal maneira de percorrer a região, mas em 1821 essa via de passagem – chamada de Doctor's Gate [Passagem do Doutor] – foi fechada ilegalmente pelo proprietário da terra, lorde Howard. No fim do século XIX, as negociações para reabri-la começaram, e os clubes excursionistas de Manchester e Sheffield passaram a tomar medidas mais diretas. Em 1909, os Sheffield Clarion Ramblers percorreram a pé toda a Doctor's Gate, e os Manchester Ramblers o fizeram "em desafio" durante cinco anos. O nobre continuou pregando avisos de que a estrada estava interditada, cercando um dos extremos da passagem com arame e trancando o caminho a cadeado, mas acabou perdendo. Hoje em dia, a Doctor's Gate é, com uma ou outra alteração de percurso, a mesma via pública que costumava ser há dois milênios.

    O cimo de Kinder Scout era um problema maior. Benny Rothman, o secretário da sucursal de Manchester da British Workers Sports Federation, escreve a respeito das cidades horríveis durante a depressão industrial na década de 1930:

> Os moradores viviam em função dos fins de semana, quando podiam sair para acampar, ao passo que os jovens desempregados voltavam para casa só para "assinar o contrato" nas agências de emprego e sacar o dinheiro do seguro. Clubes de excursionismo, ciclismo e campismo ampliaram seus quadros sociais [...]. A sensação de

proximidade com a natureza desaparecia à medida que a massa aumentava, e os excursionistas olhavam com avidez para os hectares de turfeiras despovoadas, as charnecas e os cumes, que eram território proibido. Não eram só proibidos, eram protegidos por couteiros armados de porretes, que alguns deles não tinham receio de usar contra andarilhos solitários[21].

Em 1932, a BWSF decidiu organizar um grande passeio coletivo em propriedade alheia para tornar pública a situação, e Rothman cedeu entrevistas aos jornais. Apesar da oposição de outros clubes de caminhada, os jovens radicais atraíram quatrocentos excursionistas para a cidadezinha próxima de Hayfield, além de um terço da força policial de Derbyshire. Depois de subirem uma parte do caminho, Rothman fez um discurso inspirador sobre a história do movimento de acesso livre às montanhas e foi muito aplaudido. Mais adiante, na passagem íngreme que levava ao platô de Kinder Scout, uns vinte ou trinta couteiros apareceram, aos berros, ameaçando os andarilhos com seus porretes, e levaram a pior nas brigas que provocaram. Lá no cimo, juntaram-se aos invasores os sócios dos clubes de Sheffield e retardatários vindos de Manchester.

Por essa vitória temporária e pela vista panorâmica, Rothman e outros cinco foram presos. Um dos processos foi encerrado. Os outros foram sentenciados a cumprir de dois a seis meses de detenção por "incitação à reunião violenta". A indignação diante das sentenças incitou outros excursionistas e integrantes do público, o que levou curiosos e pessoas comprometidas com a causa a Kinder Scout. Comícios anuais para protestar contra a falta de acesso já tinham sido realizados em Winants Pass e Peak,

---

21. Benny Rothman, *The 1912 Kinder Scout Trespass: A Personal View of the Kinder Scout Mass Trespass*, Altrincham, Inglaterra, Willow Publishing, 1982, p. 12.

mas naquele ano compareceram 10 mil excursionistas, e novos passeios coletivos em propriedade alheia e manifestações maciças ocorreram na esteira do veredicto. A política do caminhar se inflamou. Em 1935, a federação nacional de associações excursionistas tornou-se a Ramblers' Association, o que aumentou o ativismo em prol do acesso, e em 1939 um projeto de lei prevendo o acesso foi apresentado diante do Parlamento, sem que obtivesse êxito. Em 1949, um projeto de lei mais robusto foi aprovado. A Lei dos Parques Nacionais e do Acesso à Zona Rural mudou as regras. Os parques nacionais não fizeram muita diferença, mas o acesso, sim. Exigiu-se que todo conselho administrativo de condado da Inglaterra e do País de Gales mapeasse todas as vias de passagem de sua jurisdição, e, uma vez mapeados, os caminhos foram considerados definitivos. O ônus de provar que as vias de passagem não existiam passou a ser do proprietário da terra; não cabia mais ao andarilho provar que sim. E, desde então, essas vias de passagem aparecem nos mapas oficiais, o que as tornou acessíveis a todos. Também se exigiu que os conselhos locais criassem um "mapa recapitulativo" de áreas de espaço aberto apropriadas e, em seguida, negociassem para que se tornassem acessíveis aos pedestres – nada tão firme quanto o direito de acesso absoluto, mas um grande avanço. Mais recentemente, várias trilhas de longa distância foram criadas, possibilitando às pessoas percorrer a Grã-Bretanha a pé ou com uma mochila nas costas durante dias ou semanas. Nos últimos anos, os andarilhos se impacientaram. No quinquagésimo aniversário de sua criação, a Ramblers' Association começou a realizar seus próprios passeios coletivos pela "Grã-Bretanha Proibida" e, em 1997, o partido trabalhista fez campanha prometendo apoiar a legislação da "livre deambulação" que acabaria, mais de um século depois do projeto de 1884 de Bryce, franqueando o campo aos cidadãos. Recentemente, grupos novos e mais radicais, como This Land is Ours* e Reclaim the Streets, tomaram medidas diretas para ampliar a esfera pública e, mesmo que o caminhar não seja tão fundamental em sua pauta democrática e ecologista, as mesmas questões democráticas de acesso e preservação prevalecem.

E essa é a grande ironia – ou justiça poética – da história do caminhar pelo campo: que uma inclinação que começou nos jardins aristocráticos terminasse como ataque à propriedade privada como direito e privilégio absolutos. Os jardins e parques nos quais a cultura do caminhar havia começado eram espaços fechados, muitas vezes murados ou protegidos por fossos, acessíveis somente a alguns privilegiados e, por vezes, criados em terras confiscadas por cercamento. No entanto, havia um princípio democrático implícito no desenvolvimento do jardim inglês, na maneira como árvores, água e terra podiam manter seus contornos naturais e não eram obrigados a assumir formas geométricas, na dissolução dos muros que cercavam o jardim, na experiência cada vez mais móvel de atravessar a pé esses espaços cada vez mais informais. A disseminação do gosto pelo caminhar na paisagem obrigou alguns dos descendentes desses aristocratas a fazer jus aos princípios implícitos em seus jardins. E pode ser que isso ainda venha a franquear toda a Grã-Bretanha para quem caminha.

Caminhar por prazer entrou para o repertório de possibilidades humanas, e algumas das pessoas que desfrutaram dessa expansão devolveram o favor e mudaram o mundo, transformando-o numa versão do jardim, desta vez um jardim público e sem muros. A topografia modelada pelos clubes excursionistas difundiu-se de maneiras diferentes por países diferentes. Nos

---

* Esta Terra é Nossa (N.T.)

Estados Unidos, é uma colcha de retalhos de regiões agrestes e um amplo movimento político determinado a salvar o mundo orgânico. Originárias da Áustria, são várias centenas de sedes espalhadas por 21 países e mais de meio milhão de aficionados pela vida ao ar livre com seu próprio viés ambientalista. Na Grã-Bretanha, são 225 mil quilômetros de caminhos e uma atitude truculenta para com a pequena nobreza fundiária. Caminhar tornou-se uma das forças que criou o mundo contemporâneo, geralmente servindo como contraprincípio da economia.

O impulso de criar uma organização em torno do caminhar, a princípio, é estranho. Afinal, quem valoriza o caminhar costuma falar de independência, solidão e da liberdade oriunda da falta de estrutura e controle estatutário. Mas existem três pré-requisitos para alguém sair pelo mundo e caminhar por prazer. É preciso ter tempo livre, um lugar para ir e um corpo livre de enfermidade ou limitações sociais. Essas liberdades fundamentais são objeto de incontáveis conflitos, e faz perfeito sentido que as organizações trabalhistas que, no começo, fizeram campanha em prol de jornadas de trabalho de oito ou dez horas e, depois, por semanas de cinco dias úteis – ou seja, lutaram pelo tempo livre –, também se preocupassem em garantir o espaço onde poderiam desfrutar desse tempo obtido a duras penas. Outras pessoas também reivindicaram espaço, e, apesar de eu ter me concentrado na natureza e no espaço rural, uma outra história rica trata do desenvolvimento dos parques urbanos, como o Central Park, um projeto democrático e romântico de levar as virtudes rurais aos habitantes da cidade grande que não têm recursos para sair de lá. O corpo livre é um assunto mais ardiloso. Os primórdios do Sierra Club, e suas mulheres desacompanhadas que dormiam em camas feitas de ramos de pinho e escalavam montanhas vestindo ceroulas, sugere que a libertação – ou um certo grau aristocrático de liberdade –, na Califórnia, foi um subproduto: pois a indumentária vitoriana aprisionava as mulheres nas convenções sociais das inspirações curtas, dos passos miúdos e do equilíbrio precário. O nudismo dos primeiros clubes excursionistas alemães e austríacos sugere que, para alguns, dirigir-se às colinas era parte de um projeto mais amplo de adotar o naturalismo, um naturalismo que incluía o aspecto erótico, e, até mesmo para quem continuava vestido, as roupas eram os shorts informais que exibiam o corpo. Quanto aos trabalhadores britânicos... basta ler *A situação da classe trabalhadora na Inglaterra* de Friedrich Engels – que trata de condições de vida e trabalho tão medonhas que deformavam e afligiam com enfermidades os corpos dos operários fabris – para entender por que andar em espaço aberto e céu claro era uma libertação pela qual muitos estavam dispostos a lutar. Caminhar pela paisagem foi uma reação às transformações que faziam do corpo da classe média um anacronismo trancafiado dentro de casas e escritórios, e do corpo da classe operária uma peça do maquinário industrial.

Os escritores no começo desta história do caminhar pela paisagem, Rousseau e Wordsworth, estabeleceram uma relação entre libertação social e paixão pela natureza (embora, felizmente, nenhum deles tivesse como prever os Escoteiros, a indústria do equipamento excursionista e outros exageros decorrentes da cultura do caminhar). Os clubes excursionistas aproximaram muitas pessoas comuns de seu conceito do andarilho ideal, que se desloca desimpedido pela paisagem.

PARTE III

VIDAS DAS RUAS

CAPÍTULO 11

O PEDESTRE SOLITÁRIO
E A CIDADE GRANDE[1]

Vivi tempo suficiente na zona rural do Novo México para que, ao voltar a São Francisco, visse a cidade pela primeira vez como talvez fizesse uma forasteira. A exuberância da primavera foi urbana para mim naquele ano, e finalmente entendi todas as canções *country* que falam do fascínio das luzes vivas da cidade. Andei para cima e para baixo nos dias e noites amenos de primavera, pasma com o número de possibilidades que podiam se acotovelar dentro do perímetro daquelas caminhadas e arrepiada com a ideia de que eu só precisava sair pela porta da frente para encontrá-las. Todo edifício, toda fachada de loja parecia dar num mundo diferente, comprimindo toda a diversidade da vida humana numa mixórdia de possibilidades que as associações só tornavam mais rica. Da mesma maneira que uma prateleira de livros pode juntar poesia japonesa, história mexicana e romance russo, os edifícios da minha cidade abrigavam centros zen, igrejas pentecostais, estúdios de tatuagem, quitandas, burriterias, cinemas de luxo e petiscarias chinesas. Até mesmo as coisas mais ordinárias me deixavam maravilhada, e as pessoas na rua proporcionavam milhares de vislumbres de vidas semelhantes à minha e completamente diferentes.

As cidades grandes sempre ofereceram anonimato, variedade e associação, qualidades que podem ser mais bem aproveitadas caminhando: não é preciso entrar na padaria nem na tenda do adivinho, basta saber que isso é possível. Uma cidade sempre con-

---

1. O ensaio de Philip Lopate, "The Pen on Foot: The Literature of Walking Around" (*Parnassus*, [2] e *19* [1], 1993), levou-me aos textos de Edwin Denby e a poemas específicos de Walt Whitman.

têm mais do que é dado aos habitantes conhecer, e uma cidade de grande porte sempre faz do desconhecido e do possível as esporas da imaginação. São Francisco há tempos é chamada de a mais europeia das cidades norte-americanas, um comentário que se faz com frequência, mas pouco se explica. Imagino que quem o faça queira dizer que São Francisco, graças a suas dimensões e vida urbana, mantém viva a ideia de cidade como palco de contatos não mediados, ao passo que a maioria das cidades dos Estados Unidos está se transformando cada vez mais em subúrbios dilatados, controlados e segregados escrupulosamente, projetados para garantir a não interação de motoristas que vêm e vão entre locais particulares, e não as interações de pedestres em locais públicos. São Francisco é delimitada por água em três direções e, na quarta, por uma serra, o que a impede de se espalhar, e tem vários bairros com ruas animadas. Uma densidade verdadeiramente urbana, belos edifícios, vista para a baía e o oceano desde os cimos das colinas, cafés e bares por toda parte sugerem prioridades diferentes de espaço e tempo em relação à maioria das cidades norte-americanas, assim como a tradição (ameaçada pela gentrificação) de artistas, poetas e radicais políticos e sociais que fazem suas vidas girar em torno de outras coisas além de ganhar e gastar dinheiro.

    No primeiro sábado depois de voltar, fui passear no vizinho parque Golden Gate, que não tem o esplendor das imensidões selvagens, mas já me compensou com muitos outros prazeres: os músicos que ensaiam nas reverberantes passagens subterrâneas para os pedestres, as chinesas idosas que, em formação, praticam artes marciais, os emigrados russos que dão voltas e cochicham nas aveludadas sorvedelas de sua língua materna, passeadores de cachorros arrastados para o mundo primitivo das alegrias caninas e o acesso a pé às praias do Pacífico. Naquela manhã, na concha acústica do parque, o programa de variedades de uma rádio local havia unido forças com o "Watershed Poetry Festival" [Festival de Poesia da Bacia Hidrográfica de São Francisco], e fiquei ali a assistir durante algum tempo. No palco, o ex-poeta laureado dos Estados Unidos Robert Hass ensinava as crianças a ler poesia ao microfone, e alguns poetas que eu conhecia estavam nos bastidores. Fui até lá dar um oi, e eles me mostraram suas alianças de casamento novinhas em folha e me apresentaram a outros poetas, e em seguida topei com o grande historiador californiano Malcolm Margolin, que me contou histórias que me fizeram rir. Para mim, esse era o prodígio diurno das cidades grandes: coincidência, a mistura de vários tipos de pessoas, a poesia oferecida a céu aberto para completos desconhecidos.

A editora de Margolin, a Heydey Press, exibia sua produção e também a de algumas editoras pequenas e projetos literários, e ele me passou um dos livros de sua bancada, intitulado *920 O'Farrell Street* [Rua O'Farrell, 920]. Prosa memorialista de Harriet Lane Levy, falava de suas maravilhosas experiências crescendo em São Francisco nas décadas de 1870 e 1880. Em sua época, andar pelas ruas da cidade era um entretenimento tão organizado quanto ir ao cinema hoje em dia. Ela escreveu:

> No sábado à noite, a cidade toda ia ao passeio público na Market Street, a via larga que começa à beira d'água e segue reto um quilômetro e meio até Twin Peaks. As calçadas eram largas e a multidão que andava na direção da baía encontrava a multidão que vinha do oceano. A efusão do povo era espontânea, como se respondesse a um impulso de celebração instantânea. Todas as regiões da cidade despejavam seus habitantes no vasto cortejo. Damas e cavalheiros de reputação social imponente; suas criadas alemãs e irlandesas, de braços dados com os namorados; franceses, espanhóis, portugueses esqueléticos e aplicados; mexicanos, índios de pele vermelha e zigomas altos: todos, absolutamente todos saíam de casas, lojas, hotéis,

restaurantes e choperias ao ar livre para desembocar na Market Street formando um rio colorido. Marinheiros de todas as nações abandonavam seus navios à beira-mar para, correndo em grupos pela Market Street, se unir à massa trepidante estimulados pelas luzes, agitação e alegria da multidão. "Esta é São Francisco", diziam seus rostos. Era carnaval; não havia confete, mas o ar era um xadrez de milhares de mensagens; não havia máscaras, e sim olhos abertamente prenhes de provocação. Seguindo pela Market, da Powell à Kearny, três quarteirões dos grandes, subindo a Kearny até a Bush, três dos breves, e de volta, vez após vez e horas a fio, até uma olhadela de curiosidade se transformar em profundo interesse; um interesse que se desdobrava em sorriso, e este, em qualquer outra coisa. Meu pai e eu íamos à cidade todo sábado à noite. Percorríamos avenidas de luz num mundo que mal era concreto. Havia alguma coisa acontecendo em toda parte, a todo instante, algo para nos alegrar [...]. Andávamos, andávamos e, mesmo assim, algo novo continuava a acontecer[2].

Market Street, que foi outrora um grande passeio público, ainda é a principal artéria do tráfego da cidade, mas décadas de destruição e reformas privaram-na de sua magnificência social. Jack Kerouac ainda teve duas visões da via no fim dos anos 1940 ou começo dos anos 1950, e ele provavelmente acolheria essa população central de mendigos e vendedores ambulantes que transportam suas mercadorias em carrinhos de supermercado, todos à sombra do elevado[3]. O trecho do centro comercial mencionado por Levy hoje é trilhado por funcionários públicos e consumidores, além

---

[2]. Harriet Lane Levy, *920 O'Farrell Street*, Berkeley, Heyday Books, 1997, p. 185-6.

[3]. Cf. *Atlantic Monthly*, reimpressão de uma carta de maio de 1961, nov. 1998, p. 68: "[*On The Road*] era na verdade uma história a respeito de dois camaradas católicos em busca de Deus. E nós O encontramos. Eu O encontrei no céu, na Market Street de São Francisco (as tais duas visões)".

dos turistas que se aglomeram em volta da plataforma giratória do bonde na Powell Street; mais de 1,5 quilômetro na direção da parte alta da cidade, a Market Street finalmente volta a irromper em viçosa vida pedestre no decorrer de alguns quarteirões antes de cruzar a Castro Street e subir a ladeira até Twin Peaks.

A história do caminhar tanto na cidade quanto no campo é uma história de liberdade e de definição do prazer. Mas caminhar na paisagem rural encontrou um imperativo moral no amor pela natureza que lhe permitiu defender e franquear o campo ao público. Andar pela paisagem urbana sempre foi uma ocupação mais duvidosa, transformando-se facilmente em oferecer serviços sexuais, paquerar, exibir-se socialmente, fazer compras, revoltar-se, protestar, esconder-se, matar o tempo e outras atividades que, embora divertidas, dificilmente têm o caráter moral elevado da apreciação da natureza. Portanto, não se organizou a mesma defesa da preservação do espaço urbano, a não ser a de alguns partidários da liberdade civil e urbanistas (que raramente percebem que a maneira mais comum de utilizar e habitar o espaço público é percorrê-lo a pé). E, no entanto, caminhar pela cidade lembra, em vários aspectos, muito mais a caça e coleta primitivas do que caminhar pelo campo. Para a maioria de nós, o campo ou a natureza é um lugar para se cruzar a pé e observar, mas raras vezes onde fazer ou pegar coisas (não nos esqueçamos da famosa máxima do Sierra Club: "tire apenas fotografias, deixe apenas pegadas"). Na cidade, a diversidade biológica foi praticamente reduzida à espécie humana e alguns animais que se alimentam de restos, mas a gama de atividades ainda é ampla. Da mesma maneira que o coletor talvez se detivesse e reparasse numa árvore que em seis meses ofereceria uma fartura de nozes ou inspecionasse um possível suprimento de vime para a confecção de cestos, o andarilho urbano poderia reparar num mercadinho que fica aberto até mais tarde, numa oficina de sapateiro onde deixar os sapatos que precisam de novos solados ou numa rota alternativa bem ao lado da agência dos correios. Além disso, o andarilho rural típico procura o geral — a vista, a beleza —, e a paisagem vai passando feito uma continuidade delicadamente modulada: chega-se a um cume que se via ao longe, a floresta vai rareando até se tornar um prado. O urbanita está à procura do particular, de oportunidades, indivíduos e suprimentos, e as mudanças são abruptas. Claro que a cidade lembra a vida primitiva mais do que o campo de uma maneira menos encantadora também: os predadores não humanos foram radicalmente reduzidos na América do Norte e eliminados na Europa, mas a possibilidade de encontrar predadores humanos mantém os moradores da cidade num estado de prontidão elevada, ao menos em certas horas e determinados lugares.

Aqueles primeiros meses em casa foram tão encantadores que fiz um diário de minhas caminhadas e, mais tarde, naquele verão magnífico, escrevi:

> Percebi de repente que havia passado sete horas ininterruptas sentada à escrivaninha e começava a ficar nervosa e corcunda, fui andando até o Clay Theater na parte alta da Fillmore através de uma passagem na Broderick que eu nunca vira antes — antigas casas vitorianas, atarracadas e simpáticas ao lado de conjuntos habitacionais — e fiquei muito satisfeita quando o familiar produziu o desconhecido. O filme era *O gato sumiu*, que trata de uma parisiense jovem e solitária obrigada a conhecer seus vizinhos na place de Bastille quando seu gato desaparece, repleto de incidentes corriqueiros, pessoas que andam como patos, telhados e dialetos ininteligíveis, e quando saí eu estava animadíssima e a noite era escura, tomada por um nevoeiro perolado. Voltei andando e rápido, primeiro pela California, passei por um casal — ela, nada de excepcional; ele, vestindo um

paletó castanho e bem-feito, as pernas tortas de alguém que havia usado órteses durante algum tempo – e ignorei o ônibus, e fiz a mesma coisa na Divisadero com aquele mesmo ônibus. Diminuí o passo diante de uma vitrine de antiquário para dar uma olhada num vaso grande e cor de creme com sábios chineses pintados em azul, daí, algumas portas adiante, vi um chinês quase careca que erguia um garotinho colado à vitrine de uma loja, dentro da qual uma mulher brincava com a criança através do vidro. Abri um grande sorriso, e eles ficaram confusos. As luzes artificiais e a escuridão natural dessas caminhadas noturnas dão um jeito de transformar o *continuum* do dia num teatro de quadros vivos, vinhetas, cenários, e há sempre o prazer desconcertante de nossa própria sombra, que cresce e encolhe quando nos deslocamos de um poste de luz para outro. Esquivando-me de um carro quando a luz do semáforo mudou, parti a meio-galope e a sensação foi tão boa que segui trotando mais alguns quarteirões, sem perder o fôlego, mas acalorada. Segui por toda a Divisadero de olho nas outras pessoas e nas lojas abertas – adegas e tabacarias – e virei na minha própria rua. Numa rua transversal, um rapaz negro usando gorro e roupas escuras descia a ladeira correndo e vinha em minha direção em grande velocidade; olhei ao redor para avaliar minhas opções, só por via das dúvidas – quer dizer, se a rainha Vitória viesse na sua direção naquela velocidade, você também repararia. Ele notou minha hesitação e me garantiu, com sua deliciosa voz de rapaz: "Não estou na sua cola, só estou *atrasado*". Passou correndo por mim, eu lhe desejei boa sorte e aí, quando ele estava no meio da rua e eu já tinha colocado os pensamentos em ordem: "Desculpe-me a desconfiança, mas é que você estava correndo muito". Ele riu, eu ri, e num minuto recordei todos os outros encontros fortuitos que eu tivera na vizinhança nos últimos tempos e que poderiam ter sido problemáticos e se desenrolaram na mais pura civilidade, e fiquei contente por estar preparada, mas não alarmada. Naquele momento, olhei para cima e vi, na janela de um último andar, a mesma reprodução da pintura de Man Ray, *A l'heure de l'observatoire* – o céu no poente, tomado por lábios vermelhos e esticados –, que eu vira numa outra janela em algum outro lugar na cidade uma ou duas noites antes. A reprodução, dessa vez, era maior, e a noite, mais exuberante; ver *A l'heure* duas vezes parecia magia. Em casa em vinte minutos, no máximo.

As ruas são o espaço remanescente entre os edifícios. Uma casa isolada é uma ilha rodeada por um mar de espaço aberto, e as vilas que antecederam as cidades não passavam de arquipélagos naquele mesmo mar. Contudo, à medida que mais e mais edifícios eram erguidos, elas se tornaram um continente, e o espaço aberto remanescente não lembrava mais o mar, e sim rios, canais e riachos correndo entre as massas de terra. As pessoas não se locomoviam mais de qualquer maneira pelo mar aberto do espaço rural, mas iam e vinham pelas ruas, e da mesma maneira que estreitar um curso d'água aumenta-lhe o fluxo e a velocidade, transformar o espaço aberto em desaguadouros de ruas direciona e intensifica o dilúvio de pedestres. Nas cidades grandes, os espaços são projetados e construídos tanto quanto os lugares: andar, testemunhar, estar em público são parte do projeto e da finalidade tanto quanto comer, dormir, fazer sapatos, amor ou música nos ambientes internos. A palavra *cidadão* está ligada às cidades, e a cidade ideal se organiza em torno da cidadania, em torno da participação na vida pública.

A maioria das cidades de pequeno e grande porte dos Estados Unidos, porém, organiza-se em torno do consumo e da produção, como faziam as medonhas cidades industriais da Inglaterra, e o espaço público é simplesmente o vazio entre locais de trabalho, lojas e residências. Caminhar é só o começo da cidadania, mas é por meio dele que o cidadão ou a cidadã conhece sua cidade e outros cidadãos e realmente habita a cidade, e não uma parte dela, pequena e privatizada. Andar pelas ruas é o que une a leitura do mapa à maneira como se leva a vida, o microcosmo pessoal ao macrocosmo público; dá sentido ao labirinto circundante. Em seu célebre *The Death and Life of Great American Cities* [Morte e vida de grandes cidades], Jane Jacobs descreve como uma rua popular e bastante utilizada mantém a criminalidade afastada pelo simples fato de muitas pessoas a frequentarem[4]. Caminhar conserva o caráter público e a viabilidade do espaço público. "O que distingue a cidade", escreve Franco Moretti, "é sua estrutura espacial (basicamente sua concentração) ajudar a aumentar a mobilidade: a mobilidade espacial, naturalmente, mas principalmente a mobilidade social.[5]"

A própria palavra *rua* encerra uma magia indelicada e suja, conjurando o baixo, o comum, o erótico, o perigoso e o revolucionário. Um homem das ruas é só um democrata, mas uma mulher das ruas, como a prostituta, vende sua sexualidade. Os meninos de rua são pivetes, mendigos e fugitivos, e *morador de rua* refere-se àquele que não tem outro lar. Em inglês, *street-smart* é alguém que tem a malandragem das ruas, que conhece os costumes da cidade e consegue sobreviver nela. "Às ruas" é o brado clássico da revolução urbana, pois é nas ruas que as pessoas se tornam o público e onde reside seu poder. *A rua* significa a vida nas correntezas impetuosas do rio urbano no qual todas as pessoas e coisas podem se misturar. É exatamente essa mobilidade social, essa ausência de compartimentos e distinções, que confere à rua seu perigo e sua magia, o perigo e a magia da água na qual todas as coisas correm juntas.

---

4. Jane Jacobs, *The Death and Life of Great American Cities* (Nova York, Vintage Books, 1961), no decorrer de todo o capítulo "The Uses of Sidewalks: 'Safety'".

5. Moretti, apud Peter Jukes, *A Shout in the Street: An Excursion into the Modern City*, Berkeley, University of California Press, 1991, p. 184.

Na Europa feudal, somente os habitantes das cidades estavam livres dos laços hierárquicos que estruturavam o resto da sociedade – na Inglaterra, por exemplo, um servo podia se libertar vivendo um ano e um dia numa cidade livre. Mas a qualidade da liberdade nas cidades era limitada naquela época, pois suas ruas geralmente eram sujas, perigosas e escuras. As cidades muitas vezes impunham um toque de recolher e fechavam os portões ao pôr do sol. Somente no Renascimento é que as cidades da Europa começaram a melhorar o calçamento, as condições de higiene e a segurança. Em Londres e Paris do século XVIII, sair à noite era tão perigoso quanto supostamente seria hoje andar pelas piores favelas, e quem quisesse enxergar para onde estava indo contratava um tocheiro (e os jovens portadores de tochas de Londres – *link boys* ou facheiros, chamavam-se – geralmente também desempenhavam o papel de alcoviteiros). Até mesmo em plena luz do dia, as carruagens apavoravam os pedestres. Antes do século XVIII, parece que poucas pessoas percorriam as ruas a pé por prazer, e somente no século XIX é que começam a aparecer lugares limpos, seguros e iluminados como as cidades modernas. Todos os acessórios e códigos responsáveis pela organização das cidades modernas – passeios elevados, iluminação de rua, nomes de ruas, edifícios numerados, sarjetas, regras de trânsito e semáforos – são inovações relativamente recentes.

Espaços idílicos foram criados para os ricos que viviam nas cidades: passeios públicos arborizados, jardins e parques semipúblicos. Mas esses locais que precederam o parque público são a antítese das ruas, segregados de acordo com a classe e desconectados da vida cotidiana (ao contrário dos *paseos* e corsos pedestres das *plazas* e praças dos países mediterrâneos e latinos e do passeio público da Market Street de Levy, ou o anômalo Hyde Park de Londres, que abrigava tanto o desfile de carruagens dos ricos quanto os discursos ao ar livre dos radicais). Embora a política, o flerte e o comércio pudessem ser conduzidos nesses locais, estes não passavam de salões de baile e recepção ao ar livre*. E desde o Cours la Reine de 1,5 quilômetro construído em Paris em 1616 ao Central Park de Nova York erigido na década de 1850, passando pela Alameda na Cidade do México, esses lugares tinham a tendência de atrair pessoas que queriam ostentar sua riqueza, e a melhor maneira de fazê-lo era passear em carruagens, e não caminhar. No Cours la Reine, as carruagens se juntavam em tão grande número que o resultado era um congestionamento, e talvez seja por isso que, em 1700, surgiu a moda de sair e dançar à luz das tochas na rotatória central.

Apesar de o Central Park ter sido talhado por impulsos mais ou menos democráticos, pela estética do jardim paisagístico inglês e o exemplo do parque público de Liverpool, os nova-iorquinos pobres costumavam pagar para frequentar parques particulares parecidos com os jardins de Vauxhall, onde podiam tomar cerveja, dançar a polca ou se dedicar a outras versões plebeias do lazer. Até mesmo aqueles que desejavam somente dar um passeio edificante, como o coprojetista do parque Federick Law Olmsted pretendia que fizessem, encontravam obstáculos. O Central Park tornou-se um grande passeio público para os ricos, e mais uma vez as carruagens segregaram a sociedade. Na história que traçaram do parque e da cidade, Ray Rosenzweig e Elizabeth Blackmar escrevem:

> Pouco antes, naquele mesmo século [XIX], os passeios de fim de tarde, começo de noite e dominicais dos nova-iorquinos afluentes haviam se transformado em desfiles da alta moda; as vias amplas da Broadway, do Battery e da Quinta Avenida haviam se tornado um palco público aonde as pessoas iam para ver e serem vistas. Em meados

---

* *Cities and People*, New Haven/Londres, Yale University Press, 1985, p. 166-8, 237-8.

do século, porém, os passeios elegantes da Broadway e do Battery haviam entrado em decadência, pois os cidadãos "respeitáveis" não mais controlavam aqueles espaços públicos [...]. Homens e mulheres queriam um espaço público mais suntuoso para uma nova forma de exibição pública: o passeio de carruagem. Em meados do século XIX, possuir uma carruagem estava se tornando uma característica definidora do status da alta classe urbana[7].

Os ricos iam ao Central Park, e um jornalista democrático disse: "Ouvi falar que os pedestres adquiriram o péssimo hábito de sofrer atropelamentos acidentais naquela vizinhança".

As pessoas mais pobres continuavam a passear no Battery de Nova York, e suas contrapartes em Paris passeavam pelas periferias da cidade, muitas vezes sob as árvores das avenidas, plantadas ali exatamente para fornecer sombra a essas excursões. Após a Revolução, qualquer um que os guardas julgassem decentemente vestido podia entrar nas Tulherias de Paris. Os jardins de lazer particulares tinham como modelo os famosos jardins de Vauxhall, sem deixar de fora Ranelagh e os jardins de Cremone, todos londrinos; o Augarten de Viena, os jardins nova-iorquinos dos Campos Elísios, Castle e Harlem, além do jardim de Tivoli em Copenhague (o único a ter sobrevivido), selecionavam as pessoas usando o critério mais simples de ter ou não como pagar. Em outros pontos dessas cidades, mercados, feiras e procissões levavam as festas aos locais da vida cotidiana, e o passeio não era tão segregado. Para mim, a magia da rua está na mistura de serviços e epifanias, e nenhum jardim desse tipo parece ter vicejado na Itália, talvez porque fosse desnecessário.

As cidades italianas há tempos são consideradas ideais, principalmente por nova-iorquinos e londrinos cativados pela

---

7. Ray Rosenzweig e Elizabeth Blackmar, *The Park and the People: A History of Central Park*, Ithaca, Cornell University Press, 1992, p. 27, 223.

maneira como sua arquitetura confere beleza e significado aos atos cotidianos. Desde pelo menos o século XVII, os estrangeiros vêm se mudando para lá com o intuito de desfrutar da luz e da vida. Bernard Rudofsky, nova-iorquino só no nome, passou um bocado de tempo na Itália e a exaltou em seu *Streets for People: A Primer for Americans* [Ruas para o povo: uma cartilha para os norte-americanos] de 1969. Para quem considera Nova York a cidade pedestre exemplar dos Estados Unidos, a convicção de Rudofsky de que ela é péssima é surpreendente. Seu livro recorre principalmente a exemplos italianos para demonstrar a maneira como *plazas* e ruas podem funcionar para unir uma cidade social e arquitetonicamente. Ele afirma logo no começo[8] que

> Simplesmente não nos ocorre transformar as ruas em oásis em vez de desertos. Nos países onde sua função ainda não se degradou em pistas expressas e estacionamentos, uma série de providências torna as ruas próprias para os seres humanos [...]. As mais refinadas ruas cobertas, uma expressão palpável de solidariedade cívica – ou, melhor dizendo, de filantropia –, são as galerias. Além de dar unidade à paisagem composta pelas ruas, elas geralmente assumem o lugar dos antigos fóruns.

Descendentes da *stoá* e do *perípatos* gregos, as ruas cobertas tornam indistintas as fronteiras entre o lado de dentro e o de fora e são um tributo arquitetônico à vida pedestre que tem lugar abaixo delas. Rudofsky destaca os famosos *portici* de Bolonha, uma calçada coberta de seis quilômetros de extensão que vai da praça central até o campo; a Galleria de Milão, de função não tão estritamente comercial quanto os shopping centers de prestígio que a têm como modelo e levam o mesmo nome; as ruas sinuosas de Perúgia; as ruas

---

8. Bernard Rudofsky, *Streets for People: A Primer for Americans*, Nova York, Van Nostrand Reinhold, 1982, epígrafe que cita seu próprio *Architecture Without Architects*.

livres de carros de Siena; e as galerias públicas um nível acima da rua de Brisighella. Ele escreve com entusiasmo fervoroso a respeito do hábito italiano de dar uma volta antes do jantar — a *passaggiata* —, para o qual muitas cidadezinhas fecham as ruas principais ao tráfego sobre rodas, contrastando-a com o *happy hour* norte-americano. Para os italianos, ele conta, a rua é o espaço social essencial para encontrar pessoas, debater, cortejar, comprar e vender.

O crítico de dança nova-iorquino Edwin Denby escreveu, aproximadamente na mesma época que Rudofsky, a respeito da avaliação que ele próprio fazia dos pedestres italianos.

> Nas antigas cidadezinhas italianas, a rua principal ao crepúsculo se transforma numa espécie de palco. A comunidade passeia com toda a cortesia, vê e é vista. As meninas e os rapazes, dos 15 aos 22 anos, trocam encantos com uma sociabilidade jovial. Quanto mais graça demonstram, mais a comunidade gosta deles. Em Florença ou Nápoles, nos antigos bairros pobres da cidade, os jovens se apresentam com grande técnica e passeiam em público sempre que não têm o que fazer[9].

A respeito dos jovens romanos, ele escreveu: "Passeiam com a mesma reatividade de uma conversa física". Em outra parte, ele ensina os alunos de dança a observar a maneira como vários tipos caminham.

> Os norte-americanos ocupam um espaço muito maior do que seus corpos, o que irrita muitos europeus, incomoda sua modéstia instintiva. Mas tem uma beleza toda própria, apreciada por alguns deles [...]. De minha parte, acho o caminhar dos nova-iorquinos surpreendentemente belo, tão largo e desembaraçado.

---

9. Edwin Denby, *Dancers, Buildings and People in the Streets*, introdução de Frank O'Hara, Nova York, Horizon Press, 1965, p. 183.

Na Itália, andar pela cidade é uma atividade cultural universal, e não o objeto de incursões e relatos individuais. Desde Dante medindo com seus passos a duração de seu exílio em Verona e Ravena a Primo Levi voltando de Auschwitz para casa a pé, não faltam grandes andarilhos à Itália, mas o caminhar urbano propriamente dito parece ser mais parte de uma cultura universal do que o foco da experiência particular (exceto o dos estrangeiros, copiosamente registrado, e os passeios cinemáticos de personagens como a prostituta em *Noites de Cabíria* de Federico Fellini, os protagonistas de *Ladrões de bicicletas* de Vittorio de Sica e em muitos filmes de Michelangelo Antonioni). Contudo, as cidades que não são nem favoráveis como Nápoles, nem tão proibitivas como Los Angeles – Londres, Nova York – produziram sua própria cultura passageira do caminhar. Em Londres, a partir do século XVIII, os grandes relatos do caminhar têm a ver não com a exibição franca e alegre da vida comum e de desejos normais, e sim com as cenas noturnas, os crimes, sofrimentos, párias e o lado mais tenebroso da imaginação, e é essa tradição que Nova York usurpa.

Em 1711, o ensaísta Joseph Addison escreveu:

> Quando meu Humor fica circunspecto, muitas vezes caminho sozinho pela Abadia de Westminster; onde a Obscuridade do Lugar e o Uso que se lhe dá [...] tendem a preencher a Mente com uma espécie de Melancolia – ou Consideração, melhor dizendo – nada desagradável[10].

Na época em que o escreveu, andar pelas ruas da cidade era perigoso, como indicou John Gay em seu poema de 1716, *Trivia, or, The Art of Walking the Streets of London* [Bagatelas, ou a arte de andar

---

10. Addison, in Joseph Addison e Richard Steele, *The Spectator*, Vol. *1*, Londres, J. M. Dent and Sons, 1907, p. 96; retirado da *Spectator* (26), 30 de março de 1711.

pelas ruas de Londres]. Percorrer a cidade era tão arriscado quanto cruzar os campos: as ruas eram tomadas por esgoto e lixo, muitas ocupações eram imundas, o ar já era ruim, o gim barato havia devastado os pobres da cidade da mesma maneira que o craque o faria nos centros degradados das cidades norte-americanas nos anos 1980, e uma subclasse de criminosos e almas desesperadas se aglomerava nas ruas. As carruagens abalroavam e mutilavam os pedestres sem temer represália, mendigos importunavam os transeuntes e vendedores ambulantes apregoavam suas mercadorias. Os relatos da época falam sempre do medo que os ricos tinham de sair de casa e de moças seduzidas ou obrigadas a oferecer serviços sexuais: as prostitutas estavam em toda parte. É por isso que Gay se concentra no caminhar urbano como *arte*, a arte de se proteger de esguichos d'água, assaltos e indignidades:

> se quilhas mais limpas cruzas de dia,
> Fugindo ao rumor da pública via,
> Não andes à noite em trilho escuro
> A salvo mantém-te, enjeita o monturo[11].

À semelhança do poema de 1738 do dr. Johnson, "London", o *Trivia* de Gay usa um modelo clássico para zombar do presente. Dividido em três livros – o primeiro tratando dos implementos e das técnicas para andar pelas ruas; o segundo sobre o caminhar durante o dia; o terceiro a respeito do caminhar à noite –, o poema deixa claro que as minúcias da vida cotidiana só podem ser observadas com desdém. O estilo bombástico atrita e contrasta com temas tão pequenos, com um pouco da mesma zombaria que ele introduziu em sua *Beggars' Opera* [Ópera dos mendigos]. Gay tenta – "Reparo nos transeuntes as feições/ E

---

11. John Gay, "Trivia, or, The Art of Walking the Streets of London", livro 3, verso 126, in *The Abbey Classics: Poems by John Gay*, Londres, Champman and Dodd, s.d., p. 88.

em seus traços deduzo ocupações¹²" –, mas acaba menosprezando todo mundo, presumindo-se capaz de deduzir as vidas vulgares das pessoas a partir de seus rostos. No fim do século de Gay, Wordsworth "acompanha a massa"¹³, vendo um mistério no rosto de cada estranho; ao passo que William Blake passa por "ruas [...] escrituradas, [...]" e vai "reparando as faces maceradas,/ Que a aflição e a moléstia têm marcado"¹⁴ – o berro de um limpador de chaminés, a imprecação de uma jovem meretriz. A linguagem literária do começo do século XVIII não era dúctil nem pessoal o bastante para relacionar a vida da imaginação à vida da rua. Johnson havia sido um desses desesperados pedestres londrinos em seus primeiros anos na cidade¹⁵ – no fim da década de 1730, quando ele e o amigo, o poeta e embusteiro Richard Savage, eram demasiado pobres para pagar o alojamento, os dois costumavam andar pelas ruas e praças a noite toda falando de insurreição e glória –, mas não escreveu a respeito. Boswell o fez, em sua *Life of Johnson* [Vida de Johnson], mas para Boswell, as trevas da noite e o anonimato das ruas não eram uma oportunidade de refletir, como seu diário londrino registra:

> Eu deveria ter ido ao sarau de lady Northumberland hoje à noite, mas meu barbeiro ficou doente [ou seja, seus cabelos não foram devidamente empoados]; por isso fui para a rua e, bem ali na baixa da nossa, peguei uma moça viçosa e

---

12. Ibid. ll. 275-82, 78.
13. Wordsworth, *The Prelude*, p. 286.
14. O famoso começo de "London", de William Blake, in J. Bronowski (org.), *William Blake*, Harmondsworth, Inglaterra, Penguin Books, 1958, p. 52.
15. Cf. Richard Holmes, *Dr. Johnson and Mr. Savage* (Nova York, Vintage Books, 1993, p. 44), que cita sir John Hawkins no capítulo a respeito das tais caminhadas: "Johnson contou-me que ele e Savage haviam passado noites inteiras encetando tais conversas, não sob o teto hospitaleiro de uma taverna, onde o calor talvez lhes revigorasse o espírito e o vinho lhes afastasse os cuidados, e sim perambulando pelas praças de Westminster, a de St. James em particular, quando todo o dinheiro que conseguiam levantar não bastava para pagar o abrigo e os sórdidos confortos de um botequim".

encantadora de nome Alice Gibbs. Descemos uma viela até um lugarzinho aconchegante [...][16].

Das impressões de Alice Gibbs a respeito das ruas e da noite, não temos registro algum. Que poucas mulheres fora as prostitutas tinham liberdade para vagar pelas ruas e que vagar pelas ruas geralmente já bastava para que uma mulher fosse considerada prostituta são questões preocupantes o suficiente para que sejam discutidas mais adiante. Aqui quero apenas comentar sua presença na rua e na noite, hábitos nos quais elas, mais do que praticamente todos os outros pedestres, se tornaram *habituées*. Até o século XX, as mulheres raras vezes caminhavam pela cidade por prazer, e as prostitutas quase não nos deixaram registros de sua experiência. O século XVIII foi impudico o bastante para apresentar alguns romances famosos sobre prostitutas, mas a vida cortesã de Fanny Hill se dava totalmente em ambientes internos, a de Moll Flanders era absolutamente prática, e as duas foram criadas por autores do sexo masculino cuja obra era, ao menos em parte, especulativa. Contudo, naquela época, como hoje, uma cultura complexa de prostituição de rua deve ter existido, cada cidade mapeada de acordo com a segurança e a economia do desejo masculino. Houve muitas tentativas de confinar essa atividade: a Constantinopla bizantina tinha sua "rua das meretrizes"; Tóquio, do século XVII ao XX, tinha um distrito fechado dedicado aos prazeres sensuais; a São Francisco do século XIX tinha sua infame Barbary Coast, e muitas cidades norte-americanas da virada do século tinham os bairros da luz vermelha, sendo o mais famoso deles o Storyville de Nova Orleans, onde dizem que o jazz nasceu. Mas a prostituição saía dessas fronteiras, e

---

16. James Boswell, *Boswell's London Journal*, org. de Fredrick A. Pottle, Nova York, Signet, 1956, p. 235.

era enorme a quantidade dessas mulheres: 50 mil em 1793[17], quando a população de Londres era de 1 milhão, na estimativa de um especialista. Em meados do século XIX, era possível encontrá-las também nas partes mais elegantes de Londres: o relatório do reformador social Henry Mayhew menciona "a prostituição itinerante de Haymarket e Regent Street"[18] e também as mulheres que trabalhavam nos parques e passeios públicos da cidade.

Há 21 anos, um pesquisador da prostituição informava:

> As ruas da prostituição são formadas por pontos[19], áreas vagamente definidas onde as mulheres oferecem serviços sexuais [...]. No ponto, a prostituta circula para seduzir ou se impor aos fregueses, aliviar o tédio, manter-se aquecida e reduzir a visibilidade [à polícia]. Uma parte de muitas dessas ruas lembra os parques públicos, áreas de livre acesso a todos. Ali as mulheres se juntam em grupos de duas ou quatro, rindo, conversando e brincando umas com as outras [...]. Bater o mesmo ponto introduz uma previsibilidade muito necessária num ambiente ilícito e, por vezes, perigoso.

A própria Dolores French, defensora dos direitos das prostitutas, trabalhava nas ruas e conta que suas colegas "acham que as mulheres que trabalham nos prostíbulos estão sujeitas a muitas

---

17. Henry Mayhew, *London Labour and the London Poor*, vol. 4, 1861-2; reimpressão, Nova York, Dover Books, 1968, p. 21, citando Mr. Colquhoun, um magistrado de polícia, e suas "investigações fastidiosas".

18. Ibid., p. 213. Na página 217, "elas [as prostitutas de rua] costumam ser vistas entre as três e as cinco horas na Burlington Arcade, lugar bem conhecido por ser muito frequentado pelas cíprias de melhor extração. Conhecem muito bem as complexidades páfias do lugar e, se alguém responde a seus sinais, entram sorrateiras numa casa de toucas amiga, cujos degraus, que levam aos cenáculos ou aposentos do andar superior, não se veem livres de seus pés bem formados e *'bien chausseé'*. O parque também é, como já dissemos, um de seus passeios preferidos, onde encontros podem ser marcados e relações podem ser estabelecidas".

19. Richard Symanski, *The Immoral Landscape: Female Prostitution in Western Societies*, Toronto, Butterworths, 1981, p. 175-6.

regras e restrições"²⁰, ao passo que a rua "recebia todas democraticamente". "Sentiam-se como vaqueiros na invernada ou espiões numa missão perigosa. Vangloriavam-se de sua liberdade [...]. Não tinham que responder a mais ninguém, a não ser a si mesmas." Os mesmos refrões — liberdade, democracia, perigo — vêm à baila nesse caso, como em outras maneiras de ocupar as ruas.

Na cidade do século XVIII, uma nova imagem do que significa ser humano havia surgido, uma imagem de alguém dotado da liberdade e do isolamento do viajante, e os viajantes, por mais amplo ou estreito que seja seu âmbito, tornaram-se figuras emblemáticas. Richard Savage propôs tal coisa bem cedo, com um poema de 1729 intitulado *The Wanderer* [O viandante]; e George Walker, com seu nome apropriado [*walker* significa andarilho], inaugurou o novo século com seu romance *The Vagabond* [O vagabundo], seguido em 1814 por *Wanderer* de Fanny Burney. Wordsworth tinha o seu *The Excursion* [A excursão] (no qual as duas primeiras seções eram chamadas de "The Wanderer" e "The Solitary"); o Velho Marinheiro de Coleridge era condenado, à semelhança do Judeu Errante, a vagar a esmo; e o próprio Judeu Errante era um tema popular entre os românticos da Grã-Bretanha e do continente europeu.

O historiador literário Raymond Williams observa: "a percepção das novas qualidades da cidade moderna foi associada, desde o começo, com um homem a caminhar, como que sozinho, por suas ruas"²¹. Ele cita Blake e Wordsworth como os fundadores dessa tradição, mas foi De Quincey quem escreveu mais profundamente a respeito. No começo de *Confessions of an English Opium Eater* [*Confissões de um comedor de ópio*]*, De Quincey conta

---

20. Dolores French e Linda Lee, *Working: My Life as a Prostitute*, Nova York, E. P. Dutton, 1988, p. 43.
21. Raymond Williams, *The Country and the City*, Nova York, Oxford University Press, 1973, p. 233.
* Trad. de Ibañez Filho. Porto Alegre: L&PM, 2001. 152 p. (N. T.)

como, aos dezessete anos de idade, havia fugido de uma escola enfadonha e de seus tutores insensíveis e foi parar em Londres. Chegando lá, teve receios de procurar as poucas pessoas que conhecia e não havia como procurar trabalho sem contatos. Portanto, durante dezesseis semanas do verão e do outono de 1802, ele passou fome, não tendo encontrado nenhum outro sustento em Londres, a não ser morada numa mansão praticamente vazia, onde residia apenas uma menininha desamparada. Ele sucumbiu a uma existência espectral partilhada com algumas outras crianças e perambulava desassossegado pelas ruas. As ruas já eram um lar para aqueles que não tinham um, um lugar que media a tristeza e a solidão com a régua das caminhadas.

> Sendo eu mesmo, à época e por necessidade, um peripatético, ou ambulante, encontrava com mais frequência os peripatéticos femininos que tecnicamente são chamados de ambulatrizes. Muitas dessas mulheres haviam por vezes tomado meu partido contra os vigilantes que queriam me expulsar das soleiras das casas onde eu me sentava[22].

Uma delas fez amizade com o poeta, uma garota chamada Ann – "tão tímida e abatida que ficava claro a que ponto a tristeza havia se apoderado de seu coração jovem" –, que era mais jovem do que ele e havia recorrido às ruas depois de ter sido ludibriada e perder uma pequena herança. Certa vez, quando estavam "caminhando devagar pela Oxford Street, depois de um dia [em que ele havia se] sentido particularmente doente e fraco, [ele pediu] a ela que fosse [consigo] à Soho Square", e ele desmaiou. Ela gastou o pouco que tinha comprando vinho quente para revivê-lo. Ele declara que o fato de nunca ter conseguido reencontrá-la depois

---

22. De Quincey, *Confessions of an English Opium Eater*, Nova York, Signet Books, 1966, p. 42-3.

que sua sorte mudou foi uma das grandes tragédias de sua vida. Para De Quincey, sua estada em Londres foi uma das passagens mais sentidas de sua longa vida, mas não houve consequências: o resto do livro se entrega a seu suposto tema, os efeitos do ópio, e o resto de sua vida, à paisagem rural.

Charles Dickens era diferente, no sentido de ter optado por esse caminhar urbano e explorá-lo minuciosamente em seus textos com o passar dos anos. Ele é o grande poeta da vida londrina, e alguns de seus romances parecem apresentar o drama de um lugar, e não só o das pessoas. Veja-se *Our Mutual Friend* [*O amigo comum*]*, no qual os grandes montes eufêmicos de lixo, a sombria loja de esqueletos e taxidermia, e os ambientes internos caros e gelados dos ricos são retratos das pessoas associadas a esses locais. Indivíduos e lugares transformam-se uns nos outros: pode ser que uma personagem seja identificada apenas como atmosfera ou princípio e um lugar possa assumir uma personalidade plenamente desenvolvida. "E esse tipo de realismo só pode ser obtido caminhando-se em devaneio por um lugar; não se pode obtê-lo caminhando-se com atenção", escreveu um de seus melhores intérpretes, G. K. Chesterton[23]. Ele atribuía o aguçado sentido de lugar de Dickens ao episódio bem conhecido de sua infância, quando o pai fora preso por dívidas e o próprio Dickens, colocado para trabalhar numa fábrica de graxa para sapatos e alojado numa pensão da vizinhança, uma criança desolada e abandonada à cidade e seus desconhecidos. "Poucos de nós entendem a rua", Chesterton escreve.

> Mesmo quando pomos nela os pés, o fazemos cheios de dúvidas, como se entrássemos numa casa ou sala cheia de estranhos. Poucos de nós enxergam o que há por trás do enigma reluzente da rua, essa gente estranha que pertence

---

* Lisboa: Relógio D'Água Editores, 2014. (N. E.)
23. G. K. Chesterton, *Charles Dickens, A Critical Study*, Nova York, Dodd, Mead, 1906, p. 47, 44.

à rua somente: a prostituta ou o pivete, os nômades que, geração após geração, esconderam seus segredos antigos em pleno fulgor do sol. Da rua à noite, muitos de nós sabem menos ainda. A rua à noite é uma casa grande e trancada. Mas Dickens, dentre todos os homens, tinha a chave da rua [...]. Ele podia abrir a porta mais íntima de sua casa: a porta que leva à passagem secreta ladeada por casas e encimada por estrelas.

Dickens está entre os primeiros a indicar todas as outras coisas que o caminhar urbano pode ser: seus romances estão repletos de investigadores e inspetores de polícia, de criminosos que espreitam, enamorados que procuram e almas condenadas que fogem. A cidade torna-se um emaranhado através do qual todos os personagens andam a esmo numa colossal brincadeira de esconde-esconde, e apenas uma cidade vasta poderia permitir as tramas intricadas de Dickens, tão cheias de caminhos cruzados e vidas que se sobrepõem. Mas quando ele escrevia a respeito de sua própria vivência de Londres, esta muitas vezes era uma cidade abandonada.

"Se não houvesse como eu andar rápido e ir longe, seria melhor rebentar e perecer"[24], disse ele certa vez a uma pessoa amiga, e ele andava tão rápido e ia tão longe que poucos conseguiam acompanhá-lo. Ele era um pedestre solitário, e suas caminhadas tinham inúmeros propósitos. "Viajo pela cidade e também pelo campo e estou sempre na estrada"[25], assim se apresentou ele em sua coletânea de ensaios *The Uncommercial Traveller* [Viajante, mas não caixeiro]. "Figurativamente, viajo a serviço da grande firma do Interesse Humano & Família e sou um grande atravessador

---

24. Dickens a John Forster, apud Ned Lukacher, *Primal Scenes: Literature, Philosophy, Psychoanalysis*, Ithaca: Cornell University Press, 1986, p. 288.

25. Charles Dickens, *The Uncommercial Traveller and Reprinted Pieces Etc.*, Oxford/Nova York, Oxford University Press, 1958, p. 1.

de artigos de luxo. Literalmente, estou sempre vagando pelos arredores de meus aposentos em Covent-garden, Londres." Essa versão metafísica do caixeiro-viajante é uma descrição inadequada do papel que lhe cabia, e ele experimentou vários outros. Foi um atleta:

> Uma boa parte de minhas viagens se dá a pé, tanto que, se eu acalentasse melhores inclinações, provavelmente apareceria nos jornais desportivos sob alguma denominação, tal como o Noviço Ligeiro, desafiando todos os homens de setenta quilos a competir comigo na caminhada. Minha última proeza foi sair da cama às duas depois de um dia difícil, do ponto de vista pedestre e também em outros aspectos, e caminhar cinquenta quilômetros pelo campo até o desjejum. A estrada era tão solitária à noite que caí no sono embalado pelo som monótono dos meus próprios pés, que perfaziam seus costumeiros seis quilômetros por hora.

E, alguns ensaios adiante, ele seria um andarilho vadio ou o filho de um:

> Meu caminhar é de dois tipos: um deles ininterrupto até uma meta definida e em passo vivo; o outro, sem objetivo, moroso e simplesmente vagabundo. Nesse último estado, não há cigano no mundo mais vagabundo do que eu; para mim, é tão natural e imperioso, que imagino que eu deva ser descendente, e não muito remoto, de algum andarilho incorrigível[26].

E seria um policial fazendo a ronda, demasiado etéreo para prender alguém que não fosse em sua mente: "É uma de minhas fantasias que até mesmo a caminhada mais à toa deva sempre ter

---

26. Dickens, "Shy Neighborhoods", ibid., p. 94, 95.

um destino designado [...]. Nessas ocasiões, tenho por hábito considerar minhas caminhadas como minha ronda, e eu mesmo como uma espécie superior de policial a cumprir seu dever"[27].

E, mesmo assim, apesar de todas essas ocupações utilitárias e das multidões que povoam seus livros, a Londres de Dickens era muitas vezes uma cidade deserta, e o caminhar do autor por ela, um prazer melancólico. Num ensaio que tratava de visitas a cemitérios abandonados, ele escreveu: "toda vez que me julgo particularmente merecedor do direito de desfrutar de um pequeno regalo, vou a pé de Covent-garden à City de Londres, terminado por lá o expediente, num sábado ou – melhor ainda – num domingo, e vago a esmo por seus cantos e recantos desertos"[28]. Mas o mais memorável de todos é "Night Walks" [Caminhadas noturnas], o ensaio que começa assim: "Há alguns anos, uma incapacidade temporária de dormir, atribuível a uma impressão aflitiva, me fez andar pelas ruas a noite toda, várias noites em sequência"[29]. Ele descreveu essas caminhadas da meia-noite ao romper do dia como cura para sua aflição, e foi durante esses passeios que ele completou sua "educação numa bela experiência amadorística da condição de sem-casa" – ou o que hoje se chama a condição de sem-teto. A cidade já não era mais tão perigosa quanto havia sido no tempo de Gay e Johnson, mas era mais solitária. A Londres do século XVIII era apinhada de gente, vivaz, repleta de predadores, espetáculos e gracejos entre desconhecidos. Quando Dickens se pôs a escrever sobre a condição de sem-casa em 1860, Londres era muito maior, mas a turba tão temida no século XVIII havia sido, no XIX, em grande parte domesticada e se transformado no povo, uma massa tranquila e insípida que, em público, cuidava da própria vida:

---

27. Dickens, "On an Amateur Beat", ibid., p. 345.
28. Dickens, "The City of the Absent", ibid., p. 233.
29. Dickens, "Night Walks", ibid., p. 127.

Andando pelas ruas sob o tamborilar da chuva, Sem-Casa costumava caminhar, caminhar, caminhar, sem nada ver além do emaranhado interminável de ruas, a não ser por uma ou outra esquina, onde conversavam dois policiais, ou então um sargento ou inspetor cuidava de seus homens. Aqui e ali, à noite – mas raramente –, Sem-Casa percebia uma cabeça furtiva surgindo de uma porta poucos metros à sua frente e, acompanhando a cabeça, encontrava um homem levantando-se de um salto para se manter na sombra da porta, evidentemente concentrado em não prestar o menor serviço à sociedade [...]. A lua e as nuvens desenfreadas mostravam-se tão inquietas quanto uma consciência pesada numa cama revolta, e a própria sombra da imensidão de Londres parecia repousar opressivamente sobre o rio.

E, mesmo assim, ele aprecia as ruas noturnas e solitárias, da mesma maneira que aprecia os cemitérios e os "bairros carentes", além do que ele quixotescamente chamava de "Londres árcade" – a Londres da baixa temporada, quando a sociedade partia em massa para o campo, deixando a cidade numa paz sepulcral.

Existe um estado refinado conhecido pela maioria das pessoas que se dedicam a caminhar na paisagem urbana, uma espécie de regalar-se na solidão – uma solidão tenebrosa entremeada por contatos da mesma maneira que o céu noturno é entremeado por estrelas. No campo, a solidão é geográfica – a pessoa está completamente fora da sociedade, portanto, a solidão tem uma explicação geográfica razoável, e aí ocorre uma espécie de comunhão com aquilo que não é humano. Na cidade, a pessoa está só porque o mundo é feito de estranhos, e ser um estranho cercado de estranhos, seguir adiante, a pé e em silêncio, portando os próprios segredos e imaginando quais seriam os dos transeuntes, está entre os luxos mais supremos. Essa identidade inexplorada com suas possibilidades ilimitáveis é uma das características distintivas da vida urbana, um estado libertador para aqueles que chegam a se emancipar das expectativas da família e da comunidade, a experimentar com a subcultura e a identidade. É um estado observador, impassível, retraído, de sentidos aguçados, um bom estado para quem precisa refletir ou criar. Em pequenas doses, melancolia, alienação e introspecção estão entre os prazeres mais rarefeitos da vida.

Não faz muito tempo, escutei a cantora e poetisa Patti Smith, numa entrevista de rádio, responder da seguinte maneira a uma pergunta sobre o que ela fazia para se preparar para suas apresentações no palco: "Eu costumava vagar pelas ruas durante algumas horas"[30]. Com esse breve comentário, ela evocou seu próprio romantismo fora da lei e a maneira como uma caminhada dessas pode fortalecer e aguçar a sensibilidade, envolver a pessoa num isolamento do qual podem brotar canções de ferocidade suficiente, palavras suficientemente afiadas para romper esse silêncio contemplativo. É provável que suas perambulações não funcionassem tão bem numa porção de cidades norte-americanas, onde o hotel se via isolado por um estacionamento cercado de autoestradas com seis pistas e sem calçadas, mas ela falou na condição de nova-iorquina. Falando como londrina, Virginia Woolf descreveu o anonimato como uma coisa boa e desejável em seu ensaio de 1930, "Street Haunting" [Frequentar as ruas]. Filha do grande alpinista Leslie Stephen, ela havia declarado certa vez a uma pessoa amiga: "Como eu poderia achar as montanhas e a escalada românticas? Não fui criada com bastões de alpinismo no meu quarto de criança e um mapa texturizado dos Alpes, mostrando todos os picos que meu pai havia subido? Naturalmente, Londres e os charcos são os lugares de que mais

---

30. Patti Smith, quando lhe perguntaram como ela se preparava antes de subir ao palco, *Fresh Air*, National Public Radio, 3 de outubro de 1997.

gosto"³¹. Londres havia crescido mais de duas vezes em tamanho desde as caminhadas noturnas de Dickens e as ruas haviam se transformado mais uma vez para se tornarem refúgio. Woolf escreveu a respeito da opressão confinadora da identidade, sobre a maneira como os objetos domésticos "impõem as lembranças de nossa própria experiência"³². E foi assim que ela saiu para comprar um lápis numa cidade onde a segurança e a decência não eram mais preocupações para uma mulher que já não era mais jovem num fim de tarde invernal, e ao relatar – ou inventar – sua jornada, ela escreveu um dos grandes ensaios sobre o caminhar na paisagem urbana.

"Ao sairmos de casa num belo fim de tarde, entre as quatro e as seis", ela escreveu, "nos livramos da identidade pela qual nossos amigos nos conhecem e nos tornamos parte do vasto exército republicano de andarilhos anônimos, cujo convívio é tão agradável frente à solidão de nossos quartos." A respeito das pessoas que observa, ela comenta: "Em cada uma dessas vidas, pode-se penetrar um pouco, o suficiente para se ter a ilusão de que não se está agrilhoada a uma única mente, mas que se pode vestir, por alguns minutos, os corpos e as mentes de outras pessoas. Podemos ser uma lavadeira, um taverneiro, um cantor de rua". Nesse anonimato, "essa espécie de concha protetora que nossas almas criaram para si, para se tornarem uma forma distinta das outras, é quebrada, e o que resta de todas essas pregas e asperezas é uma ostra central de perceptividade, um olho enorme. Como é bela a rua no inverno! Encontra-se, ao mesmo tempo, revelada e escondida"³³. Ela caminhava pela mesma Oxford Street de De Quincey e Ann, agora

---

31. *The Letters of Virginia Woolf*, vol. 3, *A Change of Perspective*, org. de Nigel Nicholson, Londres, Hogarth Press, 1975-80, carta a V. Sackville-West, 10 de agosto de 1924, p. 126.

32. Virginia Woolf, "Street Haunting: A London Adventure", in *The Death of the Moth and Other Essays*, Harmondsworth, Inglaterra, Penguin Books, 1961, p. 23.

33. Ibid., p. 23-4.

forrada de vitrines repletas de artigos de luxo com os quais ela mobiliou uma casa e uma vida imaginárias, banindo ambas em seguida para voltar à caminhada. A linguagem da introspecção que Wordsworth ajudou a desenvolver e De Quincey e Dickens refinaram era a linguagem de Woolf, e os incidentes mais ínfimos – passarinhos farfalhando nos arbustos, uma anã experimentando sapatos – permitiam que sua imaginação fosse mais longe do que seus pés, partindo em digressões das quais ela retorna relutante para os fatos de sua excursão. Caminhar pelas ruas havia conquistado seu espaço, e a solidão e introspecção que tinham sido excruciantes para seus predecessores eram um deleite para ela. O fato de ser uma alegria porque a identidade de Woolf havia se tornado um fardo torna a atividade contemporânea.

À semelhança de Londres, Nova York raras vezes ensejou o elogio perfeito. É grande e cruel em demasia. Por conhecer intimamente apenas cidades menores, vivo subestimando suas dimensões e me cansando antes do fim do percurso, da mesma maneira que faço de carro em Los Angeles. Mas admiro Manhattan: a sincronizada dança das abelhas na estação Grand Central, o passo rápido que as pessoas adotam na malha alongada das ruas, os pedestres imprudentes, a gente que passeia num ritmo mais desacelerado nas praças, as babás de pele escura empurrando bebês claros em carrinhos pelas trilhas graciosas do Central Park. Vagando sem um propósito ou senso de direção nítido, muitas vezes atrapalhei o fluxo rápido de transeuntes concentrados obviamente em cumprir alguma incumbência ou se locomovendo entre o lar e o trabalho, como se eu fosse uma borboleta perdida na colmeia, um obstáculo na correnteza. Dois terços de todas as jornadas nos arredores do centro ou da parte baixa de Manhattan ainda são cumpridos a pé[34], e Nova York, à semelhança de Londres, ainda é uma cidade onde as pessoas caminham por razões de ordem prática, abalando-se para cima e para baixo nas escadarias do metrô, atravessando cruzamentos, mas os distraídos e aqueles que passeiam à noite se movem num ritmo diferente. As cidades grandes transformam o caminhar em verdadeira viagem: perigo, exílio, descoberta e transformação encerram tudo isso no entorno do lar e chegam diretamente à soleira da porta.

O italianófilo Rudofsky usa Londres para desdenhar Nova York:

> No geral, a obsessão anglo-saxã da América do Norte teve um efeito devastador sobre seus anos de formação. Sem dúvida alguma, os ingleses não são um modelo desejável para uma sociedade urbana. Nenhuma outra nação desenvolveu uma devoção tão feroz à vida campestre como eles fizeram. E por bons motivos: suas cidades estão, tradicionalmente, entre as menos salubres da Europa. Os ingleses podem ser profundamente leais a suas cidadezinhas, mas a rua – a verdadeira medida da urbanidade – não figura generosamente em suas simpatias[35].

As ruas de Nova York figuram generosamente na obra de alguns de seus escritores. *"Paris, c'est une blonde"*, diz a canção francesa, e os poetas parisienses geralmente fazem de sua cidade uma mulher. Nova York, com sua malha regular, os edifícios sombrios e os arranha-céus gigantescos, com sua famosa obstinação, é uma cidade masculina, e, se as cidades são musas, não é de admirar que as glórias de Nova York tenham sido decantadas por seus poetas

---

34. Tony Hiss, editorial, *New York Times*, 30 de janeiro de 1998.
35. Rudofsky, *Streets for People*, p. 19.

homossexuais: Walt Whitman, Frank O'Hara, Allen Ginsberg e o poeta prosador David Wojnarowicz (apesar de muita gente, de Edith Wharton a Patti Smith, ter homenageado a cidade e suas ruas).

Nos poemas de Whitman, embora ele muitas vezes fale de si mesmo feliz nos braços de um namorado, os trechos nos quais ele aparece solitário andando pelas ruas em busca de um amante – precursor do *gay cruiser*, a paquera gay – parecem mais autênticos. Em "Recorders Ages Hence" [Historiadores do porvir], o impudico Whitman registra para a posteridade que ele era alguém "que costumava caminhar solitário pensando nos amigos que lhe são caros, seus amantes"[36]. Alguns poemas mais adiante, na versão final de *Leaves of Grass* [*Folhas de relva*], ele começa outro poema com um exórdio oratório: "Cidade de orgias, caminhadas e gozos"[37]. Depois de relacionar todos os possíveis critérios para a distinção de uma cidade – casas, navios, desfiles –, ele escolhe "não isso, mas enquanto passo, ó Manhattan, seus céleres e frequentes olhares a me oferecer amor": as caminhadas, e não as orgias, as promessas, e não seu cumprimento, são as alegrias. Whitman sabia como ninguém criar listas e inventários e descrever variedade e quantidade, e foi um dos primeiros a adorar a massa. Prometia novas relações; expressava os ideais democráticos e entusiasmos pelágicos do poeta. Alguns poemas depois de "Cidade de orgias", aparece "To a Stranger" [A um estranho]: "Estranho que passa! Não sabes com que avidez te observo [...]"[38]. Para Whitman, o vislumbre momentâneo e a intimidade do amor eram complementares, assim como o eram também seu ego enfático e as massas anônimas. E assim ele decanta as glórias da metrópole tumescente de Manhattan e as novas possibilidades de dimensão urbana.

---

36. Walt Whitman, "Recorders Ages Hence", *Leaves of Grass*, Nova York, Bantam Books, 1983, p. 99.
37. Ibid., p. 102.
38. Ibid., p. 103.

Whitman morreu em 1892, no momento em que todo mundo começava a celebrar a cidade. Durante a primeira metade do século que viria, a cidade pareceria emblemática: seria a capital do século XX, como Paris havia sido a do século XIX. Destino e esperança eram urbanos tanto para os radicais quanto para os plutocratas naquela época, e Nova York, como os vapores de luxo que aportavam e os imigrantes que saíam aos borbotões da ilha de Ellis, com seus arranha-céus que nem mesmo Georgia O'Keeffe resistiu à tentação de pintar no período em que viveu lá, era a cidade moderna definitiva. Na década de 1920, uma revista foi dedicada à cidade, a *New Yorker*, e a seção "Talk of the Town" [O bochicho da cidade] compilava pequenos incidentes das ruas que os autores faziam brilhar, seguindo a tradição dos ensaios da *Spectator* e da *Rambler* na Londres do século XVIII, além de ter o jazz e a Renascença do Harlem na parte alta, a boemia extremista no Village (e no Central Park ficava o Ramble [Passeio], uma área tão bem conhecida por acolher os gays que saíam para paquerar que foi apelidada de "a planície dos frutinhas"[39]). Antes da Segunda Guerra Mundial, Berenice Abbott vagou pelas ruas de Nova York fotografando os edifícios e, depois do confronto, Helen Levitt fotografou crianças brincando nas ruas, ao passo que Weegee fotografava o submundo de cadáveres frescos nas calçadas e prostitutas em camburões. Pode-se imaginá-los perambulando deliberadamente feito caçadores-coletores, sendo a câmera uma espécie de cesta cheia dos espetáculos do dia, e os fotógrafos deixando a nós não suas caminhadas, como fazem os poetas, mas os frutos dessas andanças. Whitman, no entanto, não teve sucessor até o pós-guerra, quando Allen Ginsberg seguiu-lhe os passos ou, ao menos, seus versos longos e desconexos de retórica celebrativa.

---

39. Ken Gonzales-Day, "The Fruited Plain: A History of Queer Space", *Art Issues*, set./out. 1997, p. 17.

Ginsberg, por vezes, é apresentado como cidadão de São Francisco, e ele se encontrou como poeta durante o tempo que passou lá e em Berkeley, na década de 1950, mas ele é um poeta nova-iorquino, e as cidades de seus poemas são cidades grandes e cruéis. Ele e seus pares foram urbanistas fervorosos numa época em que a classe média branca estava abandonando a vida citadina e partindo para os subúrbios (e apesar de muitos da chamada geração *beat* se reunirem em São Francisco, a maioria deles compunha poesia a respeito de coisas mais pessoais ou mais gerais do que as ruas onde se aglomeravam ou, então, usavam a cidade como caminho de entrada para a Ásia e a paisagem do oeste dos Estados Unidos). Ele chegou a escrever a respeito dos subúrbios, principalmente em "Supermarket in California", no qual ele evoca um supermercado onde a abundância de produtos hortifrutigranjeiros e famílias fazendo compras ridiculariza os poetas gays mortos – Whitman e Federico García Lorca (que morou em Nova York de 1929 a 1930) – paquerando pelos corredores. Mas, fora isso, seus primeiros poemas estavam abarrotados de neve, cortiços e a ponte do Brooklyn. Ginsberg caminhou consideravelmente por São Francisco e Nova York, mas em seus poemas, o caminhar está sempre se transformando em alguma outra coisa, já que a calçada está sempre se tornando uma cama, um paraíso budista ou alguma outra aparição. As melhores mentes de sua geração estavam "se arrastando pelos bairros negros de madrugada em busca de uma dose irada [de alguma droga]"[40], mas começavam imediatamente a enxergar anjos cambaleando nos telhados dos cortiços a engolir fogo, a alucinar Arkansas e tragédias à luz de Blake e assim por diante, mesmo que depois andassem trôpegos até as agências de desemprego e caminhassem "a noite toda com os sapatos cheios

---

40. Allen Ginsberg, "Howl", in Donald M. Allen (org.), *The New American Poetry*, Nova York, Grove Press, 1960, p. 182, 186.

de sangue pelo cais coberto de neve esperando que uma porta se abrisse no East River [...]".

Para a geração *beat*, o movimento ou a viagem eram tremendamente importantes, mas não sua natureza exata (a não ser para Snyder, o verdadeiro peripatético do grupo). Pegaram o fim dos romances da década de 1930 que falavam de transporte clandestino em trens de carga, vagabundos e pátios ferroviários, abriram caminho para a nova cultura automobilística na qual o desassossego era mitigado por centenas de quilômetros à 110 por hora, e não por algumas dezenas a cinco ou seis, e misturaram essa viagem física com divagações da imaginação induzidas quimicamente e uma espécie inteiramente nova de linguagem buliçosa. São Francisco e Nova York parecem âncoras pedestres nas duas pontas da comprida corda da estrada franca que eles percorriam. Da mesma maneira, vê-se a transformação nas baladas *country*: em algum momento na década de 1950, os apaixonados frustrados deixaram de sair andando ou de pegar o último trem e começaram a dirigir, e por volta da década de 1970, chegara-se à apoteose das canções de caminhoneiros. Se tivesse vivido tanto, Kerouac teria adorado essas canções. Somente na primeira parte de *Kaddish*, quando Ginsberg desiste de cantar sua geração e os amigos para lamentar a morte da mãe, é que o ato e o lugar se tornam particulares. As ruas são repositórios da história, e caminhar é uma maneira de ler essa história. "Estranho pensar em você agora, não mais aqui, sem espartilhos e olhos, enquanto caminho no calçamento ensolarado de Greenwich Village"[41], começa o poema, e caminhando pela Sétima Avenida ele pensa em Naomi Ginsberg no Lower East Side, "onde você andava há cinquenta anos, menininha – da Rússia/ [...] e daí a atravessar laboriosamente as massas da Orchard Street

---

41. Allen Ginsberg, *Kaddish and Other Poems, 1958-1960*, São Francisco, City Lights Books, 1961, p. 7.

rumo a quê?/ – rumo a Newark –"⁴², numa antífona da cidade que pertencia aos dois, à qual se juntavam em seções posteriores as experiências que os dois compartilharam quando ele era menino.

Belo como uma estátua de mármore, Frank O'Hara era tão diferente de Ginsberg quanto poderia ser outro poeta homossexual nascido no mesmo ano, e ele escreveu a respeito de aventuras diurnas muito mais delicadas. A poesia de Ginsberg era oratória, jeremiadas e hinos a serem berrados aos quatro ventos; a poesia de O'Hara é fortuita como uma conversa e encadeada por passeios a pé pela rua (dentre os títulos de seus livros, temos *Lunch Poems* [Poemas do almoço] – nada a ver com comer, mas com as excursões feitas em seus intervalos de almoço quando trabalhou no Museu de Arte Moderna de Nova York –, *Second Avenue* e a coletânea de ensaios *Standing Still and Walking in New York* [Ficar parado e caminhar em Nova York]). Ginsberg tinha a tendência de se dirigir aos Estados Unidos, mas as observações de O'Hara remetiam muitas vezes a um "você", aparentemente um amante ausente num solilóquio mudo ou um companheiro durante um passeio a pé. O pintor Larry Rivers relembra: "Foi a coisa mais extraordinária, uma simples caminhada" com O'Hara⁴³, e este compôs um poema intitulado "Walking with Larry Rivers" [Caminhando com Larry Rivers]. Caminhar parece ter sido uma parte importante de seu repertório diário, bem como uma espécie de sintaxe que organizava o pensamento, a emoção e o contato, e a cidade era o único local concebível para sua voz terna, dotada da malandragem das ruas e por vezes banal, celebrar o incidental e o inconsequente. No poema em prosa "Meditations in an Emergency" [Meditações em caso de emergência], ele afirmou: "Nem sequer consigo apreciar uma folha de grama, a menos que

---

42. Ibid., p. 8.
43. Brad Gooch, *City Poet: The Life and Times of Frank O'Hara*, Nova York, Alfred A. Knopf, 1993, p. 217.

saiba haver por perto uma estação de metrô, ou uma loja de discos, ou algum outro sinal de que as pessoas não *deploram* totalmente a vida. Mais importante é afirmar o que há de menos sincero: as nuvens já ganham muita atenção [...]"[44]. O poema "Walking to Work" [A pé para o trabalho] termina assim:

> Estou me tornando
> a rua.
> Está apaixonado por quem?
> por mim?
> Direto no contraluz atravesso[45].

No entanto, um outro poema a respeito do caminhar começa assim:

> Começo a enjoar de não usar cuecas
> Se bem que gosto de
> andar por aí
> sentindo a brisa na genitália[46].

e continua, especulando "quem jogou no chão a caixa vazia/ de pipoca doce", antes de se voltar para as nuvens, o ônibus, seu destino, o "você" com quem fala, o Central Park. A trama é a da vida cotidiana e do olhar do especialista que se fixa em pequenas coisas, pequenas epifanias, mas o mesmo tipo de inventário que salpica os poemas de Whitman e Ginsberg é recorrente nos de O'Hara. As cidades sempre produzem listas.

Close to the Knives: A Memoir of Disintegration [Intimidade com as facas: memórias da desintegração] de David Wojnarowicz

---

44. Frank O'Hara, "Meditations in an Emergency", in *The Selected Poems*, Nova York, Vintage Books, 1974, p. 87.
45. O'Hara, "Walking to Work", ibid., p. 57.
46. O'Hara, "F. (Missive and Walk) I. #53", ibid., p. 194.

parece um resumo de toda a experiência urbana que antecedeu o poeta. À semelhança de De Quincey, ele fugira de casa, mas da mesma maneira que Ann, a amiga de De Quincey, ele encontrou sustento trabalhando como michê infantil, e à semelhança de Dickens e Ginsberg, ele deu uma clareza incandescente e alucinógena às disposições de ânimo e aos cenários de sua cidade. Muitos que retomaram o tema *beat* do submundo urbano do erotismo, da embriaguez e da ilicitude o fizeram seguindo a tendência amoral de William Burroughs, mais interessados em seu maneirismo do que em suas consequências ou seu caráter político, mas Wojnarowicz vociferava contra o sistema que criou esse sofrimento, que criou seu sofrimento, o da criança que fugiu de casa, o do homossexual, do aidético (ele morreria em decorrência da AIDS em 1992). Ele compõe numa colagem de lembranças, encontros, sonhos, fantasias e transportes de emoção salpicados com metáforas surpreendentes e imagens dolorosas, e, em suas composições, o caminhar aparece como um refrão, uma batida: ele sempre volta à imagem de si mesmo andando sozinho por uma rua de Nova York ou por um corredor. "Certas noites andávamos setecentos ou oitocentos quarteirões, praticamente toda a ilha de Manhattan"[47], ele escreveu a respeito da época em que era michê, pois caminhar ainda era o recurso daqueles que não tinham onde dormir, como tinha sido para Johnson e Savage.

    A Nova York dos anos 1980 de Wojnarowicz fizera a volta completa e lembrava mais uma vez a Londres do começo do século XVIII de Gay. Era flagelada pela AIDS, pela vasta e recente população de sem-teto e pelas vítimas das drogas que andavam trôpegas por toda parte, como se tivessem saído da gravura *Gin Lane* de William

---

47. David Wojnarowicz, *Close to the Knives: A Memoir of Disintegration*, Nova York, Vintage Books, 1991, p. 5; "pernas compridas e botas tachadas", p. 182; "Por pouco não morri em três ocasiões", p. 228; "Caminho por estes corredores", p. 64; "Caminhei [...] horas a fio", p. 67; "homem na segunda avenida", p. 70; "Ando por este corredor 27 vezes", p. 79.

Hogarth, e tinha a má fama de ser violenta, tanto é que os cidadãos "bem de vida" temiam suas ruas como antes temiam as ruas de Londres. Wojnarowicz escreve sobre ter visto "pernas compridas e botas tachadas e sapatos de salto elegantes, e três prostitutas cercam de repente um executivo saído do *waldorf* e dizem: 'vamos, benzinho' afagando-lhe o pau [...] e a carteira dele aparece a suas costas nas mãos de uma delas e todas saem à francesa e ele continua com as risadinhas", e estamos de volta a Moll Flanders privando um cliente de suas luvas prateadas, da caixa de rapé e até mesmo do chinó. Ele escreve a respeito da época em que sofria de desnutrição e abandono, vivendo nas ruas até os dezoito anos: "Por pouco não morri em três ocasiões nas mãos de gente a quem vendi meu corpo naqueles tempos e depois de sair da rua [...] mal conseguia falar na presença de outras pessoas [...] Esse fardo de imagens e sensações só me deixava quando eu apanhava um lápis e começava a colocá-lo no papel". "Sair da rua": a frase descreve todas as ruas como uma só rua, e essa rua como o mundo inteiro, com seus próprios cidadãos, leis, idioma. "A rua" é um mundo onde as pessoas que fogem de traumas que aconteceram dentro de casa se tornam naturais do universo exterior.

  Uma das seções do livro, "Being Queer in America: A Journal of Disintegration" [A condição *queer* nos Estados Unidos: diário da desintegração], faz uma crônica tão meticulosa dos usos do caminhar para um homem *queer* das ruas na América urbana da década de 1980 quanto *Orgulho e preconceito* faz dos usos do caminhar para uma dama do campo quase dois séculos antes. Começa assim: "Caminho por estes corredores em que as janelas fragmentam um céu moribundo e uma brisa mansa segue no encalço do garoto que cruza de súbito o batente de uma porta dez cômodos lá adiante". Ele segue o garoto cômodo adentro, que lembra os desembarcadouros compridos e armazéns que ele costumava percorrer quando saía para caçar, paga-lhe um boquete e, algumas seções depois, seu caminhar transforma-se em luto pelo amigo, o fotógrafo Peter Hujar, que morrera de AIDS.

> Caminhei pelas ruas horas a fio depois que ele morreu, atravessei a congregação das trevas e o tráfego, entrei naquela parte moribunda da cidade onde corpos coalham as calçadas e os cães destroçam o lixo fedorento junto às portas. Havia um inchaço verde nas nuvens acima dos prédios [...]. Virei-me e parti, voltando a pé para a cerração cinzenta de tráfego e descargas de escapamento, passei por uma prostituta magrela que andava feito noia, debruçada sobre a própria cintura e arrastando os dedos pelo calçamento.

Ele encontra um amigo – "homem na segunda avenida às duas da manhã" – que fala de um terceiro homem assaltado na West Street por uma carrada de garotos de Jersey e surrado brutalmente por ser gay. Aí vem o refrão: "Ando por este corredor 27 vezes e só enxergo as paredes brancas e frias. A mão que afaga lentamente um rosto, mas minhas mãos estão vazias. Andando de um cômodo a outro e de volta mais uma vez seguindo sombras azuladas sinto- -me fraco [...]". A cidade dele não é o inferno, e sim o limbo, o lugar onde as almas penadas vagam em círculos para todo o sempre, remido, aos olhos dele, somente pela paixão, a amizade e a capacidade visionária.

Comecei a percorrer a pé as ruas de minha própria cidade quando era adolescente e o fiz durante tanto tempo que tanto elas quanto eu mudamos: o ritmo desesperado da adolescência, quando o presente parecia uma provação eterna, deu lugar às caminhadas meditativas e inumeráveis incumbências de alguém já não mais tão tensa, tão isolada, tão pobre, e minhas caminhadas hoje geralmente são revisões da história que é tanto minha quanto da cidade.

Terrenos baldios tornam-se novos edifícios, os bares dos velhos rabugentos são tomados pelos jovens hipsters, as discotecas da Castro transformam-se em lojas de suplementos nutricionais, ruas e vizinhanças inteiras mudam de caráter. Até mesmo meu bairro mudou tanto que chega a parecer que eu troquei de casa duas ou três vezes desde a esquina barulhenta onde comecei pouco antes de completar vinte anos. Os pedestres urbanos que pesquisei sugerem uma espécie de escala do caminhar, e nela eu passei praticamente da ponta Ginsberg-Wojnarowicz do espectro para a de uma Virginia Woolf de aluguel baixo.

    Dois dias antes do fim do ano, fui a uma das lojas de bebidas próximas comprar leite bem cedo numa manhã de domingo. Dobrando a esquina, havia um sujeito sentado no vão de uma porta bebendo e cantando em falsete, com aquele dom que alguns bêbados da região têm de soar como anjos caídos. A palavra *aloooone* saiu gorjeada de lugar algum, ecoando lindamente no poço da escadaria. No caminho de volta, eu o vi ziguezaguear pela rua tão absorto que ele nem sequer reparou em mim quando passei a poucos centímetros dele. O simples fato de caminhar parecia absorver toda a atenção do cantor, como se estivesse obrigando a si mesmo a atravessar uma atmosfera que se adensara a seu redor. Quando comecei a regar a árvore na frente do meu prédio, ele ainda estava contornando a esquina. A senhora idosa que sempre usa vestidos e fala coisas ilógicas e sem sentido com toda a educação caminhava no sentido oposto. Eu a cumprimentei quando passou por mim, mas ela tampouco me viu. De repente, quando chegou ao mesmo ponto que ele, cada um do seu lado da rua, ela se pôs a fazer uma espécie de sapateado que prosseguiu até dobrar a esquina oposta e sumir de vista. Os dois pareciam escutar uma música inaudível que os fazia seguir adiante, tornava-os joviais e também assombrados.

    Mais tarde apareceriam os frequentadores da igreja. Quando me mudei para cá, não havia cafés, e todos os devotos caminhavam:

nas manhãs de domingo, as ruas eram agitadas e sociáveis, as mulheres negras com seus chapéus resplandecentes andavam em todas as direções até as igrejas, não com os passos obstinados dos peregrinos, e sim com o passo largo e festivo das celebrantes. Mas isso foi há tempos: a gentrificação dispersou as congregações batistas para outros bairros, de onde muita gente hoje sai de carro para ir à igreja. Os jovens afro-americanos ainda passeiam por ali, pernas indiferentes, movendo exageradamente braços e ombros como se delimitassem com estacas um território corpóreo, mas, nos fins de semana pela manhã, a maioria dos igrejeiros foi substituída nas calçadas por praticantes de *cooper* e passeadores de cães que se abalam na direção daquele grande templo secular da classe média, o jardim representado pelo parque Golden Gate, enquanto as pessoas de ressaca se juntam nos cafés. Mas àquela hora da manhã, a rua pertencia a nós três, os pedestres, ou a dois de nós, pois eles me fizeram sentir como se eu fosse um fantasma a cruzar a esmo suas vidas particulares ali em público, naquela manhã fria e ensolarada de domingo, na solidão coletiva daqueles que caminham pela paisagem urbana.

CAPÍTULO 12

PARIS, OU A BOTÂNICA DO ASFALTO

Os parisienses habitam ruas e jardins públicos como se fossem salões ou corredores, e os cafés se abrem para a rua e a inundam como se o drama dos transeuntes fosse muito interessante para passar despercebido, mesmo que durante o breve intervalo de um drinque. Mulheres nuas de mármore e bronze estão por toda parte nos ambientes externos, eretas sobre pedestais e saltando das paredes como se a cidade fosse tanto museu quanto *boudoir*, ao passo que arcos triunfais e pilares entremeiam as avenidas feito as *yoni* e os *lingam* de uma sexualidade militante. As ruas transformam-se em pátios, os edifícios maiores abraçam outros pátios que, na verdade, são parques, as repartições públicas são do tamanho de avenidas, e as avenidas estão forradas de árvores e cadeiras, exatamente como os parques. Tudo – casas, igrejas, pontes, muros – tem a mesma coloração cinza-amarelada, de modo que a cidade parece ser uma única construção de complexidade inconcebível, uma espécie de recife da alta cultura. Tudo isso faz Paris parecer porosa, como se o pensamento particular e os atos públicos não se separassem tanto ali quanto em outros lugares, com os pedestres entrando e saindo aos borbotões de devaneios e revoluções. Mais do que qualquer outra cidade, ela penetrou nas pinturas e nos romances daqueles sob seu domínio, de modo que representação e realidade refletem uma à outra como dois espelhos um diante do outro, e caminhar por Paris geralmente é descrito como leitura, como se a própria cidade fosse uma imensa antologia de contos. Ela é um ímã que atrai seus cidadãos e visitantes, pois sempre foi a capital de refugiados e exilados, além de ser a capital da França.

"Ora uma paisagem, ora um quarto", escreveu Walter Benjamin a respeito da maneira como o pedestre vivencia Paris[1]. Benjamin é um dos grandes estudiosos das cidades e da arte de percorrê-las a pé, e Paris o arrastou para seus recessos como fizera com tantos antes dele, chegando a ofuscar todos os outros temas de seus escritos durante a década que antecedeu sua morte em 1940. Ele visitou Paris pela primeira vez em 1913 e retornou em estadas cada vez mais prolongadas até finalmente se estabelecer por lá no fim da década de 1920. Até mesmo quando Benjamin escreve a respeito de sua cidade natal, Berlim, suas palavras divagam rumo a Paris. Num ensaio sobre sua infância em Berlim, ele afirmou:

> Perder o rumo numa cidade pode muito bem ser desinteressante e banal. Requer ignorância, nada mais. Mas perder-se numa cidade — da maneira que seria possível se perder numa floresta —, isso pede uma educação bem diferente. Aí letreiros e nomes de ruas, transeuntes, telhados, quiosques ou bares devem falar ao andarilho como o graveto a estalar sob seus pés, feito o pio assustador de um alcaravão ao longe, feito a repentina quietude de uma clareira com um lírio ereto em seu centro. Paris me ensinou essa arte de se extraviar. Realizou um sonho que mostrara seus primeiros vestígios nos labirintos das páginas borradas dos meus cadernos escolares.

Ele fora criado, como todo bom alemão da virada do século, para venerar as montanhas e florestas — uma fotografia sua ainda criança o mostra segurando um bastão de alpinismo diante

---

1. Walter Benjamin, "On Some Motifs in Baudelaire", in *Reflections: Essays, Aphorisms, Autobiographical Writings*, Nova York, Schocken Books, 1978, p. 156.

de uma pintura dos Alpes², e sua família endinheirada muitas vezes passava férias prolongadas na Floresta Negra e na Suíça –, mas seu entusiasmo pelas cidades era tanto uma rejeição desse romantismo antiquado quanto imersão no urbanismo do modernismo.

As cidades o fascinavam como uma espécie de organização que só podia ser percebida andando-se a esmo ou passando-se os olhos, uma ordem espacial que contrastava com a ordem temporal meticulosamente linear de narrativas e cronologias. No tal ensaio sobre Berlim, ele fala de uma revelação que teve num café parisiense – "tinha de ser em Paris, onde os muros e molhes, os lugares onde se demorar, as coleções e o entulho, as balaustradas e as praças, as passagens [galerias] e os quiosques ensinam um idioma tão singular"³ –, a de que toda a sua vida poderia ser diagramada como um mapa ou labirinto, como se o espaço, e não o tempo, fosse sua principal estrutura organizadora. Em *Moscow Diary* [*Diário de Moscou*]*, ele misturou sua própria vida ao relato que fez da cidade, e Benjamin escreveu um livro, *One-Way Street* [*Rua de mão única*]**, cujo formato parece reproduzir uma cidade, uma obra subversiva de trechos breves intitulados como se fossem letreiros e logradouros de uma cidade: Posto de Gasolina; Canteiro de Obras; Embaixada Mexicana; Casa Mobiliada, Principesca, Dez Cômodos; Porcelanas da China. Se a narrativa é como um caminho único e contínuo, as diversas narrativas breves desse livro são como um emaranhado de ruas e vielas.

---

2. A respeito de montanhas, bastões de alpinismo e Benjamin, cf. suas cartas de 13 de setembro de 1913; 6-7 de julho de 1914; 8 de novembro de 1918; e 20 de julho de 1921; e Monme Brodersen, *Walter Benjamin: A Biography* (Londres, Verso, 1996): "e por fim trouxeram-me um pano de fundo mal pintado dos Alpes. E fico eu ali, com a cabeça descoberta, um sorriso torto nos lábios e uma bengala na mão direita" (p. 12), e "um outro aspecto menosprezado da vida cotidiana do garoto eram as viagens prolongadas e frequentes com toda a família: ao Mar do Norte e ao Báltico, aos picos elevados da Risengebirge entre a Boêmia e a Silésia, a Freudenstadt na Floresta Negra e à Suíça" (p. 13).

3. Walter Benjamin, "A Berlin Chronicle", in *Reflections*, p. 8, 9.

* Trad. de Hildegard Herbold, São Paulo, Companhia das Letras, 1989. (N.T.)

** Trad. de João Barrento. Belo Horizonte: Autêntica, 2013. (N.T.)

Ele mesmo era um grande viandante das ruas. Imagino Benjamin andando pelas ruas de Paris – "Creio que nunca o vi andar de cabeça erguida. Seu passo tinha algo de inequívoco, algo pensativo e experimental, provavelmente devido à sua miopia"[4], diria uma pessoa amiga –, passando sem ver por outro exilado que enxergava pior ainda, James Joyce, e que ali morou de 1920 a 1940. Há uma espécie de simetria entre o católico exilado que escrevera um romance salpicado e coberto de informações obscuras a respeito de um judeu a perambular pelas ruas de Dublin e o judeu berlinense exilado que passeava pelas ruas de Paris e escrevia crônicas líricas a respeito de um católico – Charles Baudelaire – a andar e compor pelas ruas de Paris. O tipo de homenagem que Joyce recebeu em vida só viria muito mais tarde no caso de Benjamin, com a redescoberta de suas obras, primeiro na Alemanha nas décadas de 1960 e 1970, e posteriormente em inglês. Ele se tornou o santo padroeiro dos estudos culturais e seus textos geraram outras centenas de ensaios e livros. Talvez tenha sido a natureza híbrida de seus escritos – de temas mais ou menos acadêmicos, mas cheios de belos aforismos e saltos da imaginação, uma erudição de evocação, e não definição – que fez dele um manancial tão copioso para novos intérpretes. Seus estudos parisienses têm despertado particular interesse – ele deixou uma imensa coleção de citações e anotações para um livro nunca escrito, o *Arcades Project* [O trabalho das passagens], que teria desenvolvido ainda mais os temas relacionados de Baudelaire, Paris, as passagens [ou galerias] parisienses e a figura do *flâneur*, o flanador. Foi ele quem chamou Paris de "capital do século XIX" e foi ele quem fez do flanador um objeto de estudo para acadêmicos no fim do século XX.

---

4. Gershom Sholem, apud Frederic V. Grunfeld, *Prophets Without Honor: A Background to Freud, Kafka, Einstein and Their World*, Nova York, McGraw Hill, 1979, p. 233.

O que exatamente é o flanador nunca foi definido de maneira satisfatória, mas dentre todas as suas versões – de braço--curto primordial a poeta calado –, uma coisa permanece constante: a imagem de um homem observador e solitário andando por Paris. Revelador da fascinação que a vida pública exercia sobre os parisienses é o fato de terem criado um termo para descrever uma de suas figuras, e revelador da cultura francesa é o fato de esta ter teorizado até mesmo o passeio a pé. A palavra *flâneur* só se tornou de uso comum no começo do século XIX, e suas origens são obscuras. Priscilla Parkhurst Ferguson afirma que o termo vem do "escandinavo antigo (*flana, courir étourdiment çà et là*) [correr vertiginosamente para lá e para cá]"[5], ao passo que Elizabeth Wilson escreve:

> A *Encyclopédie Larousse* do século XIX sugere que o termo possa ser uma derivação da palavra gaélica para "libertino". Os autores dessa edição da Larousse dedicaram um artigo extenso ao flanador, definido por eles como um ocioso, um esbanjador de tempo. Associaram-no aos novos passatempos urbanos: ir às compras e observar as massas. O flanador, apontava a Larousse, só podia existir na cidade grande, na metrópole, já que as cidadezinhas provincianas proporcionavam um palco demasiado restrito para as andanças dessa figura[6].

O próprio Benjamin nunca definiu claramente o flanador, só o associou a certas coisas: ao lazer, às massas, à alienação ou ao desapego, à observação, ao caminhar, particularmente ao passear

---

5. Priscilla Park Ferguson, "The Flâneur: Urbanization and Its Discontents", in Suzanne Nash (org.), *From Exile to Vagrancy: Home and Its Dislocations in 19th Century France*, Albany, State University of New York, 1993, p. 60, n. 1. Cf. também, da mesma autora, *Paris as Revolution* (Berkeley, University of California Press, 1994).
6. Elizabeth Wilson, "The Invisible Flâneur", *New Left Review, 191*, 1992, p. 93-4.

pelas passagens ou galerias, de onde se pode concluir que o flanador era do sexo masculino, tinha algumas posses, uma sensibilidade refinada, pouca ou nenhuma vida doméstica. Benjamin argumenta que o flanador surgiu logo no começo do século XIX, num período em que a cidade ficara tão grande e complicada que havia se tornado, pela primeira vez, uma estranha para seus habitantes. Os flanadores eram assunto recorrente dos *feuilletons* – os romances em série publicados nos recém-popularizados jornais – e das *physiologies*, as publicações populares que tinham como propósito tornar os estranhos familiares, mas, em vez disso, ressaltava sua estranheza classificando-os em espécies que era possível identificar visualmente, como as aves ou as flores. No século XIX, a ideia da cidade intrigava e oprimia tanto seus habitantes que eles devoravam avidamente guias para suas próprias cidades da mesma maneira que os turistas contemporâneos consultam os guias para outras cidades.

A própria multidão parecia ser algo novo na experiência humana – uma massa de estranhos que costumava permanecer estranha – e o flanador representava um novo tipo, aquele que, por assim dizer, se sentia em casa nessa alienação: "A multidão é seu domínio[7], assim como o ar cabe ao pássaro e a água, ao peixe", escreveu Baudelaire numa passagem famosa geralmente usada para definir os flanadores.

> Sua paixão e sua profissão é misturar-se à multidão. Para o ocioso perfeito, para o observador ardente, torna-se uma imensa fonte de prazer estabelecer sua morada na turba, no ir e vir, no alvoroço, no fugaz e no infinito. Estar longe de casa e, mesmo assim, sentir-se em casa em qualquer lugar [...].

---

7. Charles Baudelaire, "The Painter of Modern Life", *Selected Writings on Art and Artists*, Cambridge, University of Cambridge Press, 1972, p. 399.

O flanador, escreveu Benjamin na passagem mais famosa sobre o assunto,

> sai fazendo botânica no asfalto. Mas mesmo naqueles dias não era possível andar por toda e qualquer parte da cidade. Antes de Haussmann [reformar a cidade], as calçadas largas eram raras, e as estreitas mal ofereciam proteção contra os veículos. Os passeios a pé dificilmente poderiam ter assumido a importância que viriam a ter sem as passagens[8].

Em outro texto, ele escreveu:

> As passagens, onde o flanador não ficava exposto à visão das carruagens que não reconheciam os pedestres como rivais, desfrutavam de uma popularidade em nada reduzida. Havia o pedestre que se enfiava na multidão, mas também havia o flanador, que exigia espaço de manobra e não se dispunha a abandonar a vida de um cavalheiro sem pressa.

Uma demonstração dessa falta de pressa, Benjamin afirma mais adiante, era a moda, por volta de 1840, de levar tartarugas para passear nas passagens. "Os flanadores gostavam de deixar as tartarugas ditarem o passo por eles. Se dependesse deles, o progresso teria sido obrigado a se adaptar àquele passo.[9]"

Sua última obra, deixada incompleta, o *Arcades Project*, dedicava-se a distinguir os significados dessas galerias comerciais que haviam surgido durante as primeiras décadas daquele século. As passagens aumentaram a confusão de interior e exterior: eram ruas para pedestres calçadas com mármore e mosaicos, flanqueadas por lojas, com o teto feito dos novos materiais de

---

8. Walter Benjamin, *Charles Baudelaire: A Lyric Poet in the Era of High Capitalism*, Londres, Verso, 1973, p. 36.

9. Ibid. p. 53-4.

construção, como o aço e o vidro, e foram os primeiros locais em Paris com iluminação a gás. Precursoras das grandes lojas de departamentos parisienses (e, mais tarde, dos shopping centers norte-americanos), eram ambientes elegantes onde se vendiam artigos de luxo e abrigavam-se os passeadores ociosos. As passagens permitiram a Benjamin relacionar sua fascinação pelo passeador a outros temas mais marxistas. O flanador, ao consumir visualmente mercadorias e mulheres e, ao mesmo tempo, resistir à velocidade da industrialização e à pressão de produzir, é uma figura ambígua, resistente à nova cultura comercial, mas também seduzida por ela. O pedestre solitário em Nova York ou Londres vivencia as cidades enquanto atmosfera, arquitetura e contatos esporádicos; na Itália ou em El Salvador, quem passeia socialmente encontra amigos ou paqueras; o flanador, como sugerem as descrições, anda pelas margens, não é solitário nem sociável, experimenta Paris como uma abundância inebriante de multidões e mercadorias.

O único problema com o flanador é que ele só existiu[10] como figura, um ideal e personagem na literatura. O flanador geralmente é descrito quase como um detetive em sua observação indiferente do próximo, e as estudiosas feministas debatem se houve ou poderia ter havido flanadoras, mas nenhum detetive literário encontrou e nomeou um indivíduo de verdade que se qualificasse ou fosse conhecido como flanador (Kierkegaard, se fosse menos prolífico e não tão dinamarquês, poderia ser o melhor candidato). Ninguém deu nome a um indivíduo que tenha levado um jabuti para passear, e todos que se referem a essa prática têm Benjamin como fonte (embora, no suposto auge dos flanadores, o escritor Gérard de Nerval tenha sabidamente levado uma lagosta

---

10. A respeito da inexistência do flanador, cf. Rob Shields, que, em "Fancy Footwork: Walter Benjamin's Notes on the Flâneur", in Keith Tester (org.), *The Flâneur* (Londres, Routledge, 1994), observa: "Em verdade, há que se reconhecer que os visitantes e diários de viagem do século XIX não parecem fazer referência à *flânerie*, a não ser como mito urbano. O hábitat principal do flanador são os romances de Honoré de Balzac, Eugène Sue e Alexandre Dumas".

para passear, com uma fita de seda por trela, mas o fez nos parques, e não nas passagens, e por razões metafísicas, e não por vaidade[11]). Ninguém satisfez exatamente ao conceito de flanador, mas todos se envolveram em uma ou outra versão da flanagem. Ao contrário do que afirmava Benjamin, não só era "possível passear a pé por toda parte na cidade", como se fazia muito isso. O pedestre solitário em outras cidades geralmente é uma figura marginal, excluída da vida privada que ocorre entre pessoas íntimas e em espaços internos, mas na Paris do século XIX, a vida real se dava em público, na rua e no seio da sociedade.

Paris, antes da reforma maciça do barão Georges-Eugène Haussmann de 1853 a 1870, ainda era uma cidade medieval. "Fendas estreitas", refere-se Victor Hugo às "vielas obscuras, apertadas e angulosas, margeadas por ruínas de oito andares [...]. A rua era estreita e a sarjeta, larga, o transeunte caminhava por uma calçada que estava sempre molhada, ao lado de lojas que eram como porões, grandes blocos de pedra rodeados de ferro, imensas pilhas de lixo [...].[12]" Era uma cidade extraordinariamente nada segregada: o pátio do Louvre tinha uma espécie de cortiço embutido, e o misto de passagem e pátio externo do Palais Royale vendia sexo, artigos de luxo, livros e bebidas; já os espetáculos sociais e discursos políticos eram gratuitos. Em 1835, a escritora Frances Trollope saiu para fazer compras numa butique elegante

---

11. Richard Holmes, *Footsteps: Adventures of a Romantic Biographer*, Nova York, Vintage Books, 1985, p. 213.

12. Victor Hugo, *Os miseráveis*, Nova York, Modern Library, 1992, livro 12, *Corinth*, capítulo 1, p. 939-40. Cf. também Girouard, *Cities and People*, p. 200-1: "Todos os visitantes criticavam aquelas ruas, que não tinham calçadas, e, portanto, os pedestres corriam perigo constante de ser atropelados ou enlameados por veículos velozes. 'Caminhar', escreveu Arthur Young em 1787, 'que em Londres é tão agradável e asseado a ponto de as damas o fazerem todos os dias, [ali] é uma lida e labuta para um homem e uma impossibilidade para uma mulher bem vestida.' 'O renomado Tournefort', de acordo com os escritos de 1790 do viajante russo Karamzin, 'que havia percorrido quase o mundo inteiro, foi esmagado e morto por um fiacre ao retornar a Paris porque, em suas viagens, havia esquecido como pular nas ruas, feito cabra montesa.' Em tal ambiente, era improvável que florescesse o costume de namorar as vitrines".

à qual chegou "sem mais aventuras[13], fora tomar esguichadas d'água duas vezes e ser quase atropelada umas três"; no caminho de volta, carregando os pacotes, ela se deteve para dar uma olhada "nos monumentos erigidos sobre uma meia dúzia ou vintena de heróis revolucionários, que tombaram e foram enterrados não muito longe do chafariz" e ouviu por acaso, acompanhada por um ajuntamento cada vez maior de pessoas, um artesão contar à filha por que ele e aqueles heróis haviam lutado em 1830. Em outros dias, ela mencionaria uma insurreição e as pessoas elegantes que passeavam socialmente no Boulevard des Italiens. Compras e revolução, damas e artesãos misturavam-se naquelas ruas sujas e encantadas.

Um marroquino que visitara Paris em 1845-46 ficou impressionado com a vida pedestre da cidade:

> Em Paris, há lugares onde as pessoas vão caminhar, que é uma de suas formas de entretenimento. O sujeito toma uma pessoa amiga pelo braço, seja homem ou mulher, e juntos vão a um dos locais próprios para isso. Passeiam, conversando e apreciando a vista. A ideia que têm de dar uma volta não é comer nem beber, e certamente não é se sentar. Um de seus passeios prediletos é um lugar chamado Champs-Élysées[14].

Os locais populares para passear a pé eram a Champs--Élysées, os jardins das Tulherias, a avenue de la Reine, o Palais Royale e o Boulevard des Italiens, todos na margem direita do Sena, e o Jardin des Plantes e os jardins de Luxemburgo na margem esquerda, onde Baudelaire havia crescido. Ao escrever à sua mãe em

---

13. Frances Trollope, *Paris and the Parisians in 1833*, Nova York, Harper and Brothers, 1836, p. 370.

14. Muhammed Saffar, *Disorienting Encounters: Travels of a Moroccan Scholar in France, 1845-46*, org. de Susan Gilson Miller, Berkeley, University of California Press, 1991, p. 21.

1861, Baudelaire rememorou suas "longas caminhadas e a afeição constante!"[15]. Lembrava-se "do cais, tão triste nos fins de tarde", e uma pessoa amiga recordava que, quando o poeta era jovem, os dois haviam, juntos, "andado para lá e para cá à noitinha nos bulevares e nas Tulherias".

As pessoas iam aos bulevares em busca de vida social. Iam às ruas e vielas em busca de aventura e orgulhavam-se de saber como andar por aquela vasta rede que ainda não fora adequadamente mapeada. Mesmo antes da Revolução Francesa, alguns escritores e pedestres haviam acalentado a ideia da cidade como uma espécie de ermo, misteriosa, escura, perigosa e infinitamente interessante. *Les nuits de Paris, ou le spectateur nocturne* [As noites de Paris, ou o espectador noturno] de Restif de la Bretonne é o livro clássico das caminhadas pré-revolucionárias (e, passada a revolução, foi ampliado para incluir *Les nuits de la révolution* [As noites da Revolução]; foi publicado pela primeira vez em 1788 e ampliado na década de 1790). Camponês que se tornou impressor, depois parisiense, em seguida escritor, Bretonne é um dos grandes excêntricos da literatura francesa, pouco lembrado hoje. Escrevia um livro atrás do outro, emulando as *Confissões* de Rousseau com uma autobiografia em dezesseis volumes, imitando e, ao mesmo tempo, alegando detestar *Justine* do marquês de Sade em sua própria *Anti-Justine* (vendida, assim como as obras de Sade, numa livraria pornográfica nas passagens do Palais Royale) e produzindo dezenas de romances e também um pouco de jornalismo a respeito de Paris que prenuncia as *physiologies* do século XIX. *Nuits* é singular, uma coletânea de centenas de casos sobre as aventuras dele em centenas de noites pelas ruas de Paris. Cada capítulo breve cobre uma noite, e o pretexto do livro é que ele trabalhava como missionário para

---

15. Baudelaire à sua mãe, 6 de maio de 1861, in Claude Pichois, *Baudelaire*, Nova York, Viking, 1989, p. 21.

resgatar donzelas em perigo e levá-las a sua *patronesse*, a marquesa de M——, apesar de ele também ter muitos outros tipos de aventuras. O caráter episódico do livro faz que a obra lembre as inúmeras aventuras do Coiote malandro dos indígenas norte-americanos ou da tira em quadrinhos do Homem-Aranha.

Em suas perambulações tarde da noite, Bretonne encontra atendentes de lojas, ferreiros, bêbados, serviçais e, naturalmente, prostitutas; espreita políticos a debater e aristocratas a cometer adultério (principalmente nas Tulherias), observa crimes, incêndios, turbas, travestis, um cadáver fresco e vítima de homicídio. Ele escreve a respeito de Paris da maneira que muitos fariam posteriormente: como um livro, um ermo e uma espécie de zona erógena ou quarto de dormir. A île Saint-Louis era seu antro predileto, e, de 1779 a 1789, ele entalhou em seus muros de pedra datas de grande significado pessoal, juntamente com algumas palavras evocativas. Portanto, Paris tornou-se tanto a fonte de suas aventuras quanto o livro que as registrava, um conto a ser escrito e lido caminhando-se. A famosa madalena de Proust servia para rememorar o passado, assim como as inscrições de Bretonne: "Toda vez que eu parava junto à balaustrada [da île Saint-Louis] para ponderar algum pensamento triste, minha mão localizava a data e o pensamento que acabaram de me inquietar. Eu os percorria, envolto no breu da noite cuja quietude e solidão tinham um quê de pavor que eu achava agradável"[16]. Ele lê a primeira data entalhada: "Não consigo descrever a emoção que senti ao voltar em pensamento ao ano anterior [...]. Fui tomado por uma torrente de lembranças; fiquei imóvel, preocupado em relacionar o momento atual com o do ano precedente, uni--los". Ele revivia casos de amor, noites de desespero e amizades

---

16. Nicholas-Edme Restif de la Bretonne, *Les Nuits de Paris or The Nocturnal Spectator (A Selection)*, introdução de Jacques Barzun, Nova York, Random House, 1964, p. 176.

rompidas. Sua Paris é um quarto de dormir cheio de relações nos jardins e lascívia nas ruas (convenientemente, Bretonne tinha um fetiche por pés e, às vezes, seguia mulheres com pés pequenos e saltos altos). Em sua Paris, a privacidade da vida erótica transborda constantemente para o público, e a cidade é um ermo, já que seus espaços e experiências públicos e privados encontram-se tão misturados e já que ela não tem lei, é escura e cheia de perigos.

No século XIX, o tema da cidade como ermo reapareceria várias vezes em romances, poemas e na literatura popular. A cidade era chamada de "floresta virgem",[17] seus exploradores eram, por vezes, para usar a famosa expressão de Benjamin, naturalistas "a fazer botânica no asfalto", mas seus habitantes indígenas eram geralmente "selvagens". "Que são os perigos da floresta e da pradaria em comparação com os abalos e conflitos diários da civilização?"[18], escreveu Baudelaire num trecho citado por Benjamin. "Quer agarre a vítima num bulevar ou apunhale a presa na mata desconhecida, o homem tanto lá quanto cá não continua a ser a mais perfeita das feras predadoras?" Admirado com os romances de James Fenimore Cooper sobre o ermo norte--americano, Alexandre Dumas deu a um romance o título de *Les mohicans de Paris* [Os moicanos de Paris]; apresenta as aventuras de um detetive-flanador que se deixa levar por uma tira de papel ao vento rumo a aventuras que sempre envolvem crimes. Um romancista menor, Paul Feval, instalou um improvável indígena norte-americano em Paris, onde, como personagem, ele escalpelava quatro inimigos dentro de um cabriolé. Balzac, conta Benjamin,

---

17. Susan Buck-Morss, "The Flâneur, the Sandwichman and the Whore: The Politics of Loitering", *New German Critique, 39*, 1986, p. 119. "A literatura popular da *flânerie* pode ter se referido a Paris como 'floresta virgem' (v, p. 551), mas não se esperava que nenhuma mulher flagrada perambulando por lá fosse uma."

18. Benjamin, *Baudelaire*, p. 39.

refere-se a "moicanos de spencer"[19] e "huronianos de fraque"; mais para o fim do século, vagabundos e ladrões de galinhas seriam apelidados de "apaches". Esses termos davam à cidade o fascínio do exótico, transformando suas figuras em tribos, os indivíduos em exploradores, e as ruas num ermo. Uma de suas exploradoras foi George Sand, e ela descobriu que

> no calçamento de Paris sou como um barco no gelo. Meus sapatos delicados racharam em dois dias, as galochas me faziam cair e eu sempre me esquecia de erguer o vestido. Acabei enlameada, exausta e ranhenta, e vi meus sapatos e minhas roupas [...] se estragarem com uma rapidez assustadora[20].

Ela vestiu roupas masculinas e, apesar de geralmente descreverem isso como um ato de subversão social, ela o descreveu como uma solução prática. Seu novo traje deu-lhe uma liberdade de movimento que a satisfez imensamente:

> Não sei transmitir como estou deliciada com minhas botas [...]. Com os saltos e as biqueiras de aço, finalmente me vi firme na calçada. Célere, fui e voltei por Paris toda e tive a impressão de que dava a volta ao mundo. Minhas roupas também eram resistentes às intempéries. Saía e passeava em todo e qualquer tempo, voltava para casa a qualquer hora, estive nas plateias de todos os teatros.

Mas não era o mesmo ermo medieval no qual Bretonne havia se aventurado. Em Baudelaire, algumas figuras são igualmente recorrentes – a prostituta, o mendigo, o criminoso, a bela

---

19. Ibid., p. 42.
20. George Sand, *My Life*, Nova York, Harper Colophon, 1979, p. 203-4.

desconhecida –, mas ele não as comenta e o conteúdo de suas vidas continua a ser uma especulação para o poeta. Namorar as vitrines e observar as pessoas haviam se tornado atividades indistinguíveis; era possível tentar comprá-las, mas não conhecê-las. "Multidão, solidão: termos idênticos e intercambiáveis nas mãos do poeta ativo e fértil"[21], escreveu Baudelaire.

> O homem incapaz de povoar sua solidão é igualmente incapaz de se ver sozinho numa multidão buliçosa. O poeta desfruta do privilégio incomparável de poder ser ele mesmo ou outra pessoa [...]. À semelhança daquelas almas errantes que partem em busca de um corpo, ele entra a seu bel-prazer na personalidade de cada homem. Somente para ele mesmo tudo é vazio.

A cidade de Baudelaire lembra um ermo de uma outra maneira: é solitária.

A velha Paris foi desmatada tal qual uma floresta pelo barão Haussmann, que levou a cabo a visão de Napoleão III de uma cidade moderna, esplêndida e administrável[22]. Desde os anos 1860, é comum dizer que o fato de Haussmann ter destruído os emaranhados de ruas medievais e criado os bulevares grandiosos foi uma tática contrarrevolucionária, uma tentativa de tornar a cidade permeável aos exércitos e indefensável pelos cidadãos. Afinal, os cidadãos haviam se rebelado em 1789, 1830 e 1848, em parte erguendo barricadas que atravessavam as ruas

---

21. Baudelaire, "Crowds", in *Paris Spleen*, Nova York, New Directions, 1947, p. 20.

22. Em se tratando de Haussmann, meu guia foi David Pinkney, *Napoleon III and the Rebuilding of Paris* (Princeton, Princeton University Press, 1958), e, em menor grau, Wolfgang Schivelbusch, *The Railway Journey: The Industrialization of Time and Space in the Nineteenth Century* (Berkeley, University of California Press, 1986). Schivelbusch insiste em que Haussmann – "o Átila da linha reta" – pôs a funcionalidade acima de tudo ao projetar as ruas: "É óbvio que as avenidas e os bulevares foram desenhados como rotas eficazes para exércitos, mas essa função não passava de um adendo bonapartista ao novo sistema que, em outros aspectos, voltava-se para o comércio" (p. 181).

estreitas. Mas isso não explica o resto do projeto de Haussmann. As novas e largas avenidas acolheram as idas e vindas de uma população, um comércio e, vez ou outra, um exército muito maior, mas abaixo delas havia novos sistemas de esgoto e escoamento de água, eliminando parte do fedor e da contaminação da cidade antiga – e o Bois de Boulogne foi projetado como um grande parque público de estilo inglês. Como projeto político, parece uma tentativa não de reprimir, mas de seduzir os parisienses; como projeto imobiliário, deslocou os pobres do centro da cidade para a periferia e os subúrbios, onde estão até hoje (movimento oposto ao da maioria das cidades norte-americanas do pós-guerra – Manhattan e São Francisco são exceções –, abandonadas aos pobres quando a classe média correu para os subúrbios). Fizeram-se outras tentativas de civilizar o "ermo" da cidade no século XIX: iluminação de rua, casas numeradas, calçadas, ruas identificadas a intervalos regulares, mapas, guias, policiamento crescente e registro ou indiciamento das prostitutas, às vezes as duas coisas.

A verdadeira queixa em relação a Haussmann parece se desdobrar em duas. A primeira é que, ao arrasar uma parte tão grande da cidade velha, ele obliterou o entrelaçamento delicado de mente e arquitetura, o mapa mental que os pedestres levavam consigo e os correlatos geográficos de suas lembranças e associações. Num poema em que narra ter passado a pé por um dos canteiros de obra de Haussmann nos arredores do Louvre, Baudelaire reclama:

> Paris muda! mas nada em minha nostalgia
> Mudou! novos palácios, andaimes, lajedos,
> Velhos subúrbios, tudo em mim é alegoria,
> E essas lembranças pesam mais do que rochedos*.

---

* Baudelaire, Charles. "O cisne". In *As flores do mal*. Trad. de Ivan Junqueira. Rio de Janeiro, Nova Fronteira, 2006. (N. T.)

Sendo Baudelaire quem era, o poema termina com "a alma exilada à sombra de uma faia". E os irmãos Edmond e Jules Goncourt registram em seu diário em 18 de novembro de 1860:

> Minha Paris, a Paris na qual nasci, a Paris à moda de 1830 e 1848, está desaparecendo, material e moralmente [...]. Parece-me que sou apenas um homem de passagem por Paris, um viajante. Sou estranho ao que está por vir, ao que é, e um estranho a estes novos bulevares que seguem em linha reta, sem meandros, sem as aventuras da perspectiva[23].

A segunda queixa é que, com suas avenidas largas e retas, Haussmann transformou o ermo num jardim formalista. Os novos bulevares davam continuidade a um projeto iniciado dois séculos antes por André Le Nôtre, que posteriormente desenharia os vastos jardins de Versalhes para Luís XIV. Foi Le Nôtre quem projetara os jardins das Tulherias e o bulevar-jardim da Champs-Élysées, que se estendia para oeste a partir das Tulherias até a Étoile, onde Napoleão mais tarde colocaria seu Arco do Triunfo. Muitos dos projetos de Le Nôtre ficavam fora dos muros da cidade e, portanto, fora de sua vida econômica, mas a cidade se expandiu até absorvê-los. Assim, os bulevares que Le Nôtre construiu simplesmente para propiciar lazer na década de 1660 foram reformados por Haussmann com o intuito de proporcionar lazer e atividade nos anos 1860 (e os eixos extensos foram largamente imitados muito antes disso; a capital dos Estados Unidos, Washington, é uma das cidades que descendem dessa geometria imperial). Haussmann era um esteta tanto quanto Le Nôtre; ele irritou o imperador ao demolir colinas e se empenhar de outras maneiras para tornar as ruas absolutamente retilíneas,

---

23. Jules e Edmond Goncourt, *The Goncourt Journals*, org. de Lewis Galantiere, Nova York, Doubleday, Doran, 1937, p. 93.

abrindo os longos panoramas que hoje parecem tão característicos de Paris. É uma grande ironia o fato de, embora o jardim inglês tivesse triunfado e os jardins tivessem se tornado "naturais" – irregulares, assimétricos, repletos de linhas serpeantes, e não retas –, um jardim formalista francês tenha sido criado nos ermos de Paris.

As ruas úmidas, íntimas, claustrofóbicas, discretas, estreitas e meandrantes, com seus paralelepípedos sinuosos como as escamas de uma serpente, haviam cedido lugar a um espaço público cerimonial, espaço cheio de luz, ar, comércio e razão. E se a cidade velha tantas vezes fora comparada a uma floresta, talvez tenha sido porque era uma aglutinação orgânica de gestos independentes feitos por muitas criaturas, e não a implementação de um plano magistral por uma só pessoa: não fora planejada, crescera. Nenhum mapa havia decretado aquela forma orgânica meandrante. E muita gente detestou a mudança. "Para que as pessoas que passeavam socialmente andariam da Madeleine à Étoile pelo caminho mais curto? Ao contrário, elas gostam de prolongar a caminhada, é por isso que percorrem a pé a mesma viela três ou quatro vezes em sucessão"[24], escreveu Adolphe Thiers. Andar na natureza é um certo tipo de prazer e exige ousadia, conhecimento, força – de selvagens, detetives, mulheres travestidas de homens; caminhar num jardim é bem mais indulgente. Os bulevares de Haussmann transformaram a cidade ainda mais num passeio público, e seus cidadãos se tornaram mais afeitos ainda ao passeio social. As passagens entraram em seu longo declínio quando as ruas passaram a vicejar com butiques e nasceram as grandes lojas de departamentos... E, durante a Comuna de 1871, as barricadas dos revolucionários urbanos foram erguidas de um lado a outro nos grandes bulevares.

Não foi Baudelaire quem primeiro chamou a atenção de Benjamin para as passagens e a possibilidade de configurar o

---

[24]. Schivelbusch, *Railway Journey*, 185 n.

caminhar como ato cultural, e sim os contemporâneos de Benjamin: o também berlinense e amigo Franz Hessel e o escritor surrealista Louis Aragon. Ele achou tão divertido o livro de 1926 de Aragon, *Paysan de Paris* [Camponês parisiense], que

> de noite na cama, [ele] não conseguia ler mais do que algumas palavras e [seus] batimentos cardíacos disparavam tanto que [ele] tinha de largar o livro [...]. E, na verdade, as primeiras anotações do *Passagenwerk* [ou trabalho das passagens] são dessa época. Então vieram os anos em Berlim, quando a maior parte de [sua] amizade com Hessel foi nutrida pelo Passagen-project em conversas frequentes[25].

Em seu ensaio sobre Berlim, Benjamin descreve Hessel como um dos guias que o apresentaram à cidade, e o próprio Hessel escrevera a respeito de caminhar em Berlim (e, com Benjamin, trabalhou numa tradução de *Em busca do tempo perdido* de Marcel Proust, um romance que, tendo como temas a memória, caminhadas, encontros fortuitos e os salões parisienses, se encaixa perfeitamente entre os dois ramos da literatura francesa que Benjamin estudou). São esses escritores e artistas do século XX quem melhor se encaixam nas descrições do flanador do século XIX.

O *Paysan de Paris* de Aragon faz parte de uma trindade de livros surrealistas publicados no fim da década de 1920; os outros dois são *Nadja* de André Breton e *Les dernières nuits de Paris* [As últimas noites de Paris] de Philippe Soupault. Os três são narrativas em primeira pessoa sobre um homem que anda a esmo por Paris, fornecem nomes e descrições bem específicas dos

---

25. Benjamin, apud Susan Buck Morss, *The Dialectics of Seeing: Walter Benjamin and the Arcades Project*, Cambridge, Massachusetts, MIT Press, 1991, p. 33.

lugares e fazem das prostitutas um de seus principais objetivos. O surrealismo apreciava os sonhos, as livres associações de uma mente inconsciente ou semiconsciente, justaposições surpreendentes, acaso e coincidência e as possibilidades poéticas da vida cotidiana. Perambular pela cidade era uma maneira ideal de atacar todas essas propriedades. Breton escreveu:

> Ainda me lembro do papel extraordinário que Aragon desempenhou em nossos passeios diários por Paris. Os locais por onde passamos em sua companhia, até mesmo os mais insossos, eram certamente transformados por uma inventividade romântica encantadora que nunca titubeava e que só precisava que se virasse numa rua ou que se visse uma vitrine para inspirar uma nova efusão[26].

Paris, despojada de seu mistério por Haussmann, o havia recuperado para servir mais uma vez como uma espécie de musa para seus poetas. Tanto *Nadja* quanto *Las dernières nuits de Paris* se organizam em torno da busca por uma moça enigmática que se conhecera por acaso, e é essa busca que fornece aos livros suas narrativas. Esses encontros fortuitos são a matéria-prima da literatura que anda pela cidade: Bretonne segue mulheres com pés bonitos; Whitman devora com os olhos os homens de Manhattan; tanto Nerval quanto Baudelaire escreveram poemas a respeito de um vislumbre efêmero de uma mulher que poderia ter sido seu grande amor. Breton falou "com essa mulher desconhecida, apesar de ter de admitir que [ele] esperava o pior"[27]. O narrador sem nome de Soupault seguia seu alvo feito um detetive e passou a conhecer o submundo habitado por ela e seus colegas, apesar

---

[26]. André Breton, citado na introdução de Louis Aragon, *Paris Peasant*, Cambridge Massachusetts, Exact Change, 1994, p. VIII.

[27]. André Breton, *Nadja*, Nova York, Grove Press, 1960, p. 64.

de esse reino sórdido de ambiciosos, dementes e assassinos não explicar nem dissipar inteiramente o fascínio da jovem. O livro de Aragon, o menos convencional dos três, não tem narrativa e se organiza em torno da geografia, como *Rua de mão única*, de Benjamin: ele explora alguns locais de Paris – sendo o primeiro a *passage* de l'Opéra, uma galeria comercial já condenada quando Aragon escreveu a seu respeito (foi convenientemente arrasada para dar lugar à expansão do bulevar Haussmann). *Paysan de Paris* demonstrava como a própria cidade era um tema fértil para divagações, a dos pés ou a da imaginação.

Aragon fez da própria cidade seu tema, mas Breton e Soupault estavam atrás de mulheres que personificassem a cidade: Nadja e Georgette. Soupault, ao escrever, faz seu protagonista espreitar Georgette levando um cliente para um hotel perto da Pont Neuf e voltando para as ruas. Depois disso,

> Georgette retomou seu passeio por Paris, pelos labirintos da noite. Ela seguiu em frente, banindo a tristeza, a solidão ou a aflição. Mais do que nunca ela exibia seu estranho poder: o de transfigurar a noite. Graças a ela, que não passava de uma pessoa em meio a centenas de milhares, a noite parisiense tornava-se um domínio misterioso, um grande e maravilhoso país, repleto de flores, pássaros, olhares fugazes e estrelas, uma esperança lançada ao espaço [...]. Naquela noite, enquanto perseguíamos ou, mais exatamente, rastreávamos Georgette, vi Paris pela primeira vez. Certamente não era a mesma cidade. Erguia-se acima das brumas, girando feito a terra em seu eixo, mais feminina do que o normal. E a própria Georgette se tornou uma cidade[28].

---

[28]. Philippe Soupault, *Last Nights of Paris*, Cambridge, Massachusetts, Exact Change, 1992, p. 45-6.

Mais uma vez e, no entanto, de maneira mais delirante, Paris é um ermo, um quarto de dormir, um livro a ser lido ao caminhar. O protagonista — sem nome, sem profissão, o perfeito flanador, enfim — assumira a tarefa de Bretonne de explorar a noite, mas, indo atrás de uma única mulher, enredou-se num único crime, um homicídio cujo resultado os dois presenciaram. O protagonista é um detetive no rasto do crime e da experiência estética, e Georgette personifica as duas coisas.

Posteriormente, Georgette conta que adotou a profissão porque ela e o irmão precisavam sobreviver, e "tudo é tão simples quando se conhece todas as ruas, como eu, e todas as pessoas que se deslocam por elas. Estão todas procurando alguma coisa sem aparentar fazê-lo"[29]. À semelhança de Nadja, ela é uma flanadora, alguém que fez da rua uma espécie de residência. Apesar de *Les dernières nuits de Paris* ser um romance, *Nadja* se baseia nos encontros de Breton com uma mulher de verdade e, para sublinhar o caráter de não ficção de seu livro, ele reproduz fotografias de pessoas (mas não da mulher que tem Nadja como pseudônimo), lugares, desenhos e cartas nas páginas de sua narrativa. Em um de seus encontros, Nadja o leva à place Dauphine na extremidade oeste da île de la Cité, e ele escreve: "Toda vez que me vejo ali, sinto o desejo de ir a algum outro lugar me abandonar aos poucos, tenho de me digladiar comigo mesmo para me desvencilhar de um abraço delicado, excessivamente insistente e, por fim, esmagador"[30].

Trinta anos depois, em seu *Pont Neuf*, Breton, nas palavras de um crítico,

> ficou famoso ao propor uma "interpretação" detalhada da topografia do centro de Paris, de acordo com a qual

---

29. Ibid., p. 64.
30. Ibid., p. 248.

a disposição geográfica e arquitetônica da île de la Cité e a curva do Sena onde ela se situa são vistas como se formassem o corpo de uma mulher recostada, cuja vagina se localiza na place Dauphine, "com sua forma triangular e ligeiramente curvilínea dividida por uma fenda que separa dois espaços arborizados"[31].

Breton passa a noite num hotel com Nadja, e o narrador de Soupault contrata os serviços sexuais de Georgette, mas nesses contos o erotismo não se concentra na intimidade física na cama, mas se difunde por toda a cidade, e é caminhando à noite, e não copulando, que eles gozam dessa atmosfera carregada. As mulheres que eles buscam são mais elas mesmas, mais encantadoras e se sentem mais à vontade nas ruas, como se a profissão de ambulatriz, mulher da rua, fosse, enfim, deambular pelas ruas (e não mais as vítimas nem as refugiadas oriundas das ruas, à semelhança de várias heroínas precedentes). Nadja e Georgette encontram-se, como a maioria das representações surrealistas das mulheres, por demais sobrecarregadas com a responsabilidade de encarnar a Mulher – degradada e exaltada, musa e puta, encarnação da cidade – para serem mulheres individuais, e isso fica mais evidente em seus passeios mágicos pela cidade, passeios que seduzem os narradores a seguir essas sereias numa perseguição que também é uma homenagem a Paris e uma excursão pela cidade. O amor de um cidadão por sua cidade e o desejo de um homem por uma transeunte tornam-se uma única paixão. E a consumação dessa paixão se dá nas ruas e a pé. Caminhar transformou-se em

---

31. Michael Sheringham, "City Space, Mental Space, Poetic Space: Paris in Breton, Benjamin and Réda", in Michael Sheringham (org.), *Parisian Fields*, Londres, Reaktion Books, 1996, p. 89. Existiam metáforas mais antigas da cidade como corpo, mas não como corpo sexual: no século XIX, os parques muitas vezes eram chamados de "pulmões" da cidade, e Richard Sennett, em *Flesh and Stone: The Body and the City in Western Civilization* (Londres/Boston, Faber and Faber, 1994), escreve a respeito das metáforas corpóreas que comparavam os esgotos, os canais e as ruas de Haussmann a vários órgãos circulatórios do corpo, necessários à boa saúde.

sexo. Benjamin contribui para essa transformação da cidade no corpo feminino, do caminhar em cópula, ao concluir seu episódio sobre Paris enquanto labirinto: "Nem há como negar que penetrei seu recanto mais íntimo, a câmara do Minotauro, sendo a única diferença a de que esse monstro mitológico tinha três cabeças: as das ocupantes do pequeno bordel na rue de la Harpe, na qual, invocando minhas últimas reservas de força [...], pus os pés". Paris é um labirinto que tem em seu centro um bordel, e nesse labirinto é a chegada, e não a consumação, que parece contar, e os pés é que parecem ser o detalhe anatômico crucial.

Djuna Barnes escreveu uma espécie de coda para esses livros em seu *Nightwood* [*No bosque da noite*]* de 1936, onde mais uma vez o amor erótico de uma louca encantada funde-se ao fascínio de Paris e da noite. A heroína do grande romance lésbico de Barnes, Robin Vote, anda pelas ruas "extasiada e confusa", abandonando sua namorada Nora Flood e dirigindo "seus passos rumo à vida noturna que era uma medida conhecida entre Nora e os cafés. Suas meditações, durante essa caminhada, eram uma parte do prazer que ela esperava encontrar quando o passeio chegasse ao fim [...]. Seus pensamentos eram, por si só, um meio de locomoção"[32]. Um médico irlandês que gosta de se travestir e frequenta os mictórios dos bulevares explica a noite para Nora num longo solilóquio, e Barnes devia saber o que estava fazendo ao hospedar o tal dr. O'Connor na rue Servandoni perto da place Saint-Sulpice, a mesma ruazinha na qual Dumas abrigara um de seus Três Mosqueteiros e Hugo havia acomodado o herói de *Os miseráveis*, Jean Valjean. Tamanha densidade de literatura havia se acumulado em Paris à época de *Nightwood* que se visualizam personagens de séculos de literatura encontrando-se

---

* São Paulo, Códex, 2004. (N.T.)
32. Djuna Barnes, *Nightwood*, Nova York, New Directions, 1946, p. 59-60.

constantemente pelo caminho, acotovelando umas às outras, um vagão do metrô cheio de heroínas, um passeio público povoado por protagonistas de romances, uma turba amotinada de personagens coadjuvantes. Os escritores parisienses sempre forneceram os nomes das ruas onde suas personagens viviam, como se todos os leitores conhecessem Paris tão bem que somente um logradouro real inspiraria vida numa personagem, como se as próprias crônicas e histórias tivessem estabelecido residência por toda a cidade.

Walter Benjamin se descreveu como "um homem que, com grande dificuldade, escancarou a boca de um crocodilo e ali se estabeleceu"[33]. Levou a maior parte de sua vida vagando por aí como uma personagem menor na literatura de sua preferência. Talvez tenha sido a literatura francesa que o levou à morte, pois protelou sua saída de Paris até ser tarde demais. Os livros de aventuras juvenis e as crônicas dos exploradores deviam tê-lo preparado para enfrentar seus últimos anos à sombra do Terceiro Reich. Quando irrompeu a guerra em setembro de 1939, ele e outros alemães que se encontravam na França foram reunidos e forçados a marchar até um campo em Nevers, mais de 150 quilômetros ao sul. Roliço e afligido por um problema de coração que até mesmo nas ruas de Paris o fazia parar a cada poucos minutos, ele desmaiou várias vezes durante a marcha, mas se recuperou o suficiente durante seus quase três meses de internação no campo para dar cursos de filosofia em troca de cigarros. Foi liberado graças ao clube internacional dos escritores, voltou a Paris, onde continuou a trabalhar no *Arcades Project*, tentou obter um visto e escreveu as pungentemente líricas "Teses sobre a filosofia da história". Depois da ocupação da França pelos nazistas, ele fugiu para o sul e, com várias outras pessoas, percorreu a pé a rota íngreme sobre os Pireneus até Portbou, na Espanha. Levava

---

33. Benjamin, apud Grunwald, *Prophets Without Honor*, p. 245.

consigo uma maleta pesada contendo, segundo ele, um manuscrito mais precioso do que sua vida, e num vinhedo alcantilado ele se viu tão assoberbado que seus companheiros tiveram de ajudá-lo a andar. "Ninguém conhecia a trilha"[34], escreveu uma certa frau Gurland que o acompanhava. "Tivemos de subir parte do caminho de quatro." Na Espanha, as autoridades exigiram um visto de saída da França e recusaram-se a reconhecer o visto de entrada nos Estados Unidos que os amigos de Benjamin haviam finalmente arranjado. Desesperado com sua situação e a perspectiva de ter de voltar andando pelas montanhas, ele tomou uma dose excessiva de morfina na Espanha e morreu em 26 de setembro de 1940, "depois do que os guardas da fronteira, impressionados com o suicídio"[35], escreve Hannah Arendt, "permitiram aos companheiros dele prosseguir para Portugal". Sua maleta desapareceu.

No mesmo ensaio, Arendt, que havia morado em Paris na década de 1960, escreveu:

> Em Paris, o estrangeiro sente-se em casa porque pode habitar a cidade da mesma maneira que vive entre suas próprias quatro paredes. E da mesma maneira que alguém habita um apartamento e o torna confortável, vivendo dentro dele, em vez de simplesmente usá-lo para dormir, comer e trabalhar, habita-se uma cidade passeando-se a pé por ela sem objetivo nem propósito, com a estada garantida pelos inúmeros cafés que forram as ruas e por onde passa a vida da cidade, a correnteza de pedestres. Ainda hoje, Paris é a única entre as cidades grandes que pode ser percorrida confortavelmente a pé e, mais do que qualquer outra cidade, sua vivacidade depende de

---

34. Ibid., p. 248.

35. Hannah Arendt, introdução, in *Illuminations: Essays and Reflections*, Nova York, Schocken Books, 1969, p. 18.

pessoas que passam pelas ruas, de modo que o moderno tráfego automobilístico coloca em risco sua própria existência, e não só por razões técnicas[36].

Quando fugi para Paris no fim da década de 1970, a cidade ainda era mais ou menos o paraíso de quem anda, descontadas as pequenas grosserias e lascívias de alguns de seus homens, e eu era tão pobre e tão jovem que andava por toda parte, horas a fio, entrando e saindo de museus (que são gratuitos para pessoas com menos de dezoito anos). Hoje sei que até mesmo eu vivia numa Paris em processo de desaparecimento. O vasto vazio na Margem Direita era o local onde os grandes mercados de Les Halles haviam sido recém-erradicados, mas eu não sabia que os mictórios, espiralados feito pequenos labirintos para o mistério do privilégio masculino, também estavam sumindo, que os semáforos chegariam às ruas antigas e tortuosas do Quartier Latin e os letreiros plásticos e iluminados dos *fast-foods* iriam desfigurar as paredes velhas, que o antigo prédio abandonado no quai d'Orsay iria se tornar um museu novo e vistoso, que as cadeiras de metal das Tulherias e de Luxemburgo, com seus braços espiralados e os assentos circulares e perfurados (numa estética muito semelhante à dos mictórios), seriam substituídas por cadeiras mais retilíneas e não tão belas, todas pintadas com o mesmo tom de verde. Não era nada em comparação com as transformações vividas pelos parisienses durante a Revolução, durante a haussmannização ou em tantos outros momentos, mas esse pequeno registro das mudanças também me fez dona de uma cidade perdida, e talvez Paris seja sempre uma cidade perdida, uma cidade cheia de coisas que só vivem na imaginação. Mais desalentadora, quando lá voltei recentemente, foi a mudança prevista por Arendt: a dominação

---

36. Ibid., p. 21.

das ruas pelos carros. Os carros devolveram as ruas de Paris ao estado sujo e perigoso no qual outrora se encontravam, na época em que Rousseau foi atropelado por um coche e andar na rua era uma façanha. Para compensar a apoteose automotiva, os carros são banidos aos domingos de certas ruas e desembarcadouros, para que as pessoas possam mais uma vez passear socialmente por ali, como sempre fizeram nos jardins e nas calçadas largas dos bulevares (e, no momento em que escrevo, dão-se tentativas de retomar mais espaço, principalmente a vastidão da place de la Concorde, que nas últimas décadas tornou-se uma rotatória congestionada).

Resta uma glória a Paris, a de possuir os principais teóricos do caminhar, entre eles Guy DeBord nos anos 1950, Michel de Certeau na década de 1970 e Jean Christophe Bailly na de 1990. DeBord tratou dos significados político e cultural da arquitetura e organização espaciais das cidades; decifrar e retrabalhar esses significados foi uma das tarefas da Internacional Situacionista que ele ajudou a fundar e para a qual redigiu os principais documentos. "A psicogeografia", ele declarou em 1955, era uma disciplina que "podia chamar para si o estudo das leis precisas e dos efeitos específicos do ambiente geográfico, organizado conscientemente ou não, sobre as emoções e as atitudes dos indivíduos.[37]" Ele censurou a apoteose do automóvel nesse ensaio e em outros trabalhos, pois as psicogeografias eram mais bem percebidas a pé: "A repentina mudança de ambiente numa rua no intervalo de alguns metros; a divisão evidente da cidade em zonas de atmosferas psíquicas distintas; o caminho de menor resistência que é seguido automaticamente em passeios a esmo (e que não tem relação alguma com o contorno do solo)" estavam entre as sutilezas que ele cartografava, propondo "a introdução de mapas psicogeográficos

---

37. Guy DeBord, "Introduction to a Critique of Urban Geography", in *Situationist International Anthology*, org. de Ken Knabb, Berkeley, Bureau of Public Secrets, 1981, p. 5.

ou até mesmo a introdução de alterações" para "esclarecer certas divagações que expressam não subordinação à aleatoriedade, mas a completa insubordinação a influências habituais (influências geralmente categorizadas como turismo, essa droga popular tão repugnante quanto o esporte ou o crediário)". Um outro tratado combativo de DeBord foi a "Teoria da Dérive", "uma técnica de passagem transitória por ambientes variados [...]. Numa *dérive*, uma ou mais pessoas durante um certo período abandonam seus motivos costumeiros para se mover e agir, suas relações, trabalho e atividades de lazer, e deixam-se arrastar pelas atrações do terreno e os contatos que lá encontram". Que a flanagem parecesse a DeBord uma ideia nova e radical toda sua tem algo de risível, como também suas prescrições autoritárias da subversão, mas suas ideias de como fazer do caminhar pela paisagem urbana um experimento mais consciente são sérias. "A questão", escreve Greil Marcus, que estudou o situacionismo, "era confrontar o desconhecido como uma faceta do conhecido, perplexidade no terreno do tédio, inocência face à experiência[38]. Assim é possível andar pela rua sem pensar, deixar a mente à deriva, deixar as pernas, com sua memória interna, levar a gente para cima e para baixo e fazer as curvas, atentas a um mapa de nossos próprios pensamentos, a cidade física substituída por uma cidade imaginária." A combinação situacionista de meios culturais e fins revolucionários foi influente, em nenhum outro lugar mais do que no levante estudantil de Paris em 1968, quando slogans situacionistas eram pintados nos muros.

De Certeau e Bailly são muito mais moderados, apesar de enxergarem futuros tão negros quanto o de DeBord. O primeiro dedica um capítulo de sua *Practice of Everyday Life* [*Invenção do*

---

38. Greil Marcus, "Heading for the Hills", *East Bay Express*, 19 de fevereiro de 1999. Marcus escreve bem mais a respeito do situacionismo em seu livro *Lipstick Traces* (Cambridge, Massachusetts: Harvard University Press, 1990).

cotidiano]* ao caminhar na paisagem urbana. Os pedestres são "práticos da cidade"[39], pois a cidade foi feita para se andar nela, segundo ele. A cidade é um idioma, um repositório de possibilidades, e caminhar é o ato de falar esse idioma, de selecionar dentre essas possibilidades. Da mesma maneira que um idioma limita o que pode ser dito, a arquitetura limita onde se pode andar, mas o pedestre inventa outras maneiras de prosseguir, "já que a travessia, o vagar a esmo ou a improvisação do privilégio de caminhar transformam ou abandonam os elementos espaciais". Mais adiante, ele acrescenta: "o caminhar dos transeuntes oferece uma série de voltas (viagens) e desvios que podem ser comparados a 'expressões' ou 'figuras estilísticas'". A metáfora de De Certeau sugere uma possibilidade assustadora: se a cidade é um idioma falado por quem anda, então a cidade pós-pedestriana não só ficou muda como corre o risco de se tornar uma língua morta cujas expressões coloquiais, piadas e impropérios irão desaparecer, mesmo que sua gramática formal sobreviva. Bailly vive nessa Paris sufocada por carros e documenta esse declínio. Nas palavras de um intérprete, ele afirma que a função social e imaginativa das cidades

> está ameaçada pela tirania da arquitetura ruim[40], pelo planejamento desalmado e pela indiferença à unidade básica do idioma urbano, a rua, e pelo "ruissellement de paroles" (fluxo de palavras), os contos intermináveis que a animam. Manter a rua e a cidade vivas depende de entender sua gramática e gerar as novas elocuções nas quais ambas vicejam. E para Bailly, a mediação principal desse

---

* Petrópolis, Vozes, 2000. (N.T.)

39. Michel de Certeau, *The Practice of Everyday Life*, Berkeley, University of California Press, 1984, p. 93, 100.

40. Jean-Christophe Bailly in Sheringham, "City Space, Mental Space, Poetic Space", *Parisian Fields*, p. 111.

processo é o caminhar, o que ele chama de "grammaire generative de jambes" (gramática generativa das pernas).

Bailly fala de Paris como coletânea de contos, uma recordação de si mesma feita por quem caminha pelas ruas. Se o caminhar ruir, pode ser que a coletânea não seja mais lida ou torne-se ilegível.

CAPÍTULO 13

CIDADÃOS DAS RUAS: FESTAS, PROCISSÕES E REVOLUÇÕES[1]

Eu me virei completamente para ver que eram as asas que faziam o anjo atrás de mim parecer esquisito visto com o canto do olho. Pelo menos, ele estava vestido de anjo, e vários alienígenas, piranhas, reis da discoteca e bichos de duas pernas seguiam todos pela rua na mesma direção, rumo à Castro Street, como fazem todo Halloween. Na noite anterior, eu levara minha bicicleta à base da Market Street para participar da Massa Crítica, a bicicletada coletiva que é tanto um protesto pela falta de um lugar seguro para os ciclistas quanto um confisco festivo desse espaço. Várias centenas de ciclistas tomaram as ruas, como faziam toda última sexta-feira do mês desde que o evento começara ali em 1992 (os ciclistas realizam as Massas Críticas em todo o mundo, de Genebra a Sydney, passando por Jerusalém e Filadélfia). Alguns ciclistas de princípios elevadíssimos haviam começado a usar camisetas com os dizeres "um carro a menos", daí três corredores nos acompanhavam, vestindo camisetas nas quais se lia "uma bicicleta a menos", e em homenagem à festa iminente, alguns ciclistas usavam máscaras e fantasias.

---

1. Parte do material deste capítulo foi tirado de meus ensaios "The Right of the People Peaceably to Assemble in Unusual Clothing: Notes on the Streets of San Francisco", publicado na *Harvard Design Magazine* em 1998, "Voices of the Streets" (*Camerawork Quarterly*, jun./ago.1995) e do meu ensaio a respeito do ativismo durante a Guerra do Golfo em *War After War* (São Francisco, City of Lights Books, 1991).

O Halloween na Castro também é uma espécie de evento híbrido, é tanto celebração quanto, ao menos em suas origens, manifesto político, pois declarar uma identidade *queer* é, por si só, uma afirmação política ousada. Declarar essa identidade de maneira festiva subverte a longa tradição de manter a sexualidade em segredo e a homossexualidade como algo vergonhoso. E em tempos lúgubres a própria alegria é um ato de insurreição, assim como a comunidade em tempos de isolamento. Hoje em dia, a festa de rua do Halloween na Castro também atrai muitos heterossexuais, mas todos parecem operar sob a égide da tolerância, afetação e encaradas impudentes nesse evento que não passa de alguns milhares de pessoas andando para lá e para cá ao longo de vários quarteirões interditados. Nada é vendido, não há nenhuma liderança e todos são tanto espetáculo quanto espectadores. No começo da noite de Halloween, várias centenas de pessoas haviam marchado da Castro Street ao Palácio da Justiça para protestar e lamentar o homicídio de um rapaz gay no Wyoming, uma manifestação bem rotineira para os padrões de São Francisco e para a Castro, que é tanto um templo do consumismo quanto a base de operações de uma comunidade politizada.

Dois de novembro, o Día de los Muertos, foi celebrado na Twenty-fourth Street no Mission District. Como sempre, os dançarinos astecas – descalços, girando e batendo os pés, vestindo tangas, chocalhos nas pernas e plumas de 1,20 metro de comprimento – lideravam o desfile. Eram seguidos pelos participantes que levavam altares no alto de varas: uma Virgem de Guadalupe vinha num deles; no outro, um deus asteca. Atrás dos altares caminhavam pessoas portando cruzes enormes cobertas com lenços de papel, pessoas com caveiras pintadas no rosto, gente que carregava velas, talvez uns mil participantes ao todo. Diferente dos desfiles maiores, esse aí era formado quase exclusivamente de participantes, com poucos espectadores nas janelas de suas casas. Talvez seja melhor descrevê-lo como uma procissão, pois a procissão é a jornada dos participantes, ao passo que o desfile é uma apresentação com plateia. Caminhar em grupo pelas ruas parecia muito diferente de andar para lá e para cá no Halloween; havia um clima mais terno e melancólico naquela festa de morte e uma leve mas satisfatória sensação de camaradagem no ar, que podia vir do simples fato de partilharmos o mesmo espaço e o mesmo propósito movendo-nos todos juntos na mesma direção. Era como se, alinhando nossos corpos, tivéssemos alinhado nossos corações. Na esquina da Twenty-fifth com a Mission, nossa procissão foi invadida por outra, mais ruidosa, entoando palavras de protesto contra a execução iminente de um prisioneiro no corredor da morte, e apesar do incômodo de nos vermos alvos do protesto, como se nós fôssemos os executores, ajudou bastante sermos lembrados de que a morte era uma realidade. As padarias ficaram abertas até tarde vendendo *pan de muerto* – um pão doce confeitado com figuras humanas –, e o feriado foi um belo híbrido das tradições cristã e mexicana indígena, revisadas e metamorfoseadas pelas mãos das diversas culturas de São Francisco. À semelhança do Halloween, o Dia de Finados é uma festa liminar que celebra os limiares entre a vida e a morte, a época em que tudo é possível e a própria identidade transita, e esses dois feriados se tornaram limiares que facções diferentes da cidade atravessam para se encontrar e onde as fronteiras entre desconhecidos caem por terra.

O grande artista alemão Joseph Beuys costumava declamar, como máxima e manifesto, a frase "todo mundo é artista". Eu costumava pensar que ele queria dizer que achava que todos deviam fazer arte, mas hoje me pergunto se ele não estaria falando de uma possibilidade mais fundamental: que todos poderiam se tornar participantes, em vez de membros da plateia, que todos poderiam se tornar produtores, em vez de consumidores de significados (ideia idêntica subjaz a convicção da cultura punk no "faça você mesmo"). Trata-se do mais elevado ideal de democracia – que todos podem participar da construção de suas próprias vidas e da vida da comunidade –, e a rua é o maior fórum da democracia, o lugar onde as pessoas comuns podem falar, sem que sejam segregadas por paredes, sem que tenham como mediadores aqueles que detêm mais poder. Não é coincidência *mídia* e *mediar* terem o mesmo radical: a ação política direta no verdadeiro espaço público pode ser a única maneira de estabelecer comunicação não mediada com desconhecidos, bem como uma maneira de alcançar o público da mídia tornando-se a notícia. As procissões e festas de rua estão entre as manifestações agradáveis da democracia, e até mesmo as expressões mais solipsistas e hedonistas mantêm o populacho atrevido e as avenidas abertas para usos mais francamente políticos. Desfiles, manifestações, protestos, levantes e revoluções urbanas têm tudo a ver com a travessia do espaço público pelos integrantes do público, por razões expressivas e políticas, e não simplesmente práticas. Nesse aspecto, são parte da história cultural do caminhar.

As marchas públicas misturam a linguagem da peregrinação, na qual se caminha para demonstrar devoção, com o piquete de uma greve [à moda norte-americana], no qual se demonstra a força de um grupo e a própria persistência andando-se o tempo todo, e com a festa, na qual as fronteiras entre desconhecidos desaparecem. Caminhar transforma-se em testemunho. Muitas marchas têm os comícios como destino, mas estes geralmente voltam a transformar os participantes em plateias para alguns oradores seletos; eu mesma muitas vezes me vi profundamente emocionada com as massas caminhando pelas ruas e profundamente entediada com os eventos que se seguiram à chegada. A maioria dos desfiles e procissões é comemorativa, e essa travessia do espaço da cidade para comemorar outras épocas une época e lugar, memória e possibilidade, cidade e cidadão num todo cheio de vida, um espaço cerimonial no qual se pode fazer história. O passado torna-se o alicerce sobre o qual o futuro será erigido, e aqueles que não respeitam o passado talvez nunca criem um futuro. Até mesmo os desfiles mais inócuos têm uma pauta: os desfiles do Dia de São Patrício remontam a mais de duzentos anos em Nova York e demonstram as convicções religiosas, o orgulho étnico e a força de uma comunidade que um dia foi marginal, como fazem também o desfile mais vistoso do Ano-Novo Chinês em São Francisco e as colossais Paradas do Orgulho Gay em todo o continente. Os desfiles militares sempre foram demonstrações de força e incitamento ao orgulho tribal ou de intimidação dos cidadãos. Na Irlanda do Norte, os orangistas usaram suas marchas em celebração de vitórias protestantes do passado para invadir simbolicamente os bairros católicos, ao passo que os católicos transformaram os funerais de seus mortos em procissões políticas maciças.

Em dias normais, cada um de nós anda sozinho ou acompanhado por uma ou duas pessoas nas calçadas, e as ruas são usadas para permitir o trânsito e o comércio. Em dias extraordinários – nos feriados que são aniversários de acontecimentos históricos e religiosos e nos dias em que nós mesmos fazemos história –, caminhamos juntos, e a rua inteira serve para destacar a importância do dia com passadas fortes. Caminhar, que pode ser uma prece, sexo, comunhão com a terra ou meditação, torna-se discurso nessas manifestações e insurreições, e já se escreveu uma boa parte da história com os pés dos cidadãos que andaram por suas cidades. Esse caminhar é uma demonstração física de convicção política ou cultural e uma das formas mais universalmente acessíveis de expressão pública. Poderíamos chamá-lo de marcha, no sentido de que é um movimento coletivo rumo a um objetivo comum, mas os participantes não entregaram sua individualidade como fizeram os soldados cujo passo marcado indica que se tornaram unidades intercambiáveis sob uma autoridade absoluta. Em vez disso, indicam a possibilidade de um denominador comum entre pessoas que não deixaram de ser diferentes umas das outras, pessoas que finalmente se tornaram o público. Quando o movimento do corpo se transforma numa forma de discurso, as distinções entre palavras e atos, entre representações e ações, começam a ficar indistinguíveis, e, portanto, as marchas também podem ser estados liminares, uma outra forma de entrar a pé no reino da representação e do simbolismo – e, por vezes, para a história.

Somente os cidadãos familiarizados com sua cidade enquanto território prático e simbólico, capazes de se reunir a pé e acostumados a caminhar pela cidade, conseguem se rebelar. Pouca gente lembra que "o direito das pessoas de se reunir pacificamente" consta da Primeira Emenda à Constituição dos Estados Unidos, juntamente com a liberdade de imprensa, expressão e religião, igualmente decisiva para uma democracia. Os outros direitos são fáceis de reconhecer, mas a eliminação da possibilidade dessas reuniões por meio do planejamento urbano, da dependência automotiva e de outros fatores é difícil de determinar e raras vezes é enquadrada como questão de direitos civis. Mas quando os espaços públicos são eliminados, em última instância o público também é: o indivíduo deixa de ser um cidadão capaz de vivenciar e agir em comunhão com outros cidadãos. A cidadania se baseia na noção de se ter algo em comum com desconhecidos, da mesma maneira que a democracia se ergue sobre a confiança nos desconhecidos. E o espaço público é o espaço que dividimos com desconhecidos, a zona livre de segregação. Nesses eventos comunitários, tal abstração do público torna-se real e palpável. Los Angeles presenciou revoltas tremendas – Watts em 1965 e o levante de Rodney King em 1992 –, mas tem poucos registros reais de protestos. Ela é tão difusa, tão desprovida de centralidade, que não possui espaço simbólico no qual se possa agir nem uma magnitude pedestre da qual se possa participar como público (a não ser por alguns calçadões comerciais sobreviventes ou reinventados). São Francisco, por sua vez, vem sendo a "Paris do Oeste dos Estados Unidos" como um dia a chamaram, produzindo um cardápio regular de desfiles, procissões, protestos, manifestações, marchas e outras atividades públicas em seus espaços centrais. Porém, São Francisco não é uma capital, como é Paris, logo não tem a localização ideal para abalar a nação e o governo nacional.

Paris é a grande cidade de quem caminha. E é a grande cidade da revolução. Muitas vezes se escreve a respeito desses dois fatos como se não estivessem relacionados, mas estão essencialmente ligados. O historiador Eric Hobsbawm certa vez especulou qual seria "a cidade ideal para revoltas e insurreições"[2]. Ele concluiu que deveria ser

> densamente povoada e de área não muito grande. Basicamente, ainda deveria ser possível atravessá-la a pé [...]. Na cidade insurgente ideal, as autoridades – os ricos, a aristocracia, o governo ou a administração local – estariam, portanto, entremescladas tanto quanto possível com a concentração central dos pobres.

Todas as cidades da revolução são cidades à moda antiga: as pedras e o cimento estão encharcados de significados, histórias, lembranças que fazem da cidade um palco no qual cada ato ecoa o passado e cria o futuro, e o poder ainda é visível no centro das coisas. São cidades pedestres onde os habitantes confiam em seus movimentos, estão familiarizados com a geografia crucial. Paris é todas essas coisas e foi palco de revoluções e insurreições importantes em 1789, 1830, 1848, 1871 e 1968, e, nos últimos tempos, de uma miríade de protestos e greves.

---

2. Eric Hobsbawm, "Cities and Insurrections", in *Revolutionaries*, Nova York, Pantheon, 1973, p. 222. Elizabeth Wilson, em *The Sphinx in the City*, e Priscilla Parker Ferguson, em *Paris as Revolution*, também fazem associações perspicazes entre os espaço social e o potencial revolucionário de uma cidade.

Hobsbawm trata da reforma de Paris promovida por Haussmann ao escrever:

> A reconstrução urbana, entretanto, teve um outro efeito, provavelmente não intencional, sobre possíveis rebeliões, pois as avenidas novas e amplas propiciaram um local ideal para o que viria a ser um aspecto cada vez mais importante dos movimentos populares: a manifestação, ou melhor, a procissão em massa. Quanto mais sistemáticos fossem aqueles anéis e aros de bulevares, quanto mais efetivamente isolados estivessem da área habitada circundante, mais fácil ficava transformar essas assembleias em marchas ritualizadas, em vez de preparativos para uma revolta[3].

Na própria Paris, parece que a saturação de espaço cerimonial, simbólico e público torna as pessoas dali particularmente suscetíveis à revolução. Ou seja, os franceses são um povo para quem um desfile será um exército se marchar como um, para quem o governo cairá se acreditarem que caiu, e parece que é assim porque têm uma capital onde a representação e a realidade se encontram tão fundidas e porque suas imaginações também vivem em público, empenhadas em questões públicas, sonhos públicos. "Tomo meus desejos pela realidade, pois acredito na realidade de meus desejos"[4], dizia uma pichação na Sorbonne durante o levante estudantil de maio de 1968. Esse levante cativou seu território mais crucial, a imaginação nacional, e foi nesse território e também no Quartier Latin e nos pontos grevistas por toda a França que eles chegaram muito perto de derrubar o governo mais forte da Europa. "A diferença entre a rebelião em Columbia e a rebelião na Sorbonne é que a vida em Manhattan continuou como antes,

---

3. Hobsbawm, "Cities and Insurrections", p. 224.
4. Angelo Quattrocchi e Tom Nairn, *The Beginning of the End*, Londres, Verso, 1998, p. 26.

ao passo que em Paris, todos os setores da sociedade se inflamaram no intervalo de alguns dias"[5], escreveu Mavis Gallant, que esteve lá nas ruas do Quartier Latin. "A alucinação coletiva era de que a vida podia mudar, repentinamente e para melhor. Ainda me parece um desejo nobre."

Todo mundo sabe como começou a Revolução Francesa. Em 11 de julho de 1789, Luís XVI demitiu o ministro popular Jacques Necker, agitando mais ainda sua capital já turbulenta. Os parisienses já deviam estar imaginando uma revolta armada, pois 6 mil deles se reuniram espontaneamente para tomar os Inválidos de roldão e se apoderar dos fuzis que lá eram guardados, daí foram conquistar a Bastilha do outro lado do rio, em busca de mais suprimentos militares, e os resultados disso ainda são celebrados em desfiles e festas por toda a França no dia 14 de julho, o Dia da Tomada da Bastilha. A vida de fato mudou, repentinamente e, no fim das contas, para melhor. A libertação daquela prisão-fortaleza medieval simbolicamente pôs fim a séculos de despotismo, mas a revolução só começaria de fato com a marcha das mulheres do mercado três meses depois. As origens intelectuais da revolução jaziam nos ideais de liberdade e justiça inspirados em parte por filósofos do Iluminismo como Thomas Paine, Rousseau e Voltaire, mas também teve origens físicas. No verão de 1788, uma chuva de granizo devastadora havia destruído boa parte da colheita por toda a França e, em 1789, o povo sentiu os efeitos disso. O pão ficou mais caro e mais escasso, as pessoas comuns passaram a fazer fila nas padarias às quatro da manhã, esperando comprar um filão naquele dia, e os pobres começaram a passar fome. As causas físicas produziram efeitos físicos: seria uma revolução não só das ideias, mas de corpos libertados, famintos, em marcha, dançando, revoltando-se, decapitados, no palco das ruas e praças parisienses.

---

5. Mavis Gallant, *Paris Notebooks: Essays and Reviews*, Nova York, Random House, 1988, p. 3.

As revoluções são sempre a manifestação física da política, quando as ações se tornam a forma costumeira de discurso. A Grã-Bretanha e a França já tinham presenciado antes revoltas por causa de comida e impostos, mas nada parecido com aquela combinação de fome e avidez por ideais.

Nos dias violentos que se seguiram à queda da Bastilha, as mulheres do mercado e as *poissards*, ou peixeiras, já estavam acostumadas a marchar juntas[6] e devem ter percebido pela primeira vez que tinham os mesmos anseios e força coletiva durante as procissões religiosas das quais participaram naquela temporada. Pelo menos um morador ficou alarmado "com a disciplina, pompa e magnitude das procissões quase diárias das mulheres do mercado, lavadeiras, comerciantes e trabalhadores de vários distritos que, durante agosto e setembro, subiam a rue Saint-Jacques até a recém-construída igreja de Sainte-Genevieve [padroeira de Paris] para as missas de ação de graças"[7]. Simon Schama destaca que na festa de São Luís, 25 de agosto, as mulheres do mercado de Paris tradicionalmente iam a Versalhes presentear a rainha com ramalhetes. Era como se, tendo aprendido a forma da procissão, elas pudessem lhe dar novo conteúdo: depois de marchar para prestar tributo à igreja e ao Estado, estavam preparadas para marchar e fazer exigências.

Na manhã de 5 de outubro de 1789, uma menina levou um tambor aos mercados centrais de Les Halles, enquanto no subúrbio insurgente de Saint-Antoine uma mulher obrigou um clérigo a soar os sinos de sua igreja. Tambor e sinos juntaram uma

---

6. Existem várias versões conflitantes da marcha das mulheres do mercado. Eu me fiei no livro de Shirley Elson Roessler, *Out of Shadows: Women and Politics in the French Revolution, 1789-95* (Nova York, Peter Land, 1996), no que diz respeito à sequência e às minúcias dos acontecimentos, mas também usei a história da Revolução Francesa segundo Michelet (Wynnewood, Pensilvânia, Livingston, 1972), o indispensável livro de Georges Rude, *Crowd in the French Revolution* (Oxford, Oxford University Press, 1972), *Citizens*, de Simon Schama (Nova York, Knopf, 1989), e *The Days of the French Revolution*, de Christopher Hibbert (Nova York, Morrow Quill Paperbacks, 1981).

7. Rude, *Crowd in the French Revolution*, p. 66.

multidão. As mulheres – agora aos milhares – escolheram um herói da Bastilha para liderá-las, Stanislas-Marie Maillard, que se viu pregando constantemente a moderação a suas seguidoras. Formada principalmente por mulheres pobres e trabalhadoras – peixeiras, vendedoras, lavadeiras, faxineiras –, a massa incluía algumas mulheres de posses e uma ou outra revolucionária de renome, como Théroigne de Méricourt, conhecida como Théroigne, a Amazona. (Prostitutas e homens travestidos de mulheres figuraram em relatos contemporâneos da marcha, mas parece ser assim porque muitos acreditavam que mulheres "respeitáveis" seriam incapazes de se insurgir daquela maneira.) As mulheres insistiram em seguir em linha reta e atravessar as Tulherias, ainda os jardins do rei, e quando um guarda sacou sua espada ameaçando uma das mulheres na vanguarda, Maillard foi defendê-la, mas "ela desferiu tamanho golpe com sua vassoura nas espadas cruzadas dos homens que os dois se viram desarmados"[8]. Elas seguiram em frente entoando "Pão e a Versalhes!". Naquele mesmo dia, o marquês de Lafayette, herói da Revolução Norte-Americana, lideraria um exército de aproximadamente 20 mil guardas nacionais na esteira das mulheres numa espécie de apoio ambíguo.

No começo da noite estavam na Assembleia Nacional em Versalhes, exigindo que seu novo corpo governante desse um jeito na escassez de comida, e algumas mulheres foram levadas para apresentar a causa diante do rei. Antes da meia-noite, a multidão estava aos portões do palácio; e logo cedo, já havia entrado. Foi uma chegada sangrenta: depois de um guarda disparar contra uma moça, a massa decapitou dois deles e invadiu os aposentos reais em busca da detestada rainha, Maria Antonieta. Naquele dia, a apavorada família real foi obrigada a voltar a Paris com a multidão jubilosa, exausta e vitoriosa. À frente da longa procissão – 60 mil pessoas

---

8. Roessler, *Out of the Shadows*, p. 18.

na estimativa de Lafayette – ia a família real numa carruagem cercada por mulheres que portavam ramos de louro, seguidas pela Guarda Nacional, que escoltava carroçadas de trigo e farinha. Na retaguarda, escreve um historiador, marchavam mais mulheres, "e seus ramos enfeitados no meio do ferro cintilante de piques e canos de mosquetes dava a impressão, como julgaria um observador, de que formavam 'uma floresta ambulante'. Ainda chovia, e as estradas eram um barro só que chegava aos tornozelos, mas todas pareciam contentes e até mesmo animadas"[9]. Berravam aos transeuntes: "Lá vêm o Padeiro, a Padeira e o Padeirinho". O rei em Paris era uma entidade muito diferente do rei em Versalhes. Ali o poder antes absoluto da monarquia francesa minguou e ele viria a se tornar um monarca constitucional, depois um prisioneiro e, dentro de alguns anos, uma vítima da guilhotina quando a revolução descambasse para o sectarismo e a carnificina.

    A história muitas vezes é descrita como se fosse feita totalmente de negociações em espaços fechados e guerras em espaços abertos, de conversas e combates, de políticos e guerreiros. Os primeiros momentos dessa revolução – o nascimento da Assembleia Nacional e a tomada da Bastilha – correspondem a essas versões. Mas as mulheres do mercado conseguiram fazer história como cidadãs comuns a desempenhar gestos comuns. Durante a caminhada de milhares de mulheres até Versalhes, elas superaram o peso do passado no qual tinham demonstrado respeito por todas as autoridades de costume, enquanto os traumas do futuro ainda eram imprevisíveis. Tiveram um dia em que o mundo esteve com elas, nada temiam, exércitos seguiram em seu rastro, e não foram o grão que alimentaria o moinho da história, e sim as moendas. À semelhança de marchas maciças por toda parte, elas exibiram um poder coletivo – o poder, no mínimo, de retirar seu apoio e, no máximo, de se rebelar com violência –, mas começaram

---

9. Hibbert, *Days*, p. 104.

a revolução em grande parte marchando. Carregavam ramos e também mosquetes, pois os mosquetes operam no domínio do real, mas os ramos, no do simbolismo.

O entrelaçamento de festa religiosa, enormes aglomerações em praças públicas e marchas maciças reapareceria no aniversário de duzentos anos do início da Revolução Francesa. O ano revolucionário começou de maneira desfavorável com os tanques do governo esmagando literalmente o movimento estudantil pela democracia na praça da Paz Celestial em Pequim, mas, por toda a Europa, os governos comunistas haviam perdido a sanha pelas repressões violentas ou a confiança nessa tática. A violência propriamente dita havia se tornado um instrumento muito menos fortuito do que havia sido antes de Gandhi disseminar sua doutrina da não violência, os direitos humanos estavam muito mais bem estabelecidos e a mídia tornara os acontecimentos em todo o mundo muito mais visíveis. O movimento pelos direitos civis nos Estados Unidos demonstrara sua eficácia no Ocidente, e os movimentos pela paz e a tática de ação direta não violenta haviam se transformado na linguagem universal da resistência cidadã. Como destaca Hobsbawm, marchar no bulevar havia em grande parte substituído o revoltar-se nos bairros. Por toda a Europa Oriental, os insurgentes deixaram claro que a não violência era parte de sua ideologia. A revolução na Polônia se desenrolou da maneira que as mudanças não violentas devem se desenrolar – lentamente, com muita pressão política externa e negociação política interna, culminando nas eleições livres de 4 de junho de 1989 –, e todas as revoluções se beneficiaram do sagaz desmantelamento da União Soviética promovido por Mikhail Gorbatchev. Mas, na Hungria, Alemanha Oriental e Tchecoslováquia, a história se fez nas ruas, e suas cidades antigas abrigaram maravilhosamente as aglomerações públicas.

Timothy Garton Ash conta que foi um funeral realizado com 31 anos de atraso em homenagem a Imre Nagy, executado por ter participado da revolta malsucedida de 1956, que começou a revolução na Hungria. Em 16 de junho, 200 mil pessoas marcharam juntas, algo que teria sido violentamente reprimido anos antes. Contentes por terem recuperado sua história e sua voz, os dissidentes pressionaram ainda mais e, em 23 de outubro, a nova República Húngara nasceu. A Alemanha Oriental seria a próxima[10]. Medidas repressoras foram intensificadas a princípio – os estudantes que voltavam da escola e os empregados, do trabalho, foram presos pelo simples fato de se encontrarem nas vizinhanças dos tumultos em Berlim Oriental[11]; até mesmo a liberdade corriqueira de dar uma volta a pé foi criminalizada (como geralmente acontece, com os toques de recolher e a proibição de se reunir, em épocas turbulentas ou sob regimes repressores). Mas a igreja de São Nicolau de Leipzig havia tempos organizava "orações pela paz" nas noites de segunda-feira, seguidas por manifestações na adjacente Karl-Marx-Platz, e ali a quantidade de gente começou a aumentar. Em 2 de outubro, 15 a 20 mil pessoas se juntaram na praça ao lado da igreja na maior manifestação espontânea da Alemanha Oriental desde 1953 e, por volta de 30 de outubro, quase meio milhão de pessoas marchava. "A partir daquele momento", escreve Ash, "as pessoas agiriam e o Partido reagiria.[12]" Em 4 de novembro, 1 milhão de pessoas se reuniu na Alexanderplatz de Berlim Oriental, portando bandeiras, estandartes e cartazes, e, em 9 de novembro, o Muro de Berlim caiu. Uma pessoa amiga que esteve lá me contou que o muro caiu

---

10. A respeito da Alemanha, eu me fiei em Timothy Garton Ash, *The Magic Lantern: The Revolutions of 1989 Witnessed in Warsaw, Budapest, Berlin and Prague* (Nova York, Random House, 1990), e John Borneman, *After the Wall: East Meets West in the New Berlin* (Nova York, Basic Books, 1991).

11. Borneman, *After the Wall*, p. 23-4: "Num dos casos [...] um manifestante foi condenado a seis meses de prisão por gritar 'sem violência' umas quinze vezes".

12. Ash, *Magic Lantern*, p. 83.

porque tanta gente aparecera ao ouvir o falso boato de que o haviam derrubado que resolveram transformá-lo em realidade; os guardas se apavoraram e deixaram a multidão passar. Tornou-se realidade porque uma quantidade suficiente de pessoas estava lá para torná-lo real. Mais uma vez, as pessoas escreviam a história com seus pés.

A "Revolução de Veludo" na Tchecoslováquia foi a mais maravilhosa de todas, e a última (a violência natalina na Romênia foi completamente diferente). Em janeiro daquele ano mágico, o dramaturgo Václav Havel fora aprisionado por participar de uma comemoração de vigésimo aniversário da imolação de um estudante no centro de Praga, a praça Venceslau, em protesto à repressão da revolução da "Primavera de Praga" em 1968. Dezessete de novembro de 1989 foi o aniversário de outro estudante e mártir tcheco, morto pelos nazistas durante a ocupação, e essa procissão comemorativa foi muito maior e mais ousada do que a de janeiro. A multidão partiu em marcha da universidade Carolina e, quando o itinerário oficial terminou ao crepúsculo, acenderam velas, arranjaram flores e continuaram a andar pelas ruas, cantando e entoando slogans antigovernistas: o passado mais uma vez deu ensejo para falar do presente. Na praça Venceslau, os policiais cercaram as pessoas e começaram a espancar quem estivesse ao alcance. Os participantes da marcha fugiram pelas ruas laterais, onde alguns entraram sorrateiramente ou foram acolhidos nas casas, mas muitos saíram feridos. Falsos relatos de que mais um estudante havia se unido às fileiras dos mártires enfureceu a nação. Depois disso vieram marchas, greves e ajuntamentos espontâneos na praça Venceslau – na verdade, um bulevar com um quilômetro de extensão e largura imensa no centro da cidade – com centenas de milhares de participantes. Nos bastidores, no Teatro da Lanterna Mágica, o recém-liberto Havel reuniu todos os grupos de oposição numa força política para dar uma finalidade pragmática ao poder que era tomado nas ruas (a oposição tcheca era chamada de Fórum Cívico; o equivalente eslovaco era o Público contra a Violência). Os tchecoslovacos haviam começado a viver em público, reunindo-se todos os dias na praça Venceslau e seguindo pela adjacente avenida Národní, informando-se com outros participantes, fazendo e lendo cartazes e tabuletas, criando altares de flores e velas – retomando a rua como espaço público cujo significado seria determinado pelo público. Um jornalista contou:

> Praga parecia hipnotizada, presa em um transe mágico. Nunca deixara de ser uma das cidades mais belas da Europa, mas, durante duas longas décadas, uma nuvem de tristeza repressora envolvera as torres góticas e barrocas. A nuvem desapareceu. As massas eram calmas, confiantes e civilizadas. Todos os dias, as pessoas se reuniam após o expediente às quatro da tarde, marchando educadamente, com paciência e determinação até a praça Venceslau [...]. A cidade era uma explosão de cores: cartazes eram colados aos muros, às vitrines das lojas e em todo e qualquer centímetro de espaço livre. Após cada grande comício, a multidão cantava o hino nacional[13].

Quatro dias depois, os dois dissidentes mais famosos do país – Havel e o herói de 1968, Alexander Dubček – apareceram numa sacada sobre a praça, este em sua primeira aparição pública depois de 21 anos de silêncio forçado. Dubček disse então: "O governo está nos dizendo que a rua não é o lugar apropriado para resolvermos as coisas, mas eu digo que a rua foi e é o lugar. A voz da rua deve ser ouvida"[14].

---

13. Michael Kukral, *Prague 1989: A Study in Humanistic Geography*, Boulder, Colorado, Eastern European Monographs, 1997, p. 110.

14. Alexander Dubček, apud *Time*, 4 de dezembro de 1989, p. 21.

A revolução que começou rememorando um estudante chegou ao auge celebrando uma santa. Santa Agnes da Boêmia, tataraneta do pio Venceslau, fora canonizada algumas semanas antes. O arcebispo de Praga, apoiador da oposição, celebrou uma missa ao ar livre e sobre a neve para centenas de milhares de pessoas poucos dias depois da reaparição de Dubček. À semelhança dos húngaros, os tchecoslovacos haviam garantido um futuro livre relembrando os heróis e mártires do passado, pois, por volta de 10 de dezembro, haveria um novo governo. Michael Kukral, um jovem geógrafo norte-americano que presenciou toda a Revolução de Veludo, escreveu:

> O momento das manifestações maciças e diárias terminou passado o dia 27 de novembro, e, assim, todo o caráter da revolução sofreu uma metamorfose. Não acordei na manhã seguinte para me ver transformado num inseto gigante, mas senti realmente uma espécie de tristeza pelo fato de que provavelmente nunca mais experimentaria o ímpeto, a espontaneidade e a animação daqueles últimos dez dias[15].

Mil novecentos e oitenta e nove foi o ano das praças – a da Paz Celestial, Alexanderplatz, Karl-Marx-Platz e Venceslau – e das pessoas que redescobriram o poder do público nesses locais. A praça da Paz Celestial nos lembra que as marchas, os protestos e confiscos do espaço público nem sempre produzem os resultados desejados. Mas muitas outras lutas ficam entre os extremos da Revolução de Veludo e as carnificinas da repressão, e os anos 1980 foram uma década de grande ativismo político: nos colossais movimentos antinucleares no Cazaquistão, na Grã-Bretanha,

---

15. Kukral, *Prague 1989*, p. 95.

Alemanha e nos Estados Unidos, na miríade de marchas contra a intervenção norte-americana na América Central, nos estudantes de todo o mundo que incitaram suas universidades a alienar a África do Sul e ajudaram a derrubar o regime do apartheid, nas paradas gays que só fizeram crescer no decorrer da década e os militantes radicais do combate à AIDS no final dela, nos movimentos democráticos que foram às ruas nas Filipinas e em muitos outros países.

Alguns anos antes, outra insurreição encontrara uma praça para ser seu palco. A saga das Mães da Praça de Maio teve início quando essas mulheres começaram a reparar umas nas outras nas delegacias de polícia e repartições públicas, fazendo as mesmas buscas infrutíferas pelos filhos que os agentes da desumana junta militar que tomara o poder em 1976 haviam feito desaparecer. Marguerite Guzman Bouvard escreve:

> O sigilo era uma marca registrada da Guerra Suja da ditadura militar [...]. Na Argentina, os sequestros eram realizados sob uma fachada de normalidade, para que não houvesse clamor, para que a terrível realidade continuasse submersa e impalpável até mesmo para as famílias dos sequestrados[16].

Donas de casa em sua maioria, com pouca educação formal e nenhuma experiência política, essas mulheres acabaram percebendo que tinham de tornar o segredo público e dedicaram--se à causa com uma formidável falta de consideração por sua própria segurança. Em 30 de abril de 1977, catorze mães foram à praça de Maio no centro de Buenos Aires. Ali fora proclamada a independência da Argentina em 1810 e ali Juan Perón fizera seus

---

16. Marguerite Guzman Bouvard, *Revolutionizing Motherhood: The Mothers of the Plaza de Mayo*, Wilmington, Delaware, Scholarly Resources, 1994, p. 30.

discursos populistas, uma praça no coração do país. Sentar-se lá, gritou um policial, era o mesmo que realizar uma reunião ilegal, e, portanto, elas começaram a andar em volta do obelisco no centro da praça.

Bem ali, naquele momento, escreveu um francês, os generais perderam a primeira batalha e as Mães encontraram sua identidade. Foi a praça que lhes deu um nome e foram suas caminhadas ali, toda sexta-feira, que as tornaram famosas. Bouvard escreveu:

> Muito mais tarde, elas descreveriam suas voltas como marchas, e não como caminhadas, pois lhes parecia que marchavam rumo a um objetivo, e não que simplesmente circulavam a esmo. Com a sucessão de sextas-feiras e uma quantidade cada vez maior de mães marchando em volta da praça, a polícia começou a reparar. Viaturas e mais viaturas de policiais chegavam, anotavam nomes e obrigavam as Mães a saírem de lá[17].

Atacadas com cães e porretes, presas e interrogadas, elas continuaram voltando e realizando aquele ato simples de recordação durante tantos anos que isso se tornou ritual e história, e o nome da praça ficou conhecido em todo o mundo. Elas marchavam portando fotografias de seus filhos afixadas em cartazes políticos no alto de varas ou penduradas no pescoço, usavam lenços bordados com os nomes de seus filhos desaparecidos e as datas dos desaparecimentos (mais tarde, o bordado diria: "Tragam-nos de volta vivos").

"Elas me contaram que, enquanto estão marchando, sentem-se muito próximas de seus filhos", escreveu a poetisa Marjorie Agosín, que caminhou ao lado delas[18] "E a verdade é

---

17. Bouvard, *Revolutionizing Motherhood*, p. 70.
18. Marjorie Agosín, *Circles of Madness: Mothers of the Plaza de Mayo*, Freedonia, White Pine Press, 1992, p. 43.

que, na praça onde não se permite o esquecimento, a memória recupera seu significado." Durante anos, essas mulheres que levavam o trauma nacional para passear foram a oposição mais pública ao regime. Por volta de 1980, elas haviam criado uma rede de mães por todo o país e, em 1981, começaram a primeira de suas marchas anuais de 24 horas para celebrar o Dia dos Direitos Humanos (elas também se uniram a procissões religiosas por todo o país). "Àquela altura, as Mães não estavam mais sozinhas em suas marchas; a praça formigava com jornalistas estrangeiros que estavam ali para cobrir o estranho fenômeno de mães de meia-idade que marchavam desafiando um estado de sítio." Quando a ditadura militar caiu em 1983, as Mães foram convidadas de honra na cerimônia de posse do presidente recém-eleito, mas continuaram a promover suas caminhadas semanais, contornando em sentido anti-horário o obelisco na praça de Maio, e os milhares que antes estavam receosos se uniram a elas. Ainda contornam no sentido anti-horário o obelisco alto toda quinta-feira.

Existem muitas maneiras de mensurar a eficácia do protesto. Temos o impacto sobre o grande público, diretamente e através da mídia, e temos o impacto sobre o governo, sobre suas plateias. Mas o que geralmente se esquece é o impacto sobre os participantes do protesto, que de repente se tornam o público num espaço literalmente público: não mais uma plateia, e sim uma força. Provei certa vez dessa vida pública durante as primeiras semanas da Guerra do Golfo, do gostinho de vivê-la mais intensamente do que nas várias marchas e desfiles anuais de São Francisco antes ou depois. Não se escreveu muita coisa na época nem desde então a respeito desses enormes protestos por todos os Estados Unidos em janeiro de 1991: o Palácio da Independência na Filadélfia foi cercado, pessoas se reuniram no parque Lafayette bem na frente da Casa Branca, as assembleias legislativas dos estados de Washington e

Texas foram invadidas, a ponte do Brooklyn foi interditada, Seattle ficou coberta de cartazes e manifestações, os "protestos das bombas de gasolina" foram organizados em todo o sul do país. Mas houve, em meio ao medo e versões mais respeitosas de patriotismo, um enorme clamor que continuou semanas a fio em São Francisco. Não é minha intenção sugerir que tivéssemos a coragem das Mães da Praça de Maio ou o impacto das pessoas em Praga, somente que nós também vivemos em público durante algum tempo. Toda a estratégia daquela guerra – sua velocidade, a censura maciça, a dependência de armas altamente tecnológicas, o combate terrestre extremamente limitado – foi organizada para derrotar a oposição doméstica ao limitar as informações e as baixas norte-americanas, o que sugere que o protesto e a opinião populares eram uma força tão poderosa que a guerra (e as pequenas guerras parecidas desde então) foi um ataque antecipado a ambos.

Saímos às ruas de qualquer maneira, e o próprio espaço da cidade se transformou. Antes de as primeiras bombas serem lançadas, as pessoas começaram a se juntar espontaneamente, a marchar juntas, a fazer fogueiras de velhas árvores de Natal deixadas nas ruas; a organizar rituais e reuniões, a cobrir a cidade com cartazes que pareciam fazer os próprios muros romper o silêncio, conclamando ações específicas e com comentários cáusticos sobre o significado da guerra. Muitas das manifestações ali, como em outros lugares, dirigiram-se instintivamente às artérias do tráfego – pontes, autoestradas – ou para os pontos de força – as repartições públicas, a bolsa de valores – e os interditaram. Foram protestos praticamente diários fevereiro adentro. A cidade era refeita como lugar cujo centro não pertencia às finanças e aos carros, mas aos pedestres percorrendo a rua naquela forma absolutamente corpórea de liberdade de expressão. As ruas não eram mais antecâmaras para o interior de casas, escolas, escritórios, lojas, mas um colossal anfiteatro. Eu me pergunto hoje se alguns não teriam protestado ou saído em desfile simplesmente porque seria somente nessas ocasiões que as ruas das cidades norte-americanas se tornam o lugar perfeito para sermos pedestres, a salvo dos ataques de carros e desconhecidos, quando não da polícia. Ali do meio da rua, o céu é mais vasto e as vitrines das lojas são foscas.

Na noite de sábado antes do começo da guerra, larguei meu carro e entrei a pé na marcha impetuosa que se formou espontaneamente, tirando as pessoas dos bares, cafés e lares. Marchei no protesto bem organizado na véspera da guerra com alguns milhares de outras pessoas. Eu me uni a outros tantos milhares na tarde em que irrompeu a guerra para marchar novamente, enfrentando a escuridão e nosso próprio pavor até o Federal Building. Na manhã seguinte, bloqueei a Highway 101 com o grupo de ativistas com quem passei boa parte da guerra, até a patrulha rodoviária começar a distribuir cacetadas e quebrar a perna de um homem, e naquela mesma manhã voltei a caminhar com vinte ou trinta outras pessoas pelas ruas da cidade até o distrito financeiro e comercial. No fim de semana depois de começada a guerra, andei com outras 200 mil pessoas que se reuniram para protestar contra a guerra com estandartes e cartazes, bonecos e palavras de ordem. Durante aquelas semanas, minha vida parecia ser uma procissão contínua pela cidade transformada. Preocupações particulares e temores pessoais desapareceram no espírito incendiário da época. As ruas eram nossas ruas, e todos temíamos apenas por outras pessoas. Havia rumores de que usariam armas nucleares e indicações de que Israel poderia entrar num conflito que talvez se alastrasse feito fogo e provocasse uma conflagração mundial. O horror do que acontecia longe dali e a força da resistência incendiária dentro de nós e à nossa volta produziram uma sensação extraordinária. Nunca experimentei sentimentos tão intensos quanto os que senti naquela guerra, a não ser quando amei apaixonadamente ou lamentei a morte de entes muito queridos (e foi uma guerra repleta de mortes, apesar de poucas terem sido norte-americanas até os efeitos dos materiais tóxicos da guerra começarem a aparecer).

Na tarde do primeiro dia de guerra, fui apanhada numa batida policial e passei algumas horas sentada, para variar, algemada dentro de um ônibus perto do centro da agitação, olhando pela janela e, numa trégua das mais estranhas, escutando com os policiais o rádio de ondas curtas de um jornalista preso que transmitia notícias sobre a guerra. Haviam disparado mísseis contra Israel e o rádio dizia que os habitantes de Tel Aviv estavam todos em aposentos vedados usando máscaras de gás. Essa imagem não me saía da cabeça: uma guerra em que os civis perderam de vista o mundo e os rostos de seus semelhantes e, atrás de suas máscaras hediondas, perderam até mesmo a capacidade de falar. A maioria dos norte-americanos não estava se saindo muito melhor, mudos diante dos aparelhos de tevê que exibiam sem parar as mesmas gravações nada informativas sobre a guerra censurada. Vivendo nas ruas, nós nos recusávamos a consumir o significado daquela guerra e, em vez disso, produzíamos nosso próprio significado, em nossas ruas e em nossos corações, se não em nosso governo e em nossa mídia.

Nesses momentos em que cruzamos as ruas ao lado de pessoas que acreditam nas mesmas coisas, surge a possibilidade rara e mágica de uma espécie de comunhão democrática; talvez algumas pessoas a encontrem nas igrejas, nos exércitos, nas equipes esportivas, mas as igrejas não são tão insistentes, e os exércitos e as equipes são motivados por sonhos não tão nobres. Nesses momentos, é como se o laguinho da própria identidade fosse tomado por uma grande enchente que traz consigo seus próprios desejos de grandes proporções e ressentimentos coletivos, que limpa tão meticulosamente o tal lago que ninguém mais tem medo nem vê os reflexos de si mesmo, mas é levado por esse impulso insurgente. Esses momentos em que os indivíduos encontram outras pessoas com os mesmos sonhos, quando o medo é sobrepujado pelo idealismo ou pela indignação, quando as pessoas sentem uma força que as surpreende, são momentos nos quais elas se tornam heroínas, pois o que são os heróis se não aqueles tão motivados pelos ideais que o medo não é capaz de afetá-los, aqueles que falam por nós, aqueles que têm o poder de fazer o bem? O indivíduo que se sente assim o tempo todo pode se tornar um fanático ou simplesmente um chato, mas a pessoa que nunca o sente está condenada à perda da fé na humanidade e ao isolamento. Nesses momentos, todos se tornam visionários, todos se tornam heróis.

As crônicas de revoluções e insurreições estão repletas de histórias de generosidade e confiança entre desconhecidos, de incidentes de coragem extraordinária, de transcendência das preocupações mesquinhas da vida cotidiana. Em *1793*, o revolucionário romance de Victor Hugo, ele escreveu:

> As pessoas viviam em público: comiam às mesas espalhadas ao ar livre; as mulheres sentavam-se nas escadarias das igrejas e fiavam algodão cantando a "Marselhesa". O parque Monceaux e os jardins de Luxemburgo eram palco de desfiles [...]. Tudo era terrível e ninguém tinha medo [...]. Ninguém parecia desocupado: o mundo inteiro tinha pressa[19].

No começo da Guerra Civil Espanhola, George Orwell escreveu a respeito da transformação de Barcelona:

> Os cartazes revolucionários estavam por toda parte, labaredas que brotavam dos muros em tons puros de

---

19. Victor Hugo, *1793*, Nova York, Carroll and Graf, 1988, p. 116.

vermelho e azul e faziam os poucos anúncios remanescentes parecerem manchas barrentas. Nas Ramblas, a larga artéria central da cidade para onde as massas de gente afluíam constantemente, os alto-falantes berravam canções revolucionárias o dia inteiro e noite adentro [...]. Acima de tudo havia a fé na revolução e no futuro, a sensação de se ter aparecido de repente numa era de igualdade e liberdade[20].

Para usar um termo situacionista, parece haver uma psicogeografia da insurreição na qual a vida se vive em público e trata de questões públicas, como fica manifesto no ritual central da marcha, a volubilidade de desconhecidos e muros, as multidões nas ruas e praças e a atmosfera inebriante da liberdade potencial que indica que a imaginação já se libertou. "Os momentos revolucionários são folias nas quais a vida individual celebra sua unificação com uma sociedade regenerada"[21], escreve o situacionista Raoul Vaneigem.

Mas ninguém continua heroico para sempre. É a natureza da revolução se acalmar, o que não equivale a fracassar. Uma revolução é um relâmpago que nos mostra novas possibilidades e ilumina as trevas de nossos antigos sistemas, para que nunca mais voltemos a enxergá-los da mesma maneira. As pessoas se insurgem por uma liberdade absoluta, uma liberdade que elas só irão encontrar em suas esperanças e atitudes no auge dessa revolução. Pode ser que tenham derrubado um ditador, mas outros ditadores irão surgir e trazer consigo outras maneiras de intimidar ou escravizar o povo. Pode ser que todos tenham, enfim, o direito ao voto, a alimentação e a justiça serão adequadas, mesmo que não ideais, mas o tráfego

---

20. George Orwell, *Homage to Catalonia*, Boston, Beacon Press, 1952, p. 5.
21. O situacionista Raoul Vaneigem, citado em *Do or Die* (boletim da *Earth First! Britain*), n. 6, 1997, p. 4.

normal voltará às ruas, os cartazes irão desbotar, os revolucionários voltarão a ser donas de casa, estudantes ou garis, e o coração voltará a ser particular. No primeiro aniversário da tomada da Bastilha deu-se a Festa da Federação, uma comemoração nacional com bailes, visitas, desfiles e alegria transbordante, e foi a participação espontânea de todas as classes de parisienses na preparação do Campo de Marte para sua festa, e não a festa propriamente dita, que foi mais satisfatória. Um ano depois, em 12 de julho de 1791, houve um desfile militar para homenagear Voltaire, e as pessoas que haviam participado da história com ferocidade e, em seguida, com júbilo, voltaram a ser espectadores.

"A resistência é o segredo da alegria", proclamava o panfleto que alguém do Reclaim the Streets me passou no meio de uma rua de Birmingham durante uma de suas festas de rua. A Reclaim the Streets foi fundada em Londres em maio de 1995, entendendo que, se as forças idênticas do espaço privatizado e das economias globalizadas estão nos alienando uns dos outros e da cultura local, a retomada do espaço público para a vida e a festa públicas são uma maneira de resistir às duas coisas. O próprio ato de se rebelar – com alegria e coletivamente, no meio da rua – não era mais um meio para se chegar a um fim, mas a vitória propriamente dita. Imaginada dessa maneira, a diferença entre revoluções e festas se torna ainda mais indistinta, pois num mundo de isolamento lúgubre as festas são intrinsecamente revolucionárias. A festa do RTS em Birmingham três anos depois tinha a intenção de fazer um contraponto à reunião do Grupo dos Oito naquele fim de semana, no qual líderes das maiores potências econômicas do mundo decidiriam o futuro do mundo sem consultar os cidadãos nem as nações mais pobres. Centenas de milhares de pessoas reunidas pelo grupo Christian Aid formaram uma corrente humana em volta do centro da cidade para exigir o perdão da dívida do Terceiro Mundo. A Reclaim the Streets não pedia, tomava o que queria.

Houve um instante de glória quando trombetas soaram uma espécie de sinal pedestre para atacar e os milhares que foram àquela Festa de Rua Global saíram aos borbotões da estação rodoviária e foram para a rua principal de Birmingham. As pessoas rapidamente ergueram varas de onde pendiam estandartes: "Abaixo o Asfalto, a Relva", dizia um deles, com aproximadamente dezoito metros de comprimento, parodiando uma frase de maio de 1968 em Paris, e "Detenham o Carro/Libertem a Cidade", dizia outro. Assim que as pessoas se acomodaram, o grande espírito da investida se abrandou, transformando-se numa festa razoavelmente normal e composta basicamente de gente jovem e desleixada, dançando, convivendo, despindo-se no mormaço, não muito diferente, digamos, do Halloween na Castro, a não ser pelo fato de que o ato era ilegal e obstrucionista. Caminhar e marchar têm um espírito comunitário que a convivência após a chegada não tem. Um ativista do RTS me diria posteriormente que não foi uma de suas grandes festas de rua, nada comparável à festa de três dias com os estivadores grevistas de Liverpool; ou o misto de protesto e *rave* contra uma nova e invasiva autoestrada nos arredores de Londres, que trouxera bonecos gigantes vestidos com saias-balão para esconder os operários que, com britadeiras, abriram buracos no viaduto onde, mais tarde, árvores seriam plantadas; ou as pegadinhas da Revolutionary Pedestrian Front [Frente Pedestre Revolucionária], um rebento da Reclaim the Streets, num evento promocional da Alfa Romeo; ou a tomada da Trafalgar Square. Talvez alguns dos outros lugares onde festas de rua semelhantes foram realizadas naquele dia – Ancara, Berlim, Bogotá, Dublin, Istambul, Madri, Praga, Seattle, Turim, Vancouver, Zagreb – fizessem jus à retórica magnífica das publicações da Reclaim the Streets. Pode ser que esta não tenha cumprido seu objetivo, mas estabeleceu uma nova meta para todas as ações de rua: hoje, todo desfile, toda marcha, toda festa pode ser considerada um triunfo sobre a alienação, uma retomada do espaço da cidade, do espaço e da vida públicos, uma oportunidade para caminhar em grupo naquilo que deixou de ser uma jornada e já é chegada.

CAPÍTULO 14

CAMINHADAS DEPOIS DA MEIA-NOITE: MULHERES, SEXO E ESPAÇO PÚBLICO

Caroline Wyburgh, dezenove anos, saiu para "caminhar" com um marinheiro em Chatham, Inglaterra, em 1870. Caminhar já era uma parte instituída do ritual de corte havia muito tempo. Era gratuito. Dava aos enamorados um espaço semiparticular no qual cortejar, fosse num parque, numa *plaza*, num bulevar ou num caminho pouco frequentado (e características rústicas naturais, como as veredas dos namorados, ofereciam-lhes um espaço privado no qual fazer algo mais). Talvez, da mesma maneira que marchar em conjunto ratifica e produz a solidariedade no seio de um grupo, esse ato delicado de pôr em marcha os ritmos dos passos alinha duas pessoas emocional e fisicamente; talvez se sintam um casal primeiro ao andar juntos à noitinha, na rua, no mundo. Por ser uma maneira de fazer algo que mais se aproxima de fazer nada, passear a pé e a dois permite-lhes desfrutar da presença um do outro, sem a obrigação de falar sem parar nem de fazer algo tão exigente que impeça a conversação. E na Grã--Bretanha a expressão equivalente a "sair para caminhar juntos", *walking out together*, por vezes significava algo explicitamente sexual, mas em geral indicava que uma relação continuada fora estabelecida, semelhante à expressão norte-americana *going steady*, ou namorar firme. Na novela de James Joyce, *The Dead*

[*Os mortos*]*, o marido que acabou de descobrir que a esposa teve um pretendente quando era moça pergunta se ela amava o rapaz morto, e ela responde de maneira devastadora: "Eu costumava sair para caminhar com ele"[1].

Caroline Wyburgh, dezenove anos, foi vista a caminhar com seu soldado e, por causa disso, foi arrancada da cama tarde da noite por um inspetor de polícia. A Lei de Doenças Contagiosas em vigor na época dava à polícia, em cidades que abrigavam bases militares, o poder de prender qualquer mulher sobre a qual pairasse a suspeita de ser prostituta. O simples fato de sair andando na hora ou local errado podia transformar uma mulher em suspeita, e a lei permitia que qualquer mulher acusada ou suspeita de prostituição fosse detida. Caso se recusasse a passar por um exame médico, a mulher detida podia ser sentenciada a meses de cadeia, mas o exame médico doloroso e humilhante também era um castigo; e, se descobrissem que ela estava infectada, era confinada num hospital prisional. Culpada até prova em contrário, não havia como ela sair incólume dessa situação. Wyburgh sustentava a si mesma e à mãe lavando soleiras e porões, e sua mãe, temendo perder a fonte de renda durante tanto tempo, tentou convencê-la a se submeter ao exame, em vez de cumprir a sentença de três meses na prisão. Ela se recusou e, portanto, os policiais a deixaram quatro dias amarrada numa cama. No quinto dia, ela concordou com o exame, mas sua determinação fraquejou quando a levaram ao consultório, enfiada numa camisa de força, jogaram-na sobre um divã clínico com os pés separados e amarrados, e um auxiliar a conteve pressionando-lhe o peito com o cotovelo. Ela se debateu, rolou do divã com os tornozelos ainda amarrados e se machucou feio. Mas o médico deu risada, pois seus instrumentos

---

* São Paulo, Penguin & Companhia das Letras, 2013. (N. E.)

1. James Joyce, "The Dead", *Dubliners*, Nova York, Dover, 1991, p. 149. Anne Wallace, em seu livro *Walking, Literature and English Culture*, apontou-me esse uso específico da expressão no texto joyceano; o dicionário Oxford da língua inglesa também tem uma boa seção a respeito da expressão.

a defloraram, e o sangue jorrou entre as pernas da moça. "Você estava dizendo a verdade", ele comentou. "Não é uma menina má.²"

O soldado nunca teve seu nome mencionado, não foi preso, examinado nem fichado pelo sistema judiciário, e para os homens sempre foi mais fácil andar pela rua do que para as mulheres. As mulheres eram costumeiramente castigadas e intimidadas por experimentar a mais simples das liberdades, a de sair para caminhar, pois seu caminhar e, de fato, sua própria existência foram inevitável e continuamente sexualizados nas sociedades que se preocupam em controlar a sexualidade feminina. Por toda a história do caminhar que venho esboçando, as personagens principais – sejam filósofos peripatéticos, flanadores ou montanhistas – foram homens, e chegou a hora de investigar por que as mulheres não saíam também para caminhar.

"Ter nascido mulher é minha terrível tragédia"³, escreveu Sylvia Plath em seu diário, também aos dezenove anos.

> Sim, meu desejo ardente de andar com tapadores de buracos, marinheiros ou soldados, frequentadores de bares – de participar da cena, anônima, ouvindo, registrando –, o fato de eu ser uma moça, uma fêmea em risco perpétuo

---

2. Glen Petrie, *A Singular Iniquity: The Campaigns of Josephine Butler* (Nova York, Viking, 1971, p. 105), onde aparecem outros pormenores da história de Caroline Wyburgh.

3. Sylvia Plath, citada em Carol Brooks Gardner, *Passing By: Gender and Public Harassment* (Berkeley, University of California Press, 1995, p. 26). A respeito de gênero e viagens, cf. Eric J. Leed, *The Mind of the Traveler: From Gilgamesh to Global Tourism* (Nova York, Basic Books, 1991, p. 115-6): "A 'dupla moral' constrói os domínios espaciais de interioridade (feminino) e exterioridade (masculino) como domínios de restrição e liberdade sexual, respectivamente. A castidade das mulheres é uma técnica de inclusão e exclusão, que determina afiliações, direitos e relações entre homens e também santifica a linhagem hereditária masculina. A identificação das mulheres com lugares fixos tem sido considerada 'natural', uma consequência das necessidades reprodutivas que exigem estabilidade e proteção proporcionada pelos homens; daí a divisão de gênero do espaço [...]. A antítese entre as exteriorizações dos homens e as interiorizações das mulheres, a superfluidade do esperma e a parcimônia do óvulo, foi sobreposta à mobilidade humana e passou a ser considerada um elemento da natureza humana. Mas a imobilização das mulheres é um feito histórico [...]. É a territorialização que divide a locomoção segundo o gênero".

de ser atacada e espancada, estraga tudo isso. Meu interesse ardente pelos homens e suas vidas é muitas vezes mal interpretado como o desejo de seduzi-los ou como convite à intimidade. Sim, por Deus, quero falar com todo mundo, tanto e tão profundamente quanto possível. Quero ser capaz de dormir em campo aberto, ir para o oeste, caminhar livremente à noite.

Plath parece ter se interessado pelos homens pelo mesmo motivo que era incapaz de estudá-los: porque a maior liberdade do sexo masculino tornava suas vidas mais interessantes para uma jovem que acabava de começar a sua. São três os pré-requisitos de uma caminhada, ou seja, de sair pelo mundo e caminhar por prazer. É preciso ter tempo livre, um lugar para ir e um corpo livre de enfermidade ou restrições sociais. O tempo livre apresenta muitas variáveis, mas os logradouros públicos na maioria dos horários não são muito acolhedores e seguros para as mulheres. Providências legais, costumes sociais aprovados tanto por homens quanto por mulheres, a ameaça implícita de assédio sexual e o estupro propriamente dito: tudo isso limita a capacidade das mulheres de andar onde e quando desejarem. (As roupas e restrições corpóreas femininas — saltos altos, sapatos apertados ou frágeis, espartilhos e cintas, saias muito volumosas ou muito justas, tecidos que se estragam facilmente e véus que obscurecem a visão fazem parte dos costumes sociais que foram tão eficientes quanto as leis e os receios para incapacitar as mulheres.)

A presença das mulheres em público torna-se, com frequência assustadora, uma invasão de suas partes íntimas, às vezes literalmente, outras verbalmente. Até mesmo o vernáculo encontra-se bem fornido de palavras e expressões que sexualizam o caminhar das mulheres. Entre os termos para prostituta, temos ambulatriz, mulher da rua, mulher do mundo e mulher pública (e, naturalmente, expressões equivalentes que se aplicam aos homens, como homem público, homem do mundo ou homem das ruas, significam coisas muito diferentes). Na língua inglesa, pode-se dizer, a respeito da mulher que infringiu as convenções sexuais, que ela *strolls, roams, wanders, strays*, termos relacionados ao caminhar e que implicam que o deslocamento das mulheres tem caráter inevitavelmente sexual ou que sua sexualidade é transgressora ao se deslocar. Se um grupo de mulheres escolhesse como nome coletivo Sunday Tramps [Vagabundas domingueiras], como fez um grupo de homens amigos de Leslie Stephen, a alcunha implicaria que não saíam aos domingos para caminhar, e sim para fazer algo devasso. Claro que o caminhar feminino muitas vezes é interpretado como performance, e não locomoção, com a implicação de que as mulheres não andam para ver, mas para serem vistas, não em nome de sua própria vivência, mas para uma plateia masculina, ou seja, estariam implorando a atenção que porventura recebem. Muito já se escreveu a respeito de como as mulheres caminham, como análise erótica – desde a senhorita do século XVIII [cantada pelo poeta John Suckling] cujos "pezinhos sob a anágua/ ora se veem, ora não" ao rebolado de Marilyn Monroe – e como instrução sobre a maneira correta de caminhar. Pouco se escreveu a respeito de onde caminhamos.

Outras categorias de pessoas tiveram sua liberdade de movimentação limitada, mas restrições baseadas em raça, classe, religião, etnia e orientação sexual são localizadas e variáveis em comparação com as que são impostas às mulheres e que foram profundamente responsáveis por dar forma às identidades de ambos os gêneros no decorrer dos milênios em boa parte do mundo. Existem explicações biológicas e psicológicas para esses estados de coisas, mas as circunstâncias sociais e políticas parecem ser as mais relevantes. Até quando retroceder? No período mesoassírio (aproximadamente entre os século XVII e XI a.C.), as mulheres eram divididas em duas categorias. Esposas e viúvas "que saem às ruas"[4] não podiam estar com a cabeça descoberta, dizia a lei; prostitutas e escravas, ao contrário, eram proibidas de cobrir a cabeça. Quem usasse o véu ilicitamente podia receber cinquenta chibatadas ou ter piche derramado sobre a cabeça. A historiadora Gerda Lerner comenta:

> As mulheres domésticas, que servem sexualmente a um homem e encontram-se sob sua proteção, são consideradas "decentes" por usar o véu; as mulheres que não se encontram sob a proteção e o controle sexual de um homem são consideradas "mulheres públicas", daí a ausência do véu [...]. Esse padrão de discriminação visível e forçada é recorrente por toda a história na miríade de normas que situam as "mulheres indecentes" em certos distritos ou determinadas casas marcadas com sinais claramente identificáveis ou que as obrigam a se registrar junto às autoridades e portar carteiras de identidade[5].

Claro que as mulheres "decentes" também estão sujeitas a regras, mas as restrições são mais sociais do que legais nesses casos. Muitas coisas chamam atenção no que tange ao aparecimento dessa lei, cujo ordenamento de mundo parece ter prevalecido desde então. Faz da sexualidade feminina uma questão pública, e não privada. Sinonimiza a visibilidade à acessibilidade sexual e exige uma barreira material, e não a moral nem a vontade da mulher, para que esta se torne inacessível aos transeuntes. Separa as mulheres em duas castas reconhecidas publicamente de acordo com a conduta sexual, mas permite aos homens, cuja sexualidade continua no âmbito privado, acesso às duas castas. Pertencer à casta

---

4. Gerda Lerner, *The Creation of Patriarchy*, Oxford, Oxford University Press, 1986, p. 134.
5. Ibid., p. 135-9.

respeitável tem como preço relegar-se à vida privada; pertencer à casta que goza de liberdade espacial e sexual tem como preço o respeito social. Em todo caso, a lei praticamente impossibilita a existência de uma figura feminina pública e respeitável, e, desde então, a sexualidade das mulheres tem sido uma questão pública.

O Odisseu de Homero viaja pelo mundo e dorme com várias mulheres. A esposa de Odisseu, Penélope, permanece obedientemente em casa, repelindo os pretendentes que ela não pode simplesmente rejeitar por não ter essa autoridade. Viajar, seja pela região ou pelo globo, continua a ser uma prerrogativa em grande parte masculina desde aquela época, sendo as mulheres muitas vezes o objetivo, o prêmio ou as guardiãs do lar. Por volta do século V a.C. na Grécia, esses papéis radicalmente diferentes foram definidos como os papéis das esferas interior e exterior, privada e pública. As atenienses, escreve Richard Sennett, "eram confinadas em casa por causa de seus supostos defeitos fisiológicos"[6]. Ele cita Péricles ao concluir seu discurso fúnebre com um conselho às mulheres de Atenas – "A maior glória de uma mulher é ser a menos falada pelos homens, façam elogios ou críticas" – e Xenofonte ao dizer às esposas: "Sua tarefa é permanecer dentro de casa". As mulheres na antiga Grécia viviam longe dos célebres espaços públicos e da vida pública das cidades. Por quase todo o mundo ocidental e até o presente, as mulheres permaneceram relativamente confinadas à casa, não só pela lei, como acontece em alguns países até hoje, mas também pelo costume e pelo medo. A teoria mais comum para explicar esse controle sobre as mulheres seria que nas culturas onde a descendência patrilinear é importante em questões de herança e identidade, controlar a sexualidade feminina tem sido a maneira de garantir a paternidade. (E quem pensa que essas questões são arcaicas ou irrelevantes só precisa se

---

[6]. Sennett, *Flesh and Stone*, p. 34. As citações atribuídas a Péricles e Xenofonte aparecem nas páginas 68 e 73.

lembrar do anatomista e evolucionista Owen Lovejoy, discutido no terceiro capítulo, tentando naturalizar essa ordem social ao teorizar que a monogamia e a imobilidade femininas foram importantes para nossa espécie muito antes de nos tornarmos humanos.) Mas existem muitos outros fatores pertinentes à criação de um gênero dominante cujos privilégios incluem controlar e definir a sexualidade feminina, geralmente vista como caótica, ameaçadora e subversiva, uma espécie de natureza selvagem a ser subjugada pela cultura masculina.

O historiador da arquitetura Mark Wiggins escreve:

> No pensamento grego, as mulheres não tinham o mesmo autocontrole interior atribuído aos homens como sinal de sua masculinidade. Esse autocontrole nada mais é que a manutenção de limites seguros. Esses limites internos [...] não podem ser mantidos por uma mulher porque sua sexualidade fluida vive transbordando e rompendo-os. E, mais do que isso, ela vive rompendo os limites alheios, ou seja, os dos homens [...]. Nesses termos, o papel da arquitetura é controlar explicitamente a sexualidade ou, mais precisamente, a sexualidade feminina, a castidade da moça, a fidelidade da esposa [...]. A casa protege os filhos das intempéries, mas seu papel primordial é proteger as pretensões genealógicas do pai ao isolar as mulheres de outros homens[7].

E assim a sexualidade feminina é controlada pela regulação do espaço público e privado. Para manter a mulher na esfera "privada", ou sexualmente acessível a um homem e inacessível a todos os outros, sua vida inteira seria relegada ao espaço privado do lar que servia como uma espécie de véu de alvenaria.

---

7. Mark Wiggins, "Untitled: The Housing of Gender", in Beatriz Colomina (org.), *Sexuality and Space*, Princeton, Princeton University Press, 1992, p. 335.

As prostitutas ficam mais sujeitas a regras do que qualquer outra mulher, como se as restrições sociais de que escaparam as perseguissem na forma de leis. (Os clientes das prostitutas, naturalmente, quase nunca foram sujeitados a qualquer tipo de regulação, seja pela lei ou pela reprovação social: basta pensar em Walter Benjamin e André Breton alguns capítulos antes, pois eles puderam escrever sobre suas relações com prostitutas sem temer a perda do status de intelectuais públicos ou homens casadouros.) Durante todo o século XIX, muitos governos europeus tentaram regulamentar a prostituição limitando as circunstâncias nas quais poderia se dar, e muitas vezes tratava-se de uma limitação às circunstâncias nas quais as mulheres podiam caminhar. As mulheres do século XIX muitas vezes foram retratadas como excessivamente frágeis e puras para o mar de lama da vida urbana e se viam comprometidas quando saíam à rua sem um propósito específico. Portanto, as mulheres legitimaram sua presença indo às compras – provando, ao comprar, que elas não estavam à venda –, e as lojas há tempos são refúgios semipúblicos onde se pode andar. Um dos argumentos para a inexistência de flanadoras era o de que as mulheres, por serem bens de consumo ou consumidoras, seriam incapazes de se desapegar o suficiente do comércio da vida citadina. Fechadas as lojas, fechavam-se também muitas de suas oportunidades de perambular (o que dificultava mais a vida das mulheres trabalhadoras, que só tinham as noites livres). Na Alemanha, a delegacia de costumes perseguia as mulheres que saíssem sozinhas à noite, e um médico berlinense comentou: "Os rapazes que flanam pelas ruas só pensam que uma mulher de boa reputação não se permite ser vista à noite"[8]. A visibilidade pública e a independência ainda eram sinônimos, exatamente como 3 mil anos antes, de indecência sexual; ainda era possível

---

8. Joachim Schlor, *Nights in the Big City*, Londres, Reaktion Books, 1998, p. 139.

definir a sexualidade feminina por sua localização geográfica e temporal. Basta pensar em Dorothy Wordsworth e sua irmã na ficção, Elizabeth Bennet, repreendidas por terem saído a caminhar pelos campos, ou na heroína nova-iorquina de Edith Wharton em *The House of Mirth* [A casa da alegria], colocando em risco seu status social no começo do romance para entrar desacompanhada na casa de um homem e tomar uma xícara de chá, arruinando de vez esse status ao ser vista deixando a casa de um outro homem à noite (se a lei controla as "mulheres indecentes", as "mulheres decentes" geralmente patrulham umas às outras).

Lá pela década de 1870 na França, Bélgica, Alemanha e Itália, as prostitutas só podiam oferecer seus serviços em determinados horários. A França era particularmente cínica em suas leis sobre a prostituição: a prática era autorizada, e tanto a autorização quanto a proscrição do comércio sexual não autorizado permitiam à polícia controlar as mulheres. Qualquer mulher podia ser presa por oferecer serviços sexuais simplesmente se desse as caras nos locais e horários associados à profissão do sexo, ao passo que prostitutas conhecidas podiam ser presas caso aparecessem em qualquer outro local ou horário: as mulheres foram divididas em "diurnas" e "noturnas". Uma prostituta foi presa por "fazer compras em Les Halles às nove da manhã e acusada de falar com um homem (o feirante) e de não ter se restringido à ronda estipulada em sua autorização"[9]. Naquela época, a Police des Moeurs, ou Polícia dos Costumes, podia prender as mulheres da classe trabalhadora por qualquer coisa e por nada, e por vezes recolhia grupos de transeuntes do sexo feminino nos bulevares para cumprir sua cota. A princípio, assistir à prisão das mulheres era um passatempo masculino, mas, por volta de 1876, os abusos chegaram a tal extremo que os frequentadores dos bulevares por vezes tentavam

---

9. Petrie, *A Singular Iniquity*, p. 160.

interferir e também eram presos. As meninas e mulheres solteiras que eram presas, em geral jovens e pobres, raramente eram consideradas inocentes; muitas eram encarceradas atrás dos muros da prisão de Saint Lazare, onde viviam em circunstâncias terríveis, sofriam com o frio, a desnutrição, a falta de higiene, o excesso de trabalho, proibidas de falar. Eram liberadas quando concordassem em se registrar como prostitutas, ao passo que as mulheres que fugiam dos bordéis autorizados tinham a opção de retornar ao prostíbulo ou parar em Saint Lazare – e, portanto, as mulheres eram obrigadas a entrar na prostituição, e não a sair dela. Muitas cometiam suicídio para não ter de enfrentar o cárcere. A grande defensora dos direitos humanos das prostitutas, Josephine Butler, visitou Saint Lazare na década de 1870: "Perguntei qual era o crime pelo qual a maioria ali estava na prisão e me disseram que era o de andar pelas ruas proibidas nos horários proibidos!"[10].

Butler, uma mulher bem educada da alta classe que cresceu entre progressistas, foi a oposição mais eficaz à Lei de Doenças Contagiosas da Grã-Bretanha aprovada na década de 1860. Cristã devota, ela se opôs às leis tanto porque encarregavam o Estado de regulamentar a prostituição e, assim, tolerá-la implicitamente, quanto porque impunham dois pesos e duas medidas. As mulheres podiam ser punidas com o cárcere ou com os exames chamados de "estupros clínicos" diante da mera suspeita de serem prostitutas, e a mulher que portasse uma doença venérea era confinada e tratada, ao passo que os homens continuavam livres para disseminá-la (medidas semelhantes foram consideradas e por vezes implementadas em relação às prostitutas e à AIDS nos últimos anos). A lei fora aprovada para proteger a saúde do exército, cujos soldados apresentavam uma incidência muito mais elevada dessas doenças do que o público em geral; parece ter

---

10. Ibid., p. 182.

se baseado no reconhecimento cínico de que a saúde, a liberdade e os direitos civis dos homens tinham muito mais valor para o Estado do que os das mulheres. Maus-tratos muito mais extremos do que os sofridos por Caroline Wyburgh aconteceram, e pelo menos uma mulher – viúva e mãe de três filhos – foi incitada a cometer suicídio[11]. Sair para caminhar havia se tornado indício de atividade sexual, e a atividade sexual por parte das mulheres fora criminalizada. As leis nos Estados Unidos nunca foram tão ruins, mas situações semelhantes prevaleceram em certas ocasiões. Em 1895, uma jovem trabalhadora nova-iorquina chamada Lizzie Schauer foi presa como prostituta por estar sozinha, fora de casa e à noite e por ter parado e pedido informações a dois homens[12]. Apesar de, na verdade, estar a caminho da casa da tia no Lower East Side, o ato e o horário foram interpretados como sinais de que ela oferecia serviços sexuais. Ela só foi liberada depois de um exame médico ter comprovado que se tratava de uma "boa moça". Se não fosse virgem, poderia muito bem ter sido julgada culpada de um crime que combinava as infrações de ser sexualmente ativa e caminhar sozinha à noite.

Embora proteger as mulheres decentes da depravação fosse, havia tempos, um fundamento lógico para a regulamentação e denúncia estatais da prostituição, a eminentemente decente Butler assumiu a formidável tarefa de proteger do Estado as mulheres, pela qual ela foi difamada e perseguida por quadrilhas (muitas vezes contratadas por donos de bordéis). Numa dessas ocasiões, a turba a alcançou e ela foi terrivelmente espancada, lambuzada com barro e excremento, tendo os cabelos e as roupas arrancados;

---

11. A mulher seria uma tal Mrs. Percy de Aldershot: cf. o prefácio e as páginas 149-54 de Petrie, *A Singular Iniquity*; e Paul McHugh, *Prostitution and Victorian Social Reform* (Nova York, St. Martin's Press, 1980, p. 149-51).

12. Lizzie Schauer, in Glenna Matthews, *The Rise of Public Woman: Woman's Power and Woman's Place in the United States, 1630-1970* (Nova York, Oxford, Oxford University Press, 1992, p. 3).

em outra, uma prostituta que ela encontrou ao fugir da turba a conduziu através de um labirinto de vielas e armazéns vazios para um lugar seguro. Claro que ela mesma havia cometido uma transgressão ao entrar na esfera pública do discurso político e contestar a conduta sexual dos homens, e foi execrada por um representante do Parlamento: "pior do que as prostitutas". Quando ela se viu em seu leito de morte em 1906, muitas outras mulheres estavam entrando nessa esfera e encontrando tratamento semelhante. O movimento sufragista feminino nos Estados Unidos e na Grã-Bretanha, após décadas de esforço silencioso e ineficaz para garantir às mulheres o direito ao voto, tornou-se militante na primeira década do século XX, com uma campanha extraordinária de marchas, manifestações e reuniões públicas – as formas hoje comuns de exercício político ao ar livre disponíveis a quem não foi admitido no sistema. Essas manifestações foram recebidas com um grau extraordinário de violência pela polícia na Grã-Bretanha e por bandos de soldados e outros homens nos Estados Unidos. Sindicalistas, dissidentes religiosos e outras pessoas já tinham sido recebidos com violência, mas algumas das coisas que aconteceram às sufragistas foram singulares. Na Grã-Bretanha, leis arcaicas foram invocadas para criminalizar as reuniões públicas das mulheres, e as leis vigentes que concediam a todos os cidadãos o direito de apelar ao governo foram infringidas. Tanto nos Estados Unidos quanto na Grã-Bretanha, essas mulheres presas por exercer o direito de estar e falar em público fizeram greves de fome, exigindo que fossem reconhecidas como prisioneiras políticas. Os dois governos responderam alimentando as prisioneiras à força[13], e o angustiante procedimento – que envolvia a contenção das mulheres para lhes

---

13. Minhas referências foram Midge Mackenzie, *Shoulder to Shoulder* (Nova York, Knopf, 1975), no que diz respeito às sufragistas britânicas, e Doris Stevens, *Jailed for Freedom: American Women Win the Vote* (1920; nova edição org. por Carol O'Hare, Troutdale, Oregon, New Sage Press, 1995). Djuna Barnes submeteu-se voluntariamente à alimentação forçada para que pudesse descrever o procedimento.

enfiar um tubo pelas narinas até o estômago, para o bombeamento da comida – tornou-se uma nova forma de estupro institucional. Mais uma vez, as mulheres que haviam tentado participar da vida pública andando pelas ruas foram trancafiadas e tiveram a intimidade de seus corpos violada pelo Estado.

Mas as mulheres conquistaram o direito de votar, e, nas últimas décadas, boa parte desse estranho dueto entre o espaço público e as partes íntimas não se deu entre as mulheres e o governo, mas entre as mulheres e os homens. O feminismo tem requisitado e obtido a reforma das interações em ambientes internos, no lar, no trabalho, nas escolas e no sistema político. Mas o acesso ao espaço público, urbano e rural, para fins sociais, políticos, práticos e culturais é uma parte importante da vida cotidiana, limitada no caso das mulheres por temerem a violência e o assédio. O assédio rotineiro que as mulheres vivenciam garante, nas palavras de uma estudiosa do assunto,

> que as mulheres não se sintam à vontade, que não nos esqueçamos de nosso papel como criaturas sexuais, disponíveis e acessíveis aos homens. É um lembrete de que não devemos nos considerar iguais, partícipes da vida pública com direito próprio de ir aonde quisermos e quando quisermos, de nos dedicarmos a nosso projetos com uma sensação de segurança[14].

Homens e mulheres podem ser assaltados por razões econômicas, e os dois gêneros foram induzidos pelo noticiário policial a temer as cidades, os desconhecidos, os jovens, os pobres e os espaços não controlados. Mas as mulheres são os alvos principais da violência sexual, que elas confrontam nos espaços rurais,

---

14. B. Houston, "What's Wrong with Sexual Harassment", apud June Larkin, "Sexual Terrorism on the Street", in Alison M. Thomas e Celia Kitzinger (org.), *Sexual Harassment: Contemporary Feminist Perspectives*, Buckingham, Open University Press, 1997, p. 117.

suburbanos e urbanos, partindo de homens de todas as idades e faixas de renda, e a possibilidade dessa violência fica implícita nas propostas, nos comentários, olhares maliciosos e nas intimidações mais ofensivas e agressivas que são parte da vida ordinária para as mulheres em locais públicos. O medo do estupro coloca muitas mulheres em seu lugar: dentro de casa, intimidadas, dependentes mais uma vez de barreiras materiais e protetores, e não de sua própria vontade, para salvaguardar sua sexualidade. De acordo com uma enquete, dois terços das mulheres norte-americanas têm medo de andar sozinhas por seus próprios bairros à noite[15], e uma outra informa que metade das mulheres britânicas tinha medo de sair sozinha depois de escurecer e quarenta por cento se "preocupavam muito"[16] com a possibilidade de serem estupradas.

Da mesma maneira que Caroline Wyburgh e Sylvia Plath, eu tinha dezenove anos quando senti pela primeira vez toda a força dessa falta de liberdade. Eu havia crescido na orla suburbana do campo numa época em que as crianças ainda não eram supervisionadas de perto e ia à cidade ou subia as colinas sempre que quisesse, e aos dezessete anos fugi para Paris, onde os homens que costumavam me cantar e ocasionalmente me agarravam nas ruas pareciam mais irritantes do que aterradores. Aos dezenove, mudei-me para um bairro pobre de São Francisco onde a vida na rua era muito menos intensa do que no bairro gay de onde eu saíra e descobri que, à noite, era mais provável que as ameaças constantes

---

15. Jalna Hanmer e Mary Maynard (org.), *Women, Violence and Social Control*, Houndmills, Inglaterra, MacMillan, 1987, p. 77.

16. Eileen Green, Sandra Hebron e Diane Woodward, *Women's Leisure, What Leisure*, Houndmills, Inglaterra, MacMillan, 1990: "Uma das restrições mais graves às atividades de lazer das mulheres é o medo que elas têm de sair sozinhas à noite. Muitas mulheres têm medo de utilizar o transporte público depois do escurecer ou tarde da noite, ao passo que, para algumas outras, o que as impede é ter de andar até os pontos de ônibus e ali ficar esperando quando já está escuro. O segundo Censo Britânico da Criminalidade descobriu que metade das mulheres entrevistadas só saía à noite se estivesse acompanhada e que quarenta por cento delas 'se preocupavam muito' com a possibilidade de sofrerem estupro" (89).

do dia se concretizassem. Naturalmente, não era só nos bairros pobres e durante a noite que eu era ameaçada. Fui, por exemplo, seguida nos arredores de Fisherman's Wharf certa tarde por um homem bem vestido que murmurava uma longa sucessão de vis propostas sexuais para mim; quando me virei e passei-lhe um carão, ele se retraiu, genuinamente espantado com meu linguajar impróprio; disse-me que eu não tinha o direito de falar daquela maneira com ele e ameaçou me matar. Somente a veemência de sua ameaça de morte fez o incidente se destacar dentre centenas de outros mais ou menos parecidos. Foi a descoberta mais devastadora de minha vida, saber que eu não tinha de fato direito à vida, à liberdade, a procurar a felicidade lá fora, que o mundo estava repleto de estranhos que pareciam me odiar e querer me fazer mal pelo simples fato de eu ser mulher, que o sexo se transformava tão rapidamente em violência e que praticamente ninguém mais considerava isso um problema público, mas particular. Aconselharam-me a ficar em casa à noite, a usar roupas folgadas, a cobrir ou cortar os cabelos, a tentar parecer um homem, a me mudar para um lugar mais caro, a tomar táxis, a comprar um carro, a andar em grupo, a arranjar um homem para me acompanhar: todas as versões contemporâneas das paredes gregas e dos véus assírios, e todas a asseverar que era minha responsabilidade controlar meu comportamento e o dos homens, e não da sociedade garantir minha liberdade. Percebi que muitas mulheres foram tão efetivamente condicionadas pela sociedade a saber qual é seu lugar que escolheram vidas mais conservadoras e gregárias sem se darem conta do porquê. Até mesmo a vontade de caminhar sozinha nelas foi eliminada, mas não em mim.

    As ameaças constantes e os poucos incidentes genuinamente apavorantes me transformaram. Ainda assim, fiquei onde estava, aprendi a lidar melhor com os perigos da rua e fui deixando de ser um alvo com o avanço da idade. Hoje em dia, quase todas as minhas interações com os transeuntes são civilizadas, e algumas até mesmo agradáveis. As mais jovens sofrem a maioria desse assédio, penso eu, não porque sejam mais belas, e sim porque não têm tanta certeza de quais são seus direitos e limites (mas essa insegurança que se manifesta como ingenuidade e timidez é muitas vezes uma parte do que se considera a beleza). Os anos de assédio sofridos na juventude constituem uma educação sobre os limites da vida, mesmo muito depois de terminadas as aulas diárias. A socióloga June Larkin pediu a um grupo de adolescentes canadenses que registrassem o assédio sexual que sofriam em público e descobriu que elas deixaram de fora os incidentes menos dramáticos porque, como disse uma delas, "se eu fosse escrever cada coisinha que acontece na rua, levaria muito tempo"[17]. Depois de confrontar tantos predadores, aprendi a pensar como a presa, como fizeram muitas mulheres, apesar de o medo ser um elemento muito menos relevante da minha experiência cotidiana do que já foi quando eu tinha vinte e poucos anos.

Os movimentos pelos direitos civis das mulheres geralmente surgiram dos movimentos em prol da justiça racial. A primeira grande convenção feminina em Seneca Falls, Nova York, foi organizada pelas abolicionistas Elizabeth Cady Stanton e Lucretia Mott, enfurecidas com a discriminação que enfrentaram ao tentar lutar contra a escravidão: foram à Convenção Mundial Antiescravagista em Londres só para descobrir que a organização dominada por homens recusava-se a deixar as representantes femininas participar. "Stanton e Mott", escreve uma historiadora, "começaram a enxergar semelhanças entre sua própria condição circunscrita e a dos escravos"[18]. Josephine Butler e a líder sufragista

---

17. Larkin, "Sexual Terrorism", p. 120.
18. Stevens, *Jailed for Freedom*, p. 13.

inglesa Emmeline Pankhurst também vinham de famílias abolicionistas, e, mais recentemente, algumas das feministas mais originais e importantes revelaram-se mulheres negras – bell hooks, Michelle Wallace, June Jordan – que trataram tanto de raça quanto de gênero.

Ao escrever a respeito dos poetas gays de Nova York, deixei de fora James Baldwin, natural do Harlem, porque para ele Manhattan não era um lugar deliciosamente libertador onde ele podia se perder, como o era para Whitman e Ginsberg. Ao contrário, ameaçava jamais deixá-lo esquecer quem ele era, fossem os policiais nos arredores da Biblioteca Pública que lhe diziam para ficar na parte alta da cidade, os cafetões da parte alta da Quinta Avenida que tentaram recrutá-lo, ainda menino, para se tornar um dos perigos, ou as pessoas em seu próprio bairro, que ficavam de olho nele exatamente como fariam numa cidade pequena. Ele escrevia sobre como era percorrer a cidade a pé como negro, e não como gay, apesar de ser as duas coisas; sua raça limitou suas andanças até ele se mudar para Paris. Os negros de hoje são vistos como as mulheres da classe trabalhadora eram vistas um século atrás: como categoria criminosa quando em público, e, portanto, a lei muitas vezes interfere deliberadamente em sua liberdade de movimento. Em 1983, um afro-americano, Edward Lawson, ganhou uma ação judicial apresentada ao Supremo Tribunal que contestava uma lei da Califórnia que "[exigia] que as pessoas que [flanassem] ou [vagassem] pelas ruas [fornecessem] alguma identificação crível e fidedigna e [justificassem] sua presença a pedido de um agente de polícia"[19]. Lawson, que, em matéria do *New York Times*, "gostava de andar e geralmente era parado tarde da noite em áreas residenciais", fora detido quinze vezes por se

---

19. Súmula de *Kolender, Chief of Police of San Diego, et al., v. Lawson*, 461 U.S. 352, 103 S. Ct 1855, 75 L. Ed. 2d 903 (1983).

recusar a se identificar segundo os termos da lei que criminalizava o caminhar. Homem atlético e de dreadlocks caprichados, ele costumava dançar na mesma casa noturna que eu frequentava na época.

Mas, no espaço público, o racismo geralmente era mais fácil de identificar do que o sexismo e era muito mais provável que se tornasse uma controvérsia. No fim dos anos 1980, dois rapazes negros morreram por estar "no lugar errado na hora errada". Michael Griffith foi perseguido por um bando de brancos hostis em Howard Beach, tentou atravessar correndo uma rua movimentada para escapar de seus perseguidores e foi morto por um carro. Yusef Hawkins foi espancado até a morte por ser negro e estar numa outra vizinhança branca do Queens, Bensonhurst. Os dois casos provocaram enorme indignação; as pessoas entenderam, e com razão, que aqueles rapazes foram privados de seus direitos civis ao serem atacados pelo simples fato de andarem pela rua. Não muito depois de Griffith e Hawkins morrerem no Queens, um grande grupo de adolescentes da parte alta de Manhattan foi ao Central Park à noite e encontrou uma mulher branca que corria no parque. Eles a estupraram, retalharam com facas, espancaram com pedras e canos, ela teve o crânio esmagado e perdeu muito sangue. Esperava-se que morresse, mas ela sobreviveu, com danos cerebrais e deficiências físicas.

"O Caso da Corredora do Central Park" foi discutido em termos assustadoramente diferentes. Expressou-se uma considerável indignação pública pelo fato de os dois homens assassinados terem sua liberdade fundamental de ir e vir negada, e os crimes foram reconhecidos universalmente por sua motivação racial. Mas num estudo cuidadoso do caso do Central Park, Helen Benedict escreveu: "Durante todo o caso, até mesmo às vésperas do julgamento, a imprensa branca e negra continuava publicando artigos que tentavam analisar por que os jovens haviam cometido crime tão hediondo [...]. Procuravam respostas na raça, nas drogas, na classe e na 'cultura de violência' do gueto". As razões proferidas, ela conclui, "eram lamentavelmente inadequadas como explicação [...] porque a imprensa nunca se voltou para a razão mais óbvia de todas para o estupro: a atitude da sociedade em relação às mulheres"[20]. Pintar o caso como se tivesse a ver com a raça – os agressores eram latinos e negros –, e não com o gênero, não transformou em controvérsia a violência contra a mulher. E praticamente ninguém discutiu o caso do Central Park como questão de direitos civis, como parte de um padrão de violações do direito das mulheres de andar pela cidade (as mulheres de cor raramente figuram nas reportagens policiais, aparentemente por não terem o status de cidadãos dos homens nem o apelo como vítimas apresentado pelas mulheres brancas). Uma década após os casos Bensonhurst e do Central Park, o linchamento medonho de um negro no Texas foi recebido com indignação como crime de ódio e uma violação dos direitos civis das pessoas de cor, assim como a morte brutal de um rapaz gay no Wyoming, pois gays e lésbicas também são alvos frequentes da violência que "lhes ensina seu devido lugar" ou os castiga por divergirem da norma. Mas homicídios semelhantes motivados por gênero, apesar de tomarem os jornais e as vidas de milhares de mulheres todos os anos, são contextualizados como meros incidentes isolados que não pedem reformas sociais nem uma autoanálise nacional.

As geografias da raça e do gênero são diferentes, pois um grupo racial pode monopolizar toda uma região, ao passo que o gênero se compartimentaliza localmente. Muitas pessoas de cor consideram as porções mais brancas da zona rural dos Estados Unidos nada acolhedoras, para dizer o mínimo, mesmo nos lugares

---

20. Helen Benedict, *Virgin or Vamp: How the Press Covers Sex Crimes*, Nova York/Londres, Oxford University Press, 1992, p. 208.

onde uma mulher branca talvez se sentisse segura (os supremacistas brancos parecem gostar das regiões mais pitorescas da zona rural). Evelyn C. White escreve que, quando tentou pela primeira vez explorar a zona rural do Oregon, as lembranças dos linchamentos no sul do país "por vezes [a] deixavam sem fala e paralisada, tomada por um medo mortal quando, por exemplo, [ela] cruzava com lenhadores perto do rio McKenzie ou toda vez que passeava ao ar livre"[21]. Na Grã-Bretanha, a fotógrafa Ingrid Pollard fez uma série de autorretratos sardônicos no Distrito dos Lagos, aonde ela aparentemente foi para tentar se sentir como Wordsworth, mas, em vez disso, sentiu-se apreensiva. O romantismo naturalista, ela parecia afirmar, não é uma opção para as pessoas de sua cor. Mas muitas mulheres brancas também ficam apreensivas em qualquer situação isolada, e algumas têm experiências pessoais nas quais se basear. Quando jovem, a grande escaladora e montanhista Gwen Moffat foi à bela ilha de Skye na costa oeste da Escócia escalar sozinha. Depois de um vizinho bêbado invadir seu quarto no meio da noite, ela mandou um telegrama a um homem, pedindo que se juntasse a ela, e contou:

> Se eu fosse mais velha e madura, poderia ter enfrentado a vida sozinha, mas vivendo como eu vivia, eu me expunha a toda sorte de investidas e especulações. Homens comuns e convencionais julgavam esse modo de vida um convite ostensivo, e eu não conseguia encarar o ressentimento que eu sabia que os acometeria quando fossem rechaçados[22].

As mulheres participam entusiasticamente de peregrinações, clubes excursionistas, desfiles, procissões e revoluções, em parte

---

21. Evelyn C. White, "Black Women and the Wilderness", in Lorraine Anderson, Scott Slovic e John O'Grady (org.), *Literature and the Environment: A Reader on Nature and Culture*, Nova York, Addison Wesley, 1999, p. 319.
22. Moffat, *Space Below My Feet*, p. 92.

porque numa atividade já definida é menos provável que sua presença seja interpretada como convite sexual, em parte porque companheiras são a melhor maneira de garantir a segurança pública das mulheres. Nas revoluções, a importância das questões públicas parece colocar temporariamente de lado os problemas particulares, e as mulheres encontraram grande liberdade nessas ocasiões (e algumas revolucionárias, como Emma Goldman, fizeram da sexualidade uma das frentes nas quais buscaram a liberdade). Mas o caminhar solitário também tem uma enorme ressonância espiritual, cultural e política. É uma parte importante da meditação, oração e exploração religiosa. É uma maneira de contemplar e compor, desde os peripatéticos de Aristóteles aos poetas errantes de Nova York e Paris. Supre escritores, artistas, cientistas políticos e outros com os contatos e as experiências que inspiram sua obra e também com o espaço no qual a imaginam, e é impossível saber o que teria sido de muitas das grandes mentes masculinas se não tivessem sido capazes de se deslocar livremente pelo mundo. Imaginem Aristóteles confinado à casa e Muir vestindo saias volumosas. Até mesmo nas épocas em que as mulheres podiam andar durante o dia, a noite – a festa melancólica, poética e inebriante das noites citadinas – provavelmente era proibida para elas, a menos que fossem "damas da noite". Se caminhar é um ato primordialmente cultural e uma maneira crucial de existir no mundo, aquelas que se viram incapazes de caminhar até onde seus pés as levassem foram privadas não só de exercício e recreação, mas de uma boa parte de sua humanidade.

De Jane Austen a Sylvia Plath, as mulheres encontraram outros temas mais restritos para sua arte. Algumas ganharam o mundo – ocorre-me mencionar a Peregrina da Paz (na meia--idade), George Sand (em roupas masculinas), Emma Goldman, Josephine Butler, Gwen Moffat –, mas outras tantas devem ter sido completamente silenciadas. O famoso ensaio *Room of One's Own*

[*Um teto todo seu*]* de Virginia Woolf geralmente vem à baila como se fosse um apelo literal para que as mulheres pudessem ter seus escritórios em casa, mas na verdade trata de economia, educação e acesso ao espaço público como algo igualmente necessário para que façam arte. Para demonstrar seu argumento, ela inventa a vida frustrada da irmã igualmente talentosa de Shakespeare e pergunta, a respeito da tal Judith Shakespeare: "Ela conseguiria jantar numa taverna ou vagar pelas ruas à meia-noite?"[23].

Sarah Schulman escreveu um romance que é, assim como o ensaio de Woolf, um tratado sobre a circunscrição da liberdade feminina. Intitulado *Girls, Visions and Everything* [Garotas, visões e tudo mais] a partir de uma passagem de *On the Road* [*Pé na estrada*]** de Jack Kerouac, é, entre outras coisas, uma investigação da serventia das crenças de Kerouac para uma jovem escritora lésbica, Lila Futuransky. "O complicado", pensa Futuransky, "era se identificar com Jack Kerouac, e não com as mulheres com quem ele trepa pelo caminho"[24], pois, à semelhança de Odisseu, Kerouac era um homem se deslocando por uma paisagem de mulheres imóveis. Ela explora os encantos do Lower East Side de Manhattan em meados da década de 1980 como ele explorou os Estados Unidos nos anos 1950, e entre "as coisas que ela mais adorava" estava "andar pelas ruas horas a fio sem ter para onde ir, fora os lugares onde acabava chegando". Mas, com o desenrolar do romance, seu mundo vai se tornando mais íntimo, e não mais aberto: ela se apaixona, e a possibilidade de uma vida livre no espaço público diminui.

Lá pelo fim do livro, ela e a namorada saem para caminhar à noitinha no Washington Square Park e voltam para tomar um

---

* Trad. Vera Ribeiro, Rio de Janeiro, Nova Fronteira, 1985. (N. E.)

23. Virginia Woolf, *A Room of One's Own*, Nova York, Harcourt Brace Jovanovich, 1929, p. 50.

** Porto Alegre, L&PM, 2004. (N. E.)

24. Sarah Schulman, *Girls, Visions and Everything*, Seattle, Seal Press, 1986, p. 17, 97.

sorvete juntas diante do prédio onde moram, quando escutam por acaso um homem num grupo de homens dizer: "É o que dá a liberação gay. Acham que podem fazer o que quiserem e quando quiserem"[25]. Elas haviam simplesmente, como faziam todos os enamorados desde tempos imemoriais, saído juntas para passear. À semelhança de Lizzie Schauer, detida no Lower East Side noventa anos antes por caminhar sozinha, a aventura das duas pelo espaço público ameaça se transformar numa invasão de suas vidas particulares e de seus corpos:

> Lila não quis subir, pois não queria que eles vissem onde ela morava. Começaram a se afastar devagarinho, mas os homens as seguiram.
> – Qual é, biscate. Aposto que cê tem aí uma bela xoxota, e cês chupam a xana uma da outra, né? Vem cá que eu te mostro um pau que cê nunca vai esquecer [...]. Para Lila, tratava-se de uma parte perfeitamente normal, embora desnecessária, da vida cotidiana. E o resultado foi que ela aprendera a docilidade, a ficar quieta e se esquivar, a evitar uma surra [...]. Lila andava pelas ruas como alguém que sempre tivesse andado pelas ruas e para quem o ato era natural e delicioso. Ela caminhava com a ilusão de que estava segura e que essa ilusão a manteria assim, sabia-se lá como. Porém, naquela noite em particular, quando saiu para comprar cigarros, Lila andou com inquietação, e sua mente divagou até se deter por conta própria no simples fato de que ela não estava segura. Poderiam machucá-la fisicamente a qualquer momento e ela teve a impressão, por um instante fugaz, de que o fariam. Sentou-se sobre o capô de um Chevy 74 e aceitou que aquele mundo não lhe pertencia. Nem mesmo no seu próprio quarteirão.

---

25. Ibid., p. 157, 159.

PARTE IV

ALÉM DO FIM DA ESTRADA

CAPÍTULO 15

O SÍSIFO AERÓBICO E A PSIQUE SUBURBANIZADA

A liberdade de caminhar não tem muita serventia quando não se tem para onde ir. Há uma espécie de idade dourada do caminhar que começou no fim do século XVIII e, receio eu, terminou algumas décadas atrás, uma era imperfeita e mais dourada para alguns do que para outros, mas ainda assim impressionante por ter criado lugares para a caminhada e por ter valorizado o caminhar como recreação. Essa idade chegou ao auge por volta da virada do século XX, quando norte-americanos e europeus combinavam de sair para caminhar com a mesma frequência com que marcavam de beber alguma coisa ou fazer uma refeição, quando o caminhar era muitas vezes uma espécie de sacramento e recreio rotineiro, e os clubes excursionistas vicejavam. Naquela época, as inovações urbanas do século XIX, como as calçadas e os esgotos, estavam aprimorando as cidades, ainda não ameaçadas pela aceleração do século XX, e unidades rurais do feitio dos parques nacionais e o montanhismo começavam a florescer. Até aqui, este livro examinou a vida pedestre em espaços rurais e urbanos, e a história do caminhar é uma história do campo e de cidades grandes, com algumas montanhas e cidades pequenas incluídas de quebra. Talvez 1970, quando o Censo dos Estados Unidos mostrou que a maioria dos norte-americanos era — pela primeira vez na história de todas as nações — suburbana, seja uma boa data para se pôr na lápide da idade dourada. Os subúrbios foram destituídos dos esplendores naturais e prazeres cívicos daqueles espaços mais antigos, e a suburbanização mudou radicalmente a escala e a urdidura da vida cotidiana, geralmente de maneiras hostis ao deslocamento a pé. Essa transformação aconteceu na mente e também no chão. Os norte-americanos comuns hoje percebem, valorizam e usam o tempo, o espaço e seus próprios corpos de maneiras radicalmente diferentes do que faziam antes. Caminhar ainda atravessa o espaço entre os carros e os edifícios, bem como as distâncias menores dentro destes, mas caminhar como atividade cultural, prazer, viagem e meio de locomoção está desaparecendo, e com ele some uma relação antiga e profunda entre o corpo, o mundo e a imaginação. Talvez seja melhor imaginar o caminhar como uma "espécie indicadora", para usar uma expressão dos ecólogos. A espécie indicadora reflete a saúde de um ecossistema, e sua situação de risco ou redução pode ser um alerta precoce de problemas sistêmicos. O caminhar é uma espécie indicadora para vários tipos de liberdade e prazeres: tempo livre, espaço livre e atraente e corpos desimpedidos.

I. Os subúrbios

Em *Crabgrass Frontier: The Suburbanization of the United States* [A fronteira dos gramados: a suburbanização dos Estados Unidos], Kenneth Jackson delineia o que ele chama de "a cidade pedestre"[1], que precedeu o desenvolvimento dos subúrbios de classe média: era densamente povoada; apresentava uma "distinção clara entre a cidade e o campo", muitas vezes em forma de muralhas

---

1. Kenneth Jackson, *Crabgrass Frontier: The Suburbanization of the United States*, Nova York, Oxford University Press, 1985, p. 14-5.

ou algum outro tipo de periferia abrupta; suas funções econômicas e sociais se misturavam (e "as fábricas eram praticamente inexistentes" porque "a produção ocorria em pequenas oficinas de artesãos"); as pessoas raramente moravam longe do trabalho; e os ricos tinham a tendência de morar no centro da cidade. A cidade pedestre de Jackson e minha idade dourada chegam ao fim nos subúrbios, e a história dos subúrbios é a história da fragmentação.

As casas suburbanas de classe média foram construídas pela primeira vez nos arredores de Londres no fim do século XVIII, escreve Robert Fishman numa outra história dos subúrbios, *Bourgeois Utopias* [Utopias burguesas], para que os mercadores virtuosos pudessem separar a vida familiar do trabalho[2]. As cidades propriamente ditas eram vistas com desconfiança por esses cristãos evangélicos da classe média alta: carteado, bailes, teatros, quermesses, jardins de lazer, tavernas, todos eram condenados como imorais. Ao mesmo tempo, começou o culto moderno ao lar como espaço consagrado e alijado do mundo, sendo a mãe-esposa a sacerdotisa que, incidentalmente, ficava confinada em seu templo. No relato de Fishman, a primeira comunidade suburbana de famílias mercantes endinheiradas a dividir os mesmos valores parece paradisíaca e, à semelhança de muitos paraísos, maçante: um lugar repleto de residências independentes, restando aos moradores pouca coisa para fazer fora da casa e do jardim. Essas habitações elegantes eram miniaturas das quintas rurais inglesas e, à semelhança das quintas, aspiravam a uma espécie de autossuficiência social. No entanto, toda uma comunidade de lavradores, couteiros, serviçais, hóspedes e famílias extensas habitara a quinta, que geralmente abrangia fazendas ativas e, portanto, havia sido um lugar produtivo, ao passo que a

---

2. A referência de boa parte da narrativa, neste caso, é Robert Fishman, *Bourgeois Utopias: The Rise and Fall of Suburbia* (Nova York, Basic Books, 1987), principalmente o capítulo 1, a respeito dos mercadores evangélicos de Londres, e o capítulo 2, que trata dos subúrbios de Manchester.

casa suburbana abrigava pouco mais que uma família nuclear e estava para se tornar um lugar cada vez mais dedicado apenas ao consumo. Além disso, a quinta tinha dimensões que permitiam às pessoas caminhar por ela sem deixar seus limites; a casa suburbana não, mas os subúrbios acabariam devorando o campo e difundindo a urbanidade mesmo assim.

Foi em Manchester, durante a Revolução Industrial, que o subúrbio chegou à maturidade. O subúrbio é um produto dessa revolução que tanto fragmentou a vida contemporânea, irradiando-se a partir de Manchester e do norte dos condados centrais da Inglaterra. O trabalho e o lar não se distinguiam muito até o pleno desenvolvimento do sistema fabril e a transformação dos pobres em empregados assalariados. Esses empregos, naturalmente, fragmentaram o trabalho propriamente dito à medida que a perícia do artesão era subdividida em gestos repetitivos e que não exigiam habilidade a serviço das máquinas. Os primeiros comentaristas lamentaram a maneira como o trabalho fabril destruía a vida familiar, tirando os indivíduos do lar e alienando os integrantes da família graças a jornadas de trabalho prodigiosamente longas. O lar, para os operários, era simplesmente o local onde se recuperavam para o dia de trabalho seguinte, e o sistema industrial os deixou mais pobres e enfermiços do que tinham sido como artesãos independentes. Na década de 1830, os manufatureiros de Manchester começaram a construir os primeiros subúrbios em grande escala para escapar da cidade que haviam criado e melhorar a vida familiar de sua classe. Diferentemente dos evangélicos de Londres, eles não fugiam da tentação, mas da feiura e do perigo: a poluição industrial, as péssimas condições atmosféricas e sanitárias de uma cidade mal projetada, o espetáculo e a ameaça de sua miserável força de trabalho.

"A decisão de suburbanizar teve duas grandes consequências", afirma Fishman[3].

---

3. Ibid., p. 81-2.

> Primeiro, o centro se esvaziou quando a classe média partiu e os trabalhadores foram expulsos pela conversão de seus aposentos nas ruelas em escritórios [...]. Os visitantes se surpreendiam ao encontrar um centro urbano totalmente silencioso e desocupado após o expediente. Surgiu o centro financeiro. Enquanto isso, as fábricas antes periféricas agora se viam cercadas por um cinturão de subúrbios, o que as separava dos ora distantes campos rurais. Os terrenos das elegantes habitações suburbanas eram cercados por muros, e até mesmo as ruas arborizadas nas quais se erguiam eram muitas vezes interditadas, a não ser aos moradores e seus convidados. Um grupo de trabalhadores tentou manter acessível um antigo caminho rural que agora atravessava o terreno da residência suburbana de um industrial [...]. Mr. Jones respondeu com portões de ferro e valas.

O retrato pintado por Fishman mostra um mundo onde a mistura fértil de vida urbana na "cidade pedestre" fora decomposta em seus estéreis elementos constituintes.

Os trabalhadores responderam fugindo para os campos aos domingos e, por fim, lutando pelo acesso ao que restava da paisagem rural para ali caminhar, escalar, andar de bicicleta e respirar (como narra o capítulo 10). A classe média respondeu continuando a desenvolver e habitar os subúrbios. Os homens iam ao trabalho e as mulheres, às compras em carruagens particulares, nos ônibus de tração animal de então (que, em Manchester, tinham tarifas muito altas para os pobres) e, por fim, nos trens. Ao fugir dos pobres e da cidade, haviam deixado para trás a escala pedestre. Era possível caminhar nos subúrbios, mas raramente havia lugares aonde ir a pé naquelas vastidões homogêneas de ruas residenciais tranquilas atrás de cujos muros residiam famílias mais ou menos parecidas umas com as outras. O subúrbio norte-americano do século XX atingiu uma espécie de apoteose fragmentária quando os carros em proliferação possibilitaram a instalação das pessoas cada vez mais longe do trabalho, estabelecimentos comerciais, transporte público, escolas e vida social. O subúrbio contemporâneo descrito por Philip Langdon é a antítese da cidade pedestre:

> Os escritórios são separados do varejo. O alojamento geralmente se divide em áreas mutuamente excludentes [...], subdividido ainda mais de acordo com a condição econômica. A manufatura, por mais limpa e silenciosa que seja – as indústrias de hoje raramente são as fábricas barulhentas que cuspiam fumaça da memória urbana –, é afastada das áreas residenciais ou excluídas completamente da comunidade. A disposição das ruas nas novas incorporações imobiliárias impõe o isolamento. Para destravar a rígida segregação geográfica, o indivíduo precisa obter uma chave: o veículo motorizado. Por razões óbvias, essas chaves não são emitidas aos menores de dezesseis anos, a população para quem os subúrbios foram suposta e principalmente planejados. Essas chaves também são negadas a parte dos idosos que não podem mais dirigir[4].

Obter uma carteira de habilitação e um carro é um profundo rito de passagem para os adolescentes suburbanos [norte--americanos] da atualidade: antes do carro, a criança fica presa em casa ou depende dos pais como motoristas. Jane Holtz Kay, em seu livro a respeito do impacto dos carros, *Asphalt Nation* [Nação do asfalto], escreve sobre um estudo que comparou a vida de crianças de dez anos numa cidadezinha de Vermont na qual era possível andar e num subúrbio do sul da Califórnia inexplorável a pé[5].

---

4. Philip Langdon, *A Better Place to Live: Reshaping the American Suburb*, Amherst, University of Massachusetts Press, 1994, p. xi.

5. Jane Holtz Kay, *Asphalt Nation: How the Automobile Took Over America and How We Can Take It Back*, Nova York, Crown Publishers, 1997, p. 25.

As crianças californianas assistiam quatro vezes mais à televisão, pois o mundo lá fora lhes oferecia poucas aventuras e poucos lugares para ir. E um estudo recente dos efeitos da televisão nos adultos de Baltimore concluiu que quanto mais assistissem aos telejornais locais, com sua ênfase maciça em matérias sensacionalistas sobre a criminalidade, mais temerosos os moradores se sentiam. Ficar em casa para assistir à tevê desencorajava-os a sair. O tal anúncio no *Los Angeles Times* sobre uma enciclopédia eletrônica que citei no começo do livro – "Você atravessava a cidade a pé e debaixo de chuva para consultar nossas enciclopédias. Temos certeza de que conseguiremos fazer seus filhos clicar e arrastar" – talvez descreva as opções disponíveis a uma criança que não tem mais uma biblioteca à qual possa chegar a pé e talvez não tenha sequer permissão para andar tão longe sozinha (ir andando para a escola, que durante gerações foi a primeira grande e formadora incursão independente pelo mundo, está se tornando, do mesmo modo, uma experiência não tão comum). A televisão, os telefones, os computadores pessoais e a internet completam a privatização da vida cotidiana que os subúrbios começaram e os carros aprimoraram. Tornam menos necessário sair pelo mundo e, portanto, incentivam as pessoas a se afastar da deterioração do espaço público e das condições sociais, e não a resistir a esse processo.

Esses subúrbios norte-americanos são construídos na escala dos carros, com uma extensão que o corpo humano não está adaptado a enfrentar sem melhorias, e, assim como os jardins, as calçadas, as passagens e as trilhas são uma espécie de infraestrutura para o caminhar, os subúrbios, as autoestradas e os estacionamentos da atualidade são uma infraestrutura para o dirigir. Os carros possibilitaram as hipertrofias urbanas losangelianas do Oeste norte-americano, locais que não são exatamente subúrbios por não serem suplementares a urbe alguma. Cidades como Albuquerque, Phoenix, Houston e Denver podem ou não ter um denso centro urbano boiando sabe-se lá onde em seus ventres, feito um petisco mal digerido, mas boa parte de seu espaço é difuso demais para ser bem servido pelo transporte público (quando este existe) ou atravessado a pé. Nessas hipertrofias, não se espera mais que as pessoas caminhem, e elas raramente o fazem. Os motivos são vários. As hipertrofias suburbanas geralmente são maçantes para o pedestre e, a cinco quilômetros por hora – e não a cinquenta ou cem –, um grande loteamento pode se tornar tão repetitivo a ponto de entorpecer. Muitos subúrbios foram projetados com ruas sinuosas e becos sem saída que aumentam enormemente as distâncias: Langdon dá como exemplo um loteamento em Irvine, Califórnia, onde, para se chegar a um lugar que, em linha reta, fica a quatrocentos metros de distância, é preciso caminhar ou seguir de carro por mais de dois quilômetros. Além disso, quando o caminhar deixa de ser uma atividade comum, o andarilho solitário pode se sentir pouco à vontade para fazer algo inesperado e isolado.

Caminhar pode se tornar um sinal de impotência ou condição social baixa, e os novos projetos urbanos e suburbanos desprezam as pessoas que caminham. Muitos lugares substituíram o centro comercial por shopping centers acessíveis apenas de carro ou construíram cidades que nunca tiveram um centro comercial, com edifícios que têm as garagens como portas de entrada. Em Yucca Valley, a cidadezinha nos arredores do parque nacional de Joshua Tree, todos os estabelecimentos comerciais seguem encadeados por vários quilômetros de autoestrada e as passarelas e os semáforos são raros: apesar de, por exemplo, o banco e a mercearia que frequento ficarem apenas a alguns quarteirões um do outro, estão em lados opostos da autoestrada, e o carro é a única maneira segura e direta de ir de um a outro. Em todo o estado da Califórnia, mais de mil passarelas foram removidas nos últimos anos[6], mais de 150 delas no congestionado Vale do Silício, aparentemente seguindo o espírito dos urbanistas de Los Angeles que proclamaram, no início dos anos 1960: "O pedestre ainda é o grande obstáculo à mobilidade desimpedida do tráfego"[7]. Muitas regiões dessas cidades hipertróficas do Oeste dos Estados Unidos foram erigidas sem calçadas, seja nos bairros pobres ou ricos, sinalizando ainda mais que o caminhar foi extinto desde a concepção. Lars Eigner, durante uma fase de sua vida na década de 1980, sem ter onde morar e praticamente sem dinheiro, viajou do Texas ao sul da Califórnia pedindo carona, acompanhado por sua cadela Lizbeth, e escreveu eloquentemente a respeito de suas experiências, e uma das piores delas aconteceu quando um motorista o deixou na parte errada da cidade:

> A zona sul de Tucson simplesmente não tem calçadas. Pensei, a princípio, que fosse apenas um reflexo da miséria generalizada do lugar, mas acabei com a impressão de que a política pública em Tucson era atrapalhar os pedestres tanto quanto possível. Não encontrei, por exemplo, maneira alguma de chegar andando à principal zona da cidade, no norte, a não ser as pistas das estreitas rampas de acesso da autoestrada. No começo, mal pude acreditar, e Lizbeth e eu passamos horas vagando pela margem sul do rasgo árido e profundo que divide Tucson enquanto eu procurava uma passarela[8].

---

6. Gary Richards, "Crossings Disappear in Drive for Safety: Traffic Engineers Say Pedestrians Are in Danger Between the Lines", *San Jose Mercury News*, 27 de novembro de 1998. Nesse artigo, em metade dos casos, os engenheiros de tráfego atribuíam aos pedestres atropelados por carros a culpa por terem morrido e propunham, como solução, restringir a acessibilidade dos pedestres.

7. Rudofsky, *Streets for People*, p. 106.

8. Lars Eigner, *Travels with Lizbeth: Three Years on the Road and on the Streets*, Nova York, Fawcett Columbine, 1993, p. 18.

Mesmo nos melhores lugares, o espaço do pedestre continua a desaparecer: no inverno de 1997-98, o prefeito de Nova York Rudolph Giuliani decidiu que os pedestres estavam atrapalhando o tráfego (seria igualmente possível dizer que, nessa cidade em que tantos ainda se deslocam e cuidam de suas vidas a pé, são os carros que atrapalham o trânsito). O prefeito mandou a polícia começar a multar quem atravessava fora da faixa e cercou as calçadas nas esquinas mais movimentadas da cidade. Para a eterna glória dos nova-iorquinos, eles se rebelaram fazendo manifestações diante das barreiras e atravessando fora da faixa com mais frequência. Em São Francisco, o trânsito mais rápido e intenso, os semáforos mais breves e os motoristas mais beligerantes intimidam e, ocasionalmente, mutilam os pedestres. Ali, 41 por cento de todas as fatalidades no trânsito correspondem a pedestres mortos por carros, e, por ano, são feridos mais de mil pedestres[9]. Em Atlanta, são oitenta pedestres mortos por ano e mais de 1.300 feridos. Na Nova York de Giuliani[10], o número de pessoas mortas por carros é quase duas vezes maior do que o de pessoas assassinadas: 285 contra 150 em 1997. Andar pela cidade já não é uma perspectiva atraente para quem não está preparado para se esquivar e correr.

O geógrafo Richard Walker define a urbe como "aquela combinação enganosa de densidade, vida pública, miscelânea cosmopolita e livre expressão"[11]. A urbe e os automóveis são, em vários aspectos, antitéticos, pois uma cidade de motoristas não passa de um subúrbio disfuncional de pessoas que se movem entre um ambiente interno privado e outro. Os carros estimulam a difusão

---

9. Betsy Thaggard, "Making the Streets a Safer Place", *Tube Times*, boletim da Bicycle Coalition de São Francisco, dez. 1998/jan. 1999, p. 5.

10. *San Francisco Chronicle*; cf. também *Tube Times*, 3, que cita a campanha pelo direito de ir e vir organizada pela *Time's Up!*, que criava com estêncil e tinta monumentos nos locais onde pedestres e ciclistas nova-iorquinos foram mortos.

11. Richard Walker, "Landscape and City Life: Four Ecologies of Residence in the San Francisco Bay Area", *Ecumene*, 2, 1995, p. 35.

e privatização do espaço na medida em que shopping centers substituem ruas comerciais, os edifícios públicos tornam-se ilhas num mar de asfalto, o planejamento urbano se reduz à engenharia de tráfego e as pessoas interagem com muito menos liberdade e frequência. A rua é o espaço público ao qual se aplicam os direitos de expressão e reunião da Primeira Emenda à Constituição dos Estados Unidos; o shopping, não. As possibilidades democráticas e libertadoras de pessoas reunidas em público não existem em lugares onde elas não têm um espaço próprio para se juntarem. Talvez tenha sido intencional. Como argumenta Fishman, os subúrbios eram um refúgio: primeiro do pecado, depois da feiura e ira da cidade e seus pobres. Nos Estados Unidos do pós-guerra, a "debandada dos brancos" tirou os brancos de classe média das cidades multirraciais e os mandou para os subúrbios, e, nas novas cidades hipertróficas do Oeste e nos subúrbios de todo o país, o medo da criminalidade, que muitas vezes parece ser um medo mais amplo da diferença, vai eliminando ainda mais o espaço público e as possibilidades dos pedestres. O engajamento político talvez seja uma das coisas que os subúrbios deixaram de fora.

Bem no começo do desenvolvimento dos subúrbios norte-americanos, a varanda, uma característica importante para a vida social nas cidades pequenas, foi substituída na frente da casa pela goela sem saída da garagem (e o sociólogo Dean McCannell me informa que algumas casas novas têm pseudovarandas que as fazem parecer adoravelmente antiquadas, mas não têm profundidade suficiente para acomodar pessoas sentadas). Empreendimentos imobiliários mais recentes foram ainda mais radicais ao se afastarem do espaço comunitário: estamos numa nova era de muros, vigias e sistemas de segurança, e de uma arquitetura, projeto e tecnologia voltados para eliminar ou anular o espaço público. Esse afastamento do espaço partilhado parece, da mesma maneira que o dos mercadores de Manchester há um século e meio, ter tido a intenção de proteger as pessoas afluentes das consequências da desigualdade econômica e do ressentimento do lado de fora de seus portões: é a alternativa à justiça social. A nova arquitetura e o novo urbanismo da segregação poderiam ser chamados de calvinistas: refletem o desejo de viver num mundo de predestinação, e não de acaso, de privar o mundo de suas possibilidades imprevisíveis e substituí-las pela liberdade de escolha na praça do mercado. "Quem já tentou dar uma volta ao crepúsculo por um bairro patrulhado por seguranças armados e coalhado de placas com ameaças de morte logo percebe quão conceitual, quando não totalmente obsoleta, é a velha ideia de 'cidadania'"[12], escreve Mike Davis a respeito dos subúrbios mais agradáveis de Los Angeles. E Kierkegaard, tempos atrás, bradava: "É extremamente lastimável e desmoralizador que os ladrões e a elite concordem somente em uma coisa: viver escondidos"[13].

Se houve uma idade dourada do caminhar, esta surgiu de um desejo de percorrer os espaços abertos do mundo sem a blindagem dos veículos, sem medo de se misturar com as pessoas mais variadas. Apareceu numa época em que as cidades e o campo se tornaram mais seguros e a vontade de vivenciar o mundo era grande. Os subúrbios abandonaram o espaço da cidade sem voltar ao campo, e, nos últimos anos, uma segunda onda desse impulso reforçou a segregação com os bairros de casamatas caríssimas. O mais importante, porém, é que o desaparecimento do espaço dos pedestres transformou a percepção da relação entre corpos e espaços. Algo muito estranho aconteceu com a própria condição de incorporação, de ser corpóreo, nas últimas décadas.

---

12. Mike Davis, "Fortress Los Angeles", in Michael Sorkin (org.), *Variations on a Theme Park*, Nova York, Hill and Wang, 1992, p. 174.

13. Trecho de 1847, in Howard V. Hong e Edna H. Hong (org.), *Søren Kierkegaard's Journals and Papers*, vol. 5 (Bloomington, Indiana University Press, 1978, p. 415).

II. A desincorporação da vida cotidiana

Os espaços nos quais as pessoas vivem mudaram dramaticamente, mas a maneira como imaginam e vivenciam esse espaço também mudou. Encontrei um trecho estranho numa revista *Life* de 1998 que comemorava acontecimentos significativos dos últimos mil anos. Acompanhando a foto de um trem havia este texto:

> Durante a maior parte da história humana[14], todo transporte terrestre dependia de um único modo de propulsão: os pés. Quer o viajante contasse com seus próprios membros ou com os de uma outra criatura, os reveses eram os mesmos, a baixa velocidade de cruzeiro, a vulnerabilidade às intempéries, a necessidade de parar e se alimentar e descansar. Mas em 15 de setembro de 1830, a propulsão pedestre começou sua longa derrocada rumo à obsolescência. Ao som de fanfarras, 1 milhão de britânicos se reuniu entre Liverpool e Manchester para assistir à inauguração do primeiro trem de ferro inteiramente a vapor do mundo [...]. Apesar da morte de um integrante do Parlamento que foi atropelado pelo trem na cerimônia de abertura, a ferrovia Liverpool-Manchester causou uma epidemia de assentamento de trilhos ao redor do mundo.

O trem foi, como a fábrica e o subúrbio, parte do aparato da Revolução Industrial; da mesma maneira que as fábricas aceleravam a produção, os trens aceleravam a distribuição de mercadorias e, mais tarde, dos viajantes.

---

14. Revista *Life*, edição especial do milênio, 1998.

Os pressupostos da revista *Life* são interessantes: a natureza que se manifesta como fatores biológicos e meteorológicos é um revés, e não uma inconveniência ocasional; o progresso consiste na transcendência do tempo, do espaço e da natureza pelo trem e, mais tarde, pelo carro, avião e pelas comunicações eletrônicas. Comer, descansar, deslocar-se, vivenciar o tempo atmosférico são experiências primárias do estar incorporado; entendê-las como negativas é condenar a biologia e a vida das sensações, e o trecho faz exatamente isso em sua afirmação mais sinistra: "a propulsão pedestre começou sua longa derrocada rumo à obsolescência". Talvez seja por isso que nem a *Life*, nem a multidão aparentemente lamentaram o parlamentar atropelado. De certo modo, o trem destroçou não só o corpo daquele único homem, mas todos os corpos nos lugares que transformou ao separar a percepção, a expectativa e a ação humanas do mundo orgânico no qual nossos corpos existem. A alienação em relação à natureza geralmente é representada como distanciamento dos espaços naturais. Mas o corpo que sente, respira, vive e se move também pode ser uma experiência primária da natureza: novas tecnologias e novos espaços podem provocar a alienação tanto em relação ao corpo quanto em relação ao espaço.

Em seu brilhante *The Railway Journey: The Industrialization of Time and Space in the Nineteenth Century* [A jornada do trem de ferro: a industrialização do tempo e do espaço no século XIX], Wolfgang Schivelbusch explora as maneiras como os trens mudaram as percepções de seus passageiros. Os primeiros a viajar de trem, ele escreve, caracterizaram os efeitos dessa nova tecnologia como a eliminação do tempo e do espaço, e transcender o tempo e o espaço é começar a transcender completamente o mundo material: é desincorporar-se. A desincorporação, por mais conveniente que seja, tem efeitos colaterais. "A velocidade e retilineidade matemática com que o trem de ferro avança pela topografia destrói a relação íntima entre o viajante e o espaço percorrido"[15], escreve Shivelbusch.

> O trem era vivenciado como um projétil, e viajar nele era como ser disparado através da paisagem – perdendo-se, portanto, o controle sobre os próprios sentidos [...]. O viajante que ia sentado dentro daquele projétil deixava de ser um viajante e tornava-se, como destacava uma metáfora popular daquele século, uma remessa.

Nossas próprias percepções se aceleraram desde então, mas os trens, na época, eram vertiginosamente velozes. As primeiras formas de locomoção terrestre faziam os viajantes se envolverem intimamente com as cercanias, mas o trem de ferro se deslocava rápido demais para as mentes do século XIX estabelecerem uma relação visual com as árvores, os morros e as construções que passavam céleres. O envolvimento espacial e sensorial com a topografia entre o aqui e o acolá começou a evaporar. Em vez disso, os dois lugares eram separados apenas por uma quantidade cada vez menor de tempo. A velocidade não tornou a viagem mais interessante, escreve Schivelbusch, e sim mais maçante; à semelhança do subúrbio, colocava seus habitantes numa espécie de limbo espacial. As pessoas começaram a ler no trem, a dormir, tricotar, queixar-se do tédio. Carros e aviões ampliaram enormemente essa transformação, e assistir a um filme num avião comercial a 35 mil pés de altitude pode ser a desconexão suprema de espaço, tempo e experiência. "Da eliminação do esforço físico de caminhar à perda sensório-motora induzida pelo primeiro meio de transporte veloz, alcançamos finalmente estados que beiram a privação sensorial", escreve Paul Virilio[16]. "A perda das

---

15. Schivelbusch, *Railway Journey*, p. 53.
16. Paul Virilio, *The Art of the Motor*, Minneapolis, University of Minnesota Press, 1995, p. 85.

emoções da viagem de outrora hoje é compensada pela exibição de um filme numa tela central."

Os autores da *Life* talvez tenham razão. Os corpos não são obsoletos segundo qualquer critério objetivo, mas são cada vez mais percebidos como muito lentos, frágeis e falíveis para nossas expectativas e vontades, remessas a serem transportadas por meios mecânicos (apesar de, naturalmente, a travessia de muitos espaços íngremes, acidentados ou estreitos só ser possível a pé e de não haver nenhum outro meio de se chegar a muitas partes remotas do mundo; é preciso um ambiente construído, com trilhos, estradas niveladas, pistas de pouso e fontes de energia para permitir o transporte motorizado). Um corpo considerado adequado para atravessar continentes, como o de John Muir, William Wordsworth ou da Peregrina da Paz, é vivenciado de uma maneira muito diferente do corpo inadequado para sair e dar uma volta por conta própria no fim da tarde. Em certo sentido, o carro se tornou uma prótese, e, apesar de próteses se destinarem geralmente a membros feridos ou ausentes, a prótese automobilística se destina a um corpo conceitualmente debilitado ou a um corpo debilitado pela criação de um mundo que não tem mais escala humana. Num dos filmes da série *Alien*, a atriz Sigourney Weaver se move aos trancos e barrancos numa espécie de armadura corporal mecanizada que envolve seus membros e amplifica seus movimentos. Faz dela algo maior, mais feroz, mais forte e capaz de combater monstros, e parece estranha e futurista. Mas é só porque a relação entre o corpo e a máquina prostética fica tão explícita que esta é tão obviamente uma extensão do primeiro. Na verdade, desde o primeiro graveto que seguramos, desde a primeira sacola improvisada, os utensílios aumentaram a força, a habilidade e o alcance do corpo a um grau extraordinário. Vivemos num mundo onde nossas mãos e nossos pés podem levar uma tonelada de metal a se locomover mais rápido do que o mais veloz animal terrestre, onde podemos nos comunicar mesmo a milhares de quilômetros de distância, abrir buracos nas coisas sem fazer força, simplesmente dobrando a ponta do dedo indicador.

Hoje em dia, é o corpo sem melhoria alguma que é raro, e esse corpo começou a atrofiar como organismo muscular e sensorial. Nos 150 anos que se passaram desde que o trem de ferro nos pareceu veloz demais para ser interessante, as percepções e expectativas se aceleraram, de maneira que hoje muitos se identificam com a velocidade da máquina e veem com frustração ou alienação a velocidade e capacidade do corpo. O mundo não está mais na mesma escala de nossos corpos, mas na das máquinas, e muita gente precisa – ou acha que precisa – das máquinas para percorrer esse espaço na velocidade adequada. Claro que, como a maioria das tecnologias "que ganham tempo", o transporte mecanizado costuma modificar expectativas bem mais do que proporcionar tempo livre; e os norte-americanos da atualidade têm significativamente menos tempo do que tinham há três décadas. Em outras palavras, da mesma maneira que a velocidade maior da produção fabril não reduziu as horas de trabalho, a velocidade maior do transporte amarra as pessoas a locais mais dispersos em vez de liberá-las do tempo de percurso (muitos californianos, por exemplo, hoje passam três a quatro horas por dia dirigindo de casa para o trabalho e vice-versa). O declínio do caminhar tem a ver com a falta de espaço onde caminhar, mas também está ligado à falta de tempo – o desaparecimento daquele espaço meditativo e desestruturado no qual tanto se pensou, cortejou, devaneou e observou. A máquina acelerou e a vida teve de acompanhá-la.

Os subúrbios fizeram do caminhar um meio de transporte ineficiente dentro de seus confins, mas a suburbanização da mentalidade norte-americana tornou o caminhar cada vez mais raro mesmo quando é eficiente. Caminhar não é mais, por assim dizer, a maneira como muitas pessoas pensam. Até mesmo em São Francisco, uma cidade bastante "pedestre" pelos critérios de Jackson, as pessoas aplicaram essa consciência suburbanizada à sua locomoção rotineira, ou ao menos é o que minhas observações parecem indicar. Costumo ver pessoas pegarem o carro e tomarem o ônibus para percorrer distâncias extraordinariamente pequenas, distâncias que muitas vezes poderiam ser percorridas mais rapidamente a pé. Durante uma das crises do transporte público em minha cidade, um usuário declarou que era possível ir *andando* até o centro no mesmo tempo que levava o bonde, como se caminhar fosse uma espécie de comparação condenatória, mas ele aparentemente partia de um local tão próximo do centro que poderia caminhar todos os dias e chegar lá em menos de meia hora, e caminhar era uma opção de transporte que a cobertura jornalística nunca propôs (seria possível dizer obviedades aqui sobre as bicicletas, não fosse este um livro sobre o caminhar). Certa vez, fiz minha amiga Maria – surfista, ciclista e viajante – percorrer a pé os oitocentos metros entre sua casa e os bares da Sixteenth Street, e ela ficou surpreendentemente contente ao perceber como era perto, pois nunca lhe ocorrera antes que o local fosse acessível a pé. No Natal passado, o estacionamento de uma badalada loja de equipamento excursionista em Berkeley estava tomado por motoristas rodando em marcha lenta à espera de uma vaga, e as ruas próximas estavam todas desocupadas. Os consumidores, ao que parecia, não estavam dispostos a andar dois quarteirões para comprar seu equipamento excursionista (e desde então reparei que os motoristas de hoje muitas vezes esperam uma vaga próxima aparecer em vez de deixar o carro do outro lado do estacionamento e andar até a entrada). As pessoas têm uma espécie de raio de circunferência mental em relação à distância que estão dispostas a percorrer a pé, e esse raio parece estar encolhendo; ao definir bairros e distritos comerciais, os urbanistas dizem que esse raio é de aproximadamente quatrocentos metros, a distância que se pode percorrer a pé em cinco minutos, mas às vezes parece não passar dos cinquenta metros que separam o carro do edifício.

Claro que as pessoas, dirigindo em marcha lenta seus carros para a loja de equipamento excursionista, talvez estivessem lá para comprar botas de caminhada, roupas de exercício, cordas de escalada, equipamento para as circunstâncias especiais nas quais as pessoas desejam caminhar. O corpo tem deixado de ser uma entidade utilitária para muitos norte-americanos, mas ainda é recreativa, e isso significa que as pessoas abandonaram os espaços cotidianos – a distância da casa ao trabalho, lojas, amigos –, mas criaram novos locais recreativos aos quais geralmente se chega de carro: shoppings, parques, academias de ginástica. Os parques, desde os jardins de lazer às unidades de conservação da natureza, há tempos acolhem a recreação física, mas as academias que proliferaram desenfreadamente nas duas últimas décadas representam algo radicalmente novo. Se o caminhar é uma espécie indicadora, a academia é um tipo de unidade de conservação do esforço físico. Uma unidade de conservação protege as espécies cujos hábitats desapareceram em outra parte, e a academia (e também a academia doméstica) permite a sobrevivência de corpos após o abandono dos locais originais do esforço físico.

III. A esteira

O subúrbio racionalizou e isolou a vida familiar da mesma maneira que a fábrica o fez com o trabalho manufatureiro, e a academia de ginástica racionaliza e isola não só o exercício, mas, hoje em dia, até mesmo o grupo muscular, os batimentos cardíacos, a "zona de queima de gordura" do uso ineficientíssimo das calorias. De certo modo, toda essa história remonta à era da Revolução Industrial na Inglaterra. "A esteira", escreve James Hardie em seu livrinho de 1823 sobre o assunto, "foi, no ano de 1818, inventada por Mr. William Cubitt, de Ipswich, e construída na Casa de Correção em Brixton, nos arredores de Londres[17]". A esteira original era uma roda grande com dentes fazendo as vezes de degraus em que vários prisioneiros marchavam durante períodos predeterminados. Foi projetada para racionalizar as psiques dos prisioneiros, mas já era uma máquina de exercício. O esforço físico dos prisioneiros por vezes era usado para mover moendas ou outras máquinas, mas o objetivo da esteira era o esforço, e não a produção. "É sua regularidade monótona, e não seu rigor, o que assusta e costuma abater o espírito obstinado", Hardie escreveu a respeito do efeito da esteira na prisão norte-americana que ele supervisionava. Acrescentou, no entanto, que "as opiniões dos oficiais médicos que servem em diversas prisões coincidem ao declarar que a saúde geral dos prisioneiros em nada foi prejudicada; pelo contrário, o trabalho tem sido, nesse respeito, gerador de benefícios consideráveis"[18]. Sua própria prisão de Bellevue no East River de Nova York incluía 81 vadios do sexo masculino e 101 do sexo feminino, bem como 109 condenados homens e 37 mulheres, além de 14 "maníacas". A vadiagem – o vagar a esmo sem recursos ou propósitos evidentes – era, e às vezes ainda é, um crime, e passar algum tempo na esteira era o castigo perfeito.

O trabalho repetitivo é um castigo desde que os deuses da mitologia grega condenaram Sísifo – segundo nos informa Robert Graves, ele "sempre vivera do roubo e muitas vezes matava viajan-

---

17. James Hardie, *The History of the Tread-Mill, containing an account of its origin, construction, operation, effects as it respects the health and morals of the convicts, with their treatment and diet* [...], Nova York, Samuel Marks, 1824, p. 16.

18. Ibid., p. 18.

tes incautos"¹⁹ – à sua famosa sina de empurrar uma grande pedra morro acima. "Tão logo chegasse quase ao topo, era empurrado para trás pelo peso da pedra insensível, que descia aos saltos até o pé do morro, onde ele, exausto, voltava a buscá-la e se via obrigado a recomeçar, apesar do suor que banhava seus braços e pernas." É difícil dizer se Sísifo foi o primeiro a levantar pesos ou o primeiro a andar na esteira, mas é fácil reconhecer a atitude dos antigos em relação ao esforço físico repetitivo sem resultados práticos. Durante a maior parte da história humana e fora do primeiro mundo nos dias de hoje, a comida tem sido relativamente escassa e o esforço físico, abundante; é só quando se dá a inversão dessas duas condições que o "exercício" faz sentido. O adestramento físico era parte da educação dos antigos cidadãos gregos, mas apresentava dimensões socioculturais que os exercícios modernos e os castigos inspirados em Sísifo não têm, e se o caminhar como exercício há tempos é uma atividade aristocrática, o entusiasmo dos operários da indústria pelo excursionismo, particularmente na Grã-Bretanha, Áustria e Alemanha, sugere que tenha sido mais do que uma maneira de estimular a circulação do sangue ou queimar calorias. Sob o título "Alienação", Eduardo Galeano escreveu um breve ensaio a respeito de pescadores numa aldeia remota da República Dominicana intrigados com o anúncio de um aparelho de remo seco não faz muito tempo. "Dentro de casa? É usado dentro de casa? Sem água? É para remar sem água? E sem peixes? E sem o sol? E sem o céu?"²⁰, exclamaram, contando ao estrangeiro residente que lhes mostrou a foto que a única coisa de que não gostavam em seu trabalho *era* remar. Quando ele explicou que a máquina servia para exercitar o corpo, eles disseram: "Ah. E exercício... o que é isso?". Todo mundo sabe que o bronzeado se

---

19. Robert Graves, *The Greek Myths*, vol. 1, Harmondsworth, Inglaterra, Penguin Books, 1957, p. 168.

20. Eduardo Galeano, *The Book of Embraces*, Nova York/Londres, W. W. Norton, 1989, p. 162-3.

tornou símbolo de status quando a maioria dos pobres passou da fazenda para o ambiente interno da fábrica, e, assim, a pele morena passou a indicar o lazer, e não o trabalho. O fato de músculos terem se tornado símbolos de status significa que muitos empregos não exigem mais esforço físico: assim como o bronzeado, constituem a estética do obsoleto.

    A academia de ginástica é o espaço interno que compensa o desaparecimento do exterior e é um tapa-buraco para a desintegração dos corpos. A academia é uma fábrica para a produção de músculos ou boa forma, e muitas lembram mesmo fábricas: o espaço industrial árido, o cintilar dos aparelhos metálicos, as pessoas isoladas, absortas em suas próprias tarefas repetitivas (e, à semelhança dos músculos, a estética fabril pode ser nostálgica). A Revolução Industrial institucionalizou e fragmentou o trabalho; a academia hoje faz a mesma coisa com o lazer, muitas vezes no mesmo local. Algumas academias, na verdade, são fábricas renascidas. Os Chelsea Piers em Manhattan foram construídos na primeira década do século XX para os transatlânticos, para estivadores e amanuenses trabalharem, para emigrantes e membros da elite viajarem. Hoje abrigam um centro esportivo com pista de atletismo coberta, aparelhos de musculação, piscina, academia de escalada e, o que é mais curioso, uma área de prática para o golfe que ocupa quatro andares, destinos propriamente ditos, e não mais pontos de partida e chegada. Um elevador leva os golfistas a suas baias, onde todos os gestos do golfe – caminhar, carregar, fitar, situar, mudar de lugar, comunicar-se, recuperar ou seguir a bola – desapareceram juntamente com a paisagem do campo de golfe. Resta apenas o arco solitário de uma tacada: quatro estratos de vultos solitários e estacionários fazendo o mesmo gesto, a pancada seca quando o taco atinge a bola, o baque surdo quando ela toca o solo e os miniblindados que atravessam a zona de guerra do verde gramado artificial para recolher as bolas e alimentar com elas o mecanismo que automaticamente faz surgir uma outra bola toda vez que uma delas é arremessada. A Grã-Bretanha se especializou na conversão de fábricas em academias de escalada. Entre elas, temos: uma antiga subestação elétrica em Londres; a Warehouse, às margens do rio Severn em Gloucester; a Foundry em Sheffield, numa das pontas do Distrito de Peak, uma das primeiras fábricas no centro de Birmingham; e, de acordo com uma pessoa amiga, "uma antiga algodoaria de seis andares perto de Leeds" que não consegui localizar (para não mencionar uma igreja dessacralizada em Bristol). Foi em alguns desses edifícios que a Revolução Industrial nasceu, com as tecelagens de Manchester e Leeds, as usinas metalúrgicas e siderúrgicas de Sheffield, as inúmeras manufaturas da "oficina do mundo" que Birmingham foi outrora. As academias de escalada também se estabeleceram em edifícios industriais reformados nos Estados Unidos ou, pelo menos, nas cidades antigas o bastante para terem tido um dia uma arquitetura da Revolução Industrial. Nesses prédios abandonados porque os bens de consumo hoje são produzidos em outros lugares e o trabalho no Primeiro Mundo torna-se cada vez mais cerebral, as pessoas hoje procuram recreação, invertendo a tendência dos operários que as precederam de sair de casa – para os arrabaldes da cidade ou pelo menos a céu aberto – no seu tempo livre. (Em defesa das academias de escalada, há que se dizer que elas permitem às pessoas aprimorar suas habilidades e, quando o tempo não ajuda, a se manter em forma; para algumas pessoas, a academia simplesmente aumentou o número de oportunidades, não substituiu a montanha, mas, para outras, as imprevisibilidades e os esplendores da rocha de verdade tornaram-se dispensáveis, irritantes... ou desconhecidos.)

 E se os corpos da Revolução Industrial tiveram de se adaptar às máquinas, tendo a dor, as lesões e as deformações como consequências terríveis, os aparelhos de exercício se adaptaram ao corpo. Marx dizia que a história se dá pela primeira vez como tragédia e se repete como farsa; o esforço físico, neste caso, se dá primeiro em torno do trabalho produtivo e se repete como consumo recreativo. O sinal mais forte de transformação não se restringe ao fato de a atividade não ser mais produtiva, de o esforço dos braços não mais transportar madeira nem bombear água. Está no fato de que o esforço muscular possa exigir a associação a uma academia, acessórios de ginástica, equipamento especial, treinadores e instrutores, toda uma panóplia de despesas associadas nessa indústria do consumo, e que os músculos resultantes talvez não sejam úteis nem usados para uma finalidade prática. No exercício, a "eficiência" implica a queima otimizada de calorias, exatamente o oposto do que buscam os trabalhadores, e se o esforço voltado para o trabalho tem a ver com a maneira como o corpo dá forma ao mundo, o esforço voltado para o exercício tem a ver com a maneira como o corpo modela o corpo. Não é minha intenção denegrir os frequentadores das academias – eu mesma já fui algumas vezes –, mas simplesmente destacar sua estranheza. Num mundo onde o trabalho manual despareceu, a academia está entre as compensações mais acessíveis e eficientes. Contudo, há algo desconcertante nessa performance semipública. Eu costumava tentar imaginar, enquanto me exercitava num ou noutro aparelho de musculação, que tal movimento era como remar, aquele outro era como bombear água, um terceiro, como levantar fardos ou sacas. Os atos corriqueiros da fazenda eram replicados como gestos vazios, pois não havia água para bombear, nenhum balde a erguer. Não tenho saudade da vida do camponês ou trabalhador rural, mas não há como não ficar perplexo com a esquisitice que é repetirmos esses gestos por outros motivos. Qual é exatamente a natureza dessa transformação na qual máquinas hoje bombeiam nossa água, mas recorremos a outras máquinas para reproduzirmos o ato de bombear, não para obter água, mas para manter nossos corpos em forma, corpos teoricamente liberados pela tecnologia das máquinas? Será que algo se perdeu quando a relação entre nossos músculos e nosso mundo desaparece, quando a água passa a ser controlada por uma máquina e os músculos, por outra em dois processos desconectados?

O corpo que antes tinha o status de um animal utilitário hoje tem o status de um animal de estimação: não é um meio de transporte real, como poderia ser um cavalo; em vez disso, o corpo é exercitado como se levássemos o cão para passear. Assim o corpo, uma entidade recreativa e não utilitária, não trabalha, mas é trabalhado. A barra do haltere não passa de materialidade abstraída e quantificada a ser deslocada de um lado para outro – o que costumava ser um saco de cebolas ou um barril de cerveja hoje é um lingote de metal –, e o aparelho de musculação simplifica o ato de resistir à gravidade em várias direções para manter a saúde e a beleza e relaxar. O aparelho mais perverso da academia é a esteira (e sua prima mais íngreme, a escada rolante Stairmaster), pois posso entender a simulação do trabalho agrícola, já que as atividades da vida rural não costumam ser acessíveis, mas simular o caminhar sugere que o próprio espaço desapareceu. Ou seja, os pesos simulam os objetos de trabalho, mas a esteira e a Stairmaster simulam as superfícies sobre as quais o caminhar acontece. Que o trabalho físico, real ou simulado, seja maçante é uma coisa; que a experiência multifacetada de se deslocar pelo mundo também deva se tornar maçante é outra. Lembro-me de passar, no fim do dia, pelas diversas academias de dois andares e paredes de vidro de Manhattan, tomadas por fileiras de esteiras e as pessoas que as usavam a olhar pela janela como se estivessem tentando atravessar o vidro e morrer, salvas apenas pelo dispositivo de Sísifo que faz que não saiam do lugar – embora provavelmente não vissem o abismo diante delas, apenas seu próprio reflexo no vidro.

Saí um dia desses, numa tarde de inverno magnificamente ensolarada, para visitar uma loja de equipamentos de exercício doméstico e, a caminho, passei pela academia da Universidade de São Francisco, onde também havia pessoas andando nas esteiras junto às janelas de vidro laminado, muitas lendo o jornal (a três quarteirões do parque Golden Gate, onde outras pessoas corriam e andavam de bicicleta, ao passo que turistas e imigrantes da Europa Oriental caminhavam). O rapaz musculoso da loja me disse que as pessoas hoje compram esteiras porque estas permitem que elas se exercitem após o expediente quando talvez já esteja escuro demais para sair com segurança, para se exercitar na privacidade do lar, onde os vizinhos não podem vê-las suar, para ficar de olho nas crianças e usar seu tempo escasso da maneira mais eficiente, e porque se trata de uma atividade de baixo impacto recomendada às pessoas portadoras de lesões provocadas pela corrida. Tenho uma amiga que usa a esteira quando em Chicago faz um frio de doer, e uma outra que usa um aparelho de impacto zero dotado de estribos que sobem e descem a cada um de seus passos porque ela tem uma lesão no tendão do jarrete (resultado de dirigir carros projetados para pessoas maiores, e não por correr). Mas o pai de uma terceira amiga mora a três quilômetros de uma praia muito bonita na Flórida, segundo ela me contou, repleta de areia de baixo impacto, mas ele não vai até lá caminhar e usa uma esteira em casa.

A esteira é um corolário do subúrbio e da autotrópole: um aparelho que não leva a lugar algum em lugares onde não há mais para onde ir. Ou a vontade de ir: a esteira também acolhe a mente automobilizada e suburbanizada que se sente mais confortável no espaço interno e climatizado do que ao ar livre, mais confortável com uma atividade quantificável e claramente definida do que com o envolvimento inconsútil de mente, corpo e topografia que se pode encontrar quando se caminha ao ar livre.

A esteira parece ser um dentre vários aparelhos que possibilitam o afastamento do mundo, e receio que essa possibilidade desestimule as pessoas a contribuir para fazer desse mundo um lugar habitável ou, simplesmente, a participar dele. A esteira também poderia ser chamada de tecnologia calvinista, no sentido de fornecer avaliações numéricas precisas da velocidade, da "distância" coberta e até mesmo dos batimentos cardíacos, e eliminar o inesperado e o imprevisível da rotina: nada de contato com conhecidos ou estranhos, nada de aparições repentinas e revelatórias dobrando a esquina. Na esteira, o caminhar não é mais contemplar, cortejar ou explorar. Caminhar é o movimento alternado dos membros inferiores.

Diferentes das esteiras prisionais da década de 1820, a esteira moderna não produz energia mecânica: consome-a. As novas esteiras têm motores de dois cavalos-vapor. Outrora, uma pessoa talvez atrelasse dois cavalos a uma carruagem para sair pelo mundo sem caminhar; hoje talvez ligue um motor de dois cavalos para caminhar sem sair pelo mundo. Em algum lugar, invisível, mas conectada à casa, encontra-se toda uma infraestrutura elétrica de geração e distribuição de energia que transforma a paisagem e as relações ecológicas do mundo, uma rede de cabos elétricos, medidores, trabalhadores, de minas de carvão ou poços de petróleo que alimentam usinas, ou de represas hidrelétricas. Em algum outro lugar há uma fábrica que produz as esteiras, apesar do trabalho fabril ser hoje, nos Estados Unidos, uma experiência minoritária. Portanto, a esteira exige muito mais inter-relações econômicas e ecológicas do que sair para caminhar, mas cria muito menos relações experienciais. A maioria das pessoas que andam em esteiras lê ou se distrai com alguma outra coisa. A revista *Prevention* recomenda assistir à tevê enquanto a pessoa se exercita na esteira e ensina os usuários a adaptar suas rotinas para caminhar ao ar livre na primavera (implicando que a esteira, e não a caminhada, é a experiência principal). O *New York Times* informa que as pessoas começaram a fazer aulas de esteira, à semelhança das aulas de bicicleta ergométrica que se tornaram tão populares, para mitigar a solidão do usuário de longas distâncias. Pois, à semelhança do trabalho fabril, andar na esteira é maçante: supunha-se que a monotonia reformasse os prisioneiros. Entre as características da Esteira Cardiológica Precor, informa a brochura em *couché*, estão "cinco percursos programados" que "variam em distância, tempo e inclinação [...]. O percurso de Perda de Peso Interativa mantém seus batimentos cardíacos dentro de sua zona otimizada de perda de peso com um simples ajuste da quantidade de trabalho", ao passo que "os percursos personalizados permitem-lhe criar e armazenar facilmente programas sob medida de até treze quilômetros, com variações incrementais de até 160 metros". São os percursos personalizados os que mais me impressionam: os usuários podem criar um itinerário como se fosse uma excursão pedestre por terreno diversificado, mas o terreno é uma correia de borracha rotativa sobre uma plataforma com 1,80 metro de comprimento. Tempos atrás, quando os trens de ferro começaram a desintegrar a vivência do espaço, as jornadas começaram a ser discutidas em termos de tempo, e não de distância (e um angeleno moderno diria que Beverly Hills fica a vinte minutos de Hollywood, e não a tantos quilômetros). A esteira completa essa transformação ao permitir que a viagem seja dimensionada totalmente por tempo, esforço físico e movimento mecânico. O espaço – como paisagem, topografia, espetáculo, experiência – desapareceu.

CAPÍTULO 16

A FORMA DE UMA CAMINHADA

A desincorporação da vida cotidiana que venho delineando é uma experiência majoritária, parte da automobilização e suburbanização. Mas caminhar por vezes é, pelo menos desde o século XVIII, um ato de resistência à corrente vigente. Destacava-se quando seu ritmo não acompanhava o tempo, motivo pelo qual boa parte desta história do caminhar é uma história do Primeiro Mundo pós-Revolução Industrial, mais ou menos quando o caminhar deixou de ser parte do *continuum* da experiência e tornou-se uma opção consciente. De várias maneiras, a cultura do caminhar foi uma reação à velocidade e à alienação da Revolução Industrial. Pode ser que contraculturas e subculturas continuem a caminhar como resistência à perda pós-industrial e pós-moderna do espaço, do tempo e da incorporação. A maioria dessas culturas se inspira em práticas remotas – dos filósofos peripatéticos, de poetas que compunham ao andar, de peregrinos e praticantes da meditação a pé budista – ou antigas, como a excursão campestre e a flanagem. Mas um novo domínio do caminhar se abriu na década de 1960: o caminhar como arte.

Os artistas, naturalmente, caminhavam. No século XIX, o desenvolvimento da fotografia e a disseminação da pintura ao ar livre transformaram o caminhar num veículo importante para os criadores de imagens, mas, descoberto seu ponto de vista, eles estacaram: deixaram de passear e, mais importante ainda, paralisaram a vista em suas imagens para todo o sempre. Existem incontáveis pinturas maravilhosas de andarilhos, desde as gravuras chinesas nas quais minúsculos eremitas andam a esmo nas alturas até, por exemplo, *Caminhada matutina* de Thomas Gainsborough ou *Rua parisiense, dia chuvoso* de Gustave Caillebotte, com seus cidadãos de guarda-chuva indo aonde bem entendem pelas ruas calçadas com paralelepípedos de Paris. Mas o jovem casal aristocrático em *Caminhada matutina* estará para sempre congelado com o pé direito à frente. Entre todas as obras que vêm à mente, apenas *Cinquenta e três estações da estrada Tokaido* do gravurista oitocentista japonês Hiroshige parece sugerir o caminhar, e não o estacar: apresentam-se em sequência, assim como as estações da via-crúcis, para reproduzir uma jornada, dessa vez uma jornada de quinhentos quilômetros de Edo (atual Tóquio) a Quioto, que muitos então perfaziam a pé, como nas gravuras. É um *road movie* de uma época em que as estradas eram para quem andava e os filmes eram xilogravuras.

A linguagem é como uma estrada: é impossível percebê-la toda de uma vez porque ela se desdobra no tempo, seja ouvida ou lida. Essa narrativa ou elemento temporal assemelhava o escrever e o caminhar de maneiras impossíveis para a arte e o caminhar... até a década de 1960, quando tudo mudou e qualquer coisa passou a ser possível sob as amplas asas da arte visual. Toda revolução tem inúmeros genitores. No caso desta, um dos padrinhos é o pintor expressionista abstrato Jackson Pollock, pelo menos da maneira como uma de suas crias o retratou. Allan Kaprow, ele mesmo um artista performático e interdisciplinar importante, escreveu em 1958 que Pollock transferiu a ênfase da pintura como objeto estético para um "gesto diarista". O gesto era o principal, e a pintura secundária, mero suvenir daquele gesto que agora era seu tema. A análise de Kaprow torna-se um manifesto exuberante e profético quando ele pondera as consequências do que o artista mais velho fizera: "A quase destruição dessa tradição por parte de

Pollock pode bem ser um retorno ao ponto onde a arte se envolvia mais ativamente com o ritual, a magia e a vida do que nos foi dado conhecer no passado recente [...]. Pollock, da maneira como o vejo, nos deixou no ponto onde é forçoso ficarmos preocupados e até mesmo deslumbrados com o espaço e o objeto de nossa vida cotidiana, sejam nossos corpos, roupas, quartos ou, se necessário, a vastidão da rua Quarenta e dois. Não satisfeitos com a sugestão através da pintura de nossos outros sentidos, devemos utilizar as substâncias específicas da visão, audição, movimentos, pessoas, olfato, tato"[1].

Para os artistas que aceitaram o convite esboçado por Kaprow, a arte deixou de ser uma disciplina artesanal de criar objetos e tornou-se uma espécie de investigação ilimitada da relação entre ideias, atos e o mundo material. Numa época em que as instituições de galerias e museus e os objetos criados para esses locais pareciam moribundos, essa nova arte conceitual e desmaterializada procurava um novo fórum e uma nova maneira de fazer arte sem mediadores. Os objetos de arte talvez fossem apenas indícios de uma investigação como essa ou objetos cenográficos e deixas para as investigações dos próprios espectadores, ao passo que os artistas poderiam se idealizar como cientistas, xamãs, detetives ou filósofos ao expandir o repertório possível de gestos para muito além do repertório do pintor em sua tela. Os próprios corpos dos artistas tornaram-se um veículo para as performances, e como escreve a historiadora da arte Kristine Stiles, "ao enfatizar o corpo como arte, esses artistas amplificaram o papel do processo em detrimento do produto e passaram de objetos representacionais para modalidades apresentacionais de ação"[2]. Em retrospecto,

---

1. Allan Kaprow, "The Leacy of Jackson Pollock", in Jeff Kelley (org.), *Essays on the Blurring of Art and Life*, Berkeley, University of California Press, 1993, p. 7.

2. Peter Selz e Kristine Stiles, *Theories and Documents of Contemporary Art: A Sourcebook*, Berkeley, University of California Press, 1996, p. 679 (introdução à seção que trata de performance).

parece que esses artistas estavam recriando o mundo, um ato por vez, objeto a objeto, a começar pelas substâncias, formas e gestos mais simples. Um desses gestos – um gesto ordinário do qual se pode derivar o extraordinário – é o caminhar.

Lucy Lippard, que registra as histórias subversivas da arte há mais de trinta anos, identifica como mãe do caminhar enquanto bela-arte a escultura, e não a performance. Ela se concentra na escultura de Carl Andre de 1966, *Lever* [Alavanca], e sua *Joint* [Junção] de 1968, a primeira feita de tijolos enfileirados estendendo-se de uma sala a outra, de modo que o espectador precisa se locomover; a outra, uma linha semelhante, mas desta vez de fardos de feno a percorrer uma distância muito maior numa campina. "Minha ideia de escultura é uma estrada"[3], escreveu Andre na ocasião. "Ou seja, uma estrada não se revela em nenhum ponto em particular nem a partir de um ponto em particular. As estradas aparecem e desaparecem [...]. Não temos um único ponto de vista para a estrada, a não ser o do deslocamento, o de se deslocar por ela." As esculturas minimalistas de Andre, à semelhança dos rolos de papel chineses, revelam-se com o passar do tempo em resposta ao movimento do observador: incorporam a locomoção em sua forma. "Ao incorporar uma noção oriental de pontos de vista variados e tanto o movimento implícito quando a intervenção direta na paisagem, Andre preparou o palco para um subgênero de escultura desmaterializada que é simplesmente, e não tão simplesmente, *caminhar*", conclui Lippard.

Outros artistas já construíram estradas, por assim dizer: Carolee Schneemann construiu um labirinto para os amigos percorrerem a partir de uma árvore que caiu do céu e outros escombros de um tornado em seu quintal em Illinois no verão de

---

3. Lucy R. Lippard, *Overlay: Contemporary Art and the Art of Prehistory*, Nova York, Pantheon, 1993, p. 125.

1960, antes de se mudar para Nova York e tornar-se uma das artistas mais radicais no campo vicejante da arte performática. O próprio Kaprow construía ambientes para plateias e artistas percorrerem e nos quais participarem, no começo dos anos 1960. No mesmo ano em que Andre criou *Joint*, Patricia Johanson fez *Stephen Long*. Segundo a descrição de Lucy Lippard, "uma trilha de madeira de 490 metros pintada num *dégradé* de tons pastéis e instalada ao longo de uma ferrovia abandonada em Buskirk, Nova York, sua intenção era fazer a cor e a luz ultrapassarem o impressionismo tradicional acrescentando os elementos da distância e do tempo necessários para percebê-la"[4]. No Oeste dos Estados Unidos, linhas ainda mais extensas eram desenhadas, apesar de não estarem mais necessariamente relacionadas ao caminhar: Michael Heizer fez seus "desenhos de motocicleta" usando o dito veículo para desenhar no deserto; Walter de Maria contratou uma escavadeira para criar uma arte com a mesma grandiosidade na superfície árida de Nevada, linhas que podiam ser vistas em sua totalidade de um avião ou percebidas parcialmente e ao longo do tempo ao rés do chão; mas talvez o *Spiral Jetty* [Píer em espiral] de Robert Smithson, com seus 460 metros de extensão, um caminho acidentado mas trilhável de pedra e terra que vai formando um caracol e entrando no Grande Lago Salgado, tivesse dimensões humanas. Apesar de seus primeiros habitantes caminharem há milênios, o Oeste norte-americano muitas vezes é percebido como hostil pela escala pedestre; a arte da terra (como viria a ser chamada) feita ali muitas vezes parecia repercutir os enormes projetos desenvolvimentistas da conquista do Oeste, as estradas de ferro, represas, canais e minas.

    A Inglaterra, entretanto, nunca deixou de ter uma escala pedestre, e não há muito mais que conquistar em sua paisagem,

---

4. Lippard, *Overlay*, p. 132.

por isso os artistas de lá são obrigados a usar mão mais leve. O artista contemporâneo mais dedicado a explorar o caminhar como veículo artístico é o inglês Richard Long. Boa parte do que ele tem feito já estava presente num de seus primeiros trabalhos, *Line Made by Walking* [Linha traçada ao caminhar], de 1967. A fotografia em preto e branco mostra um caminho na relva que vai direto até o centro das árvores na outra ponta de uma campina. Como o título deixa bem claro, Long traçou a linha com seus pés. Foi, ao mesmo tempo, mais ambicioso e modesto do que a arte convencional: ambicioso na escala, ao tentar deixar sua marca no mundo; modesto no sentido de que o gesto foi dos mais corriqueiros, e o resultado foi simples, literalmente ao rés do chão. Como a obra de muitos outros artistas que surgiram nessa época, a de Long era ambígua: seria *A Line Made by Walking* uma performance da qual a linha era um vestígio? Ou uma escultura – a linha – da qual a fotografia era documento? Ou seria a fotografia a obra de arte, ou todas as alternativas anteriores?

Caminhar tornou-se o veículo de Long. Sua arte em exibição consiste de obras em papel que documentam suas caminhadas, fotografias de outras marcas na paisagem feitas no decorrer dessas caminhadas, e outras esculturas criadas em ambientes internos que fazem referência às atividades externas do artista. Por vezes, a caminhada é representada por uma fotografia acompanhada de um texto, ou um mapa, ou somente por um texto. Nos mapas, o itinerário da caminhada é desenhado para sugerir que caminhar é desenhar numa escala maior, que o caminhar de Long está para o terreno como sua caneta está para o mapa, e ele muitas vezes caminha em linha reta, círculos, quadrados, espirais. Da mesma maneira, suas esculturas na paisagem geralmente são feitas rearranjando-se (sem mudá-los de lugar) pedras e gravetos em linhas e círculos, uma geometria redutiva que evoca tudo – o tempo cíclico e linear, o finito e o infinito, estradas e rotinas – e nada diz. Contudo, outras obras dispõem essas linhas, círculos e labirintos de gravetos, pedras ou barro no chão da galeria. Mas caminhar pela paisagem é sempre fundamental para a obra. Uma das primeiras esculturas magníficas a unir essas abordagens foi intitulada *A Line the Length of a Straight Walk from the Bottom to the Top of Silbury Hill* [Uma linha com a extensão de uma caminhada do pé ao topo de Silbury Hill]. Com as botas embarradas, ele fizera o percurso não em linha reta, mas numa espiral sobre o chão da galeria, de maneira que o caminho de barro representasse o itinerário que ele fizera em outro lugar e se tornasse uma nova rota num ambiente interno, indício e convite de uma caminhada. Brinca com a concretude da experiência – a caminhada e o lugar onde ela se deu (Silbury Hill é um aterro antigo de significado religioso desconhecido no sul da Inglaterra) – e com as abstrações de linguagem e mensuração com as quais se descreve a caminhada. A experiência não pode ser reduzida ao nome de um lugar e a uma extensão, mas até mesmo essas parcas informações já bastam para acionar a imaginação. "Uma caminhada é expressão de espaço e liberdade, e esse conhecimento pode viver na imaginação de qualquer um, e isso também é um outro espaço", Long escreveria anos mais tarde[5].

    Em certos aspectos, as obras de Long lembram o texto de viagem, mas em vez de nos contar como ele se sentiu, o que comeu e outros pormenores semelhantes, seus textos breves e imagens desabitadas deixam boa parte da jornada a cargo da imaginação do espectador, e essa é uma das coisas que distinguem tal arte contemporânea, o fato de pedir ao espectador que se encarregue de uma boa parte do trabalho, que interprete o ambíguo, imagine o que não é visto. Não nos oferece uma caminhada nem

---

5. Richard Long, "Five Six Pick Up Sticks, Seven Eight Lay Them Straight", in R. H. Fuchs, *Richard Long*, Nova York, Solomon R. Guggenheim Museum/Thames and Hudson, 1986, p. 236. Todas as obras descritas encontram-se reproduzidas nesse livro.

sequer a representação de uma caminhada, somente a ideia de uma caminhada e uma evocação do lugar onde esta se deu (o mapa) ou um de seus pontos de vista (a fotografia). Aspectos formais e quantificáveis são enfatizados: geometria, medidas, número, duração. Temos, por exemplo, uma obra de Long – um desenho de uma espiral de ângulos retos – com a legenda "A Thousand Miles A Thousand Hours A Clockwise Walk in England Summer 1974" [Mil milhas mil horas uma caminhada no sentido horário pela Inglaterra verão 1974]. Brinca com correlações entre tempo e espaço sem nos mostrar ou contar nada mais a respeito da caminhada, fora o país e o ano, brinca com o que pode ser mensurado e o que não pode. Contudo, basta saber que em 1974, à medida que a vida parecia ficar mais complicada, comprimida e cínica, alguém encontrou o tempo e o espaço para travar um contato tão árduo e aparentemente satisfatório com a terra em busca de alinhamentos entre geografia, corpo e tempo. E aí temos o mapa com o texto inserido, "A Six Day Walk Over All Roads, Lanes and Double Tracks Inside a Six-Mile Wide Circle Centred on the Giant of Cerne Abbas" [Caminhada de seis dias por todas as estradas, veredas e ferrovias duplas dentro de um círculo de dez quilômetros tendo como centro o gigante de Cerne Abbas], com os itinerários percorridos por ele irradiando-se feito artérias a partir da figura que Long colocara no centro de sua caminhada. Uma outra inserção retratava a tal figura: os contornos de giz de 2 mil anos de idade de um homem de 55 metros de altura segurando uma clava e de pênis ereto na encosta de uma colina em Dorset.

  Long gosta de lugares onde nada parece ter rompido a ligação com o passado remoto, e, portanto, prédios, pessoas e outros vestígios do presente ou do passado recente raramente aparecem. Sua obra revisita a tradição britânica de caminhadas pelo campo ao mesmo tempo que representa suas facetas mais encantadoras e problemáticas. Ele foi para a Austrália, o Himalaia e os Andes bolivianos criar sua obra, e a ideia de que todos esses lugares podem ser assimilados numa experiência plenamente inglesa tem laivos de colonialismo ou até mesmo de turismo presunçoso. Traz mais uma vez à tona os perigos de esquecer que a caminhada pela paisagem rural é uma prática culturalmente específica e, apesar de ser algo intrinsecamente civilizado e cavalheiresco, impor esses valores a outros lugares não é. Mas se a arte literária do caminhar pela paisagem rural chafurdava em convenções, sentimentalismo e verborragia autobiográfica, a arte de Long é austera, quase silenciosa e absolutamente inovadora ao enfatizar a caminhada em si como se tivesse forma, e trata-se menos de um legado cultural do que de uma revisão criativa. A obra dele chega a ser tão linda que nos tira o fôlego, e sua insistência na possibilidade de o simples gesto de caminhar ligar o andarilho à superfície da terra, de medir o itinerário enquanto o itinerário mede o andarilho, de desenhar em grande escala quase sem deixar rastros e de ser arte é profunda e elegante. O amigo e contemporâneo de Long, Hamish Fulton, também fez do caminhar sua arte, e suas obras a unir texto e fotografia são quase indistinguíveis do trabalho de seu conterrâneo peripatético. Mas Fulton enfatiza um lado mais espiritual e emocional de seu caminhar, optando com mais frequência por locais sagrados e rotas de peregrinação, e ele não cria esculturas nas galerias nem marcas na terra.

Houve outros tipos de artistas do caminhar. Provavelmente o primeiro artista a transformar o caminhar em arte performática tenha sido o pouco conhecido Stanley Brouwn, surinamês radicado na Holanda[6]. Em 1960, ele pediu a desconhecidos na rua

---

6. A obra de Brouwn é mencionada no livro de Lippard, *Six Years: The Dematerialization of the Art Object* (Nova York, Praeger Publishers, 1973) e descrita minuciosamente no ensaio de Antje Von Gravenitz, "'We Walk on the Planet Earth': The Artist as a Pedestrian: The Work of Stanley Brouwn", *Dutch Art and Architecture*, jun. 1977. A obra *Following Piece* de Acconci também é descrita em *Six Years*.

que lhe desenhassem as orientações para chegar a vários lugares da cidade e exibiu os resultados como uma arte primitivista de encontros fortuitos ou uma compilação de desenhos; posteriormente, ele organizaria uma exposição conceitual de "todas as sapatarias de Amsterdã" que convidava os espectadores a fazer um passeio a pé; instalaria numa galeria placas de sinalização indicando cidades de todo o mundo e convidando os espectadores a dar os primeiros passos rumo a Cartum ou Ottawa; passaria um dia inteiro em 1972 contando seus passos; e exploraria de outras maneiras o mundo cotidiano do caminhar na paisagem urbana. O magistral artista performático e escultor alemão Joseph Beuys, que muitas vezes imbuía atos simples de significados profundos, fez uma performance na qual ele simplesmente varria a rua depois de uma passeata política e uma outra na qual atravessava a pé um dos pântanos que tanto adorava. Essa *Bog Action* [Ação no pântano] de 1971 foi documentada por fotografias que o mostram caminhando, por vezes apenas com a cabeça e o característico chapéu de feltro visíveis acima da linha d'água.

O artista performático nova-iorquino Vito Acconci fez sua *Following Piece* [Obra do seguidor] no decorrer de 23 dias em 1969; como boa parte da arte conceitual da época, brincava com a interseção entre regras arbitrárias e fenômenos aleatórios ao escolher uma pessoa desconhecida e segui-la até que entrasse num edifício. Sophie Calle, uma fotógrafa francesa cujos trabalhos brotam de interações e contatos, mais tarde revisitaria a performance de Acconci com duas outras de sua própria lavra, documentadas por fotografias e textos. *Suite Venitienne* conta como ela conheceu um homem numa festa em Paris e o seguiu sub-repticiamente até Veneza, onde ficou em sua cola feito um detetive até que ele a confrontasse; anos depois, ela faria sua mãe contratar um detetive de verdade para fazer a mesma coisa com ela mesma em Paris e incorporaria as fotografias que o detetive tirou dela à sua própria obra de arte como uma espécie de retrato encomendado. Essas obras exploram o potencial urbano para a desconfiança, a curiosidade e a vigilância a partir de conexões e desconexões entre desconhecidos na rua. Em 1985 e 1986, a artista palestino-britânica Mona Hatoum usou a rua como espaço performático, aplicando com estêncil pegadas que continham a palavra *desempregado* nas ruas de Sheffield, como se quisesse dar visibilidade aos tristes segredos dos transeuntes numa cidade que teve sua economia devastada, além de apresentar duas cenas pedestres diferentes em Brixton, um bastião da classe trabalhadora em Londres.

De todas as performances que envolvem caminhar, a mais dramática, ambiciosa e radical foi a *Great Wall Walk* [Caminhada pela Grande Muralha] de 1988 de Marina Abramovič e Ulay[7]. Artistas performáticos radicais do Leste comunista – ela da Iugoslávia, ele da Alemanha Oriental –, eles começaram a colaborar em 1976 numa série do que chamavam de "obras relacionais". Estavam interessados em colocar à prova os limites físicos e psíquicos da plateia e deles mesmos com performances que traziam perigo, dor, transgressão, tédio; também estavam interessados em unir simbolicamente os gêneros num todo ideal; e viram-se cada vez mais influenciados pelo xamanismo, pela alquimia, pelo budismo tibetano e por outras tradições esotéricas. Sua obra traz à lembrança o que Gary Snyder descreveu como a tradição chinesa das "'quatro dignidades': Erguer-se, Deitar-se, Sentar-se e Caminhar. São 'dignidades' no sentido de que são maneiras de sermos plenamente quem somos, à vontade em nossos corpos,

---

[7]. A respeito da obra performática de Abramovič e Ulay, e também sobre a escultura de Abravomič, cf. Thomas McEvilley, "Abramovič/Ulay/Abramovič", *Artforum International*, set. 1983; o ensaio de McEvilley em *The Lovers*, livro/catálogo sobre a Caminhada da Muralha da China (Amsterdã: Stedelijk Museum, 1989); e *Marina Abramovič: Objects Performance Video Sound* (Oxford, Museum of Modern Art, 1995).

em suas modalidades fundamentais"[8] ou a ênfase semelhante do budismo/vipassana na meditação nessas quatro posições. Em sua primeira obra, *Relation in Space* [Relação no espaço], eles caminhavam rapidamente partindo das paredes opostas de uma sala na direção um do outro até colidirem, repetidas vezes. Na *Imponderabilia* de 1977, ficaram nus e imóveis na porta de um museu de modo que os visitantes tinham de decidir quem iriam encarar ao passar de lado entre os dois. Em *Rest Energy* [Energia de repouso] de 1980, posicionaram-se juntos, ela segurando um arco e ele, a flecha colocada na corda puxada, apontando para o coração dela; a tensão equilibrada e a imobilidade dos dois prolongava o momento e estabilizava o risco. Naquele mesmo ano, foram ao sertão australiano esperando se comunicar com os aborígenes, que os ignoraram. Ficaram e passaram meses de um escaldante verão no deserto praticando o estar sentado sem se mover, aprendendo com o deserto "imobilidade, silêncio e atenção"[9]. Depois disso, os nativos tornaram-se mais comunicativos. A partir dessa experiência nasceu sua performance *Nightsea Crossing* [Travessia do mar noturno] em Sydney, Toronto, Berlim e outras cidades: guardando silêncio e jejuando 24 horas por dia, passavam várias horas por dia e dias sucessivos num museu ou espaço público, sentados à mesa e imóveis, de frente um para o outro, esculturas vivas a exibir uma espécie de dedicação feroz.

"Quando visitei o Tibete e os aborígenes, apresentaram-me também alguns rituais sufistas. Vi que todas essas culturas levavam o corpo a extremos físicos para que se desse o salto mental, para que se eliminasse o medo da morte, o medo da dor e de todas as limitações físicas com as quais convivemos",

---

8. Gary Snyder, "Blue Mountains Constantly Walking", in *The Practice of the Wild*, São Francisco, North Point Press, 1990, p. 99.

9. McEvilley, "Abramovič/Ulay/Abramovič", p. 54.

Abramovič diria posteriormente[10]. "A performance era a forma que me possibilitava saltar para aquele outro espaço e dimensão." A *Great Wall Walk* foi planejada no auge de sua colaboração com Ulay. A intenção dos dois era caminhar um em direção ao outro a partir de extremidades opostas da muralha de 4 mil quilômetros, encontrar-se e casar-se. Anos mais tarde, quando finalmente haviam vencido as dificuldades burocráticas impostas pelo governo chinês, o relacionamento dos dois havia mudado tanto que a caminhada tornou-se, em vez disso, o fim de sua colaboração e relação. Em 1988, passaram três meses caminhando um em direção ao outro, partindo de pontos distantes 3,8 mil quilômetros, abraçaram-se no centro e separaram-se.

A Grande Muralha, erguida para manter os nômades saqueadores fora da China, é um dos grandes emblemas mundiais do desejo de definir e garantir a segurança do indivíduo ou de uma nação ao fechar suas fronteiras. Para aqueles dois criados atrás da Cortina de Ferro, essa transformação de uma muralha a separar o norte do sul numa estrada a ligar o leste ao oeste está repleta de ironias políticas e significados simbólicos. Afinal, as muralhas dividem e as estradas conectam. Sua performance poderia ser interpretada como um encontro simbólico de Oriente e Ocidente, masculino e feminino, da arquitetura da segregação e da conexão. Além disso, os artistas acreditavam que a muralha fora, nas palavras de Thomas McEvilley, o crítico que mais de perto acompanhou sua obra, "traçada durante milênios por especialistas em *Feng Shui*, de maneira que, seguindo-se exatamente a muralha, era possível tocar as serpentes-linhas de força que unem a superfície da terra"[11]. O livro a respeito do projeto registra que "em 30 de março de 1988 Marina Abramovič e Ulay começaram a percorrer a pé a

---

10. *Marina Abramovič*, p. 63.

11. Ibid., p. 50.

Grande Muralha partindo de extremos opostos. Marina principiou no leste, junto ao mar. Ulay começou no oeste, no deserto de Gobi. Em 27 de junho, ao som de trombetas, eles se encontraram num desfiladeiro montanhoso perto de Shenmu na província de Shaanxi, cercados por templos budistas, confucionistas e taoistas"[12]. McEvilley aponta que essa última performance dos dois também expandiu aquela primeira em que caminhavam um em direção ao outro e colidiam.

Nesse livro, cada um dos artistas tinha uma seção própria, na qual palavras esparsas e fotografias evocativas davam uma ideia de sua experiência, funcionando como as obras de texto e fotografia de Richard Long para evocar cuidadosamente fragmentos seletos de uma experiência complexa. Entre os dois textos, um ensaio de McEvilley revelava uma outra faceta da caminhada: os vários embaraços burocráticos durante toda a jornada. À semelhança da princesa Maria de Tolstói que deseja ser uma peregrina na estrada, Abramovič e Ulay parecem ter começado imaginando-se a caminhar sozinhos num espaço e estado mental livre e desimpedido, mas McEvilley descreve as minivans que os levavam aos alojamentos todas as noites; os agentes, os intérpretes e as autoridades que os cercavam em alvoroço, garantindo que cumprissem as exigências do governo e tentando diminuir-lhes a marcha para que passassem mais tempo ali e gastassem mais dinheiro em cada província; a discussão na qual Ulay se meteu num salão de baile; a maneira como prazos, regras e a geografia haviam fragmentado a caminhada de Ulay (ao passo que Abramovič fazia questão de começar a cada manhã no ponto exato onde havia parado na noite anterior, declarando: "Vou percorrer cada centímetro desta porra de muralha"[13]).

---

12. *The Lovers*, p. 175.
13. Ibid., p. 103.

A muralha estava em escombros em muitos trechos, e era preciso escalar quase tanto quanto andar, e no topo o vento era muitas vezes avassalador. A caminhada havia, na versão de McEvilley, se tornado uma outra espécie de performance, como se a meta fosse um recorde, na qual o objetivo oficial só é alcançado às custas de incontáveis distrações e incômodos extraoficiais. Mas talvez os dois artistas, que haviam aprimorado durante tanto tempo seu poder de concentração, fossem capazes de excluir do tempo que passavam na muralha a algazarra que os rodeava. Seus textos e imagens remetem à essência do caminhar, à simplicidade fundamental do ato amplificado pela inanidade antiga do ermo que os cercava. À semelhança das obras de Long, as de Abramovič e Ulay parecem presentear os espectadores com a promessa de que uma pureza primeva de contato físico com a terra ainda é possível e que a presença humana, tão compacta e dominante em outros lugares, ainda é pequena em comparação à imensidão de lugares solitários. "Foram muitos dias até eu, pela primeira vez, sentir que encontrara o passo certo", Ulay escreveu, "quando mente e corpo se conciliam no balanço rítmico do caminhar.[14]"

Posteriormente, Abramovič começaria a fazer esculturas que convidavam os espectadores a participar dos atos fundamentais que suas performances haviam explorado. Ela prendeu geodos, drusas de cristal e pedras polidas em cadeiras de madeira, pedestais ou suportes, colocando-os em locais onde os espectadores poderiam se sentar ou ficar de pé sob esses objetos ou em sua companhia – mobília para a contemplação e o contato com as forças elementares que ela acredita estar contidas nas pedras. As esculturas mais espetaculares foram vários pares de sapatos de ametista inclusos num grande panorama de sua obra no Museu Irlandês de Arte Moderna em 1995. Eu havia chegado lá ao fim de uma longa caminhada desde o centro de Dublin e descobri

---

14. Ibid., p. 31.

que o museu estava abrigado num elegante e antigo hospital militar, e a caminhada e a história do edifício pareceram uma preparação para os sapatos, grandes e rudes fragmentos de púrpura mesclado e translúcido que foram escavados e polidos por dentro, como uma versão de conto de fadas dos sapatos de madeira que os camponeses europeus usavam outrora. Os espectadores eram convidados a calçá-los e fechar os olhos; eu o fiz e percebi que meus pés estavam, em certo sentido, dentro da própria terra, e, embora possível, caminhar era difícil. Fechei os olhos e vi cores estranhas, e os sapatos pareciam pontos fixos em torno dos quais giravam o hospital, Dublin, a Irlanda, a Europa; não eram sapatos para viajar, mas para percebermos que talvez já tivéssemos chegado. Mais tarde, li que foram feitos para a meditação a pé, para aguçar a percepção a cada passo. Intitulavam-se *Shoes for Departure* [Sapatos para a partida].

A profecia de 1958 de Kaprow foi cumprida por todos esses artistas do caminhar: "Irão descobrir nas coisas ordinárias o significado da ordinariedade. Não tentarão torná-las extraordinárias, simplesmente irão declarar seu sentido real. Mas a partir disso irão inventar o extraordinário"[15]. Caminhar como arte chama atenção para os aspectos mais simples do ato: a maneira como o caminhar pela paisagem rural mede o corpo e a terra um em relação ao outro, a maneira como o caminhar pela paisagem urbana evoca contatos sociais imprevisíveis. E para os mais complexos: as relações potenciais e prolíficas entre o pensamento e o corpo; a maneira como o ato de uma pessoa pode ser um convite à imaginação de uma outra; a maneira como cada gesto pode ser imaginado como uma escultura transitória e invisível; a maneira como o caminhar remodela o mundo ao mapeá-lo, ao abrir nele caminhos com os pés; a maneira como cada ato reflete e reinventa a cultura na qual se dá.

---

15. Kaprow, *Essays on the Blurring of Art and Life*, p. 9.

CAPÍTULO 17

LAS VEGAS, OU A MAIOR DISTÂNCIA ENTRE DOIS PONTOS

Eu teria preferido sair do veículo e já pôr os pés no Distrito de Peak. Andara procurando uma última excursão pelos sítios históricos do caminhar, e Peak parecia ter tudo. Eu imaginara começar no labirinto de sebes da magnífica quinta de Chatsworth, em seguida vagar a esmo pelos jardins formalistas circundantes e passar para os jardins posteriores projetados por Capability Brown. A partir dali, eu poderia entrar nos rincões mais agrestes do Peak, seguindo para Kinder Scout, onde as grandes batalhas pelas vias de passagem foram travadas, passando pelos famosos paredões de arenito onde se deu "a revolução na escalada da classe trabalhadora", daí me dirigir para a vizinha Manchester, onde se desenvolveram os subúrbios, ou Sheffield, com suas ruínas industriais e a academia de escalada instalada numa antiga fundição. Ou poderia começar com as cidades industriais e ir me enfiando no campo, depois no jardim e no labirinto. Mas todos esses planos pitorescos se desfizeram com a suspeita sorrateira de que provar que ainda era possível caminhar na Grã-Bretanha não adiantaria muita coisa. Até mesmo os desertos industriais da Grã--Bretanha representam o descorado passado do norte da Europa, e não era o passado do pedestrianismo que eu queria investigar, e sim seu prognóstico. Portanto, numa manhã de dezembro eu saí do furgão de Pat e pus os pés na Fremont Street no centro de

Las Vegas, e ele partiu para passar o dia escalando os matacães e paredões em Red Rocks.

No fim de boa parte das avenidas de orientação leste-oeste de Vegas, retas como linhas latitudinais, pode-se ver a escarpa de vinte quilômetros de extensão das Red Rocks e, atrás de suas cúpulas e colunas de arenito rubras, os picos cinzentos de 3 mil metros de altura da Spring Range. Um dos aspectos menos célebres dessa cidade em crescimento, árida e desmemoriada é seu cenário espetacular, com cadeias de montanhas em três lados e a magnífica luz do deserto, mas Las Vegas nunca foi um lugar para se apreciar a natureza. *Las Vegas* significa "os prados" e deixa claro que os espanhóis chegaram a esse oásis dos paiutes do sul antes dos anglos, mas o oásis só se transformaria numa cidade no século XX, em 1905, quando a ferrovia de Los Angeles a Salt Lake City decidiu colocar uma estação ali. Las Vegas continuou a ser uma cidadezinha para errantes e turistas muito depois de o oásis secar. Não tinha os recursos minerais de boa parte do estado e só começou a florescer quando os jogos de azar foram legalizados em Nevada, em 1931, e com a construção da represa Hoover no rio Colorado, cinquenta quilômetros a sudeste dali. Em 1951, o Campo de Provas de Nevada foi criado oitenta quilômetros a noroeste, e, nas décadas que se passaram desde então, mais de mil armas nucleares foram detonadas em suas instalações (até 1963, a maioria das provas ocorria acima do chão, e existem fotografias assustadoras de cogumelos nucleares se erguendo acima dos letreiros altíssimos dos cassinos). Las Vegas é delimitada por esses monumentos colossais à ambição de dominar os rios, os átomos, as guerras e, até certo ponto, o mundo. Mas talvez seja uma invenção muito menor e mais difundida a que mais contribuiu para formar essa cidade no deserto do Mojave: o ar-condicionado, que tem muito a ver com a recente migração em massa dos norte-americanos para o sul e para o oeste, onde muitos passam o verão inteiro em ambientes internos e climatizados. Muitas vezes descrita como excepcional, Las Vegas na verdade é emblemática, uma versão radical de novos tipos de lugares que vêm sendo construídos em todos os Estados Unidos e no mundo.

O centro de Las Vegas foi erigido em torno da estação ferroviária: esperava-se que os visitantes saltassem do trem e caminhassem até os cassinos e hotéis da compacta região central da Glitter Gulch, no entorno da Fremont Street. Quando os viajantes norte-americanos trocaram os trens pelos carros, o foco mudou: em 1941, surgiu o primeiro complexo de hotel e cassino no que era então a estrada para Los Angeles, a Highway 91, e hoje é a Las Vegas Strip. Tempos atrás, depois de pegar no sono dentro de um carro que se dirigia para a concentração antinuclear anual no Campo de Provas de Nevada, eu acordei ao pararmos num semáforo da Strip e vi uma selva de trepadeiras, flores e palavras de neon a dançar, borbulhar e explodir. Ainda me lembro do impacto daquele espetáculo depois do breu do deserto, celestial e infernal em igual medida. Na década de 1950, o geógrafo cultural J. B. Jackson descreveu o então recente fenômeno das *strips* ou faixas comerciais de beira de estrada como um outro mundo, erigido para estrangeiros e motoristas.

> A eficiência dessa arquitetura é, enfim, uma questão de o que seria esse outro mundo: se é ou não o mundo dos seus sonhos. E é ali que se começa a descobrir a verdadeira vitalidade dessa nova arquitetura voltada para o alheio ao longo de nossas estradas: está criando um ambiente onírico para nosso lazer completamente diferente do ambiente onírico de uma geração atrás. Está criando e ao mesmo tempo refletindo uma nova inclinação do público[1].

---

1. J. B. Jackson, "Other-Directed Houses", in Ervin H. Jube (org.), *Landscapes: Selected Writings of J. B. Jackson*, University of Massachusetts Press, 1970, p. 63.

Essa inclinação, disse ele, era um apreço por algo totalmente novo, algo que repudiava as ideias de gosto e recreação anteriores, que eram eurocêntricas e imitavam pessoas de extração supostamente superior, algo adaptado aos carros e às novas fantasias tropicais e futuristas de quem habitava os automóveis: "aquelas fachadas enxutas, as entradas extravagantes e os efeitos de cor deliberadamente bizarros, as massas alegres e autoconfiantes de cor, luz e movimento que se choca tão indelicadamente com o antigo e o tradicional"[2]. Essa arquitetura primitivista inventada para um país automotivo foi celebrada no famoso manifesto arquitetônico de 1972, *Learning from Las Vegas* [*Aprendendo com Las Vegas*]*.

Recentemente, porém, algo totalmente inesperado aconteceu na Strip. À semelhança daquelas ilhas onde uma espécie introduzida se reproduz com tamanho êxito que suas hordas pululantes devastam o meio ambiente e depois morrem de fome, a Strip atraiu tantos carros que suas oito pistas vivem continuamente em pane. Seus fabulosos letreiros de neon foram projetados para serem vistos por pessoas dentro de carros passando a uma boa velocidade, exatamente como os grandes letreiros na frente de prédios medíocres em toda e qualquer faixa comercial, mas, em vez disso, essa *Strip of Strips*, a faixa das faixas, tornou-se nos últimos anos um novíssimo bastião da vida pedestre. Os cassinos antes espalhados pela Strip coalesceram num bulevar de fantasias e chamarizes, e os turistas hoje podem guardar o carro no estacionamento colossal de um cassino e percorrer a Strip a pé dias a fio, e de fato o fazem, aos milhões: mais de 30 milhões

---

2. Ibid., p. 62.

* Robert Venturi, Steven Izenour e Denise Scott Brown. *Aprendendo com Las Vegas: o simbolismo (esquecido) da forma arquitetônica.* Trad. de Pedro Maia Soares. São Paulo, Cosac & Naify, 2003. 220 p. (N.T.)

por ano[3], chegando a 200 mil de uma só vez nos fins de semana mais movimentados. Até mesmo em agosto, quando a temperatura depois de escurecer chegava aproximadamente a 38 graus, vi multidões se moverem continuamente pela Strip, sem pressa, mas não muito mais devagar do que os carros. A própria arquitetura dos cassinos sofreu alterações radicais desde que o presciente Caesars Palace de 1966 preferiu uma arquitetura fantástica aos letreiros de neon e o Mirage de 1989 apresentou a primeira fachada projetada especificamente como um espetáculo pedestre. Pareceu-me que, se conseguia ressuscitar de repente num lugar tão inóspito e improvável, o caminhar tinha uma espécie de futuro, e que caminhando pessoalmente pela Strip eu poderia descobrir qual futuro seria esse.

O brilho antiquado da Fremont Street saiu prejudicado em comparação com os novos ambientes fantásticos da Strip e, portanto, foi remodelado como uma espécie de galeria cibernética. Os quarteirões centrais foram fechados aos carros para que os pedestres pudessem andar livremente, e no alto do novo calçadão foi instalado um teto em arco que, à noite, recebe projeções de *lasers*, de modo que o que antes era o céu agora é uma espécie de tela gigantesca de tevê. Ainda é um lugar triste e semiabandonado à luz do dia, e não levei muito tempo para percorrê-lo e seguir para o sul pelo Las Vegas Boulevard, que acaba virando a Strip. Antes de se transformar na Strip, o bulevar é uma avenida esquálida de motéis, apartamentos ordinários e casas tristonhas de suvenires, pornografia e penhores, os fundilhos nada bonitos dos ramos da jogatina, do turismo e do entretenimento. Um sem-teto negro aconchegado num cobertor marrom no ponto de ônibus me observou passar, e eu observava um casal oriental do outro lado da

---

3. Foi o que um pesquisador no Las Vegas Convention Center disse à autora, por telefone, em 29 de dezembro de 1998.

rua que saía de uma das minúsculas capelas matrimoniais, ele de terno escuro, ela de vestido branco, tão impessoalmente perfeitos que poderiam ter caído de um enorme bolo de casamento. Ali, cada empreendimento parecia cuidar da própria vida: a capela matrimonial não se deixava intimidar pelos sex shops, nem os cassinos mais suntuosos pelas ruínas e os terrenos abandonados ao seu redor. Não havia muita gente na calçada comigo naquela parte decadente entre as duas versões oficiais de Vegas.

Mais adiante cheguei ao antigo hotel El Rancho, todo queimado e vedado com tábuas. O deserto e o Oeste norte-americano foram romanceados por muitos dos primeiros cassinos: o Dunes, o Sands, o Sahara e o Desert Inn na Strip, o Pioneer Club, o Golden Nugget, o Frontier Club e o Hotel Apache na Fremont Street, mas os cassinos mais recentes jogaram o orgulho regional pela janela e passaram a evocar qualquer outro lugar; quanto menos lembrasse o Mojave, melhor. O Sands será substituído pelo Venetian, com canais e tudo mais. Percebi mais tarde que minha caminhada era uma tentativa de encontrar ali uma continuidade da experiência, a continuidade espacial que o caminhar geralmente proporciona, mas o lugar acabaria me vencendo com suas descontinuidades de luz e fantasia. Venceu-me também de uma outra maneira. Las Vegas, que tinha apenas cinco habitantes no começo do século XX, 8.500 em 1940 e aproximadamente meio milhão na década de 1980, quando os cassinos pareciam ser a única coisa na vastidão de chaparros e iucas, hoje tem mais ou menos 1,25 milhão de habitantes e é a cidade que cresce mais rapidamente nos Estados Unidos. A glamorosa Strip se vê cercada por uma extensão colossal de estacionamentos de reboques, campos de golfe, condomínios fechados e loteamentos genéricos – uma das abundantes ironias de Vegas é ter um oásis pedestre no coração do subúrbio automotivo supremo. Minha intenção tinha sido caminhar da Strip ao deserto para ligar os dois; telefonei para a empresa cartográfica mais próxima pedindo recomendações de itinerários, pois todos os meus mapas estavam muito desatualizados. Disseram-me que a cidade crescia tão rápido que eles publicavam um mapa novo por mês e recomendaram alguns dos percursos mais breves entre a parte sul da Strip e os limites da cidade, mas Pat e eu passamos por eles de carro e vimos que eram alarmantes para uma andarilha solitária: um misto de armazéns, indústrias leves, terrenos baldios e casas muradas que emanavam uma aura de abandono, interrompido apenas ocasionalmente por um carro ou vagabundo encardido. Daí eu me ative ao oásis pedestre e descobri que conseguia remover mentalmente os grandes cassinos feito peças de xadrez do tabuleiro plano do deserto: dez anos antes, nada de cassinos de fantasia; vinte anos antes, os cassinos se encontravam dispersos e praticamente não havia pedestres; cinquenta anos antes, havia apenas alguns bastiões isolados; um século antes, apenas uma aldeiazinha movida a uísque interrompia a terra clara que se espalhava em todas as direções.

Sob o derreado pavilhão diante do Stardust, um casal de franceses idosos me perguntou como chegar ao Mirage. Fiquei observando enquanto se afastavam devagar do antigo país da fantasia veicular norte-americano e seus futuros resplandecentes e iam rumo ao novo e nostálgico país da fantasia no âmago da Strip, e os segui, rumo ao sul. Os pedestres dispersos começaram a formar multidões mais para o sul. O casal que eu vira sair da capela matrimonial reapareceu caminhando pelo bulevar perto de mim, ela com uma delicada jaqueta acolchoada sobre o vestido de noiva e sapatos de salto agulha. Turistas chegam ali vindos de todo o mundo afluente (e também os assalariados dos países menos afluentes, principalmente da América Central). Uma das outras ironias de Vegas é que se trata de uma das cidades mais visitadas do mundo, mas poucos vão reparar na cidade de fato. Os turistas vão a Barcelona ou Katmandu, por exemplo, para ver os moradores em seu hábitat natural, mas em Vegas os residentes são em grande parte empregados e artistas situados no hábitat "quanto mais alienígena, melhor" construído para os turistas. O próprio turismo é um dos últimos grandes alicerces do caminhar. Sempre foi uma atividade amadora que não exigia habilidades nem equipamentos especiais, consumindo tempo livre e cevando a curiosidade visual. Para saciar a curiosidade, é preciso estar disposto a parecer ingênuo, a se envolver, a explorar, a encarar e ser encarado, e as pessoas hoje em dia parecem mais dispostas ou capazes de entrar nesse estado em qualquer outro lugar que não seja em casa. O que muitas vezes é tomado pelo prazer de outro lugar pode ser simplesmente o prazer de uma noção diferente de tempo, espaço e estímulos sensoriais disponível em todo e qualquer lugar desde que se ande devagar.

O Frontier foi o primeiro cassino no qual entrei. Durante seis anos e meio, os visitantes puderam assistir ali a um espetáculo ao ar livre, um piquete 24 horas[4] de trabalhadores – camareiras, garçonetes, cumins – lutando com os novos proprietários antissindicalistas, testemunhando com seus pés e suas placas dia e noite, no calor escaldante do verão e nas tempestades de inverno. Durante os anos de paralisação, nasceram 101 bebês e 17 pessoas morreram entre os grevistas do Frontier, e nenhum deles furou o piquete. Tornou-se a grande batalha sindicalista da década [nos Estados Unidos], uma inspiração nacional para os militantes trabalhistas. Em 1992, a Federação Norte-Americana do Trabalho e Congresso das Organizações Industriais (AFL-CIO) organizou um evento relacionado, a Marcha da Solidariedade no Deserto. Sindicalistas e grevistas caminharam 480 quilômetros, saindo do Frontier, atravessando o deserto e chegando ao tribunal

---

4. Cf. Sara Mosle, "How the Maids Fought Back" (*New Yorker*, 26 de fevereiro e 4 de março de 1996, p. 148-56).

em Los Angeles numa demonstração de sua disposição em sofrer e provar sua dedicação. A cineasta de Las Vegas Amie Williams comentou, ao me mostrar copiões de seu documentário sobre a greve do Frontier, que o sindicato é uma espécie de religião norte-americana de família e solidariedade: tem um credo, "mexeu com um, mexeu com todos", e na Marcha da Solidariedade no Deserto encontrou sua peregrinação. Nas gravações de Amie, pessoas que aparentemente não costumavam andar muito seguiam apartadas e em fila pela Rota 66, trocavam os sapatos por ataduras à noite e se levantavam para repetir o feito no dia seguinte. Um carpinteiro e sindicalista chamado Homer, um homem de barba que parecia um motoqueiro, foi testemunha do milagre da peregrinação: no meio de um pé d'água, um trecho de sol os acompanhava, e eles continuaram secos, e ele parecia tão entusiasmado quanto um dos filhos de Israel para quem o Mar Vermelho se abrira. Por fim, a família antissindicalista que comprara o Frontier foi obrigada a vendê-lo, e, em 31 de janeiro de 1997, os novos proprietários convidaram o sindicato a voltar. Aqueles que haviam passado seis divertidos anos fazendo piquete voltaram a preparar drinques e arrumar camas. Não restara nada daquela peleja para se ver dentro do Frontier, somente a costumeira supernova de carpetes de padronagem atordoante, caça-níqueis retinentes, luzes faiscantes, espelhos, funcionários apressados e visitantes a caminhar devagar no lusco-fusco que tomava todos os cassinos. São labirintos modernos, feitos para que as pessoas se percam dentro deles, com suas vastidões desprovidas de janelas e repletas de ângulos esquisitos, barragens de caça-níqueis que bloqueiam a vista e outras distrações projetadas, como as dos shoppings e lojas de departamentos, para prolongar o contato dos visitantes com as tentações que podem fazê-los abrir a carteira antes de encontrarem as saídas bem escondidas. Muitos cassinos têm "transportadores de gente" – escadas rolantes, como as dos aeroportos –, mas nesse caso dirigem-se todos para dentro. Cabe às pessoas encontrar a saída.

Andar a esmo e apostar têm algumas coisas em comum: são atividades em que a expectativa pode ser mais deliciosa do que o resultado; o desejo, mais seguro do que a satisfação. Colocar um pé diante do outro ou as cartas sobre a mesa é acolher o acaso, mas o jogo de azar tornou-se uma ciência extremamente previsível para os cassinos, e tanto eles quanto a polícia de Las Vegas estão tentando controlar as probabilidades também no que toca ao caminhar na Strip. A Strip é um verdadeiro bulevar. Não tem cobertura, abre-se para os arredores, um espaço público no qual as magníficas liberdades concedidas pela Primeira Emenda à Constituição dos Estados Unidos podem ser exercidas, mas está sendo feito um esforço enorme para removê-las, para que a Strip seja uma espécie de shopping center ou parque de diversões, um espaço no qual possamos ser consumidores, mas não cidadãos. Ao lado do Frontier fica o Fashion Show Shopping Center, onde se juntam os entregadores de panfletos, formando uma das muitas subculturas da Strip. Muitos deles são centro-americanos sem documentos, disse Amie Williams, e os panfletos geralmente tratam de sexo (Las Vegas tem uma enorme indústria do sexo, mas a busca por fregueses se dá em grande parte através de anúncios, e não pela abordagem nas ruas; as dezenas de aglomerados de bancas de jornal ao longo da Strip contêm pouquíssimos jornais e uma verdadeira biblioteca de brochuras, cartões e panfletos com fotografias em cores anunciando um exército de "dançarinas exóticas" e "serviços de acompanhantes"). Já que as mulheres propriamente ditas são em grande parte invisíveis, a visibilidade dos anúncios vem sendo atacada. A comarca baixou uma lei[5] que transformou em

---

5. Cf. *Las Vegas Review-Journal*, "Petitioners Claim Rights Violated", 27 de maio de 1998; "Clark County Charts Its Strategy to Resurrect Handbill Ordinance", 18 de agosto de 1998; "Lawyers to Appeal Handbill Law Rulin", 26 de agosto de 1998; "Police Told to Mind Bill of Rights", 20 de outubro de 1998.

contravenção qualquer tipo de "promoção pública" no "distrito dos hotéis-cassinos". O diretor da filial de Nevada do American Civil Liberties Union – ACLU [Sindicato das Liberdades Civis dos Estados Unidos], Gary Peck, conversou comigo a respeito do "paradoxo quase transparente que é Vegas se vender como a cidade onde tudo é permitido – sexo, álcool, jogos de azar – e, no entanto, ter essa tentativa quase obsessiva de controlar totalmente o espaço público, a publicidade nos outdoors, no aeroporto, a mendicância e a liberdade de expressão". A luta da ACLU contra a lei da panfletagem chegara ao Tribunal Federal de Recursos, e outros problemas viviam pipocando. Naquele mesmo ano, pessoas que recolhiam assinaturas para petições se viram acossadas; um pastor e quatro colegas foram presos por fazer proselitismo na Fremont Street Experience, acusados de "bloquear a calçada", apesar de a galeria hoje pedestre ser um grande calçadão que, para ser obstruído, exigiria dezenas de pessoas.

Os cassinos e a comarca, Peck me contou, estão tentando privatizar até mesmo as calçadas, para aumentar seu poder de processar ou remover quem se envolve em atividades relacionadas à Primeira Emenda – falar de religião, sexo, política, economia – ou quem atrapalha de alguma maneira a experiência agradável que os visitantes deveriam ter (da mesma maneira, Tucson recentemente cogitou privatizar as calçadas arrendando-as por um dólar aos estabelecimentos comerciais, permitindo-lhes expulsar os sem-teto). Peck receia que, se conseguirem tirar no nível da calçada o antigo direito à cidadania, acabarão estabelecendo um precedente para o resto do país, mercantilizando o que outrora foram espaços públicos genuínos, transformando as cidades em parques temáticos. "O parque temático"[6], escreve Michael Sorkin, "apresenta sua versão feliz e normatizada de prazer – todas aquelas

---

6. Introdução ao livro de Sorkin, *Variations on a Theme Park*, p. xv.

formas engenhosamente enganadoras – como substituto do domínio urbano democrático, e o faz sedutoramente ao despojar a urbe problemática de sua pungência, da presença dos pobres, dos criminosos, da sujeira, do trabalho." O Mirage já afixou uma plaquinha num de seus gramados: "Esta calçada é propriedade particular do Mirage Casino Hotel, que concede permissão de passagem para facilitar a movimentação dos pedestres. Casos flagrantes de permanência indevida ou obstrução à movimentação dos pedestres podem incorrer em detenção por invasão de propriedade", e placas por toda a faixa informam: "Distrito dos hotéis-cassinos: proibida a obstrução das calçadas públicas". As placas não estão ali para proteger a liberdade de movimento dos pedestres, mas para restringir o que os pedestres podem fazer ou ver.

Eu estava cansada e com calor depois de andar mais ou menos 6,5 quilômetros desde a Fremont Street, pois o dia estava quente e o ar, viciado com a fumaça dos escapamentos. As distâncias são enganosas na Strip: os principais cruzamentos estão a aproximadamente 1,5 quilômetro um do outro, mas os novos cassinos com seus hotéis de vinte ou trinta andares têm a tendência de parecer mais próximos por estarem tão fora de proporção. Treasure Island é o primeiro dos novos cassinos que lembram parques temáticos aos quais se chega pelo norte, e um dos mais fantásticos: foi batizado em homenagem não a um lugar ou período, como os demais, e sim a um livro infantil voltado para meninos a respeito da vida dos piratas nos mares do sul. Com sua fachada de pedra falsa e as entradas pitorescas atrás da lagoa de palmeiras e navios piratas, lembra uma versão hoteleira da atração Piratas do Caribe na Disneylândia. Mas foi o vizinho Mirage que inventou o espetáculo pedestre em 1989, com o vulcão que entra em erupção a cada quinze minutos depois de escurecer, para deleite da massa ali reunida. Quando foi inaugurado em 1993, o

Treasure Island passou a ofuscar o vulcão com uma batalha de piratas que culminava com o afundamento de um navio, mas a batalha só acontece algumas vezes por dia.

Os autores de *Learning from Las Vegas* tempos atrás se queixavam de que "o Comitê de Embelezamento continuava a recomendar a transformação da Strip numa Champs-Elysées do Oeste, ocultando-se os letreiros com árvores e elevando-se a umidade com chafarizes gigantescos"[7]. Os chafarizes chegaram, e os vastos espelhos d'água diante do Mirage e do Treasure Island são apequenados pelo lago de três hectares no Bellagio, onde antes ficava o Dunes, atravessando-se a Flamingo Road em frente ao Caesars Palace. Juntos, esses quatro cassinos formam algo totalmente novo e surpreendentemente antiquado, um híbrido extravagante do jardim formalista e do jardim de lazer espalhado por uma via pública. O vulcão do Mirage soterrou a velha Vegas com a mesma determinação com que o Vesúvio o fez com Pompeia, mudando completamente a arquitetura e as plateias. Os chafarizes estão por toda parte, e trata-se *de fato* de uma espécie de Champs-Elysées do Oeste, no sentido de que caminhar e observar a arquitetura e outros pedestres tornou-se um passatempo. A Strip está trocando sua fantasia futurâmica neon-frenética e tipicamente norte-americana pela Europa, uma versão divertida e pop da Europa, uma Europa composta de grandes sucessos arquitetônicos e *habitués* de bulevar que vestem shorts e camiseta. Haveria na instalação de miniaturas de pontes e templos italianos e romanos nos jardins ingleses algo menos peculiar do que erguer formas gigantescas desses mesmos edifícios no deserto? Em construir vulcões em jardins do século XVIII, como o Wörlitz na Alemanha, e não nos bulevares de Nevada? O Caesars

---

[7]. Robert Venturi, Denise Scott Brown e Stephen Izenour, *Learning from Las Vegas: The Forgotten Symbolism of Architectural Form*, edição revisada, Boston, MIT, 1977, p. xii.

Palace, com seus ciprestes verde-escuros, chafarizes e estátuas clássicas na entrada, traz à lembrança muitos dos elementos do jardim formalista, que por si só era uma extensão italiana das práticas romanas adaptadas pelos franceses, holandeses e ingleses. O Bellagio, com sua fachada de chafarizes, lembra Versalhes, que em dimensão era uma demonstração de riqueza, poder e triunfo sobre a natureza. Esses lugares são repetições mutantes das paisagens nas quais o caminhar como lazer panorâmico se desenvolveu. Vegas tornou-se a sucessora de Vauxhall, Ranelagh, Tivoli e de todos os outros jardins de lazer do passado, um lugar onde os prazeres desestruturados de caminhar e observar se misturam a espetáculos extremamente organizados (palcos para música, teatro e pantomimas eram uma parte importante dos jardins de lazer, bem como áreas para dançar, comer, beber e sentar-se). Como diria um *promoter* de Vegas, o jardim está voltando com tudo, mestiçado com o bulevar, e com ele retorna a vida pedestre.

Todas as tentativas de controlar quem passeia e como passear sugerem que o caminhar pode ainda ser subversivo de alguma maneira. No mínimo, subverte os ideais do espaço totalmente privatizado e das massas controladas e propicia um entretenimento no qual nada se gasta nem se consome. Pode ser que o caminhar seja um efeito colateral inesperado do apostar – afinal, as fachadas dos cassinos não foram construídas visando ao interesse público –, mas a Strip hoje é um lugar para caminhar. E, afinal de contas, a Champs-Elysées parisiense também pertence aos turistas e estrangeiros nos dias de hoje, passeando, comprando, comendo, bebendo e aproveitando a vista. Novas passarelas eliminam a interseção de pessoas e carros onde a Flamingo Road cruza com a Strip, e são pontes bonitas que oferecem as melhores vistas da região. Mas as pessoas entram e saem dessas pontes dentro dos cassinos e, portanto, talvez chegue um momento em que somente os bem-vestidos possam atravessar a rua ali em segurança, e a ralé terá de se arriscar no meio dos carros ou fazer um grande desvio. A Strip não é a Champs-Elysées renascida também por outros motivos: falta-lhe a retidão perfeita que Le Nôtre deu à antiga via, a retidão que nos permite enxergar ao longe. Ela tem curvas e saliências, apesar de haver sempre as travessas – e a ponte sobre a Flamingo Road entre o Bellagio e o Caesars oferecia a melhor vista do deserto ao oeste e das Red Rocks. A partir da outra ponte, aquela sobre a Strip do Bellagio ao Bally's, pude ver... Paris! Eu tinha me esquecido de que um cassino Paris estava em construção, mas ali, elevando-se do solo poeirento do Mojave feito uma miragem urbana, uma aparição de flanador, estava a torre Eiffel, ainda pela metade e com a metade do tamanho da original, mas já com os pés agressivamente de um lado e outro do que parecia ser um Louvre atarracado e acotovelado pelo Arco do Triunfo numa mixórdia antigeográfica dos grandes sucessos arquitetônicos.

Claro que Las Vegas está reinventando não só o jardim, mas também a cidade: New York, New York fica na mesma rua, logo ali depois do Bellagio, o Imperial Palace inspirado em Tóquio aparece um pouco antes, e uma versão muito mais antiga de São Francisco – Barbary Coast – fica na frente do Caesars. O New York, New York de 1996 é, assim como o cassino Paris, um amontoado de atrações famosas: lá dentro há um engraçado labirintozinho de ruas construído para lembrar vários bairros de Manhattan, até mesmo com placas de sinalização, lojas (dentre as quais somente as lojas de suvenires e os restaurantes são reais, como vim a descobrir quando me atirei ridiculamente na direção de uma livraria), ares-condicionados que se projetavam de janelas no terceiro andar e até mesmo uma esquina toda grafitada –, mas, naturalmente, sem a variedade, vida produtiva, perigos e possibilidades da verdadeira vida urbana. Com uma Estátua da Liberdade na fachada que recebe os jogadores, e não as massas apinhadas que anseiam por liberdade, New York, New York é um suvenir que passeia pela cidade homônima. Não mais portátil nem de bolso, mas um destino por si só, funciona como um suvenir: lembra alguns aspectos agradáveis, familiares e tranquilizadores de um lugar complicado. Almocei tarde no New York, New York e tomei um litro e meio de água para repor o que eu havia perdido por evaporação na aridez desértica de minha caminhada de um dia inteiro.

    De volta ao bulevar, uma moça de Hong Kong me pediu para eu bater uma foto sua com a Estátua da Liberdade ao fundo, depois com o imenso leão dourado da MGM do outro lado da rua, e ela parecia extasiada nas duas fotos. Gordos e magros, pessoas de shorts folgados e vestidos elegantes, algumas crianças e um bocado de idosos passavam por nós, e eu devolvi a câmera e continuei seguindo para o sul com a multidão, até a última estação naquela via de esquisitices, o Luxor, que, com sua forma piramidal e a esfinge, soletra Antigo Egito, mas, com o vidro reluzente sobre o qual feixes de *laser* dançam à noite, fala em tecnologia. Os recém-casados que eu vira antes estavam ali na entrada: ela deixara o casaco e a bolsa de lado com o intuito de posar para a câmera diante de uma das estátuas pseudoegípcias. Eu estava intrigada com eles, queria saber por que decidiram dedicar as primeiras horas de sua lua de mel a passear pela Strip, qual passado traziam para aquele contato com a fantasia global filtrada pelo clima do deserto de Nevada e a economia dos jogos de azar. Quem era eu para dizer que, já que aquelas pessoas que passavam à minha direita e esquerda eram turistas em Las Vegas, elas não tinham outras vidas: que aquele casal inglês não poderia viver em Paris nem perto da Plum Village onde o monge budista vietnamita Thích Nhất Hạnh ensina a meditação a pé, que os afro-americanos não poderiam ter participado da marcha em Selma quando crianças, que o pedinte na cadeira de rodas não poderia ter sido atropelado por um carro em Nova Orleans, que noiva e noivo não poderiam ser escaladores japoneses do monte Fuji, descendentes chineses de eremitas montanos, executivos do sul da Califórnia que tinham esteiras em casa, que a guatemalteca que distribuía cupons para o passeio de helicóptero não poderia percorrer as estações da via-crúcis em sua igreja ou se não teria um dia passeado na *plaza* de sua cidade natal, que o barman a caminho do trabalho não teria participado da marcha da AFL-CIO que atravessara o deserto? A história do caminhar é tão vasta quanto a história humana, e a coisa mais fascinante a respeito daquele oásis pedestre no meio da ruína suburbana bem no meio de um grande trecho desértico é que alude à amplitude dessa história, não com sua Roma ou Tóquio falsas, e sim com seus turistas italianos e japoneses.

Las Vegas sugere que a avidez por lugares, por cidades, jardins e ermos não foi saciada, que as pessoas ainda vão procurar a experiência de vagar a esmo a céu aberto para examinar a arquitetura, os espetáculos e as mercadorias à venda, ainda vão desejar ardentemente surpresas e desconhecidos. Que o fato de a cidade como um todo ser um dos lugares mais hostis aos pedestres no mundo todo sugere parte dos problemas a serem enfrentados, mas o fato de sua atração ser um oásis pedestre sugere a possibilidade de recuperar os espaços nos quais o caminhar é viável. Que o fato de o espaço poder ser privatizado para tornar ilegais as liberdades de caminhar, falar e protestar sugere que os Estados Unidos estão enfrentando uma batalha tão séria pelas vias de passagem quanto os excursionistas ingleses, ou *ramblers*, meio século atrás, só que desta vez o conflito é pelo espaço urbano, e não rural. Igualmente assustadora é a disposição generalizada de aceitar simulações de lugares reais, pois da mesma maneira que essas simulações geralmente proíbem o exercício pleno de liberdades civis, elas também interditam o amplo espectro de panoramas, contatos, experiências que talvez provocassem um poeta, um crítico cultural, um reformador social, um fotógrafo de rua.

Mas o mundo melhora e piora ao mesmo tempo. Las Vegas não é uma anomalia, e sim uma intensificação da cultura vigente, e o caminhar sobrevive fora da cultura vigente e às vezes volta a se inserir nela. Quando a faixa ou *strip* automotiva e o subúrbio estavam se desenvolvendo nas décadas que se seguiram à Segunda Guerra Mundial, Martin Luther King estudava Gandhi e reinventava a peregrinação cristã como instrumento político num dos cantos deste continente, ao passo que, na outra ponta, Gary Snyder estudava os sábios taoistas e a meditação a pé e repensava o relacionamento entre a espiritualidade e o ambientalismo. No momento, o espaço no qual caminhar é defendido e, por vezes, ampliado pelos grupos pedestrianistas que surgem em cidades em todos os Estados Unidos, desde o Feet First em Seattle e a PEDS de Atlanta até o Philly Walks e Walk Austin, pela incendiária Reclaim the Streets com sede na Grã-Bretanha, por organizações mais antigas, como a Ramblers' Association e outras insurgências britânicas em prol do caminhar e do livre acesso, e pela reurbanização pró-pedestre de cidades como Amsterdã e Cambridge, em Massachusetts. As tradições do caminhar são mantidas pelo ressurgimento da peregrinação a pé até Santiago de Compostela na Espanha e pelo viço daquela que vai a Chimayó, Novo México, pela popularidade crescente da escalada e do montanhismo, pelos artistas e escritores que têm no caminhar o veículo de sua obra, pela disseminação do budismo com suas práticas de meditar caminhando e circum-ambular montanhas, pelo recém-descoberto entusiasmo secular e religioso por labirintos...

"Isto aqui é um *labirinto*", resmungou Pat quando me encontrou no Caesars Forum, a galeria anexa ao cassino. O Forum é o ponto crucial, a joia da coroa da recriação do passado em Vegas. A galeria é uma passagem no exato sentido com que Walter Benjamin descreveu as passagens parisienses – ele citou um guia turístico de 1852 que dizia: "os dois lados dessas passagens, que são iluminadas por cima, estão alinhados com as lojas mais elegantes, de modo que uma passagem como essa é uma cidade, até mesmo um mundo em miniatura", e acrescentou, "as passagens eram um cruzamento de rua e *interieur*"[8]. Com seu teto abobadado pintado de modo a parecer o céu e a luz indireta que passa da luminosidade do dia ao lusco-fusco, alternando-se a cada vinte minutos mais ou menos, essa passagem é uma cidade ou mundo em miniatura mais do que Benjamin poderia ter imaginado. Suas "ruas" sinuosas são desorientadoras e repletas de distrações: as lojas cheias de roupas, perfumes, brinquedos, badulaques, um chafariz que esconde atrás de si um imenso aquário de peixes tropicais, o famoso chafariz de deuses e deusas núbeis que periodicamente "ganham vida" durante uma tempestade simulada, com relâmpagos de *laser* serpeando pela abóbada que imita o céu. Eu visitara as passagens de Paris havia apenas seis meses, e eram lugares belos e sem vida, como leitos secos por onde não corre mais água, metade das lojas fechadas e poucas pessoas a vagar por seus corredores revestidos com mosaicos, mas o Caesars Forum vive apinhado (assim como as galerias do Bellagio, que imitam a famosa Galleria de Milão). Trata-se de um dos shopping centers financeiramente mais bem-sucedidos do mundo, conta o *Wall Street Journal*, acrescentando que um novo anexo está em planejamento, uma recriação de uma cidade serrana romana com aparições ocasionais de bigas tiradas por cavalos. A passagem nunca foi muito mais do que uma galeria comercial, e, embora o flanador supostamente fosse mais contemplativo do que o típico rato de shopping center, cavalheiros superficiais são tão comuns quanto consumidores profundos. "Vamos embora", eu disse a Pat, terminamos nossos drinques e seguimos para Red Rocks.

---

8. Benjamin, *Baudelaire*, p. 37.

As Red Rocks são tão abertas e públicas quanto o Las Vegas Boulevard, mas ninguém cuida de sua promoção, da mesma maneira que ninguém (a menos que vendam equipamento) cuida da promoção da atividade gratuita de caminhar, em vez do ramo lucrativo dos carros. Dezenas de milhares de pessoas andam na Strip, mas talvez umas cem no máximo passeiem pelo terreno mais vasto das Red Rocks, cujos pináculos e contrafortes são muito mais altos e espetaculares do que qualquer cassino. Muita gente passa de carro ou sai do automóvel só o suficiente para bater uma fotografia, sem disposição para ceder ao ritmo mais lento do lugar, ao lusco-fusco que só ocorre uma vez ao dia, à vida selvagem que faz o que lhe dá na telha, um lugar sem vestígios humanos para estruturar nossos pensamentos, a não ser por algumas trilhas, chapeletas nas pedras, lixo e tabuletas (e uma tradição entrincheirada de adoração à natureza). Nada acontece ali na maior parte do tempo, exceto as estações, as condições meteorológicas, a luz e as funções do corpo e da mente.

A meditação acontece numa espécie de pradaria da imaginação, uma parte da imaginação que ainda não foi lavrada, desenvolvida nem designada a uma finalidade prática e imediata. Os ambientalistas vivem argumentando que borboletas, campinas e matas da bacia hidrográfica desempenham uma função absolutamente necessária no grande plano das coisas, mesmo que não produzam resultados comercializáveis. Vale a mesma coisa para a pradaria da imaginação: o tempo passado ali não são horas de trabalho, mas, sem esse tempo, a mente se torna estéril, maçante, domesticada. A luta pelo espaço livre e gratuito – pela natureza e pelo espaço público – deve ser acompanhada pela luta por tempo livre para se passear nesse espaço. Do contrário, a imaginação individual será terraplenada para dar lugar às lojas de rede da avidez consumista, as emoções da literatura policial baseada em crimes reais e os dramas das celebridades. Las Vegas ainda não decidiu se a ideia é asfaltar ou estimular esse espaço.

Naquela noite, dormiríamos perto das Red Rocks, num acampamento extraoficial com vultos delineados contra a luz das pequenas fogueiras que ardiam aqui e ali sob o céu estrelado e o brilho de Vegas visível por cima do morro. De manhã, encontraríamos Paul, um jovem guia que costumava vir de Utah para escalar ali e que convidara Pat para participar. Ele nos levaria por uma trilha sinuosa que subia, descia, atravessava pequenos arroios e um leito seco, passava pela vegetação deslumbrante que eu lembrava de viagens anteriores, zimbros cobertos de erva-dos--passarinhos, os carvalhos de folhas minúsculas do deserto, iucas, uvas-ursinas e o ocasional cacto cadeira-de-sogra, todos enfezados e esparsos por causa do solo pedregoso, da aridez e dos matacães esparramados de tal maneira que lembravam os jardins japoneses. Ainda mancando graças a uma queda que sofrera seis meses antes, Pat vinha na retaguarda, ao passo que Paul e eu íamos conversando sobre música, escalada, concentração, bicicletas, anatomia e primatas hominoides. Quando eu me virava para ver Las Vegas da mesma maneira que fizera tantas vezes para ver as Red Rocks no dia anterior, ele me dizia "não olhe para trás", mas eu olhava mesmo assim, impressionada com a densidade do *smog* da cidade. O lugar parecia ser uma cúpula marrom com alguns torreões mal visíveis dentro dela. Aparentemente, não havia alegoria mais clara do que aquele estado de coisas em que o deserto podia ser visto claramente a partir da cidade, mas não vice-versa. Era como se fosse possível olhar para o passado desde o futuro, mas não enxergar o futuro lá adiante, coberto de problemas, mistérios e vapores nocivos, a partir daquele lugar antigo.

Paul nos tiraria da trilha para entrarmos na capoeira que subia o íngreme e estreito Juniper Canyon, e eu conseguiria galgar as várias prateleiras onde a rocha se tornava cada vez mais deslumbrante, algumas vezes raiada de vermelho e bege em camadas finas, outras, pontilhada de rosa, pontos do tamanho de moedas, até chegarmos ao pé da via de escalada. "*Olive Oil*: esta via sobe por duzentos metros de fendas evidentes na face sul da Rose Tower"[9], eu viria a ler no surrado *American Alpine Club Climber's Guide* [Guia do escalador do Clube Alpino dos Estados Unidos] referente à região. Eu me acomodei e me pus a observá-los subir com facilidade os primeiros trinta metros, estudei os camundongos, que eram menos glamorosos do que os tigres brancos e golfinhos do Mirage, porém mais vivazes. Depois disso, dei meia-volta e matei a tarde passeando em terreno mais plano, caminhando devagar pelas poucas trilhas que margeiam a água límpida e impetuosa do Pine Creek, explorando outro cânion, voltando para observar as sombras sobre as colinas se alongarem e a luz ficar mais densa e dourada, como se o ar pudesse se transformar em mel, um mel que acabaria se dissolvendo na noite de regresso.

    Caminhar tem sido uma das constelações no céu estrelado da cultura humana, uma constelação de três estrelas, que são o corpo, a imaginação e o mundo vasto e franco, e embora todas as três existam independentes, são as linhas traçadas entre elas – pelo ato de caminhar com finalidades culturais – que faz delas uma constelação. As constelações não são fenômenos naturais, mas imposições culturais: as linhas traçadas entre as estrelas são como caminhos batidos criados pela imaginação daqueles que nos antecederam. Essa constelação chamada caminhar tem uma história, a história trilhada por todos aqueles poetas, filósofos e insurgentes, por pedestres incautos, prostitutas de rua, peregrinos, turistas, excursionistas e montanhistas; mas se ela tem ou não um futuro, isso depende da possibilidade de esses caminhos comunicantes ainda serem ou não percorridos.

---

9. Joanne Urioste, *The American Alpine Club Climber's Guide: The Red Rocks of Southern Nevada*, Nova York, American Alpine Club, 1984, p. 131.

CITAÇÕES SOBRE O CAMINHAR

PARTE I
A MARCHA DOS PENSAMENTOS

Não é realmente extraordinário constatar que, desde o primeiro passo de um homem, ninguém tenha lhe perguntado por que ele anda, como anda, se já havia andado antes, se poderia andar melhor, o que ele faz ao andar [...]: perguntas que estão ligadas a todos os sistemas políticos, psicológicos e filosóficos que preocupam o mundo? – HONORÉ DE BALZAC, "THÉORIE DE LA DÉMARCHE" ["Teoria do caminhar"]

Os esquimós têm um costume que oferece alívio a uma pessoa tomada pela raiva: para se livrar da emoção, caminha-se em linha reta pelo terreno, e o ponto onde a raiva é dominada é marcado com uma vara, prova da força e da extensão dessa fúria. – LUCY LIPPARD, *OVERLAY* [*Sobreposição: arte contemporânea e a arte da pré-história*]

Conhecemos um lugar e aprendemos a visualizar as relações espaciais, ainda na infância, caminhando e usando a imaginação. O lugar e suas dimensões precisam ser comparados a nossos corpos e suas capacidades. – GARY SNYDER, "BLUE MOUNTAINS CONSTANTLY WALKING" ["Montanhas azuis em constante caminhar"]

Eis que um dia, contornando a pé a Tavistock Square, inventei *Ao farol*, como às vezes invento meus livros, numa afobação enorme e aparentemente involuntária. – VIRGINIA WOOLF, *MOMENTS OF BEING* [*Momentos de vida*]

Em meu quarto, o mundo escapa à minha compreensão,/ Mas caminhando vejo que consiste de três ou quatro morros e uma nuvem.
— WALLACE STEVENS, "OF THE SURFACE OF THINGS" ["Da superfície das coisas"]

Em decorrência de suas caminhadas pela Escócia quando ainda era aluno de graduação, ele rememora em sua autobiografia, *Pilgrim's Way* (1940), que para ele "as obras de Aristóteles estão para todo o sempre ligadas [...] ao cheiro de turfa e certos trechos de granito e urze".
— A RESPEITO DE JOHN BUCHAN, PRIMEIRO BARÃO DE TWEEDSMUIR, EM *CHALLENGE: AN ANTHOLOGY OF THE LITERATURE OF MOUNTAINEERING* [Desafio: uma antologia da literatura do montanhismo]

[...] ao passo que ele mesmo começou a andar energicamente de lá para cá, descrevendo uma "elipse kepleriana" e, o tempo todo, explicando em voz baixa suas ideias sobre a "complementaridade". Caminhava de cabeça baixa e cenho franzido e, de vez em quando, erguia os olhos na minha direção e sublinhava um ponto importante com um gesto ponderado. Pronunciadas, palavras e orações que eu já lera em seus artigos científicos de repente ganharam vida, prenhes de significado. Foi um dos poucos momentos solenes e relevantes de uma existência, a revelação de um mundo de raciocínio fascinante.
— LEON ROSENFELD, A RESPEITO DE UM ENCONTRO CASUAL COM NIELS BOHR EM 1929

Domingo passado, fui caminhar lá para as bandas de Highgate e, na alameda sinuosa que margeia o parque de lorde Mansfield, encontrei Mr. Green, nosso professor de anatomia no Guy's, a conversar com Coleridge. Juntei-me aos dois, depois de inquirir com um olhar se estariam de acordo. Caminhei com ele, naquele seu passo de "vereador depois da janta", quase três quilômetros, suponho eu. Nesses três quilômetros, ele tratou de mil coisas; vejamos se consigo relacioná-las: rouxinóis; poesia; sensação poética; metafísica; gêneros e espécies diferentes de sonhos; pesadelo; um sonho acompanhado pelo sentido do tato; o tato simples e o duplo; o relato de um sonho; primeira e segunda consciências; a explicação da diferença entre vontade e volição; um sem-número de metafísicos, já que não se desentoca a segunda consciência; monstros; o Kraken; sereias; Southey acredita que existam; Southey acredita em demasiadas coisas; um conto de fantasmas [...]. – JOHN KEATS, EM CARTA PARA GEORGE E GEORGIANA KEATS

Meu senhor, recebi o livro novo que vossa mercê escreveu atacando a raça humana e lhe sou grato [...]. Nunca antes tamanha inteligência foi usada para nos tornar estúpidos. Basta lê-lo para que se tenha vontade de andar de quatro. – VOLTAIRE A ROUSSEAU, A RESPEITO DO DISCURSO SOBRE A ORIGEM DA DESIGUALDADE

A própria redução dos estímulos olfativos parece ser uma consequência do fato de o homem ter se erguido do chão e passado a andar ereto, fazendo que sua genitália, até então escondida, se tornasse visível e precisasse de proteção, produzindo nele, portanto, a sensação de vergonha. – FREUD, O MAL-ESTAR NA CIVILIZAÇÃO

Mãos dadas na mesma lida vão. Nas mãos livres... não. Vazias mãos livres. De costas e encurvados na mesma lida vão. A criança de mão erguida para tocar a mão dada. Dá a mão à mão de idade dada. Dá e é dada. Na lida seguem adiante e nunca retrocedem. Devagar e sem pausa na lida seguem adiante e nunca retrocedem. De costas. Encurvados. Unidos por mãos dadas e unidas. Na lida seguem feito um. Um espectro. Um outro espectro. – SAMUEL BECKETT, "WORSTWARD HO"

John e o austríaco foram pela praia numa direção, discutindo a formação dos bancos de areia e as teorias das marés, e Charlotte e eu seguimos na direção oposta por mais de duas horas até que, por fim, nos abaixamos no capim alto e recolhemos conchas até enchermos nossos lenços. – EFFIE GRAY RUSKIN

Tu tens que andar/ no val da solidão/ Tu tens que andar/ e percorrê-lo só/ Não há ninguém/ que por ti o fará/ Tu tens que andar/ e percorrê-lo só. – CANÇÃO EVANGÉLICA TRADICIONAL NORTE-AMERICANA

Mas, se anda de noite, tropeça, pois nele não há luz. – JOÃO 11:10

Mas eu ando na minha sinceridade; livra-me e tem piedade de mim. O meu pé está posto em caminho plano; nas congregações louvarei ao Senhor. – SALMOS 26: 11-12

Quanto mais os peregrinos se afastam de seu mundo comum, mais perto chegam do reino divino. Mencionemos que, em japonês, a palavra para "caminhada" é a mesma que se usa para fazer referência à prática budista; o praticante (*gyōja*), portanto, também é o andarilho, aquele que não reside em lugar algum, que habita o vazio. Naturalmente, está tudo relacionado à concepção do budismo como caminho: a prática é uma maneira concreta de chegar à condição de Buda. – ALLAN G. GRAPPARD, "FLYING MOUNTAINS AND WALKERS OF EMPTINESS: TOWARD A DEFINITION OF SACRED SPACE IN JAPANESE RELIGIONS" ["Montanhas voadoras e andarilhos do vazio: rumo a uma definição de espaço sagrado nas religiões japonesas"]

Ao mesmo tempo, continue a contar as inalações e exalações enquanto caminha lentamente pela sala. Comece a andar com o pé esquerdo e caminhe de maneira que o pé afunde no chão, primeiro o calcanhar, depois os dedos. Caminhe com calma e regularidade, com deliberação e dignidade. Não se deve caminhar distraidamente, e a mente precisa estar em ordem enquanto você se concentra na contagem. – INSTRUÇÕES PARA MEDITAR CAMINHANDO EM *OS TRÊS PILARES DO ZEN* [Kapleau, P. *Os três pilares do zen*. Rio de Janeiro, Itatiaia, 1978.]

Sigmund Freud acreditava, por exemplo, que na base psíquica de todas as viagens estava a primeira vez e as várias outras instâncias em que nos separamos de nossas mães, entre elas a derradeira jornada da morte. Viajar, portanto, é uma atividade relacionada a um domínio maior e feminino, e por isso não chega a surpreender que o próprio Freud se mostrasse ambivalente quanto a isso. A respeito da paisagem, ele disse: "Todas as matas escuras, gargantas estreitas, terras altas e reentrâncias profundas são imagens sexuais inconscientes, e estamos explorando o corpo de uma mulher". – PAUL SHEPARD, NATURE AND MADNESS [Natureza e loucura]

A peregrinação geográfica é a representação simbólica de uma jornada interior. A jornada interior é a interpolação dos signos e significados da peregrinação exterior. Pode-se ter uma sem a outra. É melhor ter as duas. – THOMAS MERTON, "FROM PILGRIMAGE TO CRUSADE" [Da peregrinação à cruzada]

Fui a primeira em seis gerações a deixar o Vale, a única na minha família a sair de casa. Mas não deixei para trás tudo de mim: guardei o chão de meu próprio ser. Sobre esse solo parti a pé e levei comigo a terra, o Vale, o Texas. – GLORIA ANZALDÚA

Uma linha viva a caminhar, movendo-se livremente, sem objetivo. Caminhar por caminhar. – PAUL KLEE, "ALLEGORIZING DRAWING" ["Desenho alegorizante"]

Trebuchant sur les mots come sur les paves [Tropeçando nas palavras como nos paralelepípedos] – CHARLES BAUDELAIRE, "LE SOLEIL" ["O sol"]

No outro extremo há um grupo de monumentos figurativos no Kelly Ingram Park, em Birmingham, que tentam arrastar o espectador de volta ao tumulto do passado. Várias obras criadas por James

Drake e espalhadas por uma trilha chamada de Caminho da Liberdade lembram a brutalidade da repressão policial às famosas marchas de abril de 1963. Numa das obras, a trilha passa entre duas lajes verticais, das quais surgem cães de bronze, dos dois lados, projetando-se no espaço do pedestre para atacar. Numa outra, a trilha passa por uma abertura num muro de metal e encontra dois canhões de água, e perto do muro, ao lado do caminho, ficam as estátuas de bronze de dois afro-americanos, um homem encolhido no chão e uma mulher em pé, de costas para a força imaginária da água. Integrados à vivência do parque pelos pedestres, esses monumentos convidam todos — negros ou brancos, jovens ou idosos — a se colocar por um segundo na situação de outra pessoa. — KIRK SAVAGE

Passeio calmamente, com olhos, com sapatos,/ com fúria e esquecimento — PABLO NERUDA, "WALKING AROUND" ["Andando por aí"]

PARTE II
DO JARDIM À NATUREZA

Qual virgem terna que a mãe zelosa manda/ Ao campo salutar fugir da urbe nefanda [...]/ Ela trocou o divertimento gregário/ Por passeios matinais e amor ao rosário [...] — ALEXANDER POPE, "EPISTLE TO MISS BLOUNT" [Carta a Miss Blount]

Ao Hyde Park se dirigiram, e sir Philip foi se gabando por todo o caminho do poder superior de seu intelecto. Clarence protestou que o seu era mais poderoso do que o de qualquer homem na Inglaterra e comentou que, naquele instante, ele andava melhor do que qualquer pessoa ali presente, incluindo sir Philip Baddely. Ora, sir Philip Baddely era um pedestre afamado e desafiou imediatamente nosso herói a apostar numa caminhada contra ele a quantia que lhe aprouvesse. — MARIA EDGEWORTH, *Belinda*

À noitinha caminhei sozinho até o Lago margeando o parque Crow após o ocaso e vi chegar a cor solene da noite alta, o último raio de sol se apagar no cume dos morros, a profunda serenidade dos ásteres e as sombras compridas das montanhas que os cobriam, até quase tocarem a margem mais próxima. Ao longe ouvi o murmúrio de muitas cascatas que não se escutava durante o dia. Queria ver a lua, mas ela se apresentava negra e silenciosa diante de mim, escondida em sua vazia caverna interlunar. – THOMAS GRAY, "JOURNAL IN THE LAKES" ["Diário nos Lagos"]

Um dia depois de fazer amor com William Godwin pela primeira vez, Mary Wollstonecraft foi se refugiar na inquietude e na insegurança. "Considera o ocorrido como febre da imaginação [...] e voltarei a ser uma [...] Andarilha Solitária". – E. P. THOMPSON

Passei o dia seguinte vagando pelo vale. Parei junto às nascentes do Arveiron, que brotam de uma geleira que, a passos lentos, vai descendo do alto das colinas para obstruir o vale. [...] Aqueles cenários sublimes e magníficos propiciaram-me o maior consolo que eu poderia receber. Alçaram-me da pequenez da ternura e, embora não removessem meu pesar, eles o subjugaram e tranquilizaram. – MARY SHELLEY, *FRANKENSTEIN*

Quem desconhece essas sensações nunca teve o prazer de descansar nas frescas imediações de uma fonte depois de árdua caminhada num dia de verão. [...] Se nesses momentos não encontro simpatia, e Charlotte não me deixa desfrutar do triste consolo de lhe banhar a mão com minhas lágrimas, aparto-me de sua presença e vago pelo campo, subo um despenhadeiro íngreme ou desbravo um bosque ínvio, onde sou ferido e dilacerado por espinheiros e urzes, e ali encontro algum alívio. [...] Ossian tomou o lugar de Homero em meu coração. Que mundo esse, ao qual este porto magnífico me transporta! Andar a esmo pela charneca, açoitada pelos ventos, que conjuram à débil luz da lua o espírito de nossos ancestrais. [...] Ao meio-dia fui caminhar à margem do rio – não tinha apetite. Tudo ao redor parecia lúgubre. – GOETHE, *OS SOFRIMENTOS DO JOVEM WERTHER*

Quando sua saúde [a de Coleridge] era boa, e certamente o era por longos períodos, ele empreendia as mais impressionantes caminhadas e escaladas por toda a região dos Lagos e sozinho. Foi, para todos os efeitos, o primeiro dos modernos excursionistas das charnecas altas, o primeiro forasteiro conhecido a se dispor a escalar as montanhas até o topo, pelo simples prazer de fazê-lo. Chegou ao cume do Scafell, o pico mais elevado dos Lagos, em 1802, a primeira vez na história registrada que alguém conquistava aquela montanha magnífica. — HUNTER DAVIES, *WILLIAM WORDSWORTH: A BIOGRAPHY* [William Wordsworth: biografia]

Eu disse que ele havia terminado recentemente uma primorosa ode a Pã, e como Keats não tinha ali o manuscrito, pedi-lhe que a repetisse, o que ele fez com sua usual maneira meio cantada de falar (e muitíssimo comovente), andando para lá e para cá pelo cômodo. [...] — BENJAMIN HAYDON

Nossa caminhada antes do desjejum e depois do banho é a melhor refeição do dia. Anna e Elizabeth estão começando a provar e descobrir como isso é bom para o corpo e a mente. Era para que a estação inteira nos preenchesse, da mesma maneira que preenchia uma flor. — AMOS BRONSON ALCOTT

E, por fim, arrastando-nos por estradas poeirentas, nossos pensamentos também se cobriram de pó; na verdade, cessou todo pensamento, o raciocínio se decompôs, ou prosseguiu apenas passivamente numa espécie de cadência rítmica do material confuso do pensamento, e nos vimos repetindo mecanicamente uma estrofe das baladas de Robin Hood. — THOREAU, "A WALK TO WACHUSETT" ["Uma caminhada a Wachusett"]

Em outra ocasião, caminhando sozinho, cheguei ao Lizard por minha conta e perguntei se tinham uma cama para mim. "Seu nome é Trevelyan, senhor?", responderam. "Não", disse eu, "vocês estão esperando por ele?" "Sim", disseram, "e a esposa dele já está aqui." Fiquei surpreso, pois sabia que havia se casado naquele dia. Eu a encontrei lânguida e solitária, pois ele a deixara em Truro, dizendo que não conseguiria passar o dia inteiro sem uma breve caminhada. Ele chegou lá pelas dez da noite, totalmente exausto, depois de completar os 65 quilômetros em tempo recorde, mas me pareceu uma maneira curiosa de começar uma lua de mel. – BERTRAND RUSSELL

"Que vida, essa!", disse Helen, com um nó na garganta. "Como consegue, com todas as coisas belas para se ver e fazer, a música, o caminhar à noite..." "Caminhar é para quem tem emprego", ele respondeu. "Ah, antes eu falava muita bobagem, mas nada como ter um bailio dentro de casa para nos livrar desse mal. Quando o vi manusear meus Ruskins e Stevensons, vi, ao que me parece, a vida como ela é, e não foi nada bonito." – E. M. FORSTER, *HOWARDS END*

O ritmo é, em sua origem, o ritmo dos pés. Todo ser humano caminha e, já que anda sobre duas pernas com as quais toca alternadamente o solo, e já que só irá se mover se o fizer, seja intencionalmente ou não, o som resultante é rítmico. [...] Os animais também têm sua própria andadura, seus ritmos costumam ser mais melodiosos e audíveis do que os dos homens; os animais de casco correm em rebanhos, feito regimentos de tambores. O conhecimento sobre os animais que o cercavam, que o ameaçavam e que ele caçava, era o conhecimento mais antigo do homem. Ele aprendeu a conhecer os animais pelo ritmo de seus movimentos. A primeira escrita que aprendeu a ler foi a dos rastros, era uma espécie de notação rítmica impressa na terra solta. [...] o grande tamanho do rebanho que eles caçavam misturou-se às suas emoções com o tamanho de seu próprio bando, que eles desejavam que fosse grande, e eles exprimiram isso num estado específico de agitação coletiva que chamarei de massa rítmica ou latejante. A maneira de chegar a esse estado era, antes de tudo, o ritmo de seus pés, repetitivo e multiplicado. – ELIAS CANETTI, *MASSA E PODER*

Montanhas, admiradas, provocam sensação de pavor, fascínio das, como pano de fundo, aridez admirada, beleza das, apreciação das, filosofia "conhece-te a ti mesmo", e os homens, misticismo, sentimento romântico dirigido a, atitude científica, sublimidade, o nascer do sol visto das, caminhar, e as mulheres. – VERBETE DO ÍNDICE DO LIVRO SHANK'S PONY, DE MORRIS MARPLES.

Desde o tempo de Leslie Stephen, as justificativas inteligentes para uma vida de escalador são poucas, espaçadas e (cf. Mallory) enigmáticas, na melhor das hipóteses [...]. O amor à natureza, a propósito, parece ter pouco a ver com isso. Os superescaladores, como um todo, não se animam a caminhar, impacientam-se com o tempo atmosférico, são insensíveis às sutilezas da paisagem. – DAVID ROBERTS

[...] o fascínio do desafio e de se pôr à prova, a delícia da conquista, o contato com a simplicidade de nossos ancestrais, a fuga de uma existência normal e mesquinha, a descoberta de valores, beleza, visão. Por essas coisas vale a pena viver – e talvez morrer. – HAMISH BROWN, EM SEU RELATO DE COMO ESCALOU TODOS OS 279 MUNROS – PICOS COM MAIS DE NOVECENTOS METROS – NA ESCÓCIA

Existem várias formas de caminhar – desde cruzar o deserto em linha reta às voltas tortuosas que se dão para atravessar a macega. Descer vertentes de pedra e taludes é uma especialidade por si só. É uma dança irregular, sempre em transição, a andadura de caminhar sobre lajes e ladeiras de seixos. A respiração e o olhar sempre acompanham esse ritmo inconstante. Nunca é compassado nem preciso como um relógio, e sim dúctil – pequenos saltos, passos para o lado –, busca o lugar experimentado onde tocar a pedra com o pé, chegar ao plano, prosseguir, ziguezagueando com toda a deliberação. O olho alerta lá adiante, escolhendo os apoios para os pés ainda por vir, sem jamais falsear o passo do momento. A mente-corpo se une de tal maneira a esse mundo rústico, que passa a executar os movimentos sem esforço depois de adquirida alguma prática. A montanha acompanha a montanha. – GARY SNYDER, "BLUE

MOUNTAINS CONSTANTLY WALKING" ["Montanhas azuis constantemente andando"]

E o significado de Terra muda completamente: com o modelo legal, nos reterritorializamos constantemente em torno de um ponto de vista, em um domínio, de acordo com uma série de relações constantes, mas, com o modelo ambulante, o processo de desterritorialização constitui e prolonga o próprio território. — DELEUZE E GUATTARI, "TRATADO DE NOMADOLOGIA"

[...] malformações da espinha são muito frequentes entre os operários fabris, e algumas são resultado do excesso de trabalho pura e simplesmente; outras, efeito das longas horas de trabalho sobre uma constituição já frágil ou enfraquecida pela má alimentação. As deformações parecem até mesmo mais frequentes do que as enfermidades, os joelhos dobram-se para dentro, os ligamentos encontram-se muitas vezes frouxos e fracos, e tortos os ossos longos das pernas. As extremidades espessadas desses ossos longos têm uma propensão especial para entortar e encontram-se desproporcionalmente desenvolvidas, e esses pacientes vêm das fábricas onde longas horas de trabalho são uma ocorrência frequente. — FRIEDRICH ENGELS, A SITUAÇÃO DA CLASSE TRABALHADORA NA INGLATERRA

"O sujeito, por meio de seu procurador, secretário ou o que seja, escreve-me: 'Sir Leicester Dedlock, baronete, apresenta seus cumprimentos a Mr. Lawrence Boythorn e se vê obrigado a chamar-lhe a atenção para o fato de que a trilha verdejante próxima à antiga residência paroquial, hoje propriedade de Mr. Lawrence Boythorn, é direito de passagem de sir Leicester, sendo, na verdade, parte do parque Chesney Wold, e que sir Leicester julga conveniente fechá-la'." — CHARLES DICKENS, BLEAK HOUSE [*A casa soturna*]

PARTE III
VIDAS DAS RUAS

Poucas delícias superam a de andar por elas à noite, para lá e para cá, sozinho com milhares de outras pessoas, para lá e para cá, saboreando as luzes que nos chegam através das árvores ou partem das fachadas, escutando música, vozes estrangeiras e o tráfego, desfrutando o aroma de flores, boa comida e a brisa do mar ali ao lado. As calçadas estão forradas de lojinhas, bares, barracas, salões de baile, cinemas, quiosques iluminados por lâmpadas de acetileno, e em toda parte há rostos estranhos, trajes estranhos e impressões deliciosas e estranhas. Andar por uma rua assim e entrar na parte mais pacata e formal da cidade é participar de uma procissão, de uma cerimônia incessante de iniciação à cidade e de reconsagração da cidade propriamente dita. – J. B. JACKSON, "THE STRANGER'S PATH" ["O caminho do estrangeiro"]

[...] depois de rastejarmos sob barrigas de cavalos, atravessarmos matas e transpormos mourões e parapeitos, chegamos aos jardins, onde já se encontravam vários milhares de pessoas [...] Demos duas voltas e ficamos exultantes ao irmos embora, mesmo tendo de enfrentar dificuldades idênticas às da entrada. – HORACE WALPOLE EM CARTA A GEORGE MONTAGU A RESPEITO DE UM "RIDOTTO" NOS JARDINS DE VAUXHALL, 1769

Andar pelas ruas tão constantemente quanto ele andava [...] oferecia-lhe a oportunidade de examinar a condição de cada pobre que encontrava. E ele o fazia com uma sagacidade bem adestrada que raras vezes as pessoas têm a oportunidade de aproveitar. E todo homem que lhe seguir o exemplo logo descobrirá que essa prática o levará a um exercício de caridade maior do que seria possível praticar dentro de qualquer carruagem. – PATRICK DELANY, ANOTAÇÕES AOS "COMENTÁRIOS SOBRE A VIDA E A ESCRITA DE JONATHAN SWIFT", DE LORDE ORRERY, 1754

Não querem saber de teto e quatro paredes. Nada se compara à rua. O mau hábito das crianças é a própria rua. A rua é um vício ainda mais forte do que o solvente comprado na loja de materiais para construção [...]. Só a rua lhes pertence. Serve-lhes de consolo para a solidão e a falta de amor. Tem um encanto vertiginoso. Oferece-lhes o dinheiro que nunca tiveram em casa. Oferece-lhes ritmo, uma cadência, uma compensação instantânea. – ELENA PONIATOWSKA, "IN THE STREET" ["Na rua"]

Com um gracejo encantador, madame de Girardin certo dia disse que, para o parisiense, caminhar não é fazer exercício: é procurar [...]. O parisiense realmente lembra um explorador sempre pronto para partir novamente ou, melhor ainda, um maravilhoso alquimista da vida. – F. BLOCH, TYPES DU BOULEVARD [Tipos de bulevar]

Perambular, em contemplação – ou seja, flanar – é, para o filósofo, uma boa maneira de passar o tempo, principalmente naquela espécie de falso ambiente rural, feio, embora singular, e de caráter ambíguo que envolve certas cidades grandes, particularmente Paris. – VICTOR HUGO, OS MISERÁVEIS

Entediados, andamos sem destino e observamos as coisas, e para curar nossa condição, compramos dois bules antigos de porcelana Saint-Cloud, gofrados em *vermeil*, dentro de uma caixa com fecho de flor-de-lis. – THE GONCOURT JOURNALS [Os diários dos Goncourt], 1856

O fim de sua vida foi terrível. Ela, que fora a mulher mais bela e desejada de sua época, acabou quase ensandecida, movida pela mania de caminhar. Morava no 26 bis da place Vendôme, e toda noite, vestida de preto, rosto velado, arrastando consigo dois cães asmáticos, gordos e infelizes, ela saía de casa, tomando o cuidado de não se deixar reconhecer, ia às passagens da rua cujo nome ela outrora tivera tanto orgulho de portar, na direção da rue de Rivoli. Ela costumava caminhar horas e horas a fio, voltando para casa apenas quando a alvorada começava a dispersar a escuridão que ela ora acalentava. — ANDRE CASTELOT, A RESPEITO DA AMANTE DE LUÍS-NAPOLEÃO, A CONDESSA VIRGÍNIA DE CASTIGLIONE

Já as *patisseries*! Várias a cada quarteirão, ao que parecia. As vitrines eram a arte erótica da confeitaria. Descobri que gostava particularmente de uma massa folhada com creme de baunilha fatiada feito queijo brie. Caminhando pela rua, a torre Eiffel lá adiante, comendo o doce da mão, não era muito diferente de sexo. — E-MAIL DE DAVID HAYES À AUTORA, TORONTO, 1998

Ele começou a fazer longas caminhadas pela Champs-Élysées até a Étoile, e o exercício transformou-se numa espécie de castigo. Como ele escreveria a Miss Weaver em 30 de agosto de 1921: "Venho treinando para uma maratona, caminhando de doze a catorze quilômetros por dia, e de olho atento ao Sena para ver se encontro um ponto de onde poderia jogar Bloom na água com um peso de vinte quilos amarrado aos pés dele." — RICHARD ELLMANN, *JAMES JOYCE*

Fantine, nos labirintos da colina do Pantheon, onde tantos laços são feitos e desfeitos, havia tempos fugia de Tholomyès, mas de tal modo a sempre reencontrá-lo. Há uma certa maneira de se evitar uma pessoa que mais parece uma busca. — VICTOR HUGO, *OS MISERÁVEIS*

Em suas caminhadas pelo litoral, esse tema foi tomando forma, graças a uma das enormes antíteses indispensáveis à sua inspiração. Em Hugo, a massa adentra a literatura como objeto de contemplação. O oceano revolto é seu modelo, e o pensador que reflete a respeito desse espetáculo eterno é o verdadeiro explorador da massa na qual ele se perde da mesma maneira que se perde no bramido do mar. — WALTER BENJAMIN, *CHARLES BAUDELAIRE*

E nos atirávamos às ruas, de braços dados, dando continuidade aos assuntos do dia ou andando a esmo e por toda parte até altas horas, procurando em meio às luzes e sombras arredias da cidade populosa aquela infinitude de agitação mental que a observação discreta é capaz de proporcionar. – EDGAR ALLAN POE, "OS ASSASSINATOS DA RUA MORGUE"

Nas cidades, não se pode impedir os homens de compactuar e instigar um arrebatamento mútuo que incita ajuntamentos repentinos e exaltados. Podem-se encarar as cidades como grandes assembleias, das quais todos os habitantes são membros, sua população exerce uma influência prodigiosa sobre os magistrados e costumam fazer valer suas vontades sem a intervenção de representantes públicos. – ALEXIS DE TOCQUEVILLE, *DE LA DÉMOCRATIE EN AMÉRIQUE* [Da democracia na América]

Caminhando sozinhos, nada somos; tudo somos quando caminhamos juntos, par e passo com outros pés excelsos. – SUBCOMANDANTE MARCOS, 1995

Ela se encontra gravemente doente no momento, graças à greve de fome, e disse aos generais que partirá de bom grado. Mas disse: "Quero que todos os prisioneiros políticos sejam libertados e quero caminhar até o aeroporto". São trinta quilômetros de sua casa ao aeroporto. E ela reanimou de tal maneira sua gente que os generais receiam, não sem motivo, que o país inteiro venha aplaudi-la caso ela empreenda a tal caminhada de trinta quilômetros. – PAUL MONETTE, A RESPEITO DE AUNG SAN SUU KYI EM BURMA

Os ortodoxos proíbem as mulheres de rezar em grupo, de orar em voz alta e segurar a Torá. Algumas mulheres se reuniram para orar no Muro Ocidental em Jerusalém e foram atacadas por homens ortodoxos: o caso ainda guarda solução no Supremo Tribunal de Israel. – MARTHA SHELLEY, *HAGGADAH: A CELEBRATION OF FREEDOM* [Haggadah: uma celebração de liberdade]

Uma oftalmologista, também coberta pelo véu, fez pouco do problema. "Não há prova alguma de que afete a visão", ela disse. "E se as mulheres não enxergam tão bem à noite, bem, nenhuma muçulmana decente deveria sair à noite desacompanhada." – JAN GOODWIN, *PRICE OF HONOR: MUSLIM WOMEN LIFT THE VEIL OF SILENCE ON THE ISLAMIC WORLD* [O preço da honra: mulheres muçulmanas levantam o véu de silêncio no mundo islâmico]

Não podia sair e andar sozinha sem levantar a suspeita da família inteira, e caso me vigiassem e me vissem encontrar um homem... imagine as consequências! – MARY WORTLEY MONTAGU, 1712

Quão formosos são os teus pés nos sapatos, ó filha do príncipe! Os contornos de tuas coxas são como joias, trabalhadas por mãos de artista. – CÂNTICO DOS CÂNTICOS 7:1

"Cê tá usando sapato baixo. Cê é lésbica?" – TRANSEUNTE LONDRINO A UMA PROSTITUTA DE RUA

Seu corpo se firma perfeitamente, ela se mantém ereta, sem, contudo, insinuar rigidez. Seus passos não são curtos nem largos e, como todas as pessoas que se movem e dançam bem, caminha com as cadeiras, e não com os joelhos. De forma alguma balança os braços, nem leva a mão ao quadril! Nem, ao caminhar, acena e gesticula com as mãos. – EMILY POST, *ETIQUETTE* [Etiqueta]

"Eu os chamo de sapatos de limusine", diz, falando dos escarpins que vão sair bastante no próximo outono. "Uma mulher me escreveu: 'Meu namorado quer que eu use salto alto, mas os sapatos machucam meus pés'. Eu disse: 'Diga que usará os sapatos se ele providenciar transporte porta a porta'." – *HARPER'S BAZAAR*, 1997

Fechados os portões [da cidade coreana] [...], a cidade era entregue às mulheres, que então tinham liberdade para circular a pé. Passeavam e conversavam em grupos com as amigas que portavam lanternas de papel. – ELIZABETH WILSON, THE SPHINX IN THE CITY [A esfinge na cidade]

PARTE IV
ALÉM DO FIM DA ESTRADA

O caminhar como meio de transporte na atual vida da classe média euro-americana encontra-se essencialmente obsoleto. É raro o indivíduo que vai trabalhar a pé. Caminhar costuma estar associado ao lazer. [...] Uma irlandesa fez uma observação semelhante: "E pensar que os dois meios de transporte mais importantes do começo deste século hoje são passatempos extremamente especializados!". – NANCY LOUISE FREY, *PILGRIM STORIES: ON AND OFF THE ROAD TO SANTIAGO* [Histórias de peregrino: dentro e fora do caminho para Santiago]

"As pessoas não andam no Texas. Só os mexicanos." – PERSONAGEM DE *GIANT* [Gigante], DE EDNA FERBER

Um artista performático negro, Keith Antar Mason, disse-me não faz muito tempo que hoje ele trabalha cada vez mais nos únicos espaços públicos destinados aos afro-americanos ainda mantidos pelo governo: as prisões. – NORMAN KLEIN, THE HISTORY OF FORGETTING [A história do esquecimento]

Tanto a bicicleta ergométrica quanto a esteira têm caça-níqueis acoplados, que permitem aos frequentadores do cassino malhar e apostar ao mesmo tempo. [...] "As pessoas estão pirando com essa ideia", disse Kathy Harris, presidente da Fitness Gaming Corporation em Fairfax, Virgínia. [...] Ms. Harris destacou que as máquinas foram programadas de tal maneira que "a gente só consegue jogar se estiver pedalando, e só consegue pedalar se estiver jogando". O lema da empresa é: "Aposte com o coração". – NEW YORK TIMES

Todos já ouvimos falar desse futuro, que, pelo jeito, será muito solitário. Nesse novo país, a linha de raciocínio é que todos vão trabalhar em casa, fazer compras em casa, assistir a filmes em casa e se comunicar com os amigos por videofones e e-mail. É como se a ciência e a cultura tivessem evoluído com um único propósito: evitar que precisemos tirar o pijama. – SAN FRANCISCO CHRONICLE

Algumas pessoas caminham com os olhos focados em seu objetivo: o pico mais alto da cordilheira, o marco das cinquenta milhas, a linha de chegada. Continuam motivadas antevendo o fim da jornada. Como tenho a tendência de me distrair com facilidade, desloco-me de maneira ligeiramente diferente: um passo por vez, com muitas pausas entre um e outro. Ocasionalmente, as pausas se tornam paradas totais que podem durar algo entre dois minutos e dez horas. Em geral, não são tão definitivas. [...] Aprisionados por nossos conceitos, idiomas e pela previsibilidade absoluta de nossos cinco sentidos, costumamos nos esquecer de nos perguntar o que estamos perdendo ao corrermos em direção a objetivos que talvez nem sequer tenhamos escolhido. Tornei-me rastreadora por descuido, e não desígnio, quando minha tendência de me deixar distrair pelos sinais mais diminutos da vida se transformou numa paixão incessante por seguir aqueles desenhos obscuros e muitas vezes enigmáticos até algum lugar, qualquer lugar – até sua fonte ou seu fim, ou simplesmente até algum lugar no meio do caminho. Mas quando comecei a procurar pessoas perdidas, o que a princípio fora um hábito excêntrico – seguir pegadas no chão – logo se transformou numa ocupação regular. [...] Hoje geralmente caminho na direção de um único objetivo: encontrar a pessoa na outra ponta dos rastros. – HANNAH NYALA, POINT LAST SEEN [Último ponto visto]

No começo dos anos 1940, Paris ficava a seis dias a pé da fronteira, três horas de carro e uma hora de avião. Hoje em dia, a capital fica apenas a vários minutos de qualquer outro lugar [...]. – PAUL VIRILIO, *SPEED AND POLITICS* [Velocidade e política]

Um automóvel que tira de nossos pés seu valor de uso [...]. Há pouco me chamaram de "Mentiroso!" quando contei que havia percorrido a pé a crista dos Andes. A ideia de que alguém possa andar! Fazer o *cooper*, talvez, pela manhã, mas não andar até algum lugar! O mundo se tornou inacessível porque vamos até lá de carro. – IVAN ILLICH, *WHOLE EARTH REVIEW* [Resenha da Terra inteira]

"Após várias horas, começo a sentir algo novo, algo nunca antes vivenciado. Tenho a forte sensação, e o faço com a plenitude de meu ser, de que me desloco de um lugar para outro [...]. Não estou atravessando o espaço, como se faz dentro de um carro ou avião. Sinto que estou num lugar; na verdade, numa infinitude de lugares. Não estou num espaço indiferenciado – o que se sente em muitos lugares hoje em dia, que não são de fato lugares; são meras repetições de conceitos: o conceito de espaço do hospital, espaço comercial, espaço do shopping, espaço do aeroporto." – LEE, UM PEREGRINO "CATÓLICO NORTE-AMERICANO"

[...] a caminhada é irreproduzível, tal qual o poema. Mesmo que se percorra exatamente o mesmo itinerário todos os dias – como no caso de um soneto –, não se podem imaginar os acontecimentos no decorrer do caminho como se fossem os mesmos de um dia para outro [...]. Se um poema se renova a cada vez, então se trata necessariamente de um ato de descoberta, a aceitação de um risco, um risco que pode levar à satisfação ou ao desastre. – A. R. AMMONS, "A POEM IS A WALK" ["Um poema é uma caminhada"]

Desenhe um mapa imaginário./ Marque o lugar aonde deseja ir./ Ande por uma rua de verdade seguindo seu mapa./ Não havendo rua onde deveria existir uma segundo o mapa, crie a sua afastando os obstáculos./ Chegando ao destino, pergunte o nome da cidade e ofereça flores à primeira pessoa que encontrar. – YOKO ONO, "MAP PIECE" ["Pedaço de mapa"], 1962

REFERÊNCIAS DAS CITAÇÕES

PARTE I
A MARCHA DOS PENSAMENTOS

Honoré de Balzac, citado na nota de número 15 em Andrew J. Bennet, "Devious Feet: Wordsworth and the Scandal of Narrative Form", *ELH*, mar./maio 1992.

Lucy R. Lippard, *Overlay: Contemporary Art and the Art of Prehistory*, Nova York, Pantheon, 1993.

Gary Snyder, "Blue Mountains Constantly Walking", in *The Practice of the Wild*, São Francisco, North Point Press, 1990, p. 98-9.

Virginia Woolf, *Moments of Being*, Nova York, Harcourt Brace, Jovanovich, 1976, p. 82.

Wallace Stevens, "Of the Surface of Things", *The Collected Poems*, Nova York, Vintage Books, 1982, p. 57.

John Buchan, in William Robert Irwin (org.), *Challenge: An Anthology of the Literature of Mountaineering*, Nova York, Columbia University Press, 1950, p. 354.

Leon Rosenfeld, excerto de suas anotações, in Niels Bladel, *Harmony and Unity: The Life of Niels Bohr*, Berlim/Nova York, Science Tech/Springer-Verlag, 1998, p. 195.

John Keats, letter, in Aaron Sussman e Ruth Goode, *The Magic of Walking*, Nova York, Simon and Schuster, 1967, p. 355.

Voltaire, carta a Rousseau, 30 de agosto de 1755, in Gavin de Beer, *Jean-Jacques Rousseau and His World*, Nova York, Putnam, 1972, p. 42.

Sigmund Freud, *Civilization and its Discontents*, apud Ivan Illich, H_2O *and the Waters of Forgetfulness*, Dallas, Dallas Institute of Humanities and Culture, 1985, p. 34.

Samuel Beckett, apud *The Nation*, 28 de julho a 4 de agosto de 1997, p. 30.

Effie Gray Ruskin, in John Dixon Hunt, *The Wilder Sea: A Life of John Ruskin*, Londres, Dent, 1982, p. 201.

João 11:10 e Salmos 26:1-12, *Bíblia Sagrada*.

Allan G. Grapard, "Flying Mountains and Walkers of Emptiness: Toward a Definition of Sacred Space in Japanese Religions", *History of Religion*, 21 (3), 1982, p. 206.

Philip Kapleau (org.), *The Three Pillars of Zen*, Garden City, Nova York: Anchor Press, 1980, p. 33-4.

Paul Shepard, *Nature and Madness*, São Francisco, Sierra Club Books, 1982, p. 161.

Thomas Merton, in Nancy Louise Frey, *Pilgrim Stories: On and Off the Road to Santiago*, Berkeley, University of California Press, 1998, p. 79.

Gloria Anzaldua, *Borderlands/La frontera*, São Francisco, Aunte Lute Books, 1987, p. 3, 16.

Paul Klee, *Pedagogical Sketchbook*, 1925, apud *The Oxford Dictionary of Quotations*, Oxford, Oxford University Press, 1979, p. 305.

Charles Baudelaire, "Le soleil", *Baudelaire*, seleção e tradução para o inglês de Francis Scarfe, Harmondsworth, Inglaterra, Penguin Books, 1964, p. 13.

Kirk Savage, "The Past in the Present", *Harvard Design Magazine*, set./nov. 1999, p. 19.

Pablo Neruda, "Walking Around", *The Vintage Anthology of Contemporary World Poetry*, Nova York, Vintage Books, 1966, p. 527.

REFERÊNCIAS DAS CITAÇÕES

PARTE II
DO JARDIM À NATUREZA

Alexander Pope, "Epistle to Miss Blount", *The Norton Anthology of English Literature*, vol. 1, 3. ed., Nova York, W. W. Norton, 1974, p. 2174.

Maria Edgeworth, *Belinda*, Oxford, Oxford University Editions, 1994, p. 90.

Thomas Gray, texto de 1769, "Journal in the Lakes", in Edmund Gosse (org.), *Collected Works of Gray in Prose and Verse*, vol. 1, Londres, MacMillan and Co., 1902, p. 252.

E. P. Thompson, *Making History: Writings on History and Culture*, Nova York, New Press, 1995, p. 3.

Mary Shelley, *Frankenstein*, in *Three Gothic Novels*, Harmondsworth, Inglaterra, Penguin Books, 1968, p. 360.

Johann Wolfgang von Goethe, *The Sorrow of Young Werther*, org. e trad. para o inglês de Victor Lange, Nova York, Holt, Rinehart and Winston, 1949. "Quem desconhece", p. 4; "Se nesses momentos não encontro", p. 52; "Ossian tomou o lugar de Homero", p. 83; "Ao meio-dia fui caminhar", p. 91.

Hunter Davies, *William Wordsworth: A Biography*, Nova York, Atheneum, 1980, p. 213.

Amos Bronson Alcott, apud Carlos Baker, *Emerson Among the Eccentrics*, Nova York, Viking, 1996, p. 305-6.

Henry David Thoreau, "A Walk to Wachusett", in *The Natural History Essays*, Salt Lake City, Peregrine Smith Books, 1980, p. 48.

Bertrand Russell, *The Autobiography of Bertrand Russell*, Nova York, Bantam Books, 1978, p. 78-9.

E. M. Forster, *Howards End*, Harmondsworth, Inglaterra, Penguin Books, 1992, p. 181.

Morris Marples, *Shank's Pony: A Study of Walking*, Londres, J. M. Dent and Sons, 1959, p. 190.

David Roberts, *Moments of Doubt and Other Mountaineering Writings*, Seattle, Mountaineers, 1986, p. 186.

Hamish Brown, *Hamish's Mountain Walk: The First Traverse of All the Scottish Munroes in One Journey*, Londres, Victor Gollancz, 1978, p. 356-7. (*Munro*, na Escócia, é um pico com mais de novecentos metros de altura.)

Gary Snyder, "Blue Mountains Constantly Walking", *The Practice of the Wild*, p. 113.

Gilles Deleuze e Felix Guattari, *Nomadology*, trad. para o inglês de Brian Massumi, Nova York, Smiotexte, 1986, p. 36-7.

Friedrich Engels, *The Condition of the Working Class in England*, Harmondsworth, Inglaterra, Penguin Books, 1987, p. 173.

Chares Dickens, *Bleak House*, Nova York, New American Library, 1964, p. 517.

PARTE III
VIDAS NAS RUAS

J. B. Jackson, "The Stranger's Path", in *Landscapes: Selected Essays of J. B. Jackson*, Boston, University of Massachusetts Press, 1970, p. 102.

Horace Walpole, carta a George Montagu tratando de um "ridotto" nos jardins de Vauxhall, 11 de maio de 1769, in *Letters of Horace Walpole*, Londres, J. M. Dent, 1926, p. 92.

Elena Poniatowska, "In the Street" (a respeito das crianças sem-teto da Cidade do México), *Doubletake*, dez./fev. 1998, p. 118-9.

F. Bloch, *Types du Boulevard*, apud Margaret Cohen, *Profane Illumination: Walter Benjamin and the Paris of Surrealist Revolution*, Berkeley, University of California Press, 1995, p. 84.

REFERÊNCIAS DAS CITAÇÕES

Victor Hugo, *Les misérables*, trad. para o inglês de Charles E. Wilbour, Nova York, Modern Library, 1992, p. 506.

Jules e Edmond Goncourt, 26 de outubro de 1856, *The Goncourt Journals*, org. e trad. de Lewis Galantiere, Doubleday, Doran, 1937, p. 38.

Andre Castelot, *The Turbulent City: Paris, 1783-1871*, Nova York, Harper & Row, 1962, p. 186.

Richard Ellmann, *James Joyce*, Nova York, Oxford University Press, 1982, p. 518.

Victor Hugo, *Les misérables*, p. 106-7.

Walter Benjamin, *Charles Baudelaire: A Lyric Poet in the Era of High Capitalism*, trad. para o inglês de Harry Zohn, Londres, Verso, 1973, p. 60.

Edgar Allan Poe, "The Murders in the Rue Morgue", in *The Fall of the House of Usher and Other Tales*, Nova York, New American Library, 1966, p. 53.

Alexis de Tocqueville, *Democracy in America*, Nova York, HarperPerennial, 1969, p. 108.

Subcomandante Marcos, apud *Utne Reader*, maio/jun. 1998, p. 55.

Paul Monette, "The politics of silence", in *The Writing Life*, Nova York, Random House, 1995, p. 210.

Martha Shelley, *Haggadah: A Celebration of Freedom*, São Francisco, Aunt Lute Books, 1997, p. 19.

Jan Goodwin, *Price of Honor: Muslim Women Lift the Veil of Silence on the Islamic World*, Boston, Little, Brown, 1994, p. 161.

Mary Wortley Montagu, August 1712, carta a seu futuro marido, in *Letters of Mary Wortley Montagu*, Londres, J. M. Dent, s.d., p. 32.

Cântico dos cânticos 7:1, *Bíblia Sagrada*.

Transeunte londrino a uma prostituta de rua, in Richard Symanski, *The Immoral Landscape: Female Prostitution in Western Societies*, Toronto, Butterworths, 1981, p. 164.

Emily Post, *Etiquette*, edição de 1992, apud Edmund Wilson, "Books of Etiquette & Emily Post", in *Classics and Commercials*, Nova York, Vintage, 1962, p. 378.

Harper's Bazaar, July 1997, p. 18.

Elizabeth Wilson, *The Sphinx in the City*, Berkeley, University of California Press, 1992, p. 16.

PARTE IV
ALÉM DO FIM DA ESTRADA

Nancy Louise Frey, *Pilgrim Stories*, p. 132.

Luz Benedict, in Edna Ferber, *Giant*, Garden City, N.Y., Doubleday, 1952, p. 153.

Norman Klein, *History of Forgetting*, Londres, Verso, 1997, p. 118.

Brett Pulley, *New York Times*, Sunday, November 8, 1998, p. 3.

Mick LaSalle, *San Francisco Chronicle*, January 5, 1999, E1.

Hannah Nyala, *Point Last Seen*, Boston, Beacon Press, 1997, p. 1-3.

Paul Virilio, *Speed and Politics*, trad. para o inglês de Mark Polizzotti, Nova York, Semitexte, 1986, p. 144.

Ivan Illich, *Whole Earth Review*, jun./ago. 1997.

Lee, peregrino "católico norte-americano", in Nancy Louise Frey, *Pilgrim Stories*, p. 74-5.

A. R. Ammons, "A Poem Is a Walk", *Epoch*, *18* (1), 1968, p. 116.

Yoko Ono, "Map Piece", jun./ago. 1962. © 1962 Yoko Ono. Parte da exibição *Searchlight: Consciousness at the Millennium*, CCAC Institute, São Francisco, 1999.

ÍNDICE REMISSIVO

aborígenes australianos 220
Abramovič, Marina 449-51
Acconci, Vito 448
Acesso (cf. *espaço público; direitos fundiários e acesso; invasão de propriedade*)
Addison, Joseph 297
Agosín, Marjorie 375
Alemanha 26, 159, 259, 261, 264, 273, 328, 369-70, 374, 393-4, 431, 449, 467
American Civil Liberties Union [Sindicato das Liberdades Civis dos Estados Unidos] 465
anatomia 19, 20, 73, 80, 475, 480
Andre, Carl 442
Angeville, Henriette d' 235
Aragon, Louis 343-4
Ardrey, Robert 66
Aristóteles 36-8, 144, 200, 406, 480
arquitetura do caminhar 35, 36
Artress, Lauren 122
Ash, Timothy Garton 370
Austen, Jane 161, 164, 166-67, 184, 274, 406
Áustria 261-2
automóveis, 33, 420, 458 (cf. *tecnologia*)

Bailly, Jean Christophe 352-4
Baldwin, James 402
Barcelona 382
Barnes, Djuna 350
Barrell, John 163
Bashō 243-4
Baudelaire, Charles 330, 332, 336-7, 339, 340-2
Beerbohm, Max 204-5
Benedict, Helen 405
Benjamin, Walter 330-35, 339, 345, 347, 349, 350-2, 395, 474-5
Bennet, Elizabeth (cf. *Austen, Jane*)
Berlim 264, 328-9, 345
Bermingham, Carolyn 154-5
Bernbaum, Edwin 232, 242
Beuys, Joseph 361, 450
Bipedalismo (cf. *anatomia; evolução*)
Birmingham, Estados Unidos 108
Birmingham, Inglaterra 384
Blake, William 301, 304
Blanchard, Smoke 241
Booth, Alan 219
Boswell, James 46-7, 50, 301
Bouvard, Marguerite Guzman 376

Breton, André 347, 395
Bretonne, Restif de la 337
British Workers Sports Federation [Federação Desportiva dos Trabalhadores Britânicos] 275, 277
Brouwn, Stanley 449
Brown, Lancelot "Capability" 158, 171
budismo 243-7, 451-2, 474
Buenos Aires 376
Butler, Josephine 397-8

Calle, Sophie 450
Campbell, Ffyona 220-3
Central Park 281, 295-6, 313, 316, 320, 405-6
Certeau, Michel de 354-6
Chatwin, Bruce 206-8
Chávez, César 102, 112
Chesterton, G. K. 306
Chimayó, Estados Unidos 87-93, 100-2, 110, 113-6, 119-20, 474
China 88, 184, 227, 241-2, 453
classe e privilégio, 185-8, 195, 199-200, 207, 260-3, 268-80 (cf. *direitos fundiários e acesso*)
Clube Alpino 238-9, 252, 256
Coleridge, Samuel Taylor 184, 186, 190, 194-7
Cooper, Anthony Ashley (lorde Shaftesbury) 152
Copenhague 51-6
Corsaren (revista) 55, 57

cristianismo 41-2, 51-4, 67-9, 83, 87-109, 113-6, 121-2, 129, 200, 226-9, 359
Croagh Patrick (Irlanda) 88

Dante 135, 229
Dart, Raymond 70
Davidson, Robyn 218-9
Davis, Mike 424
De Quincey, Thomas 177, 180, 184, 195-6, 304-6
DeBord, Guy 354-5
desfiles, marchas e procissões 359-86
Dickens, Charles 306-7
Diderot, Denis 41-2
direitos e liberdades civis 108-9, 364-5, 387-410, 422-3, 467-8, 473
direitos fundiários e acesso 194-5, 261-3, 268-80
Distrito de Peak (Inglaterra) 162, 172, 274-8, 457
Distrito dos Lagos, Inglaterra 141, 162, 164, 171, 174-5, 179, 405
Dubček, Alexander 374
Dumas, Alexandre 350

Earhart, H. Byron 243
Egéria 228
Ehrlich, Gretel 227
Eigner, Lars 421
Emerson, Ralph Waldo 257
escalada em rocha 63, 75-6, 224, 276-7, 434-5, 476

escoteiros 266
espaço metafórico e simbólico, 93-7, 101, 121-30, 227-35, 242-7, 362-71, 390-1, 436-7 (cf. *labirintos*)
espaço público 31-5, 99-100, 269--75, 281-2, 289-90, 377-84, 387-409, 416-8, 420-24, 464-8 (cf. *arquitetura do caminhar; classe e privilégio; direitos fundiários e acesso*)
esteiras 431-40
estoicos 40
estradas (cf. *arquitetura do caminhar; espaço metafórico e simbólico*)
evolução 66-86 (cf. *trabalho*)
excursões pedestres 45, 177, 192, 197, 199-200, 202-3, 212, 440
exercício 431-40

Falk, Dean 75, 80-1
feminismo 58-9
Ferguson, Priscilla Parkhurst 331
Fiennes, Celia 150
Fisher, Adrian 125
Fishman, Robert 415
flanadores, flanagem 331-5
Fletcher, Colin 216
French, Dolores 303
Frey, Nancy 96

Galeano, Eduardo 433
Gallant, Mavis 367
Gandhi, Mahatma 105, 107-8, 371, 474

Gay, John 299
Genebra 44, 46, 210
gênero 58, 68-76, 80-4, 118, 145, 207, 257, 281, 350-2, 387-410 (cf. *prostitutas e prostituição*)
Gilpin, William 162-5, 174
Ginsberg, Allen 246
Girouard, Mark 148
Goldsmith, Oliver 162
Goncourt, Edmond e Jules 343
Grande Muralha [da China] 451-53
Gray, Thomas 165, 172
Grayeff, Felix 38
Guatemala 117, 119
Guerra do Golfo 378
guerra nuclear, armas nucleares 27-9, 102, 458
Guthrie, R. D. 75

Han Shan 242, 247
Hardy, Thomas 199
Hatoum, Mona 451
Haussmann, barão Georges--Eugène 335, 341
Havel, Václav 373-4
Hazlitt, William 180, 201-2
Heaney, Seamus 193
Herzog, Maurice 233
Herzog, Werner 112
Hiroshige 442
Hobsbawm, Eric 365-6, 369
Hokusai 230
Homero 393
Hugo, Victor 335, 382

Hungria 371-2
Hunt, John Dixon 154
Hussey, Christopher 156
Husserl, Edmund 57
Huxley, Aldous 200

indígenas norte-americanos 26, 90-2, 98, 102, 212, 339-40
Internacional Situacionista 354, 383
invasão de propriedade 28-9, 274--80, 466-8
Islã, religião islâmica 89
Itália 296-9

Jackson, J. B. 459
Jackson, Kenneth 414
Jacobs, Jane 293
jardins 130-2, 145-6, 147-59, 168--72, 469-70
Jenkins, Peter 217-9
Johanson, Donald 72-3
Joshua Tree [Parque Nacional] 75, 84, 422
Joyce, James 48, 216, 330, 387
judeus, judaísmo 98, 107, 227

Kant, Immanuel 40
Kaprow, Allan 443-3, 445, 456
Kay, Jane Holtz 418
Keats, John 196-7
Kerouac, Jack 217, 245-6, 288, 318, 409
Kierkegaard, Søren 40, 51-9, 128, 334, 424

King, Clarence 225
King, Martin Luther, Jr. 102, 105, 107-9, 128, 474
Knight, Richard Payne 164
Korda, Michael 210
Kukral, Michael 375

labirintos (*labyrinths* e *mazes*) 122-7, 131, 328-9, 350, 465
Langdon, Philip 418
Larkin, June 403
Las Vegas 457-78
Lawson, Edward 404
Leakey, Louis e Mary 70, 73
Leakey, Richard 77
Lerner, Gerda 390
Levy, Harriet Lane 287
Li Po 242
Lippard, Lucy 133, 444
Londres 161, 294, 299-313, 385, 415
Long, Richard 446
Los Angeles 132, 364, 424
Lovejoy, Owen 72-7, 84
"Lucy" e *Australopithecus afarensis* 71-80
Lummis, Charles F. 214

Mães da Praça de Maio (Argentina) 375-6
Mallory, George 231
Manchester, Inglaterra 270, 275-7, 416-7, 423, 435
máquinas (cf. *automóveis; tecnologia*)
marchas (cf. d*esfiles, marchas e processões*)

ÍNDICE REMISSIVO

Marcus, Greil 355
Marples, Morris 142
Matthews, W. H. 124
Mazamas (clube de montanhismo) 244, 251
mazes (cf. *labirintos*)
McEvilley, Thomas 453-5
Medina, Arthur 116-8
Moffat, Gwen 234, 407
Montague, Charles 231
montanhas 141, 223-47
    Alpes 262
    Annapurna 233
    Croagh Patrick 88
    Kinder Scout 276
    Matterhorn 228, 239-40
    monte Branco 141, 235-7, 239
    monte Dana 254
    monte Everest (Chomalungma) 232
    monte Fuji 230, 244
    monte Huntington 233
    monte Sinai 228
    monte Snowdon 191
    monte Tamalpais 245-6, 260
    monte Whitney 256, 260
    Peninos 141
    Pireneus 351
    Sierra Nevada 249-59
    Tái Shān 227
montanhismo, montanhistas 95, 223-47, 254
Moore, Marianne 123
Moritz, Carl 142, 161-2, 276
Morley, Christopher 142
Muir, John 212, 217, 241, 249-59

Nadja (cf. Breton, André)
Napier, John 67
National Geographic, National Geographic Society 78, 217-8
Naturfreunde (Amigos da Natureza) 261-2
Nietzsche, Friedrich 40
Noel, John 88
Nova York 294, 313-23, 398, 408-9, 422, 471
Novo México 90-1, 98 (cf. *Chimayó*)

O'Hara, Frank 319-20
Orgulho e preconceito (cf. Austen, Jane)
Orwell, George 58, 382-3

Paccard, Michel Gabriel 235-6
palácio da memória 134-5
Paris 41, 49-50, 178, 182-3, 295-6, 327-57, 365-70, 384, 470-1
parques nacionais 26, 252, 258, 279
parques 161, 281, 286, 295 f. *jardins; parques nacionais*)
passeio público, *paseo* e corso 118-9, 161, 295-9
Peck, Gary 466
pensar e caminhar 24-5, 45, 49, 55
Pepys, Samuel 149
Pequim 371
Peregrina da Paz 102-6
peregrinação e peregrinos 87-114, 228-31, 243-5
peripatético (cf. *Thelwall, John*)

Petrarca 225
Pils, Manfred 262
Platão 39
Plath, Sylvia 389-90
Pollard, Ingrid 407
Polônia 371
Pope, Alexander 154, 157
pós-modernismo 58-61
Praga 373-5
procissões (cf. *desfiles, marchas e procissões*)
prostitutas e prostituição 293, 299-302, 322-3, 345, 388-97
Proust, Marcel 345

raça 108, 259, 317
Ramblers' Association e grupos relacionados 275-80
Reagan, Ronald 210-1
Reclaim the Streets 280, 384-5
Revolução Francesa 165, 182, 367, 382
Reynolds, sir Joshua 158-9
ritmo (rapidez e lentidão) 31-5, 190-2, 235, 332-4, 423-9, 441
Roberts, David 233
Rothman, Benny 277
Rousseau, Jean-Jacques 37, 41-51, 56, 65, 182, 185, 367
   Os devaneios do caminhante solitário 47
Rudofsky, Bernard 297
Russell, Bertrand 41

Samuel, Raphael 275
Sand, George 340

Santuário de Chimayó (cf. *Chimayó*)
São Francisco 285-8, 317, 323-5, 360-1, 364, 378-80, 401, 430, 438-9
Scarry, Elaine 60
Schama, Simon 368
Schivelbusch, Wolfgang 426-7
Schulman, Sarah 409
segurança 294
Sennett, Richard 393
sexualidade e orientação sexual 316-23, 339, 345-50, 359-61, 387-410
Shelley, Percy Bysshe 147, 235
Shipton, Eric 235-6
Sierra Club 249-61, 289
Smith, Patti 311
Smith, Roly 268
Snyder, Gary 105, 217, 244-7, 318, 451, 474
sofistas 39-40
Sorkin, Michael 467
Soupault, Philippe 347
Stephen, Leslie 202-3, 274, 311, 391
Stern, Jack 76-9, 84
Stevenson, Robert Louis 203
Stewart, "Walking" (cf. *"Walking Stewart"*)
Stowe (jardim) 131, 156-8, 272
subúrbios 317, 321, 414-24
Sussman, Randall 76-80, 84

taoismo 242
Tchecoslováquia (cf. *Praga*)

ÍNDICE REMISSIVO

tecnologia 31-2, 90-3, 98, 119-21, 414-9, 425-40, 459, 461
Tel Aviv 381
Terray, Lionel 231
Tess of D'Ubervilles (cf. Hardy, Thomas)
Thelwall, John 37, 184
Thompson, Flora 208
Thomson, James 157, 186
Thoreau, Henry David 23, 28, 145-7, 187, 205-9, 212-4, 230
Tolstói, Leon 95
trabalho 44, 60-1, 87-8, 434-8, 463-5
Trollope, Frances 335
Tucson 421, 467
turismo 162-5, 171-2, 235, 332, 355, 449, 459-63, 470-2
Turner, Edith e Victor 93-4

Ulay 451-56
urbanismo 33, 292-9, 354-5, 415-24, 459-67 (cf. arquitetura do caminhar; Central Park; Haussmann, barão Georges-Eugène; desfiles, marchas e procissões; parques; passeio público, paseo e corso)
Usner, Don 91

Vauxhall, jardins de 161, 296
Versalhes 131
via-crúcis 116-22
Villa d'Este 131
Virilio, Paul 427

Walkathon da Marcha dos Tostões 109-10
Walker, Richard 422
"Walking" (cf. *Thoreau, Henry David*)
"Walking Stewart" 184
Walpole, Horace 153, 158-9, 181
Wandervogel 264-6
White, Evelyn C. 407
Whitman, Walt 315-6
Whymper, Edward 228, 239-40
Wiggins, Mark 394
Willey, Basil 185
Williams, Amie 466
Williams, Raymond 304
Wilson, Elizabeth 331
Wittgenstein, Ludwig Josef Johan 41
Wojnarowicz, David 320-3
Woolf, Virginia 48, 216, 311-3, 409
Wordsworth, Dorothy 139-45, 165-6, 174-5, 186, 193, 196-7
Wordsworth, William 139-47, 160-1, 174, 177-98, 200, 212, 301-4

Yates, Frances 134-5

Zihlman, Adrienne 68-9

1ª edição 2016 | **2ª reimpressão** julho de 2024 | **Fonte** Bembo
Papel Hylte Paper 60 g/m² | **Impressão e acabamento** Imprensa da Fé